為家千首《ためいえせんしゅ》全注釈《ぜんちゅうしゃく》

岩佐美代子
Iwasa Miyoko

笠間書院

はじめに

昭和三十七年（一九六二）一月、三十五歳の時、はじめて久松潜一先生のお宅にうかがい、母校女子学習院高等科でお習いした永福門院の研究をしたいと申上げた折、先生が即座にお与え下さった研究主題は「永福門院全歌評釈」でした。「評・釈です。解釈と批評とです」とおっしゃいました。女学校卒業後二年間、花嫁学校に毛の生えた程度の高等（?）教育を受けたのみ、文学研究の「いろは」も知らぬ全くの初心者に対して、今思えば、何という明快的確な御指導だったことでしょう。まことに文学研究の要諦は、作品の「評・釈」に尽きます。正しい解釈無くして正しい批評はできません。書誌・時代史・文壇史・作者研究・文法研究・有職故実、すべては作品の正当な解釈と批評に資するもの。文学研究とは、「評・釈」にはじまり、「評・釈」に終る、とも申せましょう。

以来五十余年、「玉葉集」「風雅集」をはじめ、対象諸作品について、与う限りの「評・釈」を試みてまいりました。古人、彫心鏤骨の作品に対し、「解釈」は基本、当然として、「批評」とはおこがましい、とも申せましょう。しかしここに言う「批評」とは、単なる「上手下手の判定」ではありません。「作者は何故この表現を取ったのか、その意図は？　その効果は？」と、一つの作品の価値を全文学史の流れの中に置いて考える事です。私の場合、和歌注釈書の形式としては、【参考】と【補説】の二欄を設けて、「批評」に代える事を一貫した方式としてまいりました。その中で、今回の「為家千首」程、苦労多く、また面白かったものはございません。コンピュータによる検索など思いもよらない私、『国歌大観』本文・索引、全二十冊を部屋中に広げ、四つん這いになって類句をさがし、「解釈がつかないわけではないけれど、何でこういう風に言ったのかしら」ともう一つ納得が行かないままに床に入って一晩悩み、翌朝目を覚ましたとたん、「アッ！」と関連する古歌が心に浮んで一件落着、また校正中にも「アラ？」と再調査、再発見、というケースが何回となくございました。でもそれは、私の貧しい知見範囲での現象にしかすぎません。本書をお読み下さいます方々、「何だ、こういう典拠歌があるじゃないか」「こう解釈した方が面白いじゃないか」と御自身「評・釈」しつつ、為家詠の懐の深さをお楽しみ下さいませ。「為家千首」とは充分それに価するだけの、すぐれた、また面白い作品であると信じます。

「住吉社・玉津嶋歌合」「秋思歌」「勅撰集詠」そして「詠歌一躰」へと為家の作品をたどってまいりまして、ついにその基点たる「為家千首」にたどり着き、彼の七十八年を貫く作歌魂に深い敬意と愛着を覚えますと共に、これまであまりにも軽い評価しかなされていなかったその人と作品を新たな視線をもって見直していただくべく、これらの考察が将来何等かのお役に立ちますればと祈ります。

為家千首全注釈——目次

はじめに　i
凡例　4

入道民部卿千首

詠千首和歌

春二百首　7
夏百首　94
秋二百首　137
冬百首　222
恋二百首　264
雑二百首　350
補遺　432

解　説

一　成立……435
二　本文と詠出実況……436
1　一首詠出時間……437
2　無歌題千首の意義……438
三　内容考察……441
1　「稽古」――「證歌」活用能力……441
2　万葉語摂取……443
3　三代集以下摂取……445
4　定家・家隆・慈円継承……446
5　新発想・新用語……448
6　誹諧性……450
7　語彙に見る言語能力……451
8　創作力の根源……452
四　「詠歌一躰」への進展……452
1　稽古……453
2　百首詠法……454
3　「新」の奨励……454
4　「制詞」の意味するもの……455
五　結語……455
参考文献　458
あとがき　459

【凡例】

一　本文は冷泉家時雨亭文庫蔵「入道民部卿千首」、同亭叢書十、『為家詠草集』(二〇〇〇、朝日新聞社)所収影印、佐藤恒雄解題による。翻刻引用を許可された冷泉家に厚く御礼申上げる。

一　正しい作品名は「入道民部卿千首」であるが、注釈書名としては一般的明示を旨として、通称「為家千首」を採用した。

一　表記には適宜漢字を宛て、歴史的仮名遣いを用いる。底本表記は傍書により示すが、漢字表記か変体仮名表記か必ずしも分明でない場合は適宜判断する。また送り仮名・脱字の補入は「・」をもって示す。

一　歌頭に歌番号を付す。これは佐藤恒雄『藤原為家全歌集』歌番号から、一六一を減じた数に当る。

一　歌頭に存する朱・墨の合点、末尾に存する墨の合点は、「朱・墨・尾」と略記して各歌末尾に示す。

一　注釈は【現代語訳】【参考】【他出】【語釈】【補説】の順に示す。

一　引用参考歌はすべて『新編国歌大観』(以下、叙述には単に『国歌大観』とのみ記す)によるが、うち万葉歌は歌番号・訓ともに西本願寺本による。『私家集大成』はあまりに浩瀚で検索に力及ばず、かつそこまでの必要は無いかと考えて割愛した。

一　【他出】において、前歌詞書を襲う場合はこれを(　)内に示す。

一　解説として成立・本文と詠出実況・内容考察・詠歌一躰への進展について述べる。

一　別冊として各句索引を付す。歴史的仮名遣いによるが、「生る」「梅」のみは「むまる」「むめ」とする。

為家千首全注釈

入道民部卿千首

為家卿

入道民部卿千首

貞応二年八月　五ケ日間詠云々

二百　一日　　二百五十首　一日

二百二十首　一日　二百首　一日

百三十首　一日云々

」一ウ

詠千首和歌

春二百首

1　年《とし》のうちに春《はる》や立《た》つらん降《ふ》りつもる雪間《ゆきま》ぞかすむ逢坂《あふさか》の山《やま》

【現代語訳】旧年のうちに立春が来たらしいな。降り積る雪の中にも、ほのかに霞の気配のする、逢坂の山よ。

【参考】「かきくらす雪間の霞なかりせば春立ちぬとも見えずぞあらまし」（大斎院御集三）

【語釈】○雪間―雪の消えた所、また晴れ間とも解されるが、ここでは年内立春の意を生かして、参考詠により、積雪の中と解した。○逢坂の山―近江の歌枕。山城との国境にあり、東海道最初の関が置かれる。

【補説】「立春」十首のうち、本詠のみ年内立春。それにふさわしく、「雪間の霞」を詠む。珍しからぬ発想のように思われるが、実は『国歌大観』全巻を通じ、参考所引歌以外には、家良の「消えあへぬ雪間かすめる春日野に遠方人や若菜摘むらむ」（後鳥羽院定家知家入道撰歌〈家良〉三、同二八）があるのみ。立春詠である事と言い、為家は恐らく大斎院御集詠を脳裏に置いて本詠を成したであろう。

2　春立《はるた》つと今朝《けさ》は岩間《いはま》の谷水《たにみづ》もとくる氷《こほり》を出《い》づる初花《はつはな》（墨）

【現代語訳】春が来たよと、今朝はさも言うかのように、岩の間を流れる谷水も、解ける氷の間から春の初花さながらにしぶきを散らすことだ。

【参考】「谷風にとくる氷のひまごとに打ち出づる波や春の初花」（古今一二、当純）

【語釈】○今朝は岩間―「今朝は言は」をかける。

【補説】全面的に古今詠によりつつも、第二句の言いかけに微笑を誘う。

3　うちつけに花かとぞ思《おも》ふ春立《た》つと聞《き》ゝつるからの山の白雪《しらゆき》

【現代語訳】軽はずみにも花かと思ってしまうよ。さあ立春だ、と聞いたところで見る、山の白雪を。

【参考】「うちつけにこしとや花の色を見むおく白露の染むるばかりを」（古今四四四、名実）「春立つと聞きつる

からに春日山消えあへぬ雪の花と見ゆらむ」（後撰二、躬恒）
【補説】 周知の古歌を巧みに取った作。古今詠は「牽牛子《けにごし》」（あさがお）の物名歌。

4 佐保姫《さほひめ》の霞《かすみ》の真《ま》袖ふりはへ《え》て春立《はるた》つ野辺《のべ》に雪《ゆき》や消《け》ぬらん （墨・朱）

【現代語訳】 春の女神、佐保姫が、霞のように薄く美しい袖を振る、それではないが、「ふりはへて」――ことさら立春という事で、野原に残っていた雪も消えたのだろう。
【参考】「佐保姫に霞の真袖手向山乱すな嵐薄き衣を」（夫木五四六、建保三年名所百首、忠定）
【他出】 夫木抄五四七、千首歌。
【語釈】 ○**佐保姫**―佐保山は奈良の東（五行説の春）に当るところから、そこに住む神を春の女神とする。○**ふりはへて**―わざわざ。ことさらに。「振る」は「袖」の縁語。
【補説】 忠定詠は八年前の作。これが脳裏にあったか、如何。

5 今日《けふ》はまた春立《た》ちぬらし三吉野《みよしの》の」二オ山のみ雪《ゆき》にあとはなくとも （墨）

【現代語訳】 今日は再び、春がやって来たらしいよ。吉野山の深い雪の中に、その足跡はないとしても。
【参考】「春ハ無クシテレ跡至ル争カ尋ネン得 老ハ趁ヒテレ身ヲ来ル亦避ケ難シ」（新撰朗詠四、篤茂）「かきくらし猶故郷の雪の中に跡こそ見えね春は来にけり」（新古今四、宮内卿）
【語釈】 ○**三吉野**―大和の歌枕、奈良県吉野郡の吉野山。

6 降《ふ》る雪《ゆき》に桧原《ひばら》もいまだこもりえの泊瀬《はつせ》の山も春や立《た》つらん（墨）

【現代語訳】降る雪のために、名所である桧原もまだすっかりかくれて見えない泊瀬の山も、きっと立春で春になったことだろう。

【参考】「巻向《まきむく》の桧原もいまだ雲ゐねば小松がうれゆ《末に（六帖）》沫《あわ》雪流る《ぞふる（六帖）》」（万葉二三一八、古今六帖七五四）

【語釈】○**桧原**―桧の生い茂っている原。泊瀬の名勝。○**こもりえの**―「泊瀬」の枕詞。万葉で「隠《こも》り・口《く》の」（山に囲まれた地勢の）であったのが中世に変化した形。○**泊瀬**―大和の歌枕、初瀬。奈良県桜井市初瀬町。長谷寺がある。

7 わたのはら変《かは》らぬ波《なみ》に立《た》ちそひて八十島《やそしま》かけて春や来《き》ぬらん（墨）

【現代語訳】大海の、いつも変らず立つ波に立ち加わって、数多くの島々をめざして春は来たのだろう。

【参考】「海《わた》の原八十島かけて漕ぎ出でぬと人には告げよ海人《あま》の釣舟」（古今四〇七、篁）

【語釈】○**わたのはら**―広々とした大海。○**立ちそひて**―波の「立ち」・接頭語の「たち」・立春の「立ち」をかける。

【補説】周知の篁詠を活用、大景を巧みに詠む。

8 わたつうみや霞《かす》まぬ空《そら》もなかりけり天《あま》の門《と》よりや春《はる》は立《た》つらん

【現代語訳】広々とした海上。空一面、霞まない所なんか全くないよ。して見れば、天界から海に向けて開《ひら》けた水門から、春はやって来るのだろうか。
【参考】「いつしかと明けゆく空の霞めるは天の戸よりや春は立つらん」（金葉三、顕仲）
【補説】必ずや顕仲詠に学んだものと思われるが、海上の景とした事でより歌柄を大きくしている。

9　**今日《けふ》も又み《身》のしろ衣《ごろも》春たつとなほう《を》ちきらし雪《ゆき》は降《ふ》りつゝ**（墨・朱）

【現代語訳】今日も又、蓑代りの雨具を着ているよ。春が来たというのに、まだ空一面を曇らせて雪が降り続いているから。

【参考】「降る雪のみのしろ衣うち着つゝ春来にけりとおどろかれぬる」（後撰一、敏行）「うちきらし雪は降りつゝしかすがに吾家《わぎへ》の園に鶯鳴くも」（万葉一四四五、家持）

【他出】為家卿集四五　春　貞応三年。中院詠草二　春歌　貞応二年。大納言為家集二七〇　春　貞応二年。

【語釈】○**みのしろ衣**―蓑代衣。雨よけに蓑の代りに着る衣。○**春たつ**―立春と「衣を裁つ」とをかける。○**うちきらし**―打霧らし。霧のように空一面を曇らせる意。「みのしろ衣」の縁で敏行詠「うち着つゝ」を響かせる。

【補説】「後撰集」巻頭の、桂下賜への感謝の歌を巧みに転回する。

10　**乙女子《おとめご》が袖《そで》ふる山の春霞《はるがすみ》今日《けふ》や衣《ころも》にたちかさぬらん**（朱・尾」二ウ）

【現代語訳】美しい少女が袖を振るという名を持つ、布留山の春霞よ。立春の今日こそは、その少女の着物に立ち加わり、重なることだろう。

【参考】「乙女ら《子(拾)》が袖ふる山の瑞垣の久しき世より思ひき我は《そめてき(拾)》」（万葉五〇四、拾遺一三一〇、人麿）

【語釈】○**袖ふる山**―大和の歌枕、奈良県天理市の布留山。「袖振る」とかける。○**たちかさぬ**―「衣」の縁で、「霞立ち」・接頭語「たち」・「裁ち」をかけ、「重ぬ」と続ける。

【補説】以上十首、その成果を見て定家が満足したと伝えられるのも、いかにもと首肯される出来栄えである。

11　**君が世の千歳《ちとせ》のかげもあらはれて子日《ねのび》の野《ゝ》辺《べ》に消《き》ゆる白雪《しらゆき》**

【現代語訳】我が君の御代の栄えの、千年も続くであろうめでたさも、その松の姿に予見されて、子日の小松を引く野に消え去って行く白雪よ。

【参考】「万代を松にぞ君を祝ひつる千歳のかげに住まむと思へば」（古今三五六、素性）

【語釈】○**千歳のかげ**―松は千年の齢を保つとされる所から来る祝詞。○**子日**―正月初子の日、野に出て若菜を摘むと共に、小松を引いて家に植える行事。

【補説】「子日」五首。「若菜」は後出するので、ここでは小松引きの野遊びのみを詠む。

12　**わが君《きみ》のためしに引《ひ》かむ物なれや子日《ねのび》の松《まつ》の千代《ちよ》のけしきは**

【現代語訳】我が君の永遠の御栄えの実例として、引用し、祝うものなのだなあ。子日に引き植える松の、千年までも栄えるであろう様子は。

【参考】「春ふれば雪の心も老いぬるをわかねの松をためしには引け」（大斎院御集一〇一）

【語釈】○引かむ―小松を引く意と「引用」の意をかける。

13 手《て》に満《み》てる野辺《のべ》の千歳《ちとせ》の小松原《こまつばら》引《ひ》くべき春《はる》も限《かぎ》りなきかな

【現代語訳】誰も彼もが手に〳〵小松を持った、野に出て千年の齢を祝う小松原よ。こうして小松引きを楽しむ春も、限りなく続くことだろうよ。

【参考】「数しらず引ける子の日の小松かな一本にだに千世はこもれり《(玉)るを》」（続詞花九、玉葉一〇、小弁）

【補説】子日詠としてはやや珍しい、賑やかな小松引きであるが、祝意を巧みに表現している。

14 子《ね》の日して祝《いは》ふ野原《のはら》の姫小松《ひめこまつ》千歳《ちとせ》をこめて立《た》つ霞《かすみ》かな

【現代語訳】子の日の遊びをして祝う、この野原のかわいらしい小松よ。そこに象徴される、千年の寿命のめでたさを籠めて、立ちこめる霞であるよ。

【参考】「この春ぞ枝さしそふる行末の千歳をこめて生ふる姫松」（躬恒集一九四）「見渡せば比良の高嶺の春霞千歳をこめて立ちにけるかな」（江帥集三四七）

【補説】『国歌大観』中、類歌は右【参考】二首しか拾い得なかった。平凡陳腐とも見えようが、案外そうでない一首である。

15　春《はる》来《き》ぬと声《こゑ》めづらしき鶯《うぐひす》のはつねの野辺《べ》に急《いそ》ぐ諸人《もろびと》（墨・朱）

【現代語訳】春が来たよと告げる声も珍しい鶯の初音、それに誘われて、その名も同じ、初子の日の遊びをする野原にいそ〳〵と行く、沢山の人々よ。

【参考】「人知れず待ちしもしるく鶯の声めづらしき春にもあるかな」（兼盛集一五五）

【語釈】○はつね―「初音」と「初子」をかける。

【補説】「声めづらしき」の用例は、他に「兼盛集」一六六（「時鳥声めづらしく」）・「高遠集」三五三（「雁金の声めづらしき」）が拾える程度である。これを生かして、「はつね」を両様に生かした才を見るべきであろう。

16　いかで先《ま》づ春来《く》ることを分《わ》きもせむ」三オやがて立《た》ちそふ霞《かすみ》ならでは

【現代語訳】どうしてまっ先に、春が来たという事を理解できようか。早速に立ち加わる「霞」というものによる以外では。

【参考】「春霞かすみそめぬる外山よりやがて立ちそふ花の面影」（拾遺愚草一八二九、定家）

【補説】「やがて立ちそふ」の用例は近世の通村・後水尾院各一例を除いては、【参考】定家詠（建仁元年〈一二〇一〉院句題五十首）のみ。為家は必ずや二十二年前の父詠に学んだであろう。以下、「霞」二十首。

17　葛城《かづらき》や高間《たかま》の山は霞《かす》めども梢《こずゑ》の雪《ゆき》の色《いろ》ぞつれなき

【現代語訳】 葛城山を見渡すと、その最高峰、高間山は霞んで見えるけれども、木々の梢に積った雪の色は、冬と一向に変った所がないよ。

【参考】「葛城や高間の桜咲きにけり立田の奥にかかる白雲」（新古今八七、寂蓮）「立田山霜も時雨も降るものを今年は秋の色ぞつれなき」（拾玉集三三二〇、慈円）

【語釈】 ○**葛城**—大和の歌枕、葛城山。奈良県と大阪府の境を南北に走る山脈。○**高間の山**—葛城山の主峰、金剛山の別称。

18 いつの間《ま》に春《はる》も来《き》ぬらんほのぐ〳〵と霞《かす》みそめたる天《あま》のかご山《やま》

【現代語訳】 一体何時の間に春がやって来たのだろう。（ふと気がつけば）ほのぐ〳〵と霞みはじめている、天の香久山よ。

【参考】「いつの間に霞立つらん春日野の雪だにとけぬ冬と見し間に」（後撰一五、読人しらず）「ほのぐ〳〵と春こそ空に来にけらし天のかぐ山霞たなびく」（新古今二、後鳥羽院）

【語釈】 ○**天のかご山**—大和の歌枕、天香具山。奈良県橿原市。大和三山の一。

19 降《ふ》り積《つ》みし松《まつ》の白雪《しらゆき》いつの間《ま》に消《き》えても春《はる》の霞《かすみ》立《た》つらん

【現代語訳】 あんなにも降り積っていた、松の枝の白雪が、一体何時の間に消えてしまって、まあ、こんなに春の霞が立つというのだろう。

【参考】「降り積みし高嶺のみ雪とけにけり清滝川の水の白波」（新古今二七、西行）「この比は花も紅葉も枝になししばしな消えそ松の白雪」（新古今六八三、後鳥羽院）

【語釈】○**消えても**—「も」は詠嘆・感動をあらわす間投助詞。

20　**鶯《うぐひす》の声《こゑ》も聞《きこ》えぬ山里《ざと》に初《はつ》春告《つ》ぐる朝霞《あさがすみ》かな**（墨・朱）

【現代語訳】鶯の（谷から出る声で春を知るというが、その）声も聞えない深い山里で、初春が来たよ、と知らせてくれる、朝霞よ。

【参考】「鶯の谷より出づる声なくは春来る事を誰か知らまし」（古今一四、千里）

21　**花咲《さ》かぬ常磐《ときは》の山の朝霞《あさがすみ》さてだに春の色《いろ》を知《し》れとや**」三ウ

【現代語訳】花が咲かず、一年中色を変えない常磐山に立つ朝霞よ。せめてそういう形ででも、春になったという事を知れというのだろうか。

【参考】「花咲かぬ常磐の山の鶯は霞を見てや春を知るらん」（能宣集一一五）

【語釈】○**常磐の山**—山城の歌枕。京都市右京区、妙心寺の西の丘陵地。左大臣源常《ときわ》（嵯峨院皇子）の山荘があった故の称という。常緑で変化のない意に用いる。

22　葦《あし》の葉のつのぐみわたる難波潟《なにはがたなみ》波も緑《みどり》に立《た》つ霞《かすみ》かな

【現代語訳】　葦の葉が、角のような新芽を一面に出しはじめる難波潟よ。波も緑色に立ち、同じ色に霞も立ちこめるよ。

【参考】　「三島江につのぐみわたる葦の根のひとよの程に春めきにけり」（後拾遺四二、好忠）

【語釈】　○**難波潟**―摂津の歌枕。大阪湾、淀川河口周辺。葦が名物。○**つのぐみ**―葦の芽立ちを角に見立てた形容。

23　三熊野《みくまの》の浦《うら》ゆく舟《ふね》の夕霞《がすみ》よそにへだつる春はきにけり（墨・朱）

【現代語訳】　熊野の浦を行く舟を、夕暮の霞が隔ててほのかに見せている。そのように、私からは隔てて遠い存在ながら、世間に春は来たのだなあ。

【参考】　「三熊野の浦よりをちに漕ぐ舟の我をばよそに隔てつるかな」（新古今一〇四八、伊勢）「いつしかと霞みにけりな塩釜の浦ゆく舟の見えまがふまで」（散木集一四、俊頼）

【語釈】　○**三熊野の浦**―紀伊の歌枕。和歌山県、熊野灘に面した海岸。

【補説】　調査してみてはじめてわかる事であるが、「浦ゆく舟の」「夕霞」「よそに隔つる」いずれも用例のごく少い歌語である。さりげなくこれらを連ねた本詠に、「此の道不堪なり、父祖のあととて世にまじはりても詮なし、出家せん」とまで思い詰めたという、千首詠出前夜の為家の思い（井蛙抄雑談篇）がほの見えはしないだろうか。

24　春の野の荻《おぎ》の焼《や》け原《はら》かすむ日にありかもしるく雉子《きゞす》なくなり（墨）

【現代語訳】　春の野の、秋に茂った荻を焼き払った原が霞んでいる日に、（かくれる所もなくなって）居場所も明らかなように、雉が鳴いているよ。

【参考】「今日よりは荻の焼け原かき分けて若菜摘みにと誰を誘はん」（後撰三、兼盛）「狩人の朝踏む小野の草若みかくろへかねて雉子なくなり」（林葉一八三、俊恵）

25　時知《ときし》らぬ冨士《ふじ》の柴山《しばやま》おのれさへ霞《かす》める色《いろ》に春《はる》は消《き》えつゝ

【現代語訳】　時節の区別なく雪が積っていると言われる冨士の柴山だが、その山さえ霞に包まれた色になって、春はその姿が見えないようになっているよ。

【参考】「時知らぬ山は冨士のねいつとてか鹿子まだらに雪の降るらむ」（伊勢物語一二、新古今一六一六、業平）「天の原冨士の柴山この暮の時ゆつりなば逢はずかもあらむ」（万葉三三六九、駿河国歌）「足引の山田のそほづおのれさへ我をほしてふうれはしきこと」（古今一〇二七、読人しらず）

26　今朝《けさ》は又それかとばかり残《のこ》るかな霞《かすみ》にうすき淡路島山《あはぢしま》

【現代語訳】　（立春の）今朝は又（昨日までの冬とは違って）ああ、あれがそうかと思う程に残って見えるよ。霞のためにうっすらとなっている、淡路島の山よ。
【参考】「春といへば霞みにけりな昨日まで波間に見えし淡路島山」（新古今六、俊恵）「忘ればや花にたちまよふ春霞それかとばかり見えし曙」（拾遺愚草二五三六、定家）
【補説】俊恵詠と同趣向だが、同詠ほど理が目立たず、すっきりとした叙景。「霞にうすき」は後代宗尊親王らに継承される独創句。

27　**武蔵野《むさしの》や初若草《はつわかくさ》のつまこめて」四オ八重立《やへた》ちかくす朝霞《あさがすみ》かな**（墨）

【現代語訳】武蔵野を見渡すと、そこに萌え出る若草を、あの「つまもこもれり」の歌のように立ちかくして、幾重にも立ちこめた朝霞の景色であるよ。
【参考】「武蔵野は今日はな焼きそ若草のつまもこもれり我もこもれり」（伊勢物語一七、女）
【補説】伊勢物語詠による作とのみ見て見過されそうな歌であるが、「初若草」は『国歌大観』中にこれ一つ、という、為家独創句である。他に約八十年後にただ一首、「如月《きさらぎ》や初若草の煙こそ消えにし野（ママ）の霞なりけれ」（光吉集二四六）があるが、これは寺泊の遊女初若（永仁六年〈一二九八〉頃在世、当時佐渡配流の京極為兼への贈歌〈玉葉一二四〇〉あり）への悼歌で、景ではない。為家の人知れぬ「新しさ」を見るべき詠である。

28　**わたつ海《うみ》や色《いろ》なき波《なみ》の霞《かす》むより浦《うら》の苫屋《とまや》も春《はる》や知《し》るらん**

【現代語訳】ここ、大海では、（花紅葉のように）季節によって変る色のない波ではあるが、それが一面に霞む事によって、海岸の貧しい漁師の家も春が来たと知るのであろう。
【参考】「松風も今は嵐になるみ潟色なき波の冬の淋しさ」（千五百番歌合一七九六、具親）「見渡せば花も紅葉もなかりけり浦の苫屋の秋の夕暮」（新古今三六三、定家）
【補説】「色なき波」は【参考】具親詠一例のみ。為家は必ずや父定家の名吟にこれを取合せて、春季詠に仕立てたのであろう。速詠における彼の頭の働き方を知るべく、貴重な一首。なお399参照。

29　梓弓《あづさゆみ》春は来《き》ぬらし巻向《まきもく》の穴師《あなし》の桧原《ひばら》霞《かすみ》たなびく（墨）

【現代語訳】ああ、春は来たらしいなあ。巻向の穴師山の桧の原に、霞がたなびいている。
【参考】「巻向の桧原の山のふもとまで春の霞はたなびきにけり」（堀河百首四三、基俊）「巻向の穴師の山の山人と人も見るがに山葛《かづら》せよ」（古今一〇七六、採物の歌）
【語釈】○梓弓―「春」の枕詞。「張る」「引く」は「弓」の縁語。○巻向の穴師―大和の歌枕。奈良県桜井市東北。「桧原」が名勝。

30　夕暮《ぐれ》は幾重《いくえ》霞《かすみ》の隔《へだ》つらんうづもれ果《は》つる松《まつ》の群立《むらだち》（墨）

【現代語訳】夕暮ともなれば、一体何重にも、霞が立ち重なって隔ててしまうのだろう。まるでその中に埋もれて、見えなくなっている、松の群生地よ。

【参考】「いつの間に幾重霞の隔つれば妹背の山の方は見えぬぞ」（和泉式部集七二八）「都へは幾重霞か隔つらん

思ひ立つべき方も知られず」（和泉式部続集四五一）

【補説】「幾重霞の」は、中世若干の追随例はあるものの、和泉式部の独創と言ってよく、これを取入れた為家の眼力はさすがである。

31　浦近《うらちか》く寄《よ》せ来《く》るまゝにあらはれて霞《かすみ》ぞこもる沖《おき》つ白波《しらなみ》（墨）

【現代語訳】岸近く、打寄せて来るにつれて見えるようになって、それまでは霞の中にこもってそれとはわからない、沖の白波よ。

【補説】かなり誇張された表現で、「霞ぞこもる」はやや不安定な措辞でもあるが、一面の深い霞、そこから寄せて来る白波という特異な景を簡潔に詠みえている。

32　消《き》えわたる雪《ゆき》の下露《したつゆ》吹《ふ》く風《かぜ》になほ乱《みだ》れそふ朝霞《あさがすみ》かな」四ウ

【現代語訳】消えて行こうとする、雪からしたたり落ちる露のしずくを吹く風に、なおも争うように乱れかかる朝霞よ。

【参考】「波間よりほのかに見ゆる蜑小舟雲と共にも消えわたるかな」（題林愚抄九四一一、公実、保延元年内裏歌合）「消えわたる雪間に見ゆる初草の今日よりもえて物ぞ思はん」（建仁元年八月和歌所影供歌合一七三、公景）

【補説】「消えわたる」の前例は【参考】二首のみ、「雪の下露」は後年「嘉元百首」「正徹千首」に各一例見えるのみである。

33
住《す》みわぶる宿《やど》の煙《けぶり》のしるしだに霞《かすみ》に絶《た》えて誰《たれ》か訪《と》ひ来《こ》む

【現代語訳】世の中に住みかねて、細々と立てている貧しい家の暮しの煙、その生きているしるしさえも、霞にまぎれて見えなくなり、これでは一体誰が尋ねて来てくれるだろうか、そんな人はあるまい。

【参考】「大淀の浦に刈り干すみるめだに霞に絶えて帰る雁金」（新古今一七二五、定家）

34
霞《かす》む日の三保《みを》の浦辺《うらべ》に漕《こ》ぐ舟《ふね》のいとゞあとなき波《なみ》の上《うゑ》かな（墨・朱）

【現代語訳】霞みわたった日に、三保の浦あたりを漕いで行く舟は、波で航跡が消えるばかりでなく、霞のためにいよ〳〵通った跡がそれと見えない、波の上の道筋であるよ。

【参考】「風早の三穂の浦廻《うらみ》を漕ぐ舟の船人さわく波立つらしも」（万葉一二二三）「しるべせよあとなき波に漕ぐ舟の行方も知らぬ八重の潮風」（新古今一〇七四、式子内親王）

【語釈】○三保の浦―駿河の歌枕。静岡県清水市の海岸。

35
霞《かす》み行く・末《すゑ》の松《まつ》山あと絶《た》えて越《こ》ゆとも知《し》らぬ沖《おき》つ白波《しらなみ》

【現代語訳】霞んで行く末の松山は、すっかり見えないようになって、越えたかどうかもわからない、沖の白波よ。

【参考】「浦近く降り来る雪は白波の末の松山越すかとぞ見る」（古今三二六、興風）「契りきなかたみに袖をしほ

りつつ末の松山波越さじとは」（後拾遺七七〇、元輔）
【語釈】○**末の松山**―陸奥の歌枕。岩手県多賀城市。

36 **春来《き》ぬと涙《なみだ》ばかりやとけぬらん谷《たに》の雪間《ゆきま》を出《い》づる鶯《うぐひす》**

【現代語訳】春が来たというので、凍りついていた涙だけはとけたのだろうか、（まだとけない）谷の雪の間から出て、里へと向って行く鶯よ。
【参考】「鶯の涙のつらゝうちとけて古巣ながらや春を知るらむ」（新古今三一、惟明親王）
【補説】以下九首、「鶯」。

37 **遅《おそ》しとも見《み》るべき花はなけれども春《はる》や常磐《ときは》の森《もり》の鶯《うぐひす》**（墨）

【現代語訳】（ここは「いつも緑」という名の場所なんだから）遅いなあと思うはずの花はないけれども、春は早くも来た、というのか、常磐の森で鳴いている鶯よ。
【参考】「春や疾《と》き花や遅きと聞き分かむ鶯だにも鳴かずもあるかな」（古今一〇、言直）
【他出】夫木抄一〇〇一〇、千首歌。
【語釈】○**常磐**→21。「遅し」に対し、【参考】の「春や疾き」をかける。地名を巧みに使った気の利いた技巧。

38 **まだ咲《さ》かぬ軒端《のきば》の梅《むめ》にたづね来《き》て」五オ秀《ほ》つ枝《ゑ》もよほす鶯《うぐひす》の声《こゑ》**（朱）

【現代語訳】まだ咲いていない、軒先の梅の木に訪れて来て、高い枝に向って早く咲いておくれと催促するような、鶯の声よ。

【参考】「妹が為ほつえの梅を手折るとは下枝《しづえ》の露にぬれにけるかも」（万葉二三三四、作者未詳）「我が園の梅のほつえに鶯の音に鳴きぬべき恋もするかな」（古今四九八、読人しらず）

【語釈】○**秀つ枝**―先の方の枝。○**もよほす**―うながす。

【補説】「秀つ枝」は「万葉集」に多い語で、あとは【参考】古今詠が有名である以外、用例はきわめて少ない。

39 **散《ち》る雪《ゆき》に縫《ぬ》ふてふ笠《かさ》の遅《おそ》ければぬれて木伝《こづた》ふ春《はる》の鶯《うぐひす》**（墨・朱）

【現代語訳】ちら〳〵散る雪に対して、青柳の糸で縫うという梅の花笠が間に合わないものだから、ぬれて枝移りしている、春の鶯よ。

【参考】「青柳を片糸によりて鶯の縫ふてふ笠は梅の花笠」（古今一〇八一、返し物の歌）「谷深み聞き古すてふ山里になほ珍しき春の鶯」（堀河百首五〇、匡房）

【補説】雪の中の可憐な鶯の姿を、周知の古今詠によって巧みに詠む。

40 **草《くさ》も木もあらたまれども鶯《うぐひす》の声《こゑ》こそもとの昔《むかし》なりけれ**（墨）

【現代語訳】（新春を迎えて）草も木も新しい姿になったけれども、鶯の声こそは、もとのままの昔の通りだよ。

【参考】「草も木も色変れども渡つ海の波の花にぞ秋なかりける」（古今二五〇、康秀）「百千鳥さへづる春は物毎にあらたまれども我ぞ旧りゆく」（古今二八、読人しらず）「石の上古き都の時鳥声ばかりこそ昔なりけれ」（古今一四四、読人しらず）

41 昨日《きのふ》こそ惜《を》しみし年《とし》は呉竹《くれたけ》の一夜《ひとよ》に来居《きゐ》る鶯《うぐひす》の声《こゑ》（墨）

【現代語訳】ほんの昨日、惜しい〳〵と言っていた年は暮れて、たった一晩の違いで、竹の枝に来ている鶯の声が聞える。

【参考】「桜花今日よく見てむ呉竹の一夜の程に散りもこそすれ」（後撰五四、是則）

【語釈】**○呉竹の一夜**――「年は暮れ」と「呉竹」、「呉竹の一節《ひとよ》」と「一夜」をかける。

42 たぐへても誘《さそ》はむ花は匂《にほ》はぬに待《ま》たれぬ程の鶯《うぐひす》の声《こゑ》

【現代語訳】花の香を風に伴わせて鶯を誘おうと思っても、その花はまだ咲かず匂わないのに、待ちもしないうちにもう鳴く、鶯の声よ。（嬉しいことだ）

【参考】「花の香を風の便りにたぐへてぞ鶯誘ふしるべにはやる」（古今一三、友則）

【補説】古今詠を巧みに転換する。

43 初声《はつごゑ》は都《宮こ》に今《いま》や松垣《まつがき》の真柴《まし葉》の枯葉《かれは》馴《な》らす鶯《うぐひす》（墨）」五ウ

【現代語訳】春、はじめてのその声は、都の人が今か〳〵と待っているだろうに、（それには関心なく、この山家の）粗末な松の垣根で、雑木の枯葉の中で遊んでいる鶯よ。

【参考】「山里に葛這ひかゝる松垣のひまなく物は秋ぞ悲しき」（新古今一五六九、好忠）

【語釈】○**松垣**―「待つ」をかける。

【補説】全く新しい発想の一首である。人間の思わくとは無関係に、山家の自然の中に無心に遊ぶ鶯の姿を表現した古典和歌は、恐らくこれ一首ではなかろうか。「為家」のイメージを一変させる本詠を虚心に味わいたい。

44　鶯《うぐひす》の待《ま》ち来《こ》し野辺《のべ》に春の来《き》て萩《はぎ》の古枝《ふるえ》ぞ浅緑《あさみどり》なる（墨）

【現代語訳】鶯が、ずっと待っていた野にようやく春が来て、枯れていた萩の古い枝も、浅緑の芽を吹いたよ。

【参考】「百済野《くだらの》の萩の古枝に春待つとすみし鶯鳴きにけむかも」（万葉一四三五、赤人）

【他出】夫木抄四三一、千首歌。

【補説】底本、「ふるえに」とし、「そ」と訂正。春の歌なのに何で秋の風物、萩を？と不審を打ち、やや暫し考えて万葉赤人詠に想到。なるほど、と微笑する。為家独特の「證歌」活用の好例である。

45　春の野に尋《と》むる若菜《わかな》は萌《も》えやらで袖《そで》のみ濡《ぬ》るゝ荻《おぎ》の焼《や》け原《はら》

【現代語訳】春の野に、探し求める若菜はまだ萌え出るに至らないで、徒らに袖が濡れるだけの、荻の焼け原よ。

【参考】「春日野の荻の焼け原あさるとも見えぬなきなをおほすなるかな」（後撰一〇二〇、中宮内侍）
【補説】「袖のみ濡るゝ」とのみで、その原因（たとえば残雪）を示さぬ所から、無実の艶聞を嘆ずる【参考】詠を暗示したものと考えた。「若菜」十首の発端として、「萌えやらぬ」状態を詠む。

46　冬枯《がれ》の篠《しの》の《ゝ》小《お》薄《すゝき》うちなびき若菜《わかな》つむ野《の》に春風《はるかぜ》ぞ吹《ふ》く（墨）

【現代語訳】冬枯の篠薄が揃って風になびくように、誰も彼も打揃って若菜を摘む野に、（冬の寒風ならぬ）暖かな春風が吹くよ。

【参考】「冬枯の篠の小薄袖たゆみ招きも寄せじ風にまかせむ」（更級日記六二、孝標女）「女郎花秋の野風にうちなびき心一つを誰に寄すらむ」（古今二三〇、時平）

【他出】夫木抄二六七、同（千首歌）。新千載三七、同じ心（若菜）を。題林愚抄三三〇（若菜）。

【語釈】○**篠の小薄**―葉が小さく、群生する薄。ここでは「うちなびき」の序。○**うちなびき**―心・行動を一方に寄せる意。

【補説】佐藤『研究』P271に「更級日記」襲用の指摘があるが、なお上二句は季節の推移、風の感触の変化を示し、その点で、後代相当の評価を得たものであろう。

47　若菜《わかな》摘《つ》む我《わ》が衣手《ころもで》も白妙《しろたえ》に飛火《とぶ日》の野《ゝ》辺《べ》はあは雪《ゆき》ぞ降《ふ》る（朱・尾）

【現代語訳】若菜を摘む私の袖もまっ白になる程に、飛火の野にはやわらかな春の雪が降っている。

【参考】「君がため春の野に出でて若菜摘む我が衣手に雪は降りつゝ」（古今二一、光孝天皇）「若菜摘む袖とぞ見ゆる春日野の飛火の野辺の雪のむら消え」（新古今一三、教長）「梅が枝に鳴きてうつろふ鶯の羽白妙にあは雪ぞ降る」（新古今三〇、読人しらず）

【他出】為家卿集四六、（春）、「白妙の《に》」。中院詠草三、（春歌、貞応二年）。為家集二七一、（春貞応三）。続古今二〇、若菜をよみ侍りける。

【語釈】〇飛火の野辺―大和の歌枕。奈良市春日野の異称。和銅五年（七一二）外敵侵入を知らせる狼煙《のろし》（飛火）が設けられた事からいう。〇あは雪―淡雪。春に降る、とけやすい雪。

【補説】為家は後年「続古今集」に、本千首から三首を自ら撰入した（20・86・1596）。その筆頭であり、自信作と認められる。【参考】三作を巧みに按排して、歌柄大きくまとめている。

48　鶯《うぐひす》の声《こゑ》する野辺《のべ》に散《ち》る雪《ゆき》もたまらぬほどの若菜《わかな》をぞ摘《つ》む（墨・朱）

【現代語訳】鶯の声の聞える野に、ちら〳〵と降る雪もその上に積らぬ程の、ほんの出たばかりの小さな若菜を摘み集めるよ。

【参考】「摘みたむる事の難きは鶯の声する野辺の若菜なりけり」（拾遺二六、読人しらず）

【補説】拾遺詠の「理」を、実景として巧みに詠む。底本では五句「あはゆきそふる」として傍書訂正するが、異文ではなく前歌の目移りによる単なる誤写であろう。

49　若菜《わかな》はや摘《つ》みて帰《かへ》らん春《はる》の野《ゝ》に」六オ道《みち》踏《ふ》みまどふ花もこそ散《ち》れ

【現代語訳】　若菜を、さあ早く、摘んで帰ろうよ。この春の野に、道を踏み迷ってしまうような花、すなわち雪が降り出すといけないもの。

【参考】　「忘れ草摘みて帰らん住吉の来し方の世は思ひ出でもなし」（後拾遺一〇六六、棟仲）「雪降りて道踏みまどふ山里にいかにしてかは春の来つらん」（後拾遺七、兼盛）

【他出】　夫木抄二六六、同（千首歌）、「道踏みまよふ」。

【語釈】　**○道踏みまどふ花**―兼盛詠により、「雪」を「花」として表現する。**○もこそ**―係助詞「も」＋「こそ」。悪い事態を予測し、「そうなっては困る」意を表わす。

【補説】　下句の表現に若々しい才気が見られる。

50　**帰《かへ》るさの道《みち》やたどらんあは雪《ゆき》の散《ち》りかふ野辺《のべ》に若菜摘《わかなつ》みつゝ**

【現代語訳】　帰りがけの道に、迷ってしまいそうだな。やわらかな雪の乱れ散る野原に、若菜を摘み集めているうちに。

【参考】　「春の野に若菜摘まんと占めし野に散りかふ花に道もまどひぬ」（古今六帖一一三九）

【補説】　類歌を求めて、ついに【参考】「古今六帖」一首しか見出しえなかった。当否は定かでないが、記録して示教を待つ。

51　**磯菜摘《いそなつ》む海人《あま》のさ衣《ごろも》春の来《き》て間遠《まどを》に霞《かす》む浦《うら》の浜松《はまゝつ》**

【現代語訳】　磯で海藻を摘む海人の着物の織目があらいように、春が来たためにまばらに霞んで見える、海岸の松よ。

【参考】「小余綾《こよろぎ》の磯立ちならし磯菜摘むめざし濡らすな沖に居れ波」（古今一〇九四、相模歌）「須磨の海人の塩焼き衣筬《をさ》をあらみ間遠にあれや君が来まさぬ」（古今七五八、読人しらず）

【語釈】○春の来て―「張る」「着て」と「衣」の縁語を連ねる。

【補説】「間遠に霞む」は『国歌大観』中、他に「隣女集」（雅有）、「草根集」（正徹）各一例あるのみ。次詠と二首、水辺の菜摘み。

52　小山田《おだ》のゑぐ摘《つ》む沢《さは》の薄氷《うすごほり》とけてや袖《そで》の濡《ぬ》れまさるらん

【現代語訳】　ささやかな山田でゑぐを摘んでいると、その水たまりに張った薄氷がとけて、ますます袖がひどく濡れることだろうか。

【参考】「賤の女がゑぐ摘む沢の薄氷いつまで経べき我が身なるらん」（詞花三四九、俊頼）「君が為山田の沢にゑぐ摘むと雪解の水に裳の裾濡れぬ」（万葉一八四三、後撰三七、読人しらず）
（後撰「濡れにし袖は今もかわかず」）

【語釈】○ゑぐ―カヤツリグサ科の多年草。クロクワイ。浅い水中に生え、食用にする。

53　雪消《ゆきゝ》えば若菜摘《わかなつ》みてん春日野《かすがの》の飛火《とぶひ》の野守言問《もりこととひ》はずとも（朱）

【現代語訳】雪が消えてしまったら、若菜を摘もうよ。春日野の飛火の野守がそれと知らせてくれなくても。
【参考】「春日野の飛火の野守出でて見よ今幾日《いくか》ありて若菜摘みてむ」（古今一八、読人しらず）
【語釈】○**飛火の野守**―飛火野（↓47）の管理人。○**言問はず**―話さない。知らせない。

54　朝日《あさひ》山のどけき春《はる》の気色《けしき》より八十《やそ》氏人《うぢ》も若菜摘《わかなつ》むらし（墨」六ウ）

【現代語訳】朝日山の、いかにものどかな春の雰囲気に誘われて、大勢の宇治の里人も若菜を摘んでいるらしいな。
【参考】「麓《ふもと》をば宇治の川霧立ちこめて雲居に見ゆる朝日山かな」（新古今四九四、公実）「朝日山裾野の野辺は雪消えて八十氏人も若菜摘むなり」（壬二集一一七八、家隆）
【他出】夫木抄二六五、千首歌。風雅一八、同じ心（若菜）を。歌枕名寄三七六、若菜。
【語釈】○**朝日山**―山城の歌枕。宇治市宇治橋南東の山。○**八十氏人**―多くの氏人。「宇治」をかけ、宇治の里人多数の意とする。

55　春はまた更《さら》に来《き》にけり白雪《しらゆき》の降《ふ》りかくしてし道《みち》はなけれど（墨）

【現代語訳】春はまた、再びやって来たよ。白雪が降りかくしてしまっていた為に、道はないのだけれど。
【参考】「踏み分けて更にや訪はむもみぢ葉の降りかくしてし道と見ながら」（古今二八八、読人しらず）
【補説】以下十首、「残雪」。

56　信楽《しがらき》の外山《とやま》のみ雪《ゆき》消えかねて春《はる》より後《のち》も冬ぞ久しき（墨・朱・尾）

【現代語訳】信楽の外山に積った雪は、なか〳〵消えにくくて、春になった後もそこだけは冬がいつまでも続いていることだ。

【参考】「信楽の外山のみ雪積るらし村雲まよひ時雨する比」（夫木六三八〇、後鳥羽院　北野社百首）

【語釈】○**信楽の外山**―近江の歌枕。滋賀県甲賀郡信楽町。霰・霞が多く詠まれ、雪を詠む事は少い。

57　み山《やま》には霞《かすみ》ばかりや隔《へだ》つらん消《き》えねど薄《うす》き松《まつ》の白雪《しらゆき》

【現代語訳】山の方を見渡すと、霞だけが眺めの隔てとなっているのだろうか。「松の雪だに消えなくに」と言うけれど、それでも薄くしか見えない、松の白雪よ。

【参考】「み山には松の雪だに消えなくに都は野辺の若菜摘みけり」（古今一九、読人しらず）

【補説】下句は必ずや【参考】古今詠によっているであろう。「松の白雪」は平凡な歌語と思われがちだが、古くは見られず、「この比は花も紅葉も枝になししばしな消えそ松の白雪」（新古今六八三、後鳥羽院）はじめ、「拾遺愚草」等に頻用される。

58　鶯《うぐひす》の古巣《ふるす》は雲《くも》につけおきて道分《みちわ》け出《い》づる谷《たに》の白雪《しらゆき》

【現代語訳】（春が来たとばかり）鶯が、古巣は雲にあずけておいて、山を分けて里へ出て行く道には、谷の白雪がまだ深く残っている。

【参考】「新路如今《イマ》穿ツ二宿雪ヲ一　旧巣為ニレ後ノ属ス二春雲ニ一」（朗詠集七〇、道真）「我が園を宿とは占めよ鶯の古巣は春の雲につけてき」（長秋詠藻四、俊成）

【語釈】○つけおきて―「春雲ニ属ス」を和らげた表現。託しておいて。「告げ」ではない。

【補説】祖父俊成の久安百首詠によった作。

59　しろ《き》たへ《え》の雪《ゆき》の玉水《たまみづ》たまゝに道《みち》踏《ふ》みそむる春《はる》の山里《ざと》（墨・朱）

【校異】時雨亭本「しきたえ」、書陵部本「しきたへ」。『国歌大観』校訂（佐藤）により改む。

【現代語訳】まっ白な雪から適り落ちる玉のような雫、その玉ではないが、冬籠りから偶ま解放されて、雪道を踏み、はじめて外出する、春の山里よ。

【参考】「山深み春とも知らぬ松の戸に絶えゞかゝる雪の玉水」（新古今三、式子内親王）

【語釈】○雪の玉水―実景であると同時に、「偶ま」を引出す序。

【補説】「しきたえ（敷妙）」は寝床に敷く栲《たえ》（コウゾの繊維による織物）の意から、「枕・床」の枕詞として用いられ、「雪」にかかる例はないので、『国歌大観』校訂を妥当と見て改めた。

60　降《ふ》り積《つも》る雪《ゆき》だに消《き》えぬ山の端《は》に」七オ春はいつしか花ぞ待《ま》たるゝ（朱）

【現代語訳】　降り積った雪さえまだ消えていない山の稜線だけれども、春になったと言えば早速にも花が咲いてほしいと待たれるよ。

【参考】「降り積る雪消えやらぬ山里に春を知らする鶯の声」（大斎院御集一）

【語釈】○いつしか―早くも。早速。「いつの間にか」ではない。巻末参考文献「「いつしか」考」参照。

61　残《のこ》るとは更《さら》にも言《い》はじ冨《ふ》士《じ》の山《やま》なほ時《をとき》知《し》らぬ峰《みね》の白雪《しらゆき》（朱）

【現代語訳】　残雪などとは事新しくも言うまい、冨士山の様子よ。いつも変らず、時候の変化も知らぬように積っている、峰の白雪を見ると。

【参考】「恋しとは更にも言はじ下紐のとけむを人はそれと知らなん」（後撰七〇一、元方）「時知らぬ山は冨士の嶺いつとてか鹿子まだらに雪の降るらむ」（伊勢物語一二、男）

【語釈】○更にも―（打消の語を伴って）決して。全然。

62　春来《き》ぬと梢《こずゑ》ばかりは消《き》え果《は》てゝ桧原《ひばら》が下《した》に残《のこ》る白雪《しらゆき》（墨）

【現代語訳】　春が来たというので、梢の上だけはすっかり消えたものの、桧の原の下にはまだ残っている白雪よ。

【参考】・【語釈】↓6。

63　春来《はるく》れど軒端《のきば》のつらゝなほさえて朝日《あさひ》がくれに残《のこ》る白雪《しらゆき》

【現代語訳】春は来たけれど、軒端に見える氷はなおも冷え切って、朝日の当らぬ所には今も残っている白雪よ。
【参考】「山陰の伏屋《ふせや》は春も知らねばや軒端の垂氷《たるひ》とくる間もなし」（堀河集一）「消え残る朝日がくれの白雪は去年《こぞ》の形見をたたぬなりけり」（堀河百首八一、公実）
【他出】夫木抄五七一、千首歌。
【語釈】○つらゝ―張りつめた氷の意で、「氷柱《つらら》」となるのは室町末以後というが、本詠では「堀河集」の襲用として、むしろ「垂氷」、すなわち後代語の氷柱と見るべきか、如何。「朝日がくれ」は「堀河百首」以外稀な表現であるが、為家は好んだと見え、「続後撰集」に土御門院の「埋れ木の春の色とや残るらん朝日がくれの庭の白雪」（二九）を撰入している。

64 深山《みやま》には雪《ゆき》だに消《き》えじ鶯《うぐひす》の古巣《ふるす》を何《なに》ゝに分《わ》きて出《い》づらん（墨）

【現代語訳】深い山の中では、雪だってまだ消えないだろうに、鶯は何によって春だと分別して古巣を出るのだろう。

【参考】「春やとき谷の鶯うち羽ぶき今日白雪の古巣出づなり」（拾遺愚草五〇四、定家）

65 降《ふ》り積《つ》みし梢《こずゑ》の雪《ゆき》もとけやらでなほ春寒《はるさむ》し窓《まど》の梅《むめ》が枝《え》 」七ウ

【現代語訳】降り積った梢の雪もとけきれないで、まだ春といっても寒いなあ、窓近い梅の枝よ。

【参考】「降り積みし高嶺のみ雪とけにけり清滝川の水の白波」（新古今二七、西行）「向ひゐて立ちも離れじ今日よりは花咲きそむる窓の梅が枝」（公衡集六）

【補説】「窓の梅が枝」の用例は案外少く、【参考】以外には元仁元年（一二二四）朗詠百首為家詠（夫木七〇六）と、近世三例しか見当らなかった。以下「梅」十首。

66　いつまでか花の名立《だ》てといとひけん雪《ゆき》よりもろき軒《のき》の梅《むめ》が枝《え》

【現代語訳】一体いつまで、散る雪を花の評判を悪くすると言って嫌ったのだろう。雪よりもろく花を散らしてしまう、軒の梅の枝なのに。

【参考】「梅が枝に物うき程に散る雪を花とも言はじ春の名立てに」（新古今二八、重之）「女郎花咲ける野辺にぞ宿りぬる花の名立てになりやしぬらん」（金葉二三〇、隆源）

【語釈】○名立て—悪い評判。

67　なほざりに折《を》りつる軒《のき》の梅《むめ》の花とがむばかりの袖《そで》の香《か》ぞする（墨・朱）

【現代語訳】何の気なしに折った、軒の梅の花よ。それは誰の移り香かとあやしまれそうな、よい薫りが袖にするよ。

【参考】「梅の花よそながら見む我妹子《わぎもこ》がとがむばかりの香にもこそしめ」（後撰二七、拾遺二七、読人しらず）

68
数《かず》ならぬ賤《しづ》が庵《いほり》の梅《むめ》の花誰《た》が袖ふれし名残《なごり》なるらん（墨）

【現代語訳】 物の数にも入らないような、庶民の貧しい家の梅の花よ。（それなのにこんないい薫りがするのは）一体どんな貴人がその袖を触れ、薫きしめた香を移した名残なのだろうか。

【参考】「色よりも香こそあはれと思ほゆれ誰が袖ふれし宿の梅ぞも」（古今三三、読人しらず）

69
消《き》えやらぬ雪《ゆき》にまがへる梅《むめ》の花匂《はなにほ》ひをわきて来居《きゐ》る鶯《うぐひす》

【現代語訳】 まだ消え切ってもしまわない雪と、見分けがつかない程白い梅の花だが、匂いでちゃんと分別して来ている鶯よ。

【参考】「忘れては雪にまがへる白菊を夜な〳〵霜の置きかへてける」（散木集五四六、俊頼）「梅が枝に来居る鶯春かけて鳴けどもいまだ雪は降りつゝ」（古今五、読人しらず）

70
梅《むめ》の花昔《むかし》の春《はる》ぞしのばるゝ心《こゝろ》も知《し》らぬ宿《やど》に咲《さ》けども（墨・朱）

【現代語訳】 梅の花を見ると、その昔の春の事が追懐されることだ。貫之の古歌の情も知らぬ、全く無関係な家に咲いていているのだけれども。

【参考】「人はいさ心も知らず故郷は花ぞ昔の香に匂ひける」（古今四二、貫之）

【補説】 以下五首、「古今集」名歌の詠みかえ。

71

梅《むめ》の花折《お》られぬ水《みづ》の影清《かげきよ》み」八オ底《そこ》も一《ひと》つに色《いろ》ぞうつろふ（朱）

【現代語訳】水に映る梅の花は、手折る事はできないものの、実に清らかな映像で、枝の上も水の底も全く同一であるかのように、その色が映っている。

【参考】「春毎に流るゝ河を花と見て折られぬ水に袖やぬれなむ」（古今四三、伊勢）

72

散《ち》らばまたよそにぞ見《み》まし梅《むめ》の花うたて袂《たもと》に香《か》のとまりける（墨・朱）

【現代語訳】散ってしまったらそれはそれで、もう縁のないものと見ようのに、梅の花よ、ああ厄介なこと、袂にその香がしみついているよ。

【参考】「散ると見てあるべきものを梅の花うたて匂の袖にとまれる」（古今四七、素性）

73

梅《むめ》の花立《た》ち寄《よ》るばかり春風《はるかぜ》のありか知《し》らする夕闇《やみ》の空《そら》（朱）

【現代語訳】梅の花は、もう定かに見えないが、それでも立寄って鑑賞できるように、春風がよい薫りを運んでその場所を知らせてくれるよ、夕闇の空の下で。

【参考】「梅の花立ち寄るばかりありしより人のとがむる香にぞしみぬる」（古今三五、伊勢）「春の夜の闇はあやなし梅の花色こそ見えね香やはかくるゝ」（古今四一、躬恒）

74　紅《くれなゐ》の夕日にまがふ梅《むめ》の花色《いろ》をも香《か》をも風《かぜ》や分《わ》くらん（墨）

【現代語訳】まっ赤な夕日がさして、それと見分けのつかない紅梅の花よ。その色をも香をも、風が承知して、その存在を知らせてくれるのだろう。

【参考】「君ならで誰にか見せむ梅の花色をも香をも知る人ぞ知る」（古今三八、友則）

【補説】さすがに古来詠みつくされた「梅」題では窮したのであろう、古今オンパレードが微笑ましくもある。読者・研究者としては倦怠をもよおされるでもあろうが、詠み進むにつれ、緊張が緩和、次第に自在な詠み口となって来る所に注目されたい。

75　浅緑《あさみどり》柳《やなぎ》が枝《えだ》の白露《しらつゆ》に玉貫《たまぬ》きとめぬ春風《はるかぜ》ぞ吹《ふ》く（朱）

【現代語訳】薄緑に新芽を出した柳の枝に置く白露、それを、古歌に言う「玉にも貫ける」ままにはすまいというように散らす、春風が吹くよ。

【参考】「浅緑糸よりかけて白露を玉にも貫ける春の柳か」（古今二七、遍昭）

【補説】以下、「柳」十首。

76　草《くさ》も木も同《おな》じ緑《みどり》の色《いろ》に出《い》でゝまづ見《み》えそむる青柳《あをやぎ》の糸《いと》（墨）」八ウ

【現代語訳】（春になれば）草も木も皆同じ緑になるとは言いながら、それが色として先ず一番に見えはじめるのは、青柳の糸だよ。

【参考】「繰返し春のいとゆふ幾世経て同じ緑の空に見ゆらん」（六百番歌合一〇七、定家）

【補説】「まづ見えそむる」の先行表現としては、「草がくれ秋過ぎぬべき女郎花匂ひゆゑにやまづ見えぬらむ」（亭子院女郎花合　一）がようやく拾える程度。他にも用例は少ない。

77　**朽《く》ちにける六田《むつだ》の淀《よど》の河柳《かはやなぎ》片枝《かたえ》ばかりに春《はる》ぞ残《のこ》れる**（墨）

【現代語訳】枯れてしまった、六田の淀のほとりに立つ河柳よ。わずかに残る片枝だけが緑に芽吹いて、そこに春が残っている。

【参考】「かはづ鳴く六田の河の河柳のねもころ見れど飽かぬ君かも」（万葉一七二七、絹）「五月雨に六田の淀の河柳末《うれ》越す波や滝の白糸」（林下集七五、実定）「高瀬さす六田の淀の柳原緑も深く霞む春かな」（新古今七二、公経）

【語釈】○**六田の淀**―大和の歌枕、奈良県吉野郡吉野川の渡し場。柳で著名。○**河柳**―辞書的にはネコヤナギであるというが、和歌ではむしろ川辺に立つ通常の柳であろう。

【補説】底本、末句「かせそふく」を見せ消ちにして「そのこれる」と細字訂正する。

78　**打《うち》絶《た》えて人も払《はら》はぬ我《わ》が庵《いほ》はなびく柳《やなぎ》にまかせてぞ見《み》る**（墨）

【現代語訳】全く見捨てられて、誰もきれいに塵を払ってもくれない私の小さな家は、ただ風になびく柳にそれをまかせて、そのままにしておくよ。

【参考】「池水の水草も取らで青柳の払ふ下枝《しづえ》にまかせてぞ見る」（後拾遺七五、経衡）

79 居《ゐ》る鷺《さぎ》のおのが蓑毛《みのけ》も片寄《かたよ》りに岸《きし》の柳《やなぎ》を春風《はるかぜ》ぞ吹《ふ》く

【現代語訳】立ちつくしている鷺の、自分の首まわりの蓑毛も一方になびき片寄ってしまう、それぐらいに、一方向に向けて川岸の柳の枝を春風が吹いている。

【参考】「遠方や岸の柳に居る鷺の蓑毛並寄る川風ぞ吹く」（正治百首四九五、良経）

【他出】夫木抄八五三　同（千首歌）。「岸の柳に」。

【語釈】○**蓑毛**―鷺の首まわりに、蓑のように垂れているやわらかい羽毛。

【補説】良経詠は「鳥」題。これを春の柳詠とし、やわらかな春風の表現とした所に働きがある。

80 青柳《あをやぎ》の岸《きし》の古根《ふるね》はあらはれて下枝《しづえ》ぞ水《みづ》の行く瀬《せ》なりける（墨）

【現代語訳】青々とした柳の、川岸の古い根は波に洗われて露出し、下枝が水に浸って、早い流れのままになびいている。

【参考】「泉河行く瀬の水の絶えばこそ大宮所遷ろひ行かめ」（万葉一〇五八、福麿歌集）

【補説】他に発想・措辞の典拠となるべき先行歌をついに発見しえず、後続歌にも見出だせなかった。示教を乞う。

81　眺《なが》めやる遠《おち》の末野《すゑのゝ》の柳陰《やなぎかげ》梢《こずゑ》あらはに春風《はるかぜ》ぞ吹《ふ》く

【現代語訳】　はるかに眺め渡す、遠くの野の彼方の柳の姿よ。その梢の動きもはっきり見分けられる程に、春風が吹いている。

【参考】「道の辺に清水流るゝ柳陰しばしとてこそ立ちとまりつれ」（新古今二六二、西行）「煙さへ目に立つ今朝の住まひかな梢あらはに晴るゝ山里」（拾遺愚草員外二三一、定家）

【他出】　夫木抄八五八、同（千首歌）。

82　下枝《しづえ》漬《ひ》つ岸《きし》の柳《やなぎ》のおのれのみ糸《いと》「九オもてかゞる水《みづ》の柵《しがらみ》

【現代語訳】　下枝が川に浸っている、岸の柳の、自分一人、その柳の糸で編み合せて、水を塞き止める柵を作っているような姿よ。

【参考】「風をいたみ岩うつ波のおのれのみくだけて物を思ふ比かな」（詞花二一一、重之）「青柳の枝にかゝれる白露を糸もてぬける玉かとぞ見る」（古今六帖四一五九、貫之）「青柳の枝にかゝれる春雨を[は（新勅撰）]糸もてぬける玉かとぞ見る」（同四一六五、伊勢集一〇一、新勅撰二三、伊勢）

【補説】「糸もてぬける」は常套表現、「糸もて織れる」も複数見られるが、「糸もてかゞる」は『国歌大観』中この一例のみである。

83　道《みち》の辺《べ》に朽《く》ちてやみぬる古柳《ふるやなぎ》もとの心《こゝろ》に春《はる》や忘《わす》れぬ（墨）

【現代語訳】道のほとりに、枯れ朽ちたままで立っている古柳よ。それでも本来の心のままに、春を忘れずにいるのだろうか。

【参考】「三吉野の大川の辺の古柳かげこそ見えね春めきにけり」（新古今七〇、輔仁親王）「秋萩の古枝に咲ける花見ればもとの心は忘れざりけり」（古今二一九、躬恒）

84　春の日の光《ひかり》も長《なが》し玉鬘《たまかづら》かけて干《ほ》すてふ青柳《あをやぎ》の糸《いと》（墨・朱・尾）

【現代語訳】春の日光の照らす時間の、何とまあ長いこと。大宮人の美しい髪飾をかけて干しているようだと言われる、青柳の糸の長いのと同じように。

【参考】「百敷や大宮人の玉鬘かけてぞなびく青柳の糸」（新勅撰二六、讃岐）「布引の滝の白糸うちはへて誰山風にかけて干すらむ」（続後撰一〇一四、後鳥羽院、最勝四天王院障子和歌）

【他出】為家卿集四九、柳　貞応二。中院詠草九、春歌　貞応二年。大納言為家集八一、柳　貞応二。続後拾遺二一四、題しらず。閑月集三〇、柳を。

【補説】いろ〳〵苦心して詠んで来た「柳」詠中、最も自ら認め、一般にも評価された一首。「光も長し」は為家の独自表現で、力強く、生き〳〵としている。

85　春《はる》の日の陰野《かげの》の蕨《わらび》いたづらに萠《も》ゆるも知《し》らぬ淡雪《あはゆき》ぞ降《ふ》る（墨・朱・尾）

【現代語訳】 春の日と言いながら、山陰の野の蕨よ。つまらないことに、せっかく萌え出たのも知らないで淡雪が降っている。
【参考】「深山木の陰の下野の下蕨萌え出づれども知る人もなし」（堀河百首一三九、千載三四、基俊）
【語釈】○陰野―「日の影」をかける。○萠ゆる―「わらび」に「火」をかけ、「燃ゆる」と続ける。
【補説】 本千首における「堀河百首」摂取の状況は、佐藤『藤原為家研究』P227以下に説かれている。以下、「早蕨」五首。

86　春とだに消《き》えあへ《え》ぬ野辺《のべ》の雪間《ゆきま》より我《わ》が折顔《おりがほ》に萠《も》ゆる早蕨《さわらび》（朱）

【現代語訳】 春といっても、消えきれずにいる野原の雪の間から、いかにも自分の季節が来たという顔で萌え出ている早蕨よ。
【参考】「志深く染めてし折りければ消えあへぬ雪の花と見ゆらむ」（古今七、読人しらず）
【語釈】○我が折顔―季節・機会の意の「折」に、蕨の縁語「折り」をかける。

87　山人の爪木《つまき》に春《はる》は告《つ》げてけり行《ゆ》き来《ゝ》の谷《たに》の道《みち》の早蕨《さわらび》（墨）」九ウ

【現代語訳】 山働きの人の切り出した薪に、もう春だよと知らせて折り添えてあるよ。往来する谷の道で取った、若々しい蕨が。

【参考】「山人の爪木に挿せる岩つゝじ心ありてや手折り具しつる」（拾玉集八一九、早率露胆百首、慈円）「山人の行くての蕨手にためてしばしぞ休む岩のほとりに」（拾遺愚草員外六二二、定家）

【他出】夫木抄九三二、千首歌。

【補説】歌の趣向として、「告げ」に「付け」を掛けたものと考えた。【参考】慈円詠参照。如何。なお「行き来の谷」は『国歌大観』全歌中これ一例のみ。

88 春の野に萠《も》ゆる蕨《わらび》の折《をり》しもあれ煙《けぶり》と見《み》ゆる朝霞《あさがすみ》かな（朱）

【現代語訳】春の野に萌え出る蕨を折ろうとする折も折、その「蕨火」の煙かと見えるように、朝霞がなびくよ。

【参考】「春はもえ秋はこがるゝかまど山霞も霧も煙とぞ見る」（拾遺一一八〇、元輔）

【補説】「萠ゆる蕨」に「燃ゆる蕨火」をかけ、蕨の縁で「折」と続ける。単なる言葉遊びと見えながら、情景をも巧みに表現している。

89 岩《いは》が根《ね》の下《した》の枯葉《かれは》にまじりつゝ我《わ》が住《す》みかとや萌《も》ゆる早蕨《さわらび》

【現代語訳】がっちりした岩の根方に積った枯葉にまじりながらも、ここぞ自分の住む所であると主張するように、萌え出ている早蕨よ。

【参考】「頼むかな雲井に星をいたゞきて我が住みかてふもとの誓を」（拾遺愚草二八九二、定家）

【補説】「蕨」詠の情景としては珍しいものであろう。

90 葛城《かづらき》や咲《さ》かぬ桜《さくら》の面影《おもかげ》にまづ立《た》ちならす峰《みね》の白雲《しらくも》（墨）

【現代語訳】 葛城山を見渡すと、まだ咲かない桜の心象として、先ず立って花のように見慣れさせている、峰の白雲よ。

【参考】「葛城や高間の桜咲きにけり立田の奥にかゝる白雲」（新古今八七、寂蓮）「さを鹿の立ちならす小野の秋萩に置ける白露我も消ぬべし」（後撰三〇六、貫之）

【語釈】 ○**葛城**↓17。

【補説】「立ち慣らす」ものは、古来、鹿、または真間の手児奈・牽牛星等の人物であった。それを「白雲」に置きかえた所に為家の独創がある。以下、「桜」四十首。

91 植《う》ゑおきていつしか春と待《ま》たれ来《こ》し庭《には》の桜《さくら》の花を見《み》るかな（朱）

【現代語訳】 植えておいて、早く〳〵春が来ればいいと待ちかねて来た、庭の桜の花を、やっと見ることだ。

【参考】「植ゑおきて雨と聞かする松風に残れる人は袖ぞぬれける」（能因集一八〇）

【語釈】 ○**いつしか**—早くと待ち望む意。「いつの間にか」ではない。↓60【語釈】。

92 今《いま》は又行《ゆ》き来《ゝ》をしのべ立田《たつた》山待《ま》ちし桜《さくら》の春の初《はつ》花（墨・朱）

【現代語訳】　今は古歌とは反対に、昔から往来した人々の気持をなつかしんでおくれよ、その人達も待っていた、立田山の桜の、春はじめて咲く花よ。
【参考】　「行かむ人来む人しのべ春霞立田の山の初桜花」（新古今八五、家持）
【語釈】　○**立田山**—大和の歌枕、龍田山。奈良県生駒郡斑鳩《いかるが》町。河内から大和への主要交通路。紅葉の名所。これに「桜」を詠むのは家持詠以外珍しい。
【補説】　【参考】詠を巧みに逆転する。

93　**三吉野《みよしの》の《ゝ》み山《やま》は雲《くも》にうづもれて」一〇オ尾上《おのへ》に匂《ゝほ》ふ四方《よも》の春風《はるかぜ》**（墨）

【現代語訳】　吉野山は全山雲に埋まったように桜が咲き誇って、四方から山頂に吹く春風も、そのよい匂いに満ちくヽている。
【参考】　「浅緑山は霞にうづもれてあるかなきかの身をいかにせん」（好忠集二五）「雲はなほ四方の春風吹き払へ霞に消ゆる朧月夜に」（壬二集一七四五、家隆）
【補説】　この程度しか参考歌を検出できなかった。桜と言わずしてその花盛りを表現する。

94　**あはれなど徒《あだ》にうつろふ花の色《いろ》に桜《さくら》を分《わ》きて思《おも》ひ初《そ》めけん**（朱）

【現代語訳】　ああ一体どうして、はかなく色あせ、散ってしまう花の色なのに、桜というものを取りわけ深く愛しはじめてしまったのだろう。

【参考】「逢ふことは忍ぶの衣あはれなど稀なる色に乱れそめけん」（新勅撰九八三、定家）「花咲かぬ梢は春の色ながら桜を分きて降れる白雪」（久安百首一〇一四、続後撰八〇、堀河）

95　**面影《おもかげ》はよそなる雲《くも》に立《た》ちなれし高間《たかま》の桜《さくら》花咲《さ》きにけり**（墨・朱・尾）

【現代語訳】想像上のその姿だけは、それならぬ雲によって思い描く事に馴れていた、高間山の桜が、（あゝ嬉しいこと）いよ〳〵咲いたよ。

【参考】「天つ空よそなる雲も乱れなむ行く方去らぬ月とだに見ば」（松浦宮物語三六、鄧皇后）「思ひ出でよ朝倉山の峰の月よそなる雲に影は絶ゆらむ」（俊成卿女集七三）

【他出】中院集五〇、春。大納言為家集二七二、（春　貞応三（ママ））。新千載七六、花の歌の中に。閑月集五一、花歌の中に。

【語釈】○**よそなる雲**―よそながら花であろうかと思っていた雲。○**立ちなれし**―「立ち」は強調の接頭語、雲の縁語。

【補説】定家若き日作の「松浦宮物語」中の歌語「よそなる雲」（以前に用例を見ない）を巧みに取入れている。

96　**桜《さくら》花植《うへ》ゑけむ時《とき》は白雲《しらくも》のなべてかゝれる三吉野《みよしの》の山**（墨）

【現代語訳】桜花を植えた時はいつとも知られないが、見渡せば白雲が一面にかかっているようにまっ盛りの、吉野山の景色よ。

【参考】「石の上布留の山辺の桜花植ゑけむ時を知る人ぞなき」（後撰四九、遍昭）

【語釈】○白雲の――「知られず」をかける。

97　朝日影《あさひかげ》さすや外山《とやま》の桜花《さくら》うつろふ色《いろ》ぞかねて見《み》ゆらん（墨・朱）

【現代語訳】朝日の光がさす、程近い山の桜花よ。白い花がほんのり紅に染まって、盛りになっての桜色が今からもう見えるようだ。

【参考】「花の木は今は掘り植ゑじ春立てばうつろふ色に人ならひけり」（素性集四）

【補説】「うつろふ色」はほとんど菊の場合に用いられ、桜に用いた例は【参考】素性詠ぐらいしかなく、それも「衰退する色」の意である。賞美の意に取る事には不安もあるが、さりとて情景的に衰退を予想する事も如何と思われるので、仮に解した。

98　移《うつ》り行《ゆ》く花こそ春《はる》の山里《ざと》を訪《と》はれぬ身とは何《なに》か恨《うら》みむ（墨）」一〇ウ

【現代語訳】とどまらず盛りを過ぎ移って行く花こそは春の山里の風情なのだから、（それを一人楽しむ事に満足して）訪問客もない自分の身だなどと、何で恨む事があろうか。

【参考】「人はいさありとやすらん忘られて訪はれぬ身こそ無き心地すれ」（金葉四七六、読人しらず）「散る花を何か恨みむ世の中に我が身も共にあらむものかは」（古今一一二、読人しらず）

99 立田《たつた》山花の錦《にしき》の緯《ぬき》を薄《うす》み乱《みだ》れてもろき春風《かぜ》ぞ吹《ふ》く（墨・朱・尾）

【現代語訳】立田山では、錦のように美しい花盛りだが、その横糸が細く弱いために、乱れてもろくも散る程に春風が吹いている。

【参考】「春の着る霞の衣緯を薄み山風にこそ乱るべらなれ」（古今二三、行平）

【語釈】○**立田山**→92。○**緯**―織物の横糸。

100 古《いにしへ》の志賀《しが》の花園《ぞの》跡《あと》絶《た》えてみ雪《ゆき》は春《はる》や降《ふ》りまさるらん（墨・朱）

【現代語訳】その昔の志賀の花園はその痕跡も無いようになって、（徒らに散る花のために）雪は春こそは一層多く降るように見えるよ。

【参考】「明日よりは志賀の花園稀にだに誰かは訪はむ春の故郷」（新古今一七四、良経）

【語釈】○**志賀**―近江の歌枕。滋賀県大津市。琵琶湖の西南岸。天智天皇の大津の宮跡。

101 待《ま》ちわぶる外山《とやま》の花は咲《さ》きやらで心《こゝろ》づくしにかゝる白雲《しらくも》（朱）

【現代語訳】待ちかねている、里近い山の桜はまだ咲くに至らないで、さも気をもませるように、花ならぬ白雲がかかっているよ。

【参考】「待ちわびぬ心づくしの春霞花のいさよふ山の端の空」（拾遺愚草一〇一〇、定家）「渡りてはあだになるてふ染河の心づくしになりもこそすれ」(後撰一〇二七、読人しらず)「おしなべて花の盛りになりにけり山の端ごとにかゝる白雲」(千載六九、西行)

【他出】続古今八六、千首歌詠み侍りけるに。

【補説】「外山」に桜を結んだ例はこれ以前「花なれや外山の春の朝ぼらけ嵐にかをる峰の白雲」(新勅撰六〇、成宗)のただ一首し見当らないが、為家は97と本詠とに詠み、本詠は後に自ら「続古今集」に撰入している。自信作と思われる。

102 足引《あしびき》の尾上《おのへ》の桜《さくら》咲《さ》きしよりまがひし松の色《いろ》はもりにき

【現代語訳】高い山の上の桜が咲いたので、今まではそれと見分けのつかなかった松の色もまた、その間から洩れ出てはっきり承知できるようになったよ。

【参考】「今日の為と思ひてしめし足引の尾上の桜かく咲きにけり」(万葉四一七五、家持之館宴歌)「高砂の尾上の桜咲きにけり外山の霞立たずもあらなむ」(後拾遺一二〇、匡房)

【他出】夫木抄八〇七八、千首歌、「色はしりにき」。

【補説】底本、「や」の上に「松」と重ね書。「色はもりにき」は解し難い。遠望では一面の緑であった山の木々の中から、桜の開花によって、その間々から洩れる松の存在も知り得るようになった、と解したが如何。「まがひし松」も用例未詳。示教を待つ。

103 足引《あしびき》の山桜戸《さくらど》の明《あ》けたてば錦織《にしきお》りはへ鶯《うぐひす》ぞ鳴《な》く(墨・朱・尾)

【現代語訳】　桜の盛りの山住居の戸を、早朝に開けてみると、花の錦を織り成した景色の中で、その錦を延べ広げるように、途切れる事なく鶯が鳴いている。
【参考】「足引の山桜戸を開け置きて我が待つ君を誰か留むる」（万葉二六二四、作者未詳）「名も著《しる》し峰の嵐も雪と降る山桜戸の曙の空」（新勅撰九四、定家）
【他出】　夫木抄一四九三五、千首歌。
【語釈】　○**山桜戸**―山桜の木で作った戸。山桜の多い山家の戸口。「開け―明け」を導く。○**織りはへ**―織って長く延ばす意に、折延へ――長く続ける意をかける。

104　山桜《ざくら》いざさは風《かぜ》にまかせてん惜《お》しめばもろき花の色《いろ》かと　〔二一オ〕

【現代語訳】　山桜よ。さあもうそれでは、散るか散らぬかは風にまかせよう。惜しいと思うから、かえってはかなく散りやすくなる花の色だろうかと考えて。
【参考】「忘るゝかいざさは我も忘れなん人に従ふ心とならば」（拾遺九九三、読人しらず）「身にかへていざさは秋を惜しみみむさらでももろき露の命を」（新古今五四九、守覚法親王）「別れをば山の桜にまかせてんとめむとめじは花のまにく〳〵」（古今三九三、幽仙）

105　桜《さくら》花心《こゝろ》づくしの色をだに眺《なが》めもあへず春風《かぜ》ぞ吹《ふ》く（墨・朱・尾）

【現代語訳】桜花よ。（いつ散ってしまうかと）本当に気をもませるその色をさえ、満足するまで眺めもしないのに春風が吹くよ。

【参考】「踏めば惜し踏まねば行かむ方もなし心づくしの山桜かな」（千載八二、赤染衛門）「かきくらす軒端の空に数見えて眺めもあへず落つる白雪」（拾遺愚草七一〇、定家）

【補説】「心づくしの色」という表現は、後代「草根集」（正徹）に見えるのみ、それも「心づくし→筑紫→染川」という、名所がらみの秀句である。

106 **咲《さ》けばかつ誘《さそ》ふ風をや空蝉《うつせみ》の世《よ》よ《ゝ》りもあだに散《ち》る桜《さくら》かな**（墨）

【現代語訳】咲くとも早速に散らそうと誘う風を恨めしいと思ってか、このはかない世の中よりもなお頼りにならず、散ってしまう桜よ。

【参考】「咲けばかつ散りぬる山の桜花心のどかに思ひけるかな」（人丸集二六七、続後撰一一七、人麿）「空蝉の世にも似たるか花桜咲くと見し間にかつ散りにけり」（古今七三、読人しらず）

【語釈】○空蝉の―「風をや憂《う》」と「空蝉」（「世」の枕詞、はかない意をこめる）をかける。

107 **桜《さくら》花吉野《よしの》の《ゝ》奥《おく》に訪《たづ》ぬとも散《ち》るてふことの憂《う》きは隔《へだ》てじ**

【現代語訳】桜花よ。（散らない花を尋ねて）吉野山の奥までさがしに行っても、「散る」という残念な事実は、俗界との隔てはないのだろうなあ。

【参考】「今年より春知りそむる桜花散るといふことはならはざらなむ」（古今四九、貫之）「いづくにて風をも世をも恨みまし吉野の奥も花は散るなり」（千載一〇七三、定家）

108 うつり行《ゆ》く色《いろ》は恨《うら》みじ山桜《ざくら》人の心《こゝろ》の花を見るにも（朱）

【現代語訳】変り、あせて行く色を恨むという事はすまいよ、山桜よ。「色が見えないで変ってしまう」という、人間の心の中の花を見るにつけても。

【参考】「色見えでうつろふものは世の中の人の心の花にぞありける」（古今七九七、小町）

109 春風《かぜ》や間《ま》なく時《とき》なく誘《さそ》ふらん葛《かづら》城《き》山の花の白雪《しらゆき》（朱）」二一ウ

【現代語訳】春風が、実に寸時のひまもなく誘うのだろう。葛城山に盛んに降る、花の白雪よ。

【参考】「しもと結ふ葛城山に降る雪の間なく時なく思ほゆるかな」（古今一〇七〇、大歌所歌）

【語釈】○葛城山→17。

110 山桜《ざくら》年《とし》に稀《まれ》なる色《いろ》ながらなほ《を》また花に誰《たれ》待《ま》たるらん

【現代語訳】山桜よ。一年に一遍しか咲かないその色だとは、よくわかっていながら、それでもやはり花を見るにつけ、そのように疎遠な恋人を、どういう人だからといって待つ気になってしまうのだろう。

【参考】「あだなりと名にこそ立てれ桜花年に稀なる人も待ちけり」（古今六二、読人しらず）

111　山里《ざと》の花の白雪道《しらゆきみち》もなし今日来《けふこ》ん人の跡見《あとみ》えぬまで（墨・朱）

【現代語訳】山里の私の家は、落花が白雪のように積って歩くべき道もない。今日来るはずのあの人の足跡も見えない程に。

【参考】「山里は雪降り積みて道もなし今日来ん人をあはれとは見む」（拾遺二五〇、兼盛）

112　色変《いろかは》る高嶺《たかね》の桜《さくら》明日《あす》はまた雪《ゆき》とや風《かぜ》に移《うつ》りはてなん

【現代語訳】盛りを過ぎて色があせ、まっ白に変った高い峰の桜よ。明日は更に雪となって、風のためにうつろい散ってしまうだろう。

【参考】「春霞たなびく山の桜花うつろはむとや色変りゆく」（古今六九、読人しらず）「山高み霞を分けて散る花を雪とやよその人は見るらん」（後撰九〇、読人しらず）

113　高砂《たかさご》やつれなき松の色《いろ》も見《み》ず尾上《おのへ》の花の雪《ゆき》と降《ふ》る間《ま》に（墨・朱）

【現代語訳】ここ、高砂山では、季節で変化しないはずの松の緑も見えない。山の上の桜の花が、雪のように降る間は。

【参考】「高砂の尾上の桜咲きにけり外山の霞立たずもあらなむ」（後拾遺一二〇、匡房）「高砂の松はつれなき尾上よりおのれ秋知る小牡鹿の声」（拾遺愚草一九三七、定家）
【語釈】○高砂―播磨の歌枕、兵庫県高砂市。松・尾上・鹿を詠む。

114 山桜《ざくら》落《お》ちても水《みづ》のあはれまた暫《しば》しとゞめぬ瀬々《せゞ》の岩波《いはなみ》（墨）

【現代語訳】山桜は、（枝にとどまらず）落ちても水の上で、ああ又かわいそうに、暫くもとどめておかない、川瀬の岩波に巻きこまれてしまうよ。
【参考】「枝よりもあだに散りにし花なれば落ちても水の泡とこそなれ」（古今八一、高世）
【補説】古今詠「水の泡」を「あはれ」と詠みなす。桜詠として珍しい景の、巧みな表現。

115 徒《あだ》に散《ち》る花をば惜《お》しむ心《こゝろ》かな」一二オ風《かぜ》も吹《ふ》きあへぬ世とは知《し》れども（墨・朱）

【現代語訳】はかなく散ってしまう花を、つく〴〵惜しいと思う私の心だなあ。それよりも人の心こそ、風の吹くひまもなく変ってしまう世の中とは承知しているけれども。
【参考】「桜花疾く散りぬとも思ほえず人の心ぞ風も吹きあへぬ」（古今八三、貫之）
【補説】これも周知の古今詠を活用。このあたり約十首、多数を要求される「桜」詠に対する、古歌知識の広汎さ、詠歌力量の程が知られる。「世とは知れども」については↓835。

116
立田山《たつたやま》錦織《にしきお》りはへ白妙《しろたへ》の木綿付鳥《ゆふつけどり》ぞ花に鳴《な》くなる（墨・朱・尾）

【現代語訳】立田山では、紅葉ならぬ桜が錦を織り延べたように咲き、まっ白な鶏が花の中で鳴いている。

【参考】「誰が禊《みそぎ》木綿付鳥か唐衣立田の山に織りはへて鳴く」（古今九九五、読人しらず）

【他出】夫木抄一二三九、千首歌。六華集一四八。

【語釈】○**立田山**→92。

【補説】紅葉を賞して言う「立田山の錦」を桜に取りなした趣向は甚だ珍しい。

117
曇《くも》るとて木《こ》の間《ま》もいかゞ厭《いと》ふべき桜《さくら》に更《ふ》くる春の夜《よ》の月《つき》（墨・朱・尾）

【現代語訳】盛りの花のために光が曇るといって、木の間からさすその風情をどうして不満に思う事があろうか。一面の桜の中に更けて行く、春の夜の月よ。

【参考】「花の色に光さしそふ春の夜ぞ木の間の月は見るべかりける」（千載七三、上西門院兵衛）

【補説】右以外に典拠を考え得なかった。仮に訳してみたが、如何。

118
絶《た》えて世《よ》に咲《さ》かずは何《なに》を桜花《さくら》徒《あだ》にうつろふ色《いろ》も恨《うら》みん

【現代語訳】あの業平の言うように、全くこの世に咲くという事が無かったならば、桜花よ、何でこんなに、はかなくあせてしまうその色を恨むなんて事をする必要があろうか。（といって、そんな無感動な人生が嬉しいわけで

もないなあ）

【参考】「世の中に絶えて桜のなかりせば春の心はのどけからまし」（伊勢物語一四五、古今五三、業平）「片糸を此方彼方《こなたかなた》によりかけてあはずは何を玉の緒にせむ」（古今四八三、読人しらず）

119 **春をへて人来《こ》ぬ山の桜《さくら》花誰白雲《たれしらくも》と分《わ》きだにもせじ**（墨）

【現代語訳】何年の春を経過しても、人一人来ない山に咲く桜花よ。これでは誰も、あれは白雲か花かと見分けさえもすまいよ。

【参考】「行く末の花かゝれとて吉野山誰白雲の種をまきけん」（壬二集二〇七六、家隆）

【語釈】○**誰白雲**―「誰知らむ」をかける。

【補説】底本、「ハな」を擦消し、上に「春」と書く。

120 **三吉野《みよしの》ゝ尾上《おのへ》の桜《さくら》風吹《かぜふ》けば故郷《ふるさと》かけて雪《ゆき》ぞ散《ち》りかふ**（墨・朱・尾」一二ウ）

【現代語訳】吉野山の山上の桜よ。風が吹くと、古い都跡の地全体に、雪のように花が乱れ散るよ。

【参考】「咲き余る吉野の山の桜花故郷かけて匂ふ白雲」（壬二集一四四六、洞院百首、家隆）

【語釈】○**三吉野**↓93。

【補説】「故郷かけて」は【参考】洞院百首詠以外には用例を見ない。

121 あだにのみならはす花の夢《ゆめ》の世を思《おも》ひも知《し》らぬ身をや恨《うら》みぬ（墨・朱）

【現代語訳】はかないものと、昔から決まっている花の運命と同様の、夢のような世の中を、それとさとってもいないこの身を、どうして恨まない事があろうか。

【参考】「あだにのみうつろふ花の色なれど染めし心はかへらざりけり」（万代集三九六、隆信）

122 散《ち》り散《ち》らぬ程を語《かた》らん山桜《やまざくら》まだ見《み》ぬ人に折《お》りはやつさじ（墨）

【現代語訳】（お花見から帰ったら）散った所、散らない所、咲き工合をみやげ話にしようよ、山桜よ。まだ見に来ない人のために、枝を折り取って風情をそこなう事はすまい。

【参考】「散り散らず聞かまほしきを故郷の花見て帰る人も逢はなん」（拾遺四九、伊勢）「春雨はいたくな降りそ桜花まだ見ぬ人に散らまくも惜し」（新古今一一〇、赤人）

123 言問《ことゝ》はむ明日《あす》は雪《ゆき》とや桜《さくら》花爪《つま》木にそへて帰《かへ》る山人（墨・朱）

【現代語訳】たずねてみようよ、明日はもう雪となって降ってしまうだろうかと。桜の花を薪に折り添えて帰って来る山人に。

【参考】「今日来ずは明日は雪とぞ降りなまし消えずはありとも花と見ましや」（古今六三、伊勢物語一九、業平）

124 あぢきなく桜《さくら》につくす心かな花の為《ため》とも生《むま》れ来《こ》ぬ身を（墨）

【現代語訳】何ともつまらない事に、桜について極限まで思い悩む私の心だなあ。何も花の為にばかり生れて来た身でもないのに。

【参考】「あぢきなく言はで心をつくすかな包む人目も人の為かは」（千載八三一、光行）

【補説】底本、「花ため」とし、「の」を補入。

125 山の端《は》の花吹《ふ》く風《かぜ》の末《すゑ》の松《まつ》桜《さくら》の波《なみ》の越《こ》えぬ間《ま》もなし（墨）

【現代語訳】山の稜線に咲き満ちる花を吹く風の、到達する先の松よ。「末の松山波越さじ」と言うが、桜の花びらの波の越さない間はないよ。

【参考】「契りきなかたみに袖をしほりつゝ末の松山波越さじとは」（後拾遺七七〇、元輔）

126 さりとても風《かぜ》は残《のこ》さじ桜《さくら》」一三オ 花我《わ》がもの顔《がほ》に何《なに》惜《を》しむらん

【現代語訳】いくら散らすなと言っても、風は残しておいてはくれないだろう、桜花よ。それを人間は我が物顔に、何だって惜しがるのだろう。

【参考】「誰ならむ吉野の山の初花を我が物顔に折りて帰れる」（聞書集一五六、西行）

【補説】「我が物顔」は、西行の外慈円・定家が集中的に用いている。

127　なべて世の花の盛《さか》りを吹《ふ》く風《かぜ》にかざさぬ袖《そで》もなほ匂《にほ》ふなり（墨・朱）

【現代語訳】　世の中おしなべての、花の満開の中を吹く風のために、花を折りかざしてもいない袖まで、やはりよい匂いがするようだ。

128　我とのみ散《ち》らばつらきを山桜《ざくら》花のためとや風《かぜ》も吹《ふ》くらん

【現代語訳】　自分自身の意思で散る、という事なら恨めしいのだが、山桜よ、花に悪い評判を取らせないためと思ってか、風も吹いてくれるのだろうよ。

【参考】　「我とのみ声にも鹿の立つるかな月は光に見せぬ秋かは」（拾遺愚草二三三一、定家）

【補説】　「我とのみ」は【参考】定家詠（大輔百首）以外、「大和物語」二四七の一例しか用例を見ない。

129　吉野川岩根《よしのがはいはね》に越《こ》ゆる白波《しらなみ》は雪消《ゆきげ》の水に雨《あめ》や添《そ》ふらん（墨）

【現代語訳】　吉野川の、岩を越えて立つ白波は、雪どけでまさった水量に、更に春雨が加わった結果であろうか。

【参考】　「岩根越す清滝川の早ければ波折りかくる岸の山吹」（堀河百首二九一、新古今一六〇、国信）「この河にもみぢ葉流る奥山の雪消の水ぞ今まさるらし」（古今三二〇、読人しらず）

【補説】　春雨詠としてはやや珍しい形。以下「春雨」十首。

130 春雨《さめ》に先《ま》づ急《いそ》がるゝ心《こゝろ》かな争《あらそ》ひかぬる花は見《み》ねども

【現代語訳】 春雨が降るにつけて、早くもいそ〳〵と浮き立つ心であるよ。そのうるおいに抵抗しかねて咲きはじめるはずの花は、まだ見えないけれども。

【参考】「吹く風に争ひかねて足引の山の桜はほころびにけり」（拾遺三九、読人しらず）

131 青柳《あをやぎ》の緑《みどり》の糸《いと》の緒《を》ゝ弱《よは》み玉貫《たまぬ》き散《ち》らす春雨ぞ降《ふ》る

」一三ウ

【現代語訳】 青々とした柳の、緑の糸のように垂れた枝、その糸が弱いものだから、糸に通した玉が散りこぼれてしまうような趣で、春雨が降っている。

【参考】「青柳の糸よりかくる春しもぞ乱れて花のほころびにける」（古今二七、遍昭）「龍田姫かざしの玉の緒を弱み乱れにけりと見ゆる白露」（千載二六五、清輔）「荻の葉に玉貫き散らす朝露をさながら消たで見る由もがな」（続後撰二七一、基俊）

【補説】「玉貫き散らす」は他に「師光集」に一例見える程度であるが、為家は後年、【参考】基俊詠（基俊集・堀河百首に見えず）を「続後撰集」に入集している。この頃から記憶にあった詠か。

132 片岡《かたおか》の朝《あした》の原《はら》の春雨に同《おな》じ緑《みどり》も色《いろ》ぞ添《そ》ひ行《ゆ》く（墨）

【現代語訳】　片岡の朝の原に春雨が降るにつれて、萠え出た若菜も同じ緑ながら色が濃くなって行くよ。
【参考】「明日からは若菜摘まむと片岡の朝の原は今日ぞ焼くめる」（拾遺一八、人麿）「あはれにも同じ緑の春の草心々に色変りゆく」（拾玉集三五一五、慈円）
【語釈】○片岡の朝の原―大和の歌枕。奈良県北葛城郡王子町から香芝町にかけての丘陵。
【補説】　慈円詠は「緑なる一つ草とぞ春は見し秋は色々の花にぞ有りける」（古今二四五、読人しらず）を題詞とする詠。

133　おしなべて霞《かす》める空《そら》の薄曇《うすぐも》り降《ふ》るとも知《し》らぬ春の雨《あめ》かな

【現代語訳】　一面に霞んでいる空は薄く曇っているから、降っているともわからない春の雨だなあ。
【参考】「朝まだき霞める空の気色にや常磐の山は春を知るらん」（金葉八、公教母）「眺むれば霞める空の浮雲と一つになりぬ帰る雁金」（千載三七、良経）

134　雪消《ゆきき》ゆる比良《ひら》の高嶺《たかね》の浅 緑《あさみどり》色染《そ》め添《そ》へて春雨《はるさめ》ぞ降《ふ》る

【現代語訳】　雪の消えた、高い比良の山の薄い緑色の姿よ。そこに、色をなお染め加えるように、春雨が降っている。
【語釈】○比良―近江の歌枕。滋賀県滋賀郡、比叡山の北に連なる連山。
【補説】　比良と言えば雪・霰・風など、厳冬の風物が詠まれ、春では「桜咲く比良の山風吹くまゝに花になりゆく志賀の浦波」（千載八九、良経）が著名であるが、本詠のような叙景は甚だ珍しい。

135　春日野《かすがの》や同《おな》じ草《くさ》葉の緑《みどり》だに濡《ぬ》れて色濃《こ》き春雨の空《そら》

【現代語訳】　春日野を見渡すと、いつも同じだと見える草葉の緑さえも、濡れて一入色が濃く美しいよ、この春雨の降る空の下で。

【参考】「春日野や下萌えわたる思ひ草君の恵を空に待つかな」（拾遺愚草一八二七、定家）「紫の同じ草葉に置く露のその一本を隔てやはせん」（清輔集四一八、二条院）「深見草八重の匂ひの窓の内に濡れて色濃き夕立の空」（拾玉集二六〇九、慈円）

【語釈】　○春日野―大和の歌枕。奈良県奈良市、奈良公園一帯。

【補説】「春日野」は頻用される歌言葉でありながら、「春日野や」の用例は【参考】定家の外、慈円・家隆以前には管見に入らない。為家は必ずやこれらに学んだであろう。「同じ草葉」も先例は【参考】詠のみ。以後も「嘉元百首」「延文百首」に各一例を見る程度である。

136　広沢《ひろさは》や池《いけ》の堤《つゝみ》の柳陰《やなぎかげ》緑《みどり》も深《ふか》く春雨《さめ》ぞ降《ふ》る

【現代語訳】　ここ、広沢では、池の堤に垂れる柳の枝陰に、その緑の色を一そう深く見せて、春雨が降っているよ。

【参考】「小山田の池の堤にさす柳成りも成らずもなど二人はも」（万葉三五一二）「広沢や岸の柳をもる月の光さ

びたる水の色かな」（夫木八五六、順徳院）「小山田の池の堤の古柳誰がさしそめし緑なるらむ」（壬二集一一九〇、家隆）「水まさる山田の早苗雨降れば緑も深くなりにけるかな」（拾遺愚草員外六九六、定家）

【他出】夫木抄八五七、千首歌。風雅九九、春の歌の中に、「広沢の」。歌枕名寄五三八。

【語釈】○広沢―山城の歌枕、京都市右京区嵯峨。池は遍照寺山の南麓にある。

【補説】底本、「やなきかき」とし、下の「き」の右に「け」と傍書。

137 春雨の空《そら》吹《ふ》き払《はら》ふ風《かぜ》にまたおのれ」一四オと晴《は》るゝ花の白雲《しらくも》

【現代語訳】春雨を晴れさせようと、空を吹き払う風につれて、同時に自分から散り果てて晴れてしまう、白雲にまがえられた花よ。

【参考】「夕立の空吹き払ふ山風にしばし涼しき蝉の声かな」（壬二集一五七二、家隆）「初雁の鳥羽田の暮の秋風におのれと薄き山の端の雲」（後鳥羽院御集五四三、建保四年百首）「夕霞水分山に深ければ立つとも見えず花の白雲」（月詣集一〇三、経盛）

【補説】月並な歌のようだが、先行歌として右の程度しか求め得なかった。「おのれと」も以後中世末に向け用例が増す。

138 春雨のふる野の《のゝ》草《くさ》の数々《かず〱》になべて緑《みどり》ぞ改《あらた》まりける

【現代語訳】春雨の降る野は、昨年の古草がそれ〲思い〱に、すべて緑の色が改まり、生き〱となったよ。

【参考】「石の上古野の草も秋はなほ色ことにこそ改まりけれ」（後撰三六八、元方）「数々に思ひ思はずとひがたみ身を知る雨は降りぞまされる」（古今七〇五、伊勢物語一八五、業平）

【語釈】○ふる野―「降る」と「古」をかける。○数々に―あれこれと、それぐ〳〵に。

【補説】「後撰集」の秋景を巧みに春に詠みなす。

139　水たまる小田《おだ》の若草踏《わかくさふ》みしだきかごとがましき春駒《こま》の声《こゑ》（墨）

【現代語訳】水のたまっている、小さな田圃の若草を踏みつけながら、何か不満そうな春駒の声が聞える。

【参考】「仏造る真朱《まそほ》足らずは水たまる池田の朝臣《あそ》が鼻の上を堀れ」（万葉三八六三、奥守）「水たまる谷のゐご〳〵掘りかへしわりなくうなふ小田の苗代」（為忠家初度百首一〇二、仲正）「み山べの時雨れてわたる数ごとにかごとがましき玉柏かな」（堀河百首八九八、千載四一一、国信）

【補説】「水たまる」はこれ以外に「金槐集」一例、近世二例を見るのみ。おそらく仲正詠により、「わりなくうなふ」を「かごとがましき」と転じたか。これより「春駒」三首。

140　置《お》く露は蹄《つめ》だにひちぬ若草《わかくさ》の妻《つま》や争《あらそ》ふ沢《さは》の春駒《はるこま》（墨）

【現代語訳】生えはじめた若草に置く露は、蹄さえ濡らさない、その程度の春の野沢に、妻を求めて争っているのか、若い馬達よ。

【参考】「小男鹿の蹄だにひちぬ山河のあさましきまで訪はぬ君かな」（拾遺八八〇、読人しらず）「春日野は今日

はな焼きそ若草の妻もこもれり我もこもれり」（古今一七、読人しらず）
【他出】 夫木抄一〇一六、同（千首歌）。
【補説】 「蹄だにひちぬ」はこれ以前僅かに建久九年（一一九八）「鳥羽百首」に雅経が「五月雨の日数の外《ほか》や小男鹿の蹄だにひちぬ山川の水」（明日香井集三三二）と詠んでいるが、為家はこの句をはるかに動的に生かして春駒の歌としている。

141 **春来《く》れば美豆《みづ》の御牧《みまき》の若草《わかくさ》にあれ行《ゆ》く駒《こま》の声《こゑ》ぞはなれぬ**

【現代語訳】 春が来たので、美豆の御牧に生え出て来る若草を求めて、盛りでなければ遠ざかって行くという馬の声も、その野を離れる事なく聞えている。
【参考】 「春駒のあるゝにぞ知る真菰草美豆の御牧に生ひそめにけり」（六条斎院歌合一五、美作）「野飼はねどあれ行く駒をいかゞせん森の下草盛りならねば」（後拾遺八八〇、相模）
【他出】 夫木抄一〇一五、千首歌。
【語釈】 **〇美豆の御牧**――山城の歌枕。京都市伏見区淀美豆町から久世郡久御山町にかけての地。朝廷の牧場があった。**〇あれ行く**――「荒れ」と「離《あ》れ」をかける。

142 **春《はる》はまた越路《こしぢ》に慕《した》ふ曙《あけぼの》を誰初雁《たれはつかり》と待《ま》ちて聞《き》くらん**（墨）一四ウ

【現代語訳】 春は再び、故郷の北陸を思慕して帰って行く明け方の雁の声を、その故郷の地では、誰が、ああ、初雁だと待ち受けて聞くことだろう。

【語釈】○越路—北陸道。福井・石川・富山・新潟県。「来《こ》し路」をかける。

【補説】「見れど厭かぬ花の盛りに帰る雁なほ故郷の春や恋しき」（拾遺五五、読人しらず）をはじめ、帰雁を惜しみ、また恨むのが通常の発想であるが、それを打返して、故郷を慕う雁とそれを待つ故郷の人の心を詠じたのは珍しい。「越路に慕ふ曙を」は、雁の心になりかわっての美しい表現。以下、「帰雁」十一首。

143 並《なら》びつゝ霞《かすみ》のよそに行く雁《かり》を帰《かへ》すは花といかゞ恨《うら》みん（墨）

【現代語訳】列をなして並んで、霞のずっと向うに去って行く雁を、故郷に帰すのは散ってしまう花のせいだと思うと、どうしてその花を恨まずに居られようか。

【参考】「都には霞のよそに眺むらむ今日見る峰の花の白雲」（月清集一〇二三、良経）「ことならば君とまるべく匂はなむ帰すは花の憂きにやはあらぬ」（古今三九五、幽仙）「辛しともいかゞ恨みん郭公我が宿近く鳴く声はせで」（後撰五四七、源たのむが女）

【補説】「帰すは花」は必ずや古今詠の引用であろう。「いかゞ恨みん」も勅撰集でははるか後年、「続千載」以降に頻出する語で、当代までは稀である。

144 うつり行《ゆ》く色《いろ》や悲《かな》しき桜《さくら》花散《ち》らぬ別《わか》れに帰《かへ》る雁金《かりがね》（墨・朱・尾）

【現代語訳】変り、あせて行く色を見るのが悲しいからだろうか、桜の花のまだ散らぬうちに、別れて北の国に帰って行く雁よ。

【参考】「花の色はうつりにけりないたづらに我が身世に経るながめせし間に」（古今一一三、小町）「うつり行く色をば知らず言の葉の名さへあだなる露草の花」（山家集一〇二七、西行）

【補説】「散らぬ別れに」は、後代、「遺塵集」（正安二年〈一三〇〇〉高階宗成撰）に一例、「待たれつる若木の桜咲きそめて散らぬ別れに逢ふぞ悲しき」（二一、快増）と見えるのみである。

145　山桜《ざくら》 霞《かすみ》の袖《そで》を覆《おゝ》ひ《い》羽《ば》の雁《かり》の羽風《はかぜ》に花もこそ散《ち》れ

【現代語訳】山桜は袖で覆うように霞で覆っておくれよ。羽を大きく広げて飛ぶ雁の羽風で、散ってしまうといけないもの。

【参考】「行く春の霞の袖を引きとめて湿《しほ》るばかりや恨みかけまし」（新勅撰一三六、俊成）「天飛ぶや雁の翼の覆ひ羽のいづくもりてか霜の降りけむ」（万葉二二四二）「夕暮は雁の翼の覆ひ羽をもりて降り来る秋の村雨」（建保四年内裏百番歌合一一一、家衡）

【語釈】○覆ひ羽―覆うように広げた羽。

【補説】【参考】家衡詠は、判詞（定家、或本衆議判後日付詞事）に「この覆ひ羽、ことに艶には聞えずや侍らむ」と評されている。この語は勅撰集には後代の「続後拾遺集」に、右万葉歌が人麿詠として入るのみ。

146　帰《かへ》るさの誰《た》がきぬぐ〵を涙《なみだ》とてお《を》のが音《ね》に借《か》る春の雁金《かりがね》

【現代語訳】　名残惜しくも別れ帰る折の、一体誰の後朝の涙を、自分の涙としてその鳴く声によそえるのか、故郷に帰る春の雁よ。

【参考】「思ひ出でよ誰がきぬ〴〵の暁も我がまた偲《しの》ぶ月ぞ見ゆらん」（拾遺愚草一〇八五、定家、千五百番歌合）「しののめに声も恨みて擣つ衣誰がきぬ〴〵の別とふらん」（壬二集六三七、光明峯寺摂政家百首）「鳴き渡る雁の涙や落ちつらむ物思ふ宿の萩の上の露」（古今二二一、読人しらず）

【補説】「誰がきぬ〴〵」は恐らく【参考】定家詠が初例である。

147　花の色にたのむの雁《かり》も音《ね》に立ててあかぬ別《わか》れを月に鳴《な》くなり

【現代語訳】　花の色の衰えぬうちは帰るまいと頼みにしている、田の上の雁も声に出して、心外な別れの悲しさを月に向って訴えるように鳴いているよ。

【参考】「三吉野のたのむの雁もひたぶるに君が方にぞよると鳴くなる」（伊勢物語一四、女の母）「秋の夜のあかぬ別れを棚機はたてぬきにこそ思ふべらなれ」（後撰二四七、躬恒）

【語釈】○たのむの雁―「田の面」に「頼む」をかける。

【補説】底本、「花の色を」とし、「に」と傍書。

148　帰《かへ》る雁羽《かりはね》うちかはす白雲《しらくも》の道ゆきぶりは桜《さくら》なりけり（墨・朱・尾）　「一五オ

【現代語訳】　故郷に帰って行く雁よ。その羽を交錯させて飛ぶ白雲に託して言伝てを送ろうと、古人は詠んだけれど、あれは白雲じゃなくて、桜だったんだよね。

【参考】「白雲に羽うちかはし飛ぶ雁の数さへ見ゆる秋の夜の月」（古今一九一、読人しらず）「春来れば雁帰るなり白雲の道ゆきぶりに言や伝てまし」（古今三〇、躬恒）

【他出】為家卿集五一（春）、「桜なりける」。中院詠草一二、同（春）貞応二年。大納言為家集二七三、（春　貞応二）。風雅一三四、千首歌よみ侍りけるに。井蛙抄二九一、雁がねの。

【語釈】○**道ゆきぶり**―道すがら、行きずり。ここでは【参考】躬恒詠により、「言伝て」を暗示する。

【補説】はるか四十年後、自撰「中院詠草」に入る。会心の作であったと思われる。

149　**帰《かへ》るさの霞《かすみ》も霧《きり》に面馴《おもな》れて鳴《な》き行く・雁《かり》の道《みち》もまどはず**（墨・朱・尾）

【現代語訳】帰り道に立つ霞も、同じような秋霧にすでにおなじみになっているから、鳴きつつ行く雁は道に迷いもしないよ。

【参考】「春はもえ秋はこがるゝかまど山霞も霧も煙とぞ見る」（拾遺一一八〇、古き上句に元輔付句）「同じ野の霞も霧も分けなれぬ子の日の小松松虫の声」（拾遺愚草一五八八、定家、藤川百首）「雨雲に鳴きゆく雁の音にのみ聞きわたりつゝ逢ふ由もなし」（後撰六三七、公頼）「春の野に若菜摘まむと来しものを散りかふ花に道はまどひぬ」（古今一一六、貫之）

150　**咲《さ》く花におのが別《わか》れを音《ね》に立《た》てて誰《た》が為《ため》帰《かへ》る春の雁金《かりがね》**（墨）

【現代語訳】（一体なぜ）咲く花に別れるのが辛いと言って、自分の意思で帰る事は棚に上げて、声を立てて鳴きながら、一体誰の為に故郷に帰るのか、春の雁よ。（そんなに悲しいなら帰らなくてもいいじゃないか）

【補説】一見平凡な理屈の歌とも見えるが、「おのが別れ」「誰が為帰る」ともに前例なく、後代にも甚だ稀な用語である。

151　**春《はる》来《き》ても霞《かすみ》の衣《ころも》雁《かり》ぞ鳴《な》く帰《かへ》る山路《ぢ》の風《かせ》や寒《さむ》けき**（朱・尾）

【現代語訳】春が来たから、霞の衣を借りて着たのだろうに、雁が鳴いている。故郷に帰ろうとする山道の風が、それでも寒いのだろうか。

【参考】「春の着る霞の衣緯《ぬき》を薄み山風にこそ乱るべらなれ」（古今二三、行平）

【語釈】○**来ても**―「着ても」をかける。○**雁**―「借り」をかける。

152　**行《ゆ》く末《すゑ》は霞《かすみ》も雲《くも》も一《ひと》つにて空《そら》に消《き》えぬる春の雁金《かりがね》**（墨・朱・尾）

【現代語訳】飛び行く先は、霞やら雲やらわからないように立ち隔てられて、空の彼方に消えてしまう、春、帰路につく雁の姿よ。

【参考】「帰る雁しばし行方も見るべきに霞も雲も辛き空かな」（壬二集九一七、家隆、建保四年院百首）「眺むれば霞める空の浮雲と一つになりぬ帰る雁金」（千載三七、良経）

153 暮《く》れ行《ゆ》けば誰《たれ》をか分《わ》きて呼子鳥《よぶこどり》たつきも知《し》らぬ山の遠方《をちかた》
」一五ウ

【現代語訳】日が暮れて行くと、誰を特別に呼ぶのか、呼子鳥よ。何の手がかりもない、山の向うの遠くの方で。

【参考】「遠近《をちこち》のたつきも知らぬ山中におぼつかなくも呼子鳥かな」（古今二九、読人しらず）

【語釈】○**呼子鳥**―鳴き声が人を呼ぶように聞える鳥。カッコウを通説とする。○**たつき**―様子、状態。

【補説】「呼子鳥」三首。

154 訪《と》ひ訪《と》はぬおぼつかなさや呼子鳥《よぶこどり》更《ふ》けゆくまでの音《ね》には立《た》つらん

【現代語訳】待っているのに、来てくれるのか、くれないのか、不安で仕方がないばかりに、呼子鳥は夜が更けて行くまでずっと、声に出して呼んでいるのだろう。

【参考】→前歌【参考】。

【補説】「訪ひ訪はぬ」は用例がありそうに見えて、はるか後年の「嘉元百首」昭慶門院一条・「沙玉集」・「草根集」にしか見当らない。

155 花ゆゑ《へ》にたづぬるものを呼子鳥《よぶこどり》我《われ》待《ま》ち顔《がほ》に山に鳴《な》くなり（墨）

【現代語訳】花を見たいがために、山を尋ねて歩くのだのに、呼子鳥は、さも〳〵自分の所へ来るものと期待しているように、山で鳴いているよ。

【参考】「惜しめども散りもとまらぬ花ゆゑに春は山辺をすみかにぞする」（入道右大臣集二、頼宗）「たづね来る信田の森の時鳥我待ち顔に今ぞ鳴くなる」（鳥羽殿北面歌合一八、行宗）

【補説】「我待ち顔」は右行宗詠の外、風雅九二〇平惟貞詠、計二例しか見出せなかった。

156　苗代《なはしろ》の山田《だ》の畔《あぜ》の水を浅《あさ》みすみか顔《ゞほ》にも鳴《な》く蛙《かはづ》かな

【現代語訳】苗代として作っている、山田の畔の水が浅いものだから、そこをさも自分の住みかとしているような顔をして、鳴いている蛙よ。

【参考】「真菅生ふる山田に水をまかすれば嬉し顔にも鳴く蛙かな」（山家集一六七、西行）

【補説】西行詠が念頭にあったと見てよかろう。「すみか顔」は『国歌大観』中これ一例のみ。以下「苗代」五首。

157　底濁《そこにご》る苗代《なはしろ》小田《おだ》のたまり水《みづ》ひとり澄《す》みえて見《み》ゆる月かな（墨）

【現代語訳】底の濁っている、小さい苗代田にたまっている水よ。そこに映る月の姿だけが、ただ一つ、清らかに澄む事のできるものとして見えることだなあ。

【参考】「いとゞいかに山を出でじと思ふらん心の月をひとり澄まして」（西行法師歌集、六四〇）

158　春《はる》に逢《あ》ふ賤《しづ》が山田《だ》の苗代《なはしろ》に国栄《くにさかへ》えたる御代《みよ》ぞ見《み》えける

【現代語訳】 春に逢って、青々と生え揃った農民の山田の苗代の姿に、我が国の繁栄するめでたい御代の形そのものが見えることよ。

【参考】「春に逢ふ小塩の小松数々にまさる緑の末ぞ久しき」（拾遺愚草一九四五、最勝四天王院名所障子歌、定家）

159　春の田《た》の苗代水《なはしろみづ》の引《ひ》き〱」二六オは分《わ》きても言《い》はじこの世《よ》ならずや（墨）

【現代語訳】 春の田の苗代水を、めい〱の田に勝手に引くように、何事にも自分勝手なえこひいきは言うまいというのが、この世の正しい道理ではないか。

【参考】「賤の男が苗代水も引き〱にあはれ何とか急ぐなるらん」（堀河百首二三九、紀伊）「引き〱に苗代水を分けやらで豊かに流す末を通さむ」（聞書集五、西行、法華経廿八品）

【語釈】○**引き〱**――「苗代に水を引く」と「それぞれにひいきをする」意をかける。○**分きて**――水を分ける意と、区別する、取分けて言う意をかける。

【補説】 歌道家三代目という事で、「引き〱に」何か言われる我が身への歎声、と見るのは読みすぎであろうか、如何。

160　この程は小田《おだ》の苗代《なはしろ》様々《さま〲》にもと行《ゆ》く川《かは》の水《みづ》や少《すく》なき（墨）

【現代語訳】 この季節は、小さい田の苗代にそれ〲に水を引くから、本来流れている川の水が少なくなっているんじゃないかな。

【参考】「この程は知るも知らぬも玉桙の行きかふ袖は花の香ぞする」（新古今一一三、家隆）

【補説】「この程は」は家隆が特に好んだ初句と見え、「壬二集」に四例と突出して多い。

161　庭草《にはくさ》の茂《しげ》みが下《した》のつぼすみれさすがに春の色に出《い》でつゝ

【現代語訳】庭草の茂った下に咲くつぼすみれよ。小さいながらそれでもやはり春らしい色を見せて咲き出ているよ。

【参考】「山吹の咲きたる野辺のつぼすみれこの春雨に盛りなりけり」（万葉一四四八、高田女王）「春の野のつばながが下のつぼすみれしめさす程になりにけるかな」（堀河百首二五一、基俊）「浅緑霞たなびく山賤《がつ》の衣春雨色に出でつゝ」（拾遺愚草一三〇八、定家）

【他出】夫木抄一九五七、同（千首歌）

【語釈】○つぼすみれ─菫を、その花の形から呼ぶ。「壷」の縁で「さす」を続ける。

【補説】「菫」五首。これらが集中的に「堀河百首」に拠っているであろう事は、佐藤『藤原為家研究』P230に詳しい。

162　武蔵野《むさしの》や草《くさ》のゆかりの色《いろ》ながら人に知《し》られず咲《さ》くすみれかな

【現代語訳】武蔵野で、「草は皆あわれと思う」と詠まれた、その縁のある紫色の花でありながら、人に知られ

ずひっそりと咲く菫よ。（何といとしいこと）

【参考】「紫の一本ゆゑに武蔵野の草はみながらあはれとぞ見る」（古今八六七、読人しらず）「紫の色には咲くな武蔵野の草のゆかりと人もこそ見れ」（拾遺三六〇、如覚）

【他出】夫木抄一九七五、千首歌。

【補説】底本、「人にしらす」とし、「れ」補入。

163　すみれ摘《つ》む石田《いはた》の小野《をのゝ》のおのれのみ草《くさ》葉の露《つゆ》を袖《そで》にかけつゝ（墨・朱）

【現代語訳】すみれを摘む石田の小野では、自分一人、草葉の露を袖にかけて濡らしているよ。（私もそのように人知れぬ物思いで涙しているのだ）

【参考】「山科《しな》の石田の小野の柞《はゝそ》原見つゝや君が山路越ゆらむ」（万葉一七三四、宇合）「きゞす鳴く石田の小野のつぼすみれ標《しめ》さすばかりなりにけるかな」（堀河百首二四五、千載一〇九、顕季）

【他出】夫木抄一九五六、千首歌。

【語釈】○石田の小野―山城の歌枕、京都市伏見区石田から日野にかけての地。「己れ」をかける。

164　荒《あ》れにける宿《やど》のすみれぞあはれなるあだなる花に名を残《のこ》しつゝ　」一一六ウ

【現代語訳】荒れ果ててしまった家に、一人咲いているすみれがいとおしいことだ。はかない花なのに、「住む」という名を残しとどめているかと思えば。

【参考】「荒れにけりあはれ幾世の宿ならむ住みけむ人の訪れもせぬ」（古今九八四、読人しらず）

【補説】「すみれ」に「住み（男女関係の永続）」をかけた趣向。【参考】古今詠を面影にする。

165　すみれ咲《さ》く小野《をの》ゝ芝生《しばふ》の露繁《つゆしげ》み濡《ぬ》るゝ真《ま》袖に摘《つ》みて帰《かへ》らん

【現代語訳】すみれの咲く、野の芝原は露が一面に置いているが、濡れる袖も構わず、摘んで帰ろうよ。

【参考】「今宵寝て摘みて帰らんすみれ咲く小野の芝生は露繁くとも」（堀河百首二四三、千載一〇八、国信）

166　八橋《やつはし》の汀《みぎは》に咲《さ》けるかきつばた昔《むかし》の色《いろ》を恋《こ》ひわたるかな

【現代語訳】八橋のかかった水際に咲いているかきつばたよ。見るにつけ、昔業平が名歌を詠んだ、その時の花の色、風情のすばらしさをしみぐ＼恋しく思い続けることだ。

【参考】「八橋といふ所に至りぬ。……その沢にかきつばたいと面白く咲きたり。……唐衣着つゝ馴れにし妻しあればはるぐ＼来ぬる旅をしぞ思ふ」（伊勢物語九段、古今四一〇、業平）

【他出】夫木抄二〇一〇、千首歌。

【語釈】○**八橋**―三河の歌枕、愛知県知立市。【参考】「伊勢物語」で著名。○**かきつばた**―燕子花、杜若。アヤメ科。○**恋ひわたる**―「わたる」は橋の縁語。

【補説】以下、「杜若」二首の間に「惜春」三首を挟む。

167　とゞめあへ《え》ず庭《には》の桜《さくら》は散《ち》り果《は》てゝ残《のこ》る緑《みどり》に春風《かぜ》ぞ吹《ふ》く（墨）

【現代語訳】止めても止め切れず、庭の桜はすっかり散ってしまって、残った緑の若葉に春風が吹いている。

【参考】「とゞめあへずむべも年とは言はれけりしかもつれなく過ぐる齢か」（古今八九八、読人しらず）「とゞめあへずしかもつれなく行く秋の常磐の森の夕霧の空」（紫禁和歌集二九〇、順徳院）

【補説】「とゞめあへず」は用例稀少であるが、順徳院に二例見える。

168　山風《かぜ》も誰《たれ》ゆゑとてかしのぶらん吹《ふ》かずはもとの花も見《み》ましを（墨）

【現代語訳】山風も、誰のせいで散らしてしまったのかと思い出し惜しんでいるだろう。お前が吹かなかったら、もとの美しい花をずっと見ていられたのになあ。

【参考】「頼むぞよ靈山界会釈迦大師誰ゆゑとてか世に出でたまふ」（拾玉集三二六四、慈円）

【補説】「誰ゆゑとてか」も右慈円詠以外には建保二年「月卿雲客妬歌合」三三に経通が用いているだけである。

169　山桜《ざくら》散《ち》りにしまゝの故里《ふるさと》を花より後《のち》は春《はる》とやは見《み》る（墨）

【現代語訳】山桜が散ってしまった、たゞそのまゝのひっそりとした古い都跡の地を、花による賑わいの後は春と思って見るだろうか。いや、とてもそうは思えない。

【参考】「故里は誰聞かめとや鶯の花より後に春を告ぐらん」（伊勢集九一）「吹く風も花のあたりは心せよ今日

をば常の春とやは見る」（金葉三一、長実）

170 春深《はるふか》き浅沢小野《あさゞはおの》のかきつばた霞《かすみ》や色《いろ》を立《た》ち隔《へだ》つらん 」一七オ

【現代語訳】 春も深まった、浅沢小野に咲く杜若よ。（よく見たいのに）霞が立ち隔ててその色を十分見せてくれないようだ。

【参考】「住吉《すみのえ》の浅沢小野のかきつばた衣にすりつけ着む日知らずも」（万葉一三六五、作者未詳）「かきつばた同じ沢辺に生ひながら何を隔つる心なるらん」（堀河百首二七二、河内）

【語釈】 ○**浅沢小野**―摂津の歌枕、大阪市住吉区。杜若の名所。「深き」と対する。○**立ち隔つ**―霞の「立ち」と接頭語「たち」をかける。

171 散《ち》らば散《ち》れ暮《く》れ行《ゆ》く春の色《いろ》も憂《う》し波寄《なみよ》せかくる田子《たご》の浦藤《うらふぢ》

【現代語訳】 散るなら散るがよい。その花を見ると、暮れて行く春をまざ〳〵と感じるような色なのも辛いから。波が寄せてかかる、田子の浦の藤よ。

【参考】「散らば散れ岩瀬の森の木枯に伝へやせまし思ふ言の葉」（新勅撰六六〇、俊成）「散らば散れ露分け行かむ萩原やぬれての後の花の形見に」（拾遺愚草五三八、定家）「紫の敷波寄すと見るばかり田子の浦藤花咲きにけり」（堀河百首二七九、仲実）

【語釈】 ○**田子の浦**―駿河の歌枕、静岡県富士市の海岸。

【補説】「藤」十首。その冒頭に「散らば散れ」とするのは珍しい。

172　故里《ふるさと》の春日《かすが》の小野《をの》の藤《ふぢ》の花《はな》いつより人《ひと》の折《を》りてかざさむ（墨・朱・尾）

【現代語訳】藤原氏の故郷、春日野に、（その名にふさわしく）咲く藤の花よ。一体いつの昔から人が折ってかざし（氏の名ともし）たのだろう。

【参考】「いづれをか花とも分かむ故里の春日の原にまだ消えぬ雪」（新古今二一、躬恒）「春日野の藤散りはてて何をかも御狩の人のおもてかざさん」（家持集八〇）

【語釈】○春日の小野―大和の歌枕。春日野。奈良市、春日神社前の奈良公園一帯。

【補説】「春日野の藤」を詠んだ歌は必ずしも多くない。それとなく、心利いた藤原氏頌歌。

173　春ながら山時鳥《ほととぎす》かねてまた松《まつ》にやかゝる池《いけ》の藤波《ふぢなみ》

【現代語訳】まだ春ではあるが、夏の鳥、山時鳥をあらかじめ専心に待っているというのか、松に咲きかかっている、池のほとりの、波のような藤の花房よ。

【参考】「我が宿の池の藤波咲きにけり山時鳥いつか来鳴かむ」（古今一三五、読人しらず）「千歳経む君がかざせる藤の花松にかゝれる心地こそすれ」（後拾遺四五七、良暹）

【語釈】○**松にやかゝる**―藤の咲きかかる形容に、「待つ事にかかりきりになる」意をかける。

174 暮《く》れ果《は》つる春の色《いろ》とは知《し》りながら咲《さ》きて久しき宿《やど》の藤波《ふぢなみ》（墨）

【現代語訳】 終ってしまう春を象徴する色であるとは承知しているものの、咲いてから久しく盛りを保っている我が家の藤の花よ。

【参考】「立ち帰る春の色とは恨むとも明日や形見の池の藤波」（新勅撰一三三、道家）「吹く風の誘ふものとは知りながら散りぬる花の強ひて恋しき」（後撰九一、読人しらず）

175 都《みやこ》までかざして行《ゆ》かむ田子《たご》の浦底《うらそこ》さへ匂《にほ》ふ藤《ふぢ》の初花《はつはな》」一七ウ

【現代語訳】 都まで折りかざして持って行こうよ、田子の浦の水底まで匂うかのように、盛りに咲いている藤の初花を。

【参考】「都まで響き通へるからことは波の緒すげて風ぞ弾きける」（古今九二一、真静）「田子の浦の底さへ匂ふ藤波をかざして行かむ見ぬ人のため」（万葉四二〇四、家持、古今八八、人麿）「春来ては心の松にかゝりつる藤の初花咲きそめにけり」（堀河百首二八〇、俊頼）

【語釈】 ○田子の浦→171。

【補説】「藤の初花」は用例稀少。必ずや「堀河百首」によったであろう。

176 咲《さ》き初《そ》むる池《いけ》の藤波《ふぢなみ》立《た》ちかへりしばしや春も思《おも》ひわぶらん（墨・朱）

【現代語訳】　咲きはじめる、池の上の藤の花よ。その波立つ美しさを見たら、去ろうとしながらも振り返って、暫くは春も行こうか行くまいかと思い悩むことだろう。

【参考】　「我が宿の池の藤波咲きにけり山時鳥いつか来鳴かむ」（古今一三五、読人しらず）「我が宿に咲ける藤波立ちかへり過ぎがてにのみ人の見るらむ」（古今一二〇、躬恒）

【語釈】　○**立ちかへり**──「波」の縁語「立ち」「返り」に春の後戻りする意をかける。

177　**石清水《いはしみづ》かざす雲居《くもゐ》の藤《ふぢ》の花万世《はなよろづ》かけて神《かみ》や守《まも》らん**

【現代語訳】　三月の石清水臨時祭に、使が宮中で賜わってかざす藤の花よ。それを冠にかけるように、はるか一万年の先を目標として、神は我が国をお守り下さるだろう。

【他出】　夫木抄二二九三、千首歌。

【語釈】　○**石清水**──三月中の午の日に行われる石清水臨時祭。天慶五年（九四二）平将門の乱平定の報賽として始められた、石清水八幡の祭。○**藤の花**──使の冠にさす挿頭花《かざし》。○**かけて**──かざしをかける意と、作用を及ぼす、約束する意をかける。

【補説】　底本、「世」を欠き、右脇に補入。

178　**咲《さ》くと見《み》て帰《かへ》らむ春を藤《ふぢ》の花なほかけとめよ枝《えだ》は折《を》るとも**

【現代語訳】　もう藤が咲いた、季節も終りだと認めて帰って行こうとする春を、藤の花よ、なおも引き止めておくれよ。その争いで枝が折れてもいいから。

【参考】「よそに見て帰らむ人に藤の花はひまつはれよ枝は折るとも」（古今一一九、遍昭）

179 今更《いまさら》に松《まつ》の緑《みどり》の色《いろ》もなし枝貸《えだか》す藤《ふぢ》の花に咲《さ》く比《ころ》（墨）
【現代語訳】今となってはもう、（常磐だという）松の緑の色も見えないよ。その枝を貸してやった藤が、盛りに花を咲かせる頃は。

【参考】「常磐なる松の緑も春来れば今一入の色まさりけり」（古今二四、宗于）「我が宿の垣根に植ゑし撫子は花に咲かなむよそへつゝ見む」（後撰一九九、読人しらず）

180 春雨にぬれて色濃《いろこ》き藤《ふぢ》の花《はな》しひ《ゐ》て形見《かたみ》になほ《を》折《お》らまし（朱）
【現代語訳】春雨にぬれて色濃くなり、一入風情を増した藤の花よ。無理にでも春の形見として、やはり折り取りたいものだ。
【参考】「深見草八重の匂の窓のうちにぬれて色濃き夕立の空」（拾玉集二六〇九、慈円）
【補説】「ぬれて色濃き」はこの外に、前後の歌合に二三見えるのみ。

181 待《ま》つ人《ひと》は小島《こじま》の崎《さき》の春風《はるかぜ》に」一八オ散《ち》らば散《ち》らなむ山吹《ぶき》の花《はな》（墨・朱・尾）

【現代語訳】 待つ恋人は来てくれそうもない。「来じ」という名を持つ橘の小島の崎の山吹の花も、春風に散るなら散ってしまえよ。(そのようにこの恋が破れるなら、私もいっそ死んだ方がましだ)

【参考】「今もかも咲き匂ふらむ橘の小島の崎の山吹の花」(古今一二一、読人しらず)「桜花散らば散らなむ散らずとて故郷人の来ても見なくに」(古今七四、惟喬親王)

【語釈】○**小島の崎**—山城の歌枕、京都府宇治市、宇治川の「橘の小島」。「待つ人は来じ」をかける。

【補説】 古今二首を巧みに取る。以下「山吹」十首。

182 **言《い》はぬ色《いろ》は恨《うら》みかねてや咲《さ》きつらんとまらぬ春の山吹《ぶき》の花《はな》**

【現代語訳】「くちなし」すなわち「物言わぬ」というその色に咲くのは、よく〳〵恨めしいと思っての事だろう。止らずに去る、春の暮に咲く山吹の花よ。

【参考】「山吹の花色衣主《ぬし》や誰問へど答へずくちなしにして」(古今一〇一二、素性)

【語釈】○**言はぬ色**—梔子《くちなし》色。クチナシの果実で染めた、赤みがかった濃い黄色。すなわち山吹の花色。「口無し」とかけて「言はぬ」という。

183 **山吹《ぶき》を流《なが》るゝ花にかけまぜて春《はる》の色《いろ》なる吉野川《よしのがは》かな** (墨)

【現代語訳】 山吹の花弁を、流れる桜の花びらと混《ま》じり合せて、これこそ春の色そのものだなあ、と思わせる、吉野川の眺めだなあ。

【参考】「春の色の至り至らぬ里はあらじ咲ける咲かざる花の見ゆらむ」（古今九三、読人しらず）

【補説】「かけまぜて」は「混合して」。歌語としては『国歌大観』全巻を通じこの一例しかない。一般的にもほとんど用例はあるまい。山吹と桜の花弁が交じり流れるという叙景もおそらく本詠のみであろう。「春の色」は、慈円・定家・家隆が特に好み用いている。

184　くちなしの県《あがた》の井戸《ゐど》の花の色《いろ》におのれひとりと鳴《な》く蛙《かはづ》かな（墨）

【現代語訳】くちなし色をした、県の井戸に咲く花――山吹。その色の美しさを知るのは自分一人、と言わんばかりに鳴く蛙よ。

【参考】「都人来ても折らなん蛙なく県の井戸の山吹の花」（後撰一〇四、公平女）「植ゑおきしあるじはなくて菊の花おのれひとりぞ露けかりける」（後拾遺三四七、恵慶）

【語釈】○**県の井戸**――山城の歌枕。京、一条より上という（後撰集聞書）。

【補説】「口無し」で無言の花と、鳴く蛙の対比の興。後撰集詠は「古来風体抄」「秀歌大体」にも引かれ、父祖の庭訓により深く印象された詠であろう。

185　神無備《かみなび》の岸《きし》の山吹《ぶきち》散りぬらし言《い》はぬ色《いろ》なる瀬々《せゞ》の河波《かはなみ》（朱）

【現代語訳】神無備川の岸の山吹は散ってしまったらしいよ。「言わぬ色」、すなわち梔子《くちなし》色にすっかり染まった、河瀬々々の波を見ると。

【参考】「蛙鳴く神無備《かみなみ（新古今）》川に影見えて今か咲くらむ山吹の花」（万葉一四三九、新古今一六一、厚見王）「散らすなよ井手の柵《しがらみ》せきかへし言はぬ色なる山吹の花」（拾遺愚草四一九、定家）

【他出】夫木抄二〇七五、千首歌。

【語釈】○**神無備**―神無備川。大和の歌枕。飛鳥・立田附近を流れるか、未詳。

186　**草深《くさふか》き庭《には》の山吹《ぶき》一枝《えだ》に形見《かたみ》残《のこ》さぬ春風《はるかぜ》ぞ吹《ふ》く**　」一八ウ

【現代語訳】草の深く茂った庭の山吹よ。その一枝にさえ、春の形見を残すまいとして、春風が吹き、散らそうとしている。

【参考】「住む人の植ゑし籬は昔にて浅茅に残る庭の山吹」（建仁元年通親亭影供歌合七八、保季）

【補説】「庭の山吹」の用例は甚だ少い。

187　**鳴《な》きとめぬ梢《こずゑ》の桜《さくら》散《ち》り果《は》てゝ鶯《うぐひす》来居《きゐ》る庭《には》の山吹《ぶき》**

【現代語訳】いくら鳴いてもとめる事ができぬままに、梢の桜はすっかり散ってしまって、（仕方なく）鶯は来てとまっているよ、庭の山吹の枝に。

【参考】「鳴きとむる花しなければ鶯も果ては物憂くなりぬべらなり」（古今一二八、貫之）「み雪かと世には降らせて今はたゞ梢の桜散らすなりけり」（後拾遺一一一〇、上東門院中将）「春来ては幾夜も過ぎぬ朝戸出でに鶯来居る里の村竹」（拾遺愚草一九九六、定家）

【他出】 夫木抄二〇七五、同(千首歌)。
【補説】 「鶯来居る」は他に「拾玉集」一一〇七・「拾遺愚草員外」一〇四が見え、なお「別雷社歌合」「千五百番歌合」に各一例を見る程度。山吹に鶯を配したのはほとんど例がなかろう。

188 露ながら手折《たを》りても見《み》ん春雨《はるさめ》にしほるゝ庭《には》の山吹《やまぶき》の花

【現代語訳】 露の置いたままでかまわないから、折り取って見ようよ、春雨にびっしょり濡れた、庭の山吹の花を。
【参考】 「露ながら折りてかざさむ菊の花老いせぬ秋の久しかるべく」(古今二七〇、友則)「石走る滝なくもがな桜花手折りても来ん見ぬ人のため」(古今五四、読人しらず)
【語釈】 ○しほるゝ――湿るゝ。びっしょりぬれた意。「萎るゝ」ではない。↓参考文献「「しほる」考」。

189 波《なみ》かくる清滝川《きよたきがは》の岩越《いはこ》えて花もたまらぬ岸《きし》の山吹《ぶき》(墨)

【現代語訳】 波が次から次と寄せかける清滝川では、岩を水が越えて、そのため花もこらえきれず散り流れてしまう、岸の山吹よ。
【参考】 「降りつみし高嶺のみ雪とけにけり清滝川の水の白波」(新古今二七、西行)「蝉の羽の薄紅の遅桜折るとはすれど花もたまらず」(紫禁和歌集三七三、順徳院)
【語釈】 ○清滝川――山城の歌枕、京都市右京区清滝。保津川に合流、大堰川に入る。

【補説】「花もたまらぬ」は用例稀少。

190 荒《あ》れわたる庭《には》の山吹《ぶき》おのれのみ昔《むかし》も今《いま》の色《いろ》に見《み》えつゝ

【現代語訳】一面に荒れてしまった庭に咲く山吹よ。お前だけが、昔も今と同じだと納得できる、変らず美しい色を見せて咲いているね。

【参考】「荒れわたる秋の庭こそあはれなれまして消えなん露の夕暮」（新古今一五六一、俊成）

【補説】【参考】俊成詠は「千五百番歌合」六九五番に公経詠と合せて持となったが、「自讃歌」「定家十体」「桐火桶」に入り、中世に評価高かった作。「荒れわたる」はこの外に如願・為忠に一例づつ見られるのみの特異表現であるが、本千首では958にも使用している。なお底本第四句「いまも」と見せ消ち訂正。

191 あともなく散《ち》らば散《ち》らなん山桜《ざくら》帰《かへ》るや春の道《みち》も惑《まど》ふと

【現代語訳】道路の跡も残らないように、散るなら散ってしまえ、山桜よ。（一ぱいに積ったら）帰るはずの春が道に迷って帰れなくなるかと思うから。

【参考】「桜色の庭の春風あともなし問はばぞ人の雪とだに見ん」（新古今一三三一、定家）「桜花散りかひ曇れ老いらくの来むといふなる道まがふがに」（古今三四九、業平）

【補説】「三月尽」十首。

192　山桜《ざくら》散《ち》らでも春のものならじ」一九オ別《わか》れは花の色にまかせん（墨）

【現代語訳】山桜は、散らないで残っていても、もう明日からは春のものとは言えないだろう。その別れは（暦や風によらず）花の色の衰えるのにまかせて決めよう。

【参考】「風だにも通はざりける山なれば散らでや花の春を過ぐらん」（散木集九九、俊頼）

【補説】参考歌らしきものは、右一首しか求めえなかった。大方の示教を待つ。

193　惜《お》しめども今日《けふ》や限《かぎ》りの春の日《ひ》もなほ暮《く》れかゝる藤《ふぢ》の下陰《したかげ》（朱・尾）

【現代語訳】いくら惜しんでも、今日が最後と思う春の日も、更に暮れようとする、春の最後の花、藤の房の垂れかかる下陰よ。（そこに立って春を惜しむよ）

【参考】「惜しめども春の限りの今日の又夕暮にさへなりにけるかな」（後撰一四一、読人しらず）「春も惜し花をしるべに宿からんゆかりの色の藤の下陰」（拾遺愚草九一九、正治百首、定家）

【語釈】○**暮れかゝる**――「かゝる」は藤の縁語。

194　鳥《とり》の音《ね》も花の色香《か》も馴《な》れ〳〵て行《ゆ》く方見《かたみ》せぬ春ぞ悲《かな》しき（墨）

【現代語訳】鳥の声も、花の色や薫りも、すっかり馴れ親しんでしまったので、（それらをみんな引き連れて）去って行く方角さえも見せない春というものが、本当に悲しいよ。

【参考】「かざし折る花の色香にうつろひて今日の今宵に飽かぬ諸人」（拾遺愚草一一一三、定家）「馴れ〳〵て見しは名残の春ぞともなど白河の花の下陰」（新古今一四五六、雅経）

【補説】「花の色香」は用例稀少な中で、定家は二度用いている。

195 鳴《な》きとめぬ春の別《わか》れの今日《けふ》ごとに身を鶯《うぐひす》の音《ね》をや立《た》つらん（朱）

【現代語訳】鳴いても止める事のできない、春の別れの日の今日を迎える度毎に、腑甲斐ない我が身を情ないと思って、鶯は鳴き声を立てるらしいよ。

【参考】「鳴きとむる花しなければ鶯も果ては物憂くなりぬべらなり」（古今一二八、貫之）「我が宿の菊の白露今日ごとに幾代積りて淵となるらん」（拾遺一八四、元輔）「初春の祈りならねばよそへつゝ身を鶯の音こそなかるれ」（相模集四二六）

【語釈】○身を鶯の――「身を憂《う》」をかける。

196 誰《た》が為《ため》に惜《お》しみし花の色なればよそげに春の今日《けふ》は行《ゆ》くらん（墨）

【現代語訳】誰の為に花の色の衰えるのを惜しんだのか、春の風物であればこそ、愛惜したのに、そんな事は自分に関係ないと言わんばかりに、春は今日、行ってしまうのだなあ。

【参考】「誰が為の錦なればか秋霧の佐保の山辺を立ちかくすらむ」（古今二六五、友則）「昨日まで惜しみし花も忘られて今日は待たるゝ時鳥かな」（後拾遺一六六、明衡）「紅葉ばはおのが染めたる色ぞかしよそげに置ける今

朝の霜かな」（新古今六〇二、慈円）

【語釈】○よそげに―余所気に。まるでそれは無縁の事のように。慈円独特の用語である。

197　真木《まき》の戸《と》にさすや夕日の光《ひかり》までしばしと辛《つら》き春の暮《くれ》かな（墨・朱）」一九ウ

【現代語訳】山家の木戸に射している夕日の光まで、ああ、もう暫くとどまっていてくれ、と思うのに消えてしまうのが、本当に恨めしい、春の暮だなあ。

【参考】「今はとて有明の影の真木の戸にさすがに惜しき水無月の空」（拾遺愚草九三五、正治百首、定家）

【語釈】○さすや―光の「射《さ》す」に、戸の縁語、「鎖《さ》す」をかける。

198　山風《かぜ》に散《ち》り交《か》ふ花のあともなく定《さだ》めぬ春の行方《ゆくゑ》知《し》らずも

【現代語訳】山風に誘われて乱れ散る花が跡もとどめないように、その落着き先も確かでない春は、本当にどこに行くやらわからないなあ。

【参考】「春の野に若菜摘まむと来しものを散り交ふ花に道はまどひぬ」（古今一一六、貫之）「もののふの八十氏河の網代木にいさよふ波の行方知らずも」（万葉二六六、新古今一六五〇、人麿）

199　とにかくに心を人につくさせて花よりのちに暮《く》るゝ春かな（朱・尾）

【現代語訳】　あれやこれやと、様々の心遣いを人間に思いきりさせておいて、花の散った後で、おもむろに暮れて行く春よ。
【参考】「たよりにもあらぬ思ひのあやしきは心を人につくるなりけり」（古今四八〇、元方）「色もなき心を人に染めしよりうつろはむとは思ほえなくに」（古今七二九、貫之）「時鳥夜頃心をつくさせて今日ぞかすかにほのめかしつる」（散木集二七五、俊頼）「時鳥待つ心のみつくさせて声をば惜しむ五月なりけり」（山家集一八四、西行）「故郷は誰聞かめとや鶯の花よりのちに春を告ぐらん」（伊勢集九一）
【他出】　為家卿集五二、（春）。大納言為家集二七四、（春貞応三《マヽ》）。

200　**今日《けふ》はまた沖《おき》つ白波《しらなみ》かきわけて一人《ひとり》や春の立《た》ち帰《かへ》るらん**

【現代語訳】　今日、三月晦日と言えばまた、（例年のように）沖の白波をかき分けて、ただ一人、春は帰って行くのだろうか。
【参考】「花は皆四方の嵐に誘はれて一人や春の今日は行くらん」（千載一三一、静賢）
【語釈】**○立ち帰る**——「波」の縁語。
【補説】「春が海の彼方に去る」という発想はあまり見ないように思うが如何。

夏百首

201 脱《ぬ》ぎかふる蝉《せみ》の羽衣《はごろも》薄《うす》けれど深《ふか》くも春をしのぶ比《ころ》かな

【現代語訳】 衣更えの今日、脱ぎかえる夏着は、蝉の羽のように薄いけれども、私の気持はそんな薄情なものではない、深く〳〵春をなつかしむ此の頃であるよ。

【参考】「桜色に染めし衣を脱ぎかへて山時鳥今日よりぞ待つ」(後拾遺一六五、和泉式部)「一重なる蝉の羽衣夏はなほ薄しといへどあつくぞありける」(後拾遺二一八、能因)「佐保山の柞《ははそ》の色は薄けれど秋は深くもなりにけるかな」(古今二六七、是則)

【補説】「薄」対「深」という、一見懸け合わない対照表現は、必ずや是則詠によるであろう。以下、「更衣」三首。

202 暮《く》れ果《は》てし春《はる》より辛《つら》き別《わか》れかな花に染《そ》め来《こ》し袖の匂《にほ》ひは 」二〇オ

【現代語訳】 暮れてしまった春との別れよりも、もっと辛い別れだなあ。花の色に染めて親しんで来た、春着の袖の美しい色艶と別れるのは。

【参考】「花に染む心のいかで残りけん捨て果ててきと思ふ我が身に」(千載一〇六六、西行)「時鳥ありとな鳴きそ橘は昔を知れる袖の匂ひぞ」(正治二年石清水若宮歌合八八、定家)「折りつれば袖こそ匂へ梅の花ありとやこゝ

に鶯の鳴く」（古今三二、読人しらず）

【補説】「袖の匂ひ」はありそうな歌語と見えながら、【参考】定家詠が『国歌大観』初出で、判詞に【参考】古今詠を引いて賞されている。その後も「宝治百首」に三例見られるのが目立つ程度である。

203　形見《かたみ》とて染《そ》めし桜《さくら》の色をだに今日《けふ》脱《ぬ》ぎかふる夏衣《ごろも》かな　（朱）

【現代語訳】せめて春の形見と思って染めた、桜色の着物をさえ、今日は脱ぎかえてしまう、この夏の衣裳よ。

【参考】→201和泉式部詠。「惜しまじよ雲居の花に慣れもせず今日脱ぎかふる春の衣手」（壬二集二一、初心百首、家隆）

204　月影《かげ》は垣根《かきね》ばかりや出《い》でぬらん初卯《はつう》の花の夕闇《ゆふやみ》の空《そら》

【現代語訳】月の光は、今やっと垣根のあたりまで昇って来た、というところだろうか。咲きはじめた卯の花がほんのり白く見える、夕闇の空の情趣は。

【参考】「卯の花の余所目《よそめ》なりけり山里の垣根ばかりに降れる白雪」（千載一四三、政平）「鳴く声をえやは忍ばぬ時鳥初卯の花のかげにかくれて」（新古今一九〇、人麿）「郭公鳴くや雲間の夕月夜初卯の花のかげやしのばん」（紫禁和歌集三四四、順徳院）「道の辺の螢ばかりをしるべにて一人ぞ出づる夕闇の空」（新古今一九五一、寂然）

【語釈】○**卯の花**―ウツギの花。初夏に白く小さい花が群がり咲き、月光、また雪にたとえられる。

【補説】「初卯の花」は用例稀であるが、順徳院は紫禁四八六詠にも用いている。以下「卯の花」六首。

205　山里《ざと》の庭《には》の卯《う》の花《はな》あと絶《た》えて衣手《ころもで》ぬれぬ雪《ゆき》ぞ降《ふ》りける（墨）

【現代語訳】 山里の庭の卯の花が盛りに咲いた様子は、まるで人の往来のあともなくなって、しかし着物は濡れない、そんな特別の雪が降ったようだ。

【参考】「よせしたゞ露と見たれば浅茅原衣手ぬれぬ螢なりけり」（拾玉集四五八八、慈円）

206　消《き》えがての雪《ゆき》かと見《み》れば山賤《やまがつ》の賤《しづ》が垣根《かきね》に咲《さ》ける卯《う》の花

【現代語訳】 消えきれずにいる雪かと思って見たら、それは（雪じゃなくて）山仕事の人の家の貧しい垣根に咲く卯の花だったよ。

【参考】「桜散る花の所は春ながら雪ぞ降りつゝ消えがてにする」（古今七五、承均）「時分かず降れる雪かと見るまでに垣根もたわに咲ける卯の花」（後撰一五三、読人しらず）

207　掛《か》けて干《ほ》す誰《た》が白妙《しろたへ》の夏衣《なつごろも》折《を》りも忘《わす》れず咲《さ》ける卯《う》の花《はな》（墨・朱）

【現代語訳】 掛けて干してあるのは、一体誰の白い夏衣裳なのだろう、と思い疑う程に、季節も忘れず、ちゃんと咲いている、まっ白な卯の花よ。

【参考】「布引の滝の白糸うちはへて誰山風に掛けて干すらん」（最勝四天王院障子和歌八一、後鳥羽院）「山賤《がつ》の

垣穂に咲ける卯の花は誰が白妙の衣掛けしぞ」（定文歌合八、躬恒）
【語釈】○誰が白妙の―「誰が知らむ」をかける。
【補説】【参考】後鳥羽院詠は、のち為家撰の「続後撰集」一〇一四に撰入している。深く記憶に残っていた詠と思われる。

208 春の色《いろ》を隔《へだ》て果《は》ててや卯《う》の花《はな》の」三〇ウ垣根《かきね》もたわに降《ふ》れる白雪《しらゆき》（朱）

【現代語訳】「春」という感じを全く払拭してしまうつもりだろうか、卯の花の、垣根もたわむ程に積った白雪とも見える花盛りは。
【参考】「春の色の至り至らぬ里はあらじ咲ける咲かざる花の見ゆらむ」（古今九三、読人しらず）「よそ人に鳴海の浦の八重霞忘れずとても隔て果ててき」（拾遺愚草一二七八、定家）「時分かず降れる雪かと見るまでに垣根もたわに咲ける卯の花」（後撰一五三、読人しらず）
【補説】「隔て果て（果つ）」は定家が特に好んだと見え、「拾遺愚草」に三、「同員外」に一と集中して用いている。

209 なほ《を》も又《また》あなうの花の色《いろ》に出《い》でて別《わか》れし春を恋《こ》ひわたるかな

【現代語訳】今となってもやはり、「あゝ憂い、辛い」と、卯の花の白い色のように表面に現わして、別れた春を恋しく思い続けることだ。

【参考】「世の中を厭ふ山辺の草木とやあなうの花の色に出でにけむ」（古今九四九、読人しらず）
【語釈】○**あなうの花**―「あな憂」と「卯の花」をかける。
【補説】右二首、必ずしも感興を催しにくい歌題を、古歌の秀句を引いて切りぬける。

210　**今日《けふ》祭《まつ》る賀茂《かも》の卯月《うづき》の葵草《あふひぐさ》八千代《やちよ》をかけて君や照《て》らさん**

【現代語訳】今日しも祭礼を行う、賀茂神社にお供えする、四月恒例の葵草よ。それを冠や簾にかけるように、八千年をもかけて、我が君は日光のように国を照らし治められるであろう。
【参考】「今日祭る三笠の山の神ませば天の下には君ぞ栄えん」（後拾遺一一七八、範永）「千早振る賀茂の卯月になりにけりいざ打ち群れて葵かざさむ」（新勅撰一四一、読人しらず）
【語釈】○**賀茂の卯月**―上・下賀茂神社の祭。四月中の酉の日。○**葵草**―賀茂祭に挿頭《かざし》として用いるフタバアオイ。「かけ」「照らす」（「逢ふ日」とかけて）と縁語をなす。
【補説】「葵」一首。

211　**一筋《ひとすぢ》に何《なに》か恨《うら》みん時鳥《郭公》待《ま》つ人からにもらす初音《はつね》を**

【現代語訳】（鳴かないからといって）一方的に何で恨む事があろうか、時鳥よ。待つ人の熱意次第で、そっと聞かせてくれる初声なのだから。（聞けないのは私の方が悪いのだ）
【参考】「散る花を何か恨みん世の中に我が身も共にあらむものかは」（古今一一二、読人しらず）「あやしきは待

つ人からか時鳥鳴かぬにさへも濡るゝ袖かな」（千載一五一、道命）

【補説】 以下、「時鳥」十六首。

212 さつき《五月》待《ま》ちまだしき程《ほど》の時鳥《ほとゝぎす》たゞ一声《ひとこゑ》の忍《しの》び音《ね》もがな（朱）

【現代語訳】 五月を待ちかねて、まだ早すぎる程の時鳥の訪れではあるが、せめてたった一声、こっそり鳴く声を聞きたいものだ。

【参考】「五月待つ山時鳥うちはぶき今も鳴かなむ去年《こぞ》の古声」（古今一三七、読人しらず）「五月来《こ》ば鳴きも古りなむ時鳥まだしき程の声を聞かばや」（古今一三八、伊勢）「有明の月だにあれや時鳥たゞ一声の行く方も見ん」（後拾遺一九二、頼通）

213 時鳥《ほとゝぎす》まだ出《い》でやらぬ峰《みね》に生《お》ふるまつとは知《し》るや惜《お》しむ初声《はつごゑ》」三二オ（墨・朱）

【現代語訳】 時鳥よ。まだ山から出る決心がつかぬのだろうが、その峰に生える松ならぬ、私の待つ心を知っているのかね、惜しんで聞かせない、その初鳴きの声よ。（早く聞かせておくれ）

【参考】「立ち別れいなばの山の峰に生ふるまつとし聞かば今帰り来む」（古今三六五、行平）

【補説】 行平詠の活用は奇抜である。

214 有明《ありあけ》の月《つき》に鳴《な》くなり時鳥《ほとゝぎす》いづれか先《さき》に山は出《い》でつる

【現代語訳】　有明の月の光の中で、時鳥の鳴くのが聞える。月と、時鳥と、どちらが先に山を出たのだろう。

【参考】「ほのかにぞ鳴きわたるなる時鳥み山を出づる今朝の初声」（拾遺一〇〇、望城）「み山出でて夜半にや来つる時鳥暁かけて声の聞ゆる」（同一〇一、兼盛）

【補説】「時鳥が山を出る」例は多いが、「有明の月が山を出る」という表現は、ありそうに見えて発見できなかった。如何。なお216参照。

215　鳴《な》きやせん待《ま》たでや寝《ね》なん真木《まき》の戸《と》をいさよひ明《あ》かす時鳥《ほとゝぎす》かな

【現代語訳】　鳴くだろうか、それとも待たずに木戸を閉めて寝てしまおうか。ぐず〳〵考えて、寝もせず明かしてしまった時鳥の声よ。

【参考】「君や来む我や行かむのいさよひに真木の板戸も鎖さず寝にけり」（古今六九〇、読人しらず）

【語釈】○いさよひ―ためらって。

【補説】　次詠とも〴〵、「古今集」隣接二首を巧みに取る。

216　有明《ありあけ》の月だに出《い》づる山の端《は》につれなさまさる時鳥《ほとゝぎす》かな（朱・尾）

【現代語訳】　待っていれば、有明の月だって山の端に出て来るというのに、（一向に出て来ないなんて）全く冷たいんだなあと思ってしまう時鳥よ。

【参考】「今来むと言ひしばかりに長月の有明の月を待ち出でつるかな」（古今六九一、素性）

217　今《いま》はまた鳴《な》きや古《ふ》りぬる時鳥《ほとゝぎす》待《ま》ちし五月《さつき》の夕暮《ぐれ》の空《そら》（朱）

【現代語訳】今はもう鳴き古してしまって珍しくもない、というのかね、時鳥よ。あんなに待ちこがれていた五月も終ろうとする、この夕暮の空の下では。

【参考】「去年《こぞ》の夏鳴き古してし時鳥それかあらぬか声の変らぬ」（古今一五九、読人しらず）「五月待つ山時鳥うち羽ぶき今も鳴かなむ去年の古声」（同一三七、読人しらず）

【他出】中院集五三、郭公。大納言為家卿集三〇九、郭公貞応二。

218　裁《た》ちかふる蝉《せみ》の羽衣《はごろも》折延《おりはえ》へて誰《たれ》かまさると鳴《な》く時鳥《ほとゝぎす》（墨）

【現代語訳】春着から裁ちかえて夏着にと、蝉の羽のように薄い着物を織り延べる、それではないが、長々と声をあげて、私よりよい声の者が誰かいるか、誰もあるまいとばかりに鳴く時鳥よ。

【参考】「足引の山時鳥折はへて誰かまさると音をのみぞ鳴く」（古今一五〇、後撰一八四、読人しらず）

【語釈】○**折延へて**—長く続けて。「羽衣織り」をかける。

219　時鳥《ほとゝぎす》それかあらぬか故郷《ふるさと》も「二一ウ荒《あ》れにし後《のち》の夕暮《ぐれ》の声《こゑ》

【現代語訳】　時鳥よ、お前が鳴いたのか、いや、そうではなかったのか。昔なじみの故郷も荒れ果ててしまった後の、あの夕暮の一声は。
【参考】「去年《こぞ》の夏鳴きふるしてし時鳥それかあらぬか声の変らぬ」（古今一五九、読人しらず）「人住まぬ不破の関屋の板庇荒れにし後はたゞ秋の風」（新古今一六〇一、良経）「卯の花の垣根に来ても時鳥なほ白雲の夕暮の声」（壬二集一七〇三、守覚法親王家五十首、家隆）

220　砺波《となみ》山飛《と》び越《こ》えて鳴《な》く時鳥《ほとゝぎす》都《宮こ》に誰《たれ》か聞《き》き《ゝ》悩《なや》むらん

【現代語訳】（遠く越前国に赴任していると）砺波山を飛び越えて都の方に行く時鳥の鳴き声が聞える。ああ、あの声を都で誰が聞き、私の事を思って悲しむことだろうか。
【参考】「……時鳥　いやしき鳴きぬ　一人のみ　聞けばさぶしも　君と吾《あれ》と　隔てて恋ふる　砺波山　飛び越え行きて……鳴きとよめ　安寝《やすい》寝《ね》しめず　君を悩ませ」（万葉四二〇一、家持）
【他出】　夫木抄八二一二、千首歌。
【語釈】　○**砺波山**―加賀と越前の境の山。古く関が置かれていた。「平家物語」巻七「倶利伽羅落しの事」で著名。
【補説】　家持になり代っての望郷の趣。次詠と共に、為家「万葉集」摂取の好例。

221　時鳥《ほとゝぎす》おのが盛《さか》りの五月《さつき》来《ゝ》て須賀《すが》の荒野《あらの》の《ゝ》雨《あめ》に鳴《な》くなり（墨）

【現代語訳】時鳥は、自分の一番得意の時である五月が来た、というわけで、須賀の荒野に降る雨の中で、盛んに鳴いているよ。

【参考】「女郎花月の光に思ひ出でておのが盛りの秋や恋しき」（和歌一字抄二四九、新院御製）「あやなしやおのが盛りの野辺に出でて秋を恨むるさを鹿の声」（隆信集一八四）「信濃なる須賀の荒野に時鳥鳴く声聞けば時過ぎにけり」（万葉三三六六、信濃国歌）

【語釈】○**須賀の荒野**―信濃の歌枕。長野県東筑摩郡。

【補説】時鳥詠に「おのが五月」は決まり文句であるが、時鳥に限らず「おのが盛り」という例は為家以前は

【参考】詠程度。以後もごく少い。底本第二句、「つき」を見せ消ちにして「かり」と訂正する。

222　**うちしほれ鳴《な》くや雲間《くもま》の郭公行《ゆ》く方《かた》知《し》らぬ五月雨の空《そら》**

【現代語訳】びっしょり濡れて鳴いているよ、雲の間を飛ぶ時鳥が。どこをあてに行くともわからない、五月雨の空の中で。

【参考】「枯れわたる軒の下草うちしほれ涼しく匂ふ夕立の空」（六百番歌合二七六、定家）「曇り夜の月の影のみほのかにて行く方知らぬ呼子鳥かな」（拾遺愚草五一四、重奉和早率百首、定家）

【補説】「しほる」（びっしょり濡れる）は和歌に珍しからぬ語であるが、「うちしほれ」の用例は甚だ少い。

223　**夕づく日《ひ》さすや岡辺《をかべ》の時鳥《ほとゝぎす》松《まつ》もや夏を分《わ》きて知《し》るらん**

【現代語訳】夕日のさす、岡のほとりで鳴く時鳥よ。それを待つにつけても、季節を問わぬ松さえ、夏になったと取りわけて知るだろうと思われるよ。

【参考】「夕月夜さすや岡辺の松の葉のいつともわかぬ恋もするかな」（古今四九〇、読人しらず）

【語釈】○**松もや**――古今詠「岡辺の松」に、「時鳥を待つ」をかけ、「いつともわかぬ」を「分きて知る」に転ずる。

224　**聞《き》ゝつとていかゞ頼《たの》まん時鳥《ほとゝぎす》夢《ゆめ》うつゝとも分《わ》かぬ一声《ひとこゑ》**」二二一オ

【現代語訳】聞いたといっても、どうしてそれがあてになろうか、時鳥よ。夢とも現実とも判断のつかない、たった一声だもの。

【参考】「聞きつとも聞かずともなく時鳥心まどはす小夜の一声」（後拾遺一八八、伊勢大輔）「枯れずともいかゞ頼まん撫子の花は常磐の色にしあらねば」（後撰六九九、庶明）「かきくらす心の闇に惑ひにき夢うつゝとは世人《こよひ(伊勢)》定めよ」（古今六四六、伊勢物語一一七、業平）

【補説】底本、第二句不明二字を擦消し、上に「たのま」と書く。

225　**夏深《なつふか》き岩瀬《いはせ》の森《もり》の時鳥《ほとゝぎす》下草《したくさ》かけて訪《と》ふ人もなし**

【現代語訳】夏も深まった、岩瀬の森で鳴く時鳥よ。「森の下草おひぬれば」ではないが、もう全く、わざ〳〵聞きに来る人もないよ。

【参考】「夏深くなりぞしにける大荒木の森の下草なべて人刈る」（後拾遺二二八、兼盛）「もののふの岩瀬の森の時鳥今も鳴かぬか山のとかげに」（万葉一四七四、刀理宣令）「大荒木の森の下草老いぬれば駒もすさめず刈る人もなし」（古今八九二、読人しらず）「神無備の三室の山を今日見れば下草かけて色づきにけり」（拾遺一八八、好忠）

【語釈】○岩瀬の森―大和、また摂津の歌枕という。呼子鳥・時鳥の名所。○かけて―拾遺詠では「全体に」であるが、本詠では下に打消があるので「全く」の意。

226 郭公涙《なみだ》や露にかる草《くさ》の束《つか》の間《ま》もなく音《ね》には立《た》てつゝ

【現代語訳】時鳥よ。その涙を、刈る草の露にかこつけて、草の一束《つか》ねではないが、ほんの少しのひまもなく声を立てて鳴いているのだね。

【参考】「身を投げて涙や露にまがふらん荒れのみまさる撫子の花」（江帥集四一四、匡房）「紅の浅葉の野良に刈る草の束の間《あひだ》も我忘らすな」（万葉二七七三、作者未詳）

【語釈】○かる―「借る」、かこつける意と「刈る」とをかける。○束の間―草の束《つか》と「短い間」の意をかける。

227 故郷《ふるさと》の軒《のき》のしのぶのひま絶《た》えて葺《ふ》くとも見《み》えぬ菖蒲草《あやめぐさ》かな

【現代語訳】さびれきった故郷の家の、軒に茂る忍ぶ草の間がふと途切れて、誰が五月の節のものとして葺いたとも見えぬ、菖蒲草がかかっている。

【参考】「我が宿の軒のしのぶに言寄せてやがても茂る忘れ草かな」（後拾遺七三七、読人しらず）「小芹摘む沢の氷のひま絶えて春めきそむる桜井の里」（山家集九八四、西行）「花散りし梢の緑ひま絶えて茂りはじむる夏の陰かな」（新撰六帖六七、為家）

【語釈】○しのぶ―忍草。ノキシノブ。ウラボシ科の常緑のシダ。古い家の軒先などに生え、「偲ぶ」の意をかけて詠まれる。○菖蒲草―サトイモ科のショウブ。水辺に生える多年草で、長い細い葉を五月五日に軒に葺き、邪気を払う。ハナショウブとは異なる。

【補説】「ひま絶えて」は、【参考】に示した以外、「ひま絶えにけり」の形で西行が一回用いている（山家集一〇、家集一一、同一歌）のみ、しかも西行詠はいずれも氷についてである。『国歌大観』全巻を通じ、植物について用いた為家の二例はきわめてユニークなものである。以下、「菖蒲」三首。

228 奥山《おく》の沼《ぬま》の岩垣《いはがき》今日《けふ》とても人に知《し》られぬ菖蒲草《あやめぐさ》かな（墨）

【現代語訳】奥山の沼の、岩にかこまれた中にひっそりと生えていて、五月五日、人に賞美される今日ですらも、人に知られず、抜取り飾られる事のない、菖蒲草よ。

【参考】「奥山の岩垣沼の水隠《みこも》りに恋ひやわたらん逢ふ由をなみ」（拾遺六六一、人麿）「足引の山時鳥今日とてや菖蒲の草の音に立てて鳴く」（拾遺一一一、醍醐天皇）「五月雨に濡れ〳〵引かむ菖蒲草沼の岩垣波もこそ越せ」（千載一六九、兼実）

【補説】平凡作と見えながら、実は拾遺二詠をさりげなく取る。為家詠の基本性格をここに見得るであろう。

229 はかなしな菖蒲《あやめ》の草《くさ》の一夜《ひと》だに短《みじ》かき比《ころ》に契る・枕《まくら》は（墨・朱）

【現代語訳】何とも空しいことだなあ、五月五日の菖蒲のような、たった一晩だけの逢瀬、それも夏の短夜の頃に愛し合う間柄というものは。

【補説】底本初句「や」を擦消して「な」と訂正。難解な語もなく、句々すべて珍しからぬものでありながら、指摘すべき参考歌を見出しえなかった。菖蒲に「一夜（節）」「短かき」という言葉続きはふさわしからず思われるが如何。示教を待つ。

230　時鳥《ほとゝぎす》鳴《な》くや五月の御《み》田《た》屋《や》守《もり》急《いそ》ぐ早苗《さなへ》も生《お》ひやしぬらん（墨・朱・尾）_{┘三二ウ}

【現代語訳】時鳥の鳴く五月ともなれば、神に捧げるための稲田の管理者が準備する早苗も、田植ができる程に生長したことだろう。

【参考】「時鳥鳴くや五月の菖蒲草あやめも知らぬ恋もするかな」（古今四六九、読人しらず）「御田屋守今日は五《さ》月《つき》になりにけり急げや早苗生ひもこそすれ」（後拾遺二〇四、好忠）

【補説】前歌と異なり、古歌二首を明らかに取りつつ安々と一首を構成する。「早苗」七首。

231　小山田《おやまだ》に引《ひ》く注連縄《しめなは》の長《なが》き日に飽《あ》かずや賤《しづ》の早苗取《さなへと》る比《ころ》（墨・朱）

【現代語訳】山の小さな田に、植えつけの目印《めじるし》のため長々と引き渡す注連縄、そのように長い日に、たゆむ事なく農夫が早苗を植えて行く、そんな季節になったのだなあ。

【参考】「荒小田に細谷川をまかすれば引く注連縄にもりつゝぞ行く」（金葉七三、経信）

232 早苗《さなへ》取《と》る山田《だ》の水《みづ》やまさるらん空《そら》にまかする五月雨の比《ころ》

【現代語訳】早苗を取り植える、山田の水量が増したらしいなあ。水を引く事を心配せず、空にまかせ切って安心して居られる、五月雨の季節よ。

【参考】「早苗取る山田の筧《かけひ》もりにけり引く注連縄に露ぞこぼるゝ」（新古今二二五、経信）「雨降れば小田のますらをいとまあれや苗代水を空にまかせて」（新古今六七、勝命）

【語釈】○まかする――「成行のままにする」意と、「水を引く」意をかける。

233 早苗《さなへ》取《と》る山田《だ》の田子《たご》の麻衣《あさごろも》いとゞ五月《さつき》の雨《あめ》もぬれつゝ

【現代語訳】山田で田植をしている、農夫の粗末な麻の着物よ。ただでさえ水田の中の労働なのに、折からの五月で、ます〱雨もしとゞ、という程濡れまさりながら。

【他出】夫木抄二五四四、千首歌。

【補説】平凡な題材と思われるのに適切な先行歌を求め得ない。「雨もぬれつゝ」は「雨に」の誤写かとも見えるが、「夫木抄」も同じ。如何。

234 取《と》る毎《ごと》に澄《す》むや早苗《さなへ》の浅緑《あさみどり》下《お》り立《た》つ小田《おだ》の水《みづ》の濁《にご》れる（墨）

【現代語訳】取り植える度に、清く冴え〴〵と見えるなあ、早苗の薄緑色が。農夫の踏み込む田の水の濁っているのと対照的に。

【参考】「袖濡るゝ恋路とかつは知りながら下り立つ田子のみづからぞ憂き」（源氏物語一一五、六条御息所）

【補説】「早苗」詠として珍しい情景描写。周知の源氏詠ながら、その活用例もこれ以前には稀と思われる。

235 **足曳《あしびき》の山田《だ》に濡《ぬ》るゝ賤《しづ》の女《め》が笠片寄《かさかたよ》りに取《と》る早苗《さなへ》かな** 」二三オ

【現代語訳】山田で、濡れながら働く農婦達が、笠を皆一方に傾けつつ、並んで取り植えて行く、若々しい早苗よ。

【補説】「笠片寄りに」が簡潔に情景を活写する。この句は本一首以外に用例を見ない。

236 **袖《そで》ひちて植《うふ》うる早苗《さなへ》の小山田《をやまだ》にいつしか秋の風《かぜ》ぞ待《ま》たるゝ**

【現代語訳】袖をびっしょり濡らして、早苗を植えつけている小さな山田を見るにつけ、早速にも、実りをもたらすさわやかな秋風の季節が待たれることだ。

【参考】「袖ひちて結びし水の氷れるを春立つ今日の風やとくらん」（古今二、貫之）「刈りて干す山田の稲は袖ひちて植ゑし早苗と見えずもあるかな」（新古今四六〇、貫之）

【語釈】○**いつしか**—早速。「いつの間にか」ではない。→60。

237　五月雨の雲《くも》の八重《やへ》立《だ》つ岩根《いはね》踏《ふ》み重《かさ》なる山は訪《と》ふ人もなし

【現代語訳】五月雨の雲が八重にも立ちこめている岩を踏みしめ、険峻な山また山をたずねるような人は、全くいないなあ。

【参考】「身を憂しと人知れぬ世を尋ねこし雲の八重立つ山にやはあらぬ」（古今一一七、読人しらず）「岩根踏み重なる山はあらね《なけれ（拾遺）》ども逢はぬ日あまた《数を（拾遺）》恋ひわたるかも《やわたらん（拾遺）》」（万葉二四二六、作者未詳、拾遺九六九、坂上郎女）「岩根踏み重なる山を分け捨てて花も幾重のあとの白雲」（新古今九三、雅経）

【補説】以下「五月雨」十三首。

238　枯《か》れ果《は》つる軒《のき》の菖蒲《あやめ》の気色《けしき》まで湿《しめ》りはてたる五月雨《さみだれ》の空《そら》

【現代語訳】すっかり枯れてしまった、軒の菖蒲の様子までも、全く湿り切ってしまった、五月雨の空の様子よ。

【参考】「朝なぎに行きかふ舟の気色まで春を浮ぶる波の上かな」（拾遺愚草一〇九、定家）「夕立のそゝきて過ぐる蚊遣火の湿りはてぬる我が心かな」（長秋詠藻一三二、俊成）

【補説】【参考】に示した詠は必ずしも適切とは考えないが、これ以外に影響を及ぼしたかと考える先行歌も見出し得なかった。如何。

239　茂《しげ》り来《こ》し蓬《よもぎ》が末葉《すゑは》水隠《みがく》れて波越《なみこ》す庭《には》の五月雨《さみだれ》の空《そら》

【現代語訳】今まで茂って来た蓬の葉は、末まで水に隠れて、波がその上を越すかとまで見える程降りつのる、五月雨の空よ。

【参考】「茂り来し浅沢小野の菖蒲草今日は五月とはや刈りてけり」（五社百首一七四、住吉、為家）

【他出】夫木抄三〇五五、千首歌。

【補説】「茂り来し」は、のち「五社百首」に為家が用いるのみ。他に用例はない。

240　須磨《すま》の海人《あま》の刈《か》り干《ほ》す磯《いそ》の玉藻《たまも》だに更《さら》にしほるゝ五月雨の空《そら》

【現代語訳】須磨の海人が、磯から刈り取って干している海藻さえ、又もう一度濡れてしまう、五月雨の空よ。

【参考】「五月雨はみつの御牧の真薦草刈り干すひまもあらじとぞ思ふ」（後拾遺二〇六、相模）

【語釈】○**須磨**―摂津の歌枕、神戸市須磨区の海浜。

241　限《かぎ》りあれば雪《ゆき》も消《け》ぬらし富士《ふじ》の山」二三ウ晴《は》れせぬ雲《くも》の五月雨の空《そら》（墨）

【現代語訳】いくら何でも限度というものがあるから、積った雪も消えたらしいよ、富士の山では。一向に晴れない雲のかかっている、五月雨の空の下では。

【参考】「時知らぬ山は富士のねいつとてか鹿の子まだらに雪の降るらむ」（伊勢物語一二、新古今一六一六、業平）

【他出】夫木抄一二四五五、千首歌。

【補説】 業平詠を軽くまぜ返した趣が楽しい。

242 五月雨《さみだれ》は雲間《くもま》も見《み》えず山辺《やまのべ》の五十師《いそし》の御井《みゐ》も水《みづ》まさりつゝ（墨）

【現代語訳】 五月雨は、雲の切れ間も見えず降り続いているよ。山辺の五十師の御井も、そのために水量が増し続けているようだ。

【参考】「山辺の五十師の御井はおのづから成れる錦を張れる山かも」（万葉三二四九、作者未詳）

【他出】 夫木抄一二四五五、千首歌。

【語釈】 **○山辺の五十師の御井**―鈴鹿市山辺町、同一志郡あたりの原中の井か。

【補説】【参考】の万葉歌は他に引用例なく、「五代集歌枕」「歌枕名寄」にも万葉歌を引くのみ。為家の万葉研鑽の程を推察し得る。

243 さゝがにの雲間稀《くもまゝれ》なる五月雨《さみだれ》に玉貫《たまぬ》きかくる宿《やど》や絶《た》えなん（墨）

【現代語訳】 雲の切れ間もほとんど無いように降る五月雨のせいで、露の玉を貫きかけて飾るという蜘蛛の巣も、切れ破れてしまうだろう。

【参考】「さゝがにの巣がく浅茅の末ごとに乱れて貫ける白露の玉」（後拾遺三〇六、長能）「東屋の小萱が軒の糸水に玉貫きかくる五月雨の比」（山家集二二一、西行）

【語釈】 **○さゝがにの**―「蜘蛛」の枕詞を「雲」にかけ、下句の「宿」が「蜘蛛の巣」である事を示す。

【補説】 初・二句の言いかけは奇抜で、為家の誹諧性を示す一首。後年彼は毎日一首中にも、「五月雨に竹の若葉もたわむまで玉貫きかくる蜘蛛の糸筋」（夫木三〇三二）と詠んでいる。

244 葦《あし》の屋《や》のうなゐ乙女《おとめ》の濡《ぬ》れ衣《ごろもころ》比も久しき五月雨《さみだれ》の空《そら》

【現代語訳】 二人の男の愛に悩んで入水した可憐な葦屋の少女の、びっしょり濡れた着物を連想するよ。日頃も長く続く、五月雨の空模様を見ながら。

【参考】「古の　ますら壮士《をとこ》の　相競ひ　妻問しけむ　葦屋の　うなゐ乙女の　奥津城《おくつき》を　我が立ち見れば……」（万葉一八〇五、福麿歌集）

【他出】 夫木抄三〇三一、同（千首歌）。

【語釈】 ○**葦の屋**―摂津の歌枕、兵庫県芦屋市周辺一帯。○**濡れ衣**―葦屋少女の入水伝説から、同音「比も」を導く。

【補説】 万葉摂取の一例。

245 にはたづみ数添《かずそ》ふ宿《やど》の五月雨《さみだれ》におのれも浮《う》きて蛙鳴《かはづな》くなり

【現代語訳】 庭の水たまりがどん〳〵増えて行く、私の家の五月雨の風情に、自分も水に浮きつつ、心はずんで蛙が鳴いているよ。

【参考】「五月雨の小止むけしきの見えぬかなにはたづみのみ数まさりつゝ」（後拾遺二〇九、叡覚）

【語釈】○にはたづみ―庭潦。急に激しく降る雨。またそれによって出来る水たまり。○浮きて―水に浮く意と、心浮かれる意をかける。

【補説】「おのれも浮きて」は為家の独創。心利いた措辞である。

246　五月雨の晴《は》れせぬまゝに三吉野《みよしの》ゝ山下水《したみづ》も音《おと》まさるなり（墨、見せ消ち）」二四オ

【現代語訳】五月雨が一向晴れないので、それにつれて吉野山の下を流れる水も音が高くなって来るようだ。

【参考】「五月雨の晴れせぬ程は葦の屋の軒の糸水絶えせざりけり」（堀河百首四四二、顕仲）「三吉野の山下風の寒けくにはたや今夜も我一人寝む」（万葉七四、文武天皇）

【補説】「三吉野の山下水」の用例は、「山の下水」をも含めて前後に皆無である。

247　五月雨は木《こ》の下《した》露も数〳〵《かず〳〵》に濁《にご》りて落《お》つる山の谷川《たにがは》（墨）

【現代語訳】五月雨の頃ともなれば、木から落ちる露の雫もます〳〵数を増して、山の谷川の水も濁らせてしまう程だよ。

【参考】「御侍《みさぶらひ》御笠と申せ宮城野の木の下露は雨にまされり」（古今一〇九一、陸奥歌）「数々に思ひ思はず問ひがたみ身を知る雨は降りぞまされる」（古今七〇五、伊勢物語一〇七、業平）

248　津《つ》の国《くに》の葦《あし》の八《や》重葺《へぶき》五月雨はひまこそなけれ軒《のき》の玉水《たまみづ》（朱）

【現代語訳】あの和泉式部の歌の「葺の八重葺」ではないが、五月雨の降る頃は、全くちょっと止むひまもないよ、軒から玉のような雨雫の落ちる事は。

【参考】「津の国のこやとも人を言ふべきにひまこそなけれ葺の八重葺」（後拾遺六九一、和泉式部）

【語釈】○**津の国**—摂津。有名な和泉式部詠に全面的によりつつ、五月雨の景を詠む。

249 **五月雨《さみだれ》に濡《ぬ》れて鳴《な》くなり時鳥《ほとゝぎす》神無備《かみなび》山の雲《くも》の遠方《をちかた》**（墨）

【現代語訳】五月雨に濡れながら鳴いているよ、時鳥が。神奈備山に立ちこめた雲の彼方、ずっと遠くの方で。

【参考】「旅にして妻恋すらし時鳥神無備山に小夜更けて鳴く」（万葉一九四二、古歌集）「おのが妻恋ひつゝ鳴くや五月闇神無備山の山時鳥」（新古今一九四、読人しらず）

【語釈】○**神無備山**—大和の歌枕。飛鳥の雷丘とも、斑鳩の立田山ともいう。

250 **村雨《むらさめ》の雫《しづく》もなほ《を》や匂《にほ》ふらん玉貫《たまぬ》く宿《やど》の軒《のき》の橘《たち花》**

【現代語訳】（その高い薫によって）通り雨の雫も一入よく匂うことだろう。露の玉を貫き連ねているように見える、私の家の軒の橘よ。

【参考】「影宿す井出の玉水手に汲めば雫も匂ふ山吹の花」（壬二集一〇二八、建久八年二百首、家隆）「花の色の折られぬ水にさす棹の雫も匂ふ宇治の河長」（拾遺愚草二一七三、建保二年内裏詩歌合、定家）

【補説】「橘」六首。

251　時鳥《ほとゝぎす》なほ《を》立《た》ち帰《かへ》り橘《たち花》の花《はな》散《ち》る里《さと》は声《こゑ》も惜《を》しまず

【現代語訳】時鳥は、やはり帰って来て、橘の花の散る故里では、声も惜しまず鳴くよ。

【参考】「橘の香をなつかしみ時鳥花散る里を尋ねてぞ訪ふ」（源氏物語一六八、源氏）「古になほ立ち帰る心かな恋しき事に物忘れせで」（古今七三四、貫之）

252　遠《とを》ざかる昔《むかし》や偲《しの》ぶ時鳥《ほとゝぎす》」二四ウ花橘《はなたち花》の陰《かげ》に鳴《な》くなり

【現代語訳】見る〳〵遠いものになって行く、昔の事どもを慕うのであろうか、時鳥が、花橘の陰で鳴いているよ。

【参考】「五月待つ花橘の香をかげば昔の人の袖の香ぞする」（古今一三九、読人しらず）「誰が袖に思ひよそへて時鳥花橘の枝に鳴くらん」（拾遺一一二二、読人しらず）

253　故郷《ふるさと》は誰《た》が袖《そで》ふれし形見《かたみ》とて昔《むかし》知《し》らする軒《のき》の橘《たちばな》

【現代語訳】故郷を久々に訪れて見ると、かつて、誰がその袖を触れてよい薫物の香を形見として残したのかと、その昔の床しさを知らせるように、軒の橘が薫っている。

【参考】「色よりも香こそあはれと思ほゆれ誰が袖ふれし宿の梅ぞも」（古今三三、読人しらず）

254　立《た》ちとまりしばし宿《やど》らん橘《たち花》の陰《かげ》踏《ふ》む道《みち》は花も散《ち》りけり（墨）

【現代語訳】立ち止って、暫くゆっくり休もうよ。橘の木陰を踏んで行く道には、その花びらも散っているのだもの。

【参考】「橘のかげ踏む道の八衢《やちまた》に物をぞ思ふ妹に逢はずて」（万葉一二五、三方沙弥）

【補説】為家は後年、「新撰六帖」においても、「橘の香をかぐはしみ散る花にかげ踏む道は行きもやられず」（二三八七）と詠んでいる。深く印象に残る万葉歌であったかと思われる。

255　故郷《ふるさと》は住《す》みけん人の袖《そで》の香《か》も花　橘《たちばな》に残《のこ》る面影《おもかげ》

【現代語訳】故郷を訪れてみると、住んでいた昔の人の袖に薫きこめた香も、花橘の薫りとして残り、その人の面影が偲ばれるよ。

【参考】「五月待つ花橘の香をかげば昔の人の袖の香ぞする」（古今一三九、読人しらず）「荒れにけりあはれ幾世の宿なれや住みけん人の訪れもせぬ」（古今九八四、読人しらず）

256　大堰川《おほゐがは》幾瀬《いくせ》越《こ》ゆらん鵜飼舟《うかひぶね》ほたるばかりの篝火《かゞり》の影《かげ》

【現代語訳】　大堰川の早瀬を、何回越えて漕ぎめぐるのだろう、鵜飼舟は。螢火のように忙しく行き交う、篝火の光よ。

【参考】　「大堰川幾瀬鵜舟の過ぎぬらんほのかになりぬ篝火の影」（金葉一五一、雅定）「道の辺のほたるばかりをしるべにて一人ぞ出づる夕闇の空」（新古今一九五一、寂然）

【語釈】　○大堰川―山城の歌枕、京都市西京区嵐山の麓を流れるあたりの、桂川の部分名。○ほたる―「火垂《ほた》る」（火をしたたらせる）と「螢」をかける。

【補説】　以下「螢」八首。

257　暮《く》れ行《ゆ》けばかくれぬものを草《くさ》の原《はら》まじる螢《ほたる》の思《おも》ひありとは（朱）」二五オ

【現代語訳】　日が暮れて行くと、隠そうとしても隠れないのだなあ。草の原に入り交っている螢の火が目立ってしまうように、私の心の中に「思ひ」の火があるとは。

【参考】　「包めどもかくれぬものは夏虫の身より余れる思ひなりけり」（古今二〇九、童）

【語釈】　○思ひ―「ひ」に「火」をかける。

【補説】　周知の「桂のみこの螢を捕へてと言ひ侍りければ」云々の古今詠を活用する。

258　暮《く》るゝ夜《よ》は浮《う》きて螢《ほたる》の思《おも》ひ川《がは》うたかた誰《たれ》に消《き》えはかぬらん（墨・朱）

【現代語訳】　暮れて行く夜に、浮いて火をともす螢の恋の思いは、思い川の泡のように、一体誰の為に消えかねているのだろう。

【参考】「朝な〳〵立つ河霧の空にのみ浮きて思ひのある世なりけり」(古今五一三、読人しらず)「思ひ川絶えず流るゝ水の泡のうたかた人に逢はで消えめや」(後撰五一五、伊勢)

【他出】夫木抄三三四二、千首歌。閑月集一五二、螢を。

【語釈】○**思ひ川**―筑前の歌枕、福岡県筑紫郡の染川の異称か。忍ぶ恋の象徴。○**うたかた**―水の泡。川の縁語。消えやすいものをたとえ、同時に打消・推量の副詞「うたがた」と混淆して「かりそめにも」「何としても」の意に用いる。

259 **難波江《なにはえ》や蜑《あま》のたく火《ひ》にまがへても乱《みだ》れて著《しる》く行《ゆ》く螢《ほたる》かな**

【現代語訳】難波の浜辺で見渡すと、古歌にいう「蜑のたく火」の形容は全くその通りだと思うほどに、まあ、乱れあいながらはっきりと飛んで行く螢だなあ。

【参考】「晴るゝ夜の星か川辺の螢かも我が住む方の蜑のたく火か」(伊勢物語一六〇、新古今一五九一、業平)

【語釈】○**難波江**―摂津の歌枕。大阪市、淀川の河口附近の海浜。○**も**―詠嘆の係助詞。

【補説】底本、「火」を書きさして「ひ」と重ね書。

260 **貴船川《きぶねがは》岩越《いはこ》す波《なみ》の夜々《よる〳〵》は玉散《たまち》るばかり飛《と》ぶ螢《ほたる》かな** (墨)

【現代語訳】貴船川では、岩を越して立つ波の寄せる夜毎に、水玉が飛び散るかと思うばかり、盛んに飛ぶ螢だなあ。

【参考】「物思へば沢の螢を我《も》が身よりあくがれにける玉《いづ》かとぞ見る」（後拾遺一一六二、和泉式部）「奥山にたぎりて落つるたぎつ瀬に玉《の》散るばかり物な思ひそ」（同一一六三、貴船明神）「天の川岩越す波の立ち居つつ秋の七日の今日をしぞ待つ」（後撰二四〇、読人しらず）

【語釈】○**貴船川**―山城の歌枕。京都市左京区鞍馬貴船町。水の神を祀る貴船神社がある。「後拾遺」和泉式部と明神の唱和で有名。○**夜々**―波の「寄る」をかける。

261 **夏深《ふか》き川瀬《かはせ》に下《くだ》す鵜飼舟《うかひぶね》暮《く》るゝ螢《ほたる》もなほこが《を》るなり**（朱）

【現代語訳】夏も深まった川の流れに乗って下って行く鵜飼舟よ。その船が漕がれて行くように、日が暮れて火をともす螢もまたその身が焦がれていることだ。

【参考】「紅葉たく秋の情の煙にも梢の色やなほこがるらん」（為家集五七二）

【語釈】○**こがる**―「漕がる」と「焦がる」をかける。

【補説】「なほこがるなり」の用例は他になく、「なほこがるらん」の形で為家自身後年に一例、頓阿の「続草庵集」と近世望月長孝の「広沢輯藻」に各一例を見るのみである。

262 **飛《と》びまがふ汀《みぎは》の螢《ほたる》乱《みだ》れつゝ葦間《あしま》の風《かぜ》に秋や近《ちか》づく**

【現代語訳】水際に飛び違っている螢の光が入り乱れている所を見ると、葦の間に吹く風によって、涼しい秋が近付いているのだろうか。

【参考】「五月闇篝なかけそ高瀬舟汀の螢光繁しも」(嘉保三年師時家歌合一〇、成房)「老いらくは忍びもあへず難波潟葦間の風のそゞろ寒きに」(基俊集一七三)

【補説】平凡な詠のように見えるが、「汀の螢」は【参考】成房詠以外用例なく、「葦間の風」は他に「弘安百首」に一例(題林愚抄五二八二、作者不記)のみという特異句である。

263　飛《と》ぶ螢《ほたる》雁《かり》に告《つ》げ越《こ》せ夕まぐれ」三二五ウ秋風《あきかぜ》近《ちか》し葦《あし》の屋《や》の里《さと》(墨・朱)

【現代語訳】飛んでいる螢よ、雁に知らせてやっておくれ、このほの暗くなった夕暮、秋風の吹くのももうすぐだよ、葦屋の里では、と。

【参考】「ゆく螢雲の上まで行くべくは秋風吹くと雁に告げ越せ」(伊勢物語八四、後撰二五二、業平)

【語釈】○**葦の屋の里**→244。

264　山里《ざと》の賤《しづ》が笹屋《さゝや》に蚊火《かび》立《た》てて住《す》みける著《しる》き夕煙《ゆふけぶり》かな

【現代語訳】山里の、貧しい者の笹葺きの小屋に蚊遣火をたいていると見えて、あんな所にも住む人がいるとはっきり知れる、夕方の煙の様子だなあ。

【参考】「霰降る賤が笹屋よそよ更に一夜ばかりの夢をやは見る」(拾遺愚草三六一、閑居百首、続後撰五〇四、定家)

【補説】「賤が笹屋」は、後年洞院教実が用いている（万代一一一三）のみの句であるが、為家は後年定家詠を「続後撰集」に入れている。印象深い句であったと思われる。「蚊遣火」六首。

265 あだ人の契や下《した》に恨《うら》むらん暮《く》るればむせぶ宿《やど》の蚊遣《かやり》火（墨）

【現代語訳】不誠実な恋人の違約を、内心で恨んでいる女の思いの表われであろうか。夕暮になると息を詰まらせるように立ちのぼる、小家の蚊遣火の煙は。

【参考】「忘れずよまた忘れずよ瓦屋の下たく煙下むせびつゝ」（後拾遺七〇七、実方）

266 蚊遣《かやり》火の煙《けぶり》をさへに立《た》て添《そ》へて木《こ》の葉がくれの月ぞ曇《くも》れる

【現代語訳】蚊遣火の煙をさえも立て加えてしまったものだから、ただでさえ茂った木の葉に隠れがちな月が、ますます〱曇って見えにくいなあ。

【参考】「妹が目の見まくほしけく夕闇の木の葉がくれの月待つがごと」（古今六帖三六九）「出づるより木の葉がくれの夕月夜かくてやつひに雲に消えなん」（林葉集四四四、俊恵）「嵐吹く梢は晴れて大堰川木の葉がくれに宿る月かな」（壬二集五五八、千五百番歌合、家隆）

【補説】「木の葉がくれの月」も用例少い語である。

267 足引《あしびき》の山の早稲田《わさだ》の夕《ゆふ》まぐれふすぶる蚊火《かび》の煙《けぶり》見《み》ゆなり

【現代語訳】　山の中の早稲を作る田を、ほの暗い夕暮に眺めると、くすぶっている蚊遣火の煙の立ち迷っているのが見える。
【参考】「おのれこそ下にくゆらめ蚊遣火のかへりて我をふすぶるやなぞ」（堀河百首四八三、国信）
【語釈】**○足引の**――「山」の枕詞。
【補説】「山の早稲田」「ふすぶる蚊火」ともに為家独自句。後者の類似例は「堀河百首」にあと一首あり、為家自身「五社百首」に「耐へてやは住むと住まれん蚊遣火のふすぶる宿の人の心に」（二一一二）と詠んでいる。

268　**蚊遣火《かやり》の煙《けぶり》ばかりや著《しる》からん端山《はやま》が峰《みね》の柴《しば》の仮庵《かりいほ》**　」二六オ

【現代語訳】　立ちのぼる蚊遣火の煙だけが、その存在を示しているようだよ。里近い山の上の、雑木で作った粗末な家は。
【参考】「降る雪に小野の炭竈うづもれて煙ばかりやしるしなるらん」（教長集六一三）「山里の垣根に春やしるるからん霞まぬ先に鶯の鳴く」（千載六、隆国）
【他出】　夫木抄三三八〇、同（千首歌）、「しらるらん」。

269　**人とはぬ宿《やど》の蚊遣火《かやり》柴《しば》くべて夏《なつ》も深山《みやま》の庵《いほ》ぞ淋《さび》しき**

【現代語訳】　誰一人訪れない家では、蚊遣火として柴を囲炉裏《いろり》にくべて、夏もその煙をぼんやり見ているだけ。

そういう住まいの何と淋しいこと。

【参考】「人とはぬ冬の山路の淋しさよ垣根のそばにしとどおりゐて」（拾遺愚草七五九、定家）

【他出】夫木抄三三七九、千首歌。

【語釈】○**夏も深山の**―「夏も見」をかけるか、如何。

270 **照射《ともし》する狭山《さやま》が下《した》に乱《みだ》れつゝ光《ひかり》そへても飛《と》ぶ螢《ほたる》かな**（墨・朱）

【現代語訳】照射の狩をしている、ちょっとした山の木々の下に入り乱れながら、火串《ほぐし》の火に光を添えるように飛ぶ螢よ。

【参考】「五月闇狭山の嶺にともす火は雲の絶え間の星かとぞ見る」（千載一九五、顕季）「百敷の玉の砌《みぎり》の御溝水《みかはみづ》まがふ螢も光そへけり」（拾遺愚草三三二一、閑居百首、定家）

【語釈】○**照射**―夏の闇夜、松明を挟んだ火串《ほぐし》をかざし、その光を反射する鹿の両眼を目標に、これを射取る狩。

【補説】「光そへ」「光そふ」の類の表現は特に定家に好まれ、「拾遺愚草」に十数例を見る。この一首、「照射《ともし》」詠。

271 **池水《いけみづ》の濁《にご》りに染《し》まぬ色見《いろみ》えて茂《しげ》る蓮《はちす》に磨《みが》く白玉《しらたま》**

【現代語訳】あの遍昭の名歌の、濁った池水に生えてもそれに染まらない清浄な植物であるという性格をはっきりと示して、茂る蓮の葉の上に、磨いたように光る露の白玉よ。

【参考】「蓮葉《はちすば》の濁りに染まぬ心もて何かは露を玉とあざむく」（古今一六五、遍昭）

【補説】「蓮」三首。

272 夏《なつ》の池《いけ》の蓮《はちす》の立《たち》葉風《かぜ》過《す》ぎて玉《たま》越《こ》す波《なみ》の色《いろ》ぞ涼《すゞ》しき

【現代語訳】夏の池の水面にすらりと立った蓮の葉に風が吹き過ぎて、波の打ちかけた水玉がころ〳〵とその上を越す、その波の様子の何と涼しげなことよ。

【参考】「風吹けば蓮の浮葉に玉越えて涼しくなりぬひぐらしの声」（金葉一四五、俊頼）

【補説】俊頼の名歌に学んで及ばぬ習作。

273 池水《いけみづ》の下《した》にや魚《いを》のすだくらん蓮《はちす》の上《うへ》の露ぞこぼるゝ

【現代語訳】池の水の下の方で、魚が集ってさわいでいるのだろうかな。（風もないのに）蓮の葉の上の露がこぼれるよ。

【参考】「声立てて沢の蛙やすだくらん八重山吹の今盛りなる」（相模集二三五）

【語釈】○**すだく**—集り、さわぐ。

【補説】和歌では、「すだく」ものは蛙・螢、蓮の露をこぼすものは風である。その常識を覆えした一首。

274 短夜《みじか》の更《ふ》けゆく山の松《まつ》の葉に」三二六ウ いかにせよとか月もつれなき（墨）

【現代語訳】 夏の短夜の、容赦なく更けて行く山の松の葉の茂るあたりを眺め、月の出を待ちかねている、この気持をどう処理せよというのか、月もよくまあ知らん顔をしていることよ。

【参考】「短夜の更けゆくまゝに高砂の峰の松風吹くかとぞ聞く」（後撰一六七、兼輔）「唐錦惜しき我が名はたちはてていかにせよとか今はつれなき」（後撰六八五、読人しらず）

【語釈】 **○松の葉に**―「待つ」をかける。

【補説】「後撰」二首を巧みに取り合せる。以下「夏月」八首。

275 **此《こ》の比《ごろ》は色なき草《くさ》に波越《なみこ》えて月に磨《みが》ける野路《のぢ》の玉川《たまがは》**

【現代語訳】（俊頼の名歌では秋萩の美景だけれど）夏の此の季節は花の色もない草を波が越えて行き、その水面をきらく\と磨くように月が映っている、野路の玉川の風景よ。

【参考】「明日も来む野路の玉川萩越えて色なる波に月宿りけり」（千載二八一、俊頼）「雪降れば峰の真榊うづもれて月に磨ける天の香久山」（新古今六七七、俊成）

【語釈】 **○野路の玉川**―近江の歌枕、滋賀県草津市。大神山に発し琵琶湖に入る。六玉川の一、萩の名所。

【補説】 俊頼の名歌を夏に詠みかえ、萩なき頃の萩の名所を賞する。

276 **月影《つきかげ》は臥《ふ》すかとすれば明《あ》けぬなり雲《くも》のいづこにひとり澄《す》むらん**

【現代語訳】（夏の短夜は）月の姿をちょっと見て、寝るかと思う間もなく朝になってしまうのだ。一体月は、雲のどこにかくれて、一人で美しい光を放っているのだろう。

【参考】「夏の夜の臥すかとすれば郭公鳴く一声に明くる東雲《しののめ》」（古今一五六、貫之）「夏の夜はまだ宵ながら明けぬるを雲のいづこに月宿るらん」（古今一六六、深養父）「もろともに眺めし人も我もなき宿には月やひとり澄むらん」（後拾遺八五五、長家）

【補説】「古今」名歌二首と、家祖長家詠を巧みに取り合せる。

277 短夜《みじかよ》は月な待《ま》たれそ山の端《は》のいさよふ程に明《あ》けもこそすれ（墨・朱）

【現代語訳】夏の短夜は月を（待ちたいものだが）待っちゃいけないよ。山際のあたりでぐずぐずしているうちに、夜が明けてしまうかも知れないじゃないか。

【参考】「宿毎に変らぬものは山の端の月待つ程の心なりけり」（後拾遺八四三、加賀左衛門）「夏の夜の心を知れる時鳥早も鳴かなん明けもこそすれ」（拾遺一二一、中務）「五月雨のあまりも待たじ時鳥たゞ一声に明けもこそすれ」（元輔集七〇）

【補説】「明けもこそすれ」は全く平凡な表現のように見過されるが、『国歌大観』では他に為家自身が「新撰六帖」で「暮るゝ間を月は出でなん夏の夜にしばしも待たば明けもこそすれ」（二六二一）と用いているのみである。

278 夏刈《なつかり》の葦《あし》の古根《ふるね》の短《みじか》夜《よ》に待《ま》たれて出《い》づる月も恨《うら》めし（墨・朱・尾）

【現代語訳】 夏の仕事として刈り取った葦の古い根が短く残る、そのようにごく短い夏の夜なのに、その上にも待たせておいてやっと出て来る月の、何と恨めしいこと。

【参考】「夏刈の葦の仮寝もあはれなり玉江の月の明け方の空」(新古今九三二、俊成)「難波津の葦の古根は我なれや恋路にひちて年の経ぬれば」(長秋詠藻三五八、俊成)「山の端に待たれて出づる月影のはつかに見えし夜半の恋しさ」(拾遺愚草二六六一、定家)

279 **大荒木《おほあら》の森《もり》の下草《したくさ》いたづらにあまねき陰《かげ》は月ぞ漏《も》り来《こ》ぬ** 」二七オ

【現代語訳】 大荒木の森の下草は、生えているが無駄な話で、一面に茂った枝の陰にかくされて、月の光はそこまで漏れても来ないよ。

【参考】「大荒木の森の下草老いぬれば駒もすさめず刈る人もなし」(古今八九二、読人しらず)「大荒木の森の木の間を漏りかねて人頼めなる秋の夜の月」(新古今三七五、俊成女)

【語釈】 ○**大荒木の森**―「五代集歌枕」では山城の歌枕とするが、「万葉」では大和、奈良県五条市という。

【補説】 底本第四句「き」を落し、補入。

280 **五月雨《さみだれ》の雲《くも》のほか行《ゆ》く月影《かげ》もさすがにしるき夏《なつ》の夜半《よは》かな** (墨・朱)

【現代語訳】 五月雨の雲の及ばないあたりを行くから、月の姿も、秋ならぬこの季節ながらやはりくっきりと見える夏の夜半であるよ。

【参考】「時鳥聞きっとぞ思ふ五月雨の雲のほかなる夜半の一声」（拾玉集七二五、慈円）

【語釈】○さすがに―月光の「射す」をかけるか。

【補説】「雲のほか」は用例少く、慈円詠が初出でこれに次ぐか。

281 夕立《ゆふだち》の晴《は》れ行《ゆ》く雲《くも》の風早《かぜはや》みあらぬ方《かた》にも急《いそ》ぐ月影《かげ》 （墨）

【現代語訳】夕立が晴れ行くにつれ、強風に流れて行く雲の早い動きと対比して、月が西に行くのでなく、別方向に急いでいるように見えるよ。

【補説】ちょっと類のない奇抜な発想である。京極派にもこのような自然の見方はない。全く奇をてらわぬ何気ない詠み口の中に、為家独自の新しさがあろう。

282 塞《せ》きかけし谷《たに》の下水《したみづ》あたりまで涼《すゞ》しさ通《かよ》ふ氷室《ひむろ》山かな

【現代語訳】塞き止めて引き込んだ、谷の下を流れて来た水を見ると、あたりの風景全体まで涼しさが行き渡るように感じられる、氷室山の風景よ。

【参考】「あたりまで涼しかりけり氷室山まかせし水の氷るのみかは」（千載二〇九、公能）

【語釈】○氷室山―山城の歌枕、京都市鷹が峰西北の山。正月一日の「氷様《ひのためし》」、また夏季の朝廷供御のために氷を貯蔵した。

【補説】「氷室」二首。

283　陰繁《かげしげ》み世《よ》を経《へ》て氷《こほ》る氷室《ひむろ》山夏なき年《とし》やおのれ知《し》るらん

【現代語訳】木陰が多くて、一年中氷っている氷室山よ。夏の無い年だと、自分一人で承知しているらしいな。

【参考】「むばたまのよを経て氷る原の池は春と共にや波も立つべき」（後拾遺四二一、孝善）「松陰の岩井の水をむすびあげて夏なき年と思ひけるかな」（拾遺一三一、恵慶）

284　手《て》に結《むす》ぶ岩根《いはね》の水《みづ》の底清《そこきよ》み下《した》より秋や通《かよ》ひ初《そ》むらん

【現代語訳】手ですくい上げる、岩の根方に湧く水は底から実に清らかだ。その下から秋がやって来かけているのだろうか。

【参考】「手に結ぶ水に宿れる月影のあるかなきかの世にこそありけれ」（拾遺一三二二、貫之）「白河の知らずとも言はじ底清み流れて世々にすまむと思へば」（古今六六六、貞文）

【補説】「清水」二首。

285　住《す》みなれて帰《かへ》るさ知《し》らぬ板井《いたゐ》かな夏の外《ほか》なる日を過《すご》しつゝ　〔二七ウ〕

【現代語訳】すっかり住み馴れてしまって、帰る時を忘れるばかりの板井の水の清らかさだなあ。（その涼しさに）夏ではないような日々を過しているので。

【参考】「故郷の板井の清水水草《みくさ》ゐて月さへすまずなりにけるかな」（千載一〇一一、俊恵）「山かげや岩もる清水音冴えて夏の外なるひぐらしの声」（千載二一〇、慈円）

【語釈】○**板井**―板で囲った井戸。

【補説】俊恵詠「月さへ澄（住）まず」を打ち返して「住みなれて」とした興。「帰るさ知らぬ」は『国歌大観』初出、以後の用例も少いが、本千首582 616 644と四回使用される。変化に富む本作の用語中、例外的な存在である。

286 **短《みじか》夜の入《い》りぬる月の名残《なごり》にも馴《な》らす扇《あふぎ》ぞ形見《かたみ》なりける**

【現代語訳】短い夜、さっさと沈んでしまった月の名残惜しさにつけても、持ち馴らした扇がその形見であることよ。

【参考】「月隠《レヌレバ》二重山《ニ》一兮 擎《アゲテ》レ扇《ヲ》喩《フ》レ之《ニ》」（和漢朗詠集五八七、止観）「大方の秋来るからに身に近く馴らす扇の風ぞ涼しき」（後拾遺二三七、為頼）「うたゝねの朝けの袖に変るなり馴らす扇の秋の初風」（新古今三〇八、式子内親王）

【補説】「扇」一首。「源氏物語」橋姫の一場面も想起される。

287 **夏山の梢《こずゑ》も繁《しげ》く鳴《な》く蝉《せみ》の涙《なみだ》や下《した》に秋を染《そ》むらん**（朱）

【現代語訳】夏山の梢の茂る中で、それと同じぐらい盛んに鳴いている蝉の涙が、実は内々、下草の秋の紅葉を染める要素となるのであろうか。

【参考】「秋の野の露をば露と置きながら雁の涙や野辺を染むらむ」（古今二五八、忠岑）「秋近き気色の森に鳴く蝉の涙の露や下葉染むらん」（新古今二七〇、良経）

【他出】夫木抄三六二〇、千首歌。

【補説】「蝉」二首。

288 鳴《な》く声《こゑ》は梢《こずゑ》に絶《た》えぬ蝉《せみ》の羽《は》の薄《うす》き衣《ころも》に秋ぞ待《ま》たるゝ

【現代語訳】鳴く声は梢に絶えず聞えている（暑苦しいものであるが）蝉の羽の薄い涼しげな様子を見ると、涼しい秋が待たれるよ。

【参考】「鳴く声はまだ聞かねども蝉の羽の薄き衣は裁ちぞ着てける」（拾遺七九、能宣）

289 我《わ》がものと露や置《を》きゐる夕日影《かげ》暮《く》るゝ草《くさ》葉の常夏《とこなつ》の花（墨）

【現代語訳】これは私のもの、と言った様子で、露が一人占めに置いているようだよ。夕日の光が次第に暮れかかる草むらの中の、常夏の花の上に。

【参考】「塵をだに据ゑじとぞ思ふ咲きしより妹と我が寝《ぬ》る常夏の花」（古今一六七、躬恒）

【語釈】○**常夏**―撫子の異名。「常」を「床」にかけ、「起き居る」、「草葉の床」と言いかけた趣向。

【補説】「常夏（撫子）」三首。

290 あはれとも誰《たれ》に見《み》せまし山里《ざと》の日も夕陰《ゆふかげ》の撫子《なでしこ》の花《はな》 」二八オ

【現代語訳】 しみ〴〵いとしいと言って、一体誰に見せようかしら。山里の日も夕暮になる頃、弱々しい日光のかげり行く中にひっそりと咲く撫子の花を。

【参考】「いづこにも咲きはすらめど我が宿の大和撫子誰に見せまし」（拾遺一三二、伊勢）「唐衣日も夕暮になる時は返す〴〵ぞ人は恋しき」（古今五一五、読人しらず）

【補説】「紐結ふ」にかけた「日も夕暮」は常套句であるが、「日も夕陰」は他に後年の「菊葉集」「霞関集」、各一首に見えるのみ。しっとりとした趣の秀句である。

291 夏草《くさ》はなべて緑《みどり》の撫子《なでしこ》にひとり色《いろ》づく野辺《のべ》の白露《しらつゆ》

【現代語訳】 夏草は一面に緑である中に、わずかに咲く撫子に宿って、それだけが花の色を反映して美しく色づいている野辺の白露よ。

【参考】「雲間分けむら〴〵見えし若草のなべて緑になりにけるかな」（天喜四年閏三月六条斎院歌合一二、出羽）「三吉野の花は雲にもまがひしをひとり色づく峰の紅葉葉」（月清集五三七、南海漁夫百首、良経）

292 禊川《みそぎがは》行《ゆ》く瀬《せ》も早《はや》く夏暮《く》れて岩越《いはこ》す波《なみ》の夜《よる》ぞ涼《すゞ》しき

【現代語訳】 夏越《なごし》の祓《はらえ》をする川では、流れ下る水の早いように早くも夏が終って、岩を越える波が寄せるにつけ、夜の空気が涼しく感じられる。

【参考】「飛鳥川行く瀬の波に禊して早くも年の半ば過ぎぬる」（拾遺愚草一三三五、定家）「天の川岩越す波の立ち居つゝ秋の七日の今日をしぞ待つ」（後撰二四〇、読人しらず）

【他出】 続拾遺五五八、六月祓を。歌枕名寄九五六六、御禊河。

【語釈】 ○禊川―六月晦日の大祓に、汚れを移した人形を流し、浄める川。○夜―「寄る」をかける。

【補説】「禊」四首。

293　夏果《なつは》つる禊《みそぎ》を過《す》ぐる川風《かはかぜ》に寄《よ》るべ涼《すゞ》しき波《なみ》や立《た》つらん　（墨）

【現代語訳】 夏の終りを告げる禊の場を吹き過ぎる川風の感触によっても、神霊の宿る水面にいかにも涼しく波が立つことと思われるよ。

【参考】「夏果つる扇と秋の白露といづれか先づは置かむとすらむ」（新古今二八三、忠岑）「さもこそは寄るべの水に水草居め今日のかざしよ名さへ忘るる」（源氏物語五七三、中将）

【語釈】 ○寄るべ―近寄り、頼りにする所。【参考】源氏詠では神霊の宿る神社庭前の瓶の水をいう。この意味で用いたであろう。「寄る」は波の縁語。

294　今日《けふ》は又夏越《またなごし》の祓《はらへ》夏果《なつは》てゝ川瀬《かはせ》の風《かぜ》に秋や立《た》つらん

【現代語訳】 今日はもう夏越の祓の日だ。夏が終って、川の流れの上を渡る風によって、秋がやって来るのだろう。
【語釈】 ○**夏越の祓**―六月晦日に行う大祓。茅《ち》の輪をくぐり、また人形を作って身体を撫で、半年の汚れを移して川に流す。

295 **禊《みそぎ》する袖《そで》吹《ふ》き返《かへ》す川風《かはかぜ》に近《ちか》づく秋の程を知《し》るかな**（墨）

【現代語訳】 禊する袖を吹き返す川風の涼しさによって、つい近くまで来ている秋、という実感を知ることだ。
【参考】「禊する汀に風の涼しきは一夜をこめて秋や来ぬらん」（金葉一五五、顕隆）「旅人の袖吹き返す秋風に夕日淋しき山の桟」（新古今九五三、定家）

296 **明日《あす》よりは穂《ほ》に出《い》でん秋の荻《をぎ》の葉に」三八ウかつ〴〵結《むす》ぶ庭《には》の白露《しらつゆ》**

【現代語訳】 明日からははっきり秋と見られるはずの荻の葉に、早くも置いている秋の象徴、庭の白露よ。
【参考】「岩井汲むあたりの小笹玉越えてかつ〴〵結ぶ秋の夕露」（新古今二八〇、兼実）
【語釈】 ○**穂に出でん**―表面に出るであろう。○**荻**―イネ科の多年草。薄に似てそれより大きい。風にそよぐ姿人を招くように見える所から、「招《を》ぎ」の意をかける場合が多い。○**かつ〴〵**―（不足ながら）早くも。
【補説】 以下「秋待つ」詠五首をもって夏部を終る。

297　色見《いろみ》えぬ夏野《なつの》の草《くさ》にかくろへて秋待《あきま》ちかぬる虫《むし》の声《こゑ》かな

【現代語訳】まだ紅葉の気配も見えぬ、夏の野の草の中にかくれて、秋を待ちかねて早くも音をたてる、虫の声が聞える。

【参考】「色見えぬ冬の嵐の山風に松の枯葉ぞ雨と降りける」（拾遺愚草一三六二、定家）「人言は夏野の草の繁くとも君と我としたづさはりなば」（拾遺八二七、人麿）

【他出】夫木抄三七四二、千首歌。

298　夏果《なつは》つる扇《あふぎ》の先《さき》に置《お》きそめて草《くさ》葉慣《な》らはす秋《あき》の白露《しらつゆ》（朱）

【現代語訳】（古人は扇と露とどちらが先に置くのだろうと言ったが）夏が終ってもう用がないと下に置いてしまう扇よりも先に置きはじめて、草葉にもうその季節だよと教えている、秋の白露よ。

【参考】「夏果つる扇と秋の白露といづれか先づは置かむとすらむ」（新古今二八三、忠岑）

【補説】古人詠を巧みに活用した、洒落た一首。以下二首も同様。やれ〳〵春・夏の部が終った、という為家の安堵の気持が伝わって来るようである。

299　夏と秋と往来《ゆきゝ》の岡《をか》の小笹原《おざゝはら》明《あ》けん一夜の風《かぜ》を待《ま》つかな（墨・朱）

【現代語訳】夏と秋が行き違うという名の、往来の岡の小笹原は、やがて一夜明けて吹くはずの、立秋の風を待っているよ。

【参考】「夏と秋と行き交ふ空の通ひ路は片方《かたへ》涼しき風や吹くらむ」（古今一六八、躬恒）「飛鳥川行来の岡の秋萩は今日降る雨に散りか過ぎなむ」（万葉一五六一、丹比真人国人）

【他出】夫木抄三七四二、千首歌。

【語釈】○**往来の岡**―大和の歌枕、奈良県飛鳥。「行ったり来たり」をかける。万葉詠には「行き見る」「行きたむ」の異訓もある。

300 **秋や来《く》る夏《なつ》や過《す》ぎぬる小夜更《さよふ》けて片方涼《かたへすゞ》しき風《かぜ》の音《をと》かな**

【現代語訳】秋が来るのか、夏が行ってしまうのか、夜が少し更けて、片側が涼しく感じられるような風の音がするよ。

【参考】299【参考】所引躬恒詠。

秋二百首

301 **化野《あだしの》の草葉《くさ》押《を》し並《な》み秋風《かぜ》の」二九オ立《た》つや遅《をそ》きと落《お》つる白露《しらつゆ》**（朱）

【現代語訳】 化野一面の草葉を押し伏せるようにして、秋風の吹きはじめるのを、今や遅しと待ちかねたようにその上に落ちる白露よ。

【参考】「秋の野の草葉押し並み置く露にぬれてや人の尋ね行くらむ」（新古今四六八、長実）「花散ると厭ひしものを夏衣たつや遅きと風を待つかな」（拾遺八三、盛明親王）「春霞立つや遅きと山川の岩間をくゞる音聞ゆなり」（後拾遺一三、和泉式部）

【語釈】○化野—山城の歌枕、京都市西京区嵯峨鳥居本の南。葬送の場。

【補説】「立秋」十一首。

302 片敷《かたしき》の衣《ころも》手《で》涼《すゞ》しこの寝《ね》ぬる夜《よ》の間《ま》に変《かは》る秋《あき》の初風《はつかぜ》（朱・尾）

【現代語訳】 ちょっと袖を敷いて仮寝した、その手許が涼しいよ。ほんの一眠りした夜の間に夏とは様変りした、秋の最初の風よ。

【参考】「眺むれば衣手涼し久方の天の河原の秋の夕暮」（新古今三二一、式子内親王）「秋立ちて幾日もあらねば《ど（拾）》この寝ぬる朝けの風は袂寒《涼（拾）》しも」（万葉一五五九、拾遺一四一、安貴王）「我が背子が衣の袖を吹き返しうら珍しき秋の初風」（古今一七一、読人しらず）

【他出】為家卿集五五、秋。中院詠草三七、秋　貞応二年「衣すゞし」。大納言為家集七六七　秋貞応二。

303 今朝《けさ》変《かは》る風《かぜ》より秋や立《た》ちぬらん目《め》にさやかなる色《いろ》は見《み》えねど

【現代語訳】七月一日の今朝、昨日とは全く異なる風の感触によって、秋ははじまるのだろう。（古歌に言う通り）目にはっきりとその違いは見えないのだけれど。

【参考】「秋来ぬと目にはさやかに見えねども風の音にぞ驚かれぬる」（古今一六九、敏行）

304 夕《ゆふ》まぐれ秋《あき》来《く》る方《かた》の山の端《は》に影《かげ》めづらしく出《い》づる三日月《みかづき》（墨・朱）

【現代語訳】ほの暗くなって来る夕方、秋が来るという西の方角の山の端に、全く珍しい物のように姿を現わす三日月よ。

【参考】「藤の花秋来る方の雲かとて若紫の心にぞしむ」（教長集一七三）「何となく心ぞとまる山の端に今年見初むる三日月の影」（拾遺愚草一〇三、風雅九、定家）

【他出】風雅四五二、（秋歌とて）。

【語釈】○**夕まぐれ**—夕方、物が見えにくくなって来る頃。○**秋来る方**—秋は方位で西に当る。

【補説】後年の京極派に通う新鮮な叙景。為家はまた「新撰六帖」にも、「あはれ又空さへ色の変るらん秋来る方に出づる三日月」（二八三）と詠んでいる。

305 吹《ふ》きかへす裏《うら》珍《めづら》しき秋風《かぜ》に真葛《まくず》が原《はら》の露もたまらず

【現代語訳】吹き返す葉裏の白さが目立って珍しく見える秋風のために、葛で一面に覆われた原の露も、静止できずこぼれ落ちるよ。

【参考】「我が背子が衣の袖を吹きかへし裏珍しき秋の初風」（古今一七一、読人しらず）「吹く風に露もたまらぬ葛の葉の裏返れとは君こそ思へ」（山家集一三三五、西行）

【語釈】○**裏珍しき**―葛の葉裏の白さが珍しい意に、「心《うら》珍しき」の意をかける。○**真葛が原**―葛が一面に生えている原。現在では京都丸山公園を中心とする一帯を言うが、特に歌枕ではない。葛は野山に生えるマメ科の蔓草で、葉が大きく、風に白く裏返るのが目立って歌に詠まれる。

306 **木《こ》の葉散《ち》る秋の始《はじ》めを今日《けふ》とてや身にしみ初《そ》むる峰《みね》の松風《まつかぜ》**（墨・朱」二九ウ）

【現代語訳】木の葉の散る淋しい季節の秋、その始めの日は今日だ、と思うせいでか、早くも身にしみて淋しく感じられる峰の松風よ。

【参考】「打ちつけに物ぞ悲しき木の葉散る秋の始めを今日と思へば」（後撰二一八、読人しらず）「足引の山時鳥今日とてや菖蒲の草のねに立てて鳴く」（拾遺一一一、醍醐天皇）

307 **あともなく八重《やへ》茂《しげ》り行く・葎生《むぐらふ》の穢《けが》しき宿《やど》も秋は来《き》にけり**

【現代語訳】人の住んでいる様子も見えない程、重なり茂る雑草に覆われた中の、荒廃した家にも秋は来たことだ。

【参考】「八重茂る葎の門のいぶせさに鎖さずや何をたゝく水鶏ぞ」（後拾遺一七〇、輔弘）「いかならむ時にか妹を葎生の穢しき宿に入りまさしめむ」（万葉七六二、田村大嬢）「何しにかかしこき妹が葎生のけがしき宿に入り

まさるらん」（古今六帖三八七一）「葎生の穢しき藪の苔の上にあたら月をも宿しつるかな」（散木集五〇九、俊頼）
【語釈】○**葎生**―ムグラ（蔓性の雑草）の生えている所。○**穢しき**―汚ならしい。
【補説】用例甚だ稀な万葉語摂取の一例。

308 **慣《な》らし来《こ》し立田《たつた》の川《かは》の柳原《やなぎはら》秋や来《き》ぬらん風《かぜ》ぞ身にしむ**

【現代語訳】夏の間涼みに来慣れていた、立田の川原の柳原にも、秋が来たのだろう、風の冷たさが身にしみるよ。
【参考】「夏衣立田の川の柳陰涼みに来つゝ慣らす比かな」（後拾遺二二〇、好忠）
【語釈】○**立田の川**―立田山（↓92）の西を南下して大和川に注ぐ川。紅葉の名所。
【補説】好忠詠を巧みに転換する。底本五句、「かせそすゝ《身に》しき《む》」。

309 **風《かぜ》の音《おと》も秋立《あきた》ちぬとや高松《たかまつ》の野《の》もせの草《くさ》も色《いろ》に出《い》づらん**

【現代語訳】風の音によっても、秋が来たと知ってか、高松の野一面の草も、秋の色になって来たようだな。
【参考】「雁金を聞きつるなへに高松の野辺の草葉ぞ色付きにける」（家持集一一八）「春霞たなびく今日の夕月夜清く照るらむ高松の野に」（万葉一八七八、作者未詳）
【補説】「高松の野」は所在不明、「五代集歌枕」六八九・六九〇に【参考】所掲二首を見るのみで、後続例も宗尊親王ら二、三にとどまる。本詠は家持集詠によるであろう。

310　初秋《はつあき》の立田《たつた》の山の夕づく日時雨《ひしぐ》れぬ先《さき》も色《いろ》を知《し》れとや

【現代語訳】初秋の立田山に、夕日が赤くさしている。時雨が紅葉を染めない以前に、もうその色を承知せよというのだろうか。

【参考】「初秋の立田の山の梢をば今日や一入時雨染むらん」（康資王母集五九）「誰が染めし外山の峰の薄紅葉時雨れぬ先の秋の夕暮」（建保四年内裏百番歌合一〇五、公経）

【語釈】○立田の山→92。「秋の立つ」をかける。

311　散《ち》るやいかにうら珍《めづら》しく置《を》く露も玉巻《たま》ゝく葛《くず》の秋の初風《はつかぜ》

【現代語訳】露はどんなに美しく散ることだろう。心引かれるように置いているその姿も、「玉巻く葛」という形容にふさわしいが、そこに吹く秋の初めの風によって。

【参考】「我が背子が衣の裾を吹き返しうらめづらしき秋の初風」（古今一七一、読人しらず）「浅茅原玉巻く葛の裏風のうら悲しかる秋は来にけり」（後拾遺二三六、恵慶）

【語釈】○うら珍しく―何となく魅力的な。「うら」は「心」の意であるが、葛の縁語「裏」をかける。○玉巻く―葛の若葉の葉先が玉のように巻く所から、葛の美称。露の玉をかける。

【補説】底本「めつらしき」の「き」を擦り消して「く」と重ね書。「散るやいかに」は『国歌大観』全巻を通じこの一例のみ。穏やかに見えながら、言いまわしの巧みな美しい一首である。

312
天《あま》の川《がは》安《やす》の川原《かはら》に舟出《ふなで》して」三〇オ棚機《たなばた》つ女《め》の今日や逢《あ》ふらん（墨）

【現代語訳】天の川の安の川原から舟で出発して、棚機の星は今日こそ彦星に逢うことだろう。

【参考】「天の川安の渡りに舟浮けて秋立ち待つと妹に告げこそ」（万葉二〇〇四）

【語釈】○**安の川原**—天の川の渡し場。安の渡り。

【補説】「七夕」九首。

313
七夕《たなばた》の行《ゆ》き交《か》ふ暮《くれ》の天《あま》の川《がは》河辺《かはべ》涼《すず》しき風渡《かぜわた》るなり

【現代語訳】七夕の星の行き帰りする、この夕暮の天の川よ。河べりには、（星だけでなく）涼しい風も渡るようだよ。

【参考】「天の川河辺涼しき七夕に扇の風をなほやかさまし」（拾遺一〇八八、中務）「樗《あふち》咲く外面の木陰露落ちて五月雨晴るゝ風渡るなり」（新古今二三四、忠良）

【語釈】○**風渡るなり**—「渡る」は川の縁語。

314
待《ま》ち得《え》ても夜や更《ふ》けぬらん天《あま》の川《がは》去年《こぞ》の渡《わた》りの浅瀬踏《あさせふ》む間《ま》に（墨）

【現代語訳】棚機は彦星をようやく待ち受ける事が出来ても、もう夜は更けてしまっているだろう。天の川で去年渡った浅瀬をたどり〳〵、やって来る間に。

【参考】「天の川去年の渡りは《の(拾)》うつろへば河《浅(拾)》瀬を踏むに《踏む間に(拾)》夜ぞ更けにける」（万葉二〇一二、拾遺一四五、人麿）

【補説】底本、「まちへ《え》ても」。

315 彦星《ひこぼし》の年《とし》に一《ひと》夜の天《あま》の川《がは》流《なが》れて絶《た》えぬ契とぞ見《み》る

【現代語訳】彦星の、年に一夜だけの逢瀬というのは（あまりに待ち遠しい関係のようだが）、実は天の川が流れ続けて絶えないように、永遠に続く深い縁なのだと考えるよ。

【参考】「契りけむ心ぞ辛き七夕の年に一度逢ふは逢ふかは」（古今一七八、興風）「天の川稀に逢ふ瀬と思ひしは流れて絶えぬ契なりけり」（続詞花一五六、範綱）

316 天《あま》の川《がは》秋風《かぜ》寒《さむ》み七夕《たなばた》の雲《くも》の衣《ころも》や今日重《かさ》ぬらん

【語釈】○**流れて**―川の流れに「時が過ぎ去る」意をかける。

【現代語訳】天の川を吹く秋風が寒いから、七夕二星は、雲を衣として今日の逢瀬に重ねることだろうか。

【参考】「天の川霧立ち昇る棚機の雲の衣の返る袖かも」（万葉二〇六七、作者未詳）

【他出】夫木抄四〇七〇、千首歌。

317 一年《ひとゝせ》に今日《けふ》待《ま》ち得《え》たる七夕《たなばた》の天《あま》の川門《かはと》は明《あ》けずもあらなん（墨・朱）」三〇ウ

【現代語訳】 一年かかって、やっと今日待ち受け得た七夕の逢瀬なのだから、天の川の渡し場は、夜が明けないでほしいものだ。

【参考】「彦星の今日待ち得たるえにしあれば渡れば濡るゝ天の羽衣」（紫禁和歌集一〇八〇、順徳院）「彦星と棚機つ女と今宵逢はむ天の川門に波立つなゆめ」（万葉二〇四四、作者未詳）「恋ひ〳〵て逢ふ夜は今宵天の川霧立ちわたり明けずもあらなん」（古今一七六、読人しらず）

【語釈】 ○川門―川の渡り場。「門」に対し「明けず」と続ける。

318 打《う》ちなびく夕陰草《ゆふかげぐさ》の秋の露棚機《たなばた》つ女《め》の涙《なみだ》とぞ見《み》る

【現代語訳】 静かになびく、夕暮の光の中の草に置く秋の露を、織女星の別れの涙と見ることだよ。

【参考】「我が宿の夕陰草の白露の消ぬがにもとな思ほゆるかも」（万葉五九七、笠女郎）「庭に生ふる夕陰草の下露や暮を待つ間の涙なるらむ」（新古今一一九〇、道経）

319 七夕《たなばた》の雲《くも》の衣《ころも》の後朝《きぬぐ》に帰《かへ》るさ辛《つら》き天《あま》の川波《かはなみ》（朱）

【現代語訳】 七夕の二星が引き重ねて寝た、雲の衣を、それぞれに取って着て帰る辛さ、その二人を分ける天の川の波も、やはり同じように辛いことだよ。

【参考】「天の川霧立ちのぼる七夕の雲の衣のかへる袖かも」（万葉二〇六七）「七夕は雲の衣を引き重ね返さで寝

るや今宵なるらむ」（後拾遺二四一、頼宗）

【他出】新拾遺二八六、秋歌の中に。題林愚抄三二四九、同（新拾）。

【語釈】○帰るさ―「衣」「波」の縁語「返る」をかける。

【補説】【参考】万葉集詠は、後年為家撰の「続後撰集」二六〇に、人麿詠として入る。

320 天《あま》の川《がは》手玉《てだま》もゆらに織《を》る糸《いと》の長《なが》き契《ちぎ》りの秋《あき》は限《かぎ》らじ（朱）

【現代語訳】天の川で、織姫が手に巻いた飾りの玉もゆらぐ程精を出して機を織る、その糸が長いように、一年一度の秋の逢瀬という長い契りは、いつまでと限りもなく続くことだろう。

【参考】「足玉も手玉もゆらに織る機を君が御衣《みけし》に縫ひあへむかも」（万葉二〇六九、作者未詳）

【他出】夫木抄四〇七一、同（千首歌）、「秋はかはらじ」。

【補説】以上、七夕詠には「万葉」の影響が特に顕著である。

321 咲《さ》き初《そ》むる岩瀬《いはせ》の小野の《おのゝ》真《ま》萩原《はぎはら》暫《しば》しも風《かぜ》にいかで知《し》らせじ

【現代語訳】咲きはじめた、岩瀬の小野の美しい萩の原よ。暫くの間でも、（それを散らす）風に、何とか知らせたくないものだ。

【参考】「岩瀬野に秋萩しのぎ馬並めて初鳥狩だにせずや別れむ」（万葉四二七三、家持）「岩瀬野や鳥踏み立てて箸鷹の小鈴もゆらに雪は降りつゝ」（拾遺愚草二二一九、定家）

【他出】夫木抄四二一三、千首歌、「小萩原」、「いかゞおらまし」。

【語釈】○**岩瀬の小野**―「万葉」では富山県の地名とされるが、後年歌枕としての用例はなく、【参考】定家詠と本詠を見るのみ。

【補説】底本「いかて」の「か」は補入。以下「萩」九首。

322 色《いろ》に出《い》でてうつろふ庭《には》の小萩原《こはぎはら》真袖《まそで》にかけてとふ人もなし

【現代語訳】目に見えて色が変って行く、庭の小萩の原よ。その美しさを、やさしく袖を触れてたずねる人もいない。

【参考】「朝毎に染むる心の色に出でてうつろひゆくか白菊の花」（林葉五二六、俊恵）「萩が花真袖にかけて高円の尾上の宮に領巾《ひれ》振るや誰」（新古今三三一、顕昭）

323 枝《えだ》ながら折《を》れぬばかりに白露《しらつゆ》を」三一オ乱《みだ》れて貫《ぬ》ける野辺《のべ》の萩原《はぎはら》（朱・尾）

【現代語訳】枝ごとそっくり折れてしまいそうに、白露を思うまま自由に置き連ねている、野一面の萩原よ。

【参考】「うつろはむ事だに惜しき秋萩を折れぬばかりも置ける露かな」（拾遺一八三、伊勢）「さゝがにのすがく浅茅の末毎に乱れて貫ける白露の玉」（後拾遺三〇六、長能）

324 引馬野《ひくまの》に匂《ゝほ》ふ萩原《はぎはら》露ながらぬれてうつさん形見《かたみ》ばかりに（墨）

【現代語訳】 引馬野に美しく咲く萩の原よ。露もそのまま、濡れてかまわないからその色を袖に移し染めようよ、旅のせめての記念として。

【参考】「引馬野に匂ふ榛原入り乱れ衣匂はせ旅のしるしに」（万葉五七、長忌寸奥麿）「露ながら折りてかざさむ菊の花老いせぬ秋の久しかるべく」（古今二七〇、友則）

【他出】 夫木抄四一〇一、千首歌。

【語釈】 ○**引馬野**―三河の歌枕、愛知県宝飯郡御津町。また遠江、静岡県浜松市とも。

325 秋の野の萩《はぎ》の白露《しらつゆ》夜《よ》を寒《さむ》み一人《ひとり》や色《いろ》の先《ま》づ変《かは》るらん（墨・朱）

【現代語訳】 秋の野の萩に置く白露は、夜が寒くなって来るにつれ、人知れず自分から、（下葉の色の変化によって）先ず色が変ることだろう。

【参考】「秋の野の萩の白露今朝見れば玉やさけると驚かれつゝ」（古今六帖五七一、忠岑）「春立てば一夜がほどにいかにして空の気色の先づ変るらん」（江帥集一、匡房）

【補説】「萩の白露」は案外用例が少いが、定家・家隆が好み用い、また順徳院「紫禁和歌集」にも二例見える。329にも用いられている。

326 宮城《木》野《の》の本疎《もとあら》の小萩《こはぎ》うつるより風《かぜ》さへ色《いろ》に出《い》でにけるかな（朱）

【現代語訳】宮城野に咲く、生えぎわのまばらな萩の葉が色を変えるにつれ、（色がないはずの）風さえ色をはっきりと見せて吹くようになったよ。

【参考】「宮城野の本疎の小萩露を重み風を待つごと君をこそ待て」（古今六九四、読人しらず）「吹き乱る柞が原を見渡せば色なき風も紅葉しにけり」（千載三七四、成保）「うち忍び泣くとせしかど君恋ふる涙は色に出でにけるかな」（後拾遺七七八、高明）

327 濡《ぬ》れつゝも誰《たれ》か分《わ》くらん秋萩《はぎ》の咲《さ》き散《ち》る野辺《のべ》の夜半《よは》の白露《しらつゆ》

【現代語訳】濡れながら、それでも誰が（愛する人の許に）道を分けたどって行くのだろう。秋萩の、或いは咲き、或いは散る、野一面に白露の置いた、夜半の道を。

【参考】「秋萩の咲き散る野辺の夕露にぬれつゝ来ませ夜は更けぬとも」（万葉二二五六、作者未詳、新古今三三三、人麿）

328 あだに置《を》く露さへもろき気色《けしき》かな風《かぜ》にたまらぬ萩《はぎ》が花ずり　」三一ウ

【現代語訳】偶然そこに置いた露さえも、（花の様子を反映して）弱々しくすぐにこぼれ落ちてしまう風情だなあ。風に堪えられず、花の色の摺り染めをするように揺れ動く萩よ。

【参考】「あだに置く露さへ玉と磨かれて植ゑしかひある常夏の花」（拾遺愚草員外一四五、定家）「今朝来つる野原の露に我ぬれぬうつりやしぬる萩が花ずり」（後拾遺三〇四、範永）

【補説】 底本二句「露もろき《本ノマ、》」。『全歌集』他本により「さへ」を補う。これに従う。

329 野辺毎《のべごと》に誰《たれ》に見《み》せんとさゝがにの貫《つらぬ》きかくる萩《はぎ》の白露《しらつゆ》

【現代語訳】 野原毎に、誰に見せようというつもりか、蜘蛛の糸に通して並べたように光っている、萩の白露よ。

【参考】「秋の野に置く白露は玉なれや貫きかくる蜘蛛の糸筋」（古今二二五、朝康）「君ならで誰にか見せん梅の花色をも香をも知る人ぞ知る」（古今三八、友則）

330 武蔵野《むさしの》やなべて草《くさ》葉の色に見《み》よいづくか秋《あき》の限《かぎ》りなるべき（墨・朱・尾）

【現代語訳】 武蔵野に立ったら、全景を見渡して草葉の色を観察するがよい。どこに秋の限界があろうか、実に雄大な秋景色だよ。

【参考】「秋風の吹きと吹きぬる武蔵野はなべて草葉の色変りけり」（古今八二一、読人しらず）「湊川浮寝の夢に見てしがないづくか春の泊りなるらん」（拾玉集四二三一、慈円）

【補説】「秋野」一首。「秋の限り」の用例は多くはないが、いずれも「なべて世の惜しきに添へて惜しむかな秋より後の秋の限りを」（新古今五五〇、閏九月尽の心を、頼実）の如く九月尽の意として用いられ、叙景歌として広大な風景をたたえた詠は恐らくこれ一首であろう。留意して鑑賞されたい。

331 秋風《あきかぜ》は分《わ》きても吹《ふ》かじ野辺毎《のべごと》におのれとなびく女郎花《をみなへし》かな

【現代語訳】秋風は特別に何を目標として吹くわけでもあるまいに、どこの野原でも、自分からなびいて見せる女郎花よ。

【参考】「白露は分きても置かじ女郎花心からにや色の染むらん」（新古今一五六八、道長）「野辺毎に訪れわたる秋風をあだにもなびく花薄かな」（新古今三五〇、八条院六条）

【補説】「女郎花」九首。

332　**花かつみ生《お》ふる澤辺《さはべ》の女郎花《をみなへし》都《みやこ》も知《し》らぬ秋《あき》や経《へ》ぬらん**（墨）

【現代語訳】花かつみが生える沢のほとりの女郎花よ。せっかく咲いても、人に賞でられる都の晴れがましさも知らぬ秋ばかりを過しているのだろう。

【参考】「女郎花咲沢に生ふる花かつみ都《かつて》(万)も知らぬ恋もするかな」（古今六帖三八一五、万葉六七五、中臣女郎）

【他出】夫木抄四三〇三、千首歌。

【語釈】○**花かつみ**—ヨシに似た水辺の草。マコモとも。

333　**徒《いたづ》らに頼《たの》めし人や待乳山《まつちやま》秋を忘《わす》れぬ女郎花《をみなへし》かな**（墨）

【現代語訳】（真実ではなかったのに）無駄な事なのに約束した人を待っているのだろうか、待乳山の女郎花よ。秋に逢おうと言われた言葉を忘れないで。

【参考】「誰をかも待乳の山の女郎花秋と契れる人ぞあるらし」（新古今三三六、小町）
【他出】夫木抄四三一七、千首中、「まつら山」。
【語釈】○**待乳山**―大和の歌枕。奈良県五条市と和歌山県橋本市の境の山。「待つ」をかける。

334 **女郎花《おみなへし》花の袂《たもと》の白露《しら》」三二オは誰《た》が秋風《あきかぜ》を思《おも》ひ知《し》るらん**

【現代語訳】女郎花よ。女性の袖袂を思わせるような花の中にひっそりと置いている白露は、誰に飽きて捨てられた、その悲しみを思い知っての涙なのだろう。
【参考】「かりにのみ人の見ゆれば女郎花花の袂ぞ露けかりける」（拾遺一六五、貫之）
【語釈】○**秋風**―「飽き」をかける。

335 **くちなしの色《いろ》に咲《さ》きける女郎花《をみなへし》言《い》はでも濡《ぬ》るゝ秋の露《つゆ》かな**

【現代語訳】黄色、すなわち梔子《くちなし》の実の色に咲いている女郎花よ。「口無し」だから恋の恨みは言わないのだけれど、それでも人に厭きられた悲しみを語るように、秋の露に濡れているよ。
【参考】「くちなしの色をぞ頼む女郎花花にめでつと人に語るな」（拾遺一五八、実頼）
【語釈】○**くちなし**→182【語釈】。○**秋**―「飽き」をかける。

336 **女郎花《をみなへし》おのが名にこそ手折《たを》りつれ袖《そで》ふれにきと露を散《ち》らすな**

【現代語訳】　女郎花よ。お前の名がすてきだから手折ったのだよ。それ以上の関係があったと、露を散らすように言いふらしてくれるなよ。
【参考】「名にめでて折れるばかりぞ女郎花我おちにきと人に語るな」（古今二二六、遍昭）

337
明《あ》けわたる朝《あした》の原《はら》の女郎花《をみなへし》おきゆく露のいかに濡《ぬ》るらん（墨・朱）

【現代語訳】　さっぱりと明けて行く、朝の原に咲く女郎花よ。恋人の起きて去った朝のように、夜の間に置いて行く露のせいで、どんなに濡れることだろう。
【参考】「露繁き朝の原の女郎花一枝折らん袖は濡るとも」（千載二五一、師頼）「咲き初むる朝の原の女郎花秋を知らするつまにぞありける」（雅兼集二三）
【他出】　夫木抄四三〇四、同（千首歌）、「をきゐる露の」。
【語釈】　○**朝の原**―大和の歌枕。奈良県北葛城郡。○**おきゆく**―「置き」と「起き」をかける。

338
秋《あき》はまだ浅《あさ》ゝ笹《さゝ》原《はら》の女郎花《おみなへし》いく夜《よ》なくを露《つゆ》の置《を》くらん

【現代語訳】　秋の季節はまだ浅いが、浅い笹原に咲く女郎花には、これから幾晩にわたって露が置き続けることだろうか。
【参考】「神南備の浅篠原の女郎花思へる君が声の著《しる》けく」（万葉二七八四、作者未詳）「片敷にいく夜なくを明

かすらん寝覚の床の枕浮くまで」(狭衣五九、狭衣大将)
【他出】夫木抄四三一三、千首歌、「いくよる〱を」。
【語釈】○**浅笹原**―まばらな笹原。「秋浅い」意をかける。
【補説】【参考】第三句、万葉表記は「美妾」で、新訓「うるはしみ」であるが、西本願寺本「をみなへし」。必ずやこの旧訓によったであろう。一方、狭衣詠は定家撰「物語二百番歌合」三六番右にも取られている。

339 秋風《あきかぜ》の吹《ふ》きしく野辺《のべ》の女郎花《をみなへし》心《こゝろ》となびく方《かた》を見《み》るかな
」三二一ウ

【現代語訳】秋風のしきりに吹く野原の女郎花の動きで、(定めない風になびく花薄とは違い)その花が自分の意思でなびく方角はどちらか、という事を了解できるよ。
【参考】「定めなき風の吹かずは花薄心となびく方は見てまし」(後拾遺三二六、師賢)
【補説】【参考】師賢詠を打ち返した作。以上九首、必ずしも変化を求めにくい「女郎花」詠を、様々に典拠を活用して詠みこなしている。

340 秋風《あきかぜ》の尾花《おばな》吹《ふ》き越《こ》す白露《しら》を我《わ》が身にしめて鳴《な》く鶉《うづら》かな

【現代語訳】秋風が尾花を吹いて、そこから吹き散らして来る白露を、我が身の悲しみの象徴として受けとめて鳴く鶉よ。

【参考】「高円の尾花吹き越す秋風に紐解きあけなたゞならずとも」(万葉四三一九、池主)「野とならば鶉となりて鳴きをらむ狩にだにやは君は来ざらむ」（伊勢物語二〇七、女）「我が恋は尾花吹き越す秋風の音だに立てじ身にはしむとも」（千載六七一、通能）

【補説】【参考】万葉・伊勢二詠を巧みに融合させる。以下、「薄」九首。

341　花薄《すゝき》草《くさ》の袂《たもと》の白露《しらつゆ》も夕《ゆふべ》や分《わ》きてしほれ果《は》つらん（墨・朱）

【現代語訳】「秋の野の草の袂」にたとえられる花薄に置く白露も、夕暮はとりわけびっしょりと濡れしおれた状態になる事だろう。

【参考】「秋の野の草の袂か花薄穂に出でて招く袖と見ゆらむ」（古今二四三、棟梁）「君もまた夕や分きてながむらむ忘れず払ふ荻の風かな」（月清集三六八、良経）

【語釈】〇しほれ―甚だしく濡れる意。

【補説】「草の袂」は気に入りの歌語と見え、341・343・404・422・505と五回用いている。このような目立った例は珍しい。

342　秋《あき》の野の薄《すゝき》押《を》し並《な》み吹《ふ》く風《かぜ》に穂向《ほむ》けや消《き》えぬ雪《ゆき》と見《み》ゆらん

【現代語訳】秋の野の薄を押しなびかせて吹く風のために、一方に片寄る白い穂は、消える事のない雪とも見えるだろう。

【参考】「売比《めひ》の野の薄押し並べ降る雪に宿借る今日し悲しく思へゆ《ほ》（新訓）」（万葉四〇四〇、黒人）「今よりは継ぎて降らなむ我が宿の薄押し並み降れる白雪」（古今三一八、読人しらず）「秋の田の穂向けの風の片寄りに我は物思ふつれなきものを」（新古今一四三一、読人しらず）

【語釈】○穂向け―穂を一方になびかせること、またその状態。

343 露《つゆ》すがる草《くさ》の袂《たもと》の秋《あき》の穂《ほ》をしのに押《を》し並《な》み渡《わた》る夕風《かぜ》

【現代語訳】露が取りすがるように置いている、「草の袂」と形容される花薄の秋に出た穂を、しきりに押しなびかせて吹き渡る夕風よ。

【参考】→341古今詠。「秋の穂をしのに押し並み置く露の消《け》かもしなまし恋ひつゝあらずは」（万葉二二六〇、作者未詳）「秋の田のしのに押し並み吹く風に月もて磨く露の白玉」（千五百番歌合一三八〇、後鳥羽院）

【他出】夫木抄四四四〇、千首歌。

【補説】底本三句「に」の上に「を」と重ね書。【参考】後鳥羽院詠はのち為家が「続後撰」三三八に入れている。

344 秋《あき》に今《いま》は逢坂山《あふさかやま》の篠薄《しのすゝき》しのびも果《は》てず露や置《お》くらん

【現代語訳】今や秋の季節にめぐり逢う事になった、逢坂山の篠薄よ。その名のようにこっそり忍ぶというわけにも行かず、さぞ露が置いていることであろう。

【参考】「我妹子に逢坂山の篠薄穂には咲き出でず恋ひわたるかも」（万葉二二八七、作者未詳）

【語釈】○篠薄――小さい竹や薄。「しのび」を導く。
【補説】「秋」に「厭き」をかけ、「篠」から「しのび」を導き、「露」に忍びつつ流す恋の涙を暗示する。

345　秋萩《あきはぎ》の花野《はなの》の《ゝ》薄《すゝき》お《を》のれのみ」三三オ穂《ほ》に出《い》でずとも色《いろ》に見《み》えなん（墨）

【現代語訳】秋萩の花が咲く野の薄よ。お前一人まだ秋らしい穂は出さないにしても、その気持だけは色として見せておくれよ。
【参考】「秋萩の花野の薄穂には出でず我が恋ひわたる隠《こも》り妻はも」（万葉二二八九、作者未詳）「常夏に思ひそめては人知れぬ心の程は色に見えなん」（後撰二〇一、読人しらず）
【他出】夫木抄四三九八、同（文永）八年毎日一首中、「色は見えなん」。

346　狩人《かり》の入《い》る野《の》の《ゝ》野辺《のべ》の初尾花《はつおばな》分《わ》けゆく袖《そで》の数《かず》や添《そ》ふらん（墨）

【現代語訳】狩人の入って行く野のほとりにはじめて穂を出した尾花よ。（「穂に出でて招く袖」〈↓341棟梁詠〉にたとえられるぐらいだから）人々の草を分けて行く袖の数が一層加わったように見えるだろう。

【参考】「小牡鹿の入る野の薄初尾花いつしか妹が手枕にせん」（万葉二二八一、新古今三四六、人丸）

347　穂《ほ》に出《い》づる野原《のはら》の薄《すゝき》片寄《かたよ》りに招《まね》くは風《かぜ》のしるべなりけり

【現代語訳】一斉に穂を出した野原の薄が、一方向に片寄って人を招くように揺れているのは、風の道案内をしているのだよ。

【参考】「夕日さす裾野の薄片寄りに招くや秋を送るなるらん」（後拾遺三七一、頼綱）「山がくれ風のしるべに見る花をやがて誘ふは谷川の水」（拾遺愚草六四二、定家）「白波のあとなき方に行く舟も風ぞたよりのしるべなりける」（古今四七二、勝臣）

【補説】底本四句「そで」を見せ消ち、「かぜ」と訂す。末句は『全歌集』「なりける」とするも、底本所見により改む。『国歌大観』（書陵部蔵五〇一・一四一本）も「なりけり」。

348 野辺《のべ》見《み》れば尾花《おばな》が末《すゑ》に百舌《もず》鳴《な》きて秋《あき》になりゆく世の気色《けしき》かな

【現代語訳】野を見渡すと、尾花の出揃った遠くの方で百舌が高い声で鳴いて、いかにもあゝ、秋になったなあ、と思われるあたりの様子であるよ。

【参考】「秋の野の尾花が末に鳴く百舌鳥《もず》の声聞くらむか片聞く吾妹《わぎも》」（万葉二一七一、作者未詳）「野辺見れば尾花が本の思ひ草枯れゆく冬になりぞしにける」（新古今六二四、和泉式部）「我が宿の尾花が末に白露の置きし日よりぞ秋風も吹く」（新古今四六二、家持）「陰涼む森の下風身にしみて秋になりゆくひぐらしの声」（壬二集二三五、家隆）「今桜咲きぬと見えて薄曇り春にかすめる世の気色かな」（新古今八三、式子内親王）

【補説】「百舌」が和歌に詠まれるのは「もずの草ぐき」がほとんどであるが、本詠は万葉歌によるとはいうものの、現実の高い鳴き声を詠んで、いかにも「秋になりゆく」現実感を表現している。為家は「新撰六帖」「百舌」題でも、「風渡る尾花が末に百舌鳴きて秋の盛りと見ゆる野辺かな」（二六二七）と詠んでいる。

349
白露《しらつゆ》も乱《みだ》れて結《むす》ぶ秋風《かぜ》に下葉《したば》定《さだ》めぬ庭《には》の刈萱《かるかや》（墨）

【現代語訳】白露も入り乱れて置くほどに吹きしきる秋風のために、下葉の位置も定まらない、庭の刈萱よ。

【参考】「淋しさや野辺の夕にまさるらん鶉分けたつ庭の刈萱」（壬二集一〇五九、家隆）「たづぬれば庭の刈萱跡もなく人やふりにし荒れはてにけり」（拾遺愚草四四一、定家）

【補説】「乱れて結ぶ」は先行用例見当らず、「庭の刈萱」も【参考】二例のみである。以下五首、主題やや混乱。

350
三室《みむろ》山時雨《しぐ》れぬさきの紅葉《もみぢ》葉にまだきならはす夕づく日かな（朱）」三三ウ

【現代語訳】三室山では、時雨で赤く染める以前の紅葉の葉に光をさして、今のうちから練習をさせている、夕日の赤さよ。

【参考】「嵐吹く三室の山の紅葉葉は立田の川の錦なりけり」（後拾遺三六六、能因）「秋は来ぬ立田の山も見てしがな時雨れぬさきに色や変ると」（拾遺一三八、読人しらず）

【語釈】○三室山―大和の歌枕。奈良県生駒郡斑鳩町。神の御室《みむろ》、また紅葉の名所。

351
秋来《あきく》れば誰《た》が通《かよ》ひ路《ぢ》と吹《ふ》く風《かぜ》に乱《みだ》れてなびく野辺《のべ》の篠原《しのはら》

【現代語訳】秋が来ると、一体ここは誰の恋の通い路かしら、と思い乱れる心のように、吹く風に乱れてなびく、野のほとりの篠原の風情よ。

【参考】「出で来《こ》し《いにし(新古)》あとだにいまだ変らじを《ぬに(新古)》誰が通ひ路と今はなるらむ」（伊勢物語七九、男、新古今一四〇九、業平）「浅緑乱れてなびく青柳の色にぞ春の風も見えける」（後拾遺七六、元真）

352　夕暮《ぐれ》は涙《なみだ》も露《つゆ》も刈萱《かるかや》の乱《みだ》れてわぶる秋の気色《けしき》に

【現代語訳】夕暮になると、涙も、また露も、刈萱の乱れるように乱れ落ちて悲しく心細いことだ。深まる秋、そして恋人の私に飽きたような様子に。

【参考】「うらがるゝ浅茅が原の刈萱の乱れて物を思ふ比かな」（新古今三四五、是則）「物毎に秋の気色は著《しる》けれどまづ身にしむは荻の上風」（新古今三三二、行宗）

353　末枯《うらが》るゝ岡《おか》の刈萱《かるかや》うちなびき早《はや》くも過《す》ぐる秋の風《かぜ》かな

【語釈】○秋―「飽き」を匂わせる。

【現代語訳】末葉から枯れて来ている、岡の刈萱がわびしくなびいて、早くも過ぎ去る秋を象徴するように吹き過ぎて行く、秋の風よ。

【参考】→352是則詠。「秋風に思ひ乱れてくやしきは君をならしの岡の刈萱」（千五百番歌合二四六三、越前）

354　白露《しらつゆ》もこぼれて匂《にほ》ふ藤袴《ふぢばかま》秋《あき》は忘《わす》れぬ色《いろ》とこそ見《み》れ

【現代語訳】　置いた白露のこぼれるのもほの〴〵と匂うように美しい藤袴よ。秋という季節を忘れず、ちゃんとその色を見せてくれるのだと思われるよ。

【参考】「藤袴主は誰とも白露のこぼれて匂ふ野辺の秋風」（新古今三三九、公猷）

【補説】「藤袴」五首。

355　野辺《のべ》に来《き》て脱《ぬ》ぎけん人は白露《しらつゆ》の形見《かたみ》久しき藤袴《ふぢばかま》かな　（墨）

【現代語訳】　この野原に来て、脱いでおいた人は誰だか知らないが、その形見として置いた白露の長く消えずにいる藤袴の花よ。

【参考】「何人か来て脱ぎかけし藤袴来る秋ごとに野辺を匂はす」（古今二三九、敏行）「主知らぬ香こそ匂へれ秋の野に誰が脱ぎかけし藤袴ぞも」（同二四一、素性）

【語釈】○**脱ぎけん**―「袴」の縁で言う。○**白露**―「知らぬ」をかける。

356　なべて世の今年《ことし》の野辺《ゝべ》の藤袴《ふぢばかま》」三四オ 分《わ》きてもいかで露《つゆ》の置《を》くらん

【現代語訳】　世間一般に、今年は弔意をあらわしている中に、「喪服」の意に通う、野原の藤袴は、とりわけてこんなにも深く露が置くのだろう。（しおらしいことだ）

【補説】　当貞応二年五月十四日、後高倉院が崩じている。千首詠作（同年八月）の二箇月余以前。すなわち「藤袴」に「藤衣」(喪服)を通わせたさりげない悼歌。このような時事詠(?)は本千首に稀である。

357 主《ぬし》や誰《たれ》いさ白露《しらつゆ》の藤袴《ふぢばかまわす》忘れがたみに秋風《あきかぜ》ぞ吹《ふ》く(朱)

【現代語訳】「持主は誰」と聞いても、さあ知らないよ、という顔の、白露を置いた藤袴に、しかしその主を忘れ難い気持を暗示するかのように、秋風が吹いている。

【参考】「主や誰問へど白玉言はなくにさらばなべてやあはれと思はん」(古今八七三、融)「葛の葉の恨にかへる夢の世を忘れがたみの野辺の秋風」(新古今一五六五、俊成女)

358 うちなびき来《く》る秋毎《ごと》に藤袴《ふぢばかま》いく野《の》を風《かぜ》も匂《にほ》ひゆくらん(墨)

【現代語訳】季節の推移に従って、来る秋毎に、藤袴はどれだけ多くの野を風も匂いを運んで行く程に、よい薫りを放つのだろう。

【参考】「うちなびき春は来にけり山川の岩間の氷今日やとくらむ」(金葉一、顕季)「入日さす麓の尾花うちなびき誰が秋風に鶉鳴くらむ」(新古今五一三、通光)「大江山はるかにおくる鹿の音はいく野を越えて妻を恋ふらむ」(新勅撰三〇七、実守)

【語釈】○**うちなびき**―「春」の枕詞を秋に応用。○**いく野**―丹波の歌枕、生野(福知山市生野)を「幾野」に転じて用いる。

359 音《おと》そよぐ軒端《のきば》の荻《おぎ》に吹《ふ》きそめて人に知《し》らるゝ秋の初風《はつかぜ》（朱）

【現代語訳】そよ〳〵と音立てる、軒端に生える荻の葉に吹きはじめて、「ああ、秋が来たな」と人に知らせる、秋の第一番の風よ。

【参考】「音そよぐ荻の葉よりも秋風の人に知らるゝ袖の夕露」（建保二年内裏歌合一八、雅経）「ほのかにも軒端の荻を結ばずは露のかごとを何にかけまし」（源氏物語三九、源氏）「荻の葉のそよぐ音こそ秋風の人に知らるゝ始なりけれ」（拾遺一三九、貫之）「我が背子が衣の裾を吹きかへしうら珍しき秋の初風」（古今一七〇、貫之）

【補説】「荻」九首。

360 行《ゆ》く年《とし》も半《なか》ばに過《す》ぐる風《かぜ》の音《おと》に声《こゑ》立《た》てそむる庭《には》の下荻《したをぎ》

【現代語訳】過ぎて行く年も、もう半分経ってしまったよ、と知らせるような風の音に応じて、これも秋らしい声を立てはじめる、庭の荻の下葉よ。

【参考】「秋来ぬと目にはさやかに見えねども風の音にぞ驚かれぬる」（古今一六九、敏行）

361 なべて吹《ふ》く四方《よも》の草《くさ》木の秋風《かぜ》も荻《おぎ》の葉よりぞ知《し》られ初《そ》めける（朱）」三四ウ

【現代語訳】すべて、あらゆる草木に対して吹く秋風ではあるが、そも〳〵の初めは荻の葉のそよぎによって知られるのだよ。

【参考】「しほるべき四方の草木もおしなべて今日より辛き荻の上風」（拾遺愚草二三二四、定家）

362 夕暮《ゆふぐれ》の露《つゆ》の下荻《したおぎ》そよさらにたまらぬ程《ほど》の秋風《あきかぜ》ぞ吹《ふ》く（墨・朱・尾）

【現代語訳】夕暮の露の置いた荻の下葉よ。（それだけでも哀れ深いのに）その露が又更に、葉の上にさえとどまっていられない程の秋風が吹くよ。

【参考】「そよさらに頼むにもあらぬ小笹さへ末葉の雪の消えも果てぬよ」（狭衣六五、狭衣大将）「秋来ぬな荻吹く風のそよさらにしばしもためぬ宮城野の露」（拾遺愚草二二三四、定家）「衣手は寒くもあらねど月影をたまらぬ秋の雪とこそ見れ」（後撰三二八、貫之）

【語釈】○そよさらに―そう〳〵、その上に。「そよ」「さら」共に風の擬音語。

【補説】「そよさらに」は狭衣詠が定家「物語二百番歌合」五四に入ったほど、定家気に入りの歌語で、定家以前、他に用例なく、愛好は為家に継承されて、鎌倉末に至り盛行する。

363 分《わ》きてなど軒端《のきば》の荻《おぎ》のそよぐらんいづれの草《くさ》も秋の初風《はつかぜ》（朱）

【現代語訳】とりわけてどうして、軒先の荻の葉が耳立つ程音立てて揺れるのだろう。どの草にだって、秋の最初の風は吹くというのに。

【参考】「わきてなど庵もる袖のしほるらん稲葉に限る秋の袖かは」（新古今四五三、慈円）「枕とていづれの草に契るらむ行くを限りの野辺の夕暮」（新古今九六四、長明）「我が背子が衣の袖を吹き返しうらめづらしき秋の初

風」（古今一七一、読人しらず）

【補説】「分きてなど」は「有房集」（治承期歌人）に初出するが、特に慈円・定家・家隆に好まれ、為家以降に引きつがれた。

364 吹《ふ》き結《むす》ぶ籬《まがき》の荻《をぎ》の秋風《あきかぜ》に思《おも》ひしよりも濡《ぬ》るゝ袖《そで》かな

【現代語訳】垣根の荻をもつれさせる程強く吹く秋風のために、予想したよりも涙を誘われて、袖が濡れることよ。

【参考】「吹き結ぶ風は昔の秋ながらありしにも似ぬ袖の露かな」（新古今三一二、小町）「吹き結ぶ滝は氷に閉ぢはてて松にぞ風の声も惜しまぬ」（新勅撰三九七、式子内親王）

【補説】初句「吹き結ぶ」の先行例は【参考】二詠程度で、案外少い。

365 軒近《のきちか》き荻《おぎ》の葉渡《わた》る秋風《かぜ》になほうたゝねの夢《ゆめ》ぞ残《のこ》れる

【現代語訳】軒端近くの荻の葉の上を過ぎて行く秋風の音に、ふと目覚めたようでありながら、半睡半醒の中に、まだうたた寝で見た、ほんのはかない夢の印象が残っている。

【参考】「うたゝねの夢ばかりなる逢ふ事を秋の夜すがら思ひつるかな」（後撰八九八、読人しらず）

【補説】全く平凡、いくらでもある歌のように見えながら、実は後撰詠の鮮かな踏襲展開。

366　荻《おぎ》の葉の訪《をとづ》れそむる夕風《かぜ》に袖《そで》まで落《を》つる秋《あき》の露《つゆ》かな

【現代語訳】荻の葉に吹いて、音を立てはじめる夕風のしっとりとした風情に誘われて、私の袖にまで落ちて来るように思われる、秋の露よ。

【参考】「荻の葉も契ありてや秋風の訪れそむるつまとなりけむ」（新古今三〇五、俊成）

367　あはれ又秋《またあき》は来《き》にけり今《いま》よりや」三五オ寝覚《ねざめ》ならはす荻《おぎ》の上風《うはかぜ》

【現代語訳】ああ、又秋は来たことだよ。今から早くも、物思い深い寝覚めを習慣づけるような、荻の上吹く風の音が聞える。

【参考】「あはれ又いかにしのばむ袖の露野原の風に秋は来にけり」（新古今二九四、通具）「秋萩の下葉色づく今よりやひとりある人の寝ねがてにする」（古今二二〇、読人しらず）

368　久方《かた》の雲井《くもゐ》の雁《かり》も音《ね》に立《た》てゝ色《いろ》に出《い》でゆく庭《には》の荻原《おぎはら》（墨・朱）

【現代語訳】空を飛ぶ、雲の中の雁も声立てて鳴き、それに応ずるように目立って秋らしい様子に変って行く、庭の荻原よ。

【参考】「朝な〳〵下葉もよほす萩の枝に雁の涙ぞ色に出でゆく」（拾遺愚草一二五一、定家）

【補説】「色に出で行く」は用例が少いが、「拾遺愚草」に三例が目立ち、為家も本千首717の外、「五社百首」「毎日一首」にも用いている。以下「雁」十首。

369 夜《よ》を寒《さむ》み初雁金《はつかりがね》の涙《なみだ》にやあへず野原《のはら》も色変《いろかは》るらん（朱）

【現代語訳】 夜が寒くなったものだから、初雁の落す涙のせいでか、たまりかねて野原も色が変って来るようだよ。

【参考】「夜を寒み衣雁金鳴くなへに萩の下葉もうつろひにけり」（古今二一一、読人しらず）「秋風に初雁金ぞ聞ゆなる誰が玉章をかけて来つらん」（同二〇七、友則）「鳴き渡る雁の涙や落ちつらん物思ふ宿の萩の上の露」（同二二一、読人しらず）「千早ぶる神のいがきに這ふ葛も秋にはあへずうつろひにけり」（同二六二、貫之）

【他出】 源承和歌口伝一〇五、先人千首、「涙にやあへず野原の」。

【補説】 底本三・四句「なみたとやあらすのはらも」。「登《と》」は「児《に》」、「羅《ら》」は「遍《へ》」の誤字かとする『全歌集』脚注により、「和歌口伝」の本文に従う。同書では「古歌を取りすぐせる歌」の例としてあげる。

370 帰《かへ》るさは昨日《きのふ》と思《おも》ふを春霞《はるがすみ》かすみて去《い》にし雁《かり》ぞ鳴《な》くなる（墨）

【現代語訳】 北に帰って行ったのはほんの昨日の事のように思っているのに、（早くも秋が来て）春霞の中にかすんで去って行った雁が、又やって来て鳴いているよ。

【参考】「数ふれば八年経にけりあはれ我が沈みし事は昨日と思ふに」（千載一一六二、実定）「春霞かすみて去にし雁金は今ぞ鳴くなる秋霧の上に」（古今二一〇、読人しらず）

371 おしなべて色《いろ》なる山《やま》も片岡《かたをか》の朝《あした》の原《はら》の初雁《はつかり》の声《こゑ》（墨・朱）

【現代語訳】ずっと見渡して、紅葉した山を見る事もまだむずかしい季節、片岡の朝の原に初雁の声が聞える。
【参考】「霧立ちて雁ぞ鳴くなる片岡の朝の原は紅葉しぬらむ」（古今二五二、読人しらず）
【語釈】**○片岡の朝の原**→132【語釈】。「難し」をかけると考えたが如何。
【補説】底本「いろなる《本ノマヽ》欤やま」。他本により「る」を補った『全歌集』に従う。

372 秋《あき》山の峰《みね》飛《と》ぶ雁《かり》の涙《なみだ》よりまだき時雨《しぐれ》の色《いろ》や見《み》ゆらん（墨・朱）」三五ウ

【現代語訳】秋山の峰を越えて飛ぶ雁の落す涙によって、早くも時雨の気配が見えるのであろうか。

【参考】「奥山の峰飛び越ゆる初雁のはつかにだにも見でややみなん」（新古今一〇一八、躬恒）「鳴き渡る雁の涙や落ちつらん物思ふ宿の萩の上の露」（古今二二一、読人しらず）「我が袖にまだき時雨のふりぬるは君が心に秋や来ぬらむ」（同七六三、読人しらず）

373 久方《かた》の天飛《あまと》ぶ雁《かり》の覆《おゝい》ひ羽《ば》にもりてや露《つゆ》の秋《あき》を染《そ》むらん（墨）

【現代語訳】大空を飛ぶ雁の、空一面を覆うような羽からも、どこから漏れてか、露が秋の野を染めたのだろう。

【参考】「天飛ぶや雁のつばさの覆ひ羽のいづく漏りてか霜の降りけむ」（万葉二二四二、作者未詳）

【補説】底本三句「い」虫損により不明確。

374　かけて来《く》る誰《た》が玉章《たまづさ》のあともなくいや遠《とを》ざかる秋《あき》の雁金《かりがね》

【現代語訳】翼にかけて持って来るという、誰の手紙の形跡もなく、ひたすら遠ざかってしまう秋の雁よ。

【参考】「秋風に初雁金ぞ聞ゆなる誰が玉章をかけて来つらむ」（古今二〇七、友則）「葦辺より雲居をさして行く雁のいや遠ざかる我が身悲しも」（古今八一九、読人しらず）「秋風に山飛び越ゆる雁金は《の(新古今)》いや遠ざかる《り(新古今)》雲がくれつゝ」（万葉二一三二、新古今四九八、人丸）

375　さゝがにのいと早《はや》も鳴《な》く初雁《はつかり》の涙《なみだ》を玉《たま》に先《ま》づや貫《ぬ》くらん（墨）

【現代語訳】蜘蛛の糸には、秋になって早々に鳴く初雁の涙を、玉として先ず第一番に貫き飾ることだろう。

【参考】「七夕は空に知るらんさゝがにのいとかくばかり祭る心を」（拾遺一〇八二、順）「いと早も鳴きぬる雁か白露のいろどる木々も紅葉あへなくに」（古今二〇九、読人しらず）

【語釈】○いと早も―「いと」（非常に）に蜘蛛の「糸」をかける。

376　天《あま》の川《がは》とわたる雁《かり》の涙《なみだ》とや紅葉《もみぢ》の橋《はし》も色《いろ》に出《い》づらん（墨・朱）

【現代語訳】天の川の瀬戸を渡る雁の涙が落ちるというわけでか、紅葉の橋も美しく色づくことだろう。

【参考】「我が上に露ぞ置くなる天の川とわたる舟のかいのしづくか」（古今八六三、読人しらず）「天の川通ふ浮木に言問はむ紅葉の橋は散るや散らずや」（新古今一六五五、実方）

【他出】夫木抄四九六四、千首。

【語釈】○**とわたる**―両岸の迫った水路を渡る。○**紅葉の橋**―七夕が渡るとされる天の川の橋。

377 **過《す》ぎがてに雁《かり》ぞ鳴《な》くなる秋の夜《よ》の尾花《おばな》が末《すゑ》や色《いろ》に出《い》でぬる**（墨・朱）

【現代語訳】通り過ぎにくいような風情で、雁の鳴くのが聞える。秋の夜にもそれとわかる程、薄の穂末が白々と見えるようになったからだろうか。

【参考】「誰聞けと鳴く雁金ぞ我が宿の尾花が末を過ぎがてにして」（後撰三六一、読人しらず）

【補説】以上十首、古来詠みつくされた「雁」詠を縦横に駆使して自詠を構成する手腕を見得る。

378 **秋《あき》の野《ヽ》に朝《あさ》立《た》つ鹿《しか》の涙《なみだ》にや濡《ぬ》れてうつろふ萩《はぎ》が花ずり** 」三六オ

【現代語訳】秋の野に朝立つ鹿が、妻恋しさに流す涙のせいでか、濡れて着物に移るよ、萩の花摺りの色が。

【参考】「小牡鹿の朝立つ野辺の秋萩に玉と見るまで置ける白露」（万葉一六〇二、作者未詳）「面影は猶有明の月草に濡れてうつろふ袖の朝露」（新勅撰九一六、教雅）「白菅の真野の萩原咲きしより朝立つ鹿の鳴かぬ日はなし」（新勅撰二三八、基綱）

【補説】以下「鹿」十首。

379 長《なが》き夜《よ》を妻恋《つまこ》ひ明《あ》かす小牡鹿《さをしか》の胸分《むねわ》けに散《ち》る秋萩《あきはぎ》の花《はな》

【現代語訳】長い秋の夜を、妻を恋い慕って明かした牡鹿が、胸で分けて行くにつれて散る、秋萩の花よ。

【参考】「小牡鹿の胸分けにかも秋萩の散り過ぎにける盛りかも去ぬる」(万葉一六〇三、作者未詳)「朝露にうつろひぬべし小牡鹿の胸分けにする秋萩の花」(堀河百首六〇三、基俊)「夜もすがら妻どふ鹿の胸分けにあたら真萩の花散りにけり」(長秋詠藻三六、俊成)

【語釈】○**胸分け**—鹿が胸で草を分けるようにして歩くさま。

【補説】「鹿の胸分け」を詠む作は思いの外少い中で、為家の万葉・堀河百首取りが注意される。

380 声《こゑ》はして目《め》に見《み》ぬ鹿《しか》の涙《なみだ》ゆゑ《へ》袖《そで》干《ほ》しわぶる秋《あき》の山里《ざと》(墨)

【現代語訳】鳴く声は聞えるが目に見る事はできぬ、鹿の妻恋いの涙を想像するために、自分も共感の涙で袖を乾かしかねる、秋の山里での暮らしであるよ。

【参考】「声はして涙は見えぬ郭公我が衣手のひつを借らなむ」(古今一四九、読人しらず)「我が袖ぞかへれば濡るゝ声はして涙は見えぬ春の雁金」(壬二集二一六七、家隆)「秋の野に尾花刈り葺く宿よりも袖干しわぶる今朝の朝露」(拾遺愚草一三八四、定家)

381 小牡鹿《さをしか》の涙《なみだ》を露《つゆ》にこき交《ま》ぜて朝伏《あさふ》す小野《をの》に秋風《あきかぜ》ぞ吹《ふ》く(墨・尾)

【現代語訳】 牡鹿の妻恋う涙を草葉の露と混ぜ合せて、その、朝寝ている野原に秋風が吹いている。
【参考】「小牡鹿の朝伏す小野の草若み隠ろへかねて人に知らるな」（万葉二二七一、作者未詳）「見渡せば柳桜をこき交ぜて都ぞ春の錦なりける」（古今五六、素性）
【他出】 大納言為家集七六八、（秋貞応二）。為家卿集五六、（秋歌 秋）「なみだを中に」。

382 置《を》く露《つゆ》もたえぬ思《おも》ひに鳴《な》く鹿《しか》の小野《おの》ゝ草臥《くさぶし》色変《いろかは》るまで（墨）

【現代語訳】 絶えず置く露につけても、耐えられぬ恋の思いに鳴く鹿の、小野の草の中での独り寝よ、その草の色が緑から黄に変るまで。
【参考】「小牡鹿の小野の草臥いちしろく我が問はざるに《は問はぬに（六帖）》人の知るらく《らん（六帖）》」（万葉二二七二、作者未詳、古今六帖二六八三）「鹿の音ぞ寝覚の床に通ふなる小野の草臥露や置くらん」（後拾遺二九一、家経）
【語釈】 ○たえぬ―「絶えぬ」と「耐へぬ」をかける。

383 風渡《かぜわた》る阿太《あだ》の大野《おほの》ゝ葛《くず》かづら長《なが》き恨《うら》みに鹿《しか》ぞ鳴《な》くなる（墨）三六ウ

【現代語訳】 風の吹き渡るにつれて見える、阿太の大野の長い葛かずらの白い裏葉、それに通う長い恨みに堪えかねて、鹿の鳴くのが聞える。
【参考】「真葛原なびく秋風吹く毎に阿太の大野の萩の花散る」（万葉二一〇〇、作者未詳）

【語釈】○阿太の大野―大和の歌枕。奈良県五条市。○葛かづら―クズの蔓、ここではクズそのもの。○恨み―「裏見」をかける。

384 とにかくに音《をと》にや秋は高砂《たかさご》の松《まつ》吹《ふ》く風《かぜ》に鹿《しか》も鳴《な》くなり（墨）

【現代語訳】何につけても、音によって秋は更けたと知られるもの、高砂の松吹く風を聞いて、鹿も同様に鳴くことだ。

【参考】「紅葉せぬ常磐の山は吹く風の音にや秋を聞きわたるらむ」（古今二五一、淑望）「短夜の更けゆくまゝに高砂の峰の松風吹くかとぞ聞く」（後撰一六七、兼輔）「秋萩の花咲きにけり高砂の尾上の鹿は今や鳴くらむ」（古今二一八、敏行）

【語釈】○高砂―播磨の歌枕、兵庫県高砂市。「秋は高」に「秋は長《た》け」をかけるかと考えたが、如何。

385 色変《いろかは》る山の下草《したくさ》踏《ふ》み分《わ》けてひとりや鹿《しか》の夜半《よは》に鳴《な》くらん（墨・朱・尾）

【現代語訳】色の変って来た山の下草を踏み分けて、一人ぼっちで鹿は、夜更けに鳴いていることだろうか。

【補説】趣向用語ともにごく一般的なもので、さりとて参考歌として特に取上げるべきものも見当らない。このような平淡作はむしろ珍しい。

386 露《つゆ》ながら刈《か》り干《ほ》す小田《おだ》のいねがてに鹿鳴《しかな》く夜半《よは》は夢《ゆめ》も覚《さ》めつゝ（墨）

【現代語訳】　置いた露もそのまゝに刈って干す小さな田の稲、それではないが、寝《い》ね難い様子で鹿が鳴く夜中は、こちらの夢も何度も覚めてしまうよ。

【参考】「露ながら折りてかざさむ菊の花老いせぬ秋の久しかるべく」（古今二七〇、友則）「時雨せぬ吉田の村の秋納め刈り干す稲のはかりなきかな」（江師集五〇九、匡房）

【語釈】○**いねがてに**――「稲」と「寝ね」をかける。

【補説】「鹿」詠の序として「稲」を持って来るのは甚だ珍しい。

387　**草《くさ》も木《き》も涙《なみだ》に染《そ》めて妻《つま》かくす矢《や》野《の》ゝ神《かみ》山鹿《しか》ぞ鳴《な》くなる**（墨）

【現代語訳】　草や木の紅葉もその涙によって染めたのかと思うばかり、「妻かくす」とうたわれる矢野の神山で、妻を思って鹿の鳴いているのが聞える。

【参考】「妻ごもる矢野の神山露霜に匂ひそめたり散らまく惜しも」（万葉二一八二、人麿歌集）「妻かくす矢野の神山立ち迷ひ夕の霧に鹿ぞ鳴くなる」（壬二集二三九五、家隆）

【他出】　夫木抄四八二二、同（千首歌）。

【語釈】○**矢野の神山**――出雲など諸説あるが所在未詳。

【補説】　万葉初句表記は「妻隠」で、西本願寺本の訓・新訓ともに「ツマゴモル」であるが、「かくす」の訓も当然行われたであろう。

388 白露《しらつゆ》の耐《たえ》へぬ草葉《くさば》と知《し》りながらなど秋風《あきかぜ》に契《ちぎ》りお《を》きけん

【現代語訳】（風が吹けば）耐えられず白露がこぼれ落ちてしまう草葉であるとは知っていながら、何で草葉は秋風に会おうと約束しておいたのだろう。

【参考】「秋風に耐へぬ草葉はうらがれて鶉鳴くなり小野の篠原」（拾遺愚草一五九、定家）「露分けし袂干す間もなきものをなど秋風のまだき吹くらん」（後撰二二二、千里）

【補説】「白露」に「涙」、「秋風」に「飽き」を暗示し、恋の心を匂わせる。以下「露」九首。

389 鹿《しか》の声雁《こゑかり》の涙《なみだ》も数々《かずく》に」三七オ置《お》くべき秋《あき》の草《くさ》の露《つゆ》かな（墨）

【現代語訳】鹿の妻恋いの声も、鳴き渡る雁の涙も、それぞれに受けとめ、形としてあらわすはずの、秋の草の露よ。

【参考】「鳴き渡る雁の涙や落ちつらん物思ふ宿の萩の上の露」（古今二二一、読人しらず）

390 置《を》きとめて風《かぜ》も露《つゆ》に弱《よは》るらん四方《よも》の草《くさ》葉の秋《あき》の夕暮《ゆふぐれ》（墨・朱・尾）

【現代語訳】露を草葉の上に置きとどめておいて、そのまゝ風は弱ってしまったようだよ。四方の草葉に露の光る、秋の夕暮よ。

【参考】「道の辺のあだなる露に置きとめて行手に消たぬ恋ぞ悲しき」（拾遺愚草二〇四七、定家）「置きとめず松を嵐の払ふ夜は鴨の青葉の霜ぞ重なる」（同一五五九）「夏草のまじる茂みに消えね露置きとめて人の色もこそ見れ」（同二五三四）「咲く花の今はの霜に置きとめて残る籬の白菊の色」（同員外四五一）「武蔵野の草葉の露も置きとめず過ぐる月日ぞ長き別れ路」（同員外四九二）「しののめよ四方の草葉もしほるまでいかに契りて露の置くらん」（拾遺愚草一八六）

【補説】【参考】に示した如く、「置きとめて（ず）」は定家愛用、他者にはほとんど認められぬ特異句である。

391 草《くさ》の葉《は》もしほれはてぬる気色《けしき》かな暮《く》るゝ野原《のはら》の秋《あき》の白露《しらつゆ》

【現代語訳】草の葉も、びっしょり濡れてしまった様子だなあ。暮れかかる野原に置く、秋の白露のために。

【補説】前歌に苦労したせいか、格別の典拠も認められないただこと歌である。

392 色変《いろかは》る草《くさ》葉もわかず白妙《しろたへ》の露にまかする秋《あき》の夕暮《ぐれ》（墨）

【現代語訳】それぞ〳〵に色の変る草葉も、どれがどれとも見分けられない。一面、白い露の置きわたすにまかせた状態の、秋の夕暮の眺めよ。

【補説】これも指摘すべき程の参考歌を求めえなかったが、詩的情景として前歌よりは成熟していると言えよう。

393 置《を》く露《つゆ》は心《こゝろ》のまゝに結《むす》ぶらし重《おも》る草《くさ》葉に置《お》ける白玉《しらたま》（墨）

【現代語訳】露はその置く場所を、自分の思うままに決めるらしい。すでに露重げにうなだれている草葉に、なお置き加わる白玉を見ると。

【参考】「初雪の窓の呉竹伏しながら重るうれ葉《は(風)》の程ぞ聞ゆる」(拾遺愚草員外四四九、風雅一八二一、定家)「風荒きもとあらの小萩袖に見て更けゆく夜半に重る白露」(拾遺愚草八五八、定家)

【補説】「重る」も定家の用例が突出して多い。

394 夕暮《ぐれ》は草《くさ》木の外《ほか》の袂《たもと》までしほるばかりに重《おも》る露《つゆ》かな (墨」三七ウ)

【現代語訳】夕暮になると、草木ならぬ、人間の着物の袂まで、びっしょりと濡れる程に重く置く露であることよ。

【参考】「おきて行く誰が通ひ路の朝露ぞ草の袂もしほるばかりに」(拾遺愚草一三四五、定家)

【補説】「しほる」は特に「袂・袖」と関連する場合、「絞る」と解されて来たが、これは誤りで、「びっしょり濡れる」が正しい。→188【語釈】。

395 ほしあへ《え》ぬむぐらの宿《やど》の濡《ぬ》れ衣《ごろも》たへ《え》ず住《す》むべき袖《そで》の露《つゆ》かは (墨)

【現代語訳】乾かすに乾かしきれない、荒廃した家に住む私の濡れた着物よ。こんな淋しさに堪えて住み続けていられる程度の袖の涙だろうか。(とてもそうとは思えない)

【参考】「道すらに時雨にあひぬいとゞしくほしあへぬ袖のぬれにけるかな」(貫之集一三六八)「たへてやは思ひあ

りともいかゞせむむぐらの宿の秋の夕暮」(新古今三六四、雅経)

【補説】底本、末句「かな《は》」。

396 秋《あき》の田《た》の稲《いな》葉の風《かぜ》の片寄《かたよ》りに穂向《ほむ》けの露《つゆ》ぞ先《ま》づなびきける

【現代語訳】秋の田の稲葉を吹く風が一方向に向けて吹くにつれ、穂に置いた露が先ず、その方向になびくよ。

【参考】「秋の田の穂向けの風の片寄《よする(万)》りに我は物思ふつれなきものを」(新古今一四三一、読人しらず。万葉二二五一、作者未詳)

【語釈】○穂向け―穂を一方になびかせる事。

397 しほれつる夜《よ》の間《ま》の露《つゆ》の干《ひ》る間《ま》だに草《くさ》葉休《やす》めぬ秋《あき》の村雨《むらさめ》(墨・朱)

【現代語訳】びっしょり濡らした、夜の間の露のかわくはずの昼間さえも、草葉に休むひまも与えず降りかかる、秋の村雨よ。

【参考】「撫子の頼む籬もたわむまで夜の間の露の貫ける白玉」(拾遺愚草二〇二五、定家)「満つ潮の干る間だになき浦なれや通ふ千鳥の跡も見えねば」(新古今六二五、輔親)

【他出】雲葉集四九三、秋歌とて。三十六人大歌合一九三、しつれ《ほイ》つる。

【語釈】○干る間―「昼間」をかける。

【補説】「夜の間の露」の用例は多くなく、定家・為家が好み用いている。以下「村雨」二首。

398 秋《あき》の日の山の端薄《はうす》き村雨《むらさめ》にやがて梢《こずゑ》の色《いろ》ぞ待《ま》たるゝ（墨・朱）

【現代語訳】 秋の日の山の稜線を、うっすらとしか見えないようにして降る村雨を見ながら、もうすぐこの雨で紅葉するであろう、梢の色が待たれるよ。

【補説】 いくらでもありそうな情景、言葉あしらいでありながら、適切な参考歌を見出しえなかった。それなりに整った一首。

399 露時雨《つゆしぐれ》染《そ》めて色《いろ》なきわたつ海《うみ》の波《なみ》さへ霧《きり》に秋を知《し》れとや（墨）

【現代語訳】 露も時雨も、染めるべき色の対象もない大海であるが、その波さえ霧が覆う事によって、秋を知れというのであろうか。

【参考】 「露時雨さてだに人に色見せよ眺めしまゝの袖の浅茅に」（拾遺愚草一六七三、定家）

【補説】 露・時雨は何物をも染めて秋を知らせるもの、という和歌的常識を覆えして、それによって染まらない「海」を持出し、それは霧で秋を知るという。機知の働いた楽しい詠。28「色なき波の霞むより」参照。以下「霧」九首。

400 飛《と》び越《こ》ゆる峰《みね》の朝霧跡絶《あさぎりあとた》えて数《かず》も知《し》られぬ初雁《はつかり》の声《こゑ》」三八オ

【現代語訳】飛んで峰を越えて行くはずだが、深い朝霧のためにその姿はすっかり消えて見えず、幾羽とも知れぬ初雁の声だけが聞えて来るよ。

【参考】「奥山の峰飛び越ゆる初雁のはつかにだにも見でややみなん」(新古今一〇一八、躬恒)「雁の来る峰の朝霧晴れずのみ思ひ尽きせぬ世の中の憂さ」(古今九三五、読人しらず)「横雲の風に別るゝしののめに山飛び越ゆる初雁の声」(新古今五〇一、西行)

401　蜑《あま》人の塩焼《しほや》く煙《けぶり》いたづらに立《た》つとも知《し》らぬ浦《うら》の朝霧《あさぎり》(朱)

【現代語訳】蜑の人達が藻塩を焼く煙が盛んに立つために、期待に反して、立つのか立たないのかわからない、海岸の朝霧よ。

【参考】「志珂の蜑の塩焼く煙風をいたみ立ちはのぼらず山にたなびく」(万葉一二五〇、古集中)「須磨の蜑の塩焼く煙風をいたみ思はぬ方にたなびきにけり」(古今七〇八、読人しらず)

402　野辺《のべ》は皆朝《みなあさ》けの霧《きり》の立《た》ちこめて心《こゝろ》もゆかぬ秋《あき》の旅《たび》人(墨)

【現代語訳】野原は一面に、早朝の霧が立ちこめていて、(よい眺めもなく)満足の行かぬ風情の、秋の旅人よ。
【参考】「葛のはふまがきの霧も立ちこめて心もゆかぬ道の空かな」(狭衣物語一七三、狭衣)「白露も時雨も袖をまづ染めて紅葉に宿る秋の旅人」(拾遺愚草員外五九三、定家)
【語釈】○**心もゆかぬ**―「行かぬ」は「旅」の縁語。

【補説】「秋の旅人」はおそらく定家の創始か。

403 浮《う》きてのみ立《た》つ河霧《かはぎり》の色見《いろみ》れば秋来《あきく》る程ぞ空《そら》に知《し》らるゝ（墨）

【現代語訳】ただ空に浮いた状態で立つ、河霧の様子を見ると、秋の来る頃だという事が、言われなくてもわかるよ。

【参考】「解衣《ときぎぬ》の恋ひ乱れつつ浮きてのみ沙《まなご》なす我が恋ひわたるかも」（万葉二五〇九、作者未詳）「朝な〳〵立つ河霧の空にのみ浮きて思ひのある世なりけり」（古今五一三、読人しらず）「身の憂さや月の光にたぐふらむ秋の心ぞ空に知らるゝ」（拾玉集三五二一、慈円）

【語釈】○空に―「浮きて」を受けると共に、「暗黙のうちに」の意を兼ねる。

404 秋の野《ゝ》の草《くさ》の袂《たもと》もうづもれて招《まね》くも知《し》らぬ朝霧《あさぎり》の空《そら》（墨・朱）

【現代語訳】「秋の野の草の袂」とうたわれる薄の穂もまるで見えないようになって、招いているかどうかもわからない程、朝霧の立ちこめた空よ。

【参考】「秋の野の草の袂か花薄穂に出でて招く袖と見ゆらむ」（古今二四三、棟梁）

【他出】夫木抄四四三〇、千首歌、薄。

【補説】399「秋を知れ」400「数も知られぬ」401「立つとも知らぬ」403「空に知らるゝ」404「招くも知らぬ」と、やや同想が続く。速詠千首の辛さであろうが、このような例はごく少い所を、評価すべきとも言えよう。

405　村雨《むらさめ》の雲《くも》や晴《は》れぬる秋霧《ぎり》の」三八ウ絶《た》え間《ま》に薄《うす》き朝《あさ》日影《かげ》かな

【現代語訳】村雨を降らせた雲が晴れたのだろうか。立ちこめた秋霧の絶え間に、うっすらと朝日の光がさすよ。

【参考】「おぼつかな誰とか知らん秋霧の絶え間に見ゆる朝顔の花」（古今六帖三八九五、家持。朗詠集二九三）

406　我《わ》が宿《やど》の軒端《ゝきば》の草《くさ》の色《いろ》をだに隔《へだ》てはてたる秋《あき》の朝霧《あさぎり》（墨）

【現代語訳】私の家の、軒先に生えている草の色をさえも、すっかり隔てて見えない程に深く立っている、秋の朝霧よ。

【参考】「霞しく朧月夜と見しものを隔てはてつる五月雨の空」（正治後度百首二二一、雅経）

【補説】「隔てはて」は恋歌に多く用いられ、純叙景に用いる前例は【参考】雅経詠程度である。

407　明《あ》けわたる明石《あかし》の門《と》より見渡《みわた》せば浦路《うらぢ》の霧《きり》に島隠《しまがく》れつゝ

【現代語訳】明けはなれて来る、明石海峡から見渡すと、海面に立つ霧の中に、島々の陰に漕ぎかくれて行く舟が見えるよ。

【参考】「天ざかる鄙《ひな》の長路《ながぢ》を恋ひ来れば（漕ぎ（新古今））明石の門より大和島見ゆ」（万葉二五六、新古今八九九、人麿）「ほの〲と明石の浦の朝霧に島隠れゆく舟をしぞ思ふ」（古今四〇九、読人しらず）

【語釈】○明石の門―播磨の歌枕、兵庫県明石市と淡路島の間の海峡。

【補説】きわめて有名な名歌二首を大胆に取って、大柄な歌に仕上げている。

408 立《た》ち帰《かへ》る野辺《のべ》にしほるゝ朝顔《あさがほ》はおきうき露《つゆ》や習《なら》ひそむらん

【現代語訳】名残多い後朝の別れをして立ち帰る野道のほとりに見る、しっとりと濡れしおれた朝顔の花は、起きて別れる辛さを、置いて濡らす露によって体験しはじめるのだろう。

【参考】「はかなくて夢にも人を見つる夜は朝の床ぞ起きうかりける」（古今五七五、素性）「常よりも起きうかりつる暁は露さへかゝるものにぞありける」（後撰九一三、読人しらず）「思ひ出でて今は消ぬべし夜もすがらおきうかりつる菊の上の露」（新古今一一七四、伊尹）

【語釈】○おきうき―「起き」と「置き」をかけ、「立ち帰る」と併せて後朝の詠である事を示す。

【補説】「朝顔」を「後朝の顔」に見立てる。為家のユーモア感覚の一端を示す歌。以下「朝顔」三首。

409 朝顔《あさがほ》のはかなき露《つゆ》の宿《やど》りかないづれか先《さき》に化野《あだしの》の原《はら》（墨）

【現代語訳】一朝《ひと》で萎れる朝顔というのは、それに置く露にとっても実にはかない宿り場所だなあ。どちらが先に消えるのか、というのは、人間の遅かれ早かれ行く葬場、化野の原と同じ事だ。

【参考】「秋風の露の宿りに君を置きて塵を出でぬる事ぞ悲しき」（新古今七七九、一条院）「花よりも人こそあだになりにけれいづれを先に恋ひむとか見し」（古今八五〇、茂行）

【語釈】○化野↓301。

410　おのづからおの《を》が葉がくれ残《のこ》るらし弱《よは》る日かげも見《み》ゆる朝顔《あさがほ》

【現代語訳】たまたま、自分の葉にかくれて萎れずに残ったものらしいよ。さすが強い日ざしも少しは弱ったか見える、朝顔の花よ。

【参考】「明日知らぬ露の世に経る人にだになほはかなしと見ゆる朝顔」（公任集三五八）

【補説】発想表現共に独自である。【参考】公任詠は、のち「続古今集」一四二四に入集しており、この頃から為家の脳裏にあった詠か。

411　東路《あづまぢ》や幾白露《いくしらつゆ》に濡《ぬ》れ過《す》ぎて」三九オ逢坂越《あふさかこ》ゆる望月《もち》の駒《こま》（墨・朱）

【現代語訳】遠い東国からの道を、何回となく白露に濡れながら通り過ぎて来て、今こそ逢坂を越えて京に入ろうとする、望月産の名馬よ。

【参考】「逢坂の関の清水に影見えて今や引くらむ望月の駒」（拾遺一七〇、貫之）「嵯峨の山千代の古道跡とめて又露分くる望月の駒」（新古今一六四五、定家）

【語釈】○望月の駒―八月十五日の駒牽の行事（諸国から献上の馬を天皇が御覧になる儀）の為に信濃国望月の牧から貢物として奉った馬。これを役人が逢坂に出迎えるのが「駒迎え」の行事。

【補説】「幾白露」は『国歌大観』中他に用例がないが、全く無理なく用いられている。「駒迎え」二首。

412
逢坂《あふさか》や今日《けふ》待《ま》ち得《え》たる秋《あき》の夜《よ》を更《ふ》けぬと急《いそ》ぐ望月《もち》の駒《こま》（墨・朱）

【現代語訳】逢坂では、あたかも満月の今日を待ち得たこの秋の夜、駒迎えの儀に到着すべく夜が更けた、と急ぐ、望月産の馬よ。

【補説】「今日待ち得たる」は317【参考】順徳院詠の如く、七夕などに用いられるが、「駒迎え」に応用したのは心利き、ふさわしい。

413
初秋《はつあき》の夕陰草《かげぐさ》の白露《しらつゆ》に宿《やど》りそめたる山の端《は》の月《つき》（墨）

【現代語訳】初秋の夕暮のほの明りの中の草に置く白露に、今、光を映しはじめた、山の端を出たばかりの月よ。

【参考】「我が宿の夕陰草の白露の消《け》ぬがにもとな思ほゆるかも」（万葉五九七、笠女郎）

【補説】「月」三十六首。

414
照《て》る月の桂《かつら》の枝《えだ》の色《いろ》に出《い》でて、秋《あき》になり行《ゆ》く夕暮《ぐれ》の空《そら》（墨・朱）

【現代語訳】その中の桂の枝が紅葉するから照りまさるのだ、という、その様子が月の光にはっきりと見えて、秋になって来たなあ、と感じさせる、夕暮の空よ。

【参考】「紅葉する時になるらし月人の桂の枝の色づく見れば」（万葉二二〇六、作者未詳）「久方の月の桂も秋はなほ紅葉すればや照りまさるらむ」（古今一九四、忠岑）「とへかしな時雨るゝ袖の色になりて人の心の秋になる身を」（新勅撰九〇八、宮内卿）

415 我《わ》が宿《やど》の軒《のき》の下草《したくさ》置《を》く露《つゆ》の数《かず》さへ見《み》よと照《て》らす月かな（朱）

【現代語訳】私の家の、軒下に生える草に置く露の数さえ数えてごらん、というように明るく照らす月だなあ。

【参考】「我が宿の軒のしだ《た（六帖）》草生ふれども恋忘れ草見れば《ど（六帖）》まだ生ひず」（万葉二四七九、作者未詳、古今六帖三五七二、人丸）「荒れにけり軒の下草葉を繁み昔しのぶの末の白露」（拾遺愚草七三六、定家）「白雲に羽打ち交し飛ぶ雁の数さへ見ゆる秋の夜の月」（古今一九一、読人しらず）

【補説】「軒の下草」は勅撰集に見えず、他にも用例は少いが、定家は「拾遺愚草」三回、「六百番歌合」一回用いている。古今「数さへ見ゆる」を「数さへ見よと」と展開した例は、室町期「飛鳥井雅世集」に、月でなく雁に関して用いた一首のみである。

416 蜑小船《あまをぶね》泊瀬《はつせ》の桧原《ひばら》白妙《しろたへ》に積《つも》らぬ雪《ゆき》は月《つき》ぞ見《み》えける（墨」三九ウ）

【現代語訳】蜑の小舟が泊まるという名を持つ、泊瀬の桧原をまっ白にして、積らない雪と見えたのは月の光であったのだ。

【参考】「蜑小船泊瀬の山に降る雪の日《け》長く恋ひし君が音ぞする」（万葉二三五一、作者未詳）「蜑小舟泊瀬の桧原折り添へてかざす桜の花の白波」（壬二集二一四七、家隆）

【語釈】○泊瀬→6。船が「泊《は》つ」と同音なので、「蜑小船」を枕詞とする。

417　白露《しらつゆ》の古根《ふるね》に咲《さ》ける秋萩《あきはぎ》の《に》忘《わす》れず月《つき》の影《かげ》も見《み》えける《り》（墨・朱）

【現代語訳】白露の降り置いた、去年の古根から生え出て咲いた秋萩の花に、忘れずに月の光も見えることだよ。

【参考】「花見んと命も知らぬ春の日に萩の古根を焼かぬ日ぞなき」（好忠集三〇）

【語釈】○古根―露の「降る」をかける。

【補説】底本初句「の」は補入して「本ノまゝ」と傍書、「に」「り」は傍書。この方が意味が通るので、これにより訳した。

418　限《かぎ》りなき草《くさ》葉の露《つゆ》の武蔵野《むさしの》になほ《を》余《あま》りある月《つき》の影《かげ》かな（墨・朱）

【現代語訳】限りなく広がる草葉に露の置き渡した武蔵野を照らし尽くして、更に余りある程広汎に行き渡る、月の光であるなあ。

【参考】「あはれいかに草葉の露のこぼるらむ秋風立ちぬ宮城野の原」（新古今三〇〇、西行）「武蔵野の草葉の露も置きとめず過ぐる月日ぞ長き別れ路」（拾遺愚草員外四九二、定家）

419　秋《あき》来《ゝ》ても葦《あし》の葉分《はわ》けの障《さは》り多《おほ》み下行《したゆ》く波《なみ》は月ぞ稀《まれ》なる（墨）

【現代語訳】 秋が来ても、葦の葉の茂みを分けるには障りが多すぎて、その下を行く波に月が映ることはほとんど無いなあ。

【参考】「湊入りの葦分け小舟障り多み我が思ふ人に逢はぬ比かな」（拾遺八五三、人麿）「春風に下行く波の数見えて残るともなき薄氷かな」（壬二集三〇三、家隆）

【補説】「下行く波」は用例が少く、家隆三例が目立つ。

420 白露《しらつゆ》の岡辺《をかべ》に立《た》てる松《まつ》の葉に映《うつ》るや月の色《いろ》に出《い》でつゝ

【現代語訳】 白露の置いている、岡のほとりに立つ松の葉に映っている月の、いかにも秋らしい色を見せていることよ。

【参考】「明石潟いさ遠近も白露の岡辺の里の波の月影」（拾遺愚草一九三三、定家）「浅緑霞たなびく山賤《がつ》の衣春雨色に出でつゝ」（同一三〇八、定家）

【語釈】○**白露の岡辺**―「白露の置く」をかける。

【補説】奇矯な定家の懸詞を踏襲、あたかも「白露の岡」という歌枕のように扱っている。

421 秋の夜《よ》の荒藺《あらゐ》の崎《さき》の笠島《かさしま》に差《さ》し出《い》づる月は草陰《くさかげ》もなし（墨）

【現代語訳】 秋の夜、荒藺の崎の笠島に差し昇って来る月は、草による陰もない程に明らかであるよ。

【参考】「草陰の荒藺の崎の笠島を見つゝか君が山路越ゆらむ」（万葉三二〇六、作者未詳）

【他出】 夫木抄一〇四六二、千首歌。
【語釈】 ○**荒藺の崎の笠島**―所在未詳。○**草陰**―「荒藺」の枕詞。
【補説】 右万葉地名の引用は、他に、為家自身が後年「続後撰集」に撰入した、「白波の荒藺の崎の磯馴松変らぬ色の人ぞつれなき」（七四五、家長）のみ。これに比して本詠は、枕詞「草陰」を巧みに実景として生かしており、為家の古典研究の広汎さを見るべき一首。

422 **干《ほ》しわぶる露より影《かげ》や映《うつ》るらん」四〇オ草《くさ》の袂《たもと》の秋《あき》の夜《よ》の月《つき》**（墨・朱）

【現代語訳】 干しかねている露にその光が映っているだろう、草の袂と歌われた花薄の穂を照らす、秋の夜の月よ。
【参考】「秋の野の草の袂か花薄穂に出でて招く袖と見ゆらむ」（古今二四三、棟梁）
【補説】 周知の古歌を巧みに活用する。

423 **曇《くも》らじな三笠《みかさ》の山は居《ゐ》る雲《くも》に影《かげ》さしのぼる秋《あき》の夜《よ》の月《つき》**（墨）

【現代語訳】 絶対に曇るまいな。三笠山では、じっと動かない雲を照らして、静々と昇って来る秋の夜の月よ。
【参考】「君が着る三笠の山に居る雲の立てば継がるゝ恋もするかも」（万葉二六八三、作者未詳）
【語釈】 ○**三笠の山**―大和の歌枕。奈良市、春日大社の後山。藤原氏の祖神たる同社を象徴する。○**居る**―動かずじっとしている。

【補説】 月に寄せた藤原氏頌歌。「曇らじな」と初句に掲げるのはこれが早い例で、他にも用例は少いが、為家は後年建長六年当座百首（為家大納言集六四五）にも用いており、効果的である。

424 菅《すが》の根《ね》の長《なが》き夜渡《よわた》る月草《くさ》のうつろひやすき秋《あき》の露《つゆ》かな（墨・朱・尾）

【現代語訳】 菅の根のように長い夜を、空を渡って行く月の光がうつる、それではないが、それと同じ名を持つ月草に置いて、しかも移り変りやすくあてにならぬ、秋の露よ。

【参考】「散りぬべき花見る時は菅の根の長き春日も短かかりけり」（拾遺五七、清正）「いで人は言のみぞよき月草のうつし心は色異《こと》にして」（古今七一一、読人しらず）「世の中の人の心は花染のうつろひやすき色にぞありける」（古今七九五、読人しらず）

【語釈】 ○**菅の根の**―菅（カヤツリグサ科の多年草）の根の長いところから、「長」にかかる枕詞。○**月草**―ツユクサの古名。藍色・縹色の染料。色があせやすいので、「うつろふ」の序として用いる。

425 更《ふ》くとても待《ま》たではいかゞ秋《あき》の夜《よ》のいさよふ月の山の端《は》の雲《くも》（朱）

【現代語訳】 夜が更けるといっても、待たないで寝てしまってはどうして明かされようか。秋の夜の、なか〳〵出て来ない十六夜の月をかくしている、山の端の雲を眺めて。

【参考】「山の端にいさよふ月の出でむかと我が待つ君が夜は更けにつゝ」（万葉一〇一三、黒麿）「柴の戸をさすや日影の名残なく春暮れかゝる山の端の雲」（新古今一七三、宮内卿）

【補説】「待たずはいかゞ明かさん」を「秋の夜」に言いかけた技巧の歌。

426　白露《しらつゆ》の玉松《たまゝつ》が枝《え》の秋《あき》の月《つき》よその紅葉《もみぢ》を幾夜《いくよ》かすらん（墨・朱）

【現代語訳】白露が玉のように置いている松の枝に、美しく輝く秋の月よ。他所の紅葉に照ってこそ季節の風情のはずなのに、幾晩それを松に貸してくれるのかなあ。

【参考】「秋来れど色も変らぬ常盤山よその紅葉を風ぞかしける」（古今三六二、読人しらず）

【補説】【参考】古今詠の機智的詠みかえ。

427　いつは《こ》とはわかぬ空《そら》行《ゆ》く月だにも秋《あき》にはあへ《え》ず変《かは》る影《かげ》かな（墨・朱）」四〇ウ

【現代語訳】何時、と季節を分別はしないはずの、空を行く月さえも、秋には抗し切れず美しく変る光であるなあ。

【参考】「いつはとは時は分かねど秋の夜ぞ物思ふ事の限りなりける」（古今一八九、読人しらず）

【補説】底本「いつは」の「は」を見せ消ちにして「こ」と訂正し、佐藤『全歌集』も『国歌大観』（底本書陵部蔵五〇一・一四一）もこれによるが、これは後人の誤りで、【参考】詠を見ても「いつは」が正しいと思われるので、これにより訳した。

428　武士《ものゝふ》のやなぐひ草《いぐさ》の露《つゆ》だにも入《い》るまで宿《やど》る秋の月《つき》かな

【現代語訳】武士の持物の名を持つ「胡籙《やなぐい》草」の露の上にさえも、「矢を射る」わけではないが、入るまでの間映り、宿っている秋の月よ。

【他出】六華集八〇五、「露の上に……弓張の月」。

【語釈】○**やなぐひ草**―未詳。「胡籙」は矢を盛って背に負う武具。その縁で「射る」にかけて「入る」という。

【補説】「やなぐひ草」を詠んだ詠は『国歌大観』全巻を通じこれ一首である。

429　**露結《つゆむす》ぶ葎《むぐら》の宿《やど》に明《あ》かさずはひとりや月の影《かげ》は濡《ぬ》れまし**（墨）

【現代語訳】もし私が、露が置き、草深いこの貧しい家で夜を明かさなかったら、月の光は一人ぼっちでその露に濡れるだろうなあ。（私も情景に催される涙で袖が露に濡れるのだよ）

【参考】「分けがたき葎の宿の露の上は月のあはれもしく物ぞなき」（拾遺愚草六六七、定家）「この比は富士の白雪消えそめてひとりや月の峰に澄むらむ」（秋篠月清集一一〇三、良経）

430　**人住《す》まで荒《あ》れゆく宿《やど》の白露《しらつゆ》は庭《には》も籬《まがき》も秋《あき》の夜《よ》の月《つき》**（墨）

【現代語訳】人が住まなくなって、寂れて行く一方の家に置く白露は、庭でも、垣根でも、一つ〳〵に秋の夜の月を映しているよ。

【参考】「人住まず荒れたる宿を来て見れば今ぞ木の葉は錦織りける」（古今四五八、仲平）「里は荒れて人は古り

にし宿なれや庭も籬も秋の野らなる」（古今二四八、遍昭）

431 夜《よ》を重《かさ》ね小田《をだ》の仮庵《かりほ》の露の上《うへ》に床馴《とこな》れ果《は》つる秋《あき》の月影《つきかげ》（墨）

【現代語訳】幾夜も〳〵、田のほとりの仮家の、私の寝る床に置く露の上に、さも住み馴れた様子で映っている、秋の月の姿よ。

【参考】「霜まよふ小田の仮庵の狭筵に月とも分かずいねがての空」（拾遺愚草二三〇五、定家）「床馴るゝ山下露の起伏しに袖の雫は都にも似ず」（同一四八五）「秋の田の刈穂の庵の苫をあらみ我が衣手は露にぬれつゝ」（後撰三〇二、天智天皇）

【語釈】○仮庵―「刈穂」をかけるか。

432 立《た》ち帰《かへ》る石間《いしま》の水に影見《かげみ》えて飽《あ》かずも明《あ》くる秋《あき》の月《つき》かな（朱）

【現代語訳】「水の白波立ち帰り」とうたわれる、その「石間行く水」に影を落して、見ても〳〵飽き足りないうちに明けてしまう、秋の月よ。

【参考】「石間行く水の白波立ち帰りかくこそは見め飽かずもあるかな」（古今六八二、読人しらず）

【補説】周知の「古今集」恋歌を叙景に取りなす。下句は「ア」の頭韻を重ねる。

433 色変《いろかは》る山鳥《どり》の尾《を》の長《なが》してふ」四一オ夜渡《よわた》る月《つき》の影《かげ》のさやけさ（墨・朱・尾）

【現代語訳】秋になって色変る山、そこに住む山鳥の尾のように長いという秋の夜、空を渡って行く月の光の、何と冴え〳〵としていること。
【参考】「足引の山鳥の尾のしだり尾の長々し夜を一人かも寝む」（万葉二八一三、拾遺七七八、人麿）「雲の波洗ふなるべし天の原夜渡る月の影の清きは」（堀河百首七九三、師時）「秋風にたなびく雲の絶え間よりもれ出づる月の影のさやけさ」（新古今四一三、顕輔）
【補説】別に珍しい歌語ではないが、「色変る」は本千首に五例、「夜渡る月」は「拾遺愚草」に七例、「同員外」に三例用いられている。

434 藻塩《もしほ》汲《く》む蜑《あま》の磯屋《いそや》の袖《そで》の月宿《つきやど》さじとても波《なみ》に馴《な》れつゝ（墨）

【現代語訳】潮汲みを仕事とする蜑の海辺の家では、蜑の袖に月が映って宿る。宿すまいとしても、日頃波に親しんで濡れている袖だもの、そうは行かないね。
【参考】「藻塩汲む袖の月影おのづからよそに明かさぬ須磨の浦人」（新古今一五五七、定家）「藻塩汲む蜑の磯屋の夕煙立つ名も苦し思ひ絶えなで」（同一一一六、秀能）
【補説】「袖の月影」はきわめて常套的な表現であるが、「袖の月」は案外少く、本詠はかなり早い一例である。

435 秋《あき》の夜《よ》は裾野《すその》の月も白妙《しろたへ》に富士《ふじ》の高嶺《たかね》の雪《ゆき》もわかれじ

【現代語訳】秋の夜は、裾野を照らす月光で風景は一面まっ白に見えわたり、高い富士山に積る雪とも区別がつかないようだよ。

【参考】「大空の春と見えぬは白雲の雪もわかれぬ程にざりける」（斎宮女御集二三二）

【補説】「裾野の月」の用例はこれが嚆矢とも言うべく、以後も用例は少い。またこれを富士の雪と対照させた構想も独自である。

436 月影《つきかげ》に宇《う》治《ぢ》の川長《かはをさ》さしかへり氷《こほ》れる波《なみ》は舟《ふね》もさはらず（墨）

【現代語訳】月光の中に、宇治川を往来する船頭は棹さして帰って来る。月光を映して氷ったように見える波だが、舟に支障を起す事はない。

【参考】「さしかへる宇治の川長朝夕の雫や袖をくたし果つらむ」（源氏物語六二九、大君）

【語釈】○さしかへり―棹を「さし」と月光の「さし」をかける。

437 秋はみな草《くさ》葉に限《かぎ》る気色《けしき》かな空《むな》しく露《つゆ》に宿《やど》る月影《かげ》（墨）

【現代語訳】「秋」というものはすべて、草葉に結集されている、というような風情だなあ。はかなくも、そこに置く露に光を宿している月の姿を見ると。

【参考】「秋はみな思ふことなき荻の葉も末たわむまで露は置くめり」（詞花三一〇、和泉式部）「浅茅原葉末に結ぶ露毎に光を分けて宿る月影」（千載二九六、親盛）

【補説】「草葉に限る」は全く他に類例を見ない、為家の独創句である。

438　虫《むし》の音《ね》もなほ《を》長月《ながつき》の月影《かげ》に露《つゆ》や重《かさ》ねて夜寒《よさむ》なるらん　」四一ウ

【現代語訳】虫の声もまだ〳〵続いている、九月、晩秋の月の光に、露も置き加わって、いかにも夜寒になって来たようだ。

【参考】「祈りつゝなほ長月の菊の花いづれの秋か植ゑて見ざらむ」（新古今七一八、貫之）

439　二見潟《ふたみがた》明《あ》けゆく惜《お》しき秋の夜《よ》の月吹《ふ》きとむる浦風《うらかぜ》もがな

【現代語訳】二見潟の美景の中で、明けて行くのが惜しまれる秋の夜の月を、吹きとどめてくれる浦風があればいいのになあ。

【参考】「我が恋は逢ふ世も知らず二見潟明暮れ袖に波ぞかけける」（新勅撰八五五、家衡）

【語釈】○二見潟―伊勢の歌枕、また但馬・播磨とも。「蓋」「身」をかけて「明け＝開け」と続ける。

440　初瀬《はつせ》のや斎槻《ゆつき》が下《した》の白露《しらつゆ》もかくろへはてぬ秋《あき》の月影《つきかげ》（墨）

【現代語訳】初瀬の、神聖な槻の木の下に置く白露も、隠れ切る事はできない程明るく照らす、秋の月の光よ。

【参考】「長谷《はつせ》のや弓槻《ゆつき》が下に我が隠せる妻　あかねさし照れる月夜に人見てむかも」（万葉二三五七、作者未詳）

【語釈】 ○初瀬→6。○斎槻―「槻」はケヤキの古名。神の降って来る神聖な木として、「斎《ゆ》」を冠する。
【補説】 底本第五句、「あきのよの」とし、「のよ」を見せ消ち、「かげ」と続ける。

441 片山《かたやま》の簀戸《すど》が竹垣《たけがき》編《あ》み目《め》よりもり来《く》る秋《あき》の月《つき》の淋《さび》しさ (墨)

【現代語訳】 山ほとりの住まいの、編戸をもうけた竹垣の、そのまばらな編み目から、もれて来る秋の月の光の淋しいことよ。
【参考】 「あらたまの寸戸《すど》が竹垣編目にも妹し見えなば我恋ひめやも」(万葉二五三五、作者未詳)「山賤の簀戸が竹垣枝もせに夕顔生れりすがひ〳〵に」(散木集三五四、俊頼)「深山辺は簀戸が竹垣もる風に暮れゆく秋の程ぞ知らるゝ」(重家集二七九)
【他出】 夫木抄一五〇〇三、千首歌、「すとかたかゞき」、「月のさびしき」。
【語釈】 ○簀戸―竹・葦などを並べて編みつないだ、粗末な戸。
【補説】 俊頼・重家詠よりも山家の情景を具体的にしっとりと表現し得ていよう。

442 白露《しろつゆ》を玉《たま》に貫《ぬ》かずは蜘蛛《さゝがに》の宿《やど》をば月《つき》にいかで分《わ》かまし (墨)

【現代語訳】 白露を、玉を貫くように点々とその糸の上に置かなかったら、蜘蛛の営む繊細な巣を、月光の中でどうしてそれと見分ける事ができようか。
【参考】 「白露を玉に貫くやと蜘蛛の花にも葉にも糸をみなへし」(古今四三七、友則)

【補説】「古今集」物名歌（女郎花）の、実景への巧みな詠みかえ。

443 誰《たれ》かまた秋《あき》も暮《く》れぬる長月《ながつき》の有明《ありあけ》の月《つき》の影《かげ》を眺《なが》むる

【現代語訳】私でなくて、外に一体誰が、秋も終り方となった九月末の有明の月を、しみぐ〲と眺めるだろうか。（そんな人はあるまい）

【参考】「今来むと言ひしばかりに長月の有明の月を待ち出でつるかな」（古今六九一、素性）

444 眺《なが》むればまだ見《み》ぬ雲《くも》の外《ほか》までも面影誘《おもかげさそ》ふ秋《あき》の月《つき》かな（墨）」四二オ

【現代語訳】つくぐ〲と眺めていると、見た事もない遠い雲の向うの風景にまでも、空想を誘い出すように思われる、秋の月よ。

【参考】「待ちなれし名残ばかりのうたゝねに面影誘ふ玉垂の月」（建仁二年仙洞影供歌合七四、長明）

【補説】「面影誘ふ」の先例は右長明詠以外には見当らぬようである。

445 いざさらば忘《わす》れて寝《ね》なん秋の月眺《なが》むるからの袖《そで》の露《つゆ》かと

【現代語訳】さあそれではもう、秋の月の事など忘れて寝てしまおうよ。あれを眺めているからこそつい、物悲しくなって袖に涙の露が置くのかしら、と思うから。

【参考】「曇れかし眺むるからに悲しきは月におぼゆる人の面影」（新古今一二七〇、高倉）

【補説】後年為家は、「出でぬ間に忘れて寝《ぬ》べき秋の月心と又や眺め明かさむ」（新撰六帖三一二）とも詠んでいる。

446 野《の》も山《やま》も身に添《そ》ふ露《つゆ》や慕《した》ふらん袖《そで》には馴《な》れぬ秋《あき》の夜《よ》の月《つき》（墨・尾）

【現代語訳】野を行っても山を行っても、私の身について来る涙の露をこそ慕って、光を宿すのだろう。袖そのものに馴れ親しんだとは思えない、秋の夜の月よ。

【参考】「秋の月袖に馴れにし影ながら濡るゝ顔なる布引の滝」（拾遺愚草一八五九、定家）

【補説】仮にこのように解したが、如何。

447 洗《あら》へども月やは変《かは》る岩《いは》が根《ね》にひとり砕《くだ》くる沖《おき》つ白波《しらなみ》（墨）

【現代語訳】何回も洗っているが、映る月の形は変るだろうか、変りはしない。岩の根方に一人空しく砕けるだけの、沖から寄せる白波よ。

【参考】「山川の岩ゆく水も氷してひとり砕くる峰の松風」（新古今一五七七、読人しらず）

448 三吉野《みよしの》ゝ山下風《したかぜ》に雲《くも》消《き》えて高嶺《たかね》の月の影《かげ》ぞさやけき（墨）

【現代語訳】　吉野山の、山から吹きおろす風に雲がすっかり消えて、高い峰の上の月の姿が、明らかに見えるよ。

【参考】「三吉野の山下風の寒けくにはたや今宵も我独り寝む」（万葉七四、文武天皇）「白雪の降りしく時は三吉野の山下風に花ぞ散りける」（古今三六三、定国賀算屏風歌）

449　秋風《あきかぜ》に衣《ころも》雁金《かりがね》鳴《な》く時ぞ賤《しづ》が砧《きぬた》も打《う》ちはじめける　」四二ウ

【現代語訳】　秋風が吹きはじめ、寒いから着物を借りたいと雁が鳴くようになった時こそ、貧しい人の冬仕度として砧も打ちはじめることだ。

【参考】「誰が為に打つとかは聞く大空に衣雁金鳴きわたるなり」（古今六帖三三〇二、素性）「夜を寒み衣雁金鳴くなへに萩の下葉もうつろひにけり」（古今二一一、読人しらず）

【語釈】○衣雁金―「衣借り」をかける。

【補説】「擣衣」十首。

450　秋の夜《よ》の月を重《かさ》ねて急《いそ》ぐらしやゝ霜寒《しもさむ》き麻《あさ》の狭衣《さごろも》

【現代語訳】　秋の夜の月を眺める夜も数重なったので、冬仕度を急ぐらしいよ。大分霜の気配が寒さを増す中で、麻の衣を打つ砧の音が聞える。

【参考】「まどろまで眺めよとてのすさびかな麻の狭衣月に打つ声」（新古今四七九、宮内卿）

451 今《いま》よりの夜《よ》の間《ま》の風《かぜ》の寒《さむ》ければ止《や》む時《とき》もなく衣《ころも》打《う》つなり（墨）

【現代語訳】今からもう、夜の間に吹く風が寒いものだから、止む時もないように、衣を打つ声が聞える。

【参考】「八月九月正《ニ》長《キ》夜　千声万声無《シ》二了《ヤム》時一」（朗詠集三四五　白）「朝まだき起きてぞ見つる梅の花夜の間の風の後めたさに」（後撰二九、元良親王）「神無月限りとや思ふ紅葉葉の止む時もなく夜さへに降る」（後撰四五六、読人しらず）

452 行《ゆ》く秋《あき》の末《すゑ》の原野《はらの》の《ゝ》笹《さゝ》の屋《や》に夜《よ》や寒《さむ》からし衣《ころも》打《う》つ声《こゑ》（墨・朱・尾）

【現代語訳】去って行く秋の末頃、遠い野の中の、笹で屋根を葺いたような貧しい家に、夜が寒いからだろう、衣を打つ声が聞える。

【参考】「梓弓末の原野に鷹狩《とかり》する君が弓弦《ゆづる》の絶えむと思へや」（万葉二六四六、作者未詳）「梓弓末の原野に引き据ゑてとかへる鷹を今日ぞ合はする」（拾遺愚草七五二、定家）「更けにけり山の端近く月冴えて十市の里に衣打つ声」（新古今四八五、式子内親王）

【他出】夫木抄五七九九、千首歌、「夜を寒からし衣打つなり」。

【語釈】○**末の原野**—固有名詞、歌枕としては未詳。梓弓、また秋の「末」にかけたのみか。

453 衣《ころも》打《う》つ音《おと》こそ近《ちか》く聞《きこ》ゆなれ夜《よ》や更《ふ》けぬらん山の辺《べ》の庵《いほ》

【現代語訳】衣を打つ音が、間近く聞えるなあ。夜が随分更けたのだろう、ここ、山のほとりの小家にいると。

【補説】何の事もないたゞこと歌で、特に参考歌も見当らない。このような歌はむしろ珍しい。

454 山賤《がつ》の麻《あさ》の狭《さ》衣《ごろも》うち絶《た》えて寝《ね》ぬ夜《よ》もしるく明《あ》くる月影《つきかげ》

【現代語訳】山人が麻の着物地を打つ、それではないが、打絶えて——全く寝ないでとう〳〵明かしてしまったなあ、と思い知らせるように、白々と明けて来る月の姿よ。
【参考】「山賤の麻の狭衣筬《をさ》を荒みあはで月日や杉葺ける庵」（新古今一一〇八、良経）
【語釈】○**山賤の麻の狭衣**——「うち」の有意の序。○**うち**——「打ち」に接頭語「うち」をかける。

455 暮《く》れ行《ゆ》けば吹《ふ》く秋風《かぜ》をしるべにて」四三オ人来《こ》ぬ宿《やど》に衣《ころも》打《う》つなり

【現代語訳】日が暮れて行くと、吹く秋風を、もしや訪ねる人の道案内をするのではないかと思って、誰も来もしない家に、場所を知らせるように衣を打っているよ。
【参考】「荻の葉に吹く秋風を忘れつゝ恋しき人の来るかとぞ思ふ」（重之集二六八）「忍びかね袂をしほる限りかな人来ぬ宿の鳥の八声に」（拾玉集四四〇六、慈円）
【補説】重之詠の巧みな展開であろう。

456 長《なが》き夜《よ》に打《う》つてふ賤《しづ》がきぬ〴〵に暁《あか月》露《つゆ》やお《を》き別《わか》るらん（墨・朱・尾）

【現代語訳】秋の長い夜に打つという貧しい人の衣、それではないが、名残惜しい男女の後朝《きぬぐ》に、着物にも暁の露が置く頃、起きて別れて行くことだろう。
【参考】「この比の暁露に我が宿の萩の下葉は色づきにけり」(拾遺一一一八、人麿)
【語釈】○きぬぐ〲―「衣々」に「後朝」をかける。○おき別る―「置き」と「起き」をかける。

457　衣打《ころもう》つ里《さと》のしるべや身に近《ちか》く来《き》にける秋の夜半《よは》の山風《かぜ》(墨・朱・尾)
【現代語訳】衣を打つ里はもうそこだよ、という道案内だろうか。その音を乗せて身辺近く吹いて来た、秋の夜中の山風よ。
【参考】「蜑の住む里のしるべにあらなくに怨みむとのみ人の言ふらむ」(古今七二七、小町)「身に近く秋や来ぬらん見るまゝに青葉の山もうつろひにけり」(源氏物語四七三、紫上)「我妹子《わぎもこ》が旅寝の衣薄き程避《よ》きて吹かなむ夜半の山風」(新古今九二一、恵慶)
【語釈】○来にける―「衣」の縁で「着」をかける。

458　長月《ながつき》や有明方《ありあけがた》の閨寒《ねやさむ》み驚《をどろ》く夢《ゆめ》に衣打《ころもう》つなり(墨)
【現代語訳】九月末、月が空にありながら明けようとする頃の寝室が冷え〲とするので、ふと目覚める、半ばの夢の中に、衣を打つ音が聞える。

【参考】「今来むと言ひしばかりに長月の有明の月を待ち出でつるかな」（古今六九一、素性）

459 我《わ》が為《ため》に来《く》る秋《あき》侘《わ》ぶる虫《むし》の音《ね》に草《くさ》葉の床《とこ》の露や数添《かずそ》ふ（墨）

【現代語訳】淋しい私の身辺に来る秋に同情するような虫の声につれて、草葉の茂るばかりのようなわびしい私の床に置く、涙の露も数多くなって行くのだろうか。

【参考】「我が為に来る秋にしもあらなくに虫の音聞けば先づぞ悲しき」（古今一八六、読人しらず）「一人寝る床は草葉にあらなくに虫の音聞けば先づぞ悲しき」（同一八八、同）「秋の夜は露こそことに寒からし草むら毎に虫のわぶれば」（同一九八、同）

【補説】「草葉の床」は【参考】古今一八八詠によるであろう。為家の独創か、これ以前に用例を見ない。以下「虫」十首。

460 片糸《かたいと》を夜《よる》置《を》く露《つゆ》や寒《さむ》からし秋《あき》来《く》るからに虫《むし》の侘《わ》ぶれば（墨・朱・尾）」四三ウ

【現代語訳】片糸を縒《よ》り合せるのではないが、夜置く露が寒いらしい。秋が来ると同時に虫が辛がって鳴きはじめるところを見ると。

【参考】「片糸をこなたかなたに縒りかけて逢はずは何を玉の緒にせむ」（古今四八三、読人しらず）「片糸を夜々峰にともす火にあはずは鹿の身をもかへじを」（拾遺愚草九三一、定家）「秋の夜は露こそことに寒からし草むらごとに虫のわぶれば」（古今一九九、読人しらず）

【語釈】○片糸―縒り合せる前の細い糸。二本を縒って用いるので、「夜」の枕詞とする。

【補説】「夜」の枕詞としての「片糸」の前例は少く、定家・家隆各一例を見る程度である。

461　いづくをか分《わ》きては旅《たび》に鈴虫《すゞむし》の草《くさ》の枕《まくら》に夜《よ》は重《かさ》ねつゝ

【現代語訳】私は一体どこを、取りわけて旅の道だと考えるのだろう。鈴虫が、草を枕として毎夜々々を過しているように、人生すべて旅のようなものなのに。

【参考】「いづこにも草の枕を鈴虫のこゝを旅とも思《は拾抄》はざらなん」（伊勢集一四二、拾遺抄一一一）

【語釈】○鈴虫―「旅に為《す》」をかける。

【補説】【参考】伊勢詠の引用はごく稀ではあるまいか。

462　秋《あき》の野《ゝ》に機織《はたお》る虫《むし》の糸薄《いとすゝき》繰《く》り返《かへ》しても夜《よる》や悲《かな》しき（朱）

【現代語訳】秋の野の細い薄の上で、機織虫《はたおり》が鳴いている。糸を繰るように何辺繰り返しても足りない程、夜が悲しいのだろう。

【参考】「蜘蛛《さゝがに》の糸引きかくる草むらに機織る虫の声聞ゆなり」（金葉二一九、顕仲）「糸薄機織る虫の声すなり吹きな乱りそ荻の上風」（拾玉集一一七五、慈円）

【語釈】○機織る虫―キリギリスの異名。○糸薄―「機」の縁で用い、「繰り」「縒る（夜）」と縁語を連ねる。

463 秋深《ふか》き裾野《すその》ゝ露《つゆ》の玉葛《たまかづら》絶《た》ゆる時なく虫《むし》の鳴《な》くらん（墨）

【現代語訳】秋も深まった、山の裾野に、露が玉のように置いた蔓草が途切れる事なく延び広がっている。そのように途絶える事もなく虫が鳴きしきっているようだ。

【参考】「山高み谷辺に延《は》へる玉葛絶ゆる時なく見る由もがな」（万葉二七八五、作者未詳）

【他出】夫木抄一三三八五、千首歌。

464 今更《いまさら》に何恨《なにうら》むらんいつとても訪《と》はれぬ宿《やど》の松虫《まつむし》の声《こゑ》

【現代語訳】今更のように、何を恨むというのだろう。いつだって恋人が尋ねて来てはくれない家に、人を待つ松虫の声がする。

【参考】「今更に何生ひ出づらん竹の子の憂き節繁き世とは知らずや」（古今九五七、躬恒）

465 影草《かげくさ》に露添《そ》ふ宿《やど》のきりぐ〵すなほ夕暮《ゆふぐれ》や音《ね》をも立《た》つらん

【現代語訳】物陰に生える草に、露が置き加わる私の家のこおろぎよ。やはり（人恋しい）夕暮にこそ、声を立てて鳴くのだろう。

【参考】「影草の生ひたる宿の夕陰《かげ》に鳴くきりぐ〵す聞けど飽かぬかも」（万葉二一六三、作者未詳）

【語釈】○**きりぎりす**―現代のコオロギ。○**影草**―夕影草（夕方の光の中にある草）に同じかとも言う。

466
枯《か》れわたる小野の《をのゝ》浅茅《あさぢ》の《を》おのれのみ」四四オ耐へ《たえ》ぬ思《おも》ひに虫《むし》やわぶらん（墨）

【現代語訳】すっかり枯れてしまった、小野の浅茅原の中で、「小野」ならぬ「おのれ」一人、耐え難い思いに辛がって、虫は鳴くのだろう。

【参考】「真葛這ふ小野の浅茅を心ゆも人引かめやも我ならなくに」（万葉二八四六、作者未詳）「なほざりの小野の浅茅に置く露も草葉に余る秋の夕暮」（拾遺愚草二二四九、定家）「風をいたみ岩打つ波のおのれのみ砕けて物を思ふ比かな」（詞花二一一、重之）「恋をのみ飾磨《しかま》の市に立つ民の耐へぬ思ひに身をやかへてん」（千載八五七、俊成）

【語釈】○小野の浅茅―叙景と同時に「おのれ」を導く序ともなっている。

467
蜩《ひぐらし》の鳴《な》く夕陰《かげ》の撫子《なでしこ》に秋《あき》も淋《さび》しく置《を》ける露《つゆ》かな

【現代語訳】蜩が鳴き、夕暮の陰の濃くなった中に咲く撫子に、秋とは言いながら、いかにも淋しく置いている白露よ。

【参考】「我のみやあはれと思はむきりぎりす鳴く夕陰の大和撫子」（古今二四四、素性）「人もがな見せも聞かせも萩の花咲く夕陰の蜩の声」（千載二四七、和泉式部）「蜩の鳴く夕陰の秋萩に露置きかはす大和撫子」（壬二集一三八、家隆）

【他出】夫木抄五四七二、千首歌、「なくゆふぐれの」。

468　山賤《がつ》のつゞりさせてふきりぐ〵す夜寒《よさむ》の風《かぜ》に鳴《な》きて告《つ》ぐなり

【現代語訳】 山仕事の者の着物の、綻《ほころび》をつくろえ、と鳴くというこおろぎが、夜寒の風に季節の移ろいを鳴いて教えてくれるよ。

【参考】「秋風にほころびぬらし藤袴つゞりさせてふきりぐ〵す鳴く」（古今一〇二〇、棟梁）「故郷に衣打つとは行く雁や旅の空にも鳴きて告ぐらむ」（新古今四八一、経信）

469　咲《さ》き匂《にほ》ふ菊《きく》の長浜《ながはま》白妙《しろたへ》の磯《いそ》越《こ》す波《なみ》に色《いろ》ぞわかれぬ（墨）

【現代語訳】 まっ白に咲き匂う菊の美しさよ。それはあの求救《きく》の長浜の、磯を越す白波と色の区別が全くつけられない程だ。

【参考】「豊国の聞《きく》の長浜行きくらし日のかくれ行けば妹をしぞ思ふ」（万葉三二二三、作者未詳）「豊国の菊の長浜夢にだにまだ見ぬ人に恋ひやわたらん」（金槐集四五四、実朝）

【語釈】 ○**菊の長浜**—豊前の歌枕、求救《きく》の浜。北九州市小倉区の海浜。

【補説】「菊の長浜」の用例は多くないが、底本になく「夫木抄」に「千首歌」として見える四首中の一首（補遺1002）にも用いられている。以下「菊」十首。

470　行末《ゆくすゑ》もなほ長月《ながつき》の菊《きく》の露積《つ》もらむ海《うみ》の秋《あき》ぞ淋《さび》しき（墨）

【現代語訳】 行末もなお長く、九月毎に置く菊の露が、積り積って行くはずの海、とは思うが、それも秋と言えばやはり淋しい景色だ。

【参考】「祈りつゝなほ長月の菊の花いづれの秋か植ゑて見ざらむ」（新古今七一八、貫之）「君が代は松の上葉に置く露の積りて四方の海となるまで」（金葉三二一、俊頼）

【語釈】○なほ長月―「なほ長く」をかける。

【補説】 よく知られた賀歌を、ちょっとひねった趣向。

471 待《ま》つ人は思《おも》ひもよらぬ白妙《しろたへ》の袖《そで》にまぎるゝ庭《には》の村菊《むらぎく》 」四四ウ

【現代語訳】 待つ恋人は、それ程の情愛を寄せてくれるわけでもないのに、思いがけず来てくれたかと、そのまっ白な袖と見誤ってしまうような、庭に群れ咲く白菊よ。

【参考】「花見つゝ人待つ時は白妙の袖かとのみぞあやまたれける」（古今二七四、友則）「又もあらじ花より後の面影に咲くさへ惜しき庭の村菊」（拾遺愚草四五三、定家）

【補説】 必ずや「古今」友則詠の詠みかえであろう。

472 植《う》ゑ《へ》お《を》きて秋待《ま》ちえたる菊《きく》の花思《おも》ひしまゝに折《お》りてかざさん

【現代語訳】 植えておいて、期待通りに秋に咲く事のできた菊の花よ。思った通りに折って髪飾りにしようよ。

【参考】「植ゑおきて君がなづさふ白菊は千歳の秋や積まむとすらん」（林葉集五二三、俊恵）「いつまでか涙曇らで月も見ん秋待ちえても秋ぞ恋しき」（新古今三七九、慈円）「露ながら折りてかざさん菊の花老いせぬ秋の久しかるべく」（古今二七〇、友則）

473 菊《きく》の花老《お》いせぬ秋《あき》を堰《せ》き止《と》めて幾世《いくよ》か澄《す》まむ山川《がは》の水《みづ》（墨）

【現代語訳】長寿の象徴、菊の花が、「老いる事のない秋」というものをここに堰き止めて、今後どれだけの長年月を澄み切ったままで流れて行くことか、山川の水よ。

【参考】前歌【参考】友則詠。

474 長月《ながつき》や籬《まがき》の菊《きく》は咲《さ》きにけり植《う》ゑ来《へこ》し時は昨日《きのふ》と思《おも》ふに（墨）

【現代語訳】もう九月だ。垣根の菊は咲いたよ。あれを持って来て植えたのは、ほんの昨日の事だと思うのに。

【補説】「植ゑ来し時は」の措辞は他に見られない。素朴な実感詠と言うべきか。

475 露《つゆ》ながらうつろひそむる菊《きく》の花かつ〴〵惜《お》しき秋《あき》の色《いろ》かな

【現代語訳】まだ霜ならぬ露を置いたままで、もう紫に色が変りはじめる菊の花よ。早くも惜しまれる、秋の代表、白い色だなあ。

【参考】「菊の花霜にうつると惜しみしは濃き紫に染むるなりけり」（玉葉七七八、希世）「万代を契りそめつるしるしにはかつぐ〳〵今日の暮ぞ久しき」（千載七九六、後白河院）

【語釈】○かつぐ〳〵―（時期がまだ至らないのに）早くも。

【補説】【参考】希世詠は「延喜御時歌合に」と詞書する。出典未詳だが「露ながらうつろひそむる」の解釈の資料として引いた。「秋の色」は白なので、それが紫に変る事を惜しむ。

476　置《を》く霜《しも》にうつろひはつる白菊《しらぎく》を今年《ことし》の花の限《かぎ》りとぞ見《み》る

【現代語訳】置く霜によって、紫に色の変ってしまう白菊を、これが今年に見られる花の最後のものだなあ、と思って見るよ。

【参考】「不《アラズ》ニ是花ノ中ニ偏ニ愛スルニレ菊ヲ　此ノ花開ケテ　後更ニ無ケレバナリレ花」（朗詠集二六七、元稹）

【補説】元稹の有名な詩句の和訳。

477　菊《きく》の花暮《く》れ行《ゆ》く空《そら》は久方《ひさかた》の天《あま》つ雲居《くもゐ》の星《ほし》かとぞ見《み》る（墨）」四五オ

【現代語訳】菊の花よ。暮れて行く空の下で見る時は、まるで満天の星かと思う程に見てしまうよ。

【参考】「久方の雲の上にて見る菊は天つ星とぞあやまたれける」（古今二六九、敏行）

478　長月《ながつき》や暮《く》れなば秋《あき》の形見《かたみ》かな霜《しも》に朽《く》ちぬる庭《には》の白菊《しらぎく》（墨）

【現代語訳】　この九月も終ってしまったら、秋の形見として見る事になるのだなあ。霜で枯れてしまった庭の白菊よ。

【参考】「踏み分けて更にたづぬる人もなし霜に朽ちぬる庭の紅葉葉」（俊成女集二〇七）

【補説】【参考】俊成女詠は、為家自ら「続後撰集」四七六に撰入している。

479　敷島《しきしま》の大和《やまと》にはあらぬ紅《くれなゐ》の花の千入《ちしほ》に染《そ》むる紅葉《もみぢ》葉

【現代語訳】　日本にはない、唐渡来の深紅の花の染料で千遍も染めたような、紅葉葉の見事さよ。

【参考】「敷島や大和にはあらぬ唐衣頃も経ずして逢ふ由もがな」（古今六九七、貫之）

【他出】新拾遺二八〇、題しらず、「敷島や」、「色の千入に」。六華集八九八、「敷島や大和にはあらず」、「色の千入に」。題林愚抄四六五五、（新拾）、「色の千入に」。

【語釈】○**大和にはあらぬ紅**―「唐紅」。貫之詠による。○**千入**―「一入」の対。

【補説】底本三句「の」の上に「ゐ」と重ね書、「の」を下に小さく補う。以下「紅葉」十三首。菊の「白」から一転、紅葉の「紅」を賞する。

480　吹《ふ》き強《つよ》る高嶺《たかね》の風《かぜ》の寒《さむ》ければ紅葉《もみぢ》に飽《あ》ける立田川《たつたがは》かな（墨）

【現代語訳】　ます〳〵強まって吹く、高峰からの風が寒いので、散り浮く紅葉はもう沢山、と思う程の立田川だなあ。

【参考】「手向《たむけ》にはつゞりの袖も切るべきに紅葉に飽ける神や返さむ」（古今四二一、素性）

【語釈】○立田川↓308。

【補説】「吹き強る」は恐らく為家が嚆矢で、のち蓮愉・雅有に僅かに見える。「紅葉に飽ける」の先例は他に雅経の元久二年春日社百首（明日香井集五八六）に見える程度。

481 初時雨《はつしぐれ》唐紅《からくれなゐ》のふり出《い》でて幾入《いくしほ》知らぬ四方《よも》の紅葉《もみぢ》（墨・朱）

【現代語訳】初時雨の降り出すにつれて、まるで深紅に振り染めをしたように、何回染料をくゞらせたか数え切れない程濃く染まった、四方の紅葉葉よ。

【参考】「思ひ出づる常磐の山の時鳥唐紅のふり出でてぞ鳴く」（古今一四八、読人しらず）「海にのみひちたる松の深緑幾入とかは知るべかるらん」（拾遺四五七、伊勢）「染めかへし幾入知らで石の上思ひ松葉を結びおくかな」（小大君集六六七、男）

【他出】閑月集二七六、（白河殿にて百首歌召されけるついでに、紅葉を）。

【語釈】○ふり出で〻―紅の振り染と時雨の「降り」をかける。

482 白露《しらつゆ》のならしの岡《をか》の薄紅葉《うすもみぢ》かつ〴〵秋の色《いろ》や添《そ》ふらん（墨）」四五ウ

【現代語訳】白露が置き慣らしたために染まった、ならしの岡の薄く色づいた紅葉よ。少しづつ秋の色が加わって行くらしいな。

【参考】「我が背子をならしの岡の呼子鳥君呼び返せ夜の更けぬ時」（拾遺八一九、赤人）「夕まぐれ慣らす扇の風にこそかつぐ秋は立ちはじめけれ」（拾玉集一六四七、慈円）

【他出】夫木抄九一七一、千首歌。

【語釈】○**ならしの岡**―大和の歌枕、奈良思岡。所在未詳。「慣らし」とかける。

483　**時知《し》らぬ松《まつ》の梢《こずゑ》もある物を秋《あき》にはあへ《え》ぬ蔦《つた》の紅葉《もみぢ》葉**（墨・尾）

【現代語訳】季節に関係なく常緑の、松の梢というものもあるのに、秋という季節の力には持ちこたえられず色を変えてしまう、蔦の紅葉葉よ。

【参考】「千早振る神の斎垣《いがき》に這ふ葛も秋にはあへずうつろひにけり」（古今二六二、貫之）

484　**秋《あき》も今《いま》や紅《くれなゐ》飽《あ》ける神奈《な》備《び》の三室《みむろ》の木《こ》の葉色《いろ》ぞ異《こと》なる**（墨）

【現代語訳】秋も今や暮れようとして、あくまでも紅に染まった神奈備の三室山の木の葉は、もう見飽きたようでもさすがに諸方の紅葉とは色が段違いにすばらしい。

【参考】「神奈備の三室の梢いかならむなべて野山も時雨する比」（新古今五二五、高倉）「紅葉葉は入日の影にさしそひて夕紅《ゆふくれなゐ》に色ぞ異なる」（教長集四七八）

【語釈】○**紅**―「今や暮れ」をかける。○**三室**↓350。

【補説】「紅飽ける」は為家の独自句で、『国歌大観』中他に例を見ない。

485 露霜《つゆじも》の矢野《やの》の神山《やま》紅《くれなゐ》に匂《にほ》ひそめたる峰《みね》の紅葉葉《もみぢ》（墨・尾）

【現代語訳】露霜の置く矢野の神山よ。それを受けて色づきはじめた、峰の紅葉葉が美しい。

【参考】「妻ごもる矢野の神山露霜に匂ひそめたり散らまく惜しも」（万葉二一八二、人麿歌集）「雁鳴きて寒き朝けの露霜に矢野の神山色づきにけり」（金槐集三〇二、新勅撰三三七、実朝）

【他出】夫木抄六一六三、千首歌、露霜や、匂ひそめたり。

【語釈】○**露霜**―すぐ霜になりそうな晩秋の露。○**矢野の神山**→387【語釈】。

【補説】底本、初句「つ」を擦消して上に「徒」（変体仮名）、二句「やのゝ神なひ《やま》」。

486 時雨《しぐれ》降《ふ》る紅葉《もみぢ》の錦《にしき》経《たて》もなく緯《ぬき》も定《さだ》めぬ玉《たま》ぞこぼるゝ（朱・尾）

【現代語訳】時雨の降りかゝる、「縦糸も横糸もない錦」と形容される紅葉よ。本当にそのように、織る糸に貫いて止める事もないままに、露の玉がこぼれ落ちるよ。

【参考】「経《たて》もなく緯《ぬき》も定めず少女《をとめ》らが織れる黄葉《もみち》に霜な降りそね」（万葉一五一六、大津皇子）「立田姫雲のはたてにかけて織る秋の錦は緯も定めず」（拾遺愚草二〇三七、定家）

【語釈】○**緯**―織物の横糸。玉を「貫《ぬ》く」とかける。

487　葛城《かづらき》や間《ま》なく時雨の降《ふ》るまゝに争《あらそ》ひかぬる峰《みね》の紅葉葉《もみぢば》（朱）

【現代語訳】　葛城山では、間断なく時雨が降るものだから、あの役の行者と争った一言主の神ではないが、抵抗しかねて紅に染まる、峰の紅葉葉よ。

【参考】「深緑争ひかねていかならむ間なく時雨の布留の神杉」（新古今五八一、後鳥羽院）「時雨の雨間なくし降れば真木の葉も争ひかねて色づきにけり」（同五八二、人丸）

【語釈】○**葛城**→17。そこに架ける岩橋につき、役の行者と一言主の神が争った故事を引く。

488　立田姫《たつたひめ》かけて干《ほ》すてふ紅葉葉《もみぢば》の八入《やしほ》の衣《ころも》雨《あめ》に染《そ》めつゝ（墨・朱）」四六オ

【現代語訳】　立田姫が染めて掛け干すと言われる紅葉葉の、濃い紅の衣だが、今は雨が染めて一層色を増している。

【参考】「春来れば籬の島にかけて干す霞の衣主や誰なる」（林葉集二三、俊恵）「紅の八入の衣かくしあらば思ひそめずぞあるべかりける」（拾遺九七五、読人しらず）

【他出】　夫木抄六一六四、同（十首歌《マヽ》）。

【補説】「かけて干す」表現は他に後鳥羽院の布引滝にかかわる一首（最勝四天王院和歌八一）があるが、立田姫・紅葉にかかわる例は管見に入らない。示教に俟つ。

489　紅葉葉《もみぢ》の散《ち》りなん山の夕時雨《ゆふしぐれ》何《なに》をか秋《あき》の形見《かたみ》とは見《み》ん（墨）

【現代語訳】 紅葉葉の散ってしまいそうな、山の夕時雨の様子よ。それではこの後、何を秋の形見として見る事が出来ようか。

【参考】「紅葉葉の散りなむ山に宿りぬる君を待つらむ人し悲しも」（万葉三七一五、葛井連子老）

【補説】 発想としては【参考】詠をはじめ類歌は多いが、さりとてこれぞという典拠は見当らなかった。如何。

490 色《いろ》変《かは》る紅葉《もみぢ》の山の夕《ゆふ》づく日《ひ》うつろひ果《は》つる秋の影《かげ》かな（墨・朱・尾）

【現代語訳】 色が衰え変って行く、紅葉した山にさす夕日の光よ。それは移り変り、去って行く秋の姿そのものと思われるよ。

【参考】「天雲のたゆたひ来れば長月の紅葉の山もうつろひにけり」（万葉三七三八、作者未詳）「立田川折られぬ水の紅に流れて早き秋の影かな」（拾遺愚草二三九七、定家）

【語釈】 ○うつろひ――「映ろひ」と「移ろひ」をかける。

491 跡《あと》もなく降《ふ》りかくしつる紅葉葉《もみぢば》に道《みち》も惑《まど》はず秋や行《ゆ》くらん（墨）

【現代語訳】 道の根跡もない程降りかくした紅葉の落葉だが、それでも道を迷いもせず秋は去って行くらしいよ。

【参考】「踏み分けて更にや訪はむ紅葉葉の降りかくしてし道と見ながら」（古今二八八、読人しらず）「桜花散りかひ曇れ老いらくの来むといふなる道まがふがに」（同三四九、業平）

【補説】底本、「かくした《つ》る」。

492　夕《ゆふ》づく日《ひ》小倉《をぐら》の山は秋暮《く》れて今宵《こよひ》ばかりと鹿《しか》や鳴《な》くらん

【現代語訳】夕日が沈みかかって、小暗くなった小倉の山は秋も日暮と共に暮れて、自分の季節も今夜で終り、と鹿も鳴いているようだ。

【参考】「夕づく夜小倉の山に鳴く鹿の声と共にや秋は暮るらむ」（古今三一二、貫之）

【語釈】**○小倉の山**―山城の歌枕。京都市右京区嵯峨。「小暗」とかける。

【補説】底本、四句「や」を擦消して「と」と重ね書。以下「暮秋」九首で秋二百首を終る。

493　暮《く》れて行《ゆ》く色《いろ》はさやかに見《み》えねども入相《いりあひ》の鐘《かね》に秋ぞ尽《つ》きぬる（墨）」四六ウ

【現代語訳】（日暮と共に、秋の）暮れて行く様子ははっきりとは見えないけれども、入相を告げる鐘をつく音に、秋が終ってしまうのだなあ。

【参考】「秋来ぬと目にはさやかに見えねども風の音にぞ驚かれぬる」（古今一六九、敏行）

【他出】夫木抄六三二一、千首歌。

【語釈】**○尽き**―「鐘をつく」をかける。

494　惜《お》しめども秋は今宵《こよひ》と暮《く》れ果《は》てゝ人も時雨《しぐ》るゝ小倉《をぐら》山かな（墨）

【現代語訳】　いくら惜しんでみても、秋は今夜限りとばかり、日暮と共に暮れてしまって、人も時雨のように涙をこぼす、小倉山の住まいよ。
【参考】「惜しめども春の限りの今日の日の夕暮にさへなりにけるかな」（後撰一四一、読人しらず）
【補説】　小倉山の中院山荘は時雨の名所であった。現在の冷泉家時雨亭文庫の命名の由来である。そこでの暮秋惜別の詠として、「人も時雨るゝ」の表現があり、しかもこれは前後に全く使用例のない、為家の独自句である。注目すべきであろう。

495　露霜《つゆじも》のうつろふ色《いろ》を形見《かたみ》にて籬《まがき》の菊《きく》に秋ぞ暮《く》れぬる

【現代語訳】　露霜によって、白から紫に変る、その色を形見として、垣根の菊の花を見ても、秋が暮れてしまったとしみぐ〱感じられるなあ。
【参考】「紫に八入染めたる菊の花うつろふ色と誰か言ひけん」（後拾遺三五〇、義忠）
【補説】　底本五句、不明一字を擦消して上に「ぬ」と書く。

496　夕日影《ゆふかげ》さすや深山《みやま》の谷《たに》の戸《と》に明《あ》けなば冬や木枯《こがらし》の風《かぜ》（墨）

【現代語訳】　夕日の光が深い山の谷の入口にさしている。一夜明けたらもう冬が来て、寒い木枯の風が吹くことだろう。

【参考】「夕月夜さすや岡辺の松の葉のいつともわかぬ恋もするかな」（古今四九〇、読人しらず）
【他出】夫木抄六三二九、同（千首歌）。
【補説】「射す→鎖《さ》す→戸」、「戸→明け→来《こ》→木枯」と連ねた、言いかけの興の歌。

497　色変《いろか》へぬ小笹《をざゝ》が露《つゆ》も馴《な》れ〳〵て一夜《ひとよ》に秋《あき》や暮《く》れんとすらん（墨）

【現代語訳】別に紅葉させるわけでもない、小笹に置く露も、毎晩置き馴れた上で、いよ〳〵今夜一晩で秋は暮れようとするのだろうか。
【参考】「分け来つる小笹が露の繁ければ逢ふ道にさへ濡るゝ袖かな」（千載八二一、伊経）「馴れ〳〵て見しは名残の春ぞともなど白河の花の下陰」（新古今一四五六、雅経）
【語釈】○**一夜**―笹の「一節《よ》」をかける。

498　草《くさ》も木もあだなる色《いろ》に染《そ》め捨《す》てゝおのれつれなく暮《く》るゝ秋《あき》かな（墨）

【現代語訳】草も木の葉も、程なく枯れるはかない色に染めたままほうっておいて、自分一人、知らぬ顔で去ってしまう秋よ。

【参考】「行く水の花の鏡の影も憂しあだなる色のうつりやすさは」（拾遺愚草二五九一、定家）「染め捨てて帰るもつらし立田姫梢に限る長月の色」（壬二集二〇七五、家隆）「明くるまで妻松風も高砂のおのれつれなき小牡鹿の声」（明日香井集九四五、雅経）

【他出】為家卿集六〇、暮秋、「おのれつれなき暮の秋哉」。大納言為家集七五一、暮秋、貞応二。

【補説】【参考】に示した以外、類似表現を先行歌に見出し得なかった。

499 何方《いづかた》へ行《ゆ》くらん秋も見《み》るべきに散《ち》りも定《さだ》めぬ峰《みね》の紅葉《もみぢ》葉（墨）」四七オ

【現代語訳】どの方向に去って行く秋か、せめてそれだけでも確認したいのに、それを示すように方向を定めて散りもしない、峰の紅葉葉よ。
【参考】「風吹けば方も定めず散る花を何方《いづかた》へ行く春とかは見む」（拾遺七六、貫之）「年月の行くらむ方も思ほえず秋のはつかに人の見ゆれば」（同九〇六、伊勢）
【補説】「散りも定めぬ」は『国歌大観』中他に例のない為家独自句。第二句『全歌集』「ゆくらむ」とするも、底本「ゆくらん」に従う。

500 長月《ながつき》も暮《く》れぬる野辺《のべ》の花薄《すゝきあ》明けなば秋の袖《そで》とやは見《み》ん（墨）

【現代語訳】九月も暮れてしまう今日、この野原に残る花薄よ。一夜明けたら、それを秋を招く袖とも見る事はできなくなってしまうよ。
【参考】「秋の野の草の袂か花薄穂に出でて招く袖と見ゆらむ」（古今二四三、棟梁）「松島や潮汲む蜑の秋の袖月は物思ふ慣ひのみかは」（新古今四〇一、長明）
【補説】「秋の袖」はしばしば用いられる表現であり、一方「花薄」は「招くもの」として「袖」と表現される事が多いにもかかわらず、両者を組合わせた詠を他に見ない。平凡と見えながら、常識の盲点を衝いた詠。これをもって、秋二百首を終る。

冬百首

501 足引《あしびき》の山の木《こ》の葉の色《いろ》に出《い》でて時雨《しぐ》れもあへ《え》ず冬は来《き》にけり

【現代語訳】 山の木の葉の紅葉が目立つように、目立って時雨が降る、とも思わぬうち、早くも冬はやって来たよ。

【参考】 「足引の山の木の葉の落朽葉色の惜しきぞあはれなりける」（拾遺四一七、輔相）「時雨れつゝ袖も干しあへず足引の山の木の葉に嵐吹く比」（新古今五六三、信濃）「千鳥鳴く佐保の河霧立ちぬらし山の木の葉も色変りゆく」（拾遺一八六、忠岑）「かき曇り時雨れもあへず出づる日の影弱りゆく冬は来にけり」（殷富門院大輔集八八）

【補説】 「足引の山の木の葉の」は「色に出でて」の序であり、同時に秋の歌から冬の歌への転換を示す。「色に出でて」は恋の常套句で、叙景に用いるのは珍しい。これより「立冬」七首。

502 荒《あ》れにける門田《かどた》の庵《いほ》の村時雨《むらしぐれ》秋もとまらぬ冬は来《き》にけり（朱・尾）

【現代語訳】荒れ果ててしまった、門前に田を控えた小庵に降る気ままな時雨よ。秋も止らず去り、冬が来たことだ。

【参考】「我が背子が柴刈り葺けるひまをあらみ門田の庵に月ぞもり来る」（堀河百首一五〇八、師頼）「ますらをは月を友にてもるなれや門田の庵のまばらなるらん」（俊成五社百首九五）「惜しみわび心も尽きぬ夜を重ね月傾《かたぶ》けば秋もとまらず」（拾遺愚草員外二七四、定家）「浮く紅葉玉散る瀬々の色染めて戸無瀬の滝に秋もとまらず」（同四〇六）

【他出】為家卿集六二一、冬。

【補説】「門田の庵」「秋もとまらぬ」共にこの程度しか先行例は見当らなかった。

503　夜《よ》の程に冬は来《き》にけり片山《かたやま》の楢《なら》の下風声《したかぜこゑ》さわ《は》ぎつゝ（墨）」四七ウ

【現代語訳】この一晩のうちに、冬はやって来たのだなあ。ちょっとした山の、楢の木の下を吹く風が騒がしく声を立てているよ。

【参考】「落ち積る庭の木の葉を夜の程に払ひてけりと見する朝霜」（後拾遺三九八、読人しらず）「山陰や出づる清水の小波に秋を寄すなり楢の下風」（月清集一三五四、良経）「藻刈舟今ぞ渚に来寄すなる汀の鶴の声さわぐなり」（拾遺四六五、読人しらず）

504　紅葉《もみぢ》葉は降《ふ》りみ降《ふ》らずみ色添《そ》へて時雨《しぐ》るゝ山は冬や来《き》ぬらん（墨）

【現代語訳】　紅葉葉は、雨が降るにつけ降らぬにつけ色を濃くして行って、そのように時雨が降る山は、もう冬が来たらしいなあ。

【参考】「神無月降りみ降らずみ定めなき時雨ぞ冬の始なりける」（後撰四四五、読人しらず）

505　神無月《な》野原《のはら》の草《くさ》の袂《たもと》までうらがれ果《は》つる冬の空《そら》かな（墨）

【現代語訳】　十月ともなれば、野原の、「草の袂」にたとえられる薄の穂まで、淋しげにすっかり枯れてしまう、そんな冬の空模様だよ。

【参考】「秋の野の草の袂か花薄穂に出でて招く袖と見ゆらむ」（古今二四三、棟梁）

506　散《ち》り残《のこ》る峰《みね》の紅葉《もみぢ》の一群《ひとむら》は暮《く》れにし秋の色《いろ》しのべとや

【現代語訳】　散らずに残っている、峰の一群の紅葉は、暮れてしまった秋の色を、せめてこれで思い出し、なつかしめと言っているのだろうか。

507　色々《いろいろ》の草《くさ》も冬野《の》に枯《か》れ果《は》てて荒《あ》れ行《ゆ》く今朝《けさ》の風《かぜ》の音《おと》かな

【現代語訳】　色々の花を咲かせた草も、すっかり枯れ果てた冬野になってしまって、荒れて行く一方の、今朝、立冬の風の音よ。

【補説】他季節と異なり、「立冬」の叙景歌にはあまり人口に膾炙したものがない為か、両首、参考歌という程のものは見当らなかった。示教を乞う。

508 時雨の雨《あめ》いかに降《ふ》るらし常磐木《ときは》の争《あらそ》ひかぬる色見《いろみ》ゆるまで

【現代語訳】時雨の雨はどんなにか降ることだろう。常緑樹ですらも、抗しかねて色が変るという、その状態が見える程にまでも。

【参考】「時雨の雨間なくし降れば槙の葉も争ひかねて色づきにけり」（万葉二二〇〇、新古今五八二、人丸）「深緑争ひかねていかならむ間なく時雨の布留《ふる》の神杉」（新古今五八一、後鳥羽院）

【補説】「いかに降るらし」は不安定な語である。何等かの誤りあるか、如何。以下「時雨」六首。

509 吹《ふ》き誘《さそ》ふ峰《みね》の嵐《あらし》に先立《さきだ》ちて雲《くも》には降《ふ》らぬ夕時雨《ゆふしぐれ》かな（墨・朱・尾）［四八オ］

【現代語訳】誘うように吹く峰の嵐より先に、はら〳〵と降って、続いて来る雲からはむしろ降って来ない、気まぐれな夕時雨よ。

【補説】通常、雨をもたらすはずの嵐・雲には必ずしも伴わず、気まぐれに降る「時雨」の性格をうたう。「吹き誘ふ」の句は本詠以前には『国歌大観』中に見えない。

510 降《ふ》りすさむ音《おと》を木《こ》の葉にまがへつゝ板屋《いたや》の軒《のき》に行《ゆ》く時雨《しぐれ》かな

【現代語訳】　気ままに降る音を、散る木の葉かしら、と思わせるように立てながら、板屋根の家の軒を通り過ぎて行く時雨よ。

【参考】「木の葉散る宿は聞き分くことぞなき時雨する夜も時雨せぬ夜も」（後拾遺五八二、頼実）「しるしなき煙を雲にまがへつゝ世を経て富士の山と燃えなん」（新古今一〇〇八、貫之）

511　かき曇《くも》り時雨《しぐ》るゝ雲《くも》の絶《た》え〴〵に虹《にじ》立《た》ちわたる遠《をち》の山もと

【現代語訳】　さっと曇って時雨を降らせた雲が又切れかかって、遠くの山の麓あたりから見事な虹が立つ。

【参考】「村雲の絶え間のかげ（空（玉葉））に虹立ちて時雨過ぎぬる遠の山ぎは（の（玉葉））」（玄玉集二三三、玉葉八四七、定家）「雨晴るゝ峰の浮雲浮き散りて虹立ちわたる冬の山里」（夫木七九一〇、文永三年毎日一首中、為家）

【補説】　久保田淳「虹の歌」（季刊文学1996・4、『中世文学の時空』1998所収）にこの主題についての詳論がある。但し為家詠引用は【参考】夫木詠のみ。この主題は甚だ珍しく、のち玉葉風雅に受けつがれる。

512　めぐり行《ゆ》く時雨に透《す》ける遠《とを》山の松《まつ》には色《いろ》のわかれやはする

【現代語訳】　目に見えてめぐり移って行く時雨を通して、遠い山の松を眺めるのでは、冬も変らぬというその緑の色もよくわからないよ。

【参考】「霞立つ遠山松の朝ぼらけ一しほわかぬ春の色かな」（壬二集二一一五、家隆）

【他出】夫木抄六三九一、千首歌。

【補説】関係ある詠を見出しえず、わずかに【参考】家隆詠を冬に転じたものかと考えたが如何。

513 つれなさは今年《ことし》ばかりの色顔《いろがほ》に何《なに》とふりゆく松《まつ》の時雨《しぐれ》ぞ（墨・朱）

【現代語訳】時雨にも関係なく色を変えないのは今年だけですよ、とでも言うような顔をしながら、何とまあ毎年同じように（色変えず）降って行く、松にかかる時雨なのだろう。

【参考】「白菊の散らぬは残る色顔に春は風をも恨みけるかな」（拾遺愚草八四二、六百番歌合、定家）「残りなく暮れぬる年の色顔に一葉曇らぬ冬の山かな」（拾遺愚草員外六一、定家）「高砂の松はつれなき尾上よりおのれ秋知る小牡鹿の声」（拾遺愚草一九三七）

【語釈】○色顔―さも……のような顔色、様子。○ふりゆく―「降り」と「旧り」をかける。

【補説】「色顔」は【参考】定家二首と本詠、計三首以外用いられた事のない言葉である。「六百番歌合」（五〇三）判詞では「すぐれて不庶幾にや」と評されて負けている。

514 染《そ》めかねし時雨に強《つよ》き竹《たけ》の葉をなほこりずまに置《を》ける霜《しも》かな（朱）四八ウ

【現代語訳】紅葉させかねる程、時雨に対して強く、変化しない竹の葉を、なおこりもせず、変色させてやろうとして置く、白い霜だなあ。

【参考】「時雨降る音はすれども呉竹のなどよとともに色も変らぬ」（新古今五七六、兼輔）「時雨の雨染めかねてけり山城の常磐の森の槇の下葉は」（同五七七、能因）「凮をいたみくゆる煙の立ち出でてもなほこりずまの浦ぞ恋しき」（後撰八六五、貫之）

【補説】以下「霜」七首。

515　誰《た》が為《ため》にうつろひ果《は》てし色《いろ》なればしのび顔《がほ》なる菊《きく》の朝霜《あさしも》（墨）

【現代語訳】誰のせいで、白から紫に変色してしまったというのか、ひそかにその人の事を今も思っている、というような顔で置いている、菊の花の上の朝霜よ。

【参考】「恋しくは影を見てだになぐさめよ我うちとけてしのび顔なり」（深養父集四五）

【語釈】○うつろひ―白菊が霜により紫に変色すること。○しのび顔―「偲び顔」とも「忍び顔」とも取れる。ここでは後者か。

【補説】「しのび顔」の用例は【参考】所引一首のみ。これは「偲び」かと思われるが、歌意が必ずしも明らかでない。如何。

516　野《の》も山も秋見《あきみ》し色《いろ》はなかりけりなべて枯葉《かれは》の霜《しも》にまかせて

【現代語訳】野も山も、秋に見た紅葉や草花の色はもう全然無いのだなあ。すべて枯葉に置く霜の白一色になってしまって。

【参考】「いつしかと我が袖の上に初時雨秋見し色の名残なれとや」（拾玉集二六二八、慈円）「堅き炭をかき埋む

火の消えなくに霜にまかせて明くる東雲《しののめ》」（同二三六六）

【補説】　慈円詠の影響の顕著な一首。

517　朝日影《あさひかげ》霜《しも》置《を》き迷《まよ》ふ道《みち》の辺《べ》の尾花《をばな》がもとにかゝる白露《しらつゆ》（墨）

【現代語訳】　朝日の光がさして、霜がはかなげに置く道のほとりの尾花の根方に、かかる白露がきらりと光る。

【参考】「ひとり寝る山鳥の尾のしだり尾に霜置き迷ふ床の月影」（新古今四八七、定家）「道の辺の尾花がもとの思ひ草今更何の物か思はん」（万葉二二七四、作者未詳）

518　冴《さ》えわたる籬《まがき》の霜《しも》の白妙《しろたへ》に残《のこ》るを菊《きく》の形見《かたみ》とや見《み》ん

【現代語訳】　きびしい寒気の中、垣根に置いた霜のまっ白に残っているのを、過ぎ去った秋の菊の形見と思って見ようかしら。

【参考】「冴えわたる光を霜にまがへてや月にうつろふ白菊の花」（千載三五〇、家隆）「今はとて返す言の葉拾ひおきておのが物から形見とや見ん」（古今七三七、能有）

【補説】　底本、「きくかたみ」とする。他本により「の」を補った『全歌集』による。

519　小牡鹿《さをしか》の妻問《つまど》ふあとは絶《た》え果《は》てゝ岡辺《をかべ》の小田《をだ》に置《を》ける朝霜《あさしも》（墨）

【現代語訳】 牡鹿が妻を求めた証跡はすっかりなくなってしまって、岡のほとりの小さな田に、一面に置いている朝の霜よ。

【参考】「小牡鹿の妻どふ小田に霜置きて月影寒し岡の辺の里」（拾遺愚草二二六六、定家）

520 霜迷《しもまよ》ふ山の下草《したくさ》朽《く》ちはてゝ」四九オ楢《なら》の枯葉《かれは》に風《かぜ》そよぐなり

【現代語訳】 霜の気配のする、山の下草はすっかり朽ちてしまって、楢の枯葉を風が吹きそよがせる音が聞える。

【参考】「霜迷ふ空にしほれし雁金の帰るつばさに春雨ぞ降る」（新古今六三、定家）「さらぬだに寝覚めがちなる冬の夜を楢の枯葉に霰降るなり」（久安百首三五六、顕輔）

【補説】「楢の枯葉」は特に珍しい歌語ではないが、顕輔詠は後年為家が「続後撰集」五〇二に入れている。

521 深山《みやま》には霰乱《あられみだ》れて笹《さゝ》の葉《は》のさやぐや夜半《よは》の風《かぜ》ぞ激《はげ》しき（朱）

【現代語訳】 深い山では、霰が乱れ降って笹の葉がさや〳〵と音立てる。夜中の風が本当に激しいことだ。

【参考】「笹の葉は深山もさやに乱《さやげ(新訓)》れども我は妹思ふ別れ来ぬれば」（万葉一三三、人麿）「深山には霰降るらし外山なるまさきの葛《かづら》色づきにけり」（古今一〇七七、採物の歌）

【補説】「霰」五首。

522 貫《ぬ》く人《ひと》は問《と》へど白玉乱《しらたまみだ》れつゝ霰《あられ》ぞ落《を》つる野辺《のべ》の道芝《みちしば》（尾）

【現代語訳】「その玉を貫き止める人は誰」と聞いても誰とも知られぬままに、乱れ散りながら霰が落ちるよ、野のほとりの道の芝草の上に。

【参考】「主や誰問へど白玉知らなくにさらばなべてやあはれと思はむ」（古今八七三、融）「頼め来し野辺の道芝夏深しいづくなるらん百舌《もず》の草ぐき」（千載七九五、俊成）

【語釈】○**問へど白玉**―「問へど知らず」をかける。

523 **霰降《あられふ》る鹿島《かしま》の崎《さき》の夕まぐれ砕《くだ》けぬ波《なみ》も玉《たま》ぞ散《ち》りける**（墨）

【現代語訳】霰の降る、鹿島灘の崎の夕暮の風景よ。砕けず穏やかに寄せる波にも、霰の玉が散るよ。

【参考】「霰降る鹿島の崎を波高み過ぎてや行かむ恋しきものを」（万葉一一七八、作者未詳）

【語釈】○**霰降る**―「音のかしましい」所から「鹿島」の枕詞。○**鹿島**―常陸の歌枕、茨城県鹿島市。大洗海岸に面し、鹿島神宮の所在地。

524 **日を経《へ》つゝ梢空《こずゑむな》しき冬枯《がれ》は庭《には》に霰《あられ》の音《おと》のみぞする**

【現代語訳】冬の日を重ねるにつけても、梢に何も見る物のない冬枯の淋しさは、ただ庭に降る霰の音が聞えるばかりだよ。

【参考】「日を経つゝ深くなりゆく紅葉葉の色にぞ秋の程は知りぬる」（後拾遺三四三、経衡）「秋の色は麓の里に

散り果てて梢空しき山おろしの風」（建保五年四十番歌合五五、家光）

【補説】「梢空しき」は他に後鳥羽院（熊野懐紙一）・順徳院（紫禁和歌集五八一）二例を見るのみ。【参考】建保五年（一二一七）歌合は為家20歳で出席しており、おそらくその席で印象に残った一句であったろう。

525 **さら〳〵に落《お》つる霰《あられ》の玉川《たまがは》に寄《よ》せ来《く》る波《なみ》やくだけ添《そ》ふらん** 」四九ウ

【現代語訳】さら〳〵と音立てて、玉川に落ちる霰の玉に加えて、寄せ来る川波の砕けるしぶきの玉も加わって散ることだろう。

【参考】「玉川にさらす手作りさら〳〵に何ぞこの子のこゝだ愛《かな》しき」（万葉三三九〇、武蔵国歌）

【語釈】○**さら〳〵に**―霰の落ちる音に重ねて、「更に〳〵」（後から〳〵）と、霰及び波の律動感を表現する。○**玉川**―六玉川の一、武蔵の調布の玉川。但し本詠では「さら〳〵に」と霰の「玉」との縁によるのみで、歌枕としては深い意味を持たない。○**くだけ**―玉・波、双方の縁で言う。

【補説】底本「おと《ゝ》つるあられの」「よせくる《なみや》くたけそふらん」。

526 **冴《さ》えわたる峰《みね》の群雲《むらくも》散《ち》る雪《ゆき》のわづかにたまる山の下草《したくさ》**（墨・朱・尾）

【現代語訳】厳しく冷え切った、峰にかかる群雲から散って来る雪の、わずかにたまっている山の下草よ。

【参考】「この山の峰の群雲吹きまよひ槙の葉つたひみぞれ降り来ぬ」（拾遺愚草八四五、六百番歌合、定家）「時雨れつる峰の群雲晴れのきて風より降るは木の葉なりけり」（拾玉一六八六、六百番歌合、慈円）

【補説】「雪」二〇首の劈頭ゆえに、「僅かに下草にたまる雪」を詠ずる。

527 吹《ふ》き氷《こほ》る夜《よ》の間《ま》の風《かぜ》の名残《なごり》とて初雪白《はつゆきしろ》し庭《には》の群草《むらくさ》（墨）

【現代語訳】夜の間、氷るばかりに吹きすさんだ風の名残として、初雪が白く見えるよ、庭の草群の上に。

【参考】「朝まだき起きてぞ見つる梅の花夜の間の風の後めたさに」（拾遺二九、元良親王）「さむしろの夜半の衣手さえ〳〵て初雪白し岡の辺の松」（新古今六六二、式子内親王）

【他出】夫木抄七七二五、千首歌、「庭の冬草」。

【補説】「吹き氷る」は用例のほとんどない語であるが、為家は後に「新撰六帖」に、「出づるより冴えこそまされ木枯の吹き氷りたる山の端の月」（二七二）と用いている。

528 消《け》ぬが上《うへ》に継《つ》ぎて降《ふ》りしけ山里《ざと》の今日《けふ》珍《めづら》しき庭《には》の初雪《はつゆき》

【現代語訳】消えないうちに、引続いて降っておくれよ、山里の庭に、今日珍しくも積った初雪よ。

【参考】「消ぬが上に又も降りしけ春霞立ちなばみ雪稀にこそ見め」（古今三三三、読人しらず）「今よりは継ぎて降らなむ我が宿の薄押しなみ降れる白雪」（同三一八、読人しらず）

529 降《ふ》る雪《ゆき》は枝《えだ》にも葉にも白樫《しらかし》の道踏《みちふ》み迷《まよ》ふ冬の山人《やまびと》

【現代語訳】降る雪は、枝にも葉にもまっ白に積り、白樫の中の道を踏み迷っている、冬の山人の姿よ。
【参考】「足引の山路も知らず白樫の枝にも葉にも雪の降れれば」（拾遺二五二、人麿）
【語釈】○白樫―カシの一種、葉裏が白いから、または材質が白いからその名があるという。雪の「白」、また道を「知らず」にかける。

530 霜枯《しもがれ》の草《くさ》葉ぞしばしたまりける庭《には》に消《き》えゆく今朝《けさ》の初雪《はつゆき》（墨）
【現代語訳】霜枯の草葉が、暫くの間持ちこたえているよ。庭面では溶けて、消えて行く今朝の初雪を。
【参考】「山里は……雪だに散りて　霜枯の　草葉の上に　積らなん……」（新勅撰一三四〇、俊頼）「淡雪のたまればかてに砕けつゝ我が物思ひの繁き比かな」（古今五五〇、読人しらず）
【他出】夫木抄七一八〇、千首歌。

531 道もなく降《ふ》りにし庭《には》の紅葉葉《もみぢば》に」五〇オ雪《ゆき》を重《かさ》ねて冬は来《き》にけり（墨）
【現代語訳】秋の間、道も見えないように降り積った庭の紅葉葉の上に、更に雪を重ねて、冬はやって来たよ。

【参考】「我が宿は雪降りしきて道もなし踏み分けてとふ人しなければ」（古今三二二、貫之）

532 時雨《しぐれ》にはつれなく過《す》ぎし松が枝《え》の土《つち》につくまで雪《ゆき》は降《ふ》りつゝ

【現代語訳】時雨に対しては、平気で色も変えずに過ぎた松だが、今はその枝に積り、たわめて土に着く程になるまで、雪は降り続けている。

【参考】「高砂の松はつれなき尾上よりおのれ秋知る小牡鹿の声」（拾遺愚草一九三七、定家）「松が枝の土につくまで降る雪を見ずてや妹がこもり居るらむ」（万葉四四六三、石川命婦）「いかばかり越路に雪の積るらん土につきゆく庭の松が枝」（拾玉集二六三三、慈円）「梅が枝は土につくまで降る雪に松の梢はたわまざりけり」（同四二一五、慈円）

【補説】右万葉歌の継承はおそらく慈円のみ、そしてこれに感銘した為家一人がこれに学んでいる。

533　**降《ふ》ればかつ梢《こずゑ》にとまる松陰《かげ》の浅茅《あさぢ》が上《うへ》は雪《ゆき》ももり来《こ》ず**（墨）

【現代語訳】降るとそのまま、梢で受け止めてしまう松の陰だから、下生えの低いチガヤの上には雪も洩れ落ちて来ない。

【参考】「降ればかつ消えぬる雪と知りながらなに山里の強ひて恋しき」（馬内侍集三四）「松陰の浅茅が上の白雪を消たず置かむと言へばかもなき」（万葉一六五八、坂上郎女）

534　**矢田《やた》の野の浅茅《あさぢ》が原《はら》もうづもれぬ幾重《いくへ》あらちの峰《みね》の白雪《しらゆき》**（墨・朱）

【現代語訳】矢田の野の浅茅原も、すっかり雪でうずまってしまった。それでは、一体幾重にも深く積っていることだろうか。有乳山の峰の白雪は。

【参考】「八田の野の浅茅色づく有乳山峰のあわ雪寒く降るらし」（万葉一〇・二三三一、作者未詳、新古今六五七、人麿）
（新古今）に　（新古今）あ

【他出】続拾遺四四六、雪の歌とてよみ侍りける。題林愚抄五七七三。歌枕名寄七三四八。

【語釈】○**矢田の野**―越前の歌枕、有乳山の麓の野。大和国添下郡矢田とも（契沖説）。○**あらち**―越前の歌枕、有乳（愛発）山。敦賀市。「幾重有ら」をかける。

535　白妙《しろたへ》の富士《ふじ》の高嶺《たかね》のいかならんさらぬ山路《ぢ》も雪《ゆき》閉《と》ぢにけり

【現代語訳】あの赤人の名歌に歌われた「白妙の富士の高嶺」の眺めは、今どんなだろう。そんな名所ではない山の中の道も、雪で降りこめられている。

【参考】「田子の浦に打出でて見れば白妙の富士の高嶺に雪は降りつゝ」（新古今六七五、赤人）「神奈備の三室の梢いかならんなべて野山も時雨する比」（同五二五、高倉）

536　蜑小舟《あまをぶね》とませの山も白妙《しろたへ》に桧原《ひばら》の雪《ゆき》の道見《みちみ》えぬまで（墨）」五〇ウ

【現代語訳】蜑の小舟の泊《とま》るという名を持った、とませの山もまっ白になったよ。桧原に積った雪で道も見えない程に。

【参考】「かくらく《こもり》（万）のとませ《はつ》（万）の山の山ぎは《の》（万）にいさよふ雲は妹にかもあらん」（古今六帖八六一、万葉四二一、人麿）「散る花は道見えぬまで埋まなん別るゝ人も立ちやとまると」（拾遺三〇三、読人しらず）

【他出】夫木抄一三九四〇、千首歌。

【語釈】 ○とませ―「泊瀬《はつ》」の異訓。桧原はその名物。↓6【語釈】。

537 跡絶《あとた》ゆる庭《には》の白雪《しらゆき》ふりはへて訪《と》はぬ人さへ今日《けふ》は待《ま》ちつゝ

【現代語訳】 全く道の痕跡も見えぬ程に降り積った庭の白雪よ、それを見ると、わざ〳〵訪れる事などなくなってしまった人さえ、今日はもしやと待たれるよ。

【参考】「雪深き岩のかけ道跡絶ゆる吉野の里も春は来にけり」(千載三、堀河)「白雪のふりはへてこそ訪はざらめ解くる便りを過ぐさざらなん」(後撰四八〇、読人しらず)「昨日まで惜しみし花も忘られて今日は待たるゝ時鳥かな」(後拾遺一六六、明衡)

【語釈】 ○ふりはへて―ことさらに、わざ〳〵。雪の「降り」とかける。

538 降《ふ》りつめて煙《けぶり》をだにも山陰《やまかげ》の真柴《ましば》の庵《いほ》の雪《ゆき》の淋《さび》しさ

【現代語訳】 全くひどく降って、生活の煙をさえも立てるのを止めてしまったような、山陰の粗末な柴葺きの家の、雪中の眺めの淋しいことよ。

【参考】「淋しさに煙をだにも絶たじとて柴折りくぶる冬の山里」(後拾遺三九〇、和泉式部)

【語釈】 ○降りつめて―動きが取れない程降って。○山陰―「煙をだにも止《や》ま」とかける。

【補説】「降りつめて」は『国歌大観』中この一首のみの独自句。

539 岩《いは》が根《ね》の菅《すが》の葉《は》しのぎ奥山《おくやま》に幾代《いくよ》か雪《ゆき》の降《ふ》りかくすらん

【現代語訳】 岩の根方に生える、菅の葉を押し伏せて、奥山に、一体何年というもの、雪が降りかくすことだろう。

【参考】 「奥山の菅の葉しのぎ降る雪の消なば惜しけむ雨な降りこそ」(万葉三〇二、安麿)「高山の菅の葉しのぎ降る雪の消ぬとかいふも恋の繁けく」(万葉一六五六、三国人足)「白雪は降りかくせども千代までに竹の緑は変らざりけり」(拾遺一一七七、貫之)

540 葦垣《あしがき》の吉野《よしの》の山に降《ふ》る雪《ゆき》は雲《くも》の彼方《あなた》に春や間近《まぢか》き (墨朱)

【現代語訳】 「葦垣」に縁のある「吉(葭)野山」に降る雪を見ていると、雲の向うにもう春が間近く来ているかと思われるよ。

【参考】 「み空ゆく月も間近し葦垣の吉野の里の雪の朝けに」(拾遺愚草二四五八、定家)「降る雪の日数や幾日葦垣の吉野の里は間近からねど」(定家名号七十首二七)

【語釈】 ○葦垣の吉野―「悪し」と「善し」の対応で用いた「吉野」の枕詞。

【補説】 「葦垣の吉野」は「歌枕名寄」二一六六に「忍照《オシテルヤ》 難波国者《ナニハノクニハ》 葦垣《アシガキノ》 吉野郷《ヨシノノサト》本集古郷如何」と見え、「万葉集」九三三の金村長歌の冒頭、「忍照《オシテル》 難波乃国者《ナニハノクニハ》 葦垣乃《アシガキノ》 古 郷跡《フリコシサトト》」の「古」を「吉」と誤った訓みがあったものと思われる。これを用いたのは定家が嚆矢か、拾遺愚草詠は「建保四年(一二一六)内裏歌合」のもので為家千首の七年前、名号七十首詠は千首以後、定家最晩年の作である。

541　今《いま》は又人目《またひとめ》も春《はる》も待《ま》ちもせず道分《みちわ》け難《がた》き雪《ゆき》の気色《けしき》に

【現代語訳】今となってはもう、人の訪問も春の訪れも待ちはしないよ。道も踏み分けられないような雪の積り方だもの。

【参考】「山里は冬ぞ淋しさまさりける人目も草もかれぬと思へば」（古今三一五、宗于）

【補説】「道分け難き」は何でもない言葉だが他に全く用例を見ない。

542　降《ふ》るまゝに払《はら》ひもあへ《え》ず重《をも》るらし深山《みやま》の松《まつ》の雪《ゆき》の下折《したを》れ　「五一オ」

【現代語訳】降るにつれて、払うにも払いきれず重く積るようだ。深山の松の下枝が、それに耐えかねて折れているよ。

【参考】「降るまゝに跡絶えぬれば鈴鹿山雪こそ関のとざしなりけれ」（千載四六七、良通）「夜を寒み寝覚めて聞けば鴛《をし》ぞ鳴く払ひもあへず霜や置くらん」（後撰四七八、読人しらず）「初雪の窓の呉竹伏しながら重る末葉《うれ》の程ぞ聞ゆる」（拾遺愚草員外四四九、定家）

【補説】「重る」も用例は少いが、定家は四例、家隆は一例が存する。

543　一夜《ひとよ》ふる垣根《かきね》の竹《たけ》の下折《したを》れに野辺《のべ》も隔《へだ》てず積《つも》る白雪《しらゆき》

【現代語訳】一晩中降り続いた為に、垣根の竹も下から折れてしまったから、外の野原と全く隔てる物もなく、一面に積る白雪よ。

【参考】「雪はまだ野辺も隔てぬ山里の垣根の程や鶯の声」（壬二集一〇〇五、家隆）

【語釈】○ふる―「降る」と「経る」をかけるか。

【補説】【参考】家隆詠は建久八年（一一九七）二百首和歌の内。必ずやこれを意識しての詠であろう。他に類似詠を見ない。

544　枯《か》れわたる葦《あし》の下折《したを》れ弱《よは》ければ昆陽《こや》もあらはに積《つも》る白雪《しらゆき》（墨）

【現代語訳】一面に枯れている葦の、下から折れた姿がいかにも弱々しいので、葦間にかくれていた昆陽の小家もむき出しに見えて、積る白雪よ。

【参考】「葦の葉にかくれて住みし津の国の昆陽もあらはに冬は来にけり」（拾遺二二三、重之）

【語釈】○昆陽―摂津の歌枕。兵庫県伊丹市南部〜尼崎市北部一帯。「小屋」「来《こ》や」をかける。葦の名所。また行基の掘ったという「昆陽の池」がある。

545　霜枯《しもが》れの汀《みぎは》に立《た》たる葦筒《あしづゝ》の一重《ひとへ》ばかりに降《ふ》れる白雪《しらゆき》（墨）

【現代語訳】一面に霜枯れした、水際に立っている葦の筒の中の薄皮、その一重分《ぶん》ぐらいに、うっすらと白雪が降ったよ。

【参考】「難波潟刈り積む葦の葦筒の一重も君を我や隔つる」（後撰六二五、兼輔）
【他出】夫木抄七一七一、千首歌、「汀に立てる」「降れる初雪」。
【語釈】**○立たる**―立ちたる。**○葦筒**―葦の茎の中空になっている中にある、薄い皮膜。「一重」を導く。
【補説】底本、三句「あしへ本ゝの」。他本により訂した『全歌集』による。

546 **潮風《しほかぜ》の荒《あら》き浜荻《はまおぎ》いたづらに波《なみ》折《を》りかくる冬ぞ淋《さび》しき**（墨）
【現代語訳】潮風の荒々しく吹く浜に生える浜荻よ。（秋ならばそれを折り敷いて月を見る事もあろうが）何の風情もなく、ただ波が繰返し寄せかけるだけの冬の、本当に淋しいことよ。
【参考】「神風の伊勢の浜荻折り伏せて旅寝やすらむ荒き浜辺に」（万葉五〇三、碁壇越妻）「あたら夜を伊勢の浜荻折り敷きて妹恋しらに見つる月かな」（千載五〇〇、基俊）
【補説】「浜荻」一首。本詠の十三年後、嘉禎二年（一二三六）後鳥羽院の「遠島御歌合」六十五番右に、家隆詠「折り敷かむひまこそなけれ沖つ風夕立つ波の荒き浜荻」（一三〇）が左、後鳥羽院と合され、「ことに珍しくをかしく聞ゆ」（院判詞）として勝っている。為家が家隆から学んだ反面、家隆も為家からヒントを得る事もあったか。

547 **冬来《き》ては難波《なには》の葦《あし》火たゆまねば汀《みぎは》は《ゝ》そよぐ枯葉《かれは》だになし**（墨）」五一ウ
【現代語訳】冬が来ると、難波の浦では暖をとるための葦の火を絶え間なく焚くので、（葦を取りつくして）汀には風に揺れる枯葉一つない。

【参考】「難波人葦火たく屋のすゝたれどおのが妻こそとこめづらしき」（万葉二六五九、作者未詳、拾遺八八七、人麿）「夕暮は難波の葦火たき添へて小屋もあらはに立つ煙《けぶり》かな」（建保四年内裏百番歌合、兵衛内侍）

は(拾)　なれ(拾)

【他出】夫木抄六六一四、千首歌。

【補説】万葉歌による類歌の中でも、「難波の葦火」という表現は【参考】兵衛内侍詠のみである。以下「葦」六首。

548 霜枯《しもが》るゝ葦《あし》の穂末《ほずゑ》のおのれのみ招《まね》くも知《し》らぬ冬の夕暮《ゆふぐれ》

【現代語訳】霜に枯れた葦の穂先が、自分一人「待って」と言うように招くけれども、知らぬ顔で暮れて行く、冬の夕よ。

【参考】「招くとて立ちも止まらぬ秋ゆゑにあはれ片寄る花薄かな」（拾遺二一三、好忠）「風をいたみ岩打つ波のおのれのみくだけて物を思ふ比かな」（詞花二一一、重之）

【他出】夫木抄六六一五、同（千首歌）、「冬の暮かな」。

549 難波潟《なにはがた》入江《いりえ》の葦《あし》に声《こゑ》立てゝ枯葉《かれは》の霜《しも》にわたる浦風《うらかぜ》

【現代語訳】難波潟では、入江の葦の枯葉に置いた霜の上を、浦風が音立てて通り過ぎるよ。

【参考】「難波潟入江の葦は霜枯れて氷に絶ゆる舟の通ひ路」（月清集一五〇、良経）「巨陽《こや》の池のおのが葦間につ

ら丶ゐて枯葉の霜に鴛鴦《をし》ぞ鳴くなる」（拾玉集三〇三一、慈円）

550　**湊《みなと》入《い》りの舟《ふね》もやいとゞさはるらん汀《みぎは》の葦《あし》の雪《ゆき》の下《した》折《を》れ**（墨）

【現代語訳】 港に入ろうとする舟が、ひどく障害になって困るだろう。水際の葦が雪ですっかり下から折れている。

【参考】 「湊入りの葦分け小舟障り多み我が思ふ君《妹（拾）》に逢はぬ比かも《な（拾）》」（万葉二七五五、拾遺八五三、人麿）「難波潟汀の葦の老が世に怨みてぞ経る人の心を」（後撰一一七〇、読人しらず）

551　**昆陽《こや》の池《いけ》折《を》れ伏《ふ》す葦《あし》を頼《たよ》りにて水《みづ》までたまる冬の白雪《しらゆき》**（墨）

【現代語訳】 昆陽の池では、折れ倒れて水面を覆う葦を手がかりにして、水の上にまで冬の白雪が積っているよ。

【参考】 「鴎《かもめ》こそ夜離《よが》れにけらし猪名野《ゐなの》なる昆陽《こや》の池水上氷《うはごほり》せり」（後拾遺四二〇、長算）「仏造る真朱《まそほ》足らずは水たまる池田の朝臣《あそ》が鼻の上を掘れ」（万葉三八六三、奥守）

【語釈】 ○**昆陽**→544。○**水までたまる**―「水たまる」は万葉詠により、「池」の枕詞。

【補説】 昆陽の池の冬期詠としては氷・つらゝが詠まれるが、本詠のような状況設定は珍しい。

552　**冬来《き》ては霜枯《しもが》れ果《は》つる葦《あし》の葉に荒《あ》れ行《ゆ》く風《かぜ》の声《こゑ》ぞ少《すく》なき**（墨）

【現代語訳】冬が来たものだから、すっかり霜枯れてしまった葦の葉には、荒れて吹く風が当るといっても、その声は大きくはないよ。

【参考】「珍しき日影を見ても思はずや霜枯れ果つる草のゆかりを」（長秋詠藻三六六、俊成）「さらぬだに霜枯れ果つる草の葉を先っ打ち払ふ庭たゝきかな」（拾遺愚草七五八、定家）「軒に生ふる草の名かけし宿の月荒れ行く風や形見添ふらん」（同二六九三、定家）「帰る雁秋来し数は知らねども寝覚の空に声ぞ少き」（壬二集八一六、家隆）

【補説】「霜枯れ果つる」「荒れゆく風」共に俊成・定家以外用例は多くない。底本、五句「おと《こゑ》そ」

553 明《あ》けわたる佐保《さほ》の河門《かはと》に鳴く千鳥友《ちどりとも》」五二オ 呼びかはす声《こゑ》も寒《さむ》けし

【現代語訳】明けはなれて行く、佐保川の渡し場で鳴いている千鳥よ。友と呼びあっている声も、寒々と聞える。

【参考】「千鳥鳴く佐保の河門の瀬を広み打橋渡す汝《な》が来《く》と思へば」（万葉五三一、大伴郎女）「千鳥鳴く佐保の河門の清き瀬を馬《駒（新勅）》打ち渡しいつか通はむ」（同七一八、新勅撰一二七四、家持）「小夜千鳥友呼びかはす声すなり佐保の河霧立ちや隔つる」（教長集五八六）

【語釈】○**佐保**―大和の歌枕、佐保川。春日山に発し、奈良市内から大和郡山市を経て初瀬川に合流する。○**河門**―河の両岸がせまって川幅の狭くなった所。渡し場。

【補説】「千鳥」七首。

554 冴《さ》ゆる夜《よ》の千鳥屡鳴《ちどりしばな》く白妙《しろたへ》の誰《た》が手枕《たまくら》も明《あ》けやしぬらん（墨・朱）

【現代語訳】冷え切った夜を過した千鳥が、繰返し鳴いている。白い袖をさし交わし、愛しあった誰かさんの手枕の一夜も、惜しくも明けてしまったことだろう。

【参考】「明けぬべく《とて（新勅）》千鳥屢鳴く白妙の君が手枕いまだ厭《あ》かなくに」（万葉二八一八、作者未詳、新勅撰七九九）

【他出】夫木抄六七七九、千首歌。

【補説】万葉歌を中世風に巧みに詠みかえている。

555 **志珂《しか》の浦《うら》や松《まつ》吹《ふ》く風《かぜ》の寒《さむ》ければ夕波《ゆふなみ》千鳥《ちどり》声《こゑ》立《た》てつなり**

【現代語訳】志珂の浦では、浜辺の松を吹く風が寒いものだから、夕波の上を飛ぶ千鳥が耐えかねて声を立てるよ。

【参考】「志珂の浦の松吹く風の淋しきに夕波千鳥立居鳴くなり」（堀河百首九七七、公実）「近江の海夕波千鳥汝《な》が鳴けば心もしのに古《いにしへ》思ほゆ」（万葉二六八、人麿）

【語釈】○**志珂の浦**―筑前の歌枕、福岡市東区。

【補説】公実詠と酷似する。「堀河百首」精読の影響が思わずここに出たか。

556 **打《う》ち渡《わた》す川風《かはかぜ》寒《さむ》み鳴《な》く千鳥《ちどり》誰《た》が行《ゆ》く袖《そで》の夜半《よは》に聞《き》くらん**（墨）

【現代語訳】ずっと見渡す川辺の風景の中で、川風がいかにも寒いというように鳴く千鳥よ。誰が（その寒さに）

袖をかき合せて恋人の所に行く夜半にその声を聞くのだろうか。

【参考】「思ひかね妹がり行けば冬の夜の川風寒み千鳥鳴くなり」（拾遺二二四、貫之）「千鳥鳴く佐保の河門《かはと》の清き瀬を馬打ち渡しいつか通はむ」（万葉七一八、作者未詳）「道の辺や老木の梅の古も誰が行く袖か匂ひそめけん」（道助法親王家五十首八三、僧経乗）

【補説】「誰が行く袖」の用例は【参考】経乗詠のみ。同五十首は承久二年（一二二〇）頃成立か、定家・家隆が参加している。

557　浜千鳥《はまちどり》荒《あ》れゆく波《なみ》の立《た》ち返《かへ》り跡《あと》なき潟《かた》に友呼《ともよ》ばふなり（墨）

【現代語訳】浜千鳥は、荒くなって行く波が繰返し寄せる為に、足跡もなくなった砂浜に帰って来て、空しく友を呼んでいるよ。

【参考】「白波の跡なき方に行く舟も風ぞたよりのしるべなりける」（古今四七二、勝臣）「夕霧に道やまどへる宮木ひく杣山人も友呼ばふなり」（堀河百首七四六、顕仲）

【語釈】○立ち返り―共に「波」の縁語。これに一旦飛び立った千鳥の「立帰り」をかけるか。

【補説】「友呼《は》ばふなり」の用例は多くはないが、為家は「新撰六帖」でも二回（六二七・一一七七）用いている。底本「ともよふ」と補入。

558　真砂路《まさごじ》に跡踏《あとふ》む千鳥《ちどり》おのづから浦打《うらう》つ波《なみ》の形見《かたみ》とや見《み》ん（墨・朱）」五二ウ

【現代語訳】きれいな砂の上に、足跡を踏みつける千鳥よ。それは偶然の事でもあろうが、海岸に打ち寄せた波の形見とも見ようよ。
【参考】「十余り七つの誓ひせし人の跡踏む御代を見る由もがな」（拾玉集二七六〇、慈円）「沖つ風浦打つ波のうつせ貝空しき殻ぞ数まさり行く」（五社百首六七八、為家）
【補説】千鳥詠に「跡踏みつくる」は常套的表現、一方「踏襲する」を「跡踏む」とした例は【参考】慈円のみ。また「浦打つ波」も為家自身の「五社百首」のみである。なお他に、長久元年（一〇四〇）「斎宮貝合」に「うらうつ（せ）貝」（九）「うらうつ貝（うらのひも貝）」（三二）が詠まれているが、これと関連あるか否かは未詳。

559 **打侘《うちわ》びて千鳥《ちどり》鳴《な》くなり泉川《いづみがは》夜渡《よわた》る風《かぜ》の身にやしむらん**

【現代語訳】全く心細い様子で千鳥が鳴いている。泉川を夜吹き渡る風が、身にしみて寒いのだろうか。
【参考】「打侘びて呼ばはむ声に山彦の答へぬ山はあらじとぞ思ふ」（古今五三九、読人しらず）「都出でて今日瓶《みか》の原泉川川風寒し衣かせ山」（古今四〇八、読人しらず）
【他出】夫木抄六七七一、千首歌。
【語釈】○泉川―山城の歌枕。京都府相楽郡を流れる木津川の古名。

560 **池水《いけみづ》の冴《さ》え果《は》てにける冬の夜《よ》は氷《こほり》をたゝく葦《あし》の下風《したかぜ》**

【現代語訳】池水が冷え切ってしまった冬の夜は、葦の下を吹き抜ける風も（波を立てる事もなく）空しく氷をたたくだけだよ。

【参考】「思ひやる枕の霜も冴えはてて都の夢も嵐こそ吹け」（拾遺愚草二八八五、定家）「三笠山春は声にて知られけり氷をたゝく鶯の滝」（西行法師家集六九二）「清水もる谷のとぼそも閉ぢはてて氷をたゝく峰の松風」（月清集三四六、良経）

【補説】「氷」四首。

561 閉《と》ぢ果《は》つる谷《たに》の小川《をがは》の薄氷《うすごほり》下《した》に岩間《いはま》の声《こゑ》むせぶなり（墨）

【現代語訳】水面をすっかり閉じてしまった、谷の小川の薄氷よ。その下に、岩の間を伝い流れる水音が、こっそりとむせび泣くように聞える。

【参考】「袖の上渡る小川を閉ぢ果てて空吹く風に氷る月影」（拾遺愚草一四四四、定家）「此の程は駒打ち渡す山川も木の葉の底に声むせ《す(壬二)》ぶなり」（正治百首一四六一、壬二集四五八、家隆）

【語釈】○下に岩間―「下に言は（ぬ）」をかけ、その縁で「声むせぶ」とする。

562 冴《さ》ゆる夜《よ》は玉井《たま》の岩間音《いはまおと》とぢて漏《も》り来《こ》し水《みづ》につらゝ居《ゐ》にけり（墨）

【現代語訳】厳しく冷えこむ夜は、玉井の岩の間の流れも音もひそめて、今までは漏り落ちていた水も氷りついてしまっている。

【参考】「汲みて知れ玉井の水の底清み人の心も濁りなき世を」（大嘗会悠紀主基和歌九二一、光範）

【語釈】○玉井―近江の地名。大嘗会悠紀主基和歌にのみ用いられる。○とぢて―「つらゝ（氷）」の縁語。

563 谷川《たにがは》の汀《みぎは》や遠《とを》く氷《こほ》るらん雪《ゆき》より外《ほか》の水《みづ》ぞ少《すく》なき（墨）

【現代語訳】谷川の水際から川中まで、遠く氷っているらしい。（その上に積った）雪以外に、水の流れている部分は少いよ。

【参考】「小夜更くるまゝに汀や氷るらん遠ざかり行く志賀の浦波」（後拾遺四一九、快覚）

564 冬寒《さむ》み影《かげ》見し水《みづ》の氷《こほ》るより空《そら》」五三オさへ冴《さ》えて月や澄《す》むらん

【現代語訳】冬があまりに寒いので、月の姿を映した水が氷るものだから、空までも冷え切って、そのせいで月があんなに澄んで見えるのだろう。

【参考】「大空の月の光し清ければ影見し水ぞ先づ氷りける」（古今三一六、読人しらず）

【補説】「冬月」五首。

565 冬来《き》ては木の葉がくれもなかりけり月の桂《かつら》の色《いろ》は知《し》らねど（墨・尾）

【現代語訳】冬が来るというと、木の葉に邪魔される事もなく月は照り渡るよ。秋の歌に言う「月の桂の紅葉」はどんな色か知らないけれど。

【参考】「嵐吹く梢は晴れて大井河木の葉がくれに宿る月かな」（壬二集五五八、家隆）「久方の月の桂も秋はなほ紅葉すればや照りまさるらむ」（古今一九四、忠岑）

【他出】夫木抄六六四六、千首歌。

【補説】底本二句「く」、不明一字を擦消して上に書く。難解であるが、秋の名月に対し、さえぎる木の葉のない冬の月を賞したものか。

566 降《ふ》りすさむ雪気《ゆきげ》の雲《くも》の絶《た》え間《ま》よりなほ《を》白妙《しろたへ》の月ぞもり来《く》る（墨）

【現代語訳】降り方のやや衰える、雪もよいの雲の切れ目から、今度は同じように白い月光がもれ落ちて来るよ。

【参考】「初雪の降りすさみたる雲間より拝むかひある三日月の影」（拾玉集二三六〇、慈円）「風の音は今遠山の木の間より目にはさやかに月ぞもり来る」（壬二集二三三四、家隆）

567 冬の夜《よ》の月をや慕《した》ふ浜千鳥《はまちどり》かたぶく方《かた》の影《かげ》に鳴《な》くなり

【現代語訳】冬の夜の月を愛惜するのだろうか、浜千鳥は、傾き沈もうとする、その光の中で鳴いているよ。

【参考】「夏山の月をや慕ふ時鳥恋しき人は誰となくとも」（紫禁和歌集八三二、順徳院）「妹と我と入るさの山は名のみして月をぞ慕ふ有明の空」（拾遺愚草九八三、定家）「照る月の影にまかせて浜千鳥かたぶく方に浦伝ふなり」（月清集一三一八、良経）

【補説】「月をや慕ふ」の用例は他に「風雅」五五七定成詠、「月をぞ慕ふ」も近世「飛鳥井雅世集」一首のみである。

568 少女子《をとめご》が袖吹《そでふ》きとめぬ天《あま》つ風渡《かぜわた》る雲井《くもゐ》は月《つき》ぞさやけき（墨）

【現代語訳】「雲の通ひ路吹きとぢよ」と言われても、雲の上に帰って行く少女の袖を吹き止められなかった天つ風よ。今、それが渡って行く空には、月が清らかに照っている。

【参考】「天つ風雲の通ひ路吹きとぢよ少女の姿しばしとゞめむ」（古今八七二、宗貞）

【補説】周知の古今詠の機知的な活用。五節少女楽は十一月半ば、すなわち冬の満月の頃である。

569 水鳥《みづとり》の青羽《あをば》ばかりや残《のこ》るらん汀《みぎは》の葦《あし》の四方《よも》の霜枯《しもが》れ（朱）「五三ゥ

【現代語訳】青いものといっては、水鳥の青い羽の色だけが残っているようだ。水際の葦の葉は、見渡すかぎりすっかり霜枯れていて。

【参考】「秋の露は移しなりけり水鳥の青羽の山の色づく見れば」（万葉一五四七、三原王）「難波潟汀の葦の老が世に恨みてぞ経る人の心を」（後撰一一七〇、読人しらず）

【補説】「冬鳥」七首。

570 池水《いけみづ》の寒《さむ》き夕《ゆふべ》に住《す》む鴨《かも》の羽交《はがい》の霜《しも》や降《ふ》りまさるらん（墨）

【現代語訳】池水の冷え切った、寒い夕暮には、そこに住む鴨の羽の間に置く霜も、一層多く降ることだろう。

【参考】「葦辺行く鴨の羽交に霜降りて寒き夕は大和しぞ思ふ《し思ほゆ（新訓）》」（万葉六四、志貴皇子）

571 あぢの住《す》むすさの入江《いりえ》の葦《あし》の葉も緑《みどり》まじらぬ冬は来《き》にけり

【現代語訳】あじ鴨の住む、須佐の入江の葦の葉も、全く緑色の混らぬ程枯れ切った、そんな風景の冬は来たことだなあ。

【参考】「あぢの住む渚沙《すさ》の入江の荒磯松我を待つ子等はたゞ一人のみ」（万葉二七六一、作者未詳）「あぢの住む渚沙の入江の隠《こも》り沼《ぬ》のあな息づかし見ず久《ひさ》にして」（同三五六九、作者未詳）

【他出】夫木抄一三四〇八、百首歌《（マヽ）》、「葦の葉に」。

【語釈】○**あぢ**—アジガモ。鴨の一種。○**すさ**—和歌山県有田郡須佐、また愛知県知多郡の須佐湾とも。

【補説】このあたり、万葉取りが目立つ。

572 氷《こほ》れども下安《したやす》からぬ冬川《かは》の浮寝《うきね》の鴨《かも》は音《ね》のみなきつゝ（墨）

【現代語訳】表面はしっかり氷りついているように見えても、その下は安定せず流れ動いている冬の川で、不安定な形で寝ている鴨は、声に出して鳴くばかりだよ。

【参考】「水鳥の下安からぬ思ひにはあたりの水も氷らざりけり」（拾遺二二七、読人しらず）「下の思ひ上毛の氷砕くらし浮寝の鴨の夜半に鳴く声」（拾遺愚草員外一八九、定家）

573
池水《いけみづ》に住《す》む鳰鳥《にほどり》の道絶《みちた》えて氷《こほり》に閉《と》づる冬の空《そら》かな

【現代語訳】池水に住んでいる鳰鳥の、妻に通う道も失われて、氷に閉じこめられたような冬の空だなあ。

【参考】「冬の池に住む鳰鳥のつれもなく底に通ふと人に知らすな」（古今六六二、躬恒）「難波江の氷に閉づるみをつくし冬の深さのしるしとぞ見る」（拾遺愚草七三三、定家）

574
冴《さ》ゆる夜《よ》はいかゞ氷《こほ》らぬ鴛《を》鴦《し》鴨《かも》のあたりの水《みづ》は思《おも》ひありとも

【現代語訳】冷え切った夜は、どうして氷らぬ事があろうか。鴛鴦《おしどり》や鴨の、妻を思っているあたりの水は、たとえ激しい恋の思いという「火」があろうとも。

【参考】「水鳥の下安からぬ思ひにはあたりの水も氷らざりけり」（拾遺二三七、読人しらず）

【語釈】○思ひありとも――「ひ」に「火」をかける。

575
氷居《こほりゐ》るかりぢの池《いけ》に住《す》む鳥《とり》も」五四オうちとけられぬ音《ね》をや鳴《な》くらん（墨）

【現代語訳】すっかり氷りついている、かりぢの池に住んでいる鳥も、その氷の解けぬと同様に、（妻を思って）解決できぬ思いを声に出して鳴いているようだ。

【参考】「遠つ人獵道《かりぢ》の池に住む鳥の立ちても居ても君をしぞ思ふ」（万葉三一〇三、作者未詳。新勅撰一二七三、読

人しらず）「君をのみ立ちても居ても思ふかな獵道の池の鳥ならなくに」（正治百首一一八一、俊成）

【語釈】○かりぢの池―奈良県桜井市鹿路にある池。○うちとけ―「氷」の縁語。

576　網代木《あじろぎ》にいさよふ波《なみ》の夜々《よる〳〵》はおのれも氷《こほ》る宇治《うぢ》の川水《かはみづ》

【現代語訳】網代木の所で停滞している波だが、冬の夜毎には、自分も氷りついてしまうような、宇治川の水よ。

【参考】「もののふの八十宇治川の網代木にいさよふ波の行方知らずも」（万葉二六六、新古今一六五〇、人麿）

【語釈】○夜々―波の「寄る」をかける。

【補説】「冬夜」二首。

577　風《かぜ》冴《さ》ゆる長《なが》き霜《しも》夜《よ》や更《ふ》けぬらんかすかになりぬ閨《ねや》の埋《うづ》み火

【現代語訳】風の冷え切った、霜の降る長い夜もようやく更けたらしい。寝室の埋めた炭火の光が弱々しくなった。

【参考】「おきながら長き霜夜の袖さえてしづ心なき明けぐれの空」（有明の別れ六五、左大臣）「消えずとて頼むべきかは老が世の更くるに残るねやの埋み火」（大納言為家集九二六、文永七年、続千載一八〇六）

【補説】「長き霜夜」「閨の埋み火」ともにこれ以前に用例が見当らない。

578　千《ち》早《はや》振《ぶ》る神の御《み》室《むろ》の榊《さか木》葉《ば》に変《かは》らぬ千《ち》代《よ》をうたふ諸《もろ》人（墨）

【現代語訳】 十二月、内侍所の御神楽に、「神の御室の榊葉」を賞でる採物《とりもの》の歌をうたって、我が君の千年も変らぬ御代をお祝い申上げるすべての人々よ。
【参考】 「神垣の御室の山の榊葉は神の御前に繁りあひにけり」(古今一〇七四、採物の歌)
【語釈】 ○**神の御室**―神のいます所として祀る場所。○**榊葉**―御神楽の時、人長が手に持って舞う榊。
【補説】 「冬神楽」四首。十二月吉日に、温明殿前で行われる内侍所御神楽の情景をうたう。

579 **冬の夜《よ》の庭火《には》の影《かげ》はほのかにて雲居《くもゐ》に冴《さ》ゆる朝倉《あさくら》の声《こゑ》**

【現代語訳】 冬の夜、庭火の光はほんのりと御神楽の場を照らして、宮廷の空一面に冴え〳〵と聞える神楽歌、「朝倉」の声よ。
【参考】 本「朝倉や 木の丸殿に 我が居れば」 末「我が居れば、名宣《の》りをしつゝ、行くは誰」(神楽歌)「ことわりや天の岩戸も明けぬらん雲居の庭の朝倉の声」(長秋詠藻六四六、俊成)「立ち返る山藍の袖に霜冴えて暁深き朝倉の声」(拾遺愚草四六六、定家)

580 今日《けふ》うたふ八十氏人《やそうぢ》の榊《さか木》葉の常磐堅磐《ときはかきは》は君がまに〳〵(墨)」五四ウ

【現代語訳】 御神楽の儀の今日、すべての氏人が歌う神楽歌の歌詞の通り、榊葉の常緑の永遠に変らない事は、君の思召しのままであるよ。

【参考】「榊葉の香をかぐはしみ尋《と》め来れば八十氏人ぞまとゐせりける」（拾遺五七六、神楽歌）「山階の山の岩根に松を植ゑて常磐堅磐に祈りつるかな」（拾遺二七三、兼盛）「春日野も今日の御幸を松原の千歳の春は君がまに〳〵」（躬恒集三二五）

581 立《た》ち帰《かへ》る庭《には》火の影《かげ》に御手洗《みたらし》や氷《こほ》れる袖《そで》もうちとけぬべし（墨）

【現代語訳】一年が巡って、帰って来た庭火の光で見る御神楽の儀の面白さよ。御手洗の水で氷った袖もとける程、心打ちとけて楽しめるであろう。

【補説】用語上に格別の参考歌を見ない。「影に見」から「御手洗」にかかり、また「氷れる袖」のとける事と、神も人も打ちとけて神楽を楽しむ事をかけると見て解したが如何。

582 降《ふ》る雪《ゆき》に宇陀《うだ》の鳥立《とだち》はうづもれて帰《かへ》るさ知《し》らぬ冬の狩《かり》人

【現代語訳】降る雪のために、宇陀野にしつらえた鳥を集める草群はすっかり埋まってしまって、帰る方向もわからない、冬の狩人よ。

【参考】「矢形尾《やかたを》の真白の鷹を引き立てて宇陀の鳥立を狩りくらしつる」（堀河百首一〇六三、仲実）「御狩野はかつ降る雪にうづもれて鳥立も見えず草がくれつゝ」（新古今六八七、匡房）

【語釈】○宇陀―山城の歌枕、京都市右京区宇多野。皇室御料の遊猟地。○鳥立―鷹狩のため、獲物の鳥が集まるようあらかじめ設けておく草地。

【補説】「冬狩」六首。

583 狩《か》りくらす鳥立《とだち》の原《はら》のはしたかの白斑《しらふ》を添《そ》へて置《お》ける夕霜《しも》

【現代語訳】終日狩をして過した鳥立の原に、獲物をねらうはしたかの羽の白い斑点に、なお白さを添えて夕霜が置いている。

【参考】「狩りくらし七夕つ女に宿借らむ天の川原に我は来にけり」（古今四一八、伊勢物語一四七、業平）「はしたかの白斑に色やまがふらんとがへる山に霰降るらし」（金葉二七六、匡房）

【語釈】○**はしたか**―鷂。ハイタカとも。小型で鷹狩に使う。

【補説】匡房詠の巧みな詠みかえ。

584 冬来《く》れば狩場《かりば》の真柴《ましば》音立《おとた》てて交野《かたの》の原《はら》に渡《わた》る木枯《こがらし》

【現代語訳】冬が来ると、狩猟場の雑木がざわざわと音を立てて、交野の原を木枯の風が吹き過ぎて行く。

【参考】「立つ雉の狩場の真柴枯れ果てておのがありかの影もかくれず」（拾遺愚草員外五四六、定家）「雉子《きゞす》すむ狩場の真柴あさりけんむくいもしるき宿のさまかな」（壬二集三一〇四、家隆）

【語釈】○**交野**―河内の歌枕。交野市・枚方市にわたる広野で、禁裏御料の遊猟地。

【補説】「狩場の真柴」は【参考】二詠と本詠以外に用例がない。

585 三島野《みしまの》や暮《く》るれば結《むす》ぶ矢形尾《やかたお》の鷹《たか》も真白《ましろ》に雪《ゆき》は降《ふ》りつゝ（墨尾）

【現代語訳】三島野で狩をして、日が暮れるとしつらえる仮の館《やかた》、それと同じ名の矢形尾の鷹もまっ白になる程に、雪が降り続いているよ。

【参考】「矢形尾の鷹を手に据ゑ三島野に狩らぬ日多《まね》く月ぞ経にける」（万葉四〇二六、作者未詳）「矢形尾の真白の鷹を屋《やど》に据ゑかき撫で見つゝ飼はくしよしも」（同四一七九、作者未詳）582【参考】仲実詠。「矢形尾の鷹手に据ゑて朝立てば交野の原に雉子《きぎす》鳴くなり」（堀河百首一〇六七、基俊）

【他出】夫木抄七四三〇、千首歌。新拾遺六〇五、（鷹狩をよめる）。歌枕名寄七五四七、（三島野）。

【語釈】○**三島野**―越中の歌枕、富山県射水郡。鷹狩の名所。○**結ぶ**―設営する意。鷹を木居《こゐ》に結び止める意をかけるか。○**矢形尾**―鷹の尾羽根の模様が矢羽根形になっているもの。「館」をかけるか。

【補説】当時の為家の、「万葉」「堀河百首」吸収の一端を示す詠。

586 冬枯《がれ》の真柴《ましば》踏《ふ》み分《わ》け鳥狩《とがり》する末野《すゑの》ゝ原《はら》に降《ふ》れる白雪《しらゆき》」五五オ

【現代語訳】冬枯の雑木を踏み分けて鷹狩をする、末野の原に降っている白雪の見事さよ。

【参考】452【参考】万葉・拾遺愚草詠。「垣越しに犬呼び越して鳥狩する君　青山の葉繁き山辺に馬休め君」（万葉一二九三、作者未詳）

【語釈】○**鳥狩**―鷹狩。○**末野の原**→452【語釈】。

587　冬来《く》れば鳥狩《とがり》の真柴《ましば》絶《た》えずのみ聞《きこ》ゆる野辺《のべ》の鈴《すゞ》の音《おと》かな

【現代語訳】冬が来ると、鷹狩をする野の雑木の続く中で、鷹の足につけた鈴の音が絶えず聞えているよ。

【参考】「はしたかの鳥狩の真柴踏みならし帰る野原に出づる月影」（紫禁和歌集一〇八六、順徳院）

588　降《ふ》り埋《うづ》む小野《おの》ゝ炭窯雪《すみがまゆき》とぢて煙《けぶり》も見《み》えぬ冬の淋《さび》しさ

【現代語訳】すっかり降り埋められてしまった小野の炭窯よ。雪にとじこめられて、煙さえ見えない冬の景色の、何と淋しいこと。

【参考】「大原や小野の炭窯雪降れど絶えぬ煙ぞしるべなりける」（堀河百首一〇七九、仲実）「淋しさは冬こそまされ大原や焼く炭窯の煙のみして」（同一〇八二、顕仲）

【語釈】○**小野**―山城の歌枕。京都市左京区上高野から八瀬大原に至る一帯。隠棲の地、また炭窯で有名。

【補説】「絶えぬ煙」「煙のみして」を打返して、「煙も見えぬ」と淋しさを強調する。「堀河百首」摂取の一好例。以下「炭焼」四首。

589　奥山《をく》に炭焼《すみや》く賤《しづ》の麻衣《あさごろも》冴《さ》えゆく霜《しも》を厭《いと》ひやはする（墨）

【現代語訳】奥山で炭を焼く貧しい男の粗末な麻の着物よ。それでも冷えこんで行く霜の寒さを辛いとも思いはしないよ。（寒ければ炭がよく売れるから）

【参考】「売炭翁。伐《リ》レ薪《ヲ》焼《ク》レ炭《ヲ》南山中。（中略）可《シ》レ憐《ム》身上衣正《ニ》単《ナルヲ》 心《ニ》憂《テ》二炭《ノ》賤《キヲ》一願《フ》二天《ノ》寒《キヲ》一」（売炭翁、白楽天）

【補説】【参考】白詩は有名であるが、これによる詠は他にほとんど見当らない。

590 炭《すみ》の上《うへ》に降《ふ》る白雪《しらゆき》をいたゞきて負《おい》ひてぞ出《い》づる小野《おの》の里《さと》人

【現代語訳】黒い炭の上に、降る白雪を乗せて背負い、都に売りに出て行く小野の里人よ。

【補説】黒と白の対照だが、恐らく類歌を見ない。前歌ともゞ、為家における、右、白詩の印象の強さが推測される。「白雪をいたゞきて」には「翁」の哀れさが暗示されるか。

591 降《ふ》る雪《ゆき》は炭焼《すみや》く煙《けぶり》立《た》ちむせび幾重《いくへ》か埋《うづ》む大原《おほはら》の里《さと》（墨、見せ消ち）」五五ウ

【現代語訳】降る雪は激しいので、炭を焼く煙も立ち昇りかねてたゆたい、幾重雪に埋もれていることか、大原の里よ。

【語釈】○大原の里―山城の歌枕。「小野」に続く同様性格の地。

【補説】全く平凡な歌のようであるが、参考歌として指摘すべき作もなく、「立ちむせび」「幾重か埋む」ともに『国歌大観』中後進歌人にごく少数例を見るのみの、為家独自句である。

592 降《ふ》る雪《ゆき》も積《つも》れる年《とし》の今日《けふ》毎《ごと》に明《あ》けなば春と何急《なにいそ》ぐらん（墨）

【現代語訳】降る雪もよく積ったことだが、そのように積った毎年々々の今日、大晦日毎に、一夜明ければ新春だと何を大騒ぎして支度するのだろう。

【参考】「松が枝に鶴かと見ゆる白雪は積れる年のしるしなりけり」（貫之集三七三）「数ふれば我が身に積る年月を送り迎ふと何急ぐらん」（拾遺二六一、兼盛）「今日毎に今日や限りと惜しめども又も今年に逢ひにけるかな」（新古今七〇六、俊成）

【補説】「歳暮」八首。

593 惜《お》しみ来《こ》し花も紅葉《もみぢ》の色《いろ》も皆雪《みなゆき》にこもりて暮《く》るゝ年《とし》かな（墨）

【現代語訳】季節の変る毎に惜しんで来た、花の色も、また紅葉の色も、今は皆雪の白一色の中にこもって、名残惜しくも暮れて行く年であるよ。

【参考】「降る雪は消えでもしばし止まらなん花も紅葉も枝になき比」（後撰四九三、読人しらず）「見渡せば花も紅葉もなかりけり浦の苫屋の秋の夕暮」（新古今三六三、定家）「この比は花も紅葉も枝になししばしな消えそ松の白雪」（同八八三、後鳥羽院）

594 幾返《いくかへ》り暮《く》れ行《ゆ》く今日《けふ》を惜しみても同《おな》じ様《さま》なる年《とし》を越《こ》ゆらん

【現代語訳】一体何回、暮れて行く大晦日の今日を惜しいと言ってまあ、毎回同じような年越しをするのだろう。

【参考】「亡き人の共にし帰る年ならば暮れ行く今日は嬉しからまし」（後撰一四二四、兼輔）「年つめど同じ様な

る若菜にも今日だに似ずやあらむとすらむ」(中務集八三)
【補説】「同じ様なる」の先例は【参考】中務詠のみ、以後の用例もごく少いが、為家は当千首825にも用い、後に文永八年(一二七一)74歳にして、「今までも思ひかけきや老の波同じ様なる年を越しつゝ」(大納言為家集一九五一)と詠じている。

595 明日《あす》よりは稀《まれ》にこそ見《み》めかき曇《くも》りなほも降《ふ》りしけ庭《には》の白雪《しらゆき》

【現代語訳】明日、新春となってからは、めったに見られなくなるだろう。空一面を曇らせて、もっと〳〵降り積ってくれよ、庭の白雪よ。

【参考】「消《け》ぬが上に又も降りしけ春霞立ちなばみ雪稀にこそ見め」(古今三三三、読人しらず)

596 あはれ又春《またはる》を明日《あす》とや新玉《あらたま》の年《とし》を添《そ》へても暮《く》るゝ空《そら》かな(墨・朱)

【現代語訳】あゝ、又再び、明日は春と改まるというのだろうか。年を一つ加えて、暮れて行く空よ。
【参考】「あはれ又今日も暮れぬとながめする雲のはたてに秋風ぞ吹く」(拾遺愚草一七五〇、建久九年仁和寺宮五十首、定家)「浅茅原秋風吹きぬあはれ又いかに心のならむとすらん」(壬二集二二六、家隆)「ゆきつもるおのが年をば知らずして春をば明日と聞くぞ嬉しき」(拾遺二六二、重之)「春秋を惜しみしくれも残しこし年を添へても冬のゆくらん」(壬二集九七〇、文治三年百首、家隆)
【語釈】○新玉の――「年」の枕詞に「改まる」意をかける。

【補説】　定家・家隆、文治建久の達摩歌時代の詠、また拾遺重之詠の巧みな詠みかえ。

597　春を待《ま》つ庭《には》の白雪《しらゆき》それながら」五六オ我《わ》が身に積《つも》る年《とし》の暮《くれ》かな（墨）

【現代語訳】　新春を待つように庭に積っている白雪よ。それと同じようではあるが、私の身に積る物は過ぎ去った一年である、という年の暮よ。（こうして人は老いて行くのだ）

【参考】「人恋ふる心ばかりはそれながら我は我にもあらぬなりけり」（後撰五一四、読人しらず）「花の色も宿も昔のそれながら変れるものは我が身なりけり」（拾遺一二七六、清輔）

【語釈】　○**それながら**―外観は同じようでありながら、内実は全く異なる二者を対置する手法。

598　明《あ》けぬ暮《く》れぬ送《を》り迎《むか》ふと急《いそ》ぎても我《わ》が身の外《ほか》に積《つも》る年《とし》かは（朱）

【現代語訳】　年が明けた、暮れた、一年を送る、又迎えるといって、いろ〳〵な行事にあくせくするけれども、結局は私の身に老いを加える、ただそれだけの事じゃないか。

【参考】「死出の山此の面《も》彼の面の近付くは明けぬ暮れぬといふにぞありける」（能因集二〇三）「数ふれば我が身に積る年月を送り迎ふと何急ぐらん」（拾遺二六一、兼盛）

599　折節《おりふし》の花と月《つき》との名残《なごり》だに忘《わす》れて惜《お》しき年《とし》の暮《くれ》かな

【現代語訳】季節毎の、春の花、秋の月の名残惜しささえ忘れる程に、つくぐ〵惜しいなあと思われる、年の暮であるよ。
【参考】「あたら夜の霞みゆくさへ惜しきかな花と月との明け方の山」（月清集一〇四六、良経）
【補説】以上で冬の部を終るが、全九九首で一首不足。別に底本に見えず「夫木抄」に「千首歌」なる事を明記する四首（『補遺』所収）があるが、いずれも冬歌ではない。何等かの原因による脱落と考えられる。

恋二百首

600 いつしかと思《おも》ひそめつる紫《むらさき》の色の深《ふか》さを誰《たれ》に知《し》らせん

【現代語訳】早速にも恋の思いを感じはじめてしまった私の心は、染め色にすれば紫。その色の濃さ、思いの深さを誰に知らせられようか。（その当の相手に知らせる方法もない）
【参考】「紫の色に心はあらねども深くぞ人を思ひそめつる」（新古今九九五、醍醐天皇）「限りなき名に負ふ藤の花なれば底ひも知らぬ色の深さか」（後撰一二五、定方）
【語釈】○**いつしか**↓60。○**思ひそめ**―「初め」と「染め」をかける。
【補説】初恋から絶恋まで、事態の進展に従って詠ずるが、歌題は必ずしも確定できないので省略し、後考に俟つ。

601　恋《こひ》すてふ徒《あだ》の憂《う》き名《な》は立《た》つ波《なみ》の跡《あと》なしとても袖《そで》は濡《ぬ》れつゝ（墨）

【現代語訳】　恋をしているという、無責任なうわさ話は、海に立つ波のようなもの、波がすぐ消えて跡がないように、何の根拠もないと否定しても、実はその悲恋の涙で袖は濡れるばかりだ。

【参考】　「恋すてふ我が名はまだき立ちにけり人知れずこそ思ひそめしか」（拾遺六二一、忠見）「しるべせよ跡なき波に漕ぐ舟の行方も知らぬ八重の潮風」（新古今一〇七四、式子内親王）

【語釈】　○立つ波―「憂き名は立つ」とかけ、「跡なし」「濡れ」を導く。

602　昨日《きのふ》までよそにか聞《き》きし涙川《なみだがは》跡《あと》なしとても袖《そで》は濡《ぬ》れつゝ〔五六ウ〕

【現代語訳】　昨日までは自分に関係ないと聞き過していただろうか、「涙川」という言葉よ。涙の跡なんか無いよ、と言いながらも、袖はその涙で濡れている。

【参考】　「秋といへばよそにぞ聞きしあだ人の我を古せる名にこそありけれ」（古今八二四、読人しらず）「冨士の嶺《ね》をよそにぞ聞きし今は我が思ひに燃ゆる煙なりけり」（後撰一〇一四、朝頼）「つれ〴〵の眺めにまさる涙川袖のみぬれて逢ふ由もなし」（古今六一七、敏行）

【語釈】　○涙川―涙の流れるのを川にたとえたもの。伊勢の歌枕ともいうが、必ずしもそれに限らない。

【補説】　下句が前歌と同一。前歌は「波の跡なし」と自然に続くが、「涙川」が「跡なし」という先例はなく、上句からの続け柄も不自然である。目移りによる誤写であろう。他本も同様で訂正不能。

603　さても又逢《またあ》はじを何に《なにゝ》片糸《かたいと》のおのれ乱《みだ》れて思《おも》ひ寄《よ》りけん（墨）

【現代語訳】　こんなに思っていてもやはり、あの人に逢う事なんか出来ないだろうに、一体何で、縒り合せる前の細い糸が自然と乱れるように、自分一人思い乱れて恋をしてしまったのだろう。

【参考】「逢ふ事は片《かた》ゐざりする緑児《みどりご》の立たむ月にも逢はじとやする」（拾遺六七九、兼盛）「片糸をこなたかなたに縒りかけて逢はずは何を玉の緒にせむ」（古今四八三、読人しらず）

【語釈】〇**片糸**―縒り合せる前の、細い片方の糸。「合（逢）ふ」「乱れ」「縒（寄）る」と縁語で連なる。

604　知《し》らせてもいかに鳴海《なる身》の浜楸《はまひさぎ》しほるゝ波《なみ》に袖《そで》をまがへて

【現代語訳】　この恋を相手に知らせても、その結果私の身はどうなる事か、鳴海の浜楸をびっしょり濡らす波、それと見間違える程に涙で袖を濡らすばかりではないか。

【参考】「君恋ふと鳴海の浦の浜楸しほれてのみも年を経るかな」（新古今一〇八五、俊頼）

【他出】　夫木抄一三八八〇、千首歌。

【語釈】〇**鳴海**―尾張の歌枕、名古屋市緑区鳴海町。「成る身」をかける。〇**浜楸**―浜辺に生える楸。アカメガシワ、またキササゲともいうが未詳。

【補説】　以下十数首、「忍恋」。

605 我《われ》ゆゑ《へ》に濡《ぬ》るらんとだに知《し》らなくにかわかぬ袖《そで》よ人に問《と》はるな（墨）

【現代語訳】恋しい人は、まさか自分のせいで私の袖が泣き濡らされているとは知らないのだから、涙の乾かない袖よ、あの人に「どうした」と聞かれないよう、気づかれないようにしておくれ。

【補説】いくらもありそうな発想表現と思われるが案外に類歌がない。「人に問はるな」は他に「新撰六帖」に信実の一首があるのみの独自句である。

606 浦《うら》にたく蜑《あま》のすく藻《も》の下《した》にのみ煙《けぶり》な立《た》てそ身はこがるとも（墨）

【現代語訳】海岸で蜑が焚くすく藻のように、こっそり隠れて恋心を燃やして、煙を立ててはいけないよ、身は恋いこがれていても。

【参考】「津の国の難波立たまく惜しみこそすく藻たく火の下にこがるれ」（後撰七六九、紀内親王）「山高み下行く水の下にのみ流れて恋ひむ恋ひは死ぬとも」（古今四九四、読人しらず）

【語釈】○すく藻—枯れた葦・萱とも、また藻屑とも。ここでは後者か。

【補説】後撰集詠への返歌のような形。

607 浮草《うきくさ》の上《うへ》は茂《しげ》れる山水《やまみづ》の堰《せ》きても恋《こひ》の憂《う》き名《な》もらすな（墨）」五七オ

【現代語訳】浮草が水面に茂っていて、一見それとは見えない山水のように、恋心が表面に出るのを堰き止めて、悪いうわさが広がらないようにしておくれ。
【参考】「浮草の上は茂れる淵なれや深き心を知る人のなき」（古今五三八、読人しらず）

608 知《し》られじな夏野《の》の《ゝ》原《はら》の篠薄《しのすゝき》穂《ほ》に出《い》でぬ袖《そで》の露《つゆ》の深《ふか》さを（墨）

【現代語訳】誰にも気がつかれはしないだろうな。夏の野原に茂る篠薄の、まだ穂を出さない前のように、人目につかない私の袖に置く、涙の露のどんなに多いかは。

【参考】「知られじな我が人知れぬ心もて君を思ひの中に燃ゆとは」（後撰一〇一七、読人しらず）「思ひ出でて誰かはとめて分けも来ん入る山道の露の深さを」（山家集一四二七、西行）「下草の上とやよそに思はましひく人もなき露の深さを」（拾遺愚草員外七一六、定家）

【補説】「夏野の原」の先例としては、「建仁三年影供歌合」に武者所平景光が用いているのみ、なお成立時未詳の「為忠集」にも一首見える。

609 紫《むらさき》の根摺《ねず》りの衣色《ころもいろ》に出《い》づと下《した》の乱《みだ》れは人に知《し》られじ

【現代語訳】紫草の根で摺り染にした着物が目立つように、私の恋心が表面に見えてしまっても、内心の混乱は絶対に人に知られたくないよ。

【参考】「恋しくは下にを思へ紫の根摺りの衣色に出づなゆめ」（古今六五二、読人しらず）「五月雨に淀の若薦《こも》越す波の下の乱れは知る人やなき」（紫禁和歌集一〇五九、順徳院）

【語釈】○色に出づと―「色に出づとも」の意。

【補説】「下の乱れ」は他に「正治後度百首」四三〇、信実詠を見る程度で、案外先例は少い。為家は本千首734をはじめ、「大納言為家集」一四三四、「中院集」五八と好み用いている。

610 散《ち》らすなよ涙片敷《なみだかたし》く枕《まくら》より外《ほか》には恋を知《し》る人もなし（墨）

【現代語訳】言い散らしてくれるなよ。涙だけを友として独り寝する枕より外には、私の恋を知っている人などないのだから。

【参考】「散らすなよ篠の葉草の仮にても露かゝるべき袖の上かは」（新古今一一一一、俊成）「独り寝の涙片敷き床ふりて幾度袖をくたしかふらん」（民部卿家歌合二一二、家隆）「かき曇り雨降る宿の秋風に涙片敷き今宵かも寝ん」（千五百番歌合二三〇七、家長）「我が恋は知る人もなしせく床の涙もらすなつげの小枕」（新古今一〇三六、式子内親王）

【補説】「涙片敷く」は常套句のように思われがちだが、『国歌大観』初出は【参考】家隆詠で、判詞にも「涙片敷きなどはをかしく侍るを」と軽く賞せられるのみで負けている。当千首では790にも用いられ、「大納言為家集」一四〇一にも見える。

611 霧晴《きりは》れぬ裾野《すその》の原《はら》の花薄《すゝき》ほのかにだにも誰《たれ》に知《し》らせん（朱・尾）

【現代語訳】私の恋は霧の晴れない山裾の野原の花薄のようなもの。その穂がほのかにしか見えないように、ほんのかすかにでも、誰に知らせよう、誰にも知らせられはしない。
【参考】「霧晴れぬ綾の河辺に鳴く千鳥声にや友の行く方を知る」（後拾遺三八七、孝善）「春雨の降りそめしより片岡の裾野の原ぞ浅緑なる」（千載三二、基俊）「追風に八重の潮路を行く舟のほのかにだにも相見てしがな」（新古今一〇七二、師時）
【語釈】○ほのかに―花薄の「穂」から言いかける。

612 下《した》むせぶ煙《けぶり》を雲《くも》にまがへても絶《た》えぬは富士《ふじ》の音《ね》のみ泣《な》かれて（墨・朱・尾）

【現代語訳】内にくすぶって息を詰まらせるような煙を、あれは雲ですとごまかしても、絶えず立ち昇る富士の嶺《ね》の煙、そのように内々でごまかしても絶えない恋の悲しみは、富士の嶺《ね》ならぬ、音《ね》に出して泣けてしまうばかりだよ。

【参考】「忘れずよ又忘れずよ瓦屋の下たく煙下むせびつゝ」（後拾遺七〇七、実方）「しるしなき煙を雲にまがへつゝ世を経て富士の山と燃えなん」（新古今一〇〇八、貫之）

【他出】為家卿集六七、恋。中院詠草八九、恋、貞応二年。大納言為家集一一五五、恋、貞応二年。

【語釈】○富士の音―「嶺」を「音」とかける。

【補説】古歌を巧みにふまえる。自信作と見え、各家集に入っている。

613 消《き》えねたゞ信夫《しのぶ》の衣《ころも》散《ち》る玉《たま》の」五七ウ乱《みだ》れば恋《こひ》の浮名《うきな》もぞ立《た》つ（墨・尾）

【現代語訳】私の命などたゞもう消えてしまえ。恋を忍びかくしていても、信夫摺の着物に、その乱れた文様のように涙の玉が乱れ落ちれば、あの人は浮いた恋をしているという評判が立つといけないもの。

【参考】「消えねたゞ信夫の山の峰の雲かゝる心の跡もなきまで」（新古今一〇九四、雅経）「逢ふことは信夫の衣あはれなど稀なる色に乱れそめけむ」（新勅撰九八三、定家）

【語釈】○信夫の衣―奥州の信夫郡の名産。忍草《しのぶ》の葉・茎を摺りつけて乱れた模様をつけたもの。恋心を「忍ぶ」をかけ、「乱れ」と続ける。

614　**我《わ》が袖《そで》は忍《しの》ぶ心のあやにくに陰《かげ》もる夜半《よは》の月だにも憂《う》し**

【現代語訳】人目を憚って忍んで来た私の袖に、その心も知らずあいにくと、物陰をもれてさして来る月さえも恨めしく思われるよ。

【参考】「あやにくに著《しる》くも月の宿るかな夜にまぎれてと思ふ袂に」（山家集六三八、西行）

【補説】ほぼこのような歌意であろうか。このあたりから忍びつゝ逢い初めた恋になるか。

615　**神《みわ》の崎荒磯《さきあらいそ》も見《み》えずかゝるてふ波《なみ》よりまさる袖《そで》や朽《く》ちなん**（墨・朱・尾）

【現代語訳】古歌にも、神の崎では荒磯も見えない程高い波が打寄せるという。その波よりまさる甚だしい恋の涙に袖は朽ちてしまうだろう。

【参考】「神《みわ》の崎荒磯も見えず波立ちぬいづこより行かむ避道《よきみち》はなしに」（万葉一二二〇、作者未詳）

【他出】夫木抄一二二八一、千首歌、「かくるてふ」。

【語釈】○**神の崎**—紀伊の歌枕、和歌山県新宮市。

【補説】珍しい万葉歌摂取。有名な「苦しくも降り来る雨か神の崎狭野の渡りに家もあらなくに」（万葉二六七、長忌寸奥麿、新勅撰五〇〇）でない所が面白い。

616 憂《う》しと見《み》し有明《ありあけ》の月を偲《しの》ぶかな帰《かへ》るさ知《し》らぬ暁《あかつき》の空《そら》（墨）

【現代語訳】（別れをうながすので）恨めしいと見た有明の月だが、それに恋人の面影を添えて思いやることだ。帰る道もいずれの方角とも判断のつかない、暁の空を見上げて。
【参考】「長らへば又この比やしのばれむ憂しと見し世ぞ今は恋しき」（新古今一八四三、清輔）
【補説】典拠がありそうに思われるが適切なものを見出し得ない。示教に俟つ。

617 大方《おほかた》の秋置《を》く露《つゆ》は干《ほ》しもせず身に知《し》る比《ころ》の葛《くず》の裏風《うらかぜ》

【現代語訳】世間一般、秋となれば置く露と思って、恋人に厭かれて流す涙はかわかそうともしない。我が身に引き当てて知る、この季節の葛の裏風——人の心は裏返るもの、という認識のゆえに。
【参考】「東雲《しのゝめ》に秋おく露の寒ければたゞ一人しも蝉の鳴くらむ」（千里集五二）「大方の秋置く露や玉はなす身ながら朽ちし袖は干してき」（拾遺愚草二三七六、定家）
【補説】【参考】定家詠によって成った作。「秋置く露」は頻用される歌語ではないが、為家は「弘長百首」詠

「夜なく〳〵の涙しなくは苔衣秋置く露の程は見てまし」（新後撰一二九五）をはじめ、数回用いている。

618　知《し》られじな打《う》つ墨縄《すみなは》の一筋《ひとすぢ》による方《かた》もなく君を恋《こ》ふとは（墨）」五八オ

【現代語訳】　恋人には知られまいな、番匠が印《しるし》をつける墨縄のように、ただ一筋に、脇道をする事もなくその人を恋していいるとは。

【参考】「とにかくに物は思はず飛騨匠《ひだたくみ》打つ墨縄のたゞ一筋に」（拾遺九九〇、万葉二六五六、人麿）か（万葉）（人の万葉）

【語釈】○**墨縄**―建築材に直線のしるしをつけるための、墨をつけた縄。○**よる方もなく**―縄を「縒《よ》る」をかける。

【補説】　為家は宝治元年（一二四七）詠進の「宝治百首」にも、「辛きかな山の杣木のわれながら打つ墨縄にひかぬ心は」（新拾遺三〇三二）と詠んでいる。

619　浦風《うらかぜ》の磯屋《いそや》の塩《しほ》の煙《けぶり》だに先《ま》づ吹《ふ》く方《かた》になびきやはせぬ（墨）

【現代語訳】　浦風の当る、磯の家の塩を焼く煙だって、先ず最初に吹く方向になびくではありませんか。（誰より先に愛情を表明した私に、どうして心を寄せて下さらないのですか）

【参考】「しめ結はで露に移らぬ相撲草倒るゝ方になびきやはせぬ」（女四宮歌合二二一、ただのぶ）

【補説】　月並な歌のように見えるが、右のほかほとんど参考歌として挙ぐべきものを見ない。

620　いかにせん心《こゝろ》はさても忍《しの》ぶれどまぎれぬものは涙《なみだ》なりけり（朱・尾）

【現代語訳】ああ、どうしたらよかろう。恋心はそれでも何とか内密にしていられるが、がまんできずこぼれ出てしまうのは涙であるよ。

【参考】「あくがるゝ心はさても山桜散りなん後や身に帰るべき」（山家集六七、西行）「木の葉にもまぎれぬものは住の江の時雨にたぐふ庭の松風」（拾玉集一五八五、慈円）

【補説】「心はさても」「まぎれぬものは」ともに、他に参考歌を見出しえなかった。

621　さてもまた逢《あ》ふを頼《たの》みの果《はて》もなし恋《こひ》は命《いのち》ぞ限《かぎ》りなりける（朱・尾）

【現代語訳】ああ本当にまあ、逢ふ事をただ一つの頼みとして生きていても、いつまでときりのない事だ。恋というものは、命の終る時こそ終り。それまではずっと続くものなのだなあ。

【参考】「我が恋は行方も知らず果もなし逢ふを限りと思ふばかりぞ」（古今六一一、躬恒）

【他出】為家卿集六八、（恋）。中院詠草九四、恋、貞応二年「あふを限の」。大納言為家集一一五九、（恋貞応二）、「恋は命にかぎるなりけり」。

【補説】周知の躬恒詠の見事な詠みかえ。「恋は命ぞ」は他に用例がない。

622　唐藍《からあひ》の八入《やしほ》の衣《ころも》ふりぬとも染《そ》めし心《こゝろ》の色《いろ》は変《かは》らじ

【現代語訳】私の恋は唐の藍（紅）で何回も振り染めした着物と同じこと。いくら古くなっても染め色が変らないように、思い初《そ》めた心は変りはしないよ。

【参考】「呉藍の八塩の衣朝なさななれはすれどもいやめづらしも」（万葉二六三〇、作者未詳）「我が恋は大和にはあらぬ唐藍の八入の衣深く染めてき」（月清集九九九、続古今一一一一、良経）

【他出】新拾遺一三一二、（題しらず）

【語釈】○唐藍―「韓藍」で、美しい藍色というが、恋の表現としては良経詠ともども、「呉藍」に同じ、すなわち紅と見るべきであろう。○ふりぬ―「旧りぬ」。色の縁で、「振り染」の意をかける。

623　つれもなくなほ《を》有明《ありあけ》の面影《おもかげ》を憂《う》きには耐《たえ》へてしのびつるかな（墨）

【現代語訳】無情にも有明時に去って行った人の面影を、よくもまあ私はその辛さにも耐えて思い出していることだ。

【参考】「有明のつれなく見えし別れより暁ばかり憂きものはなし」（古今六二五、忠岑）「思ひわびさても命はあるものを憂きにたへぬは涙なりけり」（千載八一八、能因）

【補説】古歌の文句取りと言ってしまえばそれだけの事だが、「つれもなく」「憂きには耐へて」の言葉あしらいに情感がこもり、新たなしおらしさを作り出している。

624　あはれともとはれぬものを夏虫《なつむし》の」五八ウ身をいたづらに幾夜《いくよ》燃《も》ゆらん（墨・朱）

【現代語訳】あゝ、いとしいとも、言ってくれはしないのに、その人を思って、夏の燈火に集まる虫のように、我が身を無駄な恋心に幾夜燃やすばかりの思いをするのだろうか。

【参考】「あはれとも言ふべき人は思ほえで身のいたづらになりぬべきかな」（拾遺九五〇、伊尹）「夏虫の身をいたづらになすことも一つ思ひによりてなりけり」（古今五四四、読人しらず）

625　逢《あ》ふことの忍《しの》びしまゝに絶《た》え果《は》てば人目《め》とまでは恨《うら》みやはせん（墨・尾）

【現代語訳】恋人と逢うことが、全く内密にした状態のままで終ってしまったなら、人目がうるさいせいだと、そのせいにして恨む事さえ出来ないではないか。

【参考】「思へども人目つゝみの高ければかはと見ながらえこそ渡らね」（古今六五九、読人しらず）「逢ふはかりなくてのみ経る我が恋を人目にかくる事のわびしさ」（後撰一〇一八、読人しらず）

【補説】逢えない事を「人目をつゝむ」為とするのは恋歌の定石であるが、それを口実にできないぐらい用心深い恋であるなら、逢えない原因は恋人の心が離れた為となる。それを恨む心。珍しい設定と言えよう。以下「恨恋」。

626　さぞとだになど白波《しらなみ》の風《かぜ》をいたみ思《おも》はぬ方《かた》に立《た》ちわたるとも

【現代語訳】「ああ、そうか」とさえ、どうして知る事ができたろうか。白波が風のせいで、意外な方向に立つように、恋人が何かの機縁で、思いもよらぬ女性に心奪われてしまうとも。

【参考】「須磨の蜑の塩焼く煙風をいたみ思はぬ方にたなびきにけり」（古今七〇八、読人しらず）
【語釈】○**など白波**―「など知らむ」をかける。
【補説】「さぞとだに」はこれ以前用例がないが、為家は669に用いる外、「大納言為家集」にも九七一・一〇九四と二回用いている。

627 **ありて憂《う》き身の数《かず》ならぬ思《おも》ひゆゑ《へ》恨《うら》むとだにもいかゞ知《し》らせん**（朱・尾）

【現代語訳】生きていても甲斐のないような私の、人数にも入らぬひそかな恋心であるから、無関心なあの人を恨んでいるとだけでも、どうやって知らせる事ができようか。そのすべもない。
【参考】「ありて憂き命ばかりは長月の月を今宵ととふ人もなし」（拾遺愚草二七四八）「逢ふ事の年ぎりしぬる歎きには身の数ならぬ物にぞありける」（後撰一一九七、せかゐの君）
【補説】「ありて憂き」は【参考】定家詠以外に先蹤を見ない。必ずやこれによったであろう。

628 **稀《まれ》にのみ逢坂山《あふさかやま》の岩清水《いはしみづ》言《い》はねど先《さき》に濡《ぬ》るゝ袖《そで》かな**

【現代語訳】恋人との本当に遇まの逢瀬は、行く事の稀な逢坂山の岩清水を汲むようなもの。恋の思いは「岩」ならぬ「言わ」ないけれど、先ず最初に涙で濡れてしまう袖であるよ。
【参考】「君が代に逢坂山の岩清水木隠れたりと思ひけるかな」（古今一〇〇四、躬恒）
【語釈】○**逢坂山の岩清水**―「稀にのみ逢う」「言はねど」をかける。

629 果《はて》はまた忘《わす》れん後《のち》の人目《め》さへ憂《う》きかねごとに偲《しの》ばれぞする（墨・尾」五九オ）

【現代語訳】 辛い恋の果にはまた、やがて忘れ去られた後、私に向けられるであろう他人の視線さえ、辛い予測として想像されることだ。

【参考】「訪れし木の葉散り交ふ果はまた霧の籬を払ふ山風」（月清集一二九、良経）「波立てし心の道の果はまた苦しき海の底に住むかな」（同二九四、良経）「世に経れば賤の苧環《をだまき》果はまた月に幾度衣打つらん」（壬二集二四二九、家隆）

【補説】「果はまた」は【参考】三詠以外、「千五百番歌合」一七二二宮内卿詠を見る程度であるが、為家は本千首741・744・773、「新撰六帖」一回、「五社百首」二回用いて、以後十三代集十例という流行の端を開いた。

630 忘《わす》るべき今《いま》は我《わ》が身の涙《なみだ》だに心《こころ》にかなふ夕暮《ぐれ》ぞなき（墨・尾）

【現代語訳】（恋人が忘れたからには）こちらも忘れて当然、という今の状況でありながら、我が身のものであるはずの涙さえ思うようになるような夕暮はないよ。（忘れられず涙を流し続けるばかりだ）

【参考】「忘れぬと聞かばぞ我も忘るべき同じ心に契り来しかば」（相如集五七）「枕のみ浮くと思ひし涙川今は我が身の沈むなりけり」（新古今一三五七、是則）「潮の間に四方の浦々たづぬれど今は我が身のいふかひもなし」（新古今一七一六、和泉式部）「わりなしや心にかなふ涙だに身のうき時はとまりやはする」（後拾遺八八四、雅通女）

【他出】 続拾遺九六二、題しらず。六華集一一三三。

【補説】　古歌を縦横に引き、為家「稽古」の成果を示している。

631　時雨《しぐれ》降《ふ》る立田《たつた》の山にまじりても散《ち》りなば袖《そで》を何《なに》にまがへん（墨）

【現代語訳】　時雨が降り、紅葉する立田の山にまぎれ込んで、恋の涙に赤く染まった袖をかくそうとしても、その紅葉が散ってしまったら、袖の赤さを何だといってごまかそうか。

【参考】　「立田山夕つけ鳥のをりはへて我が衣手に時雨降る比」（拾遺愚草一一五五、定家）「又は見じ秋を限りの立田山紅葉の上に時雨降る比」（拾遺愚草員外二三〇、定家）

【補説】　「立田山の時雨」詠は案外多くない。本詠は父定家の二首などから思い寄ったか。

632　いかゞせん其《そ》をだに後《のち》と頼《たの》むとも人の心《こゝろ》の変《かは》りはてなば

【現代語訳】　あゝ、どうしようか。たとえ別れても互いに飽き飽かれたわけではないと、それだけを後々までの心頼みにしていても、それに反して恋人の心が変り果ててしまったならば。

【参考】　「飽かでこそ思はむ中は離れなめ其をだに後の忘れがたみに」（古今七一七、読人しらず）

【補説】　有名な古歌によりつゝ、「飽かでこそ」というその前提が覆えった場合を予想し、思い惑う恋心をうたう。

633　あはれまたいづくを偲《しの》ぶ心とて憂《う》きを形見《かたみ》に濡《ぬ》るゝ袂《たもと》ぞ（朱・尾）

【現代語訳】　あゝ、それではまあ、どんな事を思い慕う心だからといって、恋人の無情さをその人の形見として泣き濡らす私の袂なのだろう。（そんな矛盾した心理はあるまいと思うのに）

【参考】「わび果つる時さへ物の悲しきはいづこを偲ぶ涙なるらむ」（古今八一三、読人しらず）「せく人もかへらぬ波の花の陰憂きを形見の春ぞ悲しき」（拾遺愚草二〇八六、定家）

【補説】「憂きを形見」の前例は【参考】定家詠しか見当らない。

634　東雲《しのゝめ》や木綿付鳥《ゆふつけどり》の声《こゑ》よりも我《われ》ぞ明《あ》けぬと音《ね》には立《た》てつる（墨）

【現代語訳】　東の空が白んで来た。それを知らせる鶏の声よりも、（恋人を空しく待ち明かした）私こそ、あゝ、夜が明けてしまったと、声を立てて泣くことだ。

【参考】「逢坂の木綿付鳥も我が如く人や恋しき音のみなくらむ」（古今五三六、読人しらず）

635　片糸《かたいと》の沫緒《あはお》にぬけるたまくも逢《あ》はずは何《なに》のよると待《ま》たまし（墨・朱・尾）
「五九ウ

【現代語訳】　まだ縒《よ》り合せない細い糸の、頼りない糸筋に通した玉のように不安定で、ほんの遇《たま》まも逢う事が出来ない二人の仲ならば、何で今夜こそは来るだろうと待つのか、そんな期待はできないではないか。

【参考】「玉の緒を沫緒によりて結べらばありて後にも逢はざらめやも」（万葉七六六、紀女郎）「玉の緒を沫緒によりて結べれば絶えての後も逢はむとぞ思ふ」（伊勢物語六九、男）

【語釈】○沫緒―ほどけやすい糸。○たまく―「玉」に「偶ま」をかける。○逢はずは……よる―共に「糸」の縁語。「縒る」は「夜」をかける。

【補説】「沫緒」を詠みこんだ歌はごく少い。底本、「なにを」の「を」を見せ消ちにして「の」と訂正する。

636　奥《おく》の海汐干《うみしほひ》の潟《かた》にたづねてもかひなき恋《こひ》に身《み》をやつくさん

【現代語訳】遠い陸奥《みちのく》の海まで行って、潮の引いた海岸でさがしてみても尋ねる貝が見つからない、そのように、何の甲斐もない空しい恋のために、我が身を終らせてしまうのだろうか。

【参考】「たづね見るつらき心の奥の海よ汐干の潟の言ふかひもなし」（新古今一三三二、千五百番歌合二四三七、定家）

【補説】歌合定家詠判詞には、「源氏物語」の「伊勢島や汐干の潟にあさりても言ふかひなきは我が身なりけり」（一九五、六条御息所）の詠みかえである事が指摘されている。これも念頭にあった事であろう。入（千五百番）

637　我が•袖《そで》の涙《なみだ》に影《かげ》は馴《な》れてだに月の桂《かつら》は手《て》にも取《と》られず（墨）

【現代語訳】私の袖の涙に映る月の光は、いつも馴れ親しんだものなのに、月の中の桂にたとえられる恋しい人は、手に取り、愛し合う事もできない。

【参考】「馴れてだに心にとまる秋風の今日吹きそむるたそがれの空」（千五百番歌合一〇七二、保季）「目には見て手には取られぬ月の内の桂の如き妹をいかにせむ」（万葉六三五、新勅撰九五三、湯原王）

【補説】万葉歌の巧みな中世的詠みかえ。底本、「我そてに」とし、「に」の上に「の」と重ね書。

638 今《いま》はまた誰《た》が行《ゆ》く道《みち》となりぬらん通《かよ》ひし野辺《のべ》の露《つゆ》の笹原《さゝはら》

【現代語訳】今はまた（私とは引きかえて）誰があの人の所へ行く道となったことだろう。いつも通った野の、露の一面に置いた笹原は。

【補説】それらしき参考歌を見出しえず、発想そのものがユニークである。「露の笹原」は、近世にたゞ一首、肖柏の「春夢草」に見えるのみである。

639 葦鶴《あしたづ》のなく音《ね》を立《た》てて妹《いも》が島《しま》辛《つら》き形見《かたみ》の恨《うら》みてぞ寝《ぬ》る（墨）

【現代語訳】（恋人に捨てられた私は）葦辺の鶴のように声を立てて泣きながら、「妹が島の形見の浦」ではないが、あの人の悲しい形見となった恨みの心を抱いて寝るばかりだ。

【参考】「藻刈舟沖漕ぎ来らし妹が島形見の浦に鶴《たづ》かける見ゆ」（万葉一二一八、作者未詳、新勅撰一三二七）「風寒み夜の更けゆけば妹が島形見の浦に千鳥鳴くなり」（新勅撰四〇六、実朝）

【語釈】○**妹が島・形見の浦**―紀伊の歌枕。和歌山県海草郡加太町、また田辺市などというが未詳。「遺物《かたみ》」をかける。○**恨み**―「浦見」をかける。

640 長《なが》らふる玉《たま》の小琴《をごと》のおのれのみ辛《つら》きに耐《たえ》へぬ音《ね》をぞ立《た》てつる（墨・朱・尾）」六〇オ

【現代語訳】不本意ながら長らえている命、その「玉の緒」ならぬ、玉のように美しい琴の緒と同音の「己《おの》れ」一人、失った恋の辛さに耐えかねて、琴の音ならぬ「泣く音」を立ててしまったよ。

【参考】「膝に伏す玉の小琴の事無くはいとかくばかり我が恋ひめやも」（万葉一三二八、作者未詳）

【補説】「長らふる玉の緒。（命）→小琴の緒。→おのれ」「琴。→音を立つ」と、縁語を連ねる。取立てて指摘すべき参考歌によるというより、言葉続きの面白さで成った歌であろう。

641　塞《せ》きかぬる袖《そで》さへかけて満《み》つ潮《しほ》に入《い》りぬる磯《いそ》の草《くさ》に恋《こ》ひつゝ

【現代語訳】せき止めかねる袖にさえ、なお重ねて満ちて来る潮のような涙の中で、その潮でかくれてしまう磯の草にも似た内密の恋人を、ひたすら恋い続けることだ。

【参考】「潮満てば入りぬる磯の草なれや見らく少なく恋ふらくの多き」（万葉一三九八、作者未詳、拾遺九六七）

642　思《おも》ひのみ深《ふか》き入江《いりえ》に漕《こ》ぐ舟《ふね》の一人《ひとり》こがれて世をや渡《わた》らん

【現代語訳】こちらの思いばかりが深いこの恋は、深い入江に漕ぐ舟のようなもの。舟が漕がれるように、自分一人焦がれて一生を過ごすことだろうか。

【参考】「玉津島深き入江を漕ぐ舟の浮きたる恋も我はするかな」（後撰七六八、黒主）

【語釈】○**深き**―「思ひ」「入江」双方にかける。○**こがれて**―「漕がれて」「焦がれて」をかける。

643 逢《あ》ふ事《こと》はたゞ片時《かた》の現《うつゝ》だに泣《な》き寝《ね》の夢《ゆめ》も定《さだ》かにや見《み》る（墨・尾）

【現代語訳】現実に逢う事は、ほんの片時すらないまゝに、泣きながら寝る夢の中でさえ、恋人をはっきり見る事があろうか、そんな事はありはしない。

【参考】「逢ふ事も今は泣き寝の夢ならでいつかは君を又は見るべき」（新古今八一一、上東門院）

【語釈】○泣き寝―「逢ふ事は無き」をかける。

644 打《う》ち絶《た》えて帰《かへ》るさ知《し》らぬ鳥《とり》の音《ね》ぞ憂《う》かりしまゝの形見《かたみ》なりける

【現代語訳】すっかり縁が切れてしまって、恋人の帰って行くのを見送る事もない今、たゞ別れの時を知らせた鶏の声だけが、辛かった当時のまゝの形見であるのだなあ。

【参考】「なか〳〵に憂かりしまゝに止みもせば忘るゝ程になりもしなまし」（後拾遺七四五、和泉式部）

645 我《われ》一人《ひとり》忘《わす》れずとても憂《う》き人の頼《たの》めし暮《くれ》は言《い》ふかひもなし

【現代語訳】私一人が忘れないでいても、不実な恋人の約束した夕暮は、待っている甲斐もない事だ。（あの人は何とも思わず忘れ去っているのだもの）

【参考】「よき人に鳴海の浦の八重霞忘れずとても隔て果ててき」（拾遺愚草一二七八、定家）「忘れじの言の葉い

かになりにけむ頼めし暮は秋風ぞ吹く」（新古今一三〇三、丹後）

646　憂《う》しとても人の心はいかゞせん」六〇ウわが身の咎《とが》に思《おも》ひなりなで

【現代語訳】恨めしいと言っても、恋人の心はどうしようか、どうなるものでもない。それでも自分のせいで人が遠ざかったと思う気持には、どうしてもなれないで……。

【参考】「憂しとても更に思ひぞ返されぬ恋はうらなき物にぞありける」（後拾遺八二六、頼宗）「夢とのみ思ひなりにし世の中を何今更に驚かすらん」（拾遺一二〇六、成忠女）

【補説】「思ひなりなで」は他に用例のない独自句。以上五首、「我一人忘れぬ恋」を縦横に詠む。

647　一筋《ひとすぢ》にならぬ心《こゝろ》もいかゞ見《み》ん忘《わす》れしまゝの憂《う》きに耐《たえ》へずは（朱・尾）

【現代語訳】どうしても恨み一筋にはならない私の心であるが、その心も人はどう見るだろうか、恋人が忘れ去ったままという辛い状態に耐え切れず、このまま私が死んでしまったら。

【参考】「思ひわびさても命はあるものを憂きに耐へぬは涙なりけり」（千載八一八、道因）

【補説】難解であるが一往このように解してみた。自信はないが如何。

648　忘《わす》られて待《ま》たぬ夕べもありなまし辛《つら》き一《ひと》つの心《こゝろ》なりせば（墨・尾）

【現代語訳】　恋人の事が自然に忘れられて、来訪を待たないで居られる夕暮もありそうなものだが。たゞ辛い、恨めしいと思う一方の私の心であったならば。

【参考】「思ひ出づるその慰めもありなまし逢見て後の辛さなりせば」（千載七〇一、季経）

649　今《いま》は又思《またおも》ひ初《そ》めけん身の咎《とが》は心《こゝろ》になしてかこちつるかな（墨）

【現代語訳】　恋人に忘れられた今は又、その人を思いはじめてしまった私の身の過《あやま》ちは、思慮の足りなかった心のせいだとかこつけて、思い歎くことだ。

【参考】「歎けどもかひなかりけり世の中に何にくやしく思ひ初めけん」（後撰八五〇、読人しらず）

【補説】　このあたり、さすがにいささか趣向に窮した詠が続くようである。

650　浅葉野《あさはの》の露《つゆ》の白菅《しらすげ》うち絶《た》えてかくれて長《なが》き音《ね》にぞ泣《な》きぬる（墨）

【現代語訳】　浅葉野に生える、露の置く白菅ではないが、恋心を知らせるすべも絶えた私は、物にかくれて、菅の根にも似た長い音《ね》を立てて泣くばかりだ。

【参考】「浅葉野に立つ神古菅《みわこすげ》根かくれて誰ゆゑにかは我が恋ひざらむ」（万葉二八七五、人麿歌集）「葦鶴のさわく入江の白菅の知られむためと乞ひ痛むかも」（同二七七八、作者未詳）

【他出】　為家卿集六九、「音にぞ泣きける」（恋）、大納言為家集一一六〇、（恋貞応二年）、「音にぞなきける」。夫木抄一三五四七、同（千首歌）

【語釈】○浅葉野―未詳。武蔵とも遠江ともいう。○白菅―湿地に生える白色を帯びた菅。「知らす」をかける。

【補説】前数首から一転、万葉摂取に特色を見せる。

651 塞《せ》く袖《そで》の言《い》はまほしさに湧《わ》きかへり静心《しづこゝろ》なき思《おも》ひ川《がは》かな（墨）」六一オ

【現代語訳】恋心を自省し、口に出したいのを袖で塞き止めるが、思いは岩間に湧き返る激流のように激しく、平静な心は全く無い、激流の川のような私の思いだなあ。

【参考】「涙川たぎつ心の早き瀬をしがらみかけて塞く袖ぞなき」（新古今一一二〇、讃岐）「行く方もなく塞かれたる山水の言はまほしくも思ほゆるかな」（後撰五九〇、読人しらず）「我が心変らむものか瓦屋の下たく煙湧きかへりつゝ」（後拾遺八一八、長能）「思ひ川絶えず流るゝ水の泡のうたかた人に逢はで消えめや」（後撰五一五、伊勢）

【語釈】○言はまほしさ―「岩間」をかける。○湧きかへり―激情の起る意を川水の激しい動きにたとえ、「思ひ川」を導く。○思ひ川→258【語釈】。筑前の歌枕ではあるが、むしろ【参考】伊勢詠から、忍ぶ恋の象徴のように用いられる。

【補説】「塞く」「岩間」「湧きかへり」と「川」の縁語を連ねた趣向。

652 志珂《しか》の蜑《あま》の焼《や》く塩煙《しほけぶり》立《た》つとだに人に知《し》らする浦風《うらかぜ》もがな（墨・朱・尾）

【現代語訳】志珂の浦の蜑人の、藻塩を焼く煙が立つように、私の中の恋心が燃え立っていると、せめてそれだけでも恋人に知らせるような、浦風が吹いてくれるといいのになあ。

【参考】「志珂の蜑の塩焼く煙風をいたみ立ちは昇らず山にたなびく」（万葉一二五〇、新古今一五九二、読人しらず）（新古で）

【他出】夫木抄一六六五六、千首歌、「塩焼く煙立つごとに人に知らるゝ浦風ぞ吹く」。

【語釈】○志珂→555【語釈】。

653　伊勢《いせ》の蜑《あま》の塩焼《しほや》き衣《ごろも》なれてだに辛《つら》き間遠《まどを》の袖《そで》ぞ悲《かな》しき（墨）

【現代語訳】伊勢の蜑の塩を焼く時の着物の、着古したのと同じように、私の不如意な恋も古び、今はその状況に慣れてしまったようではあるが、それでも間遠にしか来てくれない人を思って涙に濡らす袖は、悲しいことだ。

【参考】「志珂の蜑の塩焼き衣なるといへど恋てふものは忘れかねつも」（万葉二六二九、作者未詳）「なれ行けば浮けの夜々須磨の蜑の塩垂れ衣間遠なるらん」（古今六帖三三八八）

【語釈】○なれて―「穢れ」と「慣れ」をかける。○間遠―蜑の衣の織目の粗い事と、恋人の訪れの間遠な事をかける。

654　待《ま》ち慣《な》るゝ夕《ゆふべ》の空《そら》は昔《むかし》にて我《わ》が身一《ひと》つの秋《あき》は来《き》にけり（墨・朱・尾）

【現代語訳】恋人の訪れを待つ事を当然の習慣としていたのは昔の事であって、私一人、厭《あ》かれた身を思う秋が来たことよ。

【参考】「味気なく辛き嵐の声も憂しなど夕暮に待ち慣らひけん」（新古今一一九六、定家）「鶯の鳴くなる声は昔にて我が身一つのあらずもあるかな」（後撰八一、顕忠母）「月見れば千々に物こそ悲しけれ我が身一つの秋にはあらねど」（古今一九三、千里）

655 我《わ》が袖《そで》の涙《なみだ》の川《かは》にたづねても人を見《み》る目《め》は思《おも》ひ絶《た》えつゝ（墨）

【現代語訳】私の袖に、涙は川のように流れるが、そこに植えたいと古人の言った、人を「海松布《みるめ》」――見る機会というものは無いと思いあきらめているよ。

【参考】「早き瀬に見る目生《お》ひせば我が袖の涙の川に植ゑましものを」（古今五三一、読人しらず）

【補説】【参考】古今詠の知識無くしては詠み得ぬ歌である。「稽古」の好例。

656 待《ま》つ人は幾夜《いくよ》つれなくたけ島《しま》のかわ《は》かぬ波《なみ》は袖《そで》にかけつゝ（墨）

【現代語訳】待つ人は、幾晩無情にも訪れず、夜は更けることか。たけ島にかわく事なく寄せる波のような、絶えぬ涙は袖にかけながら。

【参考】「竹嶋《たかしま》のあと川波はとよめども我は家思ふ庵悲しみ」（万葉一二四二、作者未詳）

【語釈】○竹島――「万葉集」では滋賀県高島郡と、そこを流れる安曇《あと》川を言い、西本願寺本表記「竹嶋《タカシマ》」であるが、これを漢字表記のままに「たけ」と読み、夜の「闌《た》け」にかけた。

657　三室《みむろ》山祈《いの》る心《こゝろ》も白木綿《しらゆふ》」六一ウのかけてや長く恋《こ》ひ・わたるべき

【現代語訳】三室山の神に、この恋の成就を祈る心も恋人は知らないでか、神前に掛ける白木綿の幣《ぬさ》の長いように、私一人心にかけて長い年月恋し続けることだろうか。

【参考】「神垣の三室の山は春来てぞ花の白木綿かけて見えける」（千載五八、清輔）

【語釈】○三室山→350。○白木綿―「知らず」をかける。○かけて―「木綿を掛けて」と「心にかけて」をかける。「長く」も木綿の縁語。

658　今《いま》ぞ知《し》る袖《そで》にかつ散《ち》る白玉《しらたま》は契り・し仲《なか》の緒絶《をだ》えなりけり（墨・朱・尾）

【現代語訳】今、ようやくわかったよ。袖にあとから〳〵散る白玉は、約束した二人の中を結ぶ、玉を連ねた糸が切れてしまった、そのための涙だったのだ。

【参考】「白玉は緒絶えしにきと聞きし故にその緒また貫き我が玉にせん」（万葉三八三六、作者未詳）「白玉の緒絶えの橋の名も辛しくだけて落つる袖の涙に」（拾遺愚草一一五九、定家）

【補説】「緒絶えの橋」はよく使われる歌枕（陸奥）であり、特に定家は「拾遺愚草」に五回も用いているが、為家は万葉詠によって、橋でなく「緒が絶える事」として用い、後年「散る涙緒絶えの玉と分きもせず乱れて見ゆる草の下露」（新撰六帖四二七）とも詠んでいる。

659　八声《やこゑ》鳴《な》くかけの垂《た》れ尾《を》のおのれのみ長《なが》くや人に思《おも》ひ乱《みだ》れん（墨・朱・尾）

【現代語訳】何回もくく鳴く、鶏の垂れた長い尾の乱れるように、私一人こんなにも長く恋人に対して思い乱れて過すことだろうか。

【参考】「庭つ鳥かけの垂尾の乱り尾の長き心も思ほえぬかも」（万葉一四一七、作者未詳）

【他出】風雅一一二八、恋歌の中に。

【語釈】○**かけ**—くだかけ。鶏。○**垂れ尾**—「おのれ」の序であり、「長く」「乱れ」を導く。

【補説】「八声の鶏」は用例極めて多いが、「八声鳴く」はこの後「新撰六帖」に光俊一首を見るのみ。近世に至って頻出する。

660 **我《わ》が恋は風《かぜ》にまかする白雲《しらくも》の果《はて》なき空《そら》に思《おも》ひ消《き》えつゝ**（墨・朱）

【現代語訳】私の恋は、成行きを風にまかせる白雲のようなもの。あてもなく広い空に雲が消えるように、思いを抱きながら空しく消えていくばかりだ。
【参考】「漕ぐ舟の風にまかするまほにだにそこと教へぬあふの松原」（拾遺愚草二五八五、定家）「ふるさとの雪は花とぞ降り積るながむる我も思ひ消えつゝ」（後撰四八五、読人しらず）
【補説】底本、本詠は次詠の次に記した上で、歌順入れかえの指示あり。『国歌大観』に照らしても、この順が正しいと認められるので訂正した。

661 **我《わ》が恋は朝明《あさけ》の風《かぜ》に雲《くも》もなく凪《な》ぎたる空《そら》に身をやつくさん**

【現代語訳】私の恋は、（一人心の中で思うばかりで）早朝の風に雲も無く穏かな空のように何の反応もない。こんな状態のまゝで空しく終るのだろうか。
【参考】「雲もなく凪ぎたる空の浅緑空しき色も今ぞ知りぬる」（続後撰六〇八、皇嘉門院別当）
【補説】【参考】詠は「兼実家百首」に「色即是空、空即是色」を詠んだもの。これを念頭に空しき恋を詠んだか。他に適切な参考歌を思い得ない。

662　我《わ》が恋は難波乙女《なにはおとめ》が昆陽《こや》にたくすく藻《も》の煙下燃《けぶりしたも》えにのみ（墨）「六二オ

【現代語訳】私の恋は、難波の少女が昆陽の家で燃やす、藻屑の煙のように、燃え上らずくすぶっているだけだ。
【参考】「津の国のなにには立たまく惜しみこそすく藻たく火の下にこがるれ」（後撰七六九、紀内親王）
【語釈】○昆陽→544。○すく藻→606。

663　あだにのみうつろふと見《み》し宮城野《みやぎのゝ》のもとあらの萩《はぎ》の色《いろ》もつれなし（墨・朱・尾）

【現代語訳】（私の恋とは関係なく）たゞはかなく色あせるものとばかり見ていた、宮城野のもとあらの萩だが、恋人の心が移り変ってしまった今となっては、その状況を象徴するようなその色を見るのも恨めしく思われるよ。

【参考】「宮城野のもとあらの小萩露を重み風を待つごと君をこそ待て」（古今六九四、読人しらず）「故郷のもとあらの小萩咲きしより夜な〳〵庭の月ぞうつろふ」（新古今三九三、良経）

【語釈】 ○宮城野―陸前の歌枕。仙台市の東方一帯の野。○もとあら―株の生えぎわのまばらな状態。

664
徒《いたづ》らに涙《なみだ》に添《そ》へてしほるかな行《ゆ》きては帰《かへ》る道芝《みちしば》の露《つゆ》

【現代語訳】 たゞ空しく、涙に加えてびっしょりと袖を濡らすことだ。恋人の所に行っては空しく帰る道の、芝草に置いた露よ。
【参考】「西を思ふ涙に添へて引く玉に光あらはす秋の夜の月」(拾遺愚草二九七二、定家)「消えかへりあるかなきかの我が身かな恨みて帰る道芝の露」(新古今一一八八、朝光)
【語釈】 ○しほる―霑《しほ》る。びっしょり濡らす。→188【語釈】。

665
来《き》てもなほ頼《たの》まぬものを夏衣《なつごろもうす》薄くなり行《ゆ》く人の心《こころ》は (朱)

【現代語訳】 せっかく来てくれてもやはり、信頼はできないのだなあ。夏の着物のように、目に見えて薄くなって行く恋人の愛情は。
【参考】「蝉の声聞けば悲しな夏衣薄くや人のならむと思へば」(古今七一五、友則)
【語釈】 ○来ても―「着ても」をかけ、「夏衣」を出す。

666
嵐吹《あらしふ》く四方《よも》の草《くさ》葉の秋の露置《つゆを》き所《どころ》なく恋《こ》ひわたるかな (墨・朱・尾)

【現代語訳】私の心は嵐の吹く中の、あたり一面の草葉の上の秋の露のようなもの。安定するひまもないようにあの人を恋い続けるばかりだ。

【参考】「東雲《しののめ》よ四方の草葉もしほるまでいかに契りて露の置くらん」（拾遺愚草一八六、定家）「恋しきも心づからのわざなれば置き所なく持てぞわづらふ」（中務集二四九）

667　思《おも》はじと思《おも》ひながらに思《おも》ふかな思《おも》ひし筋《すぢ》は思《おも》ひ忘《わす》れて

【現代語訳】もうあの人の事は思うまいと、思いながらやっぱりその人の事を思ってしまう。前に決心した事はすっかり忘れて。

【参考】「思はじと思ふも物を思ふなり思はじとだに思はじやなぞ」（源氏注四五九）

【補説】右【参考】詠は「奥入」葵の巻、六条御息所の、自身の物の怪となった噂を聞いての懊悩の場面に引かれている。

668　立《た》つ波《なみ》も紅《くれなゐ》深《ふか》き敷妙《しきたへ》の袖こそ秋《あき》の泊《とま》りなるらめ（墨・朱・尾」六二ウ）

【現代語訳】（古人は紅葉葉の流れてとまるさまを「紅深き波」と言ったが）波立つような紅涙に深く染まる私の袖こそは、「秋の泊り」ならぬ、恋人に飽きられた最後の姿であろう。

【参考】「紅葉葉の流れてとまる港には紅深き波や立つらむ」（古今二九三、素性）「惜しめども四方の紅葉は散り果てて戸無瀬ぞ秋の泊りなりける」（金葉二五六、公実）

【語釈】○敷妙の―共寝をする時に敷く栲《たへ》（楮《こうぞ》の繊維の布）。「床」「袖」等の枕詞。○秋―「飽き」をかける。

669　さぞとだに得《え》や白雲《しらくも》のおのれのみ消《き》え行《ゆ》く空《そら》に色《いろ》し見《み》えねば（朱）

【現代語訳】恋人は、私が恋しているとさえ、到底知りはしないだろう。白雲が自然に消えて行く空に、その痕跡が見えないように、私が恋い死《じに》してもその原因などわかりはしないのだから。

【参考】「風をいたみ岩打つ波のおのれのみくだけて物を思ふ比かな」（詞花二一一、重之）「横雲の消え行く空に思ふかな悟り晴れにし月の光を」（月清集一五〇〇、良経）「知られじな千入の木の葉こがるとも時雨るゝ雲に色し見えねば」（拾遺愚草一八六九、定家）

【語釈】○さぞ―そうである。恋をしている。→626。○得や白雲―「得や知らず」をかける。

【補説】「大納言為家集」には、「寄雪恋貞応二年」と詞書して「由なしな深き心をさぞとだに知られで消えん峰の淡雪」（一〇九四）がある。同一年の詠であり、関係あるか、如何。

670　色深《いろふか》く思《おも》ひそめてし言《こと》の葉に君が常磐《ときは》はなほぞ《を》つれなき（朱・尾）

【現代語訳】私が恋心を深く思い初めて口に出した言葉にも、常緑の松のようなあの方の気持はやはり変化なく、動かされない。

【参考】「紅の初花染の色深く思ひし心我忘れめや」（古今七二三、読人しらず）「限りなく思ひそめてし紅の人をあくにぞかへらざりける」（拾遺八七八、読人しらず）「吹く風によその紅葉は散り来れど君が常磐の影ぞのどけ

き」（拾遺二八二、好古）

【語釈】○思ひそめてし―「初め」と「染め」をかける。○常磐―「染め」「葉」すなわち紅葉に対する常緑の松のように、恋心に対応変化しない恋人の心。

【補説】「拾遺集」、好古の賀歌を打返した趣向。

671 袖《そで》もまた払《はら》へば泡《あは》と浮島《うきしま》の待《ま》つとせし間《ま》の床《とこ》の涙《なみだ》は（墨・朱・尾）

【現代語訳】濡れた袖もまた、払うと涙が泡となって浮くよ。「波にも濡れぬ浮島の松」と思って、それを頼みに待つ（しかし恋人は来ない）間の床の涙は。

【参考】「わたつみと荒れにし床を今更に払はば袖や泡と浮きなむ」（古今七三三、伊勢）「わたつみの波にもぬれぬ浮島の松に心を寄せて頼まん」（拾遺四五八、能宣）「我が宿は道もなきまで荒れにけりつれなき人を待つとせし間に」（古今七七〇、遍昭）

【補説】為家「稽古」のありようの一具体例と言えよう。

672 憂《う》き夢《ゆめ》を見《み》ざりし程は一筋《ひとすぢ》につれなしとこそ恨《うら》みわびけめ

【現代語訳】恋人の死という、思いもよらぬ辛い出来事を見なかったうちは、一方的に無情だとばかり恨み続けていた私だったろうに。（今の辛さは何とも言いようがない）

【参考】「憂き夢は名残までこそ悲しけれ此の世の後もなほや歎かん」（千載一一二七、俊成）

【補説】「憂き夢」の用例は多くないが、「高倉院昇霞記」はじめ、死別の際の表現に用いられる。【参考】俊成詠も「この世の後も」と言っており、為家も後年法印良守四十九日に「うき夢の別路に送る鐘の音は覚むる悟りのしるべともなれ」（大納言為家集一七三九）と詠んでいる。それらに従って、単なる離別でなく、死別と考えてみたが、排列の流れとして無理か、如何。

673 降《ふ》らぬ夜《よ》の心《こゝろ》は雨《あめ》に恥《は》づれども月は待《ま》ちても慰《なぐさ》みなまし（墨・尾）」六三オ

【現代語訳】約束しながら来ない人を、「雨も降らないのに……」と恨む心は、雨に対して恥ずかしいけれども、これが月に対してなら、その出るのを待って心を慰める事もあろうが、雨が相手では何とも気持がおさまらないではないか。
【参考】「降らぬ夜の心を知らで大空の雨を辛しと思ひけるかな」（拾遺七九七、春宮左近）
【補説】671詠と同様、【参考】詠を知り、かつ鑑賞者が直ちにこれに思い至る事を前提としなければ詠じ得ない作であろう。

674 徒《あだ》にのみ佐野《さの》ゝ船橋《ふなばし》年《とし》を経《へ》てかけてや人を恋ひわたりなむ（墨）

【現代語訳】全く無駄な事なのに、佐野の船橋がずっと昔からかけてあるように、何年も〳〵心にかけて、あの人を恋い続けていることだろうか。

【参考】「東路の佐野の船橋かけてのみ思ひ渡るを知る人のなき」（後撰六一九、等）

【語釈】○佐野の船橋―上野の歌枕。高崎市上佐野の烏川に、船を並べ、上に板を渡した橋。「かけ」「わたり」は橋の縁語。

675 朝霧《あさぎり》に濡《ぬ》れにきと思《おも》ふ衣手《ころもで》のやがて涙《なみだ》にしほれぬるかな（墨）

【現代語訳】後朝の別れをしたあの頃は、朝霧に濡れたものだったなあ、と思う着物の袖が、（恋人の訪れの絶えた今は、朝霧にも及ばず）もうそのまゝ、涙でびっしょりになってしまったよ。

【参考】「朝霧に濡れにし衣干さずして一人か君が山路越ゆらむ」（万葉一六七〇、作者未詳）

676 玉櫛笥《たまくしげ》明《あ》けまく惜《お》しみ見《み》つる夜《よ》のはかなき夢《ゆめ》に濡《ぬ》るゝ袖《そで》かな（墨・朱）

【現代語訳】美しい玉の箱を開けるのを惜しむように、夜の明けるのを惜しんで見ていた、はかない恋の夢のために、涙に濡れる袖であることよ。

【参考】「玉櫛笥明けまく惜しきあたら夜を衣手離《か》れて一人かも寝む」（万葉一六九七、紀伊国作歌、新古今一四二九、読人しらず）

677 憂《う》き人をまどろむ程の夢《ゆめ》にだに忘《わす》ればこそは見《み》ても偲《しの》ばめ

【現代語訳】恨めしい恋人の事を、片時でも忘れる時があるのならば、ちょっとうと〳〵する位の夢の中ででも、

見て思いやる事もできよう。（しかし全く忘れるひまなどないのだから、そういう慰めすら無い）
【参考】「夢にさへ逢はずと人の見えつればまどろむ程のなぐさめもなし」（新勅撰九七八、道因）「歎きても今かひなしと思へども忘ればこそは慰みもせめ」（正治百首五八二、通親）「恋しくは見ても偲ばん紅葉葉を吹きな散らしそ山颪の風」（古今六帖四二七、関雄）

678　茂《しげ》り行《ゆ》く真柴《ましば》の垣《かき》の青葛《あをつゞら》ひまなき恋《こひ》は苦《くる》しかりけり（墨朱尾）
【現代語訳】茂って行く、柴垣にからむ青葛に隙間がないように、忘れるひまのない恋心というものは、全く苦しいものだなあ。
【参考】「人目のみ繁き深山の青葛苦しき世をぞ思ひわびぬる」（後拾遺六九二、章行女）「山賤の垣ほにはへる青葛人は来れども言伝てもなし」（古今七四二、寵）
【語釈】○青葛―蔓でからみつく山野の雑草。「繰る」にかかる序詞。「苦」に通ずる。

679　恋衣《ごろも》いかに鳴門《なると》の渦潮《うづしほ》に」六二ウ玉藻《たまも》苅《か》る蜑《あま》も袖《そで》は干《ほ》すらん
【現代語訳】（涙に濡れる）恋する私の着物は一体どうなってしまうのだろう。鳴門の渦潮に濡れて海藻を苅り取るのを仕事とする蜑だって、間々に袖は乾かすだろうに。（私の袖は乾くひまもない）
【参考】「声をだに通はむ事は大島やいかに鳴門の浦とかは見し」（和泉式部続集四三四）「これやこの名に負ふ鳴戸の渦潮に玉藻苅るとふ蜑少女ども」（万葉三六六〇、秋庭）

【語釈】○いかに鳴門—「いかになる」をかける。

680 秋萩《あきはぎ》の遠里小野《とをさとおの》の摺衣《すりごろも》移《うつ》りし色《いろ》にまさる袖《そで》かな（墨・朱・尾）

【現代語訳】秋萩の咲く、遠里小野でその花の色を摺りつけた着物の、その紅にもまさって濃い、恋の紅涙に染まった私の袖であるよ。

【参考】「住吉《すみのえ》の遠里小野の真榛《まはぎ》もて摺れる衣の盛り過ぎ行く」（万葉一一六〇、作者未詳）

【語釈】○遠里小野—摂津の歌枕、大阪市住吉区遠里小野《おりおの》町、堺市遠里小野町一帯。

【補説】「遠里小野の萩」は歌材として珍しくないが、出典万葉歌により「花摺衣」を詠んだ例は稀であると思うが如何。

681 逢《あ》ふことは名高《なだか》の蜑《あま》の濡《ぬ》れ衣《ごろも》濡《ぬ》れて甲斐《かひ》ある恨《うら》みともがな（墨）

【現代語訳】恋人に逢う機会はなく、私の袖は名高の蜑の着物のように涙で濡れている。泣き濡れて恨む事で再会の効果のある仲であって欲しいと思うのだが。（とてもそうはなるまい）

【参考】「紫の名高の浦の愛子地《まなごち》に袖のみ触れて寝ずかなりなむ」（万葉一三九六、作者未詳）「紫の名高の浦の靡《なび》き藻の心は妹に寄りにしものを」（同二七九〇、作者未詳）

【語釈】○名高—紀伊の歌枕、和歌山県海南市名高町。「逢ふことは無し」をかける。○甲斐・恨み—「貝・浦見」をかける。

【補説】 珍しい万葉歌枕を用いている。

682 いかにして伊香保《いかほ》の沼《ぬま》の根蓴菜《ねぬなは》の寝《ね》ぬに浮名《うきな》の立《た》ちはじめけん

【現代語訳】 一体どうして、伊香保の沼の「ねぬなは」ではないが、あの人と寝もしないのに浮いた恋の噂が立ちはじめたのだろう。

【参考】「伊香保のや伊香保の沼のいかにして恋しき人を今一目見む」（拾遺八五九、読人しらず）「隠れ沼《ぬ》の下より生ふる根蓴菜の寝ぬ名は立てじ来るな厭《いと》ひそ」（古今一〇三六、忠岑）

【語釈】 ○**伊香保の沼**―上野の歌枕、群馬県伊香保町。「如何《いか》に」に通ずる文飾。○**根蓴菜**―ジュンサイの古名。スイレン科の水草。若芽を食用とする。「寝ぬ・名」をかける。

683 田子《たご》の浦《うら》の蜑《あま》とやさらばなりなまし濡《ぬ》れ添《そ》ふ袖の波《なみ》にまかせて

【現代語訳】（こんな辛い恋をする位なら）田子の浦の蜑になったつもりで、それでは出家してしまおうかしら。ます〳〵ひどく濡れる、波ならぬ袖の涙にまかせて。

【参考】「遅れ居て恋ひつゝあらずは田子の浦の蜑ならましを玉藻刈る〳〵」（万葉三二一九、作者未詳）「さすらふる身は定めたる方もなし浮きたる舟の波にまかせて」（新古今一七〇五、匡房）

【語釈】 ○**田子の浦**―駿河の歌枕、静岡県富士市。

【補説】 底本「袖の」補入。田子の浦の歌は多いが、恋歌に用いた例は珍しい。蜑→尼と考えてみたが、読み過ぎか、如何。

684　いつ人に又《また》も近江《あふみ》の野洲川《やすかは》の安《やす》き時《とき》なく恋《こ》ひ渡《わた》るらん（墨）」六四オ

【現代語訳】一体何時、恋人に又もう一度逢う事が出来るだろう。「近江の野洲川」ではないが、本当に安らかな時間もなく、恋しく思い続ける状態で。

【参考】「吾妹子《わぎもこ》に又も近江の安川の安き寝《い》も寝ずに恋ひ渡るかも」（万葉三一七一、作者未詳）

【語釈】○**近江の野洲川**―近江の歌枕、滋賀県野洲郡を流れ、琵琶湖に注ぐ。「逢ふ身」「安」をかける。「渡る」も川の縁語。

【補説】野洲川は大嘗会の風俗歌として、祝意をもって詠まれるのがほとんどであり、「万葉」を踏まえた悲恋の歌は珍しい。

685　立《た》ち返《かへ》る波間《なみま》に見《み》ゆる粟島《あはしま》の逢《あ》はぬ恋路《こひぢ》に世《よ》をや尽《つ》くさん

【現代語訳】波立ち、寄せ返る波間に見える粟島ではないが、逢わずに立ち帰るばかりという空しい恋の道にかかずらって、一生を終ることだろうか。

【参考】「波間より雲居に見ゆる粟島の逢はぬものゆゑ我に依れ児等」（万葉三一八一、作者未詳）「粟島の逢はじと思ふ妹にあれや安寝《やすい》も寝ずて我《あ》が恋ひわたる」（同三六五五、作者未詳）

【語釈】○**立ち返る**―波の描写に「立ち帰る」をかける。○**粟島**―未詳。「粟島に漕ぎ渡らむと思へども明石の門浪《となみ》未だされけり」（万葉一二二六、作者未詳）があり、淡路島か、四国の阿波か。「逢はぬ」を導く序詞。

686 憂《う》き人のきなれの山は鳴《な》く鳥《とり》の声《こゑ》ばかりこそ形見《かたみ》なりけれ（墨）

【現代語訳】恨めしい恋人の、来馴れていたという名を持つ「きなれの山」は、そこに鳴く鳥の声だけが、去って行った人の形見であるよ。

【参考】「恋衣著楢《きなら》の山に鳴く鳥の間なく時なし我恋ふらくは」（万葉三〇二二、作者未詳）「鳴く鳥の声も恨めし恋衣きなれの山の帰るさの空」（壬二集一五〇四、家隆）

【語釈】○きなれの山―万葉詠は「着馴ら」から「奈良山」にかけたかと言う。本詠では恋人の「来馴れ」をかける。

【補説】「夫木抄」一三七八四では、「韓衣著楢の里の島松に玉をし付けむよき人もがな」（万葉九五七、金村、或云車持千年）を「きなれの里」として載せており、中世、この形で愛用された。以上、集中的な万葉取りは、変化の求めにくい恋歌において、為家の開拓した活路である。

687 信楽《しがらき》の外山《とやま》の松《まつ》は時雨《しぐ》るともつれなき色《いろ》はえやは見《み》るべき（墨）

【現代語訳】信楽の外山の松は、時雨が降っても無関心で色を変えない。そのように私の思いに心を動かさないあなたの態度よ、そんな事があり得ましょうか。

【参考】「秋の色は外山の松の夕時雨つれなき名のみなほや旧《ふ》りなん」（建暦三年九月十三夜歌合、順徳院）

【他出】夫木抄一三七八二、千首歌、「つれなく色は」。

【語釈】○**信楽**―近江の歌枕、滋賀県甲賀郡信楽《しがらき》町。

【補説】難解であり、参考歌も求めにくい。最も関係のありそうなのは【参考】順徳院詠で、この歌合（改元建保元〈一二一三〉年）には為家16歳で参加、現存作歌事績の第二年目である。下句、或いは「夫木抄」の異文「つれなく色はえやは見るべき」（無情であって、心動かす様子はどうして見られようか）が正しいかとも考えたが、これもすっきりしない。如何。

688 **足引《あしびき》の山の端《は》越《こ》ゆる初雁《はつかり》のいや遠《とを》ざかる音《ね》に泣《な》きぬる**（墨・朱・尾）

【現代語訳】山の稜線を越えて遠ざかって行く初雁のように、見る〳〵離れて行く恋人の事を思って、雁ではないが声を出して泣いてしまったことよ。

【参考】「秋風に山飛び越ゆる雁金はいや遠ざかる雲がくれつゝ」（万葉二一三二）、「植ゑて去にし秋田刈るまで見え来ねば今朝初雁の音にぞ泣きぬる」（古今七七六、読人しらず）

689 **暁《あかつき》はさてしも辛《つら》き別《わか》れかな逢《あ》ふを限《かぎ》りと何頼《なにたの》みけん**（墨）

【現代語訳】恋人と一夜を過した暁は、何とまあ辛い別れであることよ。昔の人の言うように、たゞ逢いさえすればいいと、何でそれを頼みにしていたのだろう。

【参考】「我が恋は行方も知らず果もなし逢ふを限りと思ふばかりぞ」（古今六一一、躬恒）「恋しさは逢ふを限り

と聞きしかどさてしもいとゞ思ひ添ひけり」（千載八〇〇、教長）

【補説】【参考】教長詠と同想であるが、本詠の方が理に墜ちずはるかに実感がある。

690 いつまでか阿武隈川《あぶくまがは》の朝氷《あさごほり》底《そこ》なる影《かげ》も隔《へだ》て果《は》てつゝ 六四ウ

【現代語訳】一体いつまで、恋人と逢う事が出来ていたのだろう。阿武隈川に朝氷が張って、水底に映っていた影を隔てるように、今はあの人の面影もはるかに遠く隔たってしまった。

【参考】「世とともに阿武隈川の遠ければ底なる影を見ぬぞわびしき」（後撰五二〇、読人しらず）

【語釈】○阿武隈川―陸奥の歌枕、岩代（福島県）旭嶽から発して陸前（宮城県）に入り、太平洋に注ぐ。「逢ふ」をかける。

【補説】「朝氷」は「解く」「結ぶ」の序として用いるのが通例で、「隔つ」にかゝるのは珍しい。

691 風早《かぜはや》み森《もり》の下草《したくさ》いたづらに人こそ知《し》らね繁《しげ》き歎《なげ》きを

【現代語訳】風速が強まり、森の下草が誰に知られる事もなくなびいている。それと同じように、何の甲斐もなく、当の恋人も誰も知らないけれど、本当に甚だしい失恋の歎きを、ああどうしたらよかろう。

【参考】「木枯の森の下草風早み人の歎きは生ひ添ひにけり」（後撰五七二、読人しらず）

【補説】【参考】詠は、「思ふ人思はぬ人の思ふ人思はざらなん思ひ知るべく」（五七一）という戯歌に対する返歌で、贈歌と噛み合うわけでもない平淡な歌であるが、これを踏まえて、より実感的に心情を表明し得ている。

692　今《いま》はまた誰《た》が見《み》し夢《ゆめ》に慰《なぐさ》めて闇《やみ》の現《うつゝ》の限《かぎ》りなりけん（墨）

【現代語訳】　恋を失った今はまた、あれは誰が見た夢だったのかとあきらめて心を慰めるばかりである。これこそ古歌に言う「闇の現」の典型だったのだろうか。

【参考】「あはれまた誰が見し夢の覚めやらで果てはうつゝの身を砕くらん」（紫禁和歌集一三〇、順徳院）「むばたまの闇の現は定かなる夢にいくらもまさらざりけり」（古今六四七、読人しらず）

【補説】　順徳院詠の影響がかなり目立つというのも本千首の一特色であるが、本詠はその最たるもの。

693　このまゝに程なき世をや筑《つく》波《ば》嶺《ね》の峰《みね》より落《お》つる淵《ふち》ぞ悲《かな》しき（朱・尾）

【現代語訳】　恋を失い、失意のまゝに幾らもない余生を終るのだろうか。古人の言った「峰より落つる」恋の淵に沈んでしまった事が悲しい。

【参考】「筑波嶺の峰より落つる男女川《みなのがは》恋ぞ積りて淵となりぬる」（後撰七七六、陽成院）

【語釈】　○**筑波嶺**──常陸の歌枕、筑波山。「世を尽くす」をかける。

694　干《ほ》しわぶる憂《う》きは現《うつゝ》の袂《たもと》かな見しをば夢《ゆめ》と思《おも》ひなせども

【現代語訳】　涙を乾かしかねる悲しさ辛さは現実のこの袂の有様である。体験した失恋の事は夢であったと強いて思うのだけれども。

【補説】 格別の典拠も趣向もないが、素直な述懐である。「憂きはうつゝの」は『国歌大観』に初出、後年一例あるのみ。

695 契《ちぎ》りしを頼《たの》めば辛《つら》し思《おも》はねば何《なに》を命《いのち》の慰《なぐさ》めぞなき（朱・尾」六五オ）

【現代語訳】 あの人と約束した事を思えば、その後の無情さが恨めしい。でもその人・その契りを大切に思わなかったら、何を生きて行く上の慰めにしようか。（そう思うとやはりその契りをいとおしまずには居られない）

【参考】 「思はずはつれなき事も辛からじ頼めば人を恨みつるかな」（拾遺九七三、読人しらず）「今は早恋ひ死なましをあひ見むと頼めし事ぞ命なりける」（古今六一三、深養父）「逢ふ事のなくて年経る我が身かな何を命に延《の》ぶるなるらん」（輔親集一七〇）

【他出】 風雅一一六三、千首歌中に。

【補説】 同じく古歌によりつゝも、歌枕や叙景でなく、心理分析的な表現を取っている。後年「風雅集」に入集した事が尤もとうなずかれる。「何を命」という措辞は、これ以前には【参考】輔親詠しかない。

696 夢《ゆめ》だにも片《かた》敷《し》く夜半《よは》の袖《そで》無《な》くは誰《たれ》とか浦《うら》の波《なみ》は立《た》たゝまし（墨・朱・尾）

【現代語訳】 せめて夢にだけでも、恋人は来ず一人着物の袖を敷いてまどろむというような辛い状態がなかったならば、これは誰のせいかと恨むような心の波は立つまいものを。

【参考】「諸共におきゐる霧のなかりせば誰とか秋の夜を明かさまし」（詞花二四六、赤染衛門）

【語釈】○誰とか浦の―「浦」に「恨み」をかける。

697 憂《う》きを知《し》る心は恋《こひ》に負《ま》け果《は》てゝたゞ面影《おもかげ》に濡《ぬ》るゝ袖《そで》かな（墨・尾）

【現代語訳】人の恨めしさを身にしみて知っているはずの心は、しかし全く恋しさに負けてしまって、たゞ浮んで来るその面影に対して涙に濡れるばかりの袖であるよ。

【参考】「憂きを知る心の末にくれはとりあやしく落つる我が涙かな」（拾玉集四八八〇、慈円）「思ふには忍ぶることぞ負けにける逢ふにしかへばさもあらばあれ」（伊勢物語一一八、業平）「思ふには忍ぶることぞ負けにける色には出でじと思ひしものを」（古今五〇三、読人しらず）「山の端に思へば変る色もなしたゞ面影ぞ今宵添ひぬる」（月清集四五〇、良経）

【補説】「負けはてて」の用例は他に「まけはてて今はわびしき鹿の音の秋のあはれは誰も知るらむ」（応和三年春秋歌合一七）に見るのみであるが、これは「負け」と解してよいか、未詳。示教を待つ。

698 渡《わた》つ海《うみ》や沖《おき》つ波間《なみま》の底《そこ》だにも浅《あさ》くぞ人に恋《こ》ひわたりぬる（墨）

【現代語訳】大海の、沖の波の立つ、その深い海底だって浅いと思う程に、私は深く人に恋い続けているのだ。

【語釈】○恋ひわたり―「渡り」は「海」の縁語。

【補説】平凡な詠のようだが適切な参考歌を求め得ない。後考に俟つ。

699 忘《わす》らるゝ憂《う》きはものかはとばかりに懲《こ》りぬ心《こゝろ》のなほ砕《くだ》くらん（墨・朱・尾）

【現代語訳】 恋人に忘れられる辛さなど物の数でない、私はどうあってもあの人を恋い続けるのだ、とばかりに、辛さに懲りぬ心でいつまでも思い砕けることだろう。

【参考】「間近くて辛きを見るは憂けれども憂きはものかは恋しきよりは」（後撰一〇四五、読人しらず）「頼めつゝ逢はで年経る偽に懲りぬ心を人は知らなむ」（古今六一四、躬恒、後撰九六七、業平）

【補説】「なほ砕くらん」の用例はこれ以前に無く、五年後、安貞三年（一二二九）「為家家百首」に、家隆が「逢ふ事の難き恨みにくらぶれば浜の真砂もなほ砕けけり」（壬二集一三〇七）と詠んでいる。他には後年、永仁五年（一二九七）「当座歌合」に、為教女為子の「滝つ瀬の岩に玉なす波よりも我が心こそなほ砕くらめ」（四三）があるのみである。

700 とにかくに頼《たの》まぬものゝ悲《かな》しきは言《い》ひて別《わか》れし名残《なごり》なりけり（墨・朱・尾）

【現代語訳】 あれこれと様々の事を思って、期待しないながらに心乱れ、悲しいのは、恋人が「又来るよ」と言って去った別れであるよ。

【参考】「今来むと言ひて別れし朝より思ひくらしの音をのみぞなく」（古今七七一、遍昭）

【補説】 以上二首、適切な古歌を想起し、確かな力量の程を示す。底本二句「たまぬ」とし、「の」を補入。

701 移《うつ》りゆく人の為《ため》とは言《い》ひもせで」六五ウ憂《う》き身のとがを何《なに》求《もと》むらん

【現代語訳】 この失恋は移り気な恋人の為であるとは言いもしないで、情ない私の性格のせいだと、何で原因をそこに探し求めるのだろう。

【参考】 「いかばかり人の辛さを恨みまし憂き身のとがと思ひなさずは」(詞花一九八、成助)

【補説】 詞花詠への正面切った反論。なお718参照。

702 身をこがす思《おも》ひの煙《けぶり》あらはれば浅間《あさま》の嶽《たけ》も都《宮こ》ならまし (墨・尾)

【現代語訳】 私の身を焦がすばかりの恋の思いの煙が、もし外に表われたら、浅間の嶽の煙だって都の中の現象同様で穏やかなものだ、と思われる程烈しいものであろうよ。

【参考】 「空に満つ思ひの煙雲ならば眺むる人の目にぞ見えまし」(拾遺九七二、少将更衣)

【補説】 下句の発想表現は為家独自であると思うが如何。

703 忍《しの》びあへ《え》ずなほ《を》暁《あかつき》ぞ憂《う》かりける恨《うら》みし程《ほど》に思《おも》ひなせども (墨)

【現代語訳】 我慢できない程に、やはり夜明け方は辛いものだ。あんなに恨んだ仲ではないか、何を恋い、苦しむ事があろうかとは強いて思うのだけれども。

【参考】 「しのびあへず我や行かんのいざよひに昔語りの夕暮の空」(千五百番歌合二六八一、通光)

【補説】「忍びあへず」の先例は【参考】通光詠のみで、判詞に「たくましう置かれて侍り」と評せられている。他にも用例はごく少い。

704 逢《あ》ふことをいつとも知《し》らず過《す》ぐし来《こ》し今宵《こよひ》をもとの月日ともがな（墨・尾）

【現代語訳】（やっと恋人と逢う事の出来たのも束の間で）その後逢う機会は何時とも期待できず、恋の悩みもきわまった今夜を、いっそ恋など知らなかった月日に戻したいものだ。

【参考】「逢ふことをいつとも知らで君が言はむ常磐の山の松ぞ苦しき」（拾遺六八〇、読人しらず）「思ふなと君は言へども逢ふ事をいつと知りてか我が恋ひざらん」（同七五六、人麿）

【補説】巧みな拾遺取り。「月日ともがな」は用例なく、はるか近世実隆の「雪玉集」に二首を見るのみである。

705 今日《けふ》結《むす》ぶ新《にゐ》手《た》枕《まくら》の若草《わかくさ》にさてしも露《つゆ》ぞ袖は濡《ぬ》れける

【現代語訳】今日契りを結ぶ、新婚の若妻に、嬉しくはありながらそれでも先々どうなるかと思って、若草の露に濡れるように涙で袖は濡れるよ。

【参考】「今日結ぶ初元結の濃紫衣の色のためしなるべし」（能宣集一〇一）「若草の新手枕をまきそめて夜をや隔てん憎くあらなくに」（万葉二五四七、作者未詳）

【補説】底本五句「けれ」の「れ」を見せ消ち、「る」に訂。

706　なか〳〵に情《なさけ》を何《なに》に頼《たの》みけむ寝《ね》なば一夜《ひとよ》の夢《ゆめ》に見《み》てまし（墨）」六六オ

【現代語訳】なまじの事に、（来もせぬ人の）やさしい言葉を何であてにしたのだろう。その人を思って寝れば一夜の夢にでも逢えたと見る事が出来たろうに。（恋人を空しく待ち明かして夢さえ見られないとは）

【補説】穏かな詠み口であるが、同様の発想表現は他に見当らなかった。示教に俟つ。底本「ひ」は「日」の上に「悲」と重ね書、「ゆめに」の「に」は補入。

707　ながめつゝ宵《よひ》のまゝなる鶏《とり》の音《ね》に憂《う》き面影《おもかげ》は帰《かへ》りだにせず（墨）

【現代語訳】（来ぬ人を待ち明かして）物思いに沈みつゝ宵の状態のままで過したあげく聞く鶏の声につけても、恨めしいあの人の面影は、（来たものなら帰りもしようが）私の心からは立去りもしない。

【参考】「秋の月物思ふ人の為とてや憂き面影に添へて出づらん」（山家集六四一、西行）「朝夕に憂き面影を水馴《みな》れ竿さすがにさても慰みやせん」（千五百番歌合二四一八、隆信）

【補説】「憂き面影」の先例はこの程度である。

708　恋をのみ志珂《しか》の浦曲《うらわ》にあさりても見《み》る目《め》渚《なぎさ》の波《なみ》に濡《ぬ》れつゝ

【現代語訳】あの人にひたすら恋しているだけの私は、志珂の浦でいくら求めても海松《みる》は無く、渚の波に濡れる蜑と同じ事、恋人を見る事も出来なくて涙に濡れるばかりだ。

【語釈】○志珂の浦曲→555。「恋をのみ為《し》」をかけ、「漁《あさ》り」「海松藻《みるめ》」と縁語を連ねる。○渚―「見る目無し」をかけ、「波に濡れ」を導く。

【補説】必ずしも特定の参考歌を引くのでなく、慣用歌語を組合わせてイメージを構成する。後代の二条派詠風の原点か。以下同様の作例が続く。

709　思《おも》ひわび辛《つら》き心に打添《うちそ》へて見ざりし時《とき》を恋《こ》ひわたるかな（墨）

【現代語訳】ほと〳〵思いわずらった末は、無情な人を恨む心に加えて、（その人を恋うのでなく）逢わなかった昔を恋しく思うことだ。
【参考】「なか〳〵に見ざりしよりも相見ては恋しき心まして思ほゆ」（万葉二三九六）
【補説】「見ざりし時」の用例は他に皆無。

710　波掛《なみか》くる潮焼《しほや》き衣《ごろも》とにかくに馴《な》れずは蜑《あま》の何《なに》に濡《ぬ》れまし（墨・尾）

【現代語訳】悲恋の涙にぬれる私の着物は、波が常に掛ける蜑の潮焼く着物と同じ事。何にしても、そういう状態に馴らされたのでなければ、外に何によって濡れる事があろうか。

【参考】「志珂の蜑の塩焼き衣なるといへど恋てふ物は忘れかねつも」（万葉二六二九、作者未詳）「よしさらば磯の苫屋《とまや》に旅寝せん波掛けずとて濡れぬ袖かは」（千載五三二、守覚法親王）「須磨の蜑の波掛け衣よそにのみ聞くは我が身になりにけるかな」（新古今一〇四一、道信）

【補説】底本五句、不明二字を擦消して、上に「まし」。

711　もえわたる身は蜻蛉《かげろふ》のおのれのみ刈《か》るてふ草《くさ》の束《つか》の間《ま》もなし（墨・尾）

【現代語訳】恋の思いに燃え続けている私の身は、蜻蛉の小野で刈るという草が一握りもないように、自分一人、僅かの休まる暇もないことだよ。

【参考】「三吉野の蜻蛉の小野に刈る草の思ひ乱れて寝《ぬ》る夜しぞ多き」（万葉三〇七九、作者未詳）

【語釈】○**蜻蛉のおのれ**—吉野宮滝附近の野の名に「おのれ」をかける。○**束の間**→226。

【補説】【参考】「蜻蛉」は通常「あきつ」と訓んでいるが、現存最古の西本願寺本では「カゲロフ」と傍訓があり、本詠の参考歌としてはこれ以外の物を思い当らないので、右の訓に従った。

712　恋せじと祈《いの》る三室《みむろ》の増鏡《ますかゞみ》映《うつ》りし影《かげ》をいかで忘《わす》れん（墨・朱・尾）」六六ウ

【現代語訳】もう恋など絶対にしませんようにと、三室の神に祈るのだが、その神前の鏡に映る形のように、はっきりと心に浮ぶ恋人の面影を、どうして忘れる事が出来ようか。

【参考】「恋せじと御手洗《みたらし》河にせし禊《みそぎ》神は受けずもなりにけらしも」（古今五〇一、読人しらず）「木綿《ゆふ》かけて祈る三室の神さびて否にはあらず人目繁みぞ」（人麿集三二一）「思ひ増す人しなければは増鏡映れる影に音をのみぞ泣く」（拾遺九一六、読人しらず）

【他出】大納言為家集一一六一、（恋貞応二年）。為家卿集七八、恋、「かげに」。中院詠草一〇〇、恋貞応二年。夫木抄一五三四八、家集、寄鏡恋。
【語釈】○**三室**→350。○**増鏡**―真澄鏡。神体の象徴として神前にかける明鏡。

713 **雲井《くもゐ》なる冨士《ふじ》の高嶺《たかね》の煙《けぶり》だにあらはに燃《も》えば及《をよ》ばざらまし**（墨・朱・尾）

【現代語訳】空に立ち昇る、高い冨士山の煙だって、もし私の胸の中に燃える恋の思いが煙として外に表われたら、その高さは到底くらべものにならないだろう。

【参考】「世の人の及ばぬものは冨士の嶺《ね》の雲井に高き思ひなりけり」（拾遺八九一、村上天皇）「人の身も恋にはかへつ夏虫のあらはに燃ゆと見えぬばかりぞ」（後拾遺八二〇、和泉式部）

714 **我《わ》が身こそ涙《なみだ》の海《うみ》に漕《こ》ぐ舟《ふね》のゆたのたゆたに濡《ぬ》るゝ袖《そで》かな**

【現代語訳】私の身こそは、涙の海を漕いで行く舟のようなもの、ゆら〳〵と定まらずいつも濡れている袖であることよ。
【参考】「玉津島深き入江を漕ぐ舟の浮きたる恋も我はするかな」（後撰七六八、黒主）「いで我を人なとがめそ大舟のゆたのたゆたに物思ふ比ぞ」（古今五〇八、読人しらず）「我が心ゆたにたゆたに浮蓴《うきぬなは》辺《へ》にも奥《おき》にも寄りかつましじ」（万葉一三五六、作者未詳）
【他出】夫木抄一〇二六六、千首歌、「我が身こす」。
【語釈】○**ゆたのたゆたに**―揺れ動いて定まらぬさま。

715　おのづからいかに寝《ね》し夜《よ》の夢《ゆめ》をだにまどろまばこそ見《み》ても偲《しの》ばめ（朱）

【現代語訳】偶然にも夢に見れば話は別だが、古人が「いかに寝し夜か」と言った、その夢だって、僅かでも眠る時間があればこそ、見て恋人を思いやる事が出来るのだろう。一睡もできなければそんな事すらあり得ない。

【参考】「宵々は枕定めん方もなしいかに寝し夜か夢に見えけん」（古今五一六、読人しらず）「恋しくは見ても偲ばむ紅葉葉を吹きな散らしそ山おろしの風」（古今二八五、読人しらず）

716　今《いま》はまた思《おも》ふとだにも知《し》らせまし人の心《こころ》の情《なさけ》ありせば（墨・尾）

【現代語訳】今はもうせめて、あの人に、思っていますとだけでも知らせたいものだ。その人の心に情愛というものがあるならば。（でもそれは恐らく望めない事だ）

【参考】「我が魂《たま》を君が心に入れかへて思ふとだにも知らせてしがな」（忠岑集四二）

717　いつしかと色《いろ》に出《い》で行《ゆ》く涙《なみだ》かな心《こころ》にさこそ思《おも》ひ初《そ》むとも（朱）六七オ

【現代語訳】早速にも、恋をしていると見えるように出て行く涙だなあ。いくら心に深く思いはじめたにしても。

【参考】「忍ぶれど色に出でにけり我が恋は物や思ふと人の問ふまで」（拾遺六二二、兼盛）

【語釈】○思ひ初む―「いつしか」に対応し、かつ「色」に「染む」をかける。

718 忘《わす》るとて人をば得《え》しも恨《うら》みねば憂《う》き身の咎《とが》にいとゞ添《そ》ひゆく

【現代語訳】（私の事を）忘れたと言っても、恋人の事をどうしても恨む事ができないから、（結局私が悪かったのだと）情ない我が身の過ちばかりがいよ〳〵加わって行くことだ。

【参考】「憂きながら人をば得しも忘れねばかつ恨みつゝなほぞ恋しき」（新古今一三六三、読人しらず）「いかばかり人の辛さを恨みまし憂き身の咎と思ひなさずは」（詞花一九八、成助）

【補説】「憂き身の咎」は701にも用いている。

719 寄《よ》る波《なみ》の沖《おき》つ島守言問《しまもりこと》はん我《わ》が衣手《ころもで》といかゞ濡《ぬ》るゝと（墨・朱・尾）

【現代語訳】波の間断なく寄せる、沖の島の番人に聞いてみよう。私の着物の袖と、その島の岸辺と、どちらが余計に濡れているかと。

【参考】「八百日行く浜の真砂も我が（拾）と《と》恋にあにまさらめや沖つ島守」（万葉五九九、拾遺八八三、読人しらず）「名にし負はばいざ言問はん都鳥我が思ふ人はありやなしやと」（古今四一一、伊勢物語一三、業平）「清見潟関守る波に言問はん我より過ぐる思ひありやと」（拾遺愚草二七四、定家）

（拾）といづれまされり

720 身の程は思《おも》ひ知《し》れども見し人の憂《う》きを慣《なら》ひに恨《うら》みつるかな

【現代語訳】（失恋などは無くとも）取るに足らない我が身だという事はよくわかっているのだけれども、かつての恋人の無情を恨んだのが習慣となって、身の程を恨んでしまうよ。

【参考】「身の程を思ひ続くる夕暮の荻の上葉に風渡るなり」（新古今三五三、行宗）「心だにいかなる身にかかなふらん思ひ知れども思ひ知られず」（紫式部集五五）

721 白露《しらつゆ》も身に知《し》る物を秋風《かぜ》におのれ恨《うら》むる虫《むし》の声《こゑ》かな（墨）

【現代語訳】白露を見ただけでも「秋＝厭き」という言葉が身にしみて切実に感じられるのに、更に秋風が吹き、残り少い自分の生を自ら恨むような虫の声が聞える。（恋を失った私にはつく〴〵身につまされる風景だ）
【参考】「高砂の松はつれなき尾上よりおのれ秋知る小牡鹿の声」（拾遺愚草一九三七、定家）「帰るさをおのれ恨みぬ鶏の音も鳴きてぞ告ぐる明方の空」（新勅撰七八五、有長）
【補説】ほぼこのような意味であろうか。根拠ありげに見えながら適切な参考歌を思い得ない。「自分から……」の意を持つ「おのれ」は為家好みの言葉と見え、本千首でも他に283・498・603、また「おのれと」137・331「おのれも」245・576のようにしば〳〵用いている。

722 今《いま》はまた忘《わす》れんと思《おも》ふ心《こゝろ》さへいとゞもよほ《を》す我《わ》が涙《なみだ》かな（朱）

【現代語訳】今はもう、この恋の事は忘れようと思う心につけてさえも、一入こみ上げて来る私の涙よ。

【参考】「空蝉の空しきからになるまでも忘れんと思ふ我ならなくに」（後撰八九六、深養父）「秋とだに忘れんと

思ふ月影をさもあやにくに打つ衣かな」（新古今四八〇、定家）

723 頼《たの》めつゝ憂《う》き徒人《あだ》の偽《いつは》りに」六七ウ眺《なが》めじと思《おも》ふ夕暮《ゆふぐれ》もがな （墨）

【現代語訳】約束していながら来ない、恨めしい不実な恋人の偽りにつけても、あてもなく外を眺めて待ってなど居まいと思う夕暮があればいいのに。（でもやはり気弱く待ち、失望する事を繰返すのだ）

【参考】「頼めつゝ来ぬ夜あまたになりぬれば待たじと思ふぞ待つにまされる」（拾遺八四八、人麿）「夕暮は雲のけしきを見るからに眺めじと思ふ心こそつけ」（新古今一八〇六、和泉式部）

724 我《われ》ながら思《おも》ひも知《し》らぬ夕《ゆふべ》かな待《ま》つべきものといつ慣《な》らひけん （墨・朱）

【現代語訳】我ながら、こんな事になるとは思いも寄らなかった夕暮だなあ。あてにもならぬ人を待たなければならぬものと、そんな習慣がいつついたのだろう。

【参考】「我が心いつ慣らひてか見ぬ人を思ひやりつゝ恋しかるらん」（後撰六〇三、友則）

【補説】同類歌・参考歌が多くありそうに見えて、見当らなかった。如何。

725 一人《ひとり》のみ明《あ》かせる夜半《よは》の鶏《とり》の音《ね》は恨《うら》み慣《な》れにし面影《おもかげ》もなし

【現代語訳】（恋人が来る事などなくなって）たった一人で明かした、夜深くの鶏の声を聞くにつけても、かつて後朝の別れを恨み慣れた、その人の面影もない事を思わずには居られない。
【参考】「波ぞ寄るさてもみるめはなきものを恨み慣れたる志珂の里人」（六百番歌合七六一、良経）
【補説】「恨み慣れたる」は良経・定家はじめ用例は多いが、「恨み慣れにし」は本詠初出、為家はのち五社百首にも「年を経て恨み慣れにし恋衣重ぬる夜半も袖は濡れけり」（五一五、春日）と用いており、後世も他に用例は僅少である。

726　片敷《かたしき》の枕流《まくらなが》るゝ涙川夢《なみだがはゆめ》ばかりだに得《え》やは見《み》えける

【現代語訳】（恋人は来ず）一人寝る枕も流れる程、川のように涙が流れる。せめて夢の中でだけでも、どうして逢えようか。（眠れないのだから）逢えるはずもない。

【参考】「涙川枕流るゝうき寝には夢も定かに見えずぞありける」（古今五二七、読人しらず）

727　いたづらに逢《あ》ふにはかへで命《いのち》さへたゞ恋ひ死《し》なば身こそ惜《お》しけれ

【現代語訳】「逢う事を命と取りかえて惜しくない」と古人は言ったが、そうではなく、逢えないまま無駄に恋ひ死にをするとならば、この身が本当に惜しいことだ。

【参考】「命やは何ぞは露のあだ物を逢ふにしかへば惜しからなくに」（古今六一五、友則）

728　はかなしや誰《た》が偽《いつは》りのなき世《よ》とて頼《たの》めしまゝの暮《くれ》を待《ま》つらん（墨・朱・尾）」六八オ

【現代語訳】 頼りない話だ。一体、誰がうそをつかない世の中だと思って、約束した通り、この夕暮、あの人を待っているのだろう。

【参考】「はかなしや枕定めぬうたゝねにほのかに迷ふ夢の通ひ路」（千載六七七、式子内親王）「ならひ来し誰が偽りもまだ知らで待つとせし間の庭の蓬生」（新古今一二八五、俊成女）「偽りのなき世なりせばいかばかり人の言の葉嬉しからまし」（古今七一二、読人しらず）

【他出】 新拾遺一一〇二、（題しらず）

729 頼《たの》めてもなほ来《こ》ぬ人を松島《まつしま》や雄島《をじま》の蜑《あま》の袖《そで》もかわかず

【現代語訳】 約束しても、やはり来てくれぬ人を待つ私の袖は、松島の雄島の蜑の袖と同じこと。涙でかわくひまがないよ。

【参考】「松島や雄島の磯にあさりせし蜑の袖こそかくは濡れしか」（後拾遺八二七、重之）「見せばやな雄島の蜑の袖だにも濡れにぞ濡れし色は変らず」（千載八八六、殷富門院大輔）

【語釈】 ○**松島や**―「待つ」をかけ、「雄島」を導く。○**雄島**―陸奥の歌枕、宮城県松島湾内の島。

730 志珂《しか》の蜑《あま》のあさる浦曲《うらわ》の釣《つり》の緒《を》のうけひく人もなき恋路《こひぢ》かな（墨）

【現代語訳】 志珂の浦の蜑が、漁をしている海辺の釣糸に付けた浮子《うき》ではないが、「浮け、引く――承け引く

（承知する）」人もない、私の恋の思いだなあ。

【参考】「伊勢の海の波間に下す釣の緒の打ちはへ一人恋ひわたるかな」（古今六帖一七四九、読人しらず）「伊勢の海に釣する蜑の魚《いを》を無みうけもひかれぬ恋もするかな」（同一五一三、読人しらず）

【語釈】○志珂→555。○うけひく―「浮け」は釣糸につける「浮子《うき》」の古語。「承け引く」（承諾）をかける。

731 なほぞ思《おも》ふ人の心《こゝろ》は山風《かぜ》に別《わか》るゝ峰《みね》の雲《くも》に知《し》れども（墨・朱・尾）

【現代語訳】なおも恋い続けるよ。あの人の心が離れてしまった事は、山風に吹かれて峰から別れ去って行く雲を見ても、あの通りだと承知しているのだけれど。

【参考】「風吹けば峰に別るゝ白雲の絶えてつれなき君が心か」（古今六〇一、忠岑）

【補説】「なほぞ思ふ」は前後に用例皆無、近世に至って「柏玉集」「雪玉集」他、計三例を見るのみ。

732 逢《あ》ふことを松《まつ》の浮根《うきね》のあらはれば誰《た》が名を立《た》てとつれなかるらん（墨・朱・尾）

【現代語訳】私が人との逢瀬を待って淋しく一人寝している事が、松の地上に浮き上った根のように人目に見えてしまったら、誰の名を評判に立てよと思って、あなたはそんなに無情なのですか。（あなた以外に私の恋い慕う人はいないのに）

【参考】「片岸の松の浮根としのびしはさればよつひにあらはれにけり」（拾遺七四三、読人しらず）「恋死なば誰が名は立たじ世の中の常なき物と言ひはなすとも」（古今六〇三、深養父）

【補説】拾遺詠「松の浮根」を学んだ作は『国歌大観』中本詠のみである。

733　憂《う》き身には違《たが》ふ心も見《み》るばかりなど忘《わす》れよと契らざりけん（墨・朱・尾）

【現代語訳】物事の思うようにならない身なのだから、むしろ逆方向に行く人の心もためすように、どうして「もう忘れて下さい」と約束しなかったのだろう。（そうしたら忘れずにいてくれたかも知れないのに）

【参考】「ありしこそ限りなりけり逢ふことをなど後の世と契らざりけん」（後拾遺五三八、兼長）

【他出】六華集一一三四、「違ふ心を」。

【補説】定家には「忘れぬやさは忘れけり我が心夢になせとぞ言ひて別れし」（拾遺愚草二六八）の詠がある。そのような情景を思い描いての詠か。

734　人知《し》れぬ下《した》の乱《みだ》れや通《かよ》ふらん「六八ウ真《ま》野《の》ゝ萱原《かやはら》程遠《とを》くとも（墨）

【現代語訳】人知れず恋する、ひそかな心の乱れは恐らく通じているだろう。恋人との間柄は、陸奥の真野の萱原のように遠くへだたっているとしても。

【参考】「陸奥《みちのく》の真野の草《かや》原遠けれど面影にして見ゆといふものを」（万葉三九九、笠女郎）

【補説】「下の乱れ」については609参照。

735　忘《わす》られし真《ま》ゝの入江《いりえ》の澪標《身をつくし》朽《く》ちなば袖《そで》のしるしとも見《み》よ（墨・朱・尾）

【現代語訳】 恋人に忘れられたままの私は、真間の入江に立つ水先案内標のようなもの。このまま死んでしまったら、せめてその標を涙に濡れた袖の形見だと思って下さい。

【参考】 「葛飾の真間の入江に打靡く玉藻刈りけむ手児名しぞ思ふ」（万葉四三六、赤人）「朽ちにける袖のしるしは下紐の解くるになどか知らせざりけん」（後拾遺六五〇、読人しらず）

【他出】 夫木抄一〇六九三、千首歌。

【語釈】 ○真間―下総の歌枕、市川市真間町。「忘られし儘《まゝ》」をかける。○澪標―舟の通路の導標。「身を尽くし」をかけ、「朽ち」を導く。多くの男に求婚され、入水した真間の手児奈伝説による。

736 志珂《しか》の蜑《あま》の釣《つり》の漁火《いさり》浮《う》きてのみ幾世《いくよ》の波《なみ》に燃《も》えか渡《わた》らん （墨・尾）

【現代語訳】 志珂の蜑の釣舟の漁火が、波に浮いて燃え続けてばかりいるように、私もあてのない恋に悩んで、一体何年、思いの定まらぬまゝに慕情をつのらせ続けるのだろう。

【参考】 「志珂の蜑の釣にともせる漁火のほのかに妹を見る由もがな」（拾遺七五二、九六八、読人しらず）「人知れぬ浦わの葦の枯れしより幾世の波に結ぼほれなん」（紫禁和歌集九二三、順徳院）

737 麻手《あさで》刈《か》る東《あづまお》乙女《とめ》の玉《たまだすき》襷かけても人を忘《わす》れやはする （墨）

【現代語訳】 麻をせっせと刈る、東国の少女の美しい襷、それを掛けるのではないが、かけても――ほんの少しでも、あの人を忘れたりするものですか。
【参考】「庭に立つ麻手刈り干ししき偲ぶ東女《をとめ》を忘れたまふな」（万葉五二四、常陸娘子）「麻手干す東乙女の萱莚しき偲びても過す比かな」（堀河百首一一四四、千載七八九、俊頼）
【語釈】○麻手―麻に同じ。○玉襷―「かけても」にかける。

738　よしさらばこぬみ《身》の浜《はま》の浦松《うらまつ》のとはに波越《なみこ》す音《ね》をも忍《しの》ばじ（墨）

【現代語訳】（とう〳〵恋人は来ないようになった）ああそれでは、待ち人の「来ぬ身」となった私は、許奴美《こぬみ》の浜の海岸の松を間断なく波が越す、その音のように、絶える事のない泣く音をも、がまんしない事にしよう。
【参考】「磐城《いはき》山直越《たゞこ》え来ませ磯崎の許奴美《こぬみ》の浜に我立ち待たむ」（万葉三一〇九、作者未詳）「風吹けばとはに波越す磯なれや我が衣手のかわく時なき」（新古今一〇四〇、貫之）
【他出】夫木抄一一八三四、千首歌。
【語釈】○こぬみの浜―静岡県由比町、興津町あたりの海岸か。「来ぬ身」をかける。

739　とにかくに変《かは》る心《こゝろ》ぞおのづから待《ま》たるゝ方《かた》の頼《たの》みなりける（墨）」六九オ

【現代語訳】（浮気な愛人ではあるが、また考え直してみれば）あれこれと変る心というものが、ひょっとしたら又来てくれるかも知れないと、待つ私の方の頼みでもあるよ。

【補説】珍しく、典拠らしきものを指摘しえないたゞこと歌である。参考歌あらば示教されたい。

740　音《ね》に立《た》つる木綿付鳥《ゆふつけどり》の別《わか》れより人の為《ため》さへ暁《あかつき》ぞ憂《う》き（墨・朱・尾）

【現代語訳】声を出して鳴く、鶏にうながされての別れ以来、（そういう逢瀬を失った今でも）同じ立場にある人の身になり代って、その人の為にさえ暁というものは辛いと思ってしまう。

【参考】「我が身から憂き世の中と名づけつゝ人の為さへ悲しかるらむ」（古今九六〇、読人しらず）

741　人知《し》れぬ鳰《にほ》の下道果《したみちはて》はまた氷《こほ》りにけりな冬の池水《いけみづ》（墨・朱）

【現代語訳】あの人の通い路は人の目につかない水の中の鳰の通り道のようなものだったのだが、しまいには冬の池水が氷ってしまったようだな、その通い路も途絶えてしまった。

【参考】「深き江に思ふ心は水隠れて通ふばかりの鳰の下道」（月清集九九五、良経）「鳰鳥の氷の関に閉ぢられて玉藻の宿を離《か》れやしぬらん」（拾遺一一四五、好忠）

【語釈】○鳰―カイツブリ。小型で水中によくもぐる水鳥。

742　川《かは》の瀬《せ》に叉手《さで》さす賤《しづ》の濡《ぬ》れ衣干《ごろもほ》すは我《わ》が身の心《こゝろ》なるらん（墨）

【現代語訳】川の瀬で、叉手網で魚を取っている漁夫が濡れた着物を干すのは、恋の濡れ衣を干す私と同じ気持なのだろうよ。

【参考】「三川《みつかは》の淵瀬も落ちず叉手さしに衣手濡れぬ干す子はなしに」（万葉一七二二、春日歌）「これを見よ六田の淀に叉手さしてしほれし賤の麻衣かは」（千載九五五、俊頼）

【他出】夫木抄一六七四一、千首歌。「賤が濡れ衣干さば我が身の」。

【語釈】○叉手―魚をすくい取る手網。

743　いつの間《ま》に憂《う》きに慣《な》れたる心《こころ》かな待《ま》つべき暮《くれ》と眺《なが》めだにせで

【現代語訳】いつの間に辛さに慣れてしまった私の心なのだろう。「恋人を待つはずの夕暮なのに……」とあてのない物思いをさえしなくなって。

【参考】「浜久木波にかわかぬ下枝《しづえ》かな憂きに慣れたる我が袂かは」（拾玉集四五三一、慈円）

744　果《は》てはまた誰《た》が慣《なら》はしと思《おも》ふさへ形見《かたみ》がてらに濡《ぬ》るゝ袖《そで》かな（墨）

【現代語訳】失恋を悲しんだあげくには又、こんなに悩むように誰が習慣づけたのかと思う、その思いさえ去って行った人の形見であるかのように、涙に濡れる袖であるよ。

【参考】「相見ては誰が慣はしに忘られてさもあらぬ人に心おくらん」（教長集七六一）「見ぬ人の形見がてらは折らざりき身になずらへる花にしあらねば」（後撰五二、伊勢）「玉桙の道の山風寒からば形見がてらに着なんとぞ思ふ」（新古今八五七、貫之）

745　津《つ》の国《くに》のすく藻《も》たく火のかひやなき名《な》には立《た》ちぬる夕煙《ゆふけぶり》かな
」六九ウ

【現代語訳】　摂津の国の難波で、物の下で焚く藻屑の火ではないが、名には立ってほしくないとこっそり恋心を燃やした甲斐もないことだ。夕煙が立つように噂に立ってしまった、恋の評判よ。

【参考】「津の国の名には立たまく惜しみこそすく藻たく火の下にこがるれ」（後撰七六九、紀内親王）

【語釈】○すく藻↓606。○名には―「難波」をかける。

【補説】662詠と同様の趣向であるが、より進み、評判になってしまった恋を詠んでいる。

746　板庇《いたびさし》さすや日影《かげ》に立《た》つ塵《ちり》の数限《かずかぎ》りなく恋《こ》ひやわたらん（墨）

【現代語訳】　板庇にさす日光の中に、微細な塵が浮遊しているのが沢山見える。そのように数限りなく、あの人を恋い続けることだろう。

【参考】「板庇さすや萱屋の時雨こそ音し音せぬ方は分くなれ」（千載一一九〇、顕昭）「柴の戸をさすや日影の名残なく春暮れかゝる山の端の雲」（新古今一七三、宮内卿）「いっとなく風吹く空に立つ塵の数も知られぬ君が御代かな」（金葉三二〇、肥後）

【補説】　恋歌としてだけでなく、和歌として甚だ珍しい景をとらえ、しかも根拠ある表現で巧みに一首に仕立てている。為家歌風を考える上で注目すべき一首。

747　驚《おどろ》けばいやはかなる現《うつゝ》にて頼《たの》む夢路《ゆめぢ》ぞ見《み》る甲斐《かひ》もなき（朱）

【現代語訳】見ていた夢からはっと目覚めると、現実は夢よりももっと心許ない状態であって、頼りにする夢というものも見る甲斐もないことだ。

【参考】「寝ぬる夜の夢をはかなみまどろめばいやはかなにもなりまさるかな」（古今六四四、業平）「我が為は見る甲斐もなし忘草忘るばかりの恋にしあらねば」（後撰七八九、長谷雄）

748 覚《さ》むるまで濡《ぬ》るゝ袖《そで》だにあるものをなど逢《あ》ふことの夢《ゆめ》ばかりなる（墨）

【現代語訳】夢が覚めるまで、現実に涙に濡れる袖だってあるのに、どうして逢う事は現実には無く、夢の中ばかりなのだろう。

【参考】「うたゝ寝の夢ばかりなる逢ふ事を秋の夜すがら思ひつるかな」（後撰八九八、読人しらず）「うつゝにて夢ばかりなる逢ふことをうつゝばかりの夢になさばや」（後拾遺六七五、高明）

749 憂《う》き人に濡《ぬ》れぬる袖《そで》ぞ今《いま》はまた我《わ》が物《もの》からの形見《かたみ》なりける

【現代語訳】恨めしい人のために涙に濡れた袖が、その人に捨てられた今はまた、自分の物でありながら恋人の形見であるよ。

【参考】「植ゑ置きし我が物からの庭の松夕は風の声ぞ苦しき」（拾遺愚草一五八二、定家）「書き連ね来し玉章《たまづさ》の帰る雁我が物からに誰しのぶらん」（拾遺愚草員外一一三、定家）

750　知《し》るらめや二十日《はつか》の月の僅《はつ》かにも見し面影《おもかげ》に恋ひわたるとは　」七〇オ

【現代語訳】あの人は知っているのだろうか。二十日の月のようにほんのわずかに見ただけの、その面影に私が恋し続けているとは。

【参考】「知るらめや霞の空を眺めつゝ花も匂はぬ春を歎くと」（新古今三九、中務）「寝で待ちし二十日の月の僅《はつ》かにも逢見し事をいつか忘れむ」（定文歌合三二）「夜半に出づる二十日の月の僅《はつ》かにも相見し人はいつか忘れむ」（拾遺抄静嘉堂文庫本五九〇、読人しらず）

【補説】「二十日の月の僅かにも」という先行表現は、より一般的にあるかと思ったが、【参考】二例しか発見できなかった。

751　あはれ又下《またした》に思《おも》ひし花薄《すゝき》いかなる方《かた》になびき初《そ》むらん

【現代語訳】あゝどうして、ひそかに恋心を抱いていた花のように美しいあの人は、花薄が風になびくように、どんな男性に心を寄せはじめてしまったのだろう。

【参考】「潮風の吹き越す蜑の苫《とま》庇下に思ひのくゆる比かな」（月清集三九七、六百番歌合、良経）

【補説】「あはれ又」は為家の好みの句で、本千首114・367・596・633・751・873と、濫用に近く用いている。曰く言い難い感情表現として、用いやすかったのであろう。

752 憂《う》き事《こと》の大野川原《おほのかはら》の水隠《みこも》りに茂《しげ》る真薦《まこも》の乱《みだ》れてぞ思《おも》ふ（墨）

【現代語訳】 辛い事があまりにも多いので、大野川原の水にかくれて茂る真薦の乱れているように、人にかくれて思い乱れることだ。

【参考】「真薦刈る大野川原の水隠りに恋ひ来し妹が紐解く我は」（万葉二七二二、作者未詳）

【語釈】○**大野川原**―未詳。奈良県生駒郡富の雄川の下流、大野川ともいう。「多い」にかける。

【補説】 底本「みたれそ」とし、「て」補入。

753 徒《いたづ》らに行《ゆ》き交《か》ふ道《みち》の朝霞《あさがすみ》何《なに》しか人の隔《へだ》て果《は》つらん（墨）

【現代語訳】 あの人との仲は、たゞ何となく行き違う道に朝霞が人影を隔てているようなもの。一体何で、恋人は私を疎遠にし切っているのだろうか。

【参考】「徒らに行きては来ぬるものゆゑに見まくほしさに誘《いざな》はれつゝ」（古今六二〇、読人しらず）「殺目《きりめ》山行き交ふ道の朝霞ほのかにだにや妹に逢はざらむ」（万葉三〇五一、作者未詳）

754 逢《あ》ふ事《こと》の可太《かだ》の大島《おほしま》徒《いたづ》らに心づくしの波《なみ》に濡《ぬ》れつゝ（墨・朱）

【現代語訳】 恋人に逢い難い事は、可太の大島と同じだ。たゞ無駄に心労を重ねつゝ、その島の浮ぶ心づくし―筑紫の海の波ならぬ、涙に濡れて過すばかりだ。

【参考】「筑紫路の可太の大島しましくも見ねば恋しき妹を置きて来ぬ」（万葉三六五六、作者未詳）
【他出】夫木抄一〇四五四、千首歌。
【語釈】○**可太の大島**―山口県大島郡屋代島。「逢ふ事の難《かた》」にかける。○**心づくしの波**―「筑紫」「涙」にかける。
【補説】以上三首、万葉知識の豊富さ、引用の自在さに驚かされる。

755　**ありとても何《なに》ぞは露《つゆ》の甲斐《かひ》もなし辛《つら》きに長《なが》き徒《あだ》の玉《たま》の緒《を》**（墨・朱・尾）

【現代語訳】生きていると言ったって、何だい、これっぽっちの甲斐もないではないか。恋の悩みでこんなに辛いのに、むやみに長い、無駄なこの命よ。
【参考】「命やは何ぞは露の仇物《あだ》を逢ふにし代へば惜しからなくに」（古今六一五、友則）「片糸のあだの玉の緒よりかけてあはでの森に露消えねとや」（拾遺愚草一一六八、建保名所百首、定家）
【補説】「あだの玉の緒」の先蹤は右定家の一首のみ。次に為家自身、弘長元年（一二六一）楚忽百首に「かへつべき逢ふてふ事の片糸になほ絶えやらぬあだの玉の緒」（大納言為家集一一八五）と詠み、以後長く途絶えて、近世「黄葉集」（烏丸光広）以降に流行する。

756　**露ながら笹《さゝ》分《わ》けし朝《あさ》の衣手《ころもで》も」七〇ウかゝる袂《たもと》の色《いろ》にやは見し**（墨）

【現代語訳】古人は、露の置いたままの笹を分けて来た朝帰りの袖の事を歌ったが、それだって、悲恋の紅涙に

濡れた、こんな私の袂の色と同じと見えたろうか。(いや到底それには及ぶまい)

【参考】「秋の野に笹分けし朝の袖よりも逢はで来し夜ぞひちまさりける」(古今六二二、業平)

757 秋山《あきやま》に峰《みね》まで延《は》へる葛《くず》かづら長《なが》くや人を恨《うら》み果《は》てまし(墨)

【現代語訳】秋山に、峰高くまで延び茂っている葛の長い蔓のように、私も末長く恋人を恨み切ってしまおうかしら。(心弱く、とてもそうはなるまいが)

【参考】「谷せばみ峰まで延《は》へる玉かづら絶えむと人に我が思はなくに」(伊勢物語七〇、男)「玉藻刈る蜑のゆき方さす棹の長くや人を恨み渡らん」(拾遺一二七二、貫之)

【語釈】○恨み―葛の葉の「裏見」をかける。

758 かくとだに岩垣紅葉《いはがきもみぢ》徒《いたづ》らに時雨《しぐ》るゝ色《いろ》を問《と》ふ人もなし(墨・朱)

【現代語訳】あなたを思っていますとすら言う事のできない私は、物を言わない岩の垣にからんでいる紅葉と同じ事。何の甲斐もなく時雨のような紅涙に濡れているその色を、どうしましたかと尋ねてくれる人もいない。

【参考】「かくとだに得やは伊吹のさしもぐささしも知らじな燃ゆる思ひを」(後拾遺六一二、実方)「奥山の岩垣紅葉散りぬべし照る日の光見る時なくて」(古今二八二、関雄)

【語釈】○岩垣紅葉―「かくとだに言はず」をかける。三句「いたづら」と頭韻をなす。

759　長《なが》らへて我《わ》が身に変《かは》る涙《なみだ》かな恨《うら》みむとだに思《おも》ひやはせし（墨）

【現代語訳】生き長らえたばかりに、自分ながら変ってしまった涙よ。（恋しくて流した涙だったのに）その人を恨もうといって流す涙になろうとは思ったろうか、思いもしなかったよ。

【参考】「蜑の住む里のしるべにあらなくに恨みむとのみ人の言ふらむ」（古今七二七、小町）

760　知《し》るやいかに身を浮草《うきくさ》の己《おの》れのみ茂《しげ》れる淵《ふち》の底《そこ》の心《こゝろ》は（墨）

【現代語訳】あなたは知っていますか、どうですか。我が身をつく〴〵憂いものとばかり思って、浮草がそればかり茂っている淵の、見えない底のように、誰にも見せない私の本当の心の底は。

【参考】「知るやいかに君を御嶽《みたけ》の初斎《はついもひ》心の注連《しめ》も今日かけつとは」（長秋詠藻四九〇、俊成）

【補説】「知るやいかに」の先例は【参考】俊成詠以外には見当らない。

761　夏深《なつふか》き森《もり》の下草《したくさ》ひまもなく濡《ぬ》れゆく袖《そで》をとふ人もがな　」七一オ

【現代語訳】夏の季節も深まり、森の下草が隙間なく茂るように、隙間なく一面に涙で濡れて行く袖を、気遣い尋ねてくれる人があればいゝのに。（そんな人は一人もいない）

【参考】「大荒木の森の下草茂りあひて深くも夏のなりにけるかな」（拾遺一三六、忠岑）

762　浦波《うらなみ》の高師《たかし》の浜《はま》の松《まつ》が根《ね》のあらはれもせよ濡《ぬ》るゝ袂《たもと》は　(墨)

【現代語訳】浦波が高くあがる、高師の浜の松の根が、波に洗われて露出するように、恋の涙で濡れる私の袂はいっそ人目に立つようになってくれればよい。(そうしたらあの人も気がついてくれるだろうから)

【参考】「大伴の高師の浜の松が根を枕に寝《ね》ぬと家し偲ばゆ」(万葉六六、置始東人)「風吹けば波打つ岸の松なれや根にあらはれて泣きぬべらなり」(古今六七一、読人しらず)

【語釈】○**高師の浜**―和泉の歌枕、大阪府高石市の海岸。「浦波の高し」をかける。

763　心引《ひ》く信濃の《しなのゝ》真弓末《まゆみすゑ》までも寄《よ》り来《こ》ば君をいかゞ忘《わす》れん　(墨)

【現代語訳】魅力的な、信濃製の弓のようなあなたよ。先々までも変らずに寄り添って来てくれるなら、あなたをどうして忘れたりしましょうか。

【参考】「みくさ苅る信濃の真弓我が引かば良人《うまびと》さびて否《いな》と言はむかも」(万葉九六、久米禅師)

【語釈】○**真弓**―檀《まゆみ》の木で作った丸木の弓。信濃の名産。「引く」「末」は弓の縁語。

764　淡路島松帆《あはぢしまゝつほ》の浦《うら》に焼《や》く塩《しほ》の辛《から》くも人を恋《こ》ふる比《ころ》かな　(墨)

【現代語訳】淡路島の松帆の浦で焼く塩が辛いように、実に辛《つら》い思いをしながらあの人を恋することだよ。

【参考】「……淡路島　松帆の浦に　朝凪《なぎ》に　玉藻刈りつゝ　夕凪に　藻塩焼きつゝ……」(万葉九四〇、金村)

【他出】夫木抄一一五六四、千首歌。

【語釈】○**松帆の浦**—淡路の歌枕、淡路島最北端の海辺。

765 **身を知《し》ればあはれ紅葉《もみぢ》の立田川《たつたがは》誰《た》が袖《そで》よりか流《なが》れ初《そ》めけん**（墨・朱・尾）

【現代語訳】自分の分際を知っているから、つく〴〵身につまされるよ、紅葉の流れる立田川を見ると。あのまっ赤なのは、誰の袖の恋の紅涙から流れ出したのだろうか。

【参考】「身を知ればあはれとぞ思ふ照る日薄き岩陰山に咲ける卯の花」（長秋詠藻二三一四、俊成）

【補説】さりげない詠であるが、俊成詠に学びつゝ、より情のこもった詠み口で、発想もユニークである。

766 **いかにして辛《つら》き心に身をかへてさりけりとだに人に知《し》らせん**

【現代語訳】一体どのようにして、冷淡な心の持主にこの身を変えて、そうだったのか、冷たくされるとはこういう事かとだけでも、恋人に知らせたいものだ。

【参考】「いかで我つれなき人に身をかへて恋しき程を思ひ知らせん」（千載七一二、実能）

【語釈】○**さりけり**—然《さ》、ありけり。そうであったのか。

【補説】「さりけり」はこの一首以外、『国歌大観』全巻を通じ全く用例のない言葉であるが、一首として決して奇矯、難解ではない。姑息な古典主義者という、一般的な為家観を見直すべき好材料の一である。

767 忘《わす》れ行《ゆ》く心は言《い》はず今《いま》は又通《またかよ》ひし」七一ウ道《みち》の跡《あと》だにもなし

【現代語訳】忘れて行ってしまった、恋人の心についての愚痴は言うまい。しかし今は又、通って来ていた道の跡さえも（草が生い茂って）無いようになってしまった。（それを見ればやはり恨めしい）

【参考】「思ひやる方なきまゝに忘れ行く人の心ぞうらやまれける」（後拾遺七八七、頼成妻）

768 見しまゝに我《わ》がまた偲《しの》ぶ夕暮《ぐれ》は思《おも》ひも知《し》らじ心慣《な》らひに（墨）

【現代語訳】逢っていた時の通りに、私が今でも思い慕っている夕暮であるが、あの人はそれとも思い知ってはいないだろう、いつもの冷淡な心の習慣のままに。

【参考】「枕だに知らねば言はじ見しまゝに君語るなよ春の夜の夢」（新古今一一六〇、和泉式部）「思ひ出でよ誰が後朝《きぬぐ》の暁も我がまた偲ぶ月ぞ見ゆらん」（拾遺愚草一〇八五、定家）

769 思《おも》ひ出《い》でゝ偲《しの》ぶと聞《き》くもいかばかり心《こゝろ》を見《み》ずは嬉《うれ》しからまし（墨）

【現代語訳】あの人が私を思い出して、懐かしんでいると聞くにつけても、その本心を見きわめてしまった後でなければ、あゝどんなに嬉しいだろうに。

【参考】「思ひ出でて偲ぶ言の葉聞く時はいとゞ涙の玉ぞ数そふ」（袋草紙二七二、定通）「さる事のあるなりけりと思ひ出でて偲ぶ心を偲べとぞ思ふ」（山家集六八六、西行）

【補説】「思ひ出でて偲ぶ」という表現の前例はこれ位しか見当らない。定通詠は崇徳院因幡内侍が夢想により得た歌だという。

770 忘《わす》らるゝことは憂《う》き身に知《し》らるとも散《ち》らさばいかゞ恨《うら》みざるべき

【現代語訳】恋人に忘れられる事は、拙ない自分の運命と納得できるとしても、その噂を世間に広められたらどうして恨まずに居られようか。

【参考】「忘らるゝ身はことわりと知りながら思ひあへぬは涙なりけり」（詞花二六五、清少納言）「さのみやは我が身の憂さになし果てて人の辛さを恨みざるべき」（金葉四五五、盛経母）

771 よしさらば忘《わす》らるゝ身は惜《を》しからず人の名立《だ》てに人に語《かた》らん（墨・朱）

【現代語訳】あゝもうそれでは、忘れられる私の身は惜しくはない。あの人はこんな人、と評判になるように、世間の人に話してやろう。

【参考】「久方の月人男一人寝る宿にさし入れり人の名立てに」（躬恒集一〇五）「憂き身とて忍ばば恋の忍ばれて人の名立てになりもこそすれ」（山家集一二五〇、西行）

【補説】珍しく捨て鉢な恋歌である。

772 いとゞまた歎《なげ》かん為《ため》や払《はら》ふらん人なき床《とこ》の秋の夕風《ゆふかぜ》（墨）」七二オ

【現代語訳】（只でさえ淋しいのに）一層加えて、悲しませよう為に吹き払うのであろうか。恋人もなく一人伏す床を訪れる、秋の夕風よ。

【参考】「いとゞまた余る思ひは燃え尽きぬ袖の螢の光見えても」（拾遺愚草二五八七、定家）「夕されば人なき床を打ち払ひ歎かん為となれる我が身か」（古今八一五、読人しらず）「世と共につれなき人を恋草の露こぼれ増す秋の夕風」（千載七七二、顕家）

773 果《はて》はまた頼《たの》む心の疑《うたが》ひに恨《うら》みぬをさへ恨《うら》みつるかな（墨）

【現代語訳】恋心のつのった果は又、恋人を頼りにしつつも疑心暗鬼の思いで、私の事を恨まないのさえ、もう見放されてしまったのかと恨むことだ。

【参考】「恨みぬも疑はしくぞ思ほゆる頼む心のなきかと思へば」（拾遺九八一、読人しらず）

【補説】底本、「恨みぬさへ」とし、「を」補入。

774 辛《つら》からで嬉《うれ》しながらに忘《わす》られればたへ《え》て命《いのち》の誰《たれ》恨《うら》みまし（朱・尾）

【現代語訳】無情にはされないで、嬉しい思い出を抱きながら、それでも忘れられてしまったというのなら、別離に耐えて命を保っているという事に対して、誰を恨もうか、恨む事はできない。

【参考】「いく秋を耐へて命の長らへて涙曇らぬ月に逢ふらん」（拾遺愚草二三七七、定家）

【補説】　底本表記「たえていのちの」では用例見当らず、「絶えて」と解して意味不明と思ったが、【参考】定家詠により「耐へて」であると心付いた。更に先例として、「恋しさに耐ふる命のあらばこそあはれをかくる折も待ち見め」（祐子内親王家紀伊集四二）があり、後の「玉葉集」にこれを「耐へて命の」「あはれをかけん」の形で入集している（一八一五）。定家詠はこの異文を踏まえるか。後の宗尊親王「弘長三年六月百首歌」にも「世の憂きにたへて命のつれなくは今幾風《いくかぜ》か秋の夕暮」（柳葉集三八四）がある。

775　行《ゆ》き帰《かへ》りいつを限《かぎ》りに逢《あ》ふことのなぎさに波《なみ》の夜《よる》も寝《ね》られず（墨）

【現代語訳】　恋人の来訪の往復も、いつを最後にして絶えるか、逢う事がなくなってしまうかと思うと、海岸に寄る波ではないが、夜も寝られないよ。

【参考】「行き帰り空にのみしてふることは我が居る山の風早みなり」（古今七八五、業平）「逢ふことのなぎさにし寄る波なれば怨みてのみぞ立帰りける」（古今六二六、元方）

【語釈】○なぎさに波の――「逢ふことの無《な》」をかけ、「波」の「寄る」から「夜」を導く。

776　さてもなほ何《なに》しか袖をしほるらん海松布《みるめ》に飽《あ》ける伊勢《いせ》の蜑人《あま》（墨）

【現代語訳】　それにしてもまあ、一体何で袖をびしょぬれにするのだろう。恋人を「見る目」ならぬ「海松布《みるめ》」には飽き〳〵しているはずの伊勢の蜑人は。（私は恋人を「見る」機会がなくて涙に袖を濡らしているのだが）

【参考】「伊勢の蜑の朝な夕なにかづくてふ海松布に人を飽く由もがな」（古今六八三、読人しらず）

777　時の間《ま》も忘《わす》れやはする山賤《やまがつ》の垣《かき》ほの花の色《いろ》に出《い》でなむ（墨）

【現代語訳】ほんの僅かの間も、あの人の事を忘れなんかするものか。（だから包みかくしたりせず）山賤の垣根に咲く大和撫子の美しい色のように、私の恋心を表に出してしまおう。

【参考】「あな恋し今も見てしが山賤の垣ほに咲ける大和撫子」（古今六九五、読人しらず）

778　あはれともいかに伊吹《いぶき》の草《ぐさ》の名《な》のさしも思《おも》ひに燃《も》ゆる我《わ》が身を（朱・尾）」七二ウ

【現代語訳】あゝ恋しいとも何とも、どんな形で言ったらいいのだろう。伊吹山の「さしもぐさ」の名のように、そんなにも恋の思いに燃えている私の身を。

【参考】「かくとだに得やは伊吹のさしもぐささしも知らじな燃ゆる思ひを」（後拾遺六一二、実方）

【語釈】○伊吹―近江の歌枕、伊吹山。「もぐさ」の産地として有名。「いかに言ふ」をかける。○さしも―「指《さし》艾《もぐさ》」と「然《さ》しも」をかけ、もぐさの縁で「おも火《ひ》」「燃ゆる」と続ける。

779　思《おも》ひ来《こ》し我《わ》がかゝねごとの夕暮《ゆふぐれ》はあらぬかとだに身をもたどらず（墨・朱・尾）

【現代語訳】ずっと頼みにして来た、私のあの人との約束のある夕暮は、心も身に添わず、生きているのかどうかと我が身を考える余裕もない。

【参考】「昔せし我がかねごとの悲しきはいかに契りし名残なるらん」（後拾遺七一〇、定文）「我が身こそあらぬかとのみたどらるれとふべき人に忘られしより」（新古今一四〇五、小町）

【補説】底本「身をも」の「も」補入。

780 契りしを待《ま》つとはなくて年《とし》も経《へ》ぬ誰《た》が偽《いつは》りか命《いのち》なるらん（墨）

【現代語訳】約束した事を必ずしも待つというのでもなくて何年も経ってしまった。誰が言った偽りの約束が、私の命を支えているのだろう。

【参考】「頼むるに頼むべきにはあらねども待つとはなくて待たれもやせん」（後拾遺六七八、相模）「慣らひ来し誰が偽りもまだ知らで待つとせし間の庭の蓬生」（新古今一二八五、俊成女）「今ははや恋ひ死なましをあひ見むと頼めし事ぞ命なりける」（古今六一三、深養父）

781 片岡《かたおか》の向《むか》ひの峰《みね》の椎柴《しゐしば》のつれなき色《いろ》に幾代《いくよ》恋《こ》ふらん（墨）

【現代語訳】孤立した岡の向い側の峰に茂る椎柴の、紅葉する事のない色のように、私の恋心にも動かされない人に、いつまで恋い続けているのだろう。

【参考】「片岡の此向峰椎蒔《ま》かば今年の夏の陰にな見むか」（万葉一一〇三、作者未詳）

【補説】【参考】第二句、旧訓「こなたのみねに」新訓「このむかつをに」であるが、「むかひのみねに」の訓もあったか、或いは為家の換骨奪胎か。

782 面影《おもかげ》の憂《う》きにまぎればおのづから忘《わす》るゝ咎《とが》も慰《なぐさ》みなまし

【現代語訳】 恋人の面影が、恨めしさにまぎれて見えにくくなるならば、もしかして、私を忘れたという罪も緩和されるであろうが。（あいにくまぎれ去る事はないので、恨みも忘れられない）

【参考】「恋しさの憂きにまぎるゝ物ならば又再びと君を見ましや」（後拾遺七九二、大弐三位）「藤衣相見るべしと思ひせばまつにかゝりて慰みなまし」（拾遺抄五六〇、為基）

783 憂《う》き人を恨《うら》みがてらに忘《わす》れなばいとゞや仲《なか》の疎《うと》くなりなむ（墨・尾「七三オ」）

【現代語訳】 冷淡な恋人を、恨みついでに忘れてしまったなら、いよ〳〵二人の仲は疎遠になるばかりだろう。（だからどうしても忘れる事はできない）

【参考】「石見潟何かは辛き辛からば恨みがてらに来ても見よかし」（拾遺一二六二、読人しらず）

784 今更《いまさら》に何《なに》とか人を恨《うら》むらんかねて思《おも》ひし憂《う》き身《み》ならずや

【現代語訳】 今更のように、何で去って行った恋人を恨む事があろうか。前々から承知していた、不運な我が身ではないか。

【参考】「今更に何生ひ出づらむ竹の子の憂き節しげき世とは知らずや」（古今九五七、躬恒）「逢ふからも物はな

ほこそ悲しけれ別れむ事をかねて思へば」（古今四二九、深養父）

785　月影《かげ》をありしにもあらず恨《うら》むれば我《われ》さへ変《かは》る心《こゝろ》とや見《み》る

【現代語訳】明月の姿を、以前賞美したのとは打って変って恨めしく思うから、（恋人だけでなく）私さえ変ってしまった心と思うだろうか。（いゝえそうではない、恋心が変らないから、以前その人と共に見た月を一人見る事が恨めしいのだ）

【参考】「世の中のありしにもあらずなり行けば涙さへこそ色変りけれ」（千載一〇二七、俊頼）

786　我《わ》が身をも厭《いと》ひし程は厭《いと》ひてき忘《わす》るゝ時《とき》ぞ忘《わす》れかねぬる（墨）

【現代語訳】自分の身をさえも、あの人が嫌った時は嫌になった（そのようにまで恋人と一致する心であった）ものだが、その人が私を忘れ去った時には、どうしても恋人を忘れる事ができない。

【補説】よくある、同語反復の技巧だが、今取り立てて参考歌を思い得ない。後考に俟つ。

787　頼《たの》みつゝ待《ま》ちし夕《ゆふべ》の空《そら》にだによそには聞《き》かぬ秋の嵐《あらし》を（墨）

【現代語訳】恋人の約束を信じて待っていた、夕暮の空の下であってさえ、「秋の嵐」と言えば「飽き」に通ずるものとして、余所事《よそごと》とは聞けなかったのに。（その人に飽かれ、棄てられた今は一入身にしみる）

【参考】「吹きはつる秋の嵐も悲しくてさすがに明日の待たるゝやなぞ」（一条摂政御集七一、伊尹）「秋の嵐一葉も惜しめ三室山ゆるす時雨の染めつくすまで」（拾遺愚草二三四六、定家）

【補説】「秋の嵐」は伊尹の女への贈歌の後、安法（新古今一五七〇）が述懐に用い、その後慈円・家隆・定家が好み用いているが、いずれも叙景歌で、恋歌には珍しい。底本、「たのめつゝ」の「め」を見せ消ちし、「み」と訂正。

788　**見し人はたゞ露《つゆ》ばかり刈薦《かりこも》のいかにせよとか乱《みだ》れ初《そ》めけん**（墨）

【現代語訳】愛し合った人といっても、たゞほんの僅か逢ったばかり。それなのに、刈り取った薦が束ねても乱れるように、どう心を処理せよといって、こんなに気持が乱れはじめてしまったのだろう。

【参考】「露ばかり頼めし程の過ぎゆけば消えぬばかりの心地こそすれ」（拾遺六八九、輔昭）「妹が為命残せり刈薦の思ひ乱れて死ぬべきものを」（万葉二七七四、作者未詳）

【語釈】○刈薦の―「ばかり」から「刈り」を出し、「乱れ」に続ける。

789　**徒人《あだ》の秋《あき》の限《かぎ》りと紅葉葉《もみぢ》の└七三ウ色扱《いろこ》き入《い》るゝ袖《そで》を見《み》せばや**（墨・朱・尾）

【現代語訳】移り気な恋人が私に厭《あ》き果ててしまった、その結果ですよ、とばかり、秋の極点を告げるように濃い紅葉の色をしごき入れたような、紅涙に染まる私の袖を、あの人に見せたいものだ。

【参考】「秋といへばよそにぞ聞きし徒人の我を古せる名にこそありけれ」（古今八二四、読人しらず）「行く雁の飛ぶこと早く見えしより秋の限りと思ひ知りにき」（千里集五五）「朝ぼらけ置きつる霜の消えかへり暮待つ程の袖を見せばや」（新古今一一八九、花山院）

【語釈】○**秋**―「厭き」をかける。

790　**一人《ひとり》のみ涙《なみだ》片敷《かたし》くとことはに通《かよ》ひし人は昔《むかし》なりけり**

【現代語訳】たゞ一人、涙に濡れた自分の着物だけを敷いて寝る、その床に、永遠に変らず通うよ、と約束した人は、遠い昔の思い出となってしまった。

【参考】「一人のみ思へば苦しいかにして同じ心に人を教へむ」（後撰六〇二、忠岑）「とことはに通ひし君が使来ず今は逢はじとたゆたひぬらし」（万葉五四五、高田女王）

【語釈】○**片敷く**―共寝する時は二人の衣を重ね敷くのに対する、独り寝の状況。○**とことはに**―「床《とこ》」と「永遠《とは》」をかける。

【補説】万葉詠初句「常不止」は通常の訓では「つねやまず」だが、西本願寺本では「とことはに」とする。必ずやこれによった詠であろう。「涙片敷く」については610参照。

791　**今夜《こよひ》もや又偽《またいつは》りに明《あ》け果《は》てん寝《ね》よとの鐘《かね》も声聞《こゑきこ》ゆなり**

【現代語訳】（約束した人は来ず）今夜も又、恋人の偽りのままに夜明けに至るのであろうか。皆人に寝よと告げる鐘も、すでにその声が聞える。

【参考】「皆人を寝よとの鐘は打つなれど君をし思へば寝ねかてにかも」(新訓)(万葉六一〇、笠女郎)

792 契《ちぎり》だに短《みじか》き世々《よゝ》の葦辺《あしべ》より満《み》ち来《く》る潮《しほ》になほぞ恋《を》ふなる (墨・尾)

【現代語訳】長くと願う恋人との契さえ、葦の節の間隔の短いように短い。それでも、その葦の間から満ちて来る潮のように、いよ〳〵ます〳〵、あの人を恋い慕うのだ。

【参考】「葦辺より満ち来る潮のいや増しに思へか君が忘れかねつる」(万葉六二〇、山口女王)

【語釈】○世々――「節《よ》」をかけ、「葦」を導く。

793 憂《う》き人の小簾《こす》の間通《まとを》る夕月夜《づくよ》おぼろけにやは袖《そで》は濡《ぬ》れける (墨)

【現代語訳】冷淡な恋人は来てくれない。簾の間を通ってさす夕月の光の朧ろなように、朧ろけに――いいかげんな程度になんか、涙で袖が濡れはしないのに。

【参考】「玉垂の小簾の間通し一人居て見るしるしなき夕月夜かも」(万葉一〇七七、作者未詳)

【語釈】○小簾――「来ず」をかける。

794 夕暮《ゆふぐれ》はいつまで人に紛《まぎ》れけんたゞ一筋《ひとすぢ》に月を待《ま》つかな (墨・朱・尾)「七四オ」

【現代語訳】夕暮というと、いつまで人を待つ事にばかり心を奪われていたのだろう。恋を失った今は、たゞひたすらに月を待つばかりだ。

【参考】「足引の山より出づる月待つと人には言ひて妹をこそ待て《待つ我を（新訓）》」（万葉三〇一六、作者未詳）

【補説】以上五首、為家の万葉知識、理解、活用力のなみ〳〵ならぬ事を証する。

795 よそならず思《おも》へば悲《かな》し沖《おき》つ波《なみ》つれなき岩《いは》に砕《くだ》く心は

【現代語訳】余所事《よそごと》でないと思うと、見るのも本当に悲しい。沖の波が、頑丈で何の変化もない岩に当り、砕けるその気持は。（私の恋人に対すると同じではないか）

【参考】「まことには仏の国もよそならず迷ふ限りぞ憂き世とも見る」（後鳥羽院御集一〇七五）

【補説】底本五句、不明二字を擦消して、上に「心」と書く。平板な歌のようだが、「よそならず」の先例は

【参考】後鳥羽院詠のみ、「つれなき岩」は他に用例皆無である。なほ後年阿仏は「十六夜日記」に「かもめ居る洲崎の岩もよそならず波のかけこす袖に見馴れて」（三九）と詠んでいる。

796 消《き》えねたゞ袖《そで》にかつ散《ち》る玉鬘《たまかづら》面影《おもかげ》絶《た》えぬ夕暮《ゆふぐれ》も憂《う》し（墨）

【現代語訳】あゝいっそもう消えてしまえよ。何かと言えば袖に散りかかる涙の玉よ。その玉を連ねた髪飾りが絶えないように、涙の玉の中に恋人の面影が絶えず浮ぶ夕暮が、何とも言えず辛いから。

【参考】「消えねたゞ信夫の山の峰の雲かゝる心の跡もなきまで」（新古今一〇九四、雅経）「かけて思ふ人もなければ夕されば面影絶えぬ玉鬘かな」（新古今二二一九、貫之）

【語釈】○玉鬘―「涙の玉」を暗示し、貫之詠によって「面影」と続ける。
【補説】「袖にかつ散る」は『国歌大観』にこれ一首のみ。

797 渡《わた》つ海《うみ》と荒《あ》れにし後《のち》は敷妙《しきたえ》の枕《まくら》の下《した》も藻塩《しほ》垂《た》れつゝ (墨・朱・尾)

【現代語訳】恋人との仲が破綻して、夜の床が伊勢の歌のように荒涼となってしまった後は、枕の下も涙に濡れて、藻塩汲む蜑の袖から海水がしたたるようだよ。

【参考】「渡つ海と荒れにし床を今更に払はば袖や泡と浮きなむ」(古今七三三、伊勢)「わくらはに問ふ人あらば須磨の浦に藻塩垂れつゝ侘ぶと答へよ」(古今九六二、行平)

798 おのづから訪《と》はれしまゝの情《なさけ》だに絶《た》えて軒端《のきば》の草《くさ》ぞはかなき (墨)

【現代語訳】たま〳〵の成り行きで情を交わした、その程度の間柄さえ絶えて、人は来なくなってしまった。たゞの軒端の草に過ぎない我が身の、何とはかないことだろうか。
【参考】「おのづから訪へかし人の蜑の住む里のしるべに思ふ心を」(壬二集一四二五、家隆)
【語釈】○絶えて軒端の―「絶えて退《の》き」と「軒端」をかける。
【補説】「絶えて軒端の」など、つまらぬ秀句と思われようが、『国歌大観』全巻を通じ全く他に無い表現である。

799 恨《うら》みつゝ其《そ》をだに憂《う》きが慰《なぐさ》めになほ夕暮《ゆふぐれ》の空《そら》ぞ待《ま》たるゝ

【現代語訳】　無情な恋人を恨みながら、それがせめてもの辛さの慰めになるかとの思いで、全く縁の切れてしまった今も、やはり夕暮の空を眺めて人が待たれる気持がするよ。

【参考】「飽かでこそ思はむ仲は離れなめそをだに後の忘れ形見に」（古今七一七、読人しらず）

【補説】　以上、恋二百首は四季歌程の実感や変化も求め得ず、苦吟も一入であったかと思われるが、特に万葉摂取の自在さが目立って鮮やかである。ここまで難関を切りぬけて来た為家の、以下雑部において次第に発揮される、自由さ、誹諧性に注目されたい。

雑二百首

」七四ウ

800　とにかくになれる我《わ》が身の心《こゝろ》かな寝覚《ねざ》めの床《とこ》の有明《ありあけ》の空《そら》

【現代語訳】　何とか彼《か》とか、生きて来た私の心よ。寝覚めの床から有明の空を仰ぎながら、つく〴〵と今までの人生を思うよ。

【参考】「夕されば人なき床を打ち払ひ歎かむ為となれる我が身か」（古今八一五、読人しらず）「何の為なれる我が身と言ひ顔に役とも物の歎かしきかな」（和泉式部集三〇五）

【補説】　雑部冒頭に当り、本千首詠出に至るまでの為家心中の葛藤の程がしのばれる一首である。以下五首、有明・暁に寄せる述懐。

801　徒《いたづ》らに今宵《こよひ》も早《はや》く明《あ》けぬなり訪《おと》なふ鐘《かね》のつくぐ〵として

【現代語訳】為す事もなく、今夜も早くも明けてしまうようだ。響いて来る鐘の音を聞くにつけ、鐘を「つく」のではないが、つくぐ〵と物思いに沈んでいて。

【参考】「暮れぬなり幾日《いくか》をかくて過ぎぬらむ入逢の鐘のつくぐ〵として」（新古今一八〇七、和泉式部）

802　澄《す》むとても心細《ぼそ》しな雲間《くもま》よりや〵影薄《かげうす》き有明《ありあけ》の月《つき》

【現代語訳】光が澄んでいるといっても何となく心細いなあ。雲の間から見える、少し光の薄らいだ有明の月よ。（それと同様、私もこの世に住んでいるが影の薄い存在で、何となく心細いよ）

【参考】「澄むとても幾世も住まじ世の中に曇りがちなる秋の夜の月」（後拾遺二五七、公任）「足引の山の端近く住むとても待たでやは見る有明の月」（千載一〇一五、静蓮）「澄むとても思ひも知らぬ身の内に慕ひて残る有明の月」（新勅撰六二〇、讃岐）

【補説】「や〵影寒き」等の類似句は若干見られるが、「や〵影薄き」は『国歌大観』中本詠のみ。情景をよく写しえている。

803　白露《しらつゆ》も夜《よ》すがら袖《そで》に宿《やど》しつる影別《かげわか》れ行《ゆ》く有明《ありあけ》の月《つき》

【現代語訳】 白露も、（そして涙も）一晩中袖に置いていたのだが、そこに映っていた有明の月は、光が薄れ、別れ去って行く。（こうして過ぎて行く、一夜々々の思いよ）

【参考】「昔見し雲居をめぐる秋の月今幾歳《いくとせ》か袖に宿さむ」（新古今一五一一、讃岐）

【補説】 全くありふれた詠と見えながら、取り立てた参考歌は見出し得なかった。「影別れ行く」は、これも『国歌大観』ただ一例の為家の独自句で、類似句もない。

804 **月だにもなほ《を》澄《す》み弱《よは》る有明《ありあけ》につれなく人の世を頼《たの》むかな**（墨・朱）

【現代語訳】 月さえも、やはり澄む力を弱める有明の姿を見ながら、無関心にも人間は、人生を変らぬものと頼みにしていることだ。

【参考】「降り止めばあとだに見えぬうたかたの消えてはかなき世を頼むかな」（後撰九〇四、読人しらず）

【語釈】 ○**澄み弱る**――「住み弱る」をかける。

【補説】「澄み弱る」は為家の独自句。他に彼の文永五年（一二六八）百首中に、「又人の影もさし来ぬ柴の戸に澄み弱りたる有明の月」（大納言為家集一八九六）を見るのみである。時に為家71歳、実に四十五年後の詠。

805 **長《なが》き夜《よ》の有明《ありあけ》の月も傾《かたぶ》きぬ」七五オ旅行《たびゆ》く人や道急《みちいそ》ぐらん**（墨）

【現代語訳】 秋の長い夜の、有明の月も傾きかかった。夜を徹して旅する人は、行程を急いでいることだろう。

【参考】「長き夜の有明の月も待つべきを禊《みそぎ》の神やいかゞとぞ思ふ」（宇津保物語八七二、女一宮）
【他出】夫木抄一六九三九、千首歌。
【補説】「長き夜の有明の月」の先例は「宇津保」詠一首のみ。以後にも全く例を見ない。以下、「羇旅」三首。

806 明《あ》けぬるか遠方人《をちかたびと》の袂《たもと》まであらはれわたる淀《よど》の河霧《かはぎり》
【現代語訳】あゝ、もう夜が明けたのだろうか。遠くを行く人の袂までくっきりと見える程に、淀川の霧も晴れ渡って来た。

【参考】「明けぬるか河瀬の霧の絶え間より遠方人の袖の見ゆるは」（後拾遺三二四、経信母）「朝ぼらけ宇治の河霧絶え〴〵にあらはれわたる瀬々の網代木」（千載四二〇、定頼）

807 深《ふか》き夜《よ》の竹田《たけだ》が原《はら》の淀車《よどぐるま》暁《あかつき》かけて音聞《おとき》こゆなり（墨）
【現代語訳】深い夜を通して動く、竹田が原の淀の水車よ。暁までもずっと続けて、音が聞えているよ。
【参考】「打ち渡す竹田の原に鳴く鶴《たづ》の間なく時なし我が恋ふらくは」（万葉七六三、坂上郎女）「み山出でて夜半にや来つる時鳥暁かけて声の聞ゆる」（拾遺一〇一、兼盛）
【他出】夫木抄五七一五、千首歌。現存六帖（時雨亭蔵）五二七、「音ぞ聞ゆる」。現存六帖抜粋三四、車、「音ぞ聞ゆる」。六華集一六一一、「声は聞ゆる」。
【語釈】○竹田が原―山城の歌枕。夜の「更《た》け」をかける。

【補説】「淀車」の用例は他に近世「松下集」（正広）一例のみである。

808 眺《なが》めばや笠置《かさぎ》の光《ひかり》射《さ》しそへて今《いま》はと出《い》でん暁《あかつき》の空《そら》（墨）

【現代語訳】眺めたいものだ。笠置寺の本尊の光を射し加えて、今こそは釈尊の救済に洩れたすべての衆生を救おうと、生身の弥勒仏が出現される、その暁の空を。

【参考】「眺めばや神路の山に雲消えて夕の空を出でん月影」（新古今一八七五、後鳥羽院）

【語釈】○**笠置**―京都府相楽郡笠置山にある笠置寺。天武天皇創建、本尊弥勒仏。弥勒の磨崖仏もある。これによる詠。その仏徳をたたえる事で、羇旅から賀歌へと自然に移行する。

809 君が代の千歳《ちとせ》の松の陰繁《かげしげ》み栄《さかへ》えますべき春は来《き》にけり

【現代語訳】我が君の御代の永続を象徴する、千年の齢を持つ松の枝葉がます〳〵繁って、一層の御栄えを約束する春は来たことだ。

【参考】「君が代の千歳の松の深緑さわがぬ水に影は見えつゝ」（新勅撰四五〇、長能）

【補説】弥勒下生詠に続き、松に寄する賀歌、以下十首、「松」詠が続く。

810 住吉《すみよし》の岸《きし》の浜松《はまいつ》神さびて木綿《ゆふか》掛けわたす沖《おき》つ白波《しらなみ》（墨）」七五ウ

【現代語訳】 住吉神社の海岸の松は、神々しく物古りて、そこに沖から寄せて来る白波が、枝々に白木綿を掛け渡すかのように見える。
【参考】「住吉の岸の姫松人ならば幾世か経しと問はましものを」(古今九〇六、読人しらず)「住の江の松を秋風吹くからに声打ち添ふる沖つ白波」(古今三六〇、躬恒)
【語釈】○住吉―難波の歌枕、大阪市住吉神社。航海の神、和歌の神。

811 春秋の花も紅葉《もみぢ》も旧《ふ》り果《は》てて友《とも》こそ見《み》えね高砂《たかさご》の松《まつ》(墨)

【現代語訳】 春秋を美しく飾った花も紅葉も、衰え果ててしまって、親しい仲間は居ないけれども、独り常緑を保っている高砂の松のめでたさよ。
【参考】「誰をかも知る人にせむ高砂の松も昔の友ならなくに」(古今九〇九、興風)
【語釈】○高砂↓384。

812 幾《いく》秋の時雨《しぐれ》も知《し》らず過《す》ぎぬらん象山陰《きさやまかげ》の松《まつ》の夕風《ゆふかぜ》

【現代語訳】 何回も出会ったはずの、秋の時雨にも色変えず平気な顔で過ぎて来たのだろう。象山の陰に立つ、常緑の松を吹く夕風よ。
【参考】「三吉野の象山陰に立てる松幾秋風にそなれ来ぬらん」(詞花一一〇、好忠)
【語釈】○象山―大和の歌枕、吉野、宮滝の近くの山。

【補説】　前年、承久四年（貞応元〈一二二二〉）卆爾百首に、「幾秋の色をかよそに過ぎぬらん象山陰の松の夕風」（夫木八八二一）と詠んでいる。その再案か、「夫木抄」出典の誤りか。このような旧作詠みかえの例は他に心付かない。

813　時分《ときわ》かずつれなき松の色《いろ》無《な》くは紅葉《もみぢ》も花も何に《なにゝし》知らまし（墨）

【現代語訳】　季節に関係なく常緑の松の色が無かったならば、紅葉も花も何と比較して賞美し評価しようか。

【参考】　「高砂の松はつれなき尾上よりおのれ秋知る小牡鹿の声」（拾遺愚草一九三七、定家）「衣手に落つる涙の色無くは露とも人に言はましものを」（千載七四〇、参川）「桜花咲かざらませば野辺に出でて春の齢《よはひ》を何に知らまし」（宇津保物語九三八、六の君）「夕まぐれ荻吹く風の音ならで秋のあはれを何に知らまし」（実家集一〇六）

【補説】　「何々でなかったら……何によって知ろうか」という先例は右二首のみ。805と共に、「宇津保」の影響かと考えられる。

814　故郷《ふるさと》の志賀《しが》の浦《うら》わの一《ひと》つ松《まつ》幾代《いくよ》緑《みどり》の年《とし》か経《へ》ぬらん（墨）

【現代語訳】　古い都跡の、志賀の浦のほとりの孤立した松よ。一体何年、変らぬ緑のまゝで年を重ねて来たのだろうか。

【参考】　「一つ松幾代か経ぬる吹く風の声の清きは年深きかも」（万葉一〇四六、市原王）「行末も限りは知らず三吉野の松に幾代の年か経ぬらん」（金槐集六五九、実朝）

【補説】【参考】万葉詠は当然思い至るところであるが、実朝詠は後年「続後撰集」五五八に為家自ら撰入しており、若年時から印象に残った詠であったかと思われる。「志賀の浦わ」はすなわち琵琶湖。他に「志珂の浦」（筑前）関係詠が555・652・708・730・736に見えるが、本詠は「ふるさと」とする所から大津の宮跡なる志賀、「一つ松」は唐崎の松であろう。為家は寛喜元年（一二二九）32歳の家百首和歌にも、「浦遠き白洲の末の一つ松またかげもなく澄める月かな」（玉葉一四五）と詠んでおり、相俟って右のように考える。

815 花の色《いろ》になべてなりゆく三吉野《みよしの》の《ゝ》玉松《たまゝつ》が枝《え》ぞひとりつれなき（墨・朱）

【現代語訳】桜の色に、全山が覆われて行く吉野ではあるが、玉のように美しい松の枝だけは、一人無関心に変らぬ緑であるよ。

【参考】「三吉野の玉松が枝は愛しきかも君が御言《みこと》を持ちて通はく」（万葉一一三、額田王）

816 岩代《いはしろ》の四方《よも》の草葉《くさ》も結《むす》ぼほ《ゝ》れ「七六オ野中《のなか》の松《まつ》に嵐《あらし》吹《ふ》くなり（墨）

【現代語訳】岩代の野の、四方に茂る草葉も風の為にもつれ合って、野中に立つ松に、激しく嵐が吹きつける。

【参考】「岩代の浜松が枝を引き結びま幸《さき》くあらば又かへりみむ」（万葉一四一、有間皇子）「岩代の野中に立てる結び松情《こゝろ》も解けず昔思へば」（同一四四、長忌寸意吉麿）「岩代の野中の松を引き結び命しあらば帰り来て見む」（伊勢集四二五）

【語釈】○岩代―紀伊の歌枕、和歌山県日高郡南部町岩代。有間皇子の悲歌で有名。

817　訪《と》ふ人のきなれの里《さと》は名《な》のみして波寄《なみよ》る島《しま》の松ぞ淋《さび》しき（墨）

【現代語訳】　訪れる人が来馴れるという、「きなれの里」というのは名前ばかりの事であって、たゞ波が来寄るだけ、という島にひっそり立つ松のように、私も愛する人を空しく待ちこがれるばかり、というのは全く淋しい。

【参考】「韓衣《からころも》きならの里の島松に玉をし付けむ好き人もがな」（万葉九五七、金村）

【他出】　夫木抄一三七八三、千首歌。「波寄る岸の」。

【語釈】　○**きなれの里**↓686。「来馴れ」をかける。○**松**―「待つ」をかける。

【補説】　底本五句、不明一字を擦消して、上に「松」と書く。以上四首、「万葉」引用の自在さを見得る。

818　白波《しらなみ》の磯辺《いそべ》の小松《こまつ》古《ふ》りにけり幾世《いくよ》をかけて誰《たれ》か植《う》ゑけん（墨・朱）

【現代語訳】　白波の寄せる、磯のほとりの小松は古木になって来たよ。幾世代の長寿を期待して、誰が植えたものだろう。

【参考】「梓弓磯辺の小松誰が世にか万代かけて種をまきけむ」（古今九〇七、読人しらず）「小波や志賀の浜松旧りにけり誰が世に引ける子日なるらむ」（新古今一六、俊成）「三熊野の浦わの松の手向草幾世かけ来ぬ波の白木綿」（新勅撰一三三二、七条院大納言）

819　万世《よろづ》を御垣《みかき》の竹《たけ》のこめおきて雲居《くもゐ》静《しづ》かに君ぞ保《たも》たん

【現代語訳】 万年にもわたるはずの御世を、宮廷をめぐらす御垣の竹がしっかりと囲み守って、宮廷の静かな安定を、我が君こそが保たれるでありましょう。

【参考】 「百敷や御垣の竹の夕風に治まれる代の程や見ゆらん」（紫禁和歌集九九〇、順徳院）「我が君の恵を添へて降る雨に御垣の竹の色ぞことなる」（題林愚抄九一五七、定家）

【補説】 宮廷讃美の意をこめる「御垣の竹」の初例は俊成の後白河院追悼長歌の一節に、「御垣の竹の風のみぞあはれそよとも答へける」（長秋詠藻一六一）があり、その他【参考】にあげた程度で、多くはない。以下、「竹」十首。

820 流《なが》れつゝ澄《す》む川竹《かはたけ》の葉を茂《しげ》み万代《よろづ》著《しる》き君が陰《かげ》かな

【現代語訳】 澄んだ水の流れている川のほとりの竹は、葉が茂って水に陰を落している。それを見るとはっきりわかるよ、時の流れと共に万年までも明澄な、我が君の恩沢の程は。

【参考】 「大原や小塩の小松葉を茂みいとゞ千歳の陰とならなむ」（朝忠集七一）

【補説】 底本五句、不明一字を擦消して、上に「君」と書く。

821 呉竹《くれたけ》の伏見《ふしみ》の里《さと》は名のみして起《お》き居《ゐ》て露《つゆ》も明《あ》かしつるかな 」七六ウ

【現代語訳】 「呉竹の伏見の里」というのは名前ばかりで、「臥す」どころか、露も寝ず起きていて夜を明かしてしまったよ。

【参考】「とけて寝ぬ伏見の里は名のみして誰深き夜に衣打つらん」（拾遺愚草五五一、定家）「起きながら明かしつるかな共寝せぬ鴨の上毛の霜ならなくに」（後拾遺六八一、和泉式部）

【語釈】○**呉竹の伏見**―「呉竹の節」から山城の歌枕「伏見」と続ける。京都市伏見区伏見。「臥し見」と通ずるので男女関係について用いる。

【補説】「竹」「置き」の縁で「露」を出すが、「起き居て露も明かしつるかな」はやゝ無理な表現か。

822 **我《わ》が宿《やど》のいさゝ群竹《むらたけ》打《う》ちなびき夕暮《ゆふぐれ》しるき風《かぜ》の音《おと》かな**

【現代語訳】私の家の、小《さ》やかな竹群が一方になびいて、あゝ、夕暮になったな、と明らかに感じられる風の音がする。

【参考】「我が宿のいさゝ群竹吹く風の音のかそけきこの夕かな」（万葉四三一五、家持）

823 **いかにせん籬《まがき》の竹《たけ》の世《よ》の中は憂《う》き節繁《ふしゝげ》き物《もの》と知《し》るとも**

【現代語訳】どうしようか。垣根の竹の節《よ》ではないが、世の中は辛い折節ばかり多いものだと承知していても。
（何とも仕様がないではないか）

【参考】「今更に何生ひ出づらむ竹の子の憂き節繁き世とは知らずや」（古今六五七、躬恒）

824 今《いま》は又《また》臥《ふ》し憂《う》しとても山里《ざと》の竹《たけ》の簀垣《すがき》の長《なが》き夜《よ》の空《そら》

【現代語訳】今はもう、眠れないと言っても仕方がない。山里の竹の簀垣が長く立ち延びているような、長い夜の空を見て過そうよ。

【参考】「山里の竹の簀垣し粗《あら》ければ内外も分かず有明の月」（金葉公夏本拾遺六八、公実）

【語釈】○**山里の**―「臥し憂しとても止まず」（決着がつかない）をかける。○**簀垣**―竹などを間を透かせて組んだ垣。

825 柴《しば》の戸《と》の竹《たけ》の編垣《あみがき》明暮《あけくれ》は同《おな》じ様《さま》なる嵐《あらし》をぞ聞《き》く（墨・尾）

【現代語訳】柴を組んだ粗末な戸をつけた、竹を編んだ垣根の中の住まいよ。朝な夕な、同じような嵐の音を聞くばかりだ。

【補説】「竹の編戸」の用例は多いが、「竹の編垣」は後年「沙弥蓮愉集」五二二に一例あるのみ。「同じ様なる」は594参照。

826 今更《いまさら》に世を鶯《うぐひす》の何《なに》と又音《またね》に立《た》てて鳴《な》く宿《やど》の呉竹《くれたけ》

【現代語訳】今更のように、世の中を憂いものと言って、鶯は何でまあ声を立ててそんなに鳴くのだ、私の家の呉竹の枝で。

【参考】「我のみや世を鶯と鳴き佗びむ人の心の花と散りなば」（古今七九八、読人しらず）「足引の山時鳥今日とてや菖蒲の草の音に立てて鳴く」（拾遺一一一、醍醐天皇）

【語釈】○世を鶯―「世を憂」をかける。

827 山賤《がつ》の隔《へだ》てにひしぐ竹垣《たけがき》の破《わ》れ砕《くだ》けても世をや過《す》ぎまし「七七オ」

【現代語訳】山仕事の男の住まいの、境界の竹垣が押しつぶされて破れ砕けているのと同じに、私はどんなに思い砕けてもまあ、何とか世を渡って行きたいものだ。

【参考】「大海の磯もとゞろに寄する波破れて砕けて裂けて散るかも」（金槐集六九七、実朝）

【他出】夫木抄一五〇〇二、千首歌、「破れ砕きても」。

【語釈】○破れ砕けても―「我砕けても」をかける。

【補説】後年為家は、「新撰六帖」に、「河岸にしがらむ竹の破れ砕け我が世やかくて沈み果てなん」（一〇一七）とも詠んでいる。【参考】に有名な実朝詠を引いたのは突飛なようだが、他に用例は皆無である。なお930参照。

828 山里《ざと》の境《さかゐ》になびく苦竹《にがたけ》の苦《にが》々しくて世をや過《す》ぎなむ（墨）

【現代語訳】山里の境の所になびいている苦竹のその名のように、苦々しく不快な思いをしながらこの世を生きて行くことだろうか。

【他出】夫木抄一三二七二、千首歌。「山がつの」「わか竹のわかくしくて」。

【語釈】○苦竹―マダケ、またメダケの異称。

【補説】「苦竹」「苦々しくて」共に用例皆無、わずかに後代の「古今著聞集」に「苦くなりぬる」（三二一）「餅酒歌合」に「苦々しきは」（一九）を見るのみである。823からの六首、当時の作者の心情を物語る。

829　亀《かめ》の尾《を》のたぎつ岩根《いはね》にむす苔《こけ》の上散《うへち》る玉《たま》は千代《ちよ》の数《かず》かも

【現代語訳】亀尾山の、清滝川がたぎり流れる岩の根方に生えている苔の上に、散る水玉の数の多さは、千年ものめでたい未来を祝福する象徴であろうか。

【参考】「亀の尾の山の岩根をとめて落つる滝の白玉千代の数かも」（古今三五〇、惟岳）「常磐なる山の岩根にむす苔の染めぬ緑に春雨ぞ降る」（新古今六六、良経）

【他出】夫木抄一二三五五、千首歌。

【語釈】○亀の尾―山城の歌枕、亀山。京都市右京区嵯峨、天龍寺の後山。

【補説】以下「苔」九首。この主題をこれだけ多数詠んでいるのは珍しい。

830　奥《おく》山の木高《こだか》き松の下《さが》り苔同《ごけおな》じ緑《みどり》に年《とし》や古《ふ》りぬる

【現代語訳】奥山の、丈高い松の枝から垂れ下っている苔よ。お前も松と同じ緑を保って、長命しているのかね。

【参考】「二葉より頼もしきかな春日山木高き松の種ぞと思へば」（拾遺二六七、能宣）「よこねしま下葉に生ふる下り苔露かゝらねど枯るゝ世もなし」（堀河百首一三三八、顕仲）

【他出】夫木抄一三三二五、千首歌。

【補説】「下り苔」の先例は顕仲詠たゞ一首で、必ずやこれに学んだであろう。他には近世「霞関集」に一例のみである。

831 故郷《ふるさと》のしのぶにまじる軒《のき》の苔《こけ》緑《みどり》色《いろ》濃《こ》く落《お》つる白露《しらつゆ》

【現代語訳】「故郷の軒のしのぶ」と言うけれど、それにまじる苔が、一入緑の色濃く、落ちかかる白露が映える。

【語釈】○しのぶ→227。

【参考】「故郷は散る紅葉葉にうづもれて軒のしのぶに秋風ぞ吹く」（新古今五三三、俊頼）「秋風の音せざりせば白露の軒のしのぶにかゝらましやは」（同一七三三、経信）

832 庭深《にはふか》き草《くさ》の下《した》なる苔《こけ》にさへ露《つゆ》より月の影《かげ》ぞ見《み》えける（墨」七七ウ）

【現代語訳】庭に深く茂った草の下の苔にまでも、そこに宿る露に映るせいで、月の光が反射して見えるよ。
【参考】「梅の花まだ散らねども行く水の底に映れる影ぞ見えける」（拾遺二五、貫之）
【補説】下句の言いまわしは珍しく、巧みである。

833 散《ち》る花を苔《こけ》の筵《むしろ》に敷《し》きかへて青根《あをね》が峰《みね》に春風《かぜ》ぞ吹《ふ》く（墨）

【現代語訳】 散る桜の花びらを、昔の人が「誰が織ったのだろう」と言った苔筵の代りに敷いて、青根が峰にも今は春風が吹いていているよ。

【参考】「三吉野の青根が峰の苔筵誰か織りけむ経緯《たてぬき》なしに」（万葉一一二四、作者未詳）

【語釈】 ○**青根が峰**―大和の歌枕、金峰山の東北の山。

834 谷深《たにふか》く住《す》みける宿《やど》のしるべかな一筋残《ひとすぢのこ》す苔《こけ》の通《かよ》ひ路《ぢ》（墨）

【現代語訳】「雪の古道跡絶えて」と詠んだ人もいるがね、いや実は、谷深く住んでいた家の証跡として、一筋細く残っている、苔を踏みならした通路が今もあることはあるよ。

【参考】「谷深み雪の古道跡絶えて積れる年を知る人ぞなき」（新勅撰四三三、通方）「幾世経ぬかざし折りけん古に三輪の桧原の苔の通ひ路」（拾遺愚草一〇九三、定家）「つつじ咲く苔の通ひ路春深み日かげを分けて出づる山人」（拾遺愚草員外一八、定家）

835 得《え》ぞ染めぬ身を奥山《へく》の苔衣《こけごろも》思《おも》へば安《やす》き世とは知《し》れども（墨）

【現代語訳】 なか〳〵実行はできない事だ、この身を奥山にひそめ、苔の衣をまとった出家の身となる事は。考えてみれば、それが容易に出来て静安な人生とはわかっているのだが。

【他出】 夫木抄一五五六〇、千首歌。

【補説】発想表現とも全く陳腐、平凡と思われるが、案外にそうでない。「苔衣」以外の用語はほとんど前例を見ない。「身を奥（置く）山」は後に為家自ら「新撰六帖」に「誰か見ん身を奥山に年経《ふ》とも世に逢ふ事の堅樫の花」（二五三七）と詠んでいる程度、「世とは知る〳〵」「世とは知らずや」は多いが、「世とは知れども」は前例なく、為家は本千首に115・962と三回用いている。

836　旧《ふ》りはつる杉《すぎ》の梢《こずゑ》は苔《こけ》むして神さびにけり三輪《みわ》の山もと

【現代語訳】すっかり古木となった杉の梢は、苔が一面に生えて、実に神厳な雰囲気になったことだ、三輪山の麓の神域は。
【参考】「我が庵は三輪の山もと恋しくはとぶらひ来ませ杉立てる門」（古今九八二、読人しらず）
【語釈】○三輪―大和の歌枕、奈良県桜井市。三輪山を神体とする大神《おおみわ》神社があり、神婚説話に伴う【参考】詠により、杉を詠むのが通例。

837　宵々《よひく》に片敷《かたし》く岩《いは》の苔枕《こけまくら》幾《いく》山風《かぜ》の袖《そで》になるらん

【現代語訳】夜毎々々、一人寝に敷く、苔むした岩の枕よ。こうして幾晩、袖に吹く山風と馴れ親しんで過すことだろうか。

【他出】夫木抄一五三八二、千首歌、「いく秋風の」。

【補説】全く平凡作と見えながら、類歌を見ず、特に「苔の枕」は数例あるが、「苔枕」は『国歌大観』全巻を通じ、この一例のみである。

838 君が代を空《そら》に知《し》れとや雲《くも》もなく」七八オ凪《な》ぎたる朝《あさ》に鶴《たづ》も鳴《な》くらん

【現代語訳】我が君の御代の長久安泰を、言わずともこの空の様子によって知れというのだろうか。雲もなく穏やかに晴れた朝に、鶴も鳴いているらしいよ。

【参考】「曇りなき鏡の山の月を見て明らけき世を空に知るかな」（新古今七五一、永範）「雲もなく凪ぎたる朝の我なれやいとはれてのみ世をば経ぬらむ」（古今七五三、友則）

【補説】「古今」のユーモラスな自虐詠を君徳讃美の賀歌にとりなす。以下十首、「鶴」詠。

839 和歌《わか》の浦《うら》に声《こゑ》さわぐなり葦鶴《あしたづ》の汀《みぎは》を越《こ》えて潮《しほ》や満《み》つらん（墨）

【現代語訳】和歌の浦に、鶴の鳴きさわぐ声が聞える。鶴の遊ぶ波打際を越えて、潮が満ちて来るのだろう。

【参考】「和歌の浦に潮満ち来れば潟を無み葦辺をさして鶴《たづ》鳴きわたる」（万葉九二四、古今序、赤人）

840 淋《さび》しさは霜枯《しもが》れ果《は》つる草香江《くさかえ》の入江《いりえ》にあさる葦鶴《あしたづ》の声《こゑ》（墨）

【現代語訳】淋しさをそそるものは、すっかり霜枯れてしまった草香江の入江で、空しく餌をあさっている、葦辺の鶴の声だよ。

【参考】「草香江の入江にあさる葦鶴のあなたづ〳〵し友無しにして」（万葉五七八、旅人）

【語釈】○草香江―筑紫の歌枕。また大阪府枚岡市日下町、生駒山の西麓にあった入江とも言うが如何。

841 冬寒《さむ》み鶴《たづ》ぞ鳴《な》くなる打《う》ち渡《わた》す竹田《たけだ》の原《はら》の長《なが》き夜《よ》の空《そら》

【現代語訳】早暁の寒気の中で、鶴が鳴いている。はるかに見渡す竹田の原の彼方で、長い夜がまさに明けようとしている空よ。

【参考】「打ち渡す竹田の原に鳴く鶴の間なく時なし我が恋ふらくは」（万葉七六二、坂上郎女）

【他出】夫木抄一二六四一、千首歌、「長き夜すがら」。

【補説】三首、「万葉」の代表的秀歌を臆せず堂々と取っている。

842 色変《いろか》へぬ松《まつ》に住《す》む鶴《つる》我が君の千代《ちよ》に千歳《ちとせ》を重《かさ》ねてや鳴《な》く（墨）

【現代語訳】千年も緑の色を変えない松に住む、千年の齢を保つ鶴よ。我が君の千年の御栄えに、更に千年を重ねようとして鳴くのかね。

【参考】「色変へぬ松と竹との末の世をいづれ久しと君のみぞ見む」（拾遺二七五、斎宮内侍）「蒲生野の玉のを山に住む鶴の千歳は君が御代の数なり」（拾遺二六五、読人しらず）

843 席田《むしろだ》の伊津貫川《いつぬきがは》に立《た》つ波《なみ》も万世《よろづ》かけて鶴《たづ》ぞ鳴《な》くなる（墨）」七八ウ

【現代語訳】 席田の伊津貫川に住む鶴は千年も遊ぶというが、それどころではない、川に立つ波が万年までも変らないと同様、このめでたい御代も万年も続くのだよと声に出して、鶴の鳴いているのが聞える。
【参考】 「席田の伊津貫川に住む鶴の　千歳をかねてぞ遊びあへる」（催馬楽　席田）
【他出】 夫木抄一二六四二、同（千首歌）。
【語釈】 ○席田の伊津貫川―美濃の歌枕、岐阜県本巣郡糸貫《いとぬき》町。○かけて―波の掛ける意と、「口に出して言う」意をかける。

844　数《かず》知《し》らぬ浜《はま》の真砂《まさご》に住《す》む鶴《つる》は君が八千代《やちよ》のあとや尋《と》むらん（墨）

【現代語訳】 数え切れない程多い、海岸の白砂の中に住む鶴は、同じく数えようもない、我が君の御長寿のあとを尋ね、あやかりたいと思っているだろうよ。
【参考】 「わたつみの浜の真砂を数へつつ君が千歳のありかずにせむ」（古今三四四、読人しらず）「我が齢《よはひ》君が八千代に取り添へてとゞめおきては思ひ出でにせよ」（同三四六、読人しらず）
【補説】 底本「まさこの」の「の」の上に「に」と重ね書。

845　あはれなり籠《こ》の中《うち》に鳴《な》く鶴《つる》だにも子を思《おも》ふ道《みち》に声《こゑ》立《た》てつなり

【現代語訳】 いとおしいことだ。籠の中で鳴く鶴さえも、我が子を愛し、気遣う気持によって、声を立てて鳴く

のだもの。（まして人の親の思いはどれ程であろうか）

【参考】「人の親の心は闇にあらねども子を思ふ道にまどひぬるかな」（後撰一一〇二、兼輔）「籠の中におのが毛衣霜冴えて子を思ふ鶴の暁の声」（拾玉集四四〇八、慈円）「第三第五絃冷冷、夜鶴憶㆑子籠中鳴」（朗詠集四六三、五絃弾、白楽天）

846 冴《さ》ゆる夜《よ》の寝覚《ねざめ》の床《とこ》に通《かよ》ふなり沢辺《さはべ》の鶴《たづ》の明《あ》け方《がた》の声《こゑ》

【現代語訳】冷えこんだ夜の、ふと目覚めた私の床に聞えて来るよ、沢のほとりの鶴の明け方の鳴き声が。（鶴も私のように寒さに目覚めたのだろうか）

【参考】「鹿の音ぞ寝覚の床に通ふなる小野の草臥《くさぶし》露や置くらん」（後拾遺二九一、家経）「知られじな鳴く〳〵明かす長き夜も沢辺の鶴の秋の心は」（拾遺愚草二三六三、定家）

847 風渡《かぜわた》る沢辺《さはべ》の葦《あし》の寒《さむ》き夜《よ》は鶴《つる》の毛衣《けごろも》霜《しも》や重《かさ》ねん

【現代語訳】風の吹き渡る、沢のほとりの葦のざわめきがいかにも寒々と聞える夜は、鶴の白い羽毛に更に霜が置き重なることだろう。

【参考】「鶴《たづ》の住む沢辺の葦の下根とけ汀萌え出づる春は来にけり」（後拾遺九、能宣）「難波潟葦は枯葉になりにけり霜を重ぬる鶴の毛衣」（月清集一三六八、良経）

848 筑波嶺《つくばね》の端《は》山繁山《しげやま》徒《いたづ》らに夜渡《よわた》る月は影《かげ》や少《すくな》き（墨）

【現代語訳】筑波山は「端山繁山」というぐらい木が繁っているので、夜空を行く月といっても無駄な事で、下まで照らす光というものはほんの僅かじゃないだろうか。

【参考】「筑波山端山繁山繁けれど思ひ入るには障《さは》らざりけり」（新古今一〇一三、重之）

【補説】以下、「山」十首。

849 時知《し》らぬ冨士《ふじ》の高嶺《たかね》の白妙《しろたへ》に」七九オ いつともわかず雪《ゆき》は降《ふ》りつゝ

【現代語訳】季節を問題としない冨士山は、まっ白であって、いつ降るものとも限定せず、雪は降り続いている。

【参考】「時知らぬ山は冨士の嶺いつとてか鹿子まだらに雪の降るらむ」（新古今一六一六、伊勢物語一二、業平）

850 春秋もいつとか分《わ》かむはし鷹《たか》のとかへる山の峰《みね》の椎柴《しゐしば》（墨・朱）

【現代語訳】春も秋も、いつと季節を分別する事ができようか。ハイタカの羽が抜けかわる頃になっても一向に変化のない、山の椎の木は。

【参考】「はし鷹のとかへる山の椎柴の葉がへはすとも君はかへせじ」（拾遺一二三〇、読人しらず）「忘るとは怨みざらなんはし鷹のとかへる山の椎はもみぢず」（後撰一一七一、読人しらず）

【語釈】○**はし鷹**―ハイタカ。狩に用いる小型の鷹。○**とかへる**―秋冬の頃、鷹の羽の生えかわる事。

851　立《た》ておきし鏡《かゞみ》の山の曇《くも》りなく君が御影《かげ》ぞ千代は照《て》らさん

【現代語訳】　古人が「鏡の山を立てたれば」とうたっておいた、その通りに、鏡山は少しの曇りもなく、我が君の御姿を千年も照らすでありましょう。

【参考】「近江のや鏡の山を立てたればかねてぞ見ゆる君が千歳《ちとせ》は」（古今一〇八六、黒主）

【語釈】○**鏡の山**―近江の歌枕、滋賀県、三上山の東の鏡山。「立て」「曇り」「影」は「鏡」の縁語。

852　三吉野《みよしの》ゝ山のあなたにたぐへても憂《う》きに我《わ》が身ぞやる方《かた》もなき（墨）

【現代語訳】　古人は、いやな事があった時は吉野山のもっと向うの方にかくれ家がほしいと言ったけれど、その人の思いにくらべても、今の辛さには、私の身は逃げかくれる所もないよ。

【参考】「三吉野の山のあなたに宿もがな世の憂き時のかくれがにせむ」（古今九五〇、読人しらず）

853　たづね入《い》る秋のみ山《やま》のわびしらにいとゞ猿《ましら》の音《ね》をぞ泣《な》きぬる

【現代語訳】　心の安らぎを求めて入って行った秋の山だが、その物淋しさに、一層ひどく、猿の鳴くように声を出して、私も泣いてしまったよ。

【参考】「わびしらに猿な鳴きそ足引の山のかひある今日にやはあらぬ」（古今一〇六七、躬恒）

【語釈】○わびしら―「ら」は状態をあらわす接尾語。
【補説】底本、「ましらぬ《の歟》」とする。他本により訂正した『全歌集』による。

854 おのづから散《ち》らぬ下《した》葉や三室《みむろ》山色染《いろそ》め残《のこ》す時雨《しぐれ》なりせば（朱）」七九ウ

【現代語訳】もしかして、散らないでいる下葉を見る事ができるかしら、三室山で。紅葉の色を染めないで残しておいてくれている時雨であったならば。

【補説】歌意がとらえ難い。仮に「三室山」に「見」をかけたものとして解したが如何。「染め残す」は「染めずに残す」意が通例であり、「紅葉を染めたまま残す」とは解しにくい。自信はないが示教に俟つ。

855 心《こゝろ》のみ憂《う》き度毎《たびごと》に尋《たづ》ね行《ゆ》く深山《みやま》の谷《たに》や所無《ところな》からん（墨）

【現代語訳】私の心はいつだって、辛い事がある度に人目のない深山の谷に尋ねて行き、そこに身を投げるから、もうそこも一杯になって投身の場所がなくなってしまったろうよ。
【参考】「世の中の憂き度毎に身を投げば深き谷こそ浅くなりなめ」（古今一〇六一、読人しらず）
【補説】「のみ」は限定ではなく強調。古今詠による軽い諧謔のように見せているが、当時の為家の本心でもあったろう。このあたりから次の「川」歌群にかけ、厭世の述懐が目立つ。

856 憂《う》き度《たび》に人も入《い》るなる三吉野の《みよしのゝ》山やこの世の隔《へだ》てなりける（墨）

【現代語訳】 辛い事がある度に人が入るという、吉野山こそが、この世と隔絶した別世界であったのだなあ。
【参考】「三吉野の山のあなたに宿もがな世の憂き時のかくれがにせむ」(古今九五〇、読人しらず)
【補説】 底本、「るらん」の上に「りける」と重ね書。

857 世《よ》に知《し》らぬ鷲《わし》の深山《みやま》の秋の月暗《つきくら》き闇路《やみぢ》の憂《う》きに帰《かへ》すな

【現代語訳】 世間に例のない、あの霊鷲山の秋の月のような御仏よ、どうぞ私の人生を照らし続けて、暗い煩悩の辛い迷いの道に帰さないで下さい。
【参考】「鷲の山月を入りぬと見る人は暗きに迷ふ心なりけり」(千載一二三二、西行)
【語釈】 ○**鷲の深山**―霊鷲山。インド、マガダ国の山。釈迦が常住して説法しているという。

858 泉川《いづみがは》行《ゆ》く瀬《せ》の波《なみ》のいたづらに早《はや》く浮世《うきよ》も過《す》ぎぬべきかな

【現代語訳】 泉川の早瀬の波が、何事もなく流れて行くように、この面白くもない世も、無駄にさっさと過ぎて行くのだろうな。
【参考】「泉川行く瀬の水の絶えばこそ大宮所移りも行かめ」(万葉一〇五八)「飛鳥川行く瀬の波に禊《みそぎ》して早くも年の半ば過ぎぬる」(拾遺愚草一三三五、定家)
【語釈】 ○**泉川**↓559。

【補説】以下、「川」九首。

859 さてもなほ《を》流《なが》れて住《す》める我《わ》が・身かな秋津《あきつ》の川《かは》の飽《あ》き果《は》てし世に

【現代語訳】さて〳〵まあ、成り行きのままに時を過して生きている私だなあ。「秋津の川」ではないが、つく〴〵飽き果て、厭になってしまったこの世に。

【参考】「白川の知らずとも言はじ底清み流れて世々にすまむと思へば」（古今六六六、貞文）「三吉野の秋津の川の万世に絶ゆる事なく又かへり見む」（万葉九一六、金村）

【他出】夫木抄一一二〇九、千首歌。

【語釈】○**流れて**―川の縁語。○**秋津の川**―吉野川の、吉野離宮近くを流れる部分の称。「飽き」をかける。

【補説】「秋津の川」は万葉歌により、めでたい印象を持つ。「飽き」にかけるのは珍しい。

860 言《こと》のみぞ吉野《よしの》ゝ川《かは》の岩波《いはなみ》の現《うつ》し」八〇オ心は持《も》つ人もなし（墨）

【現代語訳】言う事ばかりは、吉野川の名のようによい事づくしだが、その岩波の「打つ」に縁ある「現《うつ》し心」――理性ある正しい心を持っている人は、誰もいないよ。

【参考】「いで人は言のみぞよき月草のうつし心は色異《こと》にして」（古今七一一、読人しらず）

【語釈】○**吉野**―「言良し」（言葉巧みである）をかける。○**現し心**―「岩波の打つ」をかける。

861　夢結《ゆめむす》ぶ鳥籠《とこ》の山なる不知哉川《いさやがは》いさや憂《う》き身の現《うつゝ》ともなし（墨）

【現代語訳】私が夢を結ぶ床の中では、「鳥籠の山なる不知哉川」の「いさ」の名の通り、いやもう、この不遇な身は現実に生きているとも思えない。「我が名もらすな」なんてそんな嬉しい事は何もないんだもの。

【参考】「近江路の鳥籠の山なる不知哉川日《け》のころ〴〵は恋ひつゝもあらむ」（万葉四九〇、崗本天皇）「犬上《いぬがみ》や鳥籠の山なる不知哉川いさと答へて我が名もらすな」（古今六帖三〇六一、あめのみかど）

【語釈】○**鳥籠の山・不知哉川**―近江の歌枕、彦根市の正法寺山とその下を流れて琵琶湖にそそぐ大堀川。「床」及び相手に対する拒否・抑制の気持を表わす感動詞「いさ」をかける。

862　世の中《なか》は衣《ころも》春日《かすが》の宜《よろ》し川《がは》事《こと》もよろしく濡《ぬ》るゝ袖《そで》かな（墨）

【現代語訳】この世の中は、「衣春日の宜し川」ではないが、そんなに大した事ではないと言いながらも全くひどく涙で袖が濡れてしまうことだよ。

【参考】「吾妹子《わぎもこ》に衣春日の宜寸《よしき》《よろし（夫木）》川縁《よし》もあらぬか妹が目を見む」（万葉三〇二五、作者未詳、夫木一一〇一五）

【他出】夫木抄一一〇一六、千首歌。

【語釈】○**衣春日**―「衣を貸す」と「春日」をかける。○**宜し川**―西本願寺本の訓みも「よしきがは」であるが、「よろし」とする古訓もあったか。「夫木抄」に万葉詠を「よろし」で載せる。宜寸川は春日山に発し、東大寺南大門の前を流れて佐保川に合する川。○**事もよろしく**―「事よろし」は「差支えない」「大した事でない」の意。

【補説】「よろし川」は『国歌大観』中、本詠と「夫木抄」二例のみ。「よしき川」も「五代集歌枕」「歌枕名寄」に万葉詠を引くのみである。「事もよろしく」も他に用例を見ない。或いは「全く当り前の事のように涙に濡れる袖よ」かとも考えたが、如何。示教に俟つ。

863　流《なが》れては海《うみ》に出《い》でたる飾磨川《しかまがはし》如かじこの世はあるに任《まか》せん（墨）

【現代語訳】流れて行った結果は海に出る飾磨川よ。その名のように、この世の成行きも物事の流れ行くに任せよう、それに勝る生き方はないよ。

【参考】「わたつみの海に出でたる飾磨川絶えむ日にこそ吾が恋止まめ」（万葉三六二七、作者未詳）

【語釈】○飾磨川―姫路市を流れ、飾磨区の海に入る船場川の古名。「如かじ」を招く。○如かじ―及ぶまい。これ以上の事はあるまい。

864　かきくらす天《あま》の河瀬《かはせ》の夕風《ゆふかぜ》に一夜宿《ひとよやど》貸《か》す人やなからん（墨）

【現代語訳】空をかき曇らせる、天の川のほとりの夕風の中で、織女を訪ねようとする牽牛に一晩宿を貸してくれる人もないだろうな。

【参考】「桜狩霞の下に今日暮れぬ一夜宿貸せ春の山人」（拾遺愚草一一七二、定家）

【補説】「一夜宿貸す（せ）」という表現は定家・家隆・良経が独占的に用いている。以後の用例も多くはない。

865 落《お》ちたぎつ初瀬川原《はつせがはら》の渡《わた》し守《もり》急《いそ》ぐといかゞ訪《と》はで過《す》ぐべき（墨）」八〇ウ

【現代語訳】 水が激しく逆巻き流れる、初瀬川原の渡し守よ。道程を急ぐといっても、どうして訪問せずに通り過ぎる事ができようか。

【補説】 本詠は必ずしも意味が明快でなく、参考として解釈に資すべき先行詠も見当らない。特に「初瀬川」に「渡し守」の存在は不審である。一方、底本に見えず、「夫木抄」に千首歌なる事を明記する四首中に、「落ちたぎつ初瀬川原の白妙に幾代か掛くる波の木綿花」（夫木一〇九三五、後出1000）がある。これなら歌意は明らかであり、恐らく「……川原の」を介する目移りにより本詠上二句と、これに続くべき未詳詠下三句を続け書きしてしまったものであろう。なおこの下三句を有する逸脱未詳詠は、「川」「渡し守」「訪はで」をキーワードとして臆測するなら、「いざ言問はん都鳥」の隅田川をうたったものではなかろうか。あえて本来の形を臆測すれば、「都鳥隅田川原の渡し守急ぐといかゞ問はで過ぐべき」のような形か。このように考えれば、雑部欠脱一首は補充し得ることとなる。甚だ強引な推定であるが、仮説として提示する。如何。

866 久方《かた》の月《つき》の桂《かつら》の名《な》に立《た》てて河瀬《かはせ》の波《なみ》も色ぞうつろふ（墨）

【現代語訳】「久方の月の桂」の名を取ったにふさわしく、桂川の流れの波も、「紅葉すればや照りまさるらん」というように、月光が一入美しく映っている。

【参考】「久方の月の桂も秋はなほ紅葉すればや照りまさるらん」（古今一九四、忠岑）

【語釈】○桂―山城の歌枕、桂川。京都市西方を流れる大堰川の、西京区桂以降、淀川合流までの名。

【補説】桂川の名にちなみ、「うつろふ」は月光の映ずる意に紅葉の色の変化する意をかけている。

867 白妙《しろたへ》の尾花《おばな》が末《すゑ》も打《う》ちなびき暮《く》るゝ野原《のはら》に風渡《かぜわた》るなり

【現代語訳】白々とした尾花の穂先も一方向になびいて、夕暮迫る野原に風が吹き渡って行くよ。

【参考】「人皆は萩を秋といふいな我は尾花が末を秋とは言はむ」（万葉二一一四、作者未詳）

【補説】以下「野」十首。

868 宮城《木》野《の》や四方《よも》の草《くさ》葉も村雨《むらさめ》にうつろひ果《は》つる萩《はぎ》が花ずり（墨）

【現代語訳】宮城野では、一面に広がる草葉も折々降り注ぐ雨に濡れそぼち、着物を花の色に摺り染めするはずの萩の花もすっかり色あせてしまった。

【参考】「しののめよ四方の草葉もしほるまでいかに契りて露の置くらん」（拾遺愚草一八六、定家）

869 秋の夜《よ》はなべて置《お》けども白露《しらつゆ》の野辺《のべ》の草《くさ》葉やなほ《を》しほるらん

【現代語訳】秋の夜は、どんな所にでも白露は置くけれども、野原の草葉が、何といってもやはり目に立ってしっとりと濡れることだろう。

【参考】「恨めしや別れの道に契りおきてなべて露置く暁の空」（拾遺愚草五八一、定家）

870　深《ふか》き夜《よ》の明《あ》けやしぬらん近江路《あふみぢ》の宇禰野《うねの》の鶴《たづ》も今《いま》ぞ鳴《な》くなる（墨）

【現代語訳】深い夜もようやく明けたのだろうか。近江の旅路の、宇禰野の名物の鶴も、今やっと鳴くのが聞える。

【参考】「近江より朝立ち来れば宇禰の野に鶴ぞ鳴くなる明けぬこの夜は」（古今一〇七一、近江ぶり）

【語釈】○宇禰野―近江の歌枕、滋賀県近江八幡市附近。

871　濡《ぬ》れぬとも御笠《みかさ》は取《と》らじ宮城野の《木のゝ》木《こ》」八一オの下露《したつゆ》に袖《そで》をまかせて（墨）

【現代語訳】濡れたといっても、笠をかざせなんて言うまいよ。宮城野の木からしたたり落ちる露に、袖の状態をまかせ切って。

【参考】「みさぶらひ御笠と申せ宮城野の木の下露は雨にまされり」（古今一〇九一、陸奥歌）

872　よしとだに人にはえこそ磐余野の《いはれのゝ》萱《かや》が下《した》葉にいざ乱《みだ》れなん（墨）

【現代語訳】あの子がすてきだとは、人にはまさか言われないけれど、その磐余野の萱の下葉が乱れるように、さあ、人知れず愛し合おうよ。

【参考】「朝な〳〵折れば露にぞそほちぬる恋の袖とや磐余野の萩」（周防内侍集一四）「織女の年とは言はじ天の

川雲立ちわたりいざ乱れなん」（後撰一四六、読人しらず）

【他出】夫木抄一三五六二、千首歌。

【語釈】○磐余野—大和の歌枕、奈良県桜井市と橿原市をかけての野。「言はれ」をかける。

873 あはれ又《また》秋来《く》るからに武蔵野《むさしの》の草《くさ》は皆《みな》がら露《つゆ》ぞこぼるゝ（墨）

【現代語訳】ああいとおしいこと、又秋が来るというだけの事なのに、武蔵野の草は皆が皆、露が（涙のように）こぼれるよ。

【参考】「大方の秋来るからに我が身こそ悲しきものと思ひ知りぬれ」（古今一八五、読人しらず）「紫の一本ゆゑに武蔵野の草は皆がらあはれとぞ見る」（古今八六七、読人しらず）

874 世の中《なか》をしばしぞ忍《しの》ぶ秋の野に鳴《な》くてふ虫《むし》の音《ね》にや立《た》ててん

【現代語訳】世間に憚って、暫く我慢していることだ。秋の野に鳴くという虫のように、声に出して泣きたいのだが。

【参考】「狩に来る我とは知らで秋の野に鳴く松虫の声を聞くかな」（貫之集五四一）

875 秋《あき》の野のいづくに露《つゆ》の身を置かん人の心《こゝろ》の嵐《あらし》吹《ふ》く世《よ》は（墨）

【現代語訳】 秋の野のような淋しいこの世の、どこに露のようにはかないこの身を置こうか。人の心も嵐の吹く夜に等しくすさんだこの世の中では。

【参考】 「身に寒くあらぬものからわびしきは人の心の嵐なりけり」(後撰一二四六、土左)

【補説】 「人の心の嵐」の用例はありそうに見えて少い。

876 おぼつかな夏野《の》の草《くさ》の露《つゆ》ながら何事《なにごと》をかは思《おも》ひ乱《みだ》るゝ 」八一ウ

【現代語訳】 何とも頼りなく心細いことだ。夏の野の草の上に置く露のような、取るに足りない身でありながら、一体何を心労し、思い悩んでいるのか。

【参考】 「人言は夏野の草の繁くとも妹と吾としたづさはりなば」(万葉一九八七、作者未詳)

【補説】 以上三首、本作詠出当時の為家の立場と心境を如実に語っている。

877 仕《つか》へつゝ幾世《いくよ》も君に逢坂《あふさか》の関《せき》の清水《しみづ》の流《なが》れ絶《た》えせず (墨)

【現代語訳】 我が家の伝統として、代々我が君に奉仕していることだ。逢坂の関の清水の流れが決して絶えないように。

【参考】 「君が代は久しかるべしわたらひや五十鈴の川の流れ絶えせで」(新古今七三〇、匡房)

【語釈】 ○逢坂―「君に逢ふ」をかける。

【補説】 心機一転、歌道家としての自覚を述べる。以下「関」十首。

878

播磨路《はりまぢ》の須磨《すま》の関屋《せきや》は荒《あ》れにしを板間《いたま》の月ぞ一人《ひとり》守《も》りける

【現代語訳】 播磨の国の、須磨の関の建物は荒れ果ててしまったが、屋根の板間から洩れてさし入る月光だけが、一人関を守っている。

【参考】 「播磨路や須磨の関屋の板廂月もれとてやまばらなるらむ」（千載四九九、師俊）「小波や志賀の都は荒れにしを昔ながらの山桜かな」（千載六六、読人しらず）

【語釈】 ○**播磨**―兵庫県南西部。○**守りける**―「漏り」をかける。

879

波掛《なみか》くる清見《きよみ》が関《せき》の蜑衣《あまごろも》干《ほ》さで幾世《いくよ》かしほれ果《は》つらん

【現代語訳】 波の打掛ける、清見が関の蜑の着物は、かわかすひまもなくて幾年もの間、さぞやびしょ〳〵になってしまっているだろう。

【語釈】 ○**清見が関**―駿河の歌枕。静岡県清水市奥津町にあった平安時代の関。三保の浦に接する。

880

我が君を関《せき》の藤川《ふぢかは》今《いま》もまた万代《よろづ》絶《た》えずなほ祈《いの》るかな

【現代語訳】 我が君の御安泰が、関の藤川の流れが絶えないように万年までも続く事を、今もなお絶えずお祈りすることです。

【参考】「美濃の国関の藤川絶えずして君に仕へむ万代までに」（古今一〇八四、美濃歌）

【語釈】○関の藤川―美濃の歌枕、岐阜県不破郡関ヶ原町、不破の関のあたりを流れる。定家「藤川百首」以来、歌道上著名。為家も本千首の翌貞応三年、「藤川百首」を詠んでいる。

881　白妙《しろたへ》の衣《ころも》の関《せき》は下紐《したひも》の解《と》けて寝《ね》ぬ夜《よ》の名《な》にこそありけれ　（墨）

【現代語訳】まっ白な「衣の関」というのは大変すてきな名前だけれど、実は女性が下紐を解いて打解けて寝てくれない関所という、ありがたくない夜の名前だったんだなあ。

【参考】「直路《たゞぢ》とも頼まざらなん身に近き衣の関もありといふなり」（後撰一一六〇、読人しらず）「人言はまことなりけり下紐の解けぬにしるき心と思へば」（後撰五二三、読人しらず）

【語釈】○衣の関―陸奥の歌枕、岩手県、中尊寺西北に安倍氏の築いた関。

882　夢《ゆめ》をだに通《とを》さざ《ゞ》りけり足柄《あしがら》の関《せき》吹《ふ》く夜半《よは》の峰《みね》の嵐《あらし》は　「八二オ」

【現代語訳】（人間だけでなく）夢をさえも通さなかったんだよ。足柄山の関を吹く、夜中の峰の嵐は。（だって一睡も出来なかったんだもの）

【参考】「夢をだにいかで形見に見てしがな逢はで寝《ぬ》る夜の慰めにせん」（拾遺八〇八、人麿）「足柄の関の山路を行く人は知るも知らぬもうとからぬかな」（後撰一三六一、真静）

883　色々《いろく》に秋の時雨《しぐれ》もふりはへて鈴鹿《すずか》の関《せき》に染《そ》むる紅葉《もみぢ》

【現代語訳】色々に、秋の時雨も特に気を遣って降って、鈴鹿の関できれいに紅葉させている、もみじの葉よ。

【参考】「惜しむべき花の都を振り捨てて鈴鹿の関を帰る雁金」（為忠初度百首八三）

【語釈】○ふりはへて―殊更に。わざわざ。「降り」及び「鈴」の縁の「振り」をかける。○鈴鹿の関―伊勢の歌枕。三重県鈴鹿市。近江との境にある関。

【補説】「鈴鹿山」「鈴鹿川」を詠んだ歌は甚だ多いが、「鈴鹿の関」と詠んだ先行歌は【参考】一首のみ、他には「鈴鹿山関のこなたに」（散木集一二四八、俊頼）といった形が三例程ある程度である。

884　東路《あづまぢ》の逢坂山《あふさか》の走《はし》り井の走《はし》る如《ごと》くに行《ゆ》く月日かな

【現代語訳】東国に行く道の関所、逢坂山の勢いよくほとばしる泉、「走り井」ではないが、本当に走るように過ぎ去って行く月日だなあ。

【参考】「走り井の程を知らばや逢坂の関引き越ゆるゆふかげの駒」（拾遺一一〇八、元輔）「逢坂の関とは聞けど走り井の水をば得こそ止めざりけれ」（後拾遺五〇〇、頼宗）

885　陸奥《みちのく》の勿来《なこそ》の関《せき》のな来《こ》そとも思《おも》はねどまた訪《と》ふ人もなし

【現代語訳】陸奥の勿来の関のように、私の家に「な来そ」――「来るな」と思ったわけでもないのに、それでも一向に尋ねて来る人もないよ。
【参考】「立ち寄らば影踏むばかり近けれど誰かなこその関を据ゑけん」（後撰六八二、小八条御息所）
【語釈】○**勿来の関**—陸奥の歌枕、福島県いわき市。蝦夷防備のため設置。

886 雲《くも》かゝる伊吹《いぶき》の岳《たけ》を目《め》にかけて越《こ》えぞかねぬる不破《ふわ》の関《せき》山（墨）

【現代語訳】雲のかかっている伊吹の岳をはるかに目標として、越えるにもなか〱越えられない、不破の関の山よ。
【参考】「雲かゝる青根が峰の苔莚幾代経ぬらん知る人のなき」（六条修理大夫集二六四、顕季）「はるかなる三上の岳を目にかけて幾瀬渡りぬ野洲の川波」（新勅撰一三〇八、良経）
【他出】夫木抄八六五一、文永八年毎日一首中、「越えぞかねつる」。
【語釈】○**伊吹の岳**—近江の歌枕、美濃との境にある高山。修験道の霊地、薬草の産地。○**不破の関山**—美濃の歌枕、岐阜県不破郡関ヶ原町。近江との間の古関、延暦八年（七八九）に廃止。

887 跡《あと》だにも長柄《ながら》の橋《はし》の旧《ふ》りはてゝ何《なに》を形見《かたみ》に恋《こ》ひわたらまし 」八二ウ

【現代語訳】恋人との交情の跡さえも無いように、さながら長柄の橋が跡なくさびれ果てた様子にも似た状態になってしまって、一体何を形見としてあの人を恋い続けて行ったらいいのだろうか。

【参考】「逢ふ事を長柄の橋の長らへて恋ひわたる間に年ぞ経にける」（古今八二六、是則）「世の中に旧りぬる物

は津の国の長柄の橋と我となりけり」（古今八九〇、読人しらず）

【語釈】○**長柄の橋**―難波の歌枕、大阪市の淀川にかかる橋というが場所は必ずしも明らかでない。「跡だにも無」をかける。「わたる」も「橋」の縁語。

【補説】底本、「くちはてゝ」とし、「くち」を「ふり」に見せ消ち訂正。以下「橋」九首。

888　**葛城《かづらき》や分《わ》きても言《い》はじ岩橋《いはゝし》の誰《たれ》か浮《うき》世に渡《わた》り果《は》つべき**（墨）

【現代語訳】葛城の岩橋が中絶した事なんか、取りわけても言うまいよ。それと同様、一体誰がこの不安定な世の中を、無事に生きおおせられるものか。

【参考】「葛城や久米路に渡す岩橋のなか〳〵にても帰りぬるかな」（後撰九八五、読人しらず）

【語釈】○**葛城**→17。○**岩橋**―葛城山から吉野金峰山に岩橋を架けよと、役《えん》の行者が一言主の神に命じたが完成しなかった故事。「言は」から導く。「渡り」も「橋」の縁語。

889　**年経《としへ》ぬる板田《いたゞ》の橋《はし》は旧《ふ》り果《は》てゝ桁《けた》より行《ゆ》かん道《みち》だにもなし**

【現代語訳】架橋後年数を経た板田の橋はすっかり古くなって、橋桁を伝って行こうとしてもその方法もないよ。

【参考】「小墾田《をはりだ》の板田の橋の壊《こぼ》れなば桁より行かんな恋ひそ吾妹《わぎも》」（万葉二六五二、作者未詳）

【語釈】○**板田の橋**―「万葉集」によれば奈良県明日香村。摂津の歌枕ともするが未詳。○**桁**―橋桁。橋杭《ぐい》の上に渡して橋板を支える材。

890　ちはやぶる八十氏川《やそうぢがは》の橋柱《はしぐら》いさよふ波《なみ》の幾世《いく》か経《へ》らん（墨）

【現代語訳】勢よく流れる宇治川にかかる橋の橋柱よ。「いさよふ波の行方知らずも」とうたわれた昔から、一体何代を経て来たことだろう。

【参考】「もののふの八十氏川の網代木にいさよふ波の行方知らずも」（万葉二六六、新古今一六五〇、人麿）

【語釈】○**ちはやぶる**―勢い（うぢ）が激しい意の枕詞。同音の「宇治」にかかる。○**八十氏川**―山城の歌枕、宇治川の異称。○**いさよふ**―動かず停滞する。

【補説】末句、「幾世返らん」かとも見えるが、底本書体は「か（字母「可」）」をごく小さく、「へらん」を大きく書いているので右のように解した。如何。

891　下朽《したく》つる木曽《きそ》の梯《かけはし》絶えぐに危《あや》ふくてのみ世を渡《わた》るかな

【現代語訳】土台が老朽化している木曽の梯が、今にも途切れそうな状態であるように、実に不安定な様子ではかり、私はこの世を過していることだなあ。

【参考】「五月雨は日数経にけり東屋の萱が軒端の下朽つるまで」（金葉一三八、定通）「分けくらす木曽の梯絶えぐに行く末深き峰の白雲」（月清集二一九、良経）「河舟ののぼりわづらふ綱手縄苦しくてのみ世を渡るかな」（新古今一七七五、頼輔）

【語釈】○**木曽の梯**―後の中仙道の馬籠から桜沢に至るあたりを木曽路と称する。「梯」の所在は不明。危ういものの象徴。「渡る」は橋の縁語。

892 寄《よ》る波《なみ》の音《おと》を梢《こずゑ》に吹《ふ》きなして浜名《はまな》の橋《はし》を渡《わた》る松風《まつかぜ》（墨）

【現代語訳】寄せて来る波の音を、梢を吹く自らの音のように聞かせて、浜名の橋を吹き渡って行く松風よ。

【参考】「波に続く霞の色やいかならん浜名の橋の松の梢に」（拾玉集五六二五、慈円）

【語釈】○浜名の橋―遠江の歌枕、静岡県の浜名湖の出口、浜名川に架けた橋。東海道の要路であったが明応二年（一四九八）地震のために湖が外洋とつながり、橋を廃して「今切れの渡し」となった。「渡る」は橋の縁語。

【補説】参考歌の少い中で、慈円詠がわずかに「浜名の橋」と「松」を取り合せている。これにならったか、如何。

893 旅衣《たびごろも》はるゞ来《き》ぬる八橋《やつはし》の昔《むかし》の跡《あと》に袖《そで》も濡《ぬ》れつゝ［八三オ］

【現代語訳】旅装をして遠くやって来た、八橋の地で、業平の古跡を見るにつけ、涙に袖も濡れていることだ。

【参考】「唐衣着つゝ馴れにし妻しあればはるゞ来ぬる旅をしぞ思ふ」（古今四一〇、伊勢物語一〇、業平）

【他出】新拾遺八一〇、題しらず。歌枕名寄四九七七。

【語釈】○八橋―三河の歌枕、愛知県知立《ちりゆう》市。「伊勢物語」の故事で知られる。○はるゞ―衣の縁語「張る」をかける。

894 石《いそ》の上布留《かみふる》の高橋《たかはし》いとゞまた昔《むかし》や遠《とを》くなりわたるらん

【現代語訳】「石の上布留の高橋」の「古」のように、今日ではいよ〳〵また、昔ははるか遠いものとなってしまうのだろうか。

【参考】「石の上布留の高橋高々に妹が待つらむ夜ぞ更けにける」（万葉三〇一〇、作者未詳）

【語釈】○石の上布留―大和の歌枕、奈良県天理市布留。石上神宮があり、布留川が流れ、高橋はそこにかかる橋。「わたる」は橋の縁語。

895 谷深《たにふか》み板打《いたう》ち渡《わた》す一《ひと》つ橋《ばし》誰《た》が世に過《す》ぐる道《みち》となるらん（墨）

【現代語訳】谷がひどく深くて、そこに板をたゞ一枚渡しただけの粗末な橋よ。一体誰が世間で生きて行く為の道になるというのだろう。

【参考】「津の国の難波の浦の一つ橋君を思へばあからめもせず」（古今六帖一六一一、作者未詳）

【補説】「一つ橋」の前例は「古今六帖」一首のみ、あとは「新撰六帖」に家良、「宝治百首」に行家、「夫木抄」に政村、以下近世詠若干が存する。

896 何《なに》をかは分《わ》けつる方《かた》に眺《なが》めまし跡《あと》なき波《なみ》の沖《おき》つ舟《ふな》人

【現代語訳】一体何を、通り過ぎて来た方角に眺める事ができるというのだろう。何の証跡も残さない波の上を、沖へと漕いで行く舟人は。

【参考】「しるべせよ跡なき波に漕ぐ舟の行方も知らぬ八重の潮風」（新古今一〇七四、式子内親王）

【補説】底本「なには」とし、「は」を見せ消ちにして「を」と続ける。以下「海」十一首。

897 いかばかり袖《そで》越《こ》す波《なみ》もしほるらん世《よ》をうみわたる沖《おき》つ舟《ふな》人（墨朱尾）

【現代語訳】まあどんなにか、袖を越して打ち掛ける波も（涙と共に）着物をびしょぬれにすることだろう。世間を辛いものと思いつつ、海を渡って仕事をする、沖の舟人は。

【参考】「松山と契りし人はつれなくて袖越す波に残る月影」（新古今一二八四、定家）「蜑の住む浦こぐ舟の梶を無み世をうみわたる我ぞ悲しき」（後撰一〇九〇、小町）

【語釈】○うみわたる―「倦《う》み」と「海」をかけ、「わたる」に「渡る」と「時間的に過して行く」意をかける。

898 播磨《はりま》なる室《むろ》の潮路《しほぢ》の朝凪《あさなぎ》に風《かぜ》を頼《たよ》りに急《いそ》ぐ舟《ふな》人 」八三ウ

【現代語訳】播磨の国の、室の津の潮の流れ道の、朝の穏かな時間に、僅かな風を頼りにして漁場に急ぐ舟人達よ。

【参考】「今更に思ひ出でても袖濡れぬ室の泊りの秋の夜の雨」（中院集一四七、為家）

【語釈】○室―播磨の室の津。兵庫県揖保《いぼ》郡室津。○朝凪―朝、陸風と海風の入れかわる、一時的に静かな時間。

【補説】「室」（下野の「室の八島」ではない）を詠んだ歌はほとんど無いが、【参考】詠は文永四年（一二六七）70歳の作であり、曽て実際に当地を訪れた事を示している。全くの臆測ながら、本詠はその時の印象ではないか。なお906参照。

899 浦《うら》に吹《ふ》く風《かぜ》やしるべに頼《たの》むらんはるかに出《い》づる里《さと》の蜑人《あま》（墨）

【現代語訳】出発して来た海岸に向けて吹く風を、帰りの道案内として頼りにするのであろうか。沖にはるかに漕ぎ出して行く、里の漁師達は。

【参考】「跡もなき波ゆく舟にあらねども風をしるべに物思ふ比」（拾遺愚草一六〇一、定家）

【補説】定家の恋歌を実景に詠み変えたものか。他に類歌は管見に入らぬが、如何。

900 はるゞゝと漕《こ》ぎ来《く》る波《なみ》の跡《あと》もなし鄙《ひな》の長路《ながぢ》の沖《おき》つ潮風《しほかぜ》（墨）

【現代語訳】はるか遠方から舟を漕いで来たが、その航跡も残らない。田舎の長い旅路を吹く、沖からの潮風に消されて。

【参考】「天ざかる鄙の長路を恋ひ来れば明石のとより大和島見ゆ」（万葉二五六、三六三〇、新古今八九九、人麿）（新古今「こぎ」、万三六三〇「家のあたり」）

901 舟《ふね》止《と》めし絵島《ゑじま》の月を見《み》て行《ゆ》かん急《いそ》ぐ潮路《しほぢ》の風《かぜ》は好《よ》くとも

【現代語訳】古人も舟を止めて賞でた、絵島の月を見て行こうよ。急ぎの旅程で、順風だからさっさと行きたいにしても。

【参考】「播磨潟須磨の月よめ空冴えて絵島が崎に雪降りにけり」（千載九八九、親隆）「千鳥鳴く絵島の浦に澄む月を波にうつして見る今宵かな」（山家集五五三、西行）

【語釈】○絵島―淡路の歌枕、兵庫県淡路町岩屋。淡路島北端東側の小さな岩島。

【補説】「舟止めし絵島の月」とは、【参考】詠以外に根拠があるか、不明。

902 行《ゆ》く末《すゑ》は定《さだ》めぬ波《なみ》をしるべにて唐土船《もろこしぶね》の跡《あと》もはかなし（墨）

【現代語訳】航海の行く先は、あてにならない波を頼りにするのだから、中国と往来する堂々たる舟といっても、その道筋は心許ない事だよ。

【参考】「同じくは唐土船に乗りて行かむ波路の果に心つくして」（拾玉集九九一、慈円）「思ほえず袖にみなとの騒ぐかな唐土船の寄りしばかりに」（伊勢物語五八、男）

【補説】慈円詠をちょっとまぜ返したような趣。慈円も苦笑したことであろう。

903 幾手《いくて》まで帆縄《ほなは》作《つく》らん風早《かぜはや》み三保《みを》の浦廻《うらわ》に過《す》ぐる舟《ふな》人

【現代語訳】一体何本、手数をかけて、しっかりした帆縄を作っている事だろうか。風の早いのが名物の、三保の浦あたりを往来する舟人は。

【参考】「風早《かざはや》の三穂の浦廻を漕ぐ舟の舟人さわく波立つらしも」（万葉一二二八、作者未詳）

【他出】夫木抄一五七八五、千首歌。

【語釈】○**手**―物事を数える数。また手先の働き。手間。○**三保**―駿河の歌枕、静岡県清水市の海岸。

904　**寄《よ》せ返《かへ》り波《なみ》うつ舟《ふね》の苫屋形浮寝《とまやかたうきね》」八四オ は夢《ゆめ》もえやは見《み》えける**（墨）

【現代語訳】寄せたり返ったり、絶えず波が打ちかける舟の、苫で葺いた仮屋の中で、水に浮いた状態で寝るのでは、夢だってどうして見る事ができるだろうか。（とてもそんなわけには行かない）

【参考】「磯に寄る波に心の洗はれて寝覚めがちなる苫屋形かな」（山家集一一六六、西行）

【他出】夫木抄一五七八六、同（千首歌）。

905　**一夜だに慣《な》らはぬ浦《うら》の苫庇《とまびさし》さしもや波《なみ》の音《おと》に耐《た》ゆらん**（墨）

【現代語訳】一晩だって体験した事のない、海岸の苫葺き小屋の庇の下での仮寝よ。そんなにどうして、波の音にがまんできようか。

【参考】「いつとなく塩焼く蜑の苫庇久しくなりぬ逢はぬ思ひは」（新古今一一一五、基輔）

【語釈】○**さしもや**―「庇を差す」から「然《さ》しも」を導く。

906　**忘《わす》れじよ芦屋《あしや》が沖《をき》に舟《ふね》止《と》めて定《さだ》めぬ波《なみ》に見《み》つる月影《かげ》**

【現代語訳】 いつまでも忘れはすまいよ。芦屋の沖に舟を止めて、揺れて定まらぬ波の上で見た、あの月の光は。
【参考】「遥かなる芦屋の沖の浮寝にも夢路は近き都なりけり」（新勅撰五二〇、俊成）
【語釈】○芦屋―難波の歌枕、兵庫県芦屋市。
【補説】「忘れじよ」の口吻と、898【補説】に述べた所からして、本詠も同じ折の体験の思い出ではないかと想像されるが如何。

907 里遠《さとゝを》き野中《のなか》におくる鶏《とり》の音《ね》に又起《またを》き捨《す》つる草《くさ》の仮庵《かりいほ》（墨）

【現代語訳】 村里から遠く離れた野中にまで送ってよこす鶏の鳴き声に、又起き出て、捨てたまま出発する、草葺きの仮の宿りよ。
【補説】 全く何でもないような歌だが、参考歌として指摘するような先行作も見当らず、「草の仮庵」も本詠が初出で、以後用例僅少、近世「柏玉集」「雪玉集」に用いられている。以下「旅」二十一首。

908 武蔵野《むさしの》や都《宮こ》は山に見《み》しものを草《くさ》の葉分《わ》けに月を見《み》るかな（墨）

【現代語訳】 武蔵野の夜景よ。都では、月は山から出ると見たものなのに。ここでは一面の平野の、草の葉を分けて出ると見るよ。
【参考】「行く末は空も一つの武蔵野に草の原より出づる月影」（新古今四二二、良経）

909　武蔵野《むさしの》や誰《た》が宿占《やどし》むるしるべとて草《くさ》の葉末《はずゑ》に煙《けぶり》立《た》つらん（墨）」八四ウ

【現代語訳】　武蔵野で見渡すと、誰が住まいを構えているという道案内の目当てだろうか、見渡す限りの草の葉の向うに、煙が立っているよ。

【補説】　「草の葉末」は前例なく、後代にも用例僅少。

910　旅衣《たびごろも》松吹《まつふ》く風《かぜ》の寒《さむ》き夜《よ》に宿《やど》こそなけれ猪名《ゐな》の笹原《さゝはら》（墨・尾）

【現代語訳】　旅装束をしていても、松を吹く風が寒く身にしみる夜に、宿る場所すらないよ、猪名の笹原では。

【参考】　「しなが鳥猪名野を来れば有間山夕霧立ちぬ宿はなくして」（万葉一一四四、作者未詳）「有馬山猪名の笹原風吹けばいでそよ人を忘れやはする」（後拾遺七〇九、大弐三位）

【他出】　為家卿集七九、大納言為家集一二九二、共に貞応二年、旅、「つま吹く風の」。続後拾遺集六〇〇、題しらず。「つま吹く風の」。

【語釈】　○猪名―摂津の歌枕、猪名野。兵庫県の猪名川流域の野。

【補説】　「まつふく」は他出すべて「つまふく」とする。「旅衣」との関係からしても、恐らく「褄吹く」――「旅装束の褄を吹く」が正しいであろう。「笹原」であるから「松」も釣合わない。誤写と推定されるが一往底本のまま訳した。

911　かへりみる互《かたみ》に偲《しの》ぶ山の端《葉》に都《宮こ》を遠《とを》み雲《くも》な重《かさ》ねそ（墨）

【現代語訳】ふりかえって眺める、都に残した妻も私も、お互に思いやり懐かしむ目当とする山の端なのだから、都がはるか遠いのに、雲よ、山の端に重なって眺めを邪魔してくれるなよ。

【参考】「面影のひかふる方にかへりみる都の山は月細くして」（拾遺愚草一七一三、定家）「たをやめの袖吹きかへす明日香風都を遠み徒らに吹く」（万葉五一、志貴皇子）

912 眺《なが》めつゝ思《おも》へば同《おな》じ月だにも都《宮こ》に変《かは》る小夜《さや》の中山《なかやま》（墨・尾）

【現代語訳】つく〴〵眺めながら思う事だが、同じ月でさえも、旅となれば都で見るのとは全く違って見えるのだなあ、小夜の中山では。

【参考】「眺めつゝ思ふもさびし久方の月の都の明け方の空」（新古今三九二、家隆）

【他出】続拾遺六八一、題しらず。歌枕名寄五〇一八。

【語釈】○**小夜の中山**—遠江の歌枕、静岡県掛川市。「清《さや》」の縁で月が詠まれる。

913 宇《う》都《つ》の山分《わ》けてしほるゝ袂《たもと》かな昔《むかし》とまでは思《おも》ひ入《い》らねど

【現代語訳】宇都の山を通ると、とりわけ涙に濡れる私の袂だなあ。「伊勢物語」の昔——「夢にも人に逢はぬなりけり」という所まで、深刻に考えるわけではないのだけれど。

【参考】「駿河なる宇都の山辺のうつゝにも夢にも人に逢はぬなりけり」（伊勢物語一一、新古今九〇四、業平）

【語釈】○**宇都の山**―駿河の歌枕、静岡市と岡部町の境の宇都谷峠。○**分けて**―「山を分ける」意と「とりわけ」をかける。「思ひ入らねど」にも「山に入る」意がかかる。

914 浅葉野《あさはの》に立《た》つみ《身》わ《は》こすげ敷妙《しきたへ》の枕《まくら》にしても一夜明《あ》かしつ（墨）

【現代語訳】浅葉野に立っている神古菅《みわこすげ》を、寝床の枕にして、よくまあ旅の一夜を明かしたことだ。

【参考】「浅葉野に立つ神古菅根かくれて誰ゆゑにかは吾が恋ひざらむ」（万葉二八七五、人麿歌集）

【他出】夫木抄一三五四六、千首歌、「しきたへて」。

【語釈】○**浅葉野**―未詳。武蔵とも遠江ともいう。

【補説】「みわこすげ」は西本願寺本古訓。現代の新訓では「立神古菅根惻隠誰故《たちかむさぶるすがのねのねもころたがゆゑ》」とされている。

915 一夜寝《ね》ぬ麻手《あさて》刈《か》り干《ほ》す東屋《あづまや》の萱《かや》」八五オ の小筵《こむしろ》しきしのびつゝ（墨）

【現代語訳】一晩寝たことだ。麻を刈り、干す作業をする東国の家の、萱の粗末な筵を敷いて、しきりに都を思いながら。

【参考】「庭に立つ麻手刈り干し布き慕《しの》ふ東女《あづまをとめ》を忘れ賜ふな」（万葉五二一四、常陸娘子）「麻手干す東乙女の萱筵しきしのびても過す比かな」（千載七八九、俊頼）

【他出】夫木抄一五四一二、千首歌。

【語釈】○**麻手**―麻に同じ。○**しきしのび**―「筵を敷く」意と「頻《し》き」（しきりにする）の意をかける。

【補説】「しきしのび」は万葉古訓による。新訓では「布暴《ぬのさらす》」とする。

916 旅衣《たびごろも》着《き》つゝ馴《な》れ行くかひもなし日を経《へ》てまさる山の嵐《あらし》に

【現代語訳】業平は「旅衣着つゝ馴れにし」と言ったが、私にはその甲斐もない。日に〳〵激しくなる山の嵐によって。（ますく〳〵苦しい旅だ）

【参考】「旅衣着つゝ馴れにし妻しあればはる〴〵来ぬる旅をしぞ思ふ」（伊勢物語一〇、業平）

917 幾重《いくへ》まで都《宮こ》を遠《とを》く隔《へだ》つらん越《こ》え行《ゆ》く山の峰《みね》の白雲《しらくも》

【現代語訳】一体何重にまでも、都を遠く隔ててしまおうというのか。越え行くにつれて重なる山の、峰の白雲よ。

【補説】ごく常套的な言葉の組合せであるが、特に指摘すべき参考歌も見当らない。如何。

918 雲居《くもゐ》行《ゆ》く月も告《つ》げこせ故郷《ふるさと》に慣《なら》はぬ袖《そで》は露《つゆ》にしほると（墨）

【現代語訳】空を行く月も、都に待つ人に知らせてやっておくれ。旅慣れない私の袖は、露に、そして涙にもびっしょり濡れているよと。

【参考】「雲居行く月をぞ頼む忘るなと言ふべき仲の別れならねど」（和泉式部続集四六〇）「来たりける方も見え

ぬは雲居行く月見て人の告ぐるなりけり」（同四七六）

【補説】「雲居行く」の先例は案外少く、上掲二詠以外は土御門・順徳両院に各一首見えるのみである。底本「ふるさとの」の「の」の上に「に」と重ね書。

919 波掛《なみか》くる蜑《あま》の苫屋《とまや》の一夜だにかくては経《ふ》べき心地《こゝち》こそせね

【現代語訳】波が打ち掛けそうな、蜑の苫葺きの小屋に泊ると、一晩だって、こうしてはがまんして過せるような気持がしないよ。

【参考】「頼めたる人もなけれど秋の夜は月見で寝《ぬ》べき心地こそせね」（和泉式部集五六）

920 立《た》ち帰《かへ》りなほ《猶》過《す》ぎがてに見《み》つるかな名子江《なごえ》の浜《はま》に寄《よ》する白波《しらなみ》（墨）」八五ウ

【現代語訳】立ち戻って、やはり通り過ぎられない感興で見入ってしまったよ。名子江の浜に打寄せる白波を。

【参考】「舟泊てて可志《かし》振り立てて廬《いほり》する名子江の浜辺過ぎかてぬかも」（万葉一一九四、作者未詳）

【他出】夫木抄一一七八四、千首歌。

【語釈】○**立ち帰り**―「波」の縁語。○**名子江の浜**―所在未詳。「な越え」――「通り過ぎるな」の意をかける。

921 行《ゆ》き暮《く》れて宿借《やどか》る庵《いほ》の杉柱《すぎばしら》一夜《ひとよ》の節《ふし》も忘《わす》れやはせん（墨）

【現代語訳】 旅中、日が暮れてしまって、宿を借りる小家の杉の柱よ。その粗末な節ではないが、たった一夜のその折節の事も、決して忘れはしないよ。
【参考】 「思ふどちそことも知らず行き暮れぬ花の宿借せ野辺の鶯」（新古今八二、家隆）
【他出】 夫木抄一四三四八、千首歌。
【語釈】 ○一夜の節―「夜」は「節《よ》」を引き出す役割を兼ね、「節」は「節の跡の残る粗末な柱」の意に、「折節」「一夜臥し」の意を重ね合せて、困難な旅の一夜の思い出、宿主の好意を表現する。
【補説】 五句「れ」、不明一字の上に重ね書。

922 月《つき》ばかり見《み》し故郷《ふるさと》の光《ひかり》にて送《おく》り伴《とも》なふ山の奥《おく》かな（墨）

【現代語訳】（同行者一人居ない中で）月だけが、おなじみであった故郷の頃と同じ光で、私を送り、連れ立って一しょに旅してくれる、淋しい山の奥よ。（何とありがたく力強いことだろう）
【参考】 「浅ましや見し故郷のあやめ草我が知らぬ間に生ひにけるかな」（金葉一三四、輔仁親王）「鳥辺山空しき跡は数添ひて見し故郷の人ぞ稀なる」（拾遺愚草員外四九六、定家）

923 程もなく立《た》ち帰《かへ》るとも白妙《しろたへ》の袖《そで》の別《わか》れはなほぞ《を》悲《かな》しき（朱・尾）

【現代語訳】 それ程長旅でもなく、じきに帰って来るとはいうものの、敷きかわした白い袖を別かって出発する旅は、やはり悲しいものだよ。

【参考】「白妙の袖別るべき日を近み心にむせび音のみし泣かる」（万葉六四八、紀女郎）「白妙の袖の別れを難みして荒津の浜に宿りするかも」（同三二二九、作者未詳）「白妙の袖の別れに露落ちて身にしむ色の秋風ぞ吹く」（新古今一三三六、定家）

924　山の端《は》に待《ま》たでや消《き》えん白雲《しらくも》の此方《こなた》彼方《かなた》に立《た》ち別《わか》れなば　（朱・尾）

【現代語訳】私の愛する人は、私の帰るのを待たず、山の端に消える白雲のように消え去ってしまうのではなかろうか。白雲がこちらとあちらに別れるように、都と旅先と、別れ別れになったならば。（それが心配でならない）

【参考】「白雲の此方彼方に立ち別れ心をぬさとくだく旅かな」（古今三七九、秀崇）

925　さてもなほ《を》人《ひと》やりならぬ道ながら別《わか》るゝ程《ほど》は濡《ぬ》るゝ袖《そで》かな

【現代語訳】さて〳〵やはり、誰のせいでもない、自分の意思で出発する旅の道だとはいうものの、親しい人と別れる時は涙で袖が濡れることだよ。

【参考】「人やりの道ならなくに大方は行き憂しと言ひていざ帰りなむ」（古今三八八、実）

926　とゞめあへ《え》ず朝《あさ》立《た》つ袖の白《しら》露も」八六オすがる鳴《な》く野《の》ゝ秋《あき》の萩原《はぎはら》

【現代語訳】出発を止めるわけにも行かなくて、早朝出発して行く袖に置く、涙の白露も、すがるの鳴く野の秋の萩原に置く露と同じぐらい甚だしいことだ。

【参考】「すがる鳴く秋の萩原朝立ちて旅行く人をいっとか待たん」（古今三六六、読人しらず）

【語釈】○すがる―ジガバチの古名。小形で腰が細長い。「縋《すが》る」は袖の縁語と見るべきか。

927 逢坂《あふさか》は行《ゆ》くも帰《かへ》るも別《わか》れ路《ぢ》の人頼《だの》めなる名《な》のみ旧《ふ》りつゝ　（朱・尾）

【現代語訳】逢坂は、旅に行く人も別れ、帰る人も逢う道だとは言うものの、無事に帰るという保証はなく、人に期待させるだけの、「逢う」というその名ばかりが言い古されているよ。

【参考】「これやこの行くも帰るも別れつゝ知るも知らぬも逢坂の関」（後撰一〇八九、蝉丸）「かつ越えて別れも行くか逢坂は人頼めなる名にこそありけれ」（古今三九〇、貫之）

【他出】為家卿集八〇、相坂。中院詠草一〇七、相坂　貞応二年。大納言為家卿集一三四五、相坂　貞応二年。

928 陰深《かげふか》き端山《はやま》の庵《いほ》の板庇《いたびさし》空《そら》のまゝなる月をやは見《み》る　（墨）

【現代語訳】私の隠栖している所は、木の生い茂ったちょっとした山の庵である。その板庇の下なのだから、空に照る月を思いのままに見るというわけにも行かない。

【参考】「播磨路や須磨の関屋の板庇月もれとてやまばらなるらん」（千載四九九、師俊）

【補説】以下、「山家」十六首。

929 朝夕《あさゆふ》に我《わ》が踏《ふ》む山の谷《たに》の道《みち》人訪《と》ひけりと人や見《み》るらん（墨）

【現代語訳】朝に夕に、私が踏んで通う、山から谷への道よ。（実は水を汲みに通うだけなのだが）誰か尋ねて来たのだと人は見るだろう。

【参考】「庭の雪に我が跡つけて出でつるを訪はれにけりと人や見るらん」（新古今六七九、慈円）

930 掛《か》け渡《わた》す竹《たけ》の割《わ》れ樋《ひ》に洩《も》る水の絶《た》えぐ〴〵にだに訪《と》ふ人ぞなき

【現代語訳】掛け渡してある竹の樋《とい》の割れ目から絶え〳〵漏れる水のように、ほんの途切れ〳〵にさえも、訪問して来る人はないよ。

【参考】「霰降る深山の里のわびしきは来てたはやすく訪ふ人ぞなき」（後撰四六八、読人しらず）

【他出】夫木抄一五七三四、千首歌。

【補説】「竹の割れ樋」は用例皆無、はるか近世に至って「掛け捨てし竹の割れ樋の水だにも氷る世を経て洩る方ぞなき」（芳雲集一八〇八、武者小路実陰）「山里の竹の割れ樋のひま洩りて心細くも垂氷しにけり」（大江戸倭歌集一一五九、利剛室）の両詠がある。実陰は元文三年（一七三八）没、「大江戸倭歌集」は編者蜂屋光世が文政（一八一八～二九）頃から見聞を書きとめたものという。千首享受と関係あるか、如何。なお827に「竹垣の破れ砕けても」の例がある。為家の特異な感覚か。

931 柴垣《しばがき》の上《うへ》這《は》ひかゝる青葛《あをつゞら》訪《と》ひ来《く》る人や絶《た》えて無《な》からん（墨）」八六ウ

【現代語訳】私の庵の柴垣の上には青葛が這いかかっている。それを「繰る」のではないが、尋ねて「来る」人も、（こんな住まいでは）まるっきり無いことだろう。

【参考】「山賤《がつ》の垣ほに這へる青葛人は来れども言伝《づ》てもなし」（古今七四二、寵）

【他出】夫木抄一三三九九、千首歌。

【語釈】○**青葛**→678。「繰る―来る」にかかる。

932　山里《ざと》は訪《と》はれんとやは住《す》み初《そ》めし音《おと》せぬ人を何恨《なにうら》むらん（墨）

【現代語訳】山里には、人に訪問してもらおうと思って住みはじめたのだろうか。（そうではない、隠棲の志だったはずだ）それなのに、音信をして来ない人を何で恨む事があろう。

【参考】「霰降るみ山の里の淋しさは来てたはやく訪ふ人ぞなき」（後撰四六八、読人しらず）「訪ふ人のなき葦葺の我が宿は降る霰さへ音せざりけり」（後拾遺四〇〇、俊綱）

【他出】続後拾遺一〇六八、（題しらず）。万代集三一七五、題しらず。六華集一七五六、万代。三者共に作者寂蓮。

【補説】作者寂蓮とするのは「万代集」の誤認で、他はそれを引継いだものであろう。

933　山際《やまぎは》の柴《しば》の編垣《あみがき》吹《ふ》く風《かぜ》の音《おと》より外《ほか》に人も待《ま》ち見《み》ず

【現代語訳】山のほとりの、柴で編んだ垣を吹く風以外には、この閑居では訪問する人など待ってはいないよ。

【補説】「柴の編戸」は甚だ多いが、「柴の編垣」の用例は『国歌大観』全巻を通じ、この一例のみである。

934 尋《たづ》ねばや世の憂《う》きよりは奥山《おくやま》の筧《かけひ》の水《みづ》や住《す》みよかるらん（墨）

【現代語訳】尋ねて行って見ようよ。世間に生きる辛さよりは、奥山の筧を伝って流れる澄んだ水を頼りにする生活の方が住みやすいだろうから。
【参考】「山里は物のわびしき事こそあれ世の憂きよりは住みよかりけり」（古今九四四、読人しらず）
【語釈】○住みよかるらん―水の「澄み」をかける。

935 閼伽棚《あかだな》の花の枯《かれ》葉も打《う》ちしめり朝霧深《あさぎりふか》し峰《みね》の山寺《でら》（墨）

【現代語訳】閼伽棚に置かれた花の、枯れた葉もしっとりと湿るばかり、朝霧が深く立ちこめたよ、峰の山寺に。

【参考】「五月雨はたく藻の煙打ちしめり潮たれまさる須磨の浦人」（千載一八三、俊成）「夜半にたくかひやが煙立ちそひて朝霧深し小山田の原」（新勅撰二七六、慈円）

【他出】風雅一七七七、千首歌詠み侍りけるに。夫木抄一六四一四、千首歌。現存六帖抜書本一三八、寺。六華集一九二七、「枕の花も」。

【語釈】○閼伽棚―仏具・花等の用意をするために、縁先に張り出してしつらえた棚。

【補説】「閼伽棚」を詠んだ歌は古来例なく、近世に入ってようやく「いつまでか人は折りけむ閼伽棚の樒《しきみ》の花の枯れて残れる」（六帖詠草拾遺二九一、蘆庵）以下、幸文・諸平、いずれも以て非なる詠が存する。千首中、最優秀の作と言うべく、若き為家の感性を十分に示した一首。風雅入集作中でも最高か。

936 秋《あき》はまた浮世《うき》にまさる住《す》まひかな寝覚《ねざめ》の山の小牡鹿《さをしか》の声《こゑ》

【現代語訳】隠栖のすぐれている中にも、秋は一入、俗世にまさる住まいであるよ。寝覚した山中で聞く、牡鹿の声の趣は。

【補説】「寝覚の山」は近世「基綱集」（姉小路基綱）「柏玉集」（後柏原院）に各一回用いられるだけの、為家独自句である。

937 問《と》へかしな杉《すぎ》の葉分《わけ》に窓《まど》開《あ》けて結《むす》ぶ庵《いほり》の心細《こゝろぼそ》さを（墨）「八七オ」

【現代語訳】尋ねて下さいよ、杉の葉の茂った葉を分けるようにして窓を開けて、辛うじて設営する庵室で暮らす生活の心細さを。

【参考】「問へかしな幾世もあらじ露の身をしばしも言の葉にやかゝると」（後拾遺一〇〇六、読人しらず）「稲荷《いなり》山杉の庵に窓明けて閼伽奉る音もほのかに」（夫木一四三五八、寂蓮）

【補説】「杉の葉分に窓開けて」に該当するような参考歌を見出し得ず、僅かに幾分の共通点あるものとして、

【参考】所引寂蓮詠（十題百首）を得た。如何。

938 我《われ》とせぬもとの谷川《たにがは》遣水《やりみづ》に石立《いした》てわたす奥山《おくやま》の庵《いほ》（墨）

【現代語訳】自分でしつらえたのではない、もとからの谷川なのだが、それが恰《あたか》も遣水に石をうまく立てて作庭したようになっている、この奥山の庵室よ。（どうだい、うまいものじゃないか）

【他出】夫木抄一〇二二五、千首歌。一四四八五（重出）、千首歌。

【補説】「我とせぬ」は、これこそ為家一人、他に類句のない独自句である。作庭技術そのものを歌った点でも珍しく、山家隠棲をユーモラスに肯定誇示した、為家の性格の一面をよく表わした詠。

939 里人《さと》の行《ゆ》き来ゝならではおのづから訪《おとな》ふものもなき山路《やまぢ》かな

【現代語訳】あたりの里人の往来以外には、まあ当然の事として、訪れる者もない、この山住まいだよ。

【参考】「おのづから音する人ぞなかりける山めぐりする時雨ならでは」（山家集五〇二、西行）

940 岩《いは》に落《お》つる滝《たき》は枕《まくら》に響《ひゞ》きつゝ寝覚《ねざ》めがちなる山の奥《おく》かな

【現代語訳】岩に落ちる滝の音は、まるで枕許に落ちかかるかのように響いて来るので、何度も目覚めてしまう、山の奥の暮らしだよ。

【補説】全くありふれた山家詠のように見えるが、実は「岩に落つる」「滝は枕に」は他に用例皆無、「響きつゝ」は後年伏見院・千蔭（うけらが花）に各一例見えるのみである。偶然の事とも言えるが、度々注意して来たこのような事例は、為家詠を考える時見過せぬ事実である。

941 山深《ふか》く年経《としふ》る程ぞ知《し》られぬる鹿《しか》も小鳥《ことり》も人に馴《な》れつゝ（墨）

【現代語訳】山深く、本当に何年も住んで来たものだなあと思い知られるよ。鹿も小鳥も私にすっかり馴れてしまった様子なのだもの。

【他出】夫木抄一四四八六、同（千首歌）、「知られける」「人も馴れつゝ」。

【補説】「鹿も小鳥も人に馴れつゝ」が独自である。こんなに素朴率直に、隠棲の楽しみと感慨を詠んだ作は他にあるまい。938詠と相並んで「夫木抄」に入っているのも面白く、同抄撰者の感性も評価される所である。底本、「しられける」の「け」を「ぬ」に見せ消ち訂正。

942 秋来《く》れば軒端《のきば》の栗《くり》もうらやま《山》しすゞろにいかにさは笑《え》まるらん 」八七ウ

【現代語訳】（私はこんなに、しかめ面ばかりしているのに）秋が来ると、軒端に生る栗の実もうらやましく思われるよ。何という事もないのに、どうしてそんなにほほ笑んでいられるのだろう。

【語釈】○すゞろに―漫然と。○笑まる―栗が熟し、いがが裂けて実がのぞく状態。近代でも「笑む」と言う。

【補説】これも、山居寂寥を詠むという定石は踏まえながら、意外な風物現象をとらえてユーモアを漂わせる。千首歌をここまで詠んで来て、終りも近いと感じた満足と余裕が、これら独自の山家詠を生み出したものであろうか。

943　山里《ざと》の柴《しば》の丸屋《まろや》はとにかくに時雨《しぐれ》も風《かぜ》も音《おと》を立《た》てつゝ

【現代語訳】山里の、柴で作った仮小屋は（訪問する人もないというものの）、それでも何とか、時雨も風もちゃんと音を立てて訪れてはくれるのだよ。
【参考】「夕されば門田の稲葉おとづれて葦の丸屋に秋風ぞ吹く」（金葉一七三、経信）
【語釈】○**丸屋**―粗末な作りの仮小屋。
【補説】「柴の丸屋」も用例皆無。参考歌の田居ではなく山居であるための言いかえであろう。

944　去年《こぞ》入《い》れし水《みづ》の古跡《ふるあと》掘《ほ》り開《あ》けて賎《しづ》が垣根《ゝきね》に急《いそ》ぐ苗代《なはしろ》（墨）

【現代語訳】去年水を引き入れた、その古い痕跡を再び掘り開けて水を通し、農夫が住居の垣根近く、苗代田に稲作の用意を急ぐよ。

【他出】夫木抄一九〇一、同（建長）八年毎日一首中。

【補説】以下「田」十首。為家は一生を通じ、田園稲作を詠ずる事の多い歌人であるが、中にも本詠のような労働実態を写した詠は珍しい。

945　雨過《あめす》ぐる伏見《ふしみ》の小田《おだ》の時鳥《ほとゝぎす》鳴《な》くや五月《さつき》の早苗取《さなへと》るなり（墨）

【現代語訳】 雨の降り過ぎる伏見の里の小やかな田に、時鳥が鳴く。「時鳥鳴くや五月」という、その季節のものとして、早苗を取り植えているらしいよ。

【参考】「雁の来る伏見の小田に夢覚めて寝ぬ夜の庵に月を見るかな」(新古今四二七、慈円)「うちしめり菖蒲ぞかをる時鳥鳴くや五月の雨の夕暮」(新古今二二〇、良経)

【補説】 底本第四句、「さなへ」の「なへ」を見せ消ち、「つき」と訂正。

946 小田《おだ》近《ちか》き寝覚《ねざめ》の床《とこ》に夢《ゆめ》さめて稲《いな》葉の風《かぜ》に秋《あき》ぞ知《し》らるゝ

【現代語訳】 小さな稲田近くに寝て、ふと目覚めた床に、夢も途絶えて、稲葉を吹き渡る風に、あゝ秋が来たな、と実感される。

【参考】「山里の稲葉の風に寝覚めして夜深く雁の声を聞くかな」(新古今四四九、師忠)「色変る萩の下葉を見ても先づ人の心の秋ぞ知らるゝ」(新古今一三五三、相模)

【補説】「床」「夢」「秋」などの用語から恋の要素もあるかと思われなくもないが、排列からして否定されよう。

947 夕日さす門田《かどた》の鳴子《なるご》吹《ふ》く風《かぜ》をおのが慣《なら》ひに立《た》つ雀《すずめ》かな

【現代語訳】 夕日のさす、門前の田にしつらえた鳴子を風が吹いて鳴らすのを、いつも番人に追い払われる自分の習慣から、追われもしないのに雀が飛び立つよ。

【参考】「秋の色の眼に満てる住まひかな門田の鳴子苫屋の紅葉」(拾遺愚草員外三〇八、定家)「もどかしと七夕

つ女や思ふらん逢はぬ年なきおのが慣ひに」（永久百首四四六、忠房）

【補説】「おのが慣ひに」は用例僅少。

948 霜埋《しもうづ》む刈田《かりた》の庵《いほ》のいたづらに我」八八オ一人《われひとり》とや月《つき》のもるらん（墨）

【現代語訳】霜が一面に置いた、稲刈りを終った田のほとりの庵はもう何の用もなく空き家になってしまって、それを守るのは私一人、というように、月光だけが洩れ入るのだろう。

【参考】「霜埋む刈田の木の葉踏みしだき群れゐる雁も秋を恋ふらし」（月清集八五八、良経）「水の面に月の沈むを見ざりせば我一人とや思ひはてまし」（拾遺四四二、文時）

【語釈】○**刈田の庵**―叙景と共に「いほ」から「いたづら」を導く。○**もる**―「洩る」と「守る」をかける。

949 何《なに》とまた門田《かどた》の櫓《ひづち》生《おい》ひぬらん秋果《あきは》てぬべきこの世と思《おも》ふに（墨）

【現代語訳】一体何で又、門前の田の刈り跡に新しい芽が延び出るのだろう。もう秋は終りであるはずの（つくづく生きている事に飽きた）この世だと思うのに。

【参考】「刈れる田に生ふる櫓の穂に出でぬは世を今更に秋果てぬとか」（古今三〇八、読人しらず）

【語釈】○**櫓**―刈った稲の切株から又生える芽。○**秋果て**―「飽き果て」をかける。

950 冬寒《さむ》み田中《たなか》の庵《いほ》の山風《かぜ》に弱《よは》き我《わ》が身の世を過《す》ぐるかな（墨）

【現代語訳】　冬はひどく寒いのに、田の中の小家に吹きつける山風を受けながら、弱々しい私の身は何とか生活を続けているのことだ。
【参考】　「冬寒み氷らぬ水はなけれども吉野の滝は絶ゆる世もなし」（拾遺二三五、読人しらず）
【補説】　ごく平易な言葉の羅列であるが、参考歌というべきものをほとんど指摘しえない。「弱き我が身の世を過ぐるかな」など、詠歌当時の為家の心境そのものか。

951　庵結《いほむす》ぶ山田《だ》に立《た》てるそほづだに浮《う》き世を秋《あき》の露《つゆ》に濡《ぬ》れつゝ（墨）

【現代語訳】　庵を作って隠棲している場所の、山田に立っている案山子《かかし》さえも、この辛い世の中に厭き果ててしまったように、秋の露に濡れているよ。
【参考】　「足引の山田のそほづおのれさへ我をほしと言ふ憂はしきこと」（古今一〇二七、読人しらず）
【語釈】　○そほづ―かかし。○秋―「飽き」をかける。

952　晩稲《をしね》干《ほ》す小田《をだ》の仮庵《かりほ》の苫《とま》を粗《あら》み流《なが》るばかりに置《お》ける露《つゆ》かな（墨）

【現代語訳】　おくての稲を干している、ささやかな田の仮屋の屋根を葺く苫の粗く組んだ所に、流れ出す程に甚だしく置いている露よ。
【参考】　「晩稲干すたのきにかよる丈夫《ますらを》の心許なき身をいかにせむ」（散木集一四二三、俊頼）「秋の田の仮庵のい

ほの苫を粗み我が衣手は露に濡れつゝ」（後撰三〇二、天智天皇）
【補説】「流るばかりに」は『国歌大観』中この一例のみ。

953 霜冴《しもさ》ゆる刈田《かりた》の面《おも》に聞《きこ》ゆなり寝覚《ねざ》めもよほ《を》す鴫《しぎ》の羽掻《はねが》き（墨）」八八ウ

【現代語訳】霜が置いて非常に寒い、刈田の上に聞えるよ。寝覚めを誘うような、鴫の羽掻きの音が。
【参考】「霜冴ゆる山田の畔《くろ》の群薄《むらすゝき》刈る人なしに残る比かな」（新古今六一八、慈円）「暁の鴫の羽掻き百《もゝ》羽掻《はがき》君が来ぬ夜は我ぞ数かく」（古今七六一、読人しらず）
【語釈】○**鴫**—嘴《くちばし》・脚の長い、水辺に住む渡り鳥。○**羽掻き**—羽虫を取るため、嘴で羽をしごく鴫の習性。

954 繰返《くりかへ》し幾度《いくたび》月を眺《なが》むらん昔《むかし》を偲《しの》ぶ夜半《よは》の寝覚《ねざ》めに

【現代語訳】繰返して一体何遍、月を眺めることだろう。昔の事を追懐する、夜半の目覚めの度毎に。
【参考】「思ひ出でて昔を偲ぶ袖の上にありしにもあらぬ月ぞ宿れる」（新勅撰一〇七七、実朝）
【補説】以下、「懐旧」五首。

955 古《いにしへ》は我《われ》だに偲《しの》ぶ秋の月《つき》いかなる世々《よゝ》に思《おも》ひ出《い》づらん（墨）

【現代語訳】その昔の事は、数ならぬ私さえ慕わしく思うのだ。太古から照し続けている秋の月は、どんな時代々々について思い起していることだろう。

【他出】続古今一五九六、題しらず、「いかなるよゝを」。為家卿集八四、雑、「いかなるかげか」。大納言為家集一七八〇、雑歌、「いかなる世をか」。秋風抄九三、題不知。

【補説】「いかなる世々に」の部分、他集での異同が甚だ多い。常識的には「世々を」が当然であり無難であるが、「世々に」とした事で、「各時代に思いを馳せ、懐旧の情を深くする」という深みが生れ、より余韻と風情とを増すと考えられる。これが原作であろう。

956　徒《いたづ》らに見《み》ぬ昔《むかし》のみ偲《しの》ばれて過《す》ぐる月《つき》日を歎《なげ》く比《ころ》かな（墨・尾）

【現代語訳】為す事もなく、たゞ見た事もない昔の事ばかりがなつかしく思い起されて、過ぎて行く月日を悲しむ、そんな日頃であるよ。

【参考】「朽ちにける長柄の橋のあとに来て見ぬ昔まで行く心かな」（拾玉集一〇九三、慈円）「床夏の花をし見れば打延《は》へて過ぐる月日の数も知られず」（拾遺一〇七九、貫之）

957　有《あ》り経《ふ》ればいとゞ憂《う》き世になり果《は》てて恨《うら》みしをさへなほ《猶》しのぶかな

【現代語訳】生きてこの世を送っていると、ます〳〵生き辛い世の中になり切ってしまって、昔恨んだ人だって今の人よりずっと情があったと、なつかしく思い出すことだ。

【参考】「有り経れば憂さのみまさる世の中を心づくしに歎かずもがな」（林下集三三六、実定）「君なくてよる方

もなき青柳のいとゞ憂き世ぞ思ひ乱るゝ」（新古今八四七、国信）

958　荒《あ》れわたる古家《ふるや》の軒《ゝき》の忍草《しのぶぐさ》人の心《こゝろ》や種《たね》となるらん（墨）

【現代語訳】すっかり荒廃した、古い家の軒に見える忍草よ。あの「古今集」の序ではないが、これもこの家の昔を偲ぶ人の心が種となって、こうして生えているのだろうか。
【参考】「やまと歌は人の心を種として、万の言の葉とぞなれりける」（古今集仮名序）
【語釈】○荒れわたる→190。○忍草→227。
【補説】軽いユーモアで「懐旧」一連を終る。

959　嬉《うれ》しきも憂《う》きも辛《つら》きもむばたまの夢《ゆめ》「八九オ よりほかの慰《なぐさ》めぞなき

【現代語訳】嬉しい事も、悲しい事も辛い事も（世の中にはいろ〳〵あるけれど、全部を忘れて寝る夜の）夢より外には、それをいたわり癒やしてくれるものはないのだなあ。
【参考】「嬉しきも憂きも心は一つにてわかれぬものは涙なりけり」（後撰一一八八、読人しらず）「頼まじと思はむとてもいかゞせん夢より外に逢ふ夜なければ」（小町集一八）
【補説】以下、「夢」十首。

960　頼《たの》むべき現《うつゝ》も夢《ゆめ》を見《み》るからにいやはかななる夜半《よは》の床《とこ》かな

【現代語訳】 信頼すべきはずの現実の中でも、夢のような思いがけない不幸を見るにつけて、はかない中にもいよ〳〵はかなく思われる、夢を見る場所、夜半の床であるよ。

【参考】「寝ぬる夜の夢をはかなみまどろめばいやはかなにもなりまさるかな」（古今六四四、業平）「夢や夢うつゝや夢と分かぬかないかなる世にかさめむとすらむ」（新古今一九七二、赤染衛門）

【補説】「現も夢を見る」という言いまわしは特異である。訳が妥当か、如何。

961 とにかくにうつゝにもあらぬこの世には夢《ゆめ》こそ夢《ゆめ》の夢《ゆめ》にありけれ

【現代語訳】 あれこれ様々に、確かな現実というものもあり得ないこの世では、夜見る夢こそは夢の世の夢、はかない事この上もないものであったのだなあ。

【参考】「うつゝにもあらぬ心は夢なれや見てもはかなき物を思へば」（後撰八七八、読人しらず）

【他出】 夫木抄一七〇五九、千首歌、「夢にはありけれ」。

962 夢《ゆめ》とだに見《み》ぬをうつゝに頼《たの》むかなあだなる人の世とは知《し》れども

【現代語訳】 夢としてでも見ないような事を、現実に頼りとし、期待していることだ。全く不確実な人の世だとはわかっているのだが。

【参考】「今更に何生ひ出づらむ竹の子の憂き節しげき世とは知らずや」（古今九五七、躬恒）

【補説】「世とは知れども」は115・835参照。

963　思《おも》へたゞ臥《ふ》すかとすれば明《あ》くる夜《よ》のその程耐《たえ》へぬ夢《ゆめ》の短《みじ》かさ（朱）

【現代語訳】考えてみるがよい。横になるかと思えばすぐに明けてしまう夜の、その僅かの時間でさえ続き得ず目覚めてしまう、夢の短かさを。

【参考】「思へたゞ頼めて去にし春だにも花の盛りはいかゞ待たれし」（後拾遺四八三、兼長）「夏の夜の臥すかとすれば時鳥鳴く一声に明くるしのゝめ」（古今一五六、貫之）

【補説】底本、初句「とも」の上に「たゝ」と重ね書。

964　寝《ぬ》るがうちの夢《ゆめ》に現《うつゝ》を見《み》つるかないづれを徒《あだ》の物《もの》と定《さだ》めむ（朱）「八九ウ

【現代語訳】寝ているうちの夢に、現実にあった事を見たよ。夢と現実と、どちらを仮の物だと決めようか。

（どちらとも言えない）

【参考】「寝るがうちに見るをのみやは夢と言はむはかなき世をも現とは見ず」（古今八三五、忠岑）

【補説】「物と定めむ」はいくらでもありそうな句と思えるが、『国歌大観』にこの一例のみである。底本、「ぬるかうちに」「ゆめを」をそれぐ〵「の」「に」と見せ消ち訂正、「あたと」の「と」の上に「の」と重ね書。

965　むばたまの夜半《よは》の狭衣《さごろも》返《かへ》しても頼《たの》めば見《み》えぬ夢《ゆめ》のはかなさ（墨）

【現代語訳】夜、着物を裏返して寝ると恋人の夢を見るというから、期待してやってみたのに見られなかった。何という夢の頼りなさよ。

【参考】「いとせめて恋しき時はむばたまの夜の衣を返してぞ着る」（古今五五四、小町）

【補説】周知の小町詠を実行しての失望。

966 夢《ゆめ》や夢現《ゆめうつゝ》や現《うつゝ》一筋《ひとすぢ》にわかれぬものは此《こ》の世なりけり

【現代語訳】夢は本当に夢なのだろうか、現実は本当に現実なのだろうか。そう単純に割り切ってしまえぬのが、この世というものなのだよ。

【参考】「夢や夢現や夢と分かぬかないかなる世にか覚めむとすらむ」（新古今一九七二、赤染衛門）「嬉しきも憂きも心は一つにてわかれぬものは涙なりけり」（後撰一一八八、読人しらず）

967 おのづから恋《こひ》しき人を見《み》し夢《ゆめ》の忘《わす》れやしぬる又も結《むす》ばぬ

【現代語訳】偶《たまた》まに、恋しい人を見た嬉しい夢だったが、あの人はあれっきり忘れてしまったのだろうか、又再び夢に見る事もない。

【参考】「うたゝねに恋しき人を見てしより夢てふものは頼みそめてき」（古今五五三、小町）「語らへば慰む事もあるものを忘れやしなん恋のまぎれに」（新古今一〇九五、和泉式部）

968 短《みじか》夜《よ》の夢《ゆめ》ばかりなるこの世だに逢《あ》はでや長《なが》き闇《やみ》に迷《まど》はむ

【現代語訳】 短夜の夢にたとえられるぐらい短いこの世に、ほんのちょっとさえあの人に逢う事ができないで、死んだ後も長夜の闇の中で、成仏できず迷い続ける事だろうか。

【参考】 「うたゝねの夢ばかりなる逢ふ事を秋の夜すがら思ひつるかな」（後撰八九八、読人しらず）「春の夜の夢ばかりなる手枕にかひなく立たん名こそ惜しけれ」（千載九六四、周防内侍）「君すらもまことの道に入りぬなり一人や長き闇に迷はむ」（後拾遺一〇二六、選子内親王）

【補説】 「夢」から「無常」へのスムースな移行を演出する。

969 風渡《かぜわた》る草《くさ》葉の露《つゆ》の数々《かず〱》に消《き》え残《のこ》るべき人のうき世か

【現代語訳】 風の吹き渡るにつれて落ち、消えてしまう草葉の露と同じに、それ〲誰も、いつまでも生き残れるような人生だろうか。（消えて行くのが人の世というものだ）

【参考】 「風渡る浅茅が末の露にだに宿りも果てぬ宵の稲妻」（新古今三七七、有家）「数々に思ひ思はずとひがたみ身を知る雨は降りぞまされる」（古今七〇五、伊勢物語一八五、業平）

【補説】 以下「無常」十首。

970 はかなさは船岡山《ふなをかやま》の夕まぐれ」九〇オしばしも絶《た》えぬ煙《けぶり》にも知《し》れ

【現代語訳】人生無常という事は、船岡山の夕暮に、暫くの絶える間もなく立ち昇る、火葬の煙を見てもさとるがよい。
【参考】「船岡の裾野の塚の数添へて昔の人に君をなしつる」（山家集八二〇、西行）
【他出】夫木抄一七〇一四、家集、無常歌中。
【語釈】○船岡山―山城の歌枕、京都市大徳寺西南の丘陵地。火葬場。

971 人の世のはかなき程はよそならじ岩間《いはま》に消《き》ゆる水《みづ》の白玉《しらたま》

【現代語訳】人生の頼りにならないというのは他人《ひと》事ではない。その有様は山川の岩の間に、結ぶと見えてすぐ消える水の白玉と同じことだ。
【参考】「暮れぬ間の身をば思はで人の世のあはれを知るぞかつははかなき」（新古今八五六、紫式部）「かつ氷りかつは砕くる山川の岩間にむせぶ暁の声」（新古今六三一、俊成）「定めなき人の憂き世もよそならじ風の末なる野辺の白露」（新千載二一九五、為家）「名に立てる室の八島もよそならじ胸の煙を空に許さば」（五社百首五四四、日吉、為家）
【補説】「よそならず」の用例は多いが、「よそならじ」は他に「鈴屋集」（宣長）一首のみ。ほとんど為家独占の歌語である。

972 嵐《あらし》吹《ふ》く外山《とやま》の峰《みね》の桜《さくら》花散《ち》らで果《は》つべきこの世とも見《み》ず（墨）

【現代語訳】 嵐の吹きつける、近い山の峰に咲く桜を惜しんでも仕方がない。美しい花も散らずにすむようなこの世とは思わないよ。（人間もそれと同じ事だ）

【参考】「霧深き外山の峰を眺めても待つ程過ぎぬ初雁の声」（拾遺愚草五四四、定家）「咲くかぎり散らで果てぬる菊の花むべしも千世の齢のぶらむ」（貫之集四二一）

973 頼《たの》まれぬ人の浮世《うきよ》にくらぶれば沖漕《おきこ》ぐ舟《ふね》の跡《あと》はありけり（墨）

【現代語訳】 信頼し、期待をかける事のできない人間の現世にくらべれば、沖を漕いで行く舟だって（「跡の白波」という通り）航跡はちゃんとあるのだよ。（人生ほどはかないものはないなあ）

【参考】「世の中を何にたとへむ朝ぼらけ漕ぎゆく舟の跡の白波」（拾遺一三二七、満誓）

974 定《さだ》めなき世の慣《なら》ひこそあはれなれ日を経《へ》てまさる野辺《のべ》の卒塔婆《そとば》に（墨）

【現代語訳】 老少不定という世間の通例のあり方こそいとおしいことだ。日がたつ毎に数を増して行く、野の墓場に立てる卒塔婆を見るにつけても。

【参考】「知る知らずこの世尽きぬる果を見よ野辺の卒塔婆の数にまかせて」（夫木一五二七一、為家）

【他出】 夫木抄一五二七〇、千首歌。

【補説】【参考】為家詠は承久二年（一二二〇）卒爾百首、23歳の作。死者供養のために立てる卒塔婆を詠む歌は甚だ僅少であるのに、為家は若くして二首を詠んでいる。

975 月だにもなほ《を》かくれぬる浮雲《うきぐも》の消《き》えて跡《あと》なき身とは知《し》らずや 」九〇ウ

【現代語訳】常住の月だって、やはり山の端にかくれるではないか。まして我々人間は、浮雲のように頼りなく、消えて跡も残さないはかない身である事を承知していないのか。

【参考】「月の入る高間の山の秋風に消えて跡なき四方の白雲」（壬二集二四四一、家隆）「もろともに山めぐりする時雨かな経るにかひなき身とは知らずや」（詞花一四九、道雅）

976 あはれこそありとだに見《み》れ谷川《たにがは》の行《ゆ》く瀬《せ》に浮《う》かぶあはれ世の中（墨）

【現代語訳】「あわれ」というものは目に見えないと思われているが、実際に存在すると目に見る事ができるのだよ。谷川の流れ行く浅瀬に浮ぶ、出来たり消えたりする頼りない泡こそ、あわれな世の中の象徴ではないか。

【参考】「秋風になびく浅茅の末毎に置く白露のあはれ世の中」（新古今一八五〇、蝉丸）

【語釈】○あはれ世の中――「泡」をかける。

977 散《ち》り果《は》つる浮《うき》世は誰《たれ》も紅葉葉《もみぢば》を知《し》らず顔《がほ》にもなほ《を》惜しみつゝ

【現代語訳】散ってなくなってしまう、あてにならない世の中だという事は、誰もあの紅葉葉と同じだとは、みんな知っているのに、知らないふりをして、やはり人生を惜しみ続けているよ。

【参考】「はかなさを恨みも果てじ桜花浮世は誰も心ならねば」（千載一〇五三、覚性法親王）

【補説】「誰も紅葉葉を」は特異な表現である。

978 **人の身はさてもやいかに末《すゑ》の露本《つゆもと》の雫《しづく》は思《おも》ひ知《し》れども**

【現代語訳】私の身は、さてく\いつまで生きていられるのか。「末の露本の雫」という通り、遅かれ早かれ終りを告げる命であるとは、十分承知しているつもりではあるが。（やはり考えてしまうよ）

【参考】「末の露本の雫や世の中の遅れ先立つためしなるらん」（新古今七五七、遍昭）

【補説】「さてもいかに」は多いが、「さてもやいかに」は『国歌大観』中この一例のみ。

979 **とにかくにさしてぞ頼《たの》む三笠《みかさ》山峰《みね》にも尾《お》にもしるし現《あら》はせ**

【現代語訳】何につけても、とりわけ目標としてお頼りする事です。三笠山に鎮座される春日大神よ。山頂にも尾根にも、霊験を現わして、私の未来をお守り下さい。

【参考】「常磐なる神奈備山の榊葉をさしてぞ祈る万世のため」（千載一二八一、義忠）「山桜我が見に来れば春霞峰にも尾にも立ちかくしつゝ」（古今五一、読人しらず）「春日野のおどろの道の埋れ水末だに神のしるし現はせ」（新古今一八九八、俊成）

【語釈】○**さして**―目ざして。「笠」の縁語。○**三笠山**→423。

【補説】以下十首、当時の為家の「世・身・心」の葛藤を種々の角度からうたう。その序としての祖神への献歌。

980 何《なに》とまた同《おな》じ浮世《うきよ》を頼《たの》むらんあるべき程は思《おも》ひ知《し》れども

【現代語訳】何でまあ、誰にもどうにもならないこの世を頼みにしているのだろう。自分の取るに足りない分際はよく心得ているのだけれども。

【参考】「さりともとはかなく世をば頼むかなあるべき程は見ゆる我が身を」（師光集一〇一）「秋のみぞ更けゆく月に眺めして同じ浮世は思ひ知れども」（拾遺愚草一四〇、定家）

981 身の程を思《おも》ふ行方《ゆくゑ》のとにかくに「九一オ変《かは》るは同《おな》じ心なりけり（墨）

【現代語訳】自分の身の分際、能力を思う、その方向があれやこれやと変るのは、同じ一つの心の様々の迷いであるよ。

982 世の中《なか》を人並々《なみ〳〵》に過《すぐ》せども寄《よ》るべき方《かた》のなきぞ悲《かな》しき

【現代語訳】世の中を、何とか世間並みに過してはいるけれど、これぞと頼るべき能力も庇護者もないのが悲しいことだ。

【語釈】○人並々に……——「波」をかけ、「寄る」「潟」と縁語を連ねる。

983 世の中《なか》は何事《なにごと》をして何事《なに》にいかにとすべき我が身なるらん

【現代語訳】この世の中に処して行くためには、どんな事をして、又どういう事態にどう対応して行かねばならない私の身なのだろう。（途方にくれるばかりだ）

【補説】前三首に正直な懊悩を吐露して後の、「何事」「何事」「いかに」の繰返しが、当時の彼の窮地を示している。

984 暫《しば》しだに誰《たれ》かあはれと岩代《いはしろ》のまつ行末《ゆくすゑ》も知《し》らぬ我《わ》が身は

【現代語訳】ちょっとの間だけでも、誰がかわいそうにと言ってくれるだろうか。岩代の松ならぬ、待ち受けている今後の運命も全くわからない私の身は。

【参考】→816。

【語釈】○岩代のまつ―「岩」に「あはれと言は」をかけ、「松」に「待つ」をかける。

【補説】いささか余裕を取りもどしたか、次詠と共にやや歌めいた技巧を用いる。

985 あはれなり懸路《かけぢ》に渡《わた》す丸木橋《まろきばし》危《あや》ぶまれてや身は過《す》ぐすらん

【現代語訳】情ないことだ。けわしい山道に渡した丸木橋のように、危いものだ、どうして世間を渡って行くのだろうと心配し続けながら、私は世を過ごすのだろうか。

【参考】「恐ろしや木曽の懸路の丸木橋踏み見る度に落ちぬべきかな」（千載一一九五、空人）

【他出】夫木抄九三八八、弘長四年毎日一首中。

【語釈】○**懸路**—がけに木材で作りかけた道。また、けわしい山道。

【補説】底本、「へき」を見せ消ち、「らん」と訂す。

986 **心より外《ほか》に心《こゝろ》はなきものを我《わ》が身にも似《に》ぬ身をいかにせん**（墨）」九一ウ

【現代語訳】（私の身に宿っている）心より外に、別に「心」というものはないはずなのに、その心を宿す私の身とは似ても似つかぬ、今の「身」を、一体どうしたらよかろう。

【参考】「数ならぬ心に身をばまかせねど身に従ふは心なりけり」（紫式部集五四）「心だにいかなる身にかかなふらむ思ひ知れども思ひ知られず」（同五五）

987 **今《いま》は身を心にだにも厭《いと》ふかな誰《たれ》かはましてあはれとも見む**

【現代語訳】今は自分ながら、我が身を我が心にも不愉快なものとして嫌うのだ。まして一体誰が、いとおしい、かわいそうとも見てくれるものか。

【参考】「山里は雪降り積みて道もなし今日来む人をあはれとは見む」（拾遺二五一、兼盛）

【補説】底本、「見ん」を擦り消して「見む」と重ね書。

988 世に経《ふ》れば我《わ》が身の程を知《し》るものを知《し》らず顔《がほ》にも人や見《み》るらん

【現代語訳】 この世間に生きていれば、自分がどの程度の分際の者かという事は十分に知っているのに、知らぬふりをして厚顔に振舞っていると、他人は見ることだろう。

【参考】 「押し返し物を思ふは苦しきに知らず顔にて世をや過ぎまし」（新古今一七六七、良経）

【補説】 以上三首の苦い自嘲をもって、深刻な心境詠をうたいおさめる。

989 久方《かた》の空《そら》ものどかに朝《あさ》日影《かげ》くまなく照《て》らせ君が千歳《ちとせ》に

【現代語訳】 大空に、いかにものどかに昇って来る朝日の光よ。この世界を隅々まで残りなく照らしてくれよ、我が君の御代の千年までも続く事を保証して。

【参考】 「春日山峰の朝日を待つ程の空ものどけき万代の声」（拾遺愚草二四九二、定家）「雲分くる天の羽衣うち着ては君が千歳に逢はざらめやは」（後撰一三六九、明子）

【補説】 営々と詠みついで、いよ〳〵大団円。ようやく安堵の思いで、型通り賀歌十首を詠み連ねる。底本冬・雑各一首が不足し、後掲「夫木抄」四首をもっても満たし得ない。但し雑一首については推定可能か、865参照。

990 渡《わた》つ海《うみ》の四方《よも》の浦波《うらなみ》君が世の千歳《ちとせ》の数《かず》に沖《おき》つ島守《しまもり》

【現代語訳】大海の四方に立つ浦波の（数え切れない程の）数を、我が君の千年にものぼる御代の数として数えることだろう、沖の島の番人は。

【参考】「君が世の千歳の数もかくれなく曇らぬ空の光にぞ見る」（新古今七二四、顕房）「八百日《やほか》行く浜の真砂を君が世の数に取らなん沖つ島守」（新古今七四五、実定）

【語釈】○沖つ島守―数をかぞえる具、算木を「置き」をかける。

【補説】底本第五句、「らなみ」を見せ消ち、「まもり」と訂正。

991 夕づく日向《ひむか》ひの岡《をか》の玉松《たまゝつ》の何時《いつ》とも分《わ》かじ君が千歳《ちとせ》は（墨）

【現代語訳】夕日のさす、向い側の岡に立つ美しい松の、いつまでも変らぬ緑のように、いつまで続くとも予想できないだろう、我が君の御長寿は。

【参考】「夕づく日向ひの岡の薄紅葉まだき淋しき秋の色かな」（拾遺愚草二三七九、定家）

【語釈】○千歳―「千年」だけでなく、数え切れぬ長年月を象徴的に言う。

992 我《わ》が君は数《かず》も限《かぎ》らじ八百日行《やをかゆ》く」九二オ浜《はま》の真砂《まさご》に千代《ちよ》を読《よ》みつゝ（墨）

【現代語訳】我が君の御代は、いつまで続くと数を決める事もできまいよ。八百日も旅して行く浜の、砂の数の多さにその代数をくらべてみるけれども。

【参考】「八百日行く浜の真砂も吾が恋にあにまさらじか沖つ島守」（万葉五九九、笠女郎）「八百日行く浜の真砂

と我が恋といづれまされり沖つ島守」（拾遺八八九、読人しらず）
【他出】為家卿集八五、（雑）、大納言為家集一七八四。
【語釈】○読み―一つづつ数える意。

993 節毎《ふしごと》に八千代《やちよ》を籠《こ》むる呉竹《くれたけ》の変《かは》らぬ影《かげ》は君にまかせん（墨）

【現代語訳】その沢山の節毎に、八千年の齢を内包している呉竹の、いつまでも変らない姿のように、折節毎に変る事のない御恩恵の程は、我が君の思し召しにまかせましょう。
【参考】「植ゑて見る籬の竹の節毎にこもれる千代は君ぞ数へん」（千載六〇七、公教）
【語釈】○影―「姿」「恩恵」の意をかける。

994 春日山《かすがやま》今《いま》も生《お》ひ添《そ》ふ若松《わかまつ》の葉数《かず》に君の千代《ちよ》を籠《こ》めつゝ（墨）

【現代語訳】春日山に、今も次々と生え加わる若松の葉の数の多さを、我が君の千年も続く御代の数を象徴するものとして、お祝い申上げます。
【参考】「皆人の手毎に引ける松の葉の葉数を君が齢《よはひ》とはせむ」（御所本三十六人集能宣集二八一）
【補説】天皇祝賀と藤原氏祝賀を兼ねた頌歌。

995 伊勢島《いせしま》や渚《なぎさ》に寄《よ》する白波《しらなみ》の砕《くだ》くる玉《たま》や万世《よろづ》の数《かず》

【現代語訳】　伊勢、志摩の海岸の、渚に打寄せる白波が砕けて散らす沢山の水玉こそは、万年も続く我が君の御代の数を示すものであろうか。
【参考】「伊勢島や一志の浦の蜑だにもかづかぬ袖は濡るゝものかは」（千載八九三、道因）
【語釈】○**伊勢島**―伊勢の歌枕。一般に「島」の字を宛てるが、「志摩」（伊勢市東南の半島部）であろう。

996　**渡《わた》つ海《うみ》の知《し》らぬ波間《なみま》に住《す》む亀《かめ》の蓬《よもぎ》が島《しま》も君が為《ため》とぞ**

【現代語訳】　大海の、見た事もないような波の間に、万年の齢を持つ亀が住んでいるという蓬来の島も、全く我が君の御長寿を守る為に存在するのだという事です。
【参考】「君が為蓬が島も寄りぬらし生く薬取る住吉の浦」（壬二集一九八〇、家隆）
【他出】夫木抄一六八四二、家集、祝。
【語釈】○**蓬が島**―蓬来山。中国の伝説で東海中にあって仙人が住み、不老不死の霊薬を持つという。亀山ともいう。
【補説】　底本末句不明一字の上に「そ」と重ね書。

997　**君が世は数《かず》も知《し》られじ久方《かた》の天照《あまて》る月の澄《す》まむ限《かぎ》りは**（墨）「九二ウ

【現代語訳】　我が君の御代は、いつまで続くかその数もわかりますまい。空に照る月が、澄んだ光で照らしている限り、永遠でありましょう。

【参考】「床夏の花をし見ればうちはへて過ぐる月日の数も知られず」（拾遺一〇七九、貫之）「花散りし庭の木の葉も茂りあひて天照る月の影ぞ稀なる」（新古今一八六、好忠）「君が世は尽きじとぞ思ふ神風や御裳濯《みもすそ》川の澄む限りは」（後拾遺四五〇、経信）

【補説】底本、不明一字の上に「君」と重ね書。

998 三千歳《みちとせ》に生《な》るてふ桃《もゝ》の百返《もゝかへ》り開《ひら》けむ花は君が世のため（墨）」九三オ

【現代語訳】三千年に一遍実が生るという桃が、百回も花咲くであろう、その花は、実に我が君の永遠の御代を讃えるために咲くのだよ。

【参考】「三千歳に生るてふ桃の今年より花咲く春に逢ひにけるかな」（拾遺二八八、躬恒）「三千歳に生るてふ桃の百返り君が為にと植ゑし山人」（海人手古良集七八、師氏）

【語釈】○**三千歳に……**――西王母（中国古代の女仙）の園の桃。三千年に一度花が咲き、実が生るという。

補遺

底本に冬・雑各一首を欠くのに対し、「夫木抄」にはなお四首の、千首歌なる事を示す詠が収められている。

同抄所収順にそのあるべき部立を想定するに、秋・雑（川）・雑（祝）・恋に当るかと思われ、特に1000雑（川）一首は底本の目移りによる欠脱として補い、雑二百首を完結し得るかと考えるが、冬詠は補い得ない。同抄所収千首歌中には出典を「百首歌」「毎日一首」「家集」とするものも若干あり、必ずしも出典表示を全面的に信頼する事も出来ず、また添削・差しかえ等を想定できるかも不明である。ともあれ、補遺としてその注釈を掲げる。歌番号は便宜継続する。表記には適宜漢字を宛て、『国歌大観』表記を傍書、カッコ内に同書歌番号と詞書を示す。

999　狩人《かり》の入野《いるの》の《ゝ》薄《すゝき》打《う》ちなびき鳥立《とだち》あらはに秋風ぞ吹《ふ》く　（四三二三、千首中）

【現代語訳】狩人の入り込んで行く野の薄をなびかせて、鳥が集まるように作った草群もすっかり見えすいてしまう程に秋風が吹くよ。

【参考】「小牡鹿の入野の薄初尾花いつしか妹が手枕にせむ」（万葉二二八一、作者未詳、新古今三四六、人丸）「御狩野はかつ降る雪にうづもれて鳥立も見えず草がくれつゝ」（新古今六八七、匡房）

【語釈】○鳥立→582。

1000　落《お》ちたぎ《滝》つ初瀬川原《はつせがはら》の白妙《しろたえ》に幾代《いくよ》か掛《ゝ》くる波《なみ》の木棉花《ゆふはな》　（一〇九三五、千首歌）

【現代語訳】水が激しく落ちかかり流れる、初瀬の川原はまっ白にしぶきが立って、まあ、波で出来た白い木綿の造花を、昔から何年掛け続けているのかと見えるよ。

【参考】「初瀬女の袖かとぞ思ふ三吉野の滝の水泡《みなわ》の波の木綿花《夕暮（御集）》」（後鳥羽院御集五八八、夫木一二三六〇）

【補説】後鳥羽院詠の末句、御集「夕暮」は恐らく誤りで、「夫木抄」の「木綿花」が正しいであろう。なお本詠が865詠の第三句以下を補う本来の形であり、続いて初・二句を「……川原の」とする別詠が存して、すなわち雑部欠一首を補い得るであろうと推測した。詳しくは865【補説】参照。

1001 君が代《よ》の長柄《ながら》の浜《はま》の浜《はま》松の変《かは》らぬ色《いろ》の陰《かげ》の久《ひさ》しさ　（一一七八、千首歌）

【現代語訳】我が君の御代が長いというめでたい名を持つ長柄の浜の松だけあって、その変らない緑の色の、見事に茂った陰の何と久しく続いていることよ。

【参考】「君が代の長等の山のかひありとのどけき雲のゐる時ぞ見る」（拾遺五九八、能宣）「春の日の長柄の浜に舟とめていづれか橋と問へど答へぬ」（新古今一五九五、恵慶）

【語釈】○長柄→887。

1002 よそにのみきくの長浜長《ながはまなが》らへて心づくしに恋《こ》ひや渡《わた》らん

【現代語訳】あの人の事は、自分に無関係な余所《よそ》事として聞くだけになってしまった。その「聞く」に縁ある「菊の長浜」の名のように、噂を聞くだけで長らえ、生き続けて、その浜のある「筑紫」ではないが、恋心をつくし果てて恋い続けることだろうか。

【参考・語釈】→469。

解説

一　成立

「千首歌」の沿革については、家郷隆文「「為家卿千首」に就いての吟味――藤原為家ノート、その四――」（国語国文研究26、昭38・9）及び井上宗雄「中世における千首和歌の展開」（『和歌の伝統と享受』平8・3、『中世歌壇と歌人伝の研究』平19所収）に詳しい。これによれば、長承三年（一一三四）九月二十九日源師時日記『長秋記』に、「今日於広田社頭、為神講千首和歌」とあるのが文献初出であるが、井上論はこれを例外的なものとし、「千首和歌は主として中世に発展したものとみてよいであろう」としている。

「為家千首」は貞応二年（一二二三）八月中、五日間に詠出した現存最古の千首和歌、しかも個人による速詠というただ一つの作であり、同時に、慈円の諫めによって出家を思い止まった26歳の為家が、はじめて父定家に認められ、歌道家第三代宗匠の自信を得た記念すべき作品である。『井蛙抄』第六に、頓阿が「戸部」民部卿二条為藤の談を伝えたものとして記された逸話により、よく知られている。

中院禅門為家、わかくては此道不堪なり。父祖の跡とて、世にまじはりても無レ詮《セン》。出家せむと思《おもひ》たちて、いとま申《まうし》に日吉社にまうで給《たまひ》けり。その次《ついで》に、慈鎮和尚にまいりて、所存のおもむきをのべて、いとまを申されけるに、和尚、「としはいくつぞ」とゝはせ給へり。「廿五ニ《ママ》なり侍る」よし申されければ、「いまだ、是非のみゆべきとしにては侍らず。思《おもひ》とゞまりて、道の稽古をふかくつみてのうへの事也」とおほせられける御教訓によりて、出家をも思《おもひ》とゞまりて、先《まづ》五日《ニ》千首《ノ》歌をよまれけり。よみおはりて父にみせ申されければ、まづ立春歌《ノ》十首をみて、「立春などかやうにいできたる、宜《よろしき》」之由おほせられて、みおはられて後、「壬生二位にみすべき」よし被《レ》ㇾ仰《セ》けり。つゐに道の宗匠として、父祖の跡をます〳〵おこされたる事、慈鎮和尚の恩徳也と云々。

（尊経閣文庫本徳大寺公維筆本、小林強・小林大輔校注『歌論歌学集成』平11による）

前引家郷論文には、速詠・部立・歌数・歌題・配列について、甚だ詳細な考察があり、これを受けて佐藤恒雄『藤原為家研究』（平20）第二章第一・第二節「為家の初期の作品（Ⅰ）・（Ⅱ）」に、「歌そのものを主として検討を加え」られている。右二論は重要な指摘を多々含み、甚だ有益、必読であるが、論の性格上、各作品の子細な解釈研究には至っていない。私はやはり、和歌研究は全歌の解読注釈に出発すると考えるので、大それた試みながら、為家千首全注釈を試みる次第である。さきにこの大歌人の勅撰集全入集詠と、最晩年の二作、「秋思歌」「詠歌一躰」の注釈を行った者として、その出発点の大作の意義をも押え、もって俊成とも定家とも異なる、為家という人物と詠作のあり方に、幾分なりとも迫り得れば幸いである。

二　本文と詠出実況

本文は、冷泉家時雨亭叢書第十巻『為家詠草集』（平12）所収「入道民部卿千首」により、佐藤編『藤原為家全歌集』（平14）を参照して作成した。時雨亭叢書解題（佐藤）によれば、当書は縦一五・六センチ、横一六・

一センチの枡形本、表紙・本文料紙共紙の綴葉装、十二〜十六丁八括から成り、前後の表紙を除き全百一丁、巻尾に遊紙七丁。表紙左上部に、本文とは別筆で「入道民部卿千首為家卿」と打ち付け書き。先ず一丁ウラに詠作日次と五日間の各詠作数を記し、二丁オモテから本文に入る。一面十一行、上下二句分かち書き。歌頭・末尾に朱・墨の合点があり、朱点二三一首・墨点五〇九首、尾点一一四首。

本文冒頭に、「詠千首和歌」「春二百首」と二行に記し、以下部立毎に「夏百首」（二〇オ）「秋二百首」（二九オ）「冬百首」（四七ウ）「恋二百首」（五六ウ）「雑二百首」（七四ウ）と記すのみで、歌題は示さない。総歌数九九八首、冬・雑各一首が不足する。一方、『夫木抄』には「千首中」「千首歌」と詞書する、現存千首中には見えぬ歌四首を載せており、これらは『全歌集』解題P725に、現存詠中の四首と関連を有し、必ずしも欠脱詠に当るとは言い難いと指摘されているが、うち1001詠は書写の際の目移りによる誤りとして865詠と深くかかわり、恐らく雑部欠脱を補充するものと推測される。詳しくは右二詠【補説】を参照されたい。冬部欠脱歌は不明。

なお合点の点者については、底本不記載で不明であるが、他本によれば朱点定家・墨点慈円と注記されており、これに準ずれば歌末尾の合点は家隆のものか、但しいずれも推測の域を出ないと佐藤解題は述べる。点者の確定は不可能としても、当時における評価のあり方を推測させるものとして興味深い資料であろうと思われるので、各歌末尾にまとめて注記した。以下、細部を考察して行きたい。

1　一首詠出時間

千首、一日毎の詠出歌数は一丁ウラに明記されている。これにもとづいて家郷論文は、「こゝに云う「一日」は朝から晩までで、定時法に依る六辰刻前後と推定して——これが現在の一昼夜を指すものであるならば恐らく「一日一夜」と云うに違いない」として、各日一首詠出の所要時間を、次のように推定している。

第一日　二百首　三・六〇分
第二日　二百五十首　二・八八分
第三日　二百二十首　三・二七分
第四日　二百首　三・六〇分
第五日　百三十首　五・五三分

その上でこれを慈円の「厭離百首」以下五種の速詠百首の各一首平均速度、三・六〇分〜一・二〇分、定家の速詠百首中最速の「一字百首」の三・六〇分等と比較し、彼等に劣らぬ速詠ぶりが評価されている。但し、本千首の場合、果してそこまで厳密に「一日」を規定すべきか、単一の百首ならともかく、これだけの歌数を各三分前後で詠み、かつ書く事を十二時間続け、あとの十二時間は睡眠食事等日常の必要にのみ宛てて詠歌にかかわらない、という生活を、五日間続け得るであろうか、という疑問は残る。特にこれにこだわらず、「一日」を一日一夜、二十四時間と解し、詠出時間を最大限に見積って一首六分と考えてみても、一時間に十首、二十時間に二百首、残り時間僅か四時間。これを五日間続けたという事になる。いずれにせよ超人的生活であるが、この方がより自然ではなかろうか。

2　無歌題千首の意義

歌題排列についても家郷論文に詳細な考察がなされ、堀河百首題に依準している事、一歌題に依る歌数は一定していない事、一歌題内での排列、歌群の移り行きが円滑に連続し、歌題の転変を享受者に強く感じさせない配慮が行われている事を、実例を挙げつつ細やかに分析し、「千首歌」という詠歌形態が「連歌にも比肩し得る形式に成長する可能性」を孕んでいたものとまで評価している。うがった見方で興味深いが、私は一方に、「歌題を明示しない千首である事」に意義を認めたい。

『国歌大観』第十巻所収の、為家以外の千首、耕雲・宗良親王・師兼・長慶天皇の諸作は、一首毎に細々とした二字〜五字題を持つ。「帰雁似字」（耕雲）「女郎花靡風」（宗良）「忍通文恋」（師兼）「寄霜述懐」（長慶）の如くである。耕雲千首は書陵部本奥書によれば「両旬之間」すなわち二十日間の詠。他も速詠の証はなく、これだけの命題とある程度の時間を与えられれば、千首を満たす困難も何とか克服できるであろう。新古今前夜の速詠百首群にしても、「厭離百首」「勒句百首」（慈円）「一字百首」「文集百首」（定家）のように、或るテーマが与えられての詠作であって、なればこそ一首三分そこ〳〵という早業をなし得るのである。

一首三分というのは現代的に想像すれば全く驚異的な才能であるが、はるか後代、弘安五年（一二八二）詠「中御門為方詠五十首和歌」（『図書寮叢刊　看聞日記紙背文書・別記』昭40、P176）は「立春霞」から「社頭祝」に至る伝統的三字題で、「自㆓亥ノ半㆒始メ㆑之ヲ丑ノ半ニ詠㆑之ヲ」、すなわち午後十一時から翌午前三時まで、四時間に五十首、一首五分足らずで詠んでいる。当時、歌道家ならぬ一般宮廷人においても、所与の歌題による、型通りの詠作ならば、この程度の速度で詠む事もできたという事であろう。これに対し、歌題設定なし、一日二百首、五日間の千首速詠というのは、自由なようで実はよりはるかに困難な課題であったと思われる。

千首中、歌題を想定しやすい四季部五九九首（冬一首欠）につき、題・歌数を次頁に表示する。＊は堀河百首に見えぬ歌題である。

確かに大体において堀河百首によく準拠するが、夏以降次第に他の歌題を交え、歌数も自由になって来る。恐らく為家の脳裏には堀河百首題は記述設定にも及ばず深く刻まれており、これに従って詠み進むうち、次第に他題をも交えるに至ったのではなかろうか。それだけの潜在能力あればこそ、歌題設定なしの千首という、独自の作品が生れ得たと言えよう。

春			夏			秋				冬（一首欠）		
立春 10	柳 10	苗代 5	更衣 3	橘 6	泉 1	立秋 11	山夕日* 1	霧 9	紅葉 13	立冬 7	千鳥 7	冬狩 6
子日 5	早蕨 5	菫 5	卯花 6	螢 8	板井* 1	七夕 9	藤袴* 5	朝顔 3	暮秋 9	時雨 6	氷 4	炭焼 3
霞 20	桜 39	杜若 5	葵 1	蚊火 6	扇* 1	萩 9	荻 9	駒迎 2		霜 7	冬月* 5	歳暮 8
鶯 9	春雨 10	藤 10	時鳥 16	照射 1	蝉* 1	秋野* 1	雁 10	月 36		霰 5	冬鳥 7	
若葉 10	春駒 3	山吹 10	菖蒲 3	蓮 3	常夏* 3	女郎花 9	鹿 10	擣衣 10		雪 20	冬川 1	
残雪 10	帰雁 11	三月尽 10	早苗 7	夏月* 8	禊 4	薄 9	露 9	虫 10		浜荻* 1	埋火* 1	
梅 10	呼子鳥 3		五月雨 13	氷室 2	秋待つ* 5	萱 4	村雨* 2	菊 10		葦 6	神楽* 4	

（注）「社頭祝」題に、前年入洛した春日神木が弘安五年無事帰座の旨を詠む事により推定。

三　内容考察

1　「稽古」——「證歌」活用能力

歌題設定なし、という事は、一見何でも自由に詠め、楽なようであるが、実はそうでない。一日二百首のペースで、季節・恋の進行、旅・述懐・祝等の雑部の構成に沿い、配分に過不足ないよう配慮しつつ詠み進めねばならない。しかも一人よがりではならず、不特定の鑑賞者達に「なるほど」と納得させ、「うまい」と評価されるような妥当性・文学性を備えていなければならない。その時発揮されるのが、為家独特の「稽古」にもとづく「證歌」活用能力である。

「稽古」「證歌」については、「為家の和歌——「住吉社・玉津嶋歌合」から「詠歌一躰」へ」（和歌文学研究96〈平20・6〉、『岩佐美代子セレクション2　和歌研究』〈平27〉所収）及び『藤原為家勅撰集詠　詠歌一躰　新注』（平22）P390以下に詳しく述べた。「稽古」とは現代一般に言うところの「習練」「練磨」の意（佐藤『藤原為家研究』P788）よりはるかに深く、「稽、考也。能順㆓考古道㆒、而行㆑之」（書経弘安国伝）「稽古、照今」（古事記上表文）、すなわち古を考える事によって現在のあり方を正す事である。「習練」「練磨」の基本として、先人の秀歌に能う限り多く接してこれを記憶し（稽古）、詠歌に至り自在にこれを想起して直接に、また暗示的に表現上に取入れる（照今）。これによって鑑賞者の連想を豊かに誘い出し、説明せずして字面に表わされた以上の興趣、感銘をもたらすのである。この、「表現上有効に活用される古歌」が為家言うところの「證歌」であり、歌合論難の中でいう「證歌」（例證となる古歌）よりもはるかに深い意味を持って、和歌の文学性にかかわるものである。

「古歌を取る」という形において、最も文学性の高い手法は「本歌取」である事、今更言うまでもない。しかしその技術は定家・新古今において完成してしまった。頂点まで達した芸術は、その後を追う事では継承できない。「古人の跡を求めず、古人の求めたる所を求めよ」である。新古今盛時から既に二十年。和歌作者・鑑賞者ともに、往年の文学的高揚は薄らぎ、歌会が公事化する中で、本歌取のような、暗示・重層化等高度の創作手法による詠作は必ずしも継承・発展させ得ず、新奇を求めず、伝統的で無難な歌がよしとされるようになった。その時代にあって、和歌師範家三代目の為家が選んだ道は、「稽古、照今」——恐らく何処よりも豊富な家蔵の歌書を精読記憶し、これを典拠として一首を構成する作歌法であった。描写・説明の極端に制限されている短詩形によって鑑賞者の共感を得る為には、あらかじめ自他に共有されている古歌、古典知識を、寸言をもって暗示し（稽古）、その上に新たな趣向を簡潔に重ねればよい（照今）。これにより、自らのうたいたい感懐を言外にさりげなく呈示し、もって鑑賞者に「なるほど」と会得させ、「うまい」と微笑ませるのである。

44　鶯の待ち来し野辺に春の来て萩の古枝ぞ浅緑なる

早春詠に晩秋の萩の古枝とは如何、と思うと、その裏に万葉歌「百済野《くだらの》の萩の古枝に春待つとすみし《新訓をりし》鶯鳴きにけむかも」（一四三五、赤人）が彷彿として浮び、微笑して納得する。これが本歌取と異なる「證歌」のあり方である。

201　脱ぎかふる蝉の羽衣薄けれど深くも春をしのぶ比かな

夏の巻頭歌。「桜色に染めし衣を脱ぎかへて山時鳥今日よりぞ待つ」（後拾遺一六五、和泉式部）「一重なる蝉の羽衣夏はなほ薄しといへどあつくぞありける」（同二一八、能因）が直ちに思い浮ぶが、その奥に「佐保山の柞《ははそ》の色は薄けれど秋は深くもなりにけるかな」（古今二六七、是則）がひっそりと身を潜め、季節の推移に寄せる感慨を演出している。このような、本歌取のように劇的ではないが、古歌を巧みに綾なして風趣ある一首に仕上げるのが、為家の主体とする詠法である。それが後世、二条派歌風として定着、近代御歌所派まで連綿として続いて行くわけであるが、しかし悲しいかな、後継者が、為家ほどの広汎な「稽古」資料の入手と読破記憶能力、またその活用――「照今」に当っての、早春詠に「萩の古枝」を出し、また「薄けれど」に対し一見釣合わない「深くも」と続けて、鑑賞者に一瞬「オヤ」と思わせ、ついで證歌に思いを致して「なるほど、うまい」と微笑させるような、洗練された誹諧性を持たないために、また一方鑑賞者も豊富な古典知識によるこのような連想能力・理解力を失ったために、やがて平板謹直な擬古典的歌風に堕して行ったのである。

以下三節にわたって主要な證歌活用例を出典別に示すが、なお本文各詠をそこに示した参考歌と対照味読して、恐らく誰も及ばぬであろう、為家「稽古」の広さ、深さを体感していただきたい。その言うところの「稽古」が、抽象的また機械的な「習練」「練磨」とは全く異なる事を、理解していただけることであろう。

2　万葉語摂取

堀河百首の影響については、佐藤『研究』P229～P231の考察に譲り、万葉語関係につき考えてみたい。堀河百首の影響は「比較的穏やかなことばに限られていた」(佐藤)が、万葉語摂取はより夥しく、全和歌史を通観しても突出して個性的である。佐藤は「不備は多いが」とことわりつつ、万葉歌句を摂取したと思われる全歌番号を示している(P246～247)。見方にもより、又万葉旧訓を取るか否かによっても認定は変って来るので確定的な事はもとより言えないが、『国歌大観』西本願寺本旧訓を主体として私に調査した所と対比して、粗々ながらその歌数を示す。

万葉語摂取歌数
（　）内は１首中に２首摂取かと思われるもの

	佐藤	岩佐
春	13	19
夏	10	11
秋	47	52
冬	21	25(4)
恋	36	44(3)
雑	24	29(3)
計	151	180
		(補 2 / 182)

次に、岩佐調査にもとづき、その摂取された万葉歌の巻毎の数を示す。

巻	首
一	8
二	6
三	8
四	22
五	1
六	7
七	20
八	13
九	6
一〇	33
一一	28
一二	17
一三	1
一四	5
一五	6
一六	3
一七	2
一八	0
一九	5
二〇	3

為家の手にした万葉集がどのような形のものであったかはもとより知り得ないが、家持憶良中心、長歌中心といった、いわば「かたい」巻々より、相聞・寄物陳思等、作者未詳詠中心の巻々が多く摂取対象となった事は、時代・環境からして当然でもあろう。しかしほぼ全巻にわたりよく学ばれており、特に全和歌史を通じても他にほとんど用いられていない地名や表現を多数学び用いている所に、千首という大作を成す前提としての、為家の「稽古」徹底の様相がしのばれる。すなわち、

220　砺波《となみ》山飛び越えて鳴く時鳥都に誰か聞き悩むらん

は「……霍公鳥《ホトトギス》　伊也之伎喧奴《イヤシキナキヌ》　独耳《ヒトリノミ》　聞婆不怜毛《キケバサビシモ》……利波山《トナミヤマ》　飛越去而《トビコエユキテ》……鳴等余米《ナキトヨメ》　安寐不令宿《ヤスイシナサデ》　君乎奈夜麻勢《キミヲナヤマセ》」（万葉四二〇一、池主）により、

753　徒らに行き交ふ道の朝霞何しか人の隔て果つらん

は「鈙目《イタメ(キリメ)》　山《ヤマ》往《ユキ》反《カフ》道《ミチ》之《ノ》朝《アサ》霞《ガスミ》髣髴《ホノカニ》谷《ダニ》八《ヤ》妹《イモ》尓《ニ》不相牟《アハザラム》」（万葉三〇五一、作者未詳）に、

790　一人のみ涙片敷くとことはに通ひし人は昔なりけり

は「常不止《トコトハ》通《ニカヨヒシ》君《キミ》我《ガ》使《ツカヒ》不来《コズ》今者《イマハ》不相《アハジ》跡《ト》絶多比《タユタヒ》奴良思《ヌラシ》」（万葉五四五、高田女王）に、

862　世の中は衣《ころも》春日《かすが》の宜《よろ》し川事もよろしく濡るゝ袖かな

は「我妹児《ワギモコ》尓《ニ》衣《コロモ》借香《カスガ》之《ノ》宜《ヨシキ(夫木よろし)》寸川《ガハ》因《ヨシ》毛《モ》有額《アラヌカ》妹《イモ》之《カ》目《メ》乎《ヲ》将見《ミム》」（万葉三〇一五、作者未詳、夫木一一〇一五）によるが如く、他集にほとんど用例皆無の万葉語を巧みに使いこなしているのであって、一首約三〜六分という速詠の中で、このような稀少万葉語を次々と活用し得るという実力は、全古典和歌史を通じて随一と言うべきであろう。

3　三代集以下摂取

勿論、三代集等の周知の古歌を取る技巧は随所に見られる。

3　うちつけに花かとぞ思ふ春立つと聞きつるからの山の白雪

が「春立つと聞きつるからに春日山消えあへぬ雪の花と見ゆらむ」（後撰二、躬恒）により、

37　遅しとも見るべき花はなけれども春や常磐の森の鶯

が「春や疾《と》き花や遅きと聞き分かむ鶯だにも鳴かずもあるかな」（古今一〇、言直）によるなど、温和でありながらいかにも気が利いていて、一読、思わず微笑まれる。

407　明けわたる明石の門《と》より見渡せば浦路の霧に島隠れつゝ

は「天ざかる鄙《ひな》の長路を恋ひ《漕ぎ(新古今)》来れば明石の門より大和島見ゆ」（万葉二五六、新古今八九九、人麿）「ほの〴〵と明石の浦の朝霧に島隠れゆく舟をしぞ思ふ」（古今四〇九、読人しらず）と、余りにも有名で言及する事も憚られるような二作を正面から堂々と取り、情景を彷彿せしめる。

612　下むせぶ煙を雲にまがへても絶えぬは富士の音のみ泣かれて

は「忘れずよ又忘れずよ瓦屋の下たく煙下むせびつゝ」（後拾遺七〇七、実方）「しるしなき煙を雲にまがへつゝ世を経て富士の山と燃えなん」（新古今一〇〇八、貫之）の、

621　さてもまた逢ふを頼みの果もなし恋は命ぞ限りなりける

は「我が恋は行方も知らず果もなし逢ふを限りと思ふばかりぞ」（古今六一一、躬恒）の、それぞれ鮮かな詠みかえである。以下、枚挙にいとまなく、注釈所引にゆだねる。甚だ繁雑ではあるが、味読されたい。

4　定家・家隆・慈円継承

現存親昵の先輩であり、誰よりも尊敬し、その評価を望む三歌人――定家・家隆・慈円詠の吸収、継承は言うまでもなかろう。

当然の事ながら、父定家詠の影響は甚だ強く、それも一般に知られた公的詠よりも、拾遺愚草や同員外における私的詠、はてはその創作物語詠にまで及んでいる。歌道家嫡男なればこその特権であろう。

95　面影はよそなる雲に立ちなれし高間の桜花咲きにけり

「よそなる雲」は定家若き日の創作「松浦宮物語」三六に初出、これを賞した俊成女の北山三十首（同家集七三）に受け継がれたのみの特異句である。

420　白露の岡辺に立てる松の葉に映るや月の色に出でつゝ

「知ら→白」「置か→岡」と言葉を綾なした、「明石潟いさ遠近も白露の岡辺の里の波の月影」（拾遺愚草一九三三、最勝四天王院和歌）を巧みに継承して、いかにもありそうな架空の歌枕を創り出している。

774　辛からで嬉しながらに忘られればたへ《え》て命の誰恨みまし

難解であるが、恐らく「幾秋を耐へて命の長らへて涙曇らぬ月に逢ふらん」（拾遺愚草二三七七）無くしては生れぬ歌であろう。

定家が本千首を一見するや、直ちにこれを家隆に見せよと言ったと伝えられる通り、為家詠の性格は、一般的歌境としては家隆のそれと最も近似しているかと思われるが、それだけにむしろ露わな影響作は多くはない。

416　蜑小船泊瀬の桧原白妙に積らぬ雪は月ぞ見えける

「蜑小船泊瀬の桧原折り添へてかざす桜の花の白波」（壬二集二一四七）

419　秋来ても芦の葉分けの障り多み下行く波は月ぞ稀なる

「春風に下行く波の数見えて残るともなき薄氷かな」（壬二集三〇三）。「下行く波」は用例ありそうに見えて案外少い中で、家隆は三例使用している。

543　一夜ふる垣根の竹の下折れに野辺も隔てず積る白雪

「雪はまだ野辺も隔てぬ山里の垣根の程や鶯の声」（壬二集一〇〇五、建久八年二百首）。これが最も明らかな継承作であろう。

慈円は為家の出家を諫め、本千首詠出の機縁をもたらした、最も因縁深い人物であり、影響も顕著である。

196　誰が為に惜しみし花の色なればよそげに春の今日は行くらん

「紅葉葉はおのが染めたる色ぞかしよそげに置ける今朝の霜かな」（六百番歌合四五八、拾玉集一六七九）。「余所気《よそげ》に」――「誰がそんな事したの？私知らないよ、と言うように」。慈円独自の楽しい表現を踏襲する好例である。

532　時雨にはつれなく過ぎし松が枝の土につくまで雪は降りつゝ

「松が枝の土につくまで降る雪を見ずてや妹がこもり居るらむ」（万葉四四六三、石川命婦）による詠であるが、慈円ただ一人に「いかばかり越路につも積る雪ならん土につきゆく庭の松が枝」（拾玉集二六三二）「梅が枝は土につくまで降る雪に松の梢はたわまざりけり」（同四二一五）の二先蹤があり、必ずやこれらの證歌によって記憶されていた特異句と推測される。

558　真砂路に跡踏む千鳥おのづから浦打つ波の形見とや見ん

千鳥なら「跡踏みつくる」とするのが一般的、妥当である。字数の関係で「踏む」としたのはやや強引であるが、「十余り七つの誓ひせし人の跡踏む御代を見る由もがな」（拾玉集二七六〇）の「踏襲」の意の特異表現を応用したものであろう。

その他、俊成・西行に学んだかと思われる表現も若干は認められるが、何といっても右三者詠こそ、万葉・三代集と並ぶ「稽古」の最大要因であったと思われる。

5　新発想・新用語

為家歌風と言えば、平淡温雅な古典主義と一括され、新味など全く無いように思われがちであるが、晩年の歌論書「詠歌一躰」において、彼は「今も珍しき事出で来て昔の跡にかはり、一節にても此のついでに言ひ出でつべからむには、様に従ひて必ず詠むべきなり」（題をよくよく心得べき事）「すべて、新しく案じ出だしたらむには過ぐべからず」（古歌を取る事）「歌は、新しく案じ出だして、我が物と持つべし、と申すなり」（結語）と明言している。その言が単なる建前上の空論でない事は、この若き日の千首に明らかに示されている。すなわち、本作に見るその新発想・新用語の数々に注目するならば、その多様さ、その個性の豊かさに驚かされ、彼の薫陶を受けた孫、為兼から京極派和歌が生れた所以が納得されると同時に、一方その新用語が後進二条派に直ちに使い古されて個性を失って行く過程も確認されるのである。

43　初声は都に今や松垣の真柴の枯葉馴らす鶯

281 夕立の晴れ行く雲の風早みあらぬ方にも急ぐ月影
399 露時雨染めて色なきわたつ海の波さへ霧に秋を知れとや
551 昆陽《こや》の池折れ伏す葦を頼りにて水までたまる冬の白雪
590 炭の上に降る白雪をいたゞきて負ひてぞ出づる小野の里人

等々、歌材も表現も何の奇もないように見えながら、浮ぶ情景は和歌史上全く独自であろう。そしてその極北にある秀歌が、のちに風雅集一七七七に入った、

935 閼伽《あか》棚の花の枯葉も打ちしめり朝霧深し峰の山寺

である。

佐藤著書P222以下には、千首詠出以前から、「未だ詠まれたことのない素材やことばへの志向」が顕著に現われている事が、実例をあげてこまやかに説かれている。本千首では、

428 武士《ものゝふ》のやなぐひ草の露だにも入るまで宿る秋の月かな

「やなぐひ草」を詠んだのは、『国歌大観』全巻を通じこの一首のみ。

828 山里の境になびく苦竹《にがたけ》の苦々しくて世をや過ぎなむ

「苦竹」「苦々しくて」も他に用例なし。その他、

27 武蔵野や初若草のつまこめて八重立ちかくす朝霞かな
150 咲く花におのが別れを音に立てて誰が為帰る春の雁金
235 足曳の山田に濡るゝ賤の女が笠片寄りに取る早苗かな
311 散るやいかにうら珍しく置く露も玉巻く葛の秋の初風
494 惜しめども秋は今宵と暮れ果てて人も時雨るゝ小倉山かな

等々、全く珍しからぬ歌語と見えながら、和歌史上初出、またこれ一首のみ、という独自句は枚挙にいとま無い。各注釈に指摘したので注意して玩味されたい。

6　誹諧性

性格上特に注意すべきは、従来の為家観全般を通じてほとんど欠落している、彼独自の「誹諧性」の自在な現われである。これについては小著『藤原為家勅撰集詠　詠歌一躰　新注』P422にまとめて述べたが、歌道を断念して出家すべきか否か、という瀬戸際におけるこの千首においてすら、その特性は生き〳〵と現われている。特に面白いのは、発足当初の春季詠にはほとんどそれが認められないのに、詠み進むにつれて緊張が和らぎ、主題自由な雑部に至って全く独特の個性が次々と発動される事である。

243　さゝがにの雲間稀なる五月雨に玉貫きかくる宿や絶えなん
408　立ち帰る野辺にしほるゝ朝顔はおきうき露や習ひそむらん
746　板庇さすや日影に立つ塵の数限りなく恋ひやわたらん
827　山賤の隔てにひしぐ竹垣の破れ砕けても世をや過ぎまし
930　掛け渡す竹の割《わ》れ樋《ひ》に洩る水の絶え〴〵にだに訪ふ人ぞなき
938　我とせぬもとの谷川遣水に石立てわたす奥山の庵
942　秋来れば軒端の栗もうらやましすゞろにいかにさは笑まるらん

五日間にわたり、千首を営々と詠みついで来た為家の尖鋭な描写力、殊にも、末尾四首の、仮想の山居隠棲における人生観、特に最終一首に籠められた、誹諧性の中の万斛の思いを、深く読み取り、味わっていただきたい。必ずや従来とは異なる為家像を思い浮べるよすがとなる事であろう。

7　語彙に見る言語能力

千首速詠と言えば、同じような言葉・表現が繰返し出て来るのも已むを得ない所であろうが、各句索引を作って見ると、為家の語彙の豊富さに驚嘆させられる。左に、千首中六回以上用いられている句を列挙する。

		計
18回	ほととぎす	1
16回	いたづらに	1
11回	いまはまた・おのれのみ	2
10回	さくらばな・しろたへの・とにかくに・やまざくら	4
9回	おのづから・はるかぜぞふく	2
8回	しらつゆの・ぬるるそでかな・みよしのの・やまざとの	4
7回	あまのがは・うぐひすの・むめのはな・をみなへし	4
6回	あきかぜに・あしびきの・あはれまた・いろかはる・うちなびき・さみだれのそら・しろたへに・ひさかたの・ゆふぐれは	9

いずれも、歌として用いざるを得ない通常の言葉ではあるが、それが千首、全五千句の中でこの程度しか用いられていないという事は、やはり尋常ならぬ言語能力と言える。他にも、つい口癖になって目立って繰返し用いられ、他歌人にない為家好みと認められるような特殊な句は、「秋の野の草の袂か花薄穂に出でて招く袖と見ゆらむ」（古今二四三、棟梁）による「草の袂」、341・343・404・422・505の五回、という一例のみである。通読、部分読

では全く気づかず、全句索引を作ってみてはじめて知り得るこの現象もまた、為家独自の語彙の広さであろう。推敲のひまもなく数分間で詠みついで行く早業の中で、目立たぬながら実に鮮かな為家の語彙駆使能力である。なお他歌人の千首等とも比較せねばならぬところであろうが、他日を期して指摘するにとどめておく。

8 創作力の根源

以上のような卓越した言語能力は、為家において、如何に養われたのか。縷述して来た通り、万葉集をはじめとする累代の和歌資料を、当時最も多く所蔵していたのは、和歌師範家御子左家であったと推測され、それらは恐らく部外者には容易に披見を許されぬ物であったであろう。為家はこれを自由に閲覧し得たのみならず、家業の一端として、他家からの借入れ資料返還前の副本作り、又手控えの自用本製作等のために、それらの書写をも日常的に行っていたはずである。コピー万能の現代には全く忘れ去られた、「書写」という作業は、実はこよない学習の資であり、その過程で知識内容が当事者の記憶に深くとどまる事、単なる「閲読」の比ではない。

このような、「閲読」「書写」「記憶」「応用」と、それらを生かす「才知」「誹諧性」。これらこそ、為家言うところの「稽古」の要諦であり、言うは易くして行うに難い、彼の創作力の根源であった。

四 「詠歌一躰」への進展

為家千首は、為家伝中に必ず言及される作品でありながら、その扱いは修行美談の程度に止まり、ほとんど唯一とも言える家郷論文においても、作品内容の詳細な検証には至らなかった。最近の佐藤『研究』及び『全歌集』に至って、はじめて全作の忠実で読みやすい翻刻が示された上、特に顕著な特色についての詳細な歌風分析がなされたが、著書の性格上作品全般を覆うとは言えなかったのは当然でもあろう。しかし今、千首全釈を終えて考えるに、貞応二年（一二二三）26歳で詠じた本千首の体験は、恐らく弘長三年（一二六三）62歳以降に成立したと思われる歌論「詠歌一躰」に脈々と生きている。小著『藤原為家勅撰集詠　詠歌一躰　新注』に述べた所と関連させつつ、この点を考察したい。なお叙述に当っては、同書P390・414に示した如く、その構成を、「総論（一つ書き）」「結語」として述べる。

1　稽古

「和歌を詠む事、かならず才学によらず、たゞ心よりおこれる事と申したれど、稽古なくては上手のおぼえとりがたし」。歌論劈頭の揚言である。この「稽古」は現代と同じく「習練」「練磨」の意とされ、「毎月抄」の用法と同じとされているが（佐藤『研究』P788）、為家の用法はそれとは異り、より深く本質的な「稽古照今」の意であろう事、前述の通りである。和歌はスポーツとは異なり、同じ事を何遍も反復練習していれば上達するというものではない。いろは四十七文字を五七五七七に組合わせる、という作業の中で、独創的でありながら広く鑑賞者の共感納得を誘い得る一つの美的世界を現出するためには、同じような情景・感動を先人はどのように表現したのかを広く知り（稽古）、これを自己の詠歌の中に巧みに生かす（照今）。これが為家言うところの「稽古」の趣旨である。それは上来述べて来た万葉・三代集・定家ら先輩歌人詠の摂取活用状況に照らして明らかであろう。

しかしそれは言うに易くして行うに難い。万葉集から三代集、堀河百首、父定家の拾遺愚草員外雑歌に至るまで、先人の膨大な業績を日常に「稽古」して、自在に自己の「照今」に役立て得たのは、これら貴重資料の日常自由な閲読を許された、当代随一の歌道家嫡男ならではの特権であり、右、劈頭の揚言は常識的な教訓のように見えながら、実は和歌史上、為家ならでは発言し得ない金言であったであろう。

2　百首詠法

冒頭総論に続き、各論一つ書の第二、「歌もおりによりてよむべき様あるべき事」に、百首・三十首・二十首・歌合のそれぞれの詠み方心得が説かれている。「百首を詠むに当っては、所々について然るべき形の穏当な歌を詠んでおいて、その中で秀逸とも賞せられるべき歌を、よく〳〵気を入れてしっかり詠め。歌毎に秀歌にしようと苦心しても、さほど効果はない。よい歌が出来るというのも、自然の成行きによるものなのだから」。多数の百首のみならず、若き日に千首を詠みえた体験が、この自信ある詠歌心得を生んだであろう。

3　「新」の奨励

従来の為家研究の中で、全く欠落している物に、彼の「新」に対する視点への注目がある。しかし彼は、その歌論の中で繰返し次のように明言している。

「今も珍しき事ども出で来て昔の跡にかはり、一節にても此のついでに言ひ出でつべからむには、様に従ひて必ず詠むべきなり。事一つし出だしたる歌は作者一人の物にて、撰集などにも入るなり」（題をよくよく心得べき事）。

「題も同じ題、心も同じ心、句の据ゑ所も変らで、いささか詞を添へたるは、古物にてこそあれ、何の見所かあるべき。……すべて新しく案じ出だしたるには過ぐべからず」（古歌を取る事）。

「歌は、新しく案じ出だして、我が物と持つべし、と申すなり」（結語）。

これについては前節7に詳説したので再論しないが、そこに挙げた見るからに新しい語彙・表現ならずとも、彼の使用例が勅撰集初出で、後進に使い古されたため新味を失った例は多々ある。注釈中に屢ば指摘しておいたので注意されたい。

4 「制詞」の意味するもの

そこで思い至るのが、悪名高い「制詞」の意味である。「稽古」せよと言ったからとて、前掲『新注』P404に示した通り、当代を中心とする、為家が敬愛する作者達の、特別の名歌の詞まで、凡々の作者達に使い古されてしまう事は、彼にとって耐えられない事であったに違いない。現に前項に指摘した如く、千首において為家の使用した新表現は、以後際限なく模倣されてその新味を全く評価されず、一般的な月並表現として見過され、一方「制詞」は以後の二条派擬古典主義の元凶の如くに見なされるに至った。その歌風そのものも、全作品、及び歌論の子細な検証無くして、平明温雅の古典主義とのみの表面的評価に終っている。このあたりの機微をよく〳〵考慮した上で、「制詞」の真意を推察していただきたい。

五　結語

八・九年前から、「住吉社・玉津嶋歌合」「秋思歌」と、それぞれの注釈考察を行う中で、在来の研究界でほとんど放置されている、為家の和歌・歌論の研究を推進する必要を深く感じ、折から刊行された佐藤『藤原為家研究』にも強い感銘を受けて、『藤原為家勅撰集詠　詠歌一躰　新注』を刊行した。その結果、為家の和歌は決して一般に理解されているような平明温雅な古典主義のみではない事を強く感得、彼の歌道家第三代としての出発点、為家千首の全注釈を志した。注釈に当っては、「住吉社・玉津嶋歌合」以降特に注意して来た「稽古」のあり方を探るべく、各句に即してその和歌史上の使用状況を、『国歌大観』索引で執拗に調べた。【参考】として掲げたのがそれである。その一々についての解説は必ずしも十分ではないが、為家になったつもりで、なぜこれが参考歌となり得るかを考えていただきたい。一首三分乃至六分という速詠の中で、一々の資料を参照している暇はあるまい。為家が脳裏に蓄え、時に当り自在に取出して利用し得る和歌資料はどれ程あったことか。彼における「稽古」の様相を知るに十分であろう。

別冊『各句索引』は、必ずしも作品検出の便に資する為ばかりではない。むしろ漫然と通覧していただきたい。詳しくは「三 内容考察」の7に述べたが、これまた、彼の脳裏にある、万葉語をはじめとする広汎な「歌言葉」乃至「歌言葉ならぬ俗言」の量、その駆使のあり方を見得る一資料として活用し得るものと考える。

定家・慈円・家隆と伝えられる、三種の合点に注目して味読するのも一つの方法である。合点者の比定は必ずしも確実とは言えまいが、詠出当時、どのような歌が評価されたのか、それを考える一つの目安ともなるであろうか。

最後に、一度は細部にこだわらず、千首を通読する事をおすすめする。本「解説」に引いた例歌はほんの一端であって、全体を虚心に読んでいただけばいろ〳〵な意味で実に面白い歌が多数あり、平淡な古典主義と一括し去る事は到底できないと理解されよう。そしてまた、春部では緊張し、謹直であった歌風が、詠み進むにつれて次第に自在の度を増して、万葉語や独自句、独自発想を多用、雑部に至って楽しい誹諧性を発揮するまでに至る様相が、まざ〳〵と味わい得られるであろう。

千首に見る為家歌風は、決して平淡温雅な古典主義ではない。そこには宗匠家後嗣なればこその、豊富な和歌資料を精読記憶活用し得る「稽古照今」の精進と、それを生かしつつ自詠を独自の物とする才気・誹諧性が明らかに示されている。それらは抽象的常識的な「習練」「練磨」のみで到達し得る性格のものではなく、為家にとっては当然、かつ必須の修学方法であったにもかかわらず、以後の後進歌人らの動向が彼の真意に反して、伝統と権威に寄りかかった二条派歌風に堕して行ったのは、まことに已むを得ぬ所であった。けれども為家の作品、殊にもその出発点なる千首と、到達点なる「詠歌一躰」との子細な検討無くして、彼を軽々に論断する事はできない。今後の和歌研究者は、俊成・定家に比し余りにも過小評価されて来た従来の為家観にとらわれず、虚心に彼の和歌・歌論に向き合い、前掲為家関係小著・小論をも併せ読み、忌憚のない吟味・批判を加えられた上で、万葉から近世まで一千年の和歌史の中の正当な位置に、彼を据え直し、評価していただきたいと、切に願う。

この故に新たなる為家研究、乃至二条派研究への一石として、身に負わぬ千首注釈を刊行する。よろしく批判・叱正をたまわりたい。なお最後になったが、本注釈を成し得たのはひとえに佐藤『研究』『全歌集』、殊にも後者の綿密周到な集成脚注の恩恵ゆえである。ここに心からの謝意を捧げる次第である。

参考文献

家郷　隆文「為家卿千首」に就いての吟味――藤原為家ノート、その四――「国語国文研究」26　昭38・9
佐藤　恒雄『藤原為家全歌集』平14　風間書房
『藤原為家研究』平20　笠間書院
岩佐美代子「いつしか」考「国語と国文学」68―4　平3・4
→『宮廷女流文学読解考　総論・中古編』平11所収
為家の和歌――「住吉社・玉津島歌合」から「詠歌一躰」へ「和歌文学研究」96　平20・6
→岩佐美代子コレクション2『和歌研究』平27所収
『秋思歌　秋夢集　新注』平20　青簡舎
『藤原為家勅撰集詠　詠歌一躰　新注』平22　青簡舎
「しほる」考「和歌文学研究」102　平23・6
→岩佐美代子コレクション2『和歌研究』平27所収
山本　啓介　為家卿集『和歌文学大系』64　平26　明治書院

あとがき

「売家《うりいへ》と唐様《からやう》で書く三代目」（古川柳）。全く、三代目とは辛いものです。売家と書くどころか、和歌師範家御子左三代を確立し、明治末まで約六百年の御歌所を押える伝統的歌風の祖となった為家ですのに、国文学界、衆目の見る所、その評価は俊成・定家とくらべて余りにも低いものでした。佐藤恒雄氏の二大著、『藤原為家全歌集』『藤原為家研究』によって、その生涯と作品の全貌が集大成され、新たな研究に進む便宜が与えられました事は、この上ない恩恵でございますが、これからのお若い研究者の方々の中に、六千首にも及ぶ彼の詠作を読みこなし、評価し、全和歌史の中にその存在価値を定位していただく事を期待するのは、かなり無理な事ではないかと、失礼ながら考えざるを得ません。思うにこれは、九十歳を目の前にした私の、認知症予防とひまつぶしの為に、ちょうどよい作業ではないかしら、と考えて取りかかった、「為家千首全注釈」でした。

為家漬けであった十箇月余りが一段落して、気分転換に何となく手に取った「金槐集」に眼をさらしたとたん、思いもよらず心に浮んだのは、「ああ、本当に為家はプロの歌人だなあ」という認識でした。誤解なさらないで下さい、為家はうまくて実朝は下手だと言っているのではありません。「征夷大将軍源実朝」がプロの歌人であるはずも、またその必要もない。最高のアマなればこそ、「破れて砕けて裂けて散るかも」と詠めるのですし、「八大龍王雨やめたまへ」と叱咤するなど、為家には思いも及ばない歌境でしょう。しかし生れながらに歌道師範家の後継者と運命づけられた為家の詠作のあり方は、実朝とは全く異なります。形式的に確立している題詠世界での、自在に古歌を引きながらの独創性、そしてその中に匂う、ほのかな誹諧性。これはまさにプロの練達の業、出来そうに見えて誰も及ばない、「稽古」の成果です。平淡温雅、伝統墨守と見えつつ、実は強い個性を秘めた為家詠の面白さを、拙いこの「千首全注釈」を通じて味わい、従来余りにも軽視され、誤解されていたこの大歌人の真価を見直していただけるなら、これ以上の喜びはございません。

冷泉家時雨亭叢書『為家詠草集』ならびに佐藤氏の二大著と、外出できない私に代って厄介な調べ物をして下さった山田喜美子さん、そして笠間書院池田つや子会長、池田圭子社長、橋本孝さん、大久保康雄さんはじめ皆様に、心からの御礼を申上げます。

平成二十八年正月吉日

岩佐美代子

■著者紹介
岩佐美代子（いわさ　みよこ）

略　歴　大正15年3月　東京生まれ
昭和20年3月　女子学習院高等科卒業
鶴見大学名誉教授　文学博士

著　書　『京極派歌人の研究』（笠間書院　昭49年）『あめつちの心　伏見院御歌評釈』（笠間書院　昭54年）『京極派和歌の研究』（笠間書院　昭62年）『木々の心　花の心　玉葉和歌集抄訳』（笠間書院　平6年）『玉葉和歌集全注釈』全四巻（笠間書院　平8年）『宮廷に生きる　天皇と　女房と』（笠間書院　平9年）『宮廷の春秋　歌がたり　女房がたり』（岩波書店　平10年）『宮廷女流文学読解考　総論中古編・中世編』（笠間書院　平11年）『永福門院　飛翔する南北朝女性歌人』（笠間書院　平12年）『光厳院御集全釈』（風間書房　平12年）『宮廷文学のひそかな楽しみ』（文藝春秋　平13年）『源氏物語六講』（岩波書店　平14年）『永福門院百番自歌合全釈』（風間書房　平15年）『風雅和歌集全注釈』全三巻（笠間書院　平14・15・16年）『校訂　中務内侍日記全注釈』（笠間書院　平18年）『文机談全注釈』（笠間書院　平19年）『秋思歌　秋夢集新注』（青簡舎　平20年）『藤原為家勅撰集詠 詠歌一躰・新注』（青簡舎　平22年）『岩佐美代子の眼　古典はこんなにおもしろい』（笠間書院　平22年）『竹むきが記全注釈』（笠間書院　平23年）『讃岐典侍日記全注釈』（笠間書院　平24年）『和泉式部日記注釈［三条西家本］』（笠間書院　平25年）岩佐美代子セレクション1『枕草子・源氏物語・日記研究』（笠間書院　平27年）岩佐美代子セレクション2『和歌研究　附、雅楽小論』（笠間書院　平27年）『京極派揺籃期和歌新注』（青簡舎　平27年）ほか。

為家千首全注釈《ためいえせんしゅぜんちゅうしゃく》

2016年3月1日　初版第1刷発行

著　者　岩佐美代子

装　幀　笠間書院装幀室

発行者　池　田　圭　子

発行所　有限会社　笠間書院

東京都千代田区猿楽町2-2-3〔〒101-0064〕

NDC 分類：911.147　　電話　03-3295-1331　Fax　03-3294-0996

ISBN978-4-305-70794-9 モリモト印刷

出版目録は上記住所または http://kasamashoin.jp/ まで。

【為家千首　各句索引】

○歴史的仮名遣いによる。
○但し「生る」「梅」は「むまる」「むめ」とする。
○各句に歌番号を示す。

【あ】

歌番号

あかさずは　429
あかしつるかな　821
あかしのとより　407
あかずもあくる　432
あかずやしづの　231
あかせるよはの　725
あかだなの　935
あがたのゐどの　184
あかつきかけて　807
あかつきぞうき　740
あかつきつゆや　456
あかつきのそら
　いまはといでん——　808
　かへるさしらぬ——　616
あかつきは　689
あかぬわかれを　147
あきおくつゆは　617
あきかぜさむみ　316
あきかぜぞふく
　あさふすをのに——　381
　たまらぬほどの——　362
　とだちあらはに——　999
　わすれがたみに——　357
あきかぜちかし　263
あきかぜに
　——おのれうらむる　721
　——おもひしよりも　364
　——ころもかりがね　449
　——したばさだめぬ　349
　——なほうたたねの　365
　——まくずがはらの　305
あきかぜの
　——たつやおそきと　301
　——ふきしくのべの　339
　——をばなふきこす　340
あきかぜは　331
あきかぜも　361
あききても　419
あきぎりの　405
あきくるかたの　304
あきくるからに
　——むさしのの　873
　——むしのわぶれば　460
あきくるほどぞ　403
あきくれて　492
あきくれば
　——たがかよひぢと　351
　——のきばのくりも　942
あきぞくれぬる　495
あきぞさびしき　470
あきぞしらるる　946
あきぞつきぬる　493
あきぞまたるる　288
あきたちぬとや　309
あきつのかはの　859
あきにいまは　344
あきになりゆく
　——ゆふぐれのそら　414
　——よのけしきかな　348
あきにはあへず　427
あきにはあへぬ　483
あきのあさぎり　406
あきのあらしを　787
あきのいろかな　475
あきのかぎりと　789
あきのかげかな　490
あきのかぜかな　353
あきのかりがね　374
あきのけしきに　352
あきのしぐれも　883
あきのしらつゆ
　くさばならはす——　298
　くるるのはらの——　391
あきのたの　396
あきのたびびと　402
あきのつき
　——いかなるよに　955
　——くらきやみぢの　857
　——ながむるからの　445
　——よそのもみぢを　426
あきのつきかげ
　かくろへはてぬ——　440
　とこなれはつる——　431
あきのつきかな
　あかずもあくる——　432
　いるまでやどる——　428
　おもかげさそふ——　444
あきのつゆ
　——おきどころなく　666
　——たなばたつめの　318
あきのつゆかな
　いはでもぬるる——　335
　うつろひやすき——　424

そでまでおつる―― 366
あきののに
――あさたつしかの 378
――なくてふむしの 874
――はたおるむしの 462
あきののの
――いづくにつゆの 875
――くさのたもとも 404
――すすきおしなみ 342
――はぎのしらつゆ 325
あきのはぎはら 926
あきのはじめを 306
あきのはつかぜ
いづれのくさも―― 363
たままくくずの―― 311
ひとにしらるる―― 359
よのまにかはる―― 302
あきのひの 398
あきのほを 343
あきのみやまの 853
あきのむらさめ 397
あきのやまざと 380
あきのゆふかぜ 772
あきのゆふぐれ
つゆにまかする―― 392
よものくさばの―― 390
あきのよの
――あらゐのさきの 421
――いさよふつきの 425
――つきふきとむる 439
――つきをかさねて 450
――をばながすゑや 377
あきのよのつき
かげさしのぼる―― 423
くさのたもとの―― 422
そでにはなれぬ―― 446
にはもまがきも―― 430
あきのよは
――すそののつきも 435
――なべておけども 869
あきのよを 412
あきはかぎらじ 320
あきはぎに 417
あきはきにけり
――いまよりや 367
けがしきやども―― 307
わがみひとつの―― 654
あきはぎの
――さきちるのべの 327
――とほさとをのの 680
――はなのすすき 345
――わすれずつきの 417
あきはぎのはな 379
あきはこよひと 494
あきはてしよに 859
あきはてぬべき 949
あきはまた 936
あきはまだ 338
あきはみな 437
あきはわすれぬ 354
あきふかき 463
あきまちえたる 472
あきまちかぬる 297
あきみしいろは 516
あきもいまや 484
あきもくれぬる 443
あきもさびしく 467
あきもとまらぬ 502
あきやきぬらん 308
あきやくる 300
あきやたつらん 294
あきやちかづく 262
あきやへぬらん 332
あきやまに 757
あきやまの 372
あきやゆくらん 491
あきをしれとや 399
あきをそむらん
なみだやしたに―― 287
もりてやつゆの―― 373
あきをわすれぬ 333
あくるつきかげ 454
あくるよの 963
あけがたのこゑ 846
あけくれは 825
あけずもあらなん 317
あけたてば 103
あけなばあきの 500
あけなばはると 592
あけなばふゆや 496
あけぬくれぬ 598
あけぬなり
――おとなふかねの 801
――くものいづこに 276
あけぬるか 806
あけはてん 791
あけぼのを 142
あけまくをしみ 676
あけもこそすれ 277
あけやしぬらん
――あふみぢの 870
たがたまくらも―― 554
あけゆくをしき 439
あけわたる
――あかしのとより 407
――あしたのはらの 337
――さほのかはとに 553
あけんひとよの 299
あさがすみ
――さてだにはるの 21
――なにしかひとの 753
あさがすみかな

けぶりとみゆる―― 88
なほみだれそふ―― 32
はつはるつぐる―― 20
やへたちかくす―― 27
あさがほの 409
あさがほは 408
あさぎりに 675
あさぎりのそら 404
あさぎりふかし 935
あさくぞひとに 698
あさくらのこゑ 579
あさけのかぜに 661
あさけのきりの 402
あさごほり 690
あさごろも
――いとどさつきの 233
――さえゆくしもを 589
あさささはらの 338
あさざはをのの 170
あさせふむまに 314
あさたつしかの 378
あさたつそでの 926
あさぢがうへは 533
あさぢがはらも 534
あさてかりほす 915
あさでかる 737
あさなぎに 898
あさのさごろも

――うちたえて 454
ややしもさむき―― 450
あさはのに 914
あさはのの 650
あさひがくれに 63
あさひかげ
――くまなくてらせ 989
――さすやとやまの 97
――しもおきまよふ 517
あさひかげかな 405
あさひやま 54
あさふすをのに 381
あさまのたけも 702
あさみどり
――いろそめそへて 134
――おりたつをだの 234
――やなぎがえだの 75
あさみどりなる 44
あさゆふに 929
あさりても 708
あさるうらわの 730
あしがきの 540
あしがらの 882
あしたづの
――なくねをたてて 639
――みぎはをこえて 839
あしたづのこゑ 840
あしたのはらの

――はつかりのこゑ 371
――はるさめに 132
――をみなへし 337
あしづつの 545
あしのしたかぜ 560
あしのしたをれ 544
あしのはに 552
あしのはの 22
あしのはも 571
あしのはわけの 419
あしのふるねの 278
あしのほずゑの 548
あしのやの 244
あしのやのさと 263
あしのやへぶき 248
あしびきの
――やまさくらどの 103
――やまだにぬるる 235
――やまのこのはの 501
――やまのはこゆる 688
――やまのわさだの 267
――をのへのさくら 102
あしべより 792
あしまのかぜに 262
あしやがおきに 906
あじろぎに 576
あすはまた 112
あすはゆきとや 123

あすよりは
――ほにいでんあきの 296
――まれにこそみめ 595
あだしのの 301
あだしののはら 409
あだなるいろに 498
あだなるはなに 164
あだなるひとの 962
あだにうつろふ
――いろもうらみん 118
――はなのいろに 94
あだにおく 328
あだにちる 115
あだにのみ
――うつろふとみし 663
――さのふなばし 674
――ならはすはなの 121
あだのうきなは 601
あだのおほのの 383
あだのたまのを 755
あだびとの
――あきのかぎりと 789
――ちぎりやしたに 265
あたりのみづは 574
あたりまで 282
あぢきなく 124
あぢのすむ 571
あづさゆみ 29

あづまぢの 884
あづまぢや 411
あづまやの 915
あづまをとめの 737
あとたえて
——かずもしられぬ 400
——こゆともしらぬ 35
——ころもでぬれぬ 205
——みゆきははるや 100
あとだにも 887
あとだにもなし 767
あとたゆる 537
あとなきかたに 557
あとなきなみの 896
あとなしとても
たつなみの—— 601
なみだがは—— 602
あとはありけり 973
あとはなくとも 5
あとふむちどり 558
あとみえぬまで 111
あともなく
——いやとほざかる 374
——さだめぬはるの 198
——ちらばちらなん 191
——ふりかくしつる 491
——やへしげりゆく 307
あともなし 900

あともはかなし 902
あとやとむらん 844
あなうのはなの 209
あなしのひばら 29
あはしまの 685
あはじをなにに 603
あはずはなにの 635
あはぢしま 764
あはぢしまやま 26
あはでやながき 968
あはぬこひぢに 685
あはゆきぞふる
とぶひののべは—— 47
もゆるもしらぬ—— 85
あはゆきの 50
あはれこそ 976
あはれとも
——いかにいぶきの 778
——たれにみせまし 290
——とはれぬものを 624
あはれともみん 987
あはれなど 94
あはれなり
——かけぢにわたす 985
——このうちになく 845
あはれなる 164
あはれなれ 974
あはれまた

——あきくるからに 873
——あきはきにけり 367
——いづくをしのぶ 633
——したにおもひし 751
——しばしとどめぬ 114
——はるをあすとや 596
あはれもみぢの 765
あはれよのなか 976
あふぎのさきに 298
あぶくまがはの 690
あふことの
——かだのおほしま 754
——しのびしままに 625
——なぎさになみの 775
あふことは
——ただかたときの 643
——なだかのあまの 681
あふことを
——いつともしらず 704
——まつのうきねの 732
あふさかこゆる 411
あふさかの 877
あふさかのやま 1
あふさかは 927
あふさかや 412
あふさかやまの
——いはしみづ 628
——しのすすき 344

——はしりゐの 884
あふにはかへで 727
あふひぐさ 210
あふみぢの 870
あふをかぎりと 689
あふをたのみの 621
あまごろも 879
あまつかぜ 568
あまつくもゐの 477
あまてるつきの 997
あまとぶかりの 373
あまとやさらば 683
あまねきかげは 279
あまのいそやの 434
あまのかごやま 18
あまのがは
——あきかぜさむみ 316
——かはべすずしき 313
——こぞのわたりの 314
——てだまもゆらに 320
——とわたるかりの 376
——ながれてたえぬ 315
——やすのかはらに 312
あまのかはせの 864
あまのかはとは 317
あまのかはなみ 319
あまのさごろも 51
あまのすくもの 606

あまのたくひに 259
あまのとまやの 919
あまのとよりや 8
あまびとの 401
あまをぶね
——とまやのやまも 536
——はつせのひばら 416
あみめより 441
あめすぐる 945
あめにそめつつ 488
あめになくなり 221
あめもぬれつつ 233
あめやそふらん 129
あやにくに 614
あやふくてのみ 891
あやぶまれてや 985
あやめぐさかな
ひとにしられぬ—— 228
ふくともみえぬ—— 227
あやめのくさの 229
あらいそもみえず 615
あらきはまをぎ 546
あらしふく
——とやまのみねの 971
——よものくさばの 666
あらしふくなり 816
あらしふくよは 875
あらしをぞきく 825

あらすのはらも 369
あらそひかぬる
——いろみゆるまで 508
——はなはみねども 130
——みねのもみぢば 487
あらたまの 596
あらたまりける 138
あらたまれども 40
あらぬかたにも 281
あらぬかとだに 779
あらはにもえば 713
あらはれて
——かすみぞこもる 31
——しづえぞみづの 80
——ねのびののべに 11
あらはれば
——あさまのたけも 702
——たがなをたてと 732
あらはれもせよ 762
あらはれわたる 806
あらへども 447
あられぞおつる 522
あられふる 523
あられみだれて 521
あらゐのさきの 421
ありあけがたの 458
ありあけに 804
ありあけの

——つきだにいづる 216
——つきになくなり 214
ありあけのそら 800
ありあけのつき
かげわかれゆく—— 803
ややかげうすき—— 802
ありあけのつきの 443
ありあけのつきも 805
ありあけのつきを 616
ありかしらする 73
ありかもしるく 24
ありしにもあらず 785
ありてうき 627
ありとだにみれ 976
ありとても 755
ありなまし 648
ありふれば 957
あるにまかせん 863
あるべきほどは 980
あるものを
——あきにはあへぬ 483
——などあふことの 748
あれにける
——かどたのいほの 502
——やどのすみれぞ 164
あれにしのちの 219
あれにしのちは 797
あれにしを 878

あれゆくかぜの 552
あれゆくけさの 507
あれゆくこまの 141
あれゆくなみの 557
あれゆくやどの 430
あれわたる
——にはのやまぶき 190
——ふるやののきの 958
あわをにぬける 635
あをつづら
——とひくるひとや 931
——ひまなきこひは 678
あをねがみねに 833
あをばばかりや 569
あをやぎの
——きしのふるねは 80
——みどりのいとの 131
あをやぎのいと
かけてほすてふ—— 84
まづみえそむる—— 76

【い】

いかがうらみん 143
いかがこほらぬ 574
いかがしらせん 627
いかがせん
——そをだにのちと 632

――わがみのとがに　646
いかがたのまん　224
いかがぬるると　719
いかがみん　647
いかがわすれん　763
いかでしらせじ　321
いかでまづ　16
いかでわかまし　442
いかでわすれん　712
いかならん　535
いかなるかたに　751
いかなるよよに　955
いかにいぶきの　778
いかにして
――いかほのぬまの　682
――つらきこころに　766
いかにせん
――こころはさても　620
――まがきのたけの　823
いかにせよとか
――つきもつれなき　274
――みだれそめけん　788
いかにとすべき　983
いかになるとの　679
いかになるみの　604
いかにぬるらん　337
いかにねしよの　715
いかにふるらし　508

いかばかり
――こころをみずは　769
――そでこすなみも　897
いかほのぬまの　682
いくあきの　812
いくかへり　594
いくしほしらぬ　481
いくしらつゆに　411
いくせこゆらん　256
いくたびつきを　954
いくてまで　903
いくのをかぜも　358
いくへあらちの　534
いくへかうづむ　591
いくへかすみの　30
いくへまで　917
いくやまかぜの　837
いくよかかくる　1000
いくよかすまん　473
いくよかすらん　426
いくよかへらん　890
いくよかゆきの　539
いくよこふらん　781
いくよつれなく　656
いくよなよなを　338
いくよのなみに　736
いくよみどりの　814
いくよもきみに　877

いくよもゆらん　624
いくよをかけて　818
いけのつつみの　136
いけのふぢなみ
――たちかへり　176
まつにやかかる――　173
いけみづに　573
いけみづの
――さえはてにける　560
――さむきゆふべに　570
――したにやいをの　273
――にごりにしまぬ　271
いざさはかぜに　104
いささむらたけ　822
いざさらば　445
いさしらつゆの　357
いざみだれなん　872
いさやうきみの　861
いさやがは　861
いさよひあかす　215
いさよふつきの　425
いさよふなみの
――いくよかへらん　890
――よるよるは　576
いさよふほどに　277
いしたてわたす　938
いしまのみづに　432
いせしまや　995

いせのあまの　653
いせのあまびと　776
いそぎても　598
いそぐさなへも　230
いそぐしほぢの　901
いそぐつきかげ　281
いそぐといかが　865
いそぐなはしろ　944
いそぐふなびと　898
いそぐもろびと　15
いそぐらし　450
いそこすなみに　469
いそしのみゐも　242
いそなつむ　51
いそのかみ　894
いそべのこまつ　818
いそやのしほの　619
いたうちわたす　895
いただきて　590
いただのはしは　889
いたづらに
――あふにはかへで　727
――あまねきかげは　279
――こころづくしの　754
――こよひもはやく　801
――しぐるるいろを　758
――たつともしらぬ　401
――たのめしひとや　333

——なみだにそへて 664
——なみをりかくる 546
——はやくうきよも 858
——ひとこそしらね 691
——みぬむかしのみ 956
——もゆるもしらぬ 85
——ゆきかふみちの 753
——よわたるつきは 848
——われひとりとや 948
いたびさし
——さすやひかげに 746
——そらのままなる 928
いたまのつきぞ 878
いたやののきに 510
いたゐかな 285
いづかたへ 499
いづくかあきの 330
いづくにつゆの 875
いづくをか 461
いづくをしのぶ 633
いづことは 427
いつしかあきの 236
いつしかと
——いろにいでゆく 717
——おもひそめつる 600
いつしかはると 91
いつとかわかん 850
いつとても 464
いつともしらず 704
いつともわかじ 991
いつともわかず 849
いつならひけん 724
いつぬきがはに 843
いつのまに
——うきになれたる 743
——きえてもはるの 19
——はるもきぬらん 18
いつはとは 427
いつはりに 723
いつひとに 684
いつまでか
——あぶくまがはの 690
——はなのなだてと 66
いつまでひとに 794
いづみがは
——ゆくせのなみの 858
——よわたるかぜの 559
いつよりひとの 172
いづるうぐひす 36
いづるはつはな 2
いづるみかづき 304
いづれかさきに
——あだしのはら 409
——やまはいでつる 214
いづれのくさも 363
いづれをあだの 964
いつをかぎりに 775
いでにけるかな 326
いでぬらん 204
いとすすき 462
いとどあとなき 34
いとどうきよに 957
いとどさつきの 233
いとどそひゆく 718
いとどましらの 853
いとどまた
——なげかんためや 772
——むかしやとほく 894
いとどもよほす 722
いとどやなかの 783
いとはやもなく 375
いとひけん 66
いとひしほどは 786
いとひてき 786
いとひやはする 589
いとふかな 987
いとふべき 117
いともてかがる 82
いなばのかぜに 946
いなばのかぜの 396
いにしへの 100
いにしへは 955
いねがてに 386
いのちさへ 727
いのちなるらん 780
いのるこころも 657
いのるみむろの 712
いはがきもみぢ 758
いはがねに 447
いはがねの
——したのかれはに 89
——すがのはしのぎ 539
いはこえて 189
いはこすなみの
——よるぞすずしき 292
——よるよるは 260
いはしみづ
——いはねどさきに 628
——かざすくもゐの 177
いはしろの
——まつゆくすゐも 984
——よものくさばも 816
いはせのもりの 225
いはせのをのの 321
いはたのをのの 163
いはでもぬるる 335
いはなみの 860
いはにおつる 940
いはぬいろなる 185
いはぬいろは 182
いはねどさきに 628
いはねにこゆる 129

いはねのみづの 284
いはねふみ 237
いははしの 888
いはふのはらの 14
いはまにきゆる 971
いはまほしさに 651
いはれのの 872
いひてわかれし 700
いひもせで 701
いふかひもなし 645
いぶきのたけを 886
いほぞさびしき 269
いほむすぶ 951
いまさらに
――なにうらむらん 464
――なにとかひとを 784
――まつのみどりの 179
――よをうぐひすの 826
いまぞしる 658
いまぞなくなる 870
いまはといでん 808
いまはまた
――おもひそめけん 649
――おもふとだにも 716
――かよひしみちの 767
――たがみしゆめに 692
――たがゆくみちと 638
――なきやふりぬる 217

――ひとめもはるも 541
――ふしうしとても 824
――ゆききをしのべ 92
――わがものからの 749
――わすれんとおもふ 722
いまはみを 987
いまはわがみの 630
いまもおもひそふ 994
いまもまた 880
いまよりの 451
いまよりや 367
いもがしま 639
いやとほざかる
――あきのかりがね 374
――ねにぞなきぬる 688
いやはかななる
――うつつにて 747
――よはのとこかな 960
いりあひのかねに 493
いりえにあさる 840
いりえのあしに 549
いりぬるいその 641
いりぬるつきの 286
いるののすすき 999
いるののべの 346
いるまでやどる 428
いろいろに 883
いろいろの 507

いろかはる
――くさばもわかず 392
――たかねのさくら 112
――もみぢのやまの 490
――やまどりのをの 433
――やまのしたくさ 385
いろかはるまで 382
いろかはるらん 369
いろかへぬ
――まつにすむつる 842
――をざさがつゆも 497
いろがほに 513
いろこきいるる 789
いろしのべとや 506
いろしみえねば 669
いろぞうつろふ
かはせのなみも―― 866
そこもひとつに―― 71
いろぞことなる 484
いろぞすずしき 272
いろぞそひゆく 132
いろぞつれなき 17
いろそへて 504
いろぞまたるる 398
いろそめそへて 134
いろそめのこす 854
いろぞわかれぬ 469
いろとこそみれ 354

いろながら
――なほまたはなに 110
――ひとにしられず 162
いろなきくさに 275
いろなきなみの 28
いろなくは 813
いろなるやまも 371
いろなれば
――しのびがほなる 515
――よそげにはるの 196
いろにいづと 609
いろにいづらん
のもせのくさも―― 309
もみぢのはしも―― 376
いろにいでつつ
うつるやつきの―― 420
さすがにはるの―― 161
いろにいでて
――あきになりゆく 414
――うつろふにはの 322
――しぐれもあへず 501
――まづみえそむる 76
――わかれしはるを 209
いろにいでなん 777
いろにいでぬる 377
いろにいでゆく
――なみだかな 717
――にはのをぎはら 368

いろにさきける 335
いろにまかせん 192
いろにみえつつ 190
いろにみえなん 345
いろにみよ 330
いろにやはみし 756
いろのふかさを 600
いろはうらみじ 108
いろはかはらじ 622
いろはさやかに 493
いろはしらねど 565
いろはみえねど 303
いろはもりにき 102
いろふかく 670
いろみえて 271
いろみえぬ 297
いろみゆるまで 508
いろみれば 403
いろもうし 171
いろもうらみん 118
いろもつれなし 663
いろもなし 179
いろもみず 113
いろもみな 593
いろやかなしき 144
いろやそふらん 482
いろやみゆらん 372
いろをしれとや
さてだにはるの―― 21
しぐれぬさきも―― 310
いろをだに
――けふぬぎかふる 203
――ながめもあへず 105
――へだてはてたる 406
いろをもかをも 74

【う】

ううるさなへの 236
うかひぶね
――くるるほたるも 261
――ほたるばかりの 256
うかりける 703
うかりしままの 644
うきあだびとの 723
うきおもかげは 707
うきかねごとに 629
うきくさの 607
うきぐもの 975
うきことの 752
うきしまの 671
うきたびごとに 855
うきたびに 856
うきてのみ
――いくよのなみに 736
――たつかはぎりの 403
うきてほたるの 258
うきなもぞたつ 613
うきなもらすな 607
うきにかへすな 857
うきにたへずは 647
うきになれたる 743
うきにはたへて 623
うきにまぎれば 782
うきにわがみぞ 852
うきねのかもは 572
うきねはゆめも 904
うきはうつつの 694
うきはへだてじ 107
うきはものかは 699
うきひとに 749
うきひとの
――きなれのやまは 686
――こすのまとほる 793
――たのめしくれは 645
うきひとを
――うらみがてらに 783
――まどろむほどの 677
うきふししげき 823
うきみならずや 784
うきみには 733
うきみのとがに 718
うきみのとがを 701
うきもつらきも 959
うきゆめを 672
うきよにまさる 936
うきよはたれも 977
うきよをあきの 951
うきをかたみに 633
うきをしる 697
うきをならひに 720
うぐひすきゐる 187
うぐひすぞなく 103
うぐひすの
――こゑこそもとの 40
――こゑするのべに 48
――こゑもきこえぬ 20
――はつねののべに 15
――ふるすはくもに 58
――ふるすをなにに 64
――まちこしのべに 44
うぐひすのこゑ
ひとよにきゐる―― 41
ほつえもよほす―― 38
またれぬほどの―― 42
うけひくひとも 730
うしとても 646
うしとみし 616
うすきころもに 288
うすくなりゆく 665
うすぐもり 133
うすけれど 201

うすごほり
——したにいはまの 561
——とけてやそでの 52
うすもみぢ 482
うたかたたれに 258
うたがひに 773
うたてたもとに 72
うだのとだちは 582
うたふもろびと 578
うちしほれ 222
うちしめり 935
うちそへて 709
うちたえて
——かくれてながき 650
——かへるさしらぬ 644
——ねぬよもしるく 454
——ひともはらはぬ 78
うちつけに 3
うちとけぬべし 581
うちとけられぬ 575
うちなびき
——くるあきごとに 358
——くるるのはらに 867
——とだちあらはに 999
——はやくもすぐる 353
——ゆふぐれしるき 822
——わかなつむのに 46
うちなびく 318

うぢのかはみづ 576
うぢのかはをさ 436
うちはじめける 449
うちわたす
——かはかぜさむみ 556
——たけだのはらの 841
うちわびて 559
うつしごころは 860
うづしほに 679
うつすみなはの 618
うつせみの 106
うつつだに 643
うつつともなし 861
うつつにて 747
うつつにもあらぬ 961
うつつもゆめを 960
うつつやうつつ 966
うつてふしづが 456
うつのやま 913
うづもれて
——かへるさしらぬ 582
——まねくもしらぬ 404
——をのへにほふ 93
うづもれぬ 534
うづもれはつる 30
うつりしいろに 680
うつりしかげを 712
うつりはてなん 112

うつりゆく
——いろはうらみじ 108
——いろやかなしき 144
——はなこそはるの 98
——ひとのためとは 701
うつるやつきの 420
うつるより 326
うつるらん 422
うつろひそむる 475
うつろひはつる
——あきのかげかな 490
——しらぎくを 476
——はぎがはなずり 868
うつろひはてし 515
うつろひやすき 424
うつろふいろぞ 97
うつろふいろを 495
うつろふとみし 663
うつろふにはの 322
うとくなりなむ 783
うなゐをとめの 244
うねののたづも 870
うのはなの 208
うへちるたまは 829
うへはしげれる 607
うへはひかかる 931
うみにいでたる 863
うらうつなみの 558

うらかぜの 619
うらかぜもがな
つきふきとむる—— 439
ひとにしらする—— 652
うらがるる 353
うらがれはつる 505
うらちかく 31
うらぢのきりに 407
うらなみの 762
うらにたく 606
うらにふく 899
うらのあさぎり 401
うらのとまやも 28
うらのはままつ 51
うらまつの 738
うらみがてらに 783
うらみかねてや 182
うらみざるべき 770
うらみしほどに 703
うらみしをさへ 957
うらみつつ 799
うらみつるかな
うきをならひに—— 720
うらみぬをさへ—— 773
うらみてぞぬる 639
うらみともがな 681
うらみなれにし 725
うらみぬをさへ 773

うらみねば 718
うらみはてまし 757
うらみやはせん 625
うらみわびけめ 672
うらみんとだに 759
うらむとだにも 627
うらむらん
——かねておもひし 784
——くるればむせぶ 265
うらむれば 785
うらめづらしき 305
うらめづらしく 311
うらやまし 942
うらゆくふねの 23
うれしからまし 769
うれしきも 959
うれしながらに 774
うゐおきて
——あきまちえたる 472
——いつしかはると 91
うゐけんときは 96
うゐこしときは 474

【え】

えぞそめぬ 835
えだかすふぢの 179
えだながら 323
えだにもはにも 529
えだはをるとも 178
えやしらくもの 669
えやはみえける
うきねはゆめも—— 904
ゆめばかりだに—— 726
えやはみるべき 687

【お】

おいせぬあきを 473
おきうきつゆや 408
おきこぐふねの 973
おきそめて 298
おきつしほかぜ 900
おきつしまもり
——こととはん 719
ちとせのかずに—— 990
おきつしらなみ
——かきわけて 200
かすみぞこもる—— 31
こゆともしらぬ—— 35
ひとりくだくる—— 447
ゆふかけわたす—— 810
おきつなみ 795
おきつなみまの 698
おきつふなびと
あとなきなみの—— 896
よをうみわたる—— 897
おきどころなく 666
おきとめて 390
おきゆくつゆの 337
おきわかるらん 456
おきゐてつゆも 821
おくしもに 476
おくつゆの 415
おくつゆは
——こころのままに 393
——つめだにひちぬ 140
おくつゆも
——たえぬおもひに 382
——たままくくずの 311
おくのうみ 636
おくべきあきの 389
おくやまに
——いくよかゆきの 539
——すみやくしづの 589
おくやまの
——かけひのみづや 934
——こだかきまつの 830
——ぬまのいはがき 228
おくやまのいほ 938
おくりともなふ 922
おくりむかふと 598
おけるあさしも 519
おけるしもかな 514
おけるしらたま 393
おけるつゆかな
あきもさびしく—— 467
ながるばかりに—— 952
おけるゆふしも 583
おしなべて
——いろなるやまも 371
——かすめるそらの 133
おしねほす 952
おそければ 39
おそしとも 37
おちたぎつ
——はつせがはらの
しろたへに 1000
——はつせがはらの
わたしもり
おちてもみづの 865
おつるあられの 114
おつるしらつゆ 525
たつやおそきと—— 301
みどりいろこく—— 831
おときこゆなり 807
おとこそちかく 453
おとせぬひとを 932
おとそよぐ 359
おとたてて 584
おとづれそむる 366
おととぢて 562

おとなふかねの 801
おとなふものも 939
おとにたゆらん 905
おとにやあきは 384
おとのみぞする 524
おとまさるなり 246
おとよりほかに 933
おどろくゆめに 458
おどろけば 747
おとをこずゑに 892
おとをこのはに 510
おとをたてつつ 943
おなじうきよを 980
おなじくさばの 135
おなじさまなる
――あらしをぞきく 825
――としをこゆらん 594
おなじみどりに 830
おなじみどりの 76
おなじみどりも 132
おのがさかりの 221
おのがなにこそ 336
おのがならひに 947
おのがねにかる 146
おのがはがくれ 410
おのがみのけも 79
おのがわかれを 150
おのづから

――いかにねしよの 715
――うらうつなみの 558
――おとなふものも 939
――おのがはがくれ 410
――こひしきひとを 967
――ちらぬしたばや 854
――とはれしままの 798
――またるるかたの 739
――わするるとがも 782
おのれうらむる 721
おのれさへ 25
おのれしるらん 283
おのれつれなく 498
おのれとなびく 331
おのれとはるる 137
おのれのみ
――いともてかがる 82
――かるてふくさの 711
――きえゆくそらに 669
――くさばのつゆを 163
――しげれるふちの 760
――たへぬおもひに 466
――つらきにたへぬ 640
――ながくやひとに 659
――ほにいでずとも 345
――まねくもしらぬ 548
――むかしもいまの 190
おのれひとりと 184

おのれみだれて 603
おのれもうきて 245
おのれもこほる 576
おひてぞいづる 590
おひぬらん 949
おひやしぬらん 230
おふるさはべの 332
おほあらきの 279
おほかたの 617
おぼつかな 876
おぼつかなさや 154
おほのかはらの 752
おほはらのさと 591
おほひばに 373
おほひばの 145
おぼろけにやは 793
おほゐがは 256
おもかげさそふ 444
おもかげたえぬ 796
おもかげに 90
おもかげの 782
おもかげは 95
おもかげもなし 725
おもかげを 623
おもなれて 149
おもはじと 667
おもはぬかたに 626
おもはねどまた 885

おもはねば 695
おもひありとは 257
おもひありとも 574
おもひいづらん 955
おもひいでて 769
おもひいらねど 913
おもひがは 258
おもひがはかな 651
おもひきえつつ 660
おもひこし 779
おもひしすぢは 667
おもひしままに 472
おもひしよりも 364
おもひしるらん 334
おもひしれども
あるべきほどは―― 980
――みしひとの 720
もとのしづくは―― 978
おもひそむとも 717
おもひそめけん
さくらをわきて―― 94
――みのとがは 649
おもひそめつる 600
おもひそめてし 670
おもひたえつつ 655
おもひながらに 667
おもひなせども
うらみしほどに―― 703

みしをばゆめと―― 694
おもひなりなで 646
おもひのけぶり 702
おもひのみ 642
おもひみだるる 876
おもひみだれん 659
おもひもしらじ 768
おもひもしらぬ
――みをやうらみぬ 121
――ゆふべかな 724
おもひもよらぬ 471
おもひやはせし 759
おもひゆゑ 627
おもひよりけん 603
おもひわすれて 667
おもひわび 709
おもひわぶらん 176
おもふかな 667
おもふさへ 744
おもふとだにも 716
おもふゆくへの 981
おもへただ 963
おもへばおなじ 912
おもへばかなし 795
おもへばやすき 835
おもるくさばに 393
おもるつゆかな 394
おもるらし 542
およばざらまし 713
おりたつをだの 234
おりはへて 218
おるいとの 320

【か】

かがみのやまの 851
かがりびのかげ 256
かかるしらくも 101
かかるしらつゆ 517
かかるたもとの 756
かかるてふ 615
かきくもり
――しぐるるくもの 511
――なほもふりしけ 595
かきくらす 864
かきつばた
――かすみやいろを 170
――むかしのいろを 166
かきねのたけの 543
かきねばかりや 204
かきねもたわに 208
かきほのはなの 777
かぎりあれば 241
かぎりとぞみる 476
かぎりなき 418
かぎりなきかな 13
かぎりなりける 621
かぎりなりけん 692
かぎりなるべき 330
かきわけて 200
かくてはふべき 919
かくとだに 758
かくれてながき 650
かくれぬものを 257
かくろへて 297
かくろへはてぬ 440
かげきよみ 71
かげくさに 465
かげさしのぼる 423
かげしげみ
――さかえますべき 809
――よをへてこほる 283
かげぞさやけき 448
かげぞみえける 832
かけぢにわたす 985
かけてくる 374
かけてほす 207
かけてほすてふ
――あをやぎのいと 84
――もみぢばの 488
かけてもひとを 737
かけてやながく 657
かけてやひとを 674
かげになくなり
かたぶくかたの―― 567
――はなたちばなの―― 252
かげのさやけさ 433
かけのたれをの 659
かげののわらび 85
かげのひさしさ 1001
かげはぬれまし 429
かけひのみづや 934
かげふかき 928
かげふむみちは 254
かけませて 183
かげみえて 432
かげみしみづの 564
かげめづらしく 304
かげもみえける 417
かげもるよはの 614
かげやすくなき 848
かげわかれゆく 803
かけわたす 930
かげをながむる 443
かこちつるかな 649
かごとがましき 139
かさかたよりに 235
かさぎのひかり 808
かざさぬそでも 127
かざしてゆかん 175
かさしまに 421
かざすくもゐの 177

かさなるやまは　237
かさねてやなく　842
かしまのさきの　523
かずかぎりなく　746
かずかずに
——おくべきあきの　389
——きえのこるべき　969
——なべてみどりぞ　138
——にごりておつる　247
かすかになりぬ　577
かすがのの　53
かすがのや　135
かすがのをのの　172
かすがやま　994
かずさへみよと　415
かずしらぬ　844
かずそふやどの　245
かずならぬ　68
かすまぬそらも　8
かすみぞこもる　31
かすみそめたる　18
かすみたつらん　19
かすみたなびく　29
かすみていにし　370
かすみならでは　16
かすみにうすき　26
かすみにたえて　33
かすみのころも　151

かすみのそでを　145
かすみのまそで　4
かすみのよそに　143
かすみばかりや　57
かすみもきりに　149
かすみもくもも　152
かすみやいろを　170
かすみゆく　35
かすむひに　24
かすむひの　34
かすむより　28
かすめども　17
かすめるいろに　25
かすめるそらの　132
かずもかぎらじ　992
かずもしられじ　997
かずもしられぬ　400
かずやそふらん　346
かぜさへいろに　326
かぜさゆる　577
かぜすぎて　272
かぜぞはげしき　521
かぜぞまたるる　236
かぜぞみにしむ　308
かぜそよぐなり　520
かぜにたまらぬ　328
かぜにまかする　660
かぜにまた　137

かぜのおとかな
あれゆくけさの——　507
かたへすずしき——　300
ゆふぐれしるき——　822
かぜのおとに　360
かぜのおとも　309
かぜはのこさじ　126
かぜはやみ
——あらぬかたにも　281
——みほのうらわに　903
——もりのしたくさ　691
かぜはよくとも　901
かぜふけば　120
かぜもふきあへぬ　115
かぜもふくらん　128
かぜもやつゆに　390
かぜやさむけき　151
かぜやしるべに　899
かぜやわくらん　74
かぜよりあきや　303
かぜわたる
——あだのおほのの　383
——くさばのつゆの　969
——さはべのあしの　847
かぜわたるなり
かはべすずしき——　313
くるるのはらに——　867
かぜをいたみ　626

かぜをたよりに　898
かぜをまつかな　299
かたいとの
——あはをにぬける　635
——おのれみだれて　603
かたいとを　460
かたえばかりに　77
かたしきの
——ころもですずし　302
——まくらながるる　726
かたしくいはの　837
かたしくよはの　696
かだのおほしま　754
かたののはらに　584
かたぶきぬ　805
かたぶくかたの　567
かたへすずしき　300
かたみがてらに　744
かたみかな　478
かたみとて
——そめしさくらの　203
——むかししらする　253
かたみとはみん　489
かたみとやみん
うらうつなみの——　558
のこるをきくの——　518
かたみなりける
うかりしままの——　644

ならすあふぎぞ―― 286
わがものからの―― 749
かたみなりけれ 686
かたみにしのぶ 911
かたみにて 495
かたみのこさぬ 186
かたみばかりに 324
かたみひさしき 355
かたやまの
――すどがたけがき 441
――ならのしたかぜ 503
かたよりに
――きしのやなぎを 79
――ほむけのつゆぞ 396
――まねくはかぜの 347
かたをかの
――あしたのはらの
はつかりのこゑ 371
――あしたのはらの
はるさめに 132
――むかひのみねの 781
かたをみるかな 339
かつがつあきの 482
かつがつむすぶ 296
かつがつをしき 475
かづらきや
――さかぬさくらの 90
――たかまのやまは 17

――まなくしぐれの 487
――わきてもいはじ 888
かづらきやまの 109
かつらのえだの 414
かどたのいほの 502
かどたのなるご 947
かどたのひづち 949
かなしきは 700
かねておもひし 784
かねてまた 173
かねてみゆらん 97
かのとまりける 72
かはかぜさむみ 556
かはかぜに
――ちかづくあきの 275
――よるべすずしき 293
かはせにくだす 261
かはせのかぜに 294
かはせのなみも 866
かはづなくなり 245
かはのせに 742
かはべすずしき 313
かはやなぎ 77
かはらぬいろの 1001
かはらぬかげは 993
かはらぬちよを 578
かはらぬなみに 7
かはりはてなば 632

かはるかげかな 427
かはるこころぞ 739
かはるはおなじ 981
かびたてて 264
かひなきこひに 636
かひもなし
――つらきにながき 755
――ひをへてまさる 916
かひやなき 745
かへしても 965
かへすはなと 143
かへらんはるを 178
かへりだにせず 707
かへりみる 911
かへるかり 148
かへるかりがね 144
かへるさしらぬ
――あかつきのそら 616
――いたゐかな 285
――とりのねぞ 644
――ふゆのかりびと 582
かへるさつらき 319
かへるさの
――かすみもきりに 149
――たがきぬぎぬを 146
――みちやたどらん 50
かへるさは 370
かへるやはるの 191

かへるやまぢの 151
かへるやまびと 123
かみさびて 810
かみさびにけり 836
かみなづき 505
かみなびの
――きしのやまぶき 185
――みむろのこのは 484
かみなびやまの 249
かみのみむろの 578
かみやまもらん 177
かめのをの 829
かものうづきの 210
かやがしたばに 872
かやのこむしろ 915
かやりびの
――けぶりばかりや 268
――けぶりをさへに 266
かよひしのべの 638
かよひしひとは 790
かよひしみちの 767
かよひそむらん 284
かよふなり 846
かよふらん 734
からあゐの 622
からくもひとを 764
からくれなゐの 481
かりくらす 583

かりこもの 788
かりぞなく 151
かりぞなくなる
——あきのよの 377
かすみていにし—— 370
かりたのいほの 948
かりたのおもに 953
かりぢのいけに 575
かりにつげこせ 263
かりのなみだも 389
かりのはかぜに 145
かりばのましば 584
かりびとの
——いるののすすき 999
——いるのののべの 346
かりほすいその 240
かりほすをだの 386
かるかやの 352
かるくさの 226
かるてふくさの 711
かれはだになし 547
かれはつる 238
かれはてて 507
かれはのしもに 549
かれわたる
——あしのしたをれ 544
——をののあさぢの 466
かわかぬそでよ 605
かわかぬなみは 656

【き】

きえあへぬのべの 86
きえがての 206
きえかねて 56
きえてあとなき 975
きえてもはるの 19
きえねただ
——しのぶのころも 613
——そでにかつちる 796
きえねどうすき 57
きえのこるべき 969
きえはかぬらん 258
きえはてて 62
きえやらぬ 69
きえゆくそらに 669
きえわたる 32
きぎすなくなり 24
ききつとて 224
ききつるからの 3
ききなやむらん 220
きくのあさしも 515
きくのつゆ 470
きくのながはま
——しろたへの 469
——ながらへて 1002
きくのはな
——おいせぬあきを 473
——おもひしままに 472
——かつがつをしき 475
——くれゆくそらは 477
きこゆなり 953
きこゆなれ 453
きこゆるのべの 587
きさやまかげの 812
きしのはままつ 810
きしのふるねは 80
きしのやなぎの 82
きしのやなぎを 79
きしのやまぶき
——ちりぬらし 185
はなもたまらぬ—— 189
きそのかけはし 891
きつつなれゆく 916
きてもなほ 665
きなれのさとは 817
きなれのやまは 686
きにけるあきの 457
きぬぎぬに
——あかつきつゆや 456
——かへるさつらき 319
きのふこそ 41
きのふとおもふに 474
きのふとおもふを 370
きのふまで 602
きぶねがは 260
きみがかげかな 820
きみがためとぞ 996
きみがちとせに 989
きみがちとせは 991
きみがときはは 670
きみがまにまに 580
きみがみかげぞ 851
きみがやちよの 844
きみがよの
——ちとせのかげも 11
——ちとせのかずに 990
——ちとせのまつの 809
——ながらのはまの 1001
きみがよのため 998
きみがよは 997
きみがよを 838
きみぞたもたん 819
きみにまかせん 993
きみやてらさん 210
きみをこふとは 618
きゆるしらゆき 11
きよたきがはの 189
きよみがせきの 879
きりぎりす
——なほゆふぐれや 465
——よさむのかぜに 468

きりはれぬ　611
きゐるうぐひす　69

【く】

くさかえの　840
くさかげもなし　421
くさきのほかの　394
くさぞはかなき　798
くさにこひつつ　641
くさのかりいほ　907
くさのしたなる　832
くさのたもとの
――あきのほを　343
――あきのよのつき　422
――しらつゆも　341
くさのたもとも　404
くさのつゆかな　389
くさのなの　778
くさのはずゑに　909
くさのはも　391
くさのはら　257
くさのはわけに　908
くさのまくらに　461
くさのゆかりの　162
くさばおしなみ　301
くさばぞしばし　530
くさばならはす　298
くさばにかぎる　437
くさばのつゆの
――かずかずに　969
――むさしのに　418
くさばのつゆを　163
くさばのとこの　459
くさはみながら　873
くさばもわかず　392
くさばやすめぬ　397
くさふかき　186
くさもきも
――あだなるいろに　498
――あらたまれども　40
――おなじみどりの　76
――なみだにそめて　387
くさもふゆのに　507
くずかづら
――ながきうらみに　383
――ながくやひとを　757
くずのうらかぜ　617
くだくこころは　795
くだくるたまや　995
くだけそふらん　525
くだけぬなみも　523
くちてやみぬる　83
くちなしの
――あがたのゐどの　184
――いろにさきける　335
くちなばそでの　735
くちにける　77
くちはてて　520
くにさかえたる　158
くまなくてらせ　989
くもかかる　886
くもきえて　448
くもなかさねそ　911
くもにしれども　731
くもにはふらぬ　509
くものあなたに　540
くものいづこに　276
くものこころもの　319
くものこころもや　316
くものほかゆく　280
くものやへだつ　237
くものをちかた　249
くもまれなる　243
くもまもみえず　242
くもまより　802
くももなく
――なぎたるあさに　838
――なぎたるそらに　661
くもやはれぬる　405
くもらじな　423
くもりなく　851
くもるとて　117
くもゐしづかに　819
くもゐなる　713
くもゐにさゆる　579
くもゐのかりも　368
くもゐゆく　918
くらきやみぢの　857
くらぶれば　973
くりかへし　954
くりかへしても　462
くるあきごとに　358
くるあきわぶる　459
くるしかりけり　678
くるるあきかな　498
くるるくさばの　289
くるるそらかな　596
くるるとしかな　593
くるるのはらに　867
くるるのはらの　391
くるるはるかな　199
くるるほたるも　261
くるるよは　258
くるればむすぶ　585
くるればむせぶ　265
くれたけの
――かはらぬかげは　993
――ひとよにきゐる　41
――ふしみのさとは　821
くれてゆく　493
くればあきの　478

くれなゐあける　484
くれなゐに　485
くれなゐの
——はなのちしほに　479
——ゆふひにまがふ　74
くれなゐふかき　668
くれにしあきの　506
くれぬるのべの　500
くれはつる　174
くれはてし　202
くれはてて　494
くれんとすらん　497
くれゆくけふを　594
くれゆくそらは　477
くれゆくはるの　171
くれゆけば
——かくれぬものを　257
——たれをかわきて　153
——ふくあきかぜを　455
くれをまつらん　728

【け】

けがしきやども　307
けさかはる　303
けさのはつゆき　530
けさはいはまの　2
けさはまた　26
けしきかな
——かぜにたまらぬ　328
——くるるのはらの　391
——むなしくつゆに　437
けしきまで　238
けしきより　54
けたよりゆかん　889
けぬがうへに　528
けふうたふ　580
けふかさぬらん　316
けふごとに
——あけなばはると　592
——みをうぐひすの　195
けふこんひとの　111
けふとても　228
けふとてや　306
けふぬぎかふる　203
けふはまた
——おきつしらなみ　200
——なごしのはらへ　294
——はるたちぬらし　5
けふはまちつつ　537
けふはゆくらん　196
けふまちえたる
——あきのよを　412
——たなばたの　317
けふまつる　210
けふむすぶ　705
けふめづらしき　528
けふもまた　9
けふやあふらん　312
けふやかぎりの　193
けふやころもに　10
けぶりたつらん　909
けぶりだに
——あらはにもえば　713
——まづふくかたに　619
けぶりとみゆる　88
けぶりなたてそ　606
けぶりにもしれ　970
けぶりばかりや　268
けぶりみゆなり　267
けぶりもみえぬ　588
けぶりをくもに　612
けぶりをさへに　266
けぶりをだにも　538

【こ】

こえぞかねぬる　886
こえぬまもなし　125
こえゆくやまの　917
こがらしのかぜ　496
こぎくるなみの　900
こきまぜて　381
こぐふねの
——いとどあとなき　34
——ひとりこがれて　642
——ゆたのたゆたに　714
こけごろも　835
こけにさへ　832
こけのかよひぢ　834
こけのむしろに　833
こけまくら　837
こけむして　836
ここちこそせね　919
こころかな
——あらそひかぬる　130
——かぜもふきあへぬ　115
——ねざめのとこの　800
——はなのためとも　124
——まつべきくれと　743
こころさへ　722
こころづくしに
——かかるしらくも　101
——こひやわたらん　1002
こころづくしの
——いろをだに　105
——なみにぬれつつ　754
こころとて　633
こころとなびく　339
こころとやみる　785
こころならひに　768
こころなりけり　981

こころなりせば　648
こころなるらん　742
こころにかなふ　630
こころにさこそ　717
こころにだにも　987
こころになして　649
こころのままに　393
こころのみ　855
こころはあめに　673
こころはいはず　767
こころはこひに　697
こころはさても　620
こころひく　763
こころぼそさを　937
こころぼそしな　802
こころもしらぬ　70
こころもゆかぬ　402
こころより　986
こころをひとに　199
こころをみずは　769
こしぢにしたふ　142
こじまのさきの　181
こすのまとほる　793
こずゑあらはに　81
こずゑにたえぬ　288
こずゑにとまる　533
こずゑのさくら　187
こずゑのゆきの　17

こずゑのゆきも　65
こずゑばかりは　62
こずゑむなしき　524
こずゑもしげく　287
こぞいれし　944
こぞのわたりの　314
こだかきまつの　830
ことしのべの　356
ことしのはなの　476
ことしばかりの　513
こととはずとも　53
こととはん
——あすはゆきとや　123
——わがこころもでと　719
ことのはに　670
ことのみぞ　860
ことはうきみに　770
こともよろしく　862
こなたかなたに　924
こぬみのはまの　738
このうちになく　845
このごろは　275
このしたつゆに　871
このしたつゆも　247
このねぬる　302
このはがくれの　266
このはがくれも　565
このはちる　306

このほどは　160
このままに　693
このまもいかが　117
このよだに　968
このよとおもふに　949
このよともみず　972
このよならずや　159
このよなりけり　966
このよには　961
こはぎはら　322
こひごろも　679
こひしきひとを　967
こひすてふ　601
こひせじと　712
こひはいのちぞ　621
こひやわたらん
かずかぎりなく——　746
こころづくしに——　1002
こひわたらまし　887
こひわたりなん　674
こひわたりぬる　698
こひわたるかな
おきどころなく——　666
みざりしときを——　709
むかしのいろを——　166
わかれしはるを——　209
こひわたるとは　750
こひわたるべき　657

こひわたるらん　684
こひをのみ　708
こふるころかな　764
こほりにけりな　741
こほりにとづる　573
こほりゐる　575
こほりをたたく　560
こほるより　564
こほるらん　563
こぼれてにほふ　354
こほれども　571
こほれるそでも　581
こほれるなみは　436
こまつばら　13
こめおきて　819
こもりえの　6
こやにたく　662
こやのいけ　551
こやもあらはに　544
こゆともしらぬ　35
こよひばかりと　492
こよひもはやく　801
こよひもや　791
こよひをもとの　704
こりぬこころの　699
ころもうつ
——おとこそちかく　453
——さとのしるべや　457

ころもうつこゑ 452
ころもうつなり
おどろくゆめに―― 458
ひとこぬやどに―― 455
やむときもなく―― 451
ころもかすがの 862
ころもかりがね 449
ころもですずし 302
ころもでぬれぬ 205
ころもでの 675
ころもでも 756
ころものせきは 881
ころもひさしき 244
こゑきこゆなり 791
こゑこそもとの 40
こゑさわぎつつ 503
こゑさわぐなり 839
こゑするのべに 48
こゑぞすくなき 552
こゑぞはなれぬ 141
こゑたてそむる 360
こゑたてつなり
こをおもふみちに―― 845
ゆふなみちどり―― 555
こゑたてて 549
こゑばかりこそ 686
こゑはして 380
こゑむせぶなり 561
こゑめづらしき 15
こゑもきこえぬ 20
こゑもさむけし 553
こゑもをしまず 251
こゑよりも 634
こをおもふみちに 845

【さ】

さえはてにける 560
さえゆくしもを 589
さえわたる
――まがきのしもの 518
――みねのむらくも 526
さかえますべき 809
さかきばに 578
さかきばの 580
さかずはなにを 118
さかぬさくらの 90
さかひになびく 828
さがりごけ 830
さきしより 102
さきそむる
――いけのふぢなみ 176
――いはせのをのの 321
さきだちて 509
さきちるのべの 327
さきつらん 182
さきてひさしき 174
さきにけり 474
さきにほふ 469
さきやらで 101
さくすみれかな 162
さくとみて 178
さくはなに 150
さくらなりけり 148
さくらにつくす 124
さくらにふくる 117
さくらのなみの 125
さくらばな
――あだにうつろふ 118
――うつろふいろぞ 97
――うゑけんときは 96
――こころづくしの 105
――たれしらくもと 119
――ちらではつべき 972
――ちらぬわかれに 144
――つまきにそへて 123
――よしののおくに 107
――わがものがほに 126
さくらをわきて 94
さけばかつ 106
さけるうのはな
しづがかきねに―― 206
をりもわすれず―― 207
ささがにの
――いとはやもなく 375
――くもままれなる 243
――つらぬきかくる 329
――やどをばつきに 442
ささのはの 521
ささのやに 452
ささわけしあさの 756
さしいづるつきは 421
さしかへり 436
さしそへて 808
さしてぞたのむ 979
さしもおもひに 778
さしもやなみの 905
さすがにしるき 280
さすがにはるの 161
さすやとやまの 97
さすやひかげに 746
さすやみやまの 496
さすやゆふひの 197
さすやをかべの 223
さぞとだに
――えやしらくもの 669
――などしらなみの 626
さそはんはなは 42
さそふかぜをや 106
さそふらん 109
さだかにやみる 643
さだめなき 974

さだめぬなみに　906
さだめぬなみを　902
さだめぬはるの　198
さつききて　221
さつきまち　212
さでさすしづの　742
さてしもつゆぞ　705
さてしもつらき　689
さてだにはるの　21
さてもなほ
——ながれてすめる　859
——なにしかそでを　776
——ひとやりならぬ　925
さてもまた
——あはじをなにに　603
——あふをたのみの　621
さてもやいかに　978
さととほき　907
さとのあまびと　899
さとのしるべや　457
さとびとの　939
さなへとる
——やまだのたごの　233
——やまだのみづや　232
さなへとるころ　231
さなへとるなり　945
さののふなばし　674
さはのはるこま　140
さはべのあしの　847
さはべのたづの　846
さはりおほみ　419
さはるらん　550
さはゐまるらん　942
さびしさは　840
さほのかはとに　553
さほひめの　4
さまざまに　160
さみだれに
——おのれもうきて　245
——たまぬきかくる　243
——ぬれてなくなり　249
さみだれの
——くものほかゆく　280
——くものやへだつ　237
——はれせぬままに　246
さみだれのころ　232
さみだれのそら
ころもひさしき——　244
さらにしほるる——　240
しめりはてたる——　238
なみこすにはの——　239
はれせぬくもの——　241
ゆくかたしらぬ——　222
さみだれは
——くももみえず　242
——このしたつゆも　247
——ひまこそなけれ　248
さむからし　460
さむきゆふべに　570
さむきよに　910
さむきよは　847
さむければ
——もみぢにあける　480
——やむときもなく　451
——ゆふなみちどり　555
さむるまで　748
さやぐやよはの　521
さやのなかやま　912
さやまがしたに　270
さゆるよの
——ちどりしばなく　554
——ねざめのとこに　846
さゆるよは
——いかがこほらぬ　574
——たまゐのいはま　562
さよふけて　300
さらさらに　525
さらにきにけり　55
さらにしほるる　240
さらにもいはじ　61
さらぬやまぢも　535
さりけりとだに　766
さりとても　126
さをしかの
——つまどふあとは　519
——なみだをつゆに　381
——むねわけにちる　379
さをしかのこゑ　936

【し】

しかじこのよは　863
しかぞなくなる
ながきうらみに——　383
やのかみやま——　387
しかなくよはは　386
しかのあまの
——あさるうらわの　730
——つりのいさりび　736
——やくしほけぶり　652
しかのうらや　555
しかのうらわに　708
しがのうらわの　814
しかのこゑ　389
しがのはなぞの　100
しかまがは　863
しかもことりも　941
しかもなくなり　384
しかやなくらん　492
しがらきの
——とやまのまつは　687
——とやまのみゆき　56

しきかへて　833
しきしのびつつ　915
しきしまの　479
しきたへの
——そでこそあきの　668
——まくらにしても　914
——まくらのしたも　797
しぎのはねがき　953
しぐるとも　687
しぐるるいろを　758
しぐるるくもの　511
しぐるるやまは　504
しぐれなりせば　854
しぐれにすける　512
しぐれにつよき　514
しぐれには　532
しぐれぬさきの　350
しぐれぬさきも　310
しぐれのあめ　508
しぐれふる
——たつたのやまに　631
——もみぢのにしき　486
しぐれもあへず　501
しぐれもかぜも　943
しぐれもしらず　812
しげきなげきを　691
しげみがしたの　161
しげりこし　239
しげりゆく　678
しげるはちすに　271
しげるまこもの　752
しげれるふちの　760
したくさかけて　225
したくつる　891
したにいはまの　561
したにおもひし　751
したにのみ　606
したにやいをの　273
したのかれはに　89
したのみだれは　609
したのみだれや　734
したばさだめぬ　349
したひもの　881
したふらん　446
したむせぶ　612
したもえにのみ　662
したやすからぬ　572
したゆくなみは　419
したよりあきや　284
したをれに　543
しづえぞみづの　80
しづえひつ　82
しづがいほりの　68
しづがかきねに
——いそぐなはしろ　944
——さけるうのはな　206
しづがきぬたも　449
しづがささやに　264
しづがやまだの　158
しづくもなほや　250
しづこころなき　651
しづのめが　235
しなのまゆみ　763
しのすすき
——しのびもはてず　344
——ほにいでぬそでの　608
しのにおしなみ　343
しののめや　634
しののをすすき　46
しのばるる　70
しのばれぞする　629
しのばれて　956
しのびあへず　703
しのびがほなる　515
しのびしままに　625
しのびつるかな　623
しのびねもがな　212
しのびもはてず　344
しのぶかな　616
しのぶぐさ　958
しのぶこころの　614
しのぶころかな　201
しのぶときくも　769
しのぶにまじる　831
しのぶのころも　613
しのぶらん　168
しのぶれど　620
しばがきの　931
しばくべて　269
しばしぞしのぶ　874
しばしだに　984
しばしとつらき　197
しばしとどめぬ　114
しばしもかぜに　321
しばしもたえぬ　970
しばしやどらん　254
しばしやはるも　176
しばのあみがき　933
しばのかりいほ　268
しばのとの　825
しばのまろやは　943
しひしばの　781
しひてかたみに　180
しほかぜの　546
しほひのかたに　636
しほやきごろも
——とにかくに　710
——なれてだに　653
しほやくけぶり　401
しほやみつらん　839
しほるかな　664
しほるばかりに　394

しほるらん
――みるめにあける　776
――よをうみわたる　897
しほるなみに　604
しほるるにはの　188
しほれつる　397
しほれぬるかな　675
しほれはつらん
ほさでいくよか――　879
ゆふべやわきて――　341
しほれはてぬる　391
しまがくれつつ　407
しめりはてたる　238
しもうづむ　948
しもおきまよふ　517
しもがるる　548
しもがれの
――くさばぞしばし　545
――みぎはにたたる　530
しもがれはつる
――あしのはに　552
――くさかえの　840
しもさゆる　953
しもにくちぬる　478
しもにまかせて　516
しもまよふ　520
しもやかさねん　847
しらかしの　529
しらぎくを　476
しらくもの
――こなたかなたに　924
――なべてかかれる　96
――はてなきそらに　660
――みちゆきぶりは　148
しらずがほにも
――なほをしみつつ　977
――ひとやみるらん　988
しらせても　604
しらせまし　716
しらたまは　658
しらつゆに
――たまぬきとめぬ　75
――やどりそめたる　413
しらつゆの
――かたみひさしき　355
――たへぬくさばと　388
――たままつがえの　426
――なべてかかれる　96
――ならしのをかの　482
――のべのくさばや　869
――ふるねにさける　417
――をかべにたてる　420
しらつゆは
――たがあきかぜを　334
――にはもまがきも　430
しらつゆも
――かくろへはてぬ　440
――こぼれてにほふ　354
――すがるなくのの　926
――みだれてむすぶ　349
――みにしるものを　721
――ゆふべやわきて　341
――よすがらそでに　803
しらつゆを
――たまにぬかずは　442
――みだれてぬける　323
――わがみにしめて　340
しらなくに　605
しらなみの
――いそべのこまつ　818
――くだくるたまや　995
しらなみは　129
しらぬなみまに　996
しらぬわがみは　984
しらふをそへて　583
しらゆきの　55
しらゆふの　657
しらるとも　770
しられじな
――うつすみなはの　618
――なつののはらの　608
しられそめける　361
しられぬる　941
しりながら
――さきてひさしき　174
――などあきかぜに　388
しるからん　268
しるしあらはせ　979
しるしだに　33
しるしともみよ　735
しるひともなし　610
しるべかな　834
しるべとて　909
しるべなりけり　347
しるべにて
――ひとこぬやどに　455
――もろこしぶねの　902
しるものを　988
しるやいかに　760
しるらめや　750
しろたへに
――いつともわかず　849
――つもらぬゆきは　416
――とぶひののべは　47
――のこるをきくの　518
――ひばらのゆきの　536
――ふじのたかねの　435
しろたへの
――いそこすなみに　469
――ころものせきは　881
――そでにまぎるる　471
――そでのわかれは　923

——たがたまくらも 554
——つゆにまかする 392
——ふじのたかねの 535
——ゆきのたまみづ 59
——ゆふつけどりぞ 116
——をばながすゑも 867

【す】

すがのあらのの 221
すがのねの 424
すがのはしのぎ 539
すがるなくのの 926
すぎがてに 377
すぎぬべきかな 858
すぎぬらん 812
すぎのこずゑは 836
すぎのはわけに 937
すぎばしら 921
すぐしこし 704
すぐせども 982
すくもたくひの 745
すくものけぶり 662
すぐるつきひを 956
すぐるふなびと 903
すさのいりえの 571
すずかのせきに 883
すすきおしなみ 342
すずしさかよふ 282
すずのおとかな 587
すずむしの 461
すずろにいかに 942
すそのつきも 435
すそのつゆの 463
すそのはらの 611
すだくらん 273
すどがたけがき 441
すまのあまの 240
すまのせきやは 878
すまひかな 936
すまんかぎりは 997
すみかがほにも 156
すみけるしるき 264
すみけるやどの 834
すみけんひとの 255
すみそめし 932
すみなれて 285
すみのうへに 590
すみやくけぶり 591
すみやくしづの 589
すみよかるらん 934
すみよしの 810
すみれさく 165
すみれつむ 163
すみわぶる 33
すむかはたけの 820
すむかめの 996
すむかもの 570
すむつるは 844
すむとても 802
すむとりも 575
すむにほどりの 573
すむやさなへの 234
すりごろも 680
すゑのつゆ 978
すゑののはらに 586
すゑのはらのの 452
すゑのまつ 125
すゑのまつやま 35
すゑまでも 763

【せ】

せきかけし 282
せきかぬる 641
せきてもこひの 607
せきとめて 473
せきのしみづの 877
せきのふぢかは 880
せきふくよはの 882
せくそでの 651
せぜのいはなみ 114
せぜのかはなみ 185
せみのはごろも
——うすけれど 201
——おりはへて 218
せみのはの 288

【そ】

そこきよみ 284
そこさへにほふ 175
そこだにも 698
そこなるかげも 690
そこにごる 157
そこのこころは 760
そこもひとつに 71
そでこすなみも 897
そでこそあきの 668
そでさへかけて 641
そでぞかなしき 653
そでとやはみん 500
そでなくは 696
そでにかけつつ
かわかぬなみは—— 656
くさばのつゆを—— 163
そでにかつちる
——しらたまは 658
——たまかづら 796
そでになるらん 837
そでにはなれぬ 446
そでにまぎるる 471

そでのかぞする 67
そでのかも 255
そでのつき 434
そでのつゆかと 445
そでのつゆかは 395
そでのにほひは 202
そでのみぬるる 45
そでのわかれは 923
そではぬれける
おぼろけにやは—— 793
さてしもつゆぞ—— 705
そではぬれつつ
たつなみの
あとなしとても—— 601
なみだがは
あとなしとても—— 602
そではほすらん 679
そでひちて 236
そでふきかへす 295
そでふきとめぬ 568
そでふるやまの 10
そでふれにきと 336
そでほしわぶる 380
そでまでおつる 366
そでもかわかず 729
そでもぬれつつ 893
そでもまた 671
そでやくちなん 615
そでをまかせて 871
そでをまがへて 604
そのほどたへぬ 789
そほづだに 963
そむるもみぢば 951
すずかのせきに—— 883
はなのちしほに—— 479
そめかねし 514
そめしこころの 622
そめしさくらの 203
そめすてて 498
そめていろなき 399
そよぐらん 363
そよさらに 362
そらさへさえて 564
そらぞまたるる 799
そらにきえぬる 152
そらにしらるる 403
そらにしれとや 838
そらにだに 787
そらにまかする 232
そらのままなる 928
そらふきはらふ 137
そらものどかに 989
それかあらぬか 219
それかとばかり 26
それながら 597
そをだにうきが 799
そをだにのちと 632

【た】

たえずのみ 587
たえだえに
——あやふくてのみ 891
——にじたちわたる 511
たえだえにだに 930
たえてなからん 931
たえてのきばの 798
たえてよに 118
たえぬおもひに 382
たえぬはふじの 612
たえはてて 519
たえはてば 625
たえまにうすき 405
たえまより 566
たがあきかぜを 334
たがいつはりか 780
たがいつはりの 728
たがかよひぢと 351
たがきぬぎぬを 146
たかさごの 384
たかさごのまつ 811
たかさごや 113
たかしのはまの 762
たがしろたへの 207
たがそでふれし
——かたみとて 253
——なごりなるらん 68
たがそでよりか 765
たがたまくらも 554
たがたまづさの 374
たがためかへる 150
たがために
——うつろひはてし 515
——をしみしはなの 196
たがならはしと 744
たがなをたてと 732
たかねのかぜの 480
たかねのさくら 112
たかねのつきの 448
たがふこころも 733
たかまつの 309
たかまのさくら 95
たかまのやまは 17
たがみしゆめに 692
たかもしろに 585
たがやどしむる 909
たがゆくそでの 556
たがゆくみちと 638
たがよにすぐる 895
たぎついはねに 829
たきはまくらに 940

たぐへても
――うきにわがみぞ 852
――さそはんはなは 42
たけがきの 827
たけしまの 656
たけだがはらの 807
たけだのはらの 841
たけのあみがき 825
たけのすがきの 824
たけのはを 514
たけのわれひに 930
たごのうら 175
たごのうらの 683
たごのうらふぢ 171
ただおもかげに 697
ただかたときの 643
ただこひしなば 727
ただつゆばかり 788
ただひとこゑの 212
ただひとすぢに 794
たちかさぬらん 10
たちかふる 218
たちかへり
――あとなきかたに 557
――しばしやはるも 176
――なほすぎがてに 920
たちかへる
――いしまのみづに 432

――なみまにみゆる 685
――にはびのかげに 581
――のべにしほるる 408
たちかへるとも 923
たちかへるらん 200
たちこめて 402
たちそひて 7
たちとまり 254
たちなれし 95
たちぬらん 303
たちはじめけん 682
たちばなの
――かげふむみちは 254
――はなちるさとは 251
たちへだつらん 170
たちむせび 591
たちよるばかり 73
たちわかれなば 924
たちわたるとも 626
たつかすみかな
ちとせをこめて―― 14
なみもみどりに―― 22
たつかはぎりの 403
たつきもしらぬ 153
たつすずめかな 947
たづぞなくなる
――うちわたす 841
よろづよかけて―― 843

たつたがは 765
たつたがはかな 480
たつたのかはの 308
たつたのやまに 631
たつたのやまの 310
たつたひめ 488
たつたやま
――にしきおりはへ 116
――はなのにしきの 99
――まちしさくらの 92
たつちりの 746
たつとだに 652
たつともしらぬ 401
たつなみの 601
たつなみも
――くれなゐふかき 668
――よろづよかけて 843
たづぬとも 107
たづぬるものを 155
たづねいる 853
たづねきて 38
たづねても
――かひなきこひに 636
――ひとをみるめは 655
たづねばや 934
たづねゆく 855
たつみわこすげ 914
たづもなくらん 838

たつやおそきと 301
たておきし 851
たてそへて 266
たてもなく 486
たなかのいほの 950
たなばたつめの
――けふやあふらん 312
――なみだとぞみる 318
たなばたの
――あまのかはとは 317
――くものころもの 319
――くものころもや 316
――ゆきかふくれの 313
たにがはの
――みぎはやとほく 563
――ゆくせにうかぶ 976
たにのしたみづ 282
たにのしらゆき 58
たにのとに 496
たにのみち 929
たにのゆきまを 36
たにのをがはの 561
たにふかく 834
たにふかみ 895
たにみづも 2
たねとなるらん 958
たのまぬものの 700
たのまぬものを 665

たのまれぬ 973
たのみけん 706
たのみつつ 787
たのみなりける 739
たのむかな 962
たのむこころの 773
たのむとも 632
たのむのかりも 147
たのむべき 960
たのむゆめぢぞ 747
たのむらん
――あるべきほどは 980
――はるかにいづる 899
たのめしくれは 645
たのめしひとや 333
たのめしままの 728
たのめつつ 723
たのめても 729
たのめばつらし 695
たのめばみえぬ 965
たびごろも
――きつつなれゆく 916
――はるばるきぬる 893
――まつふくかぜの 910
たびゆくひとや 805
たへずすむべき 395
たへていのちの 774
たへぬおもひに 466
たへぬくさばと 388
たまかづら
――おもかげたえぬ 796
――かけてほすてふ 84
――たゆるときなく 463
たまがはに 525
たまくしげ 676
たまこすなみの 272
たまぞこぼるる 486
たまぞちりける 523
たまだすき 737
たまたまに 59
たまたまも 635
たまちるばかり 260
たまにぬかずは 442
たまぬきかくる 243
たまぬきちらす 131
たまぬきとめぬ 75
たまぬくやどの 250
たまのをごとの 640
たままくくずの 311
たままつがえぞ 815
たままつがえの 426
たままつの 991
たまもかるあまも 679
たまもだに 240
たまらぬほどの
――あきかぜぞふく 362
――わかなをぞつむ 48
たまりける 530
たまりみづ 157
たまゐのいはま 562
ためしにひかん 12
たもとかな
――みしをばゆめと 694
――むかしとまでは 913
たもとまで
――あらはれわたる 806
――うらがれはつる 505
――しほるばかりに 394
たゆまねば 547
たゆるときなく 463
たよりにて 551
たれうらみまし 774
たれかあはれと 984
たれかうきよに 888
たれかうゑけん 818
たれかとひこん 33
たれかはまして 987
たれかまさると 218
たれかまた 443
たれかわくらん 327
たれしらくもと 119
たれとかうらの 696
たれにしらせん
いろのふかさを―― 600
ほのかにだにも―― 611
たれにみせまし 290
たれにみせんと 329
たれはつかりと 142
たれまたるらん 110
たれゆゑとてか 168
たれをかわきて 153
たをりつれ 336
たをりてもみん 188

【ち】

ちかづくあきの 295
ちぎらざりけん 733
ちぎりおきけん 388
ちぎりしなかの 658
ちぎりしを
――たのめばつらし 695
――まつとはなくて 780
ちぎりだに 792
ちぎりとぞみる 315
ちぎりやしたに 265
ちぎるまくらは 229
ちとせのかげも 11
ちとせのかずに 990
ちとせのまつの 809
ちとせをこめて 14
ちどりしばなく 554

ちどりなくなり 559
ちはやぶる
――かみのみむろの 578
――やそうぢがはの 890
ちよにちとせを 842
ちよのかずかも 829
ちよのけしきは 12
ちよはてらさん 851
ちよをこめつつ 994
ちよをよみつつ 992
ちらさばいかが 770
ちらすなよ 610
ちらではつべき 972
ちらでもはるの 192
ちらぬしたばや 854
ちらぬわかれに 144
ちらばちらなん
――やまざくら 191
――やまぶきのはな 181
ちらばちれ 171
ちらばつらきを 128
ちらばまた 72
ちりかふのべに 50
ちりかふはなの 198
ちりちらぬ 122
ちりなばそでを 631
ちりなんやまの 489
ちりにしままの 169
ちりぬらし 185
ちりのこる 506
ちりはつる 977
ちりはてて
――うぐひすきゐる 187
――のこるみどりに 167
ちりもさだめぬ 499
ちるさくらかな 106
ちるたまの 613
ちるてふことの 107
ちるはなを 833
ちるやいかに 311
ちるゆきに 39
ちるゆきの 526
ちるゆきも 48

【つ】

つかのまもなく 226
つかのまもなし 711
つかへつつ 877
つきかげに
――うぢのかはをさ 436
――つゆやかさねて 438
つきかげは
――かきねばかりや 204
――ふすかとすれば 276
つきかげも 280
つきかげを 785
つきくさの 424
つきぞくもれる 266
つきぞさやけき 568
つきぞまれなる 419
つきぞみえける 416
つきぞもりくる 566
つきぞもりこぬ 279
つきだにいづる 216
つきだにも
――あきにはあへず 427
――なほかくれぬる 975
――なほすみよわる 804
――みやこにかはる 912
つきだにもうし 614
つぎてふりしけ 528
つきなまたれそ 277
つきになくなり
あかぬわかれを―― 147
――ほととぎす 214
つきにみがける 275
つきのかげかな 418
つきのかつらの
――いろはしらねど 565
――なにたてて 866
つきのかつらは 637
つきのさびしさ 441
つきのもるらん 948
つきばかり 922
つきはまちても 673
つきひともがな 704
つきふきとむる 439
つきもうらめし 278
つきもつげこせ 918
つきもつれなき 274
つきやすむらん 564
つきやはかはる 447
つきをかさねて 450
つきをまつかな 794
つきをみるかな 908
つきをやしたふ 567
つきをやはみる 928
つくさせて 199
つくづくとして 801
つくばねの
――はやましげやま 848
――みねよりおつる 693
つけおきて 58
つげてけり 87
つたのもみぢば 483
つちにつくまで 532
つづりさせてふ 468
つのくにの
――あしのやへぶき 248
――すくもたくひの 745
つのぐみわたる 22

つぼすみれ　161
つまかくす　387
つまきにそへて　123
つまきにはるは　87
つまこひあかす　379
つまこめて　27
つまどふあとは　519
つまやあらそふ　140
つみてかへらん
　ぬるるまそでに――　165
　――はるののに　49
つめだにひちぬ　140
つもらぬゆきは　416
つもらんうみの　470
つもるしらゆき
　こやもあらはに――　544
　のべもへだてず――　543
つもるとしかは　598
つもれるとしの　592
つゆさへもろき　328
つゆしぐれ　399
つゆしげみ　165
つゆじもの
　――うつろふいろを　495
　――やののかみやま　485
つゆすがる　343
つゆぞこぼるる
　くさはみながら――　873

　はちすのうへの――　273
つゆそふやどの　465
つゆだにも　428
つゆながら
　――うつろひそむる　475
　――かりほすをだの　386
　――ささわけしあさの　756
　――たをりてもみん　188
　――なにごとをかは　876
　――ぬれてうつさん　324
つゆにしほると　918
つゆにぬれつつ　951
つゆにまかする　392
つゆのうへに　431
つゆのおくらん
　いくよなよなを――　338
　わきてもいかで――　356
つゆのささはら　638
つゆのしたをぎ　362
つゆのしらすげ　650
つゆのふかさを　608
つゆむすぶ　429
つゆもたまらず　305
つゆやおきゐる　289
つゆやおくらん　344
つゆやかさねて　438
つゆやかずそふ　459
つゆよりかげや　422

つゆよりつきの　832
つゆをちらすな　336
つらからで　774
つらきかたみの　639
つらきこころに
　――うちそへて　709
　――みをかへて　766
つらきにたへぬ　640
つらきにながき　755
つらきひとつの　648
つらきまどほの　653
つらぬきかくる　329
つららゐにけり　562
つりのいさりび　736
つりのをの　730
つるだにも　845
つるのけごろも　847
つれなかるらん　732
つれなきいはに　795
つれなきいろに　781
つれなきいろは　687
つれなきまつの
　――いろなくは　813
　――いろもみず　113
つれなくすぎし　532
つれなくひとの　804
つれなさは　513
つれなさまさる　216

つれなしとこそ　672
つれもなく　623

【て】

てだまもゆらに　320
てにみてる　13
てにむすぶ　284
てにもとられず　637
てらすつきかな　415
てるつきの　414

【と】

とかへるやまの　850
とがむばかりの　67
とがりする　586
とがりのましば　587
ときしらぬ
　――ふじのしばやま　25
　――ふじのたかねの　849
　――まつのこずゑも　483
ときのまも　777
ときはかきはは　580
ときはぎの　508
ときはのやまの　21
ときわかず　813
とくるこほりを　2

とけてねぬよの 881
とけてやそでの 52
とけぬらん 36
とけやらで 65
とことはに 790
とこなつのはな 289
とこなれはつる 431
とこのなみだは 671
とこのやまなる 861
ところなからん 855
としかへぬらん 814
としにひとよの 315
としにまれなる 110
としのうちに 1
としのくれかな
　わがみにつもる―― 597
　わすれてをしき―― 599
としふるほどぞ 941
としへぬる 889
としもへぬ 780
としやふりぬる 830
としをこゆらん 594
としをそへても 596
としをへて 674
とだちあらはに 999
とだちのはらの 583
とぢはつる 561
とどめあへず
　――あさたつそでの 926
　――にはのさくらは 167
となみやま 220
とにかくに
　――うつつにもあらぬ 961
　――おとにやあきは 384
　――かはるこころぞ 739
　――かはるはおなじ 981
　――こころをひとに 199
　――さしてぞたのむ 979
　――しぐれもかぜも 943
　――たのまぬものの 700
　――なれずはあまの 710
　――なれるわがみの 800
とばかりに 699
とはですぐべき 865
とはになみこす 738
とはぬひとさへ 537
とはれしままの 798
とはれぬみとは 98
とはれぬものを 624
とはれぬやどの 464
とはれんとやは 932
とひくるひとや 931
とびこえてなく 220
とびこゆる 400
とひとはぬ 154
とびまがふ 262

とふひとぞなき 930
とふひとの 817
とふひともがな 761
とふひともなし
　おもはねどまた―― 885
　かさなるやまは―― 237
　しぐるるいろを―― 758
　したくさかけて―― 225
　まそでにかけて―― 322
とぶひののべは 47
とぶひののもり 53
とぶほたる 263
とぶほたるかな
　たまちるばかり―― 260
　ひかりそへても―― 270
とへかしな 937
とへどしらたま 522
とほざかる 252
とほさざりけり 882
とほさとをのの 680
とほやまの 512
とませのやまも 536
とまびさし 905
とまやかた 904
とまらぬはるの 182
とまりなるらめ 668
とまをあらみ 952
とむるわかなは 45
ともこそみえね 811
ともしする 270
ともよばふなり 557
ともよびかはす 553
とやまのはなは 101
とやまのまつは 687
とやまのみねの 972
とやまのみゆき 56
とりのねぞ 644
とりのねに
　――うきおもかげは 707
　――またおきすつる 907
とりのねは 725
とりのねも 194
とるごとに 234
とるさなへかな 235
とわたるかりの 376

【な】

ながきうらみに 383
ながきしもよや 577
ながきちぎりの 320
ながきひに 231
ながきよに 456
ながきよの 805
ながきよのそら 824
ながきよわたる 424

ながきよを 379
ながくやひとに 659
ながくやひとを 757
ながしてふ 433
ながつきの 443
ながつきも 500
ながつきや
——ありあけがたの 458
——くれなばあきの 478
——まがきのきくは 474
なかなかに 706
なかばにすぐる 360
ながむらん 954
ながむるからの 445
ながむれば 444
ながめじとおもふ 723
ながめだにせで 743
ながめつつ
——おもへばおなじ 912
——よひのままなる 707
ながめばや 808
ながめまし 896
ながめもあへず 105
ながめやる 81
ながらのはしの 887
ながらのはまの 1001
ながらふる 640
ながらへて

——こころづくしに 1002
——わがみにかはる 759
なかりけり
——あまのとよりや 8
——つきのかつらの 565
——なべてかれはの 516
ながるばかりに 952
ながるるはなに 183
ながれそめけん 765
ながれたえせず 877
ながれつつ 820
ながれてすめる 859
ながれてたえぬ 315
ながれては 863
なきこひぢかな 730
なぎさになみの 775
なぎさによする 995
なきぞかなしき 982
なぎたるあさに 838
なぎたるそらに 661
なきてつぐなり 468
なきとめぬ
——こずゑのさくら 187
——はるのわかれの 195
なきねのゆめも 643
なきものを 986
なきやせん 215
なきやふりぬる 217

なきやまぢかな 939
なきゆくかりの 149
なきよとて 728
なくうづらかな 340
なくかはづかな
おのれひとりと—— 184
すみかがほにも—— 156
なくこゑは 288
なぐさみなまし
つきはまちても—— 673
わするるとがも—— 782
なぐさめぞなき
なにをいのちの—— 695
ゆめよりほかの—— 959
なぐさめて 692
なぐさめに 799
なくしかの 382
なくせみの 287
なくちどり
——たがゆくそでの 556
——ともよびかはす 553
なくてふむしの 874
なくときぞ 449
なくとりの 686
なくねをたてて 639
なくほととぎす 218
なくやくもまの 222
なくやさつきの

——さなへとるなり 945
——みたやもり 230
なくゆふかげの 467
なげかんためや 772
なげくころかな 956
なけれども 37
なごえのはまに 920
なごしのはらへ 294
なこそとも 885
なこそのせきの 885
なごりだに 599
なごりとて 527
なごりなりけり 700
なごりなるらん 68
なごりにも 286
なさけありせば 716
なさけだに 798
なさけをなにに 706
なだかのあまの 681
なつかりの 278
なつくさは 291
なつくれて 292
なつごろも
——うすくなりゆく 665
——をりもわすれず 207
なつごろもかな 203
なつとあきと 299
なつなきとしや 283

なつのいけの 272
なつののくさに 297
なつののくさの 876
なつののはらの 608
なつのほかなる 285
なつのよはかな 280
なつはつる
―あふぎのさきに 298
―みそぎをすぐる 293
なつはてて 294
なつふかき
―いはせのもりの 225
―かはせにくだす 261
―もりのしたくさ 761
なつむしの 624
なつもみやまの 269
なつやすぎぬる 300
なつやまの 287
なでしこに
―あきもさびしく 467
―ひとりいろづく 291
なでしこのはな 290
などあきかぜに 388
などあふことの 748
などしらなみの 626
などわすれよと 733
なにいそぐらん 592
なにうらむらん
―いつとても 464
おとせぬひとを― 932
なにかうらみん
とはれぬみとは― 98
―ほととぎす 211
なにこそありけれ 881
なにごとに 983
なにごとをかは 876
なにごとをして 983
なにしかそでを 776
なにしかひとの 753
なにぞはつゆの 755
なにたてて 866
なのたのみけん 689
なにとかひとを 784
なにとふりゆく 513
なにとまた
―おなじうききよを 980
―かどたのひづち 949
―ねにたててなく 826
なににしらまし 813
なににぬれまし 710
なににまがへん 631
なにはえや 259
なにはがた
―いりえのあしに 549
―なみもみどりに 22
なにはたちぬる 745
なにはのあしび 547
なにはをとめが 662
なにもとむらん 701
なにをいのちの 695
なにをかあきの 489
なにをかたみに 887
なにをかは 896
なにをしむらん 126
なのみして
―おきゐてつゆも 821
―なみよるしまの 817
なのみふりつつ 927
なはしろに 158
なはしろの 156
なにしろみづの 159
なはしろをだの 157
なびきそむらん 751
なびきやはせぬ 619
なびくやなぎに 78
なべておけども 869
なべてかかれる 96
なべてかれはの 516
なべてくさばの 330
なべてなりゆく 815
なべてふく 361
なべてみどりぞ 138
なべてみどりの 291
なべてよの
―ことしののべの 356
―はなのさかりを 127
なほあかつきぞ 703
なほあまりある 418
なほありあけの 623
なほいのるかな 880
なほうたたねの 365
なほうちきらし 9
なほかくれぬる 975
なほかけとめよ 178
なほくだくらん 699
なほくれかかる 193
なほこがるなり 261
なほこぬひとを 729
なほこりずまに 514
なほさえて 63
なほざりに 67
なほしのぶかな 957
なほしほるらん 869
なほしろたへの 566
なほすぎがてに 920
なほすみよわる 804
なほぞおもふ 731
なほぞかなしき 923
なほぞこふなる 792
なほぞつれなき 670
なほたちかへり 251
なほときしらぬ 61

なほながつきの
――きくのつゆ 470
――つきかげに 438
なほにほふなり 127
なほはるさむし 65
なほまたはなに 110
なほみだれそふ 32
なほもふりしけ 595
なほもまた 209
なほやをらまし 180
なほゆふぐれの 799
なほゆふぐれや 465
なほをしみつつ 977
なみうつふねの 904
なみかくる
――あまのとまやの 919
――きよたきがはの 189
――きよみがせきの 879
――しほやきごろも 710
なみこえて 275
なみこすにはの 239
なみさへきりに 399
なみだかたしく
――とことはに 790
――まくらより 610
なみだかな
――うらみんとだに 759
――こころにさこそ 717

なみだがは
――あとなしとても 602
――ゆめばかりだに 726
なみだだに 630
なみだとぞみる 318
なみだとて 146
なみだとや 376
なみだなりけり 620
なみだにかげは 637
なみだにそへて 664
なみだにそめて 387
なみだにや
――あへずのはらも 369
――ぬれてうつろふ 378
なみだのうみに 714
なみだのかはに 655
なみだばかりや 36
なみだもつゆも 352
なみだやしたに 287
なみだやつゆに 226
なみだゆゑ 380
なみだより 372
なみだをたまに 375
なみだをつゆに 381
なみになれつつ 434
なみにぬれつつ
こころづくしの―― 754
みるめなぎさの―― 708

なみにまかせて 683
なみのうへかな 34
なみのゆふはな 1000
なみはたたまし 696
なみまにみゆる 685
なみもみどりに 22
なみやたつらん 293
なみよせかくる 171
なみよりまさる 615
なみよるしまの 817
なみをりかくる 546
ならしこし 308
ならしのをかの 482
ならすあふぎぞ 286
ならすうぐひす 43
ならぬこころも 647
ならのかれはに 520
ならのしたかぜ 503
ならはすはなの 121
ならはぬうらの 905
ならはぬそでは 918
ならひそむらん 408
ならびつつ 143
なりなまし 683
なりぬらん 638
なりはてて 957
なりわたるらん 894
なるてふものの 998

なれずはあまの 710
なれてだに
――つきのかつらは 637
――つらきまどほの 653
なれなれて
――ひとよにあきや 497
――ゆくかたみせぬ 194
なれるわがみの 800
なをのこしつつ 164

【に】

にがたけの 828
にがにがしくて 828
にごりておつる 247
にごりにしまぬ 271
にしきおりはへ
――うぐひすぞなく 103
――しろたへの 116
にじたちわたる 511
にはくさの 161
にはたづみ 245
にはにあられの 524
にはにきえゆく 530
にはのうのはな 205
にはのかるかや 349
にはのさくらの 91
にはのさくらは 167

にはのしたをぎ	360
にはのしらぎく	478
にはのしらつゆ	296
にはのしらゆき	
――それながら	597
なほもふりしけ――	595
――ふりはへて	537
にはのはつゆき	528
にはのむらぎく	471
にはのむらくさ	527
にはのやまぶき	
うぐひすきゐる――	187
――おのれのみ	190
――ひとえだに	186
にはのをぎはら	368
にはびのかげに	581
にはびのかげは	579
にはふかき	832
にはもまがきも	430
にひたまくらの	705
にほのしたみち	741
にほはぬに	42
にほひそめたる	485
にほひゆくらん	358
にほひをわきて	69
にほふはぎはら	324
にほふらん	250

【ぬ】

ぬぎかふる	201
ぬぎけんひとは	355
ぬきもさだめぬ	486
ぬきをうすみ	99
ぬくひとは	522
ぬしやたれ	357
ぬふてふかさの	39
ぬまのいはがき	228
ぬるがうちの	964
ぬるらんとだに	605
ぬるるそでかな	
いはねどさきに――	628
おもひしよりも――	364
かたみがてらに――	744
こともよろしく――	862
ただおもかげに――	697
はかなきゆめに――	676
ゆたのたゆたに――	714
わかるるほどは――	925
ぬるるそでだに	748
ぬるるたもとぞ	633
ぬるるたもとは	762
ぬるるまでそでに	165
ぬれごろも	
――ころもひさしき	244
――たへずすむべき	395
――ぬれてかひある	681
――ほすはわがみの	742
ぬれすぎて	411
ぬれそふそでの	683
ぬれつつも	327
ぬれていろこき	
――はるさめのそら	135
――ふぢのはな	180
ぬれてうつさん	324
ぬれてうつろふ	378
ぬれてかひある	681
ぬれてこづたふ	39
ぬれてなくなり	249
ぬれにきとおもふ	675
ぬれぬとも	871
ぬれぬるそでぞ	749
ぬれまさるらん	52
ぬれゆくそでを	761

【ね】

ねざめがちなる	940
ねざめならはす	367
ねざめのとこに	
――かよふなり	846
――ゆめさめて	946
ねざめのとこの	800
ねざめのやまの	936
ねざめもよほす	953
ねずりのころも	609
ねなばひとよの	706
ねにぞなきぬる	
いやとほざかる――	688
かくれてながき――	650
ねにたつる	740
ねにたてて	
――あかぬわかれを	147
――いろにいでゆく	368
――たがためかへる	150
ねにたててなく	826
ねにはたつらん	154
ねにはたてつつ	226
ねにはたてつる	634
ねにやたてたてん	874
ねぬなはの	682
ねぬにうきなの	682
ねぬよもしるく	454
ねのひして	14
ねのひのべに	11
ねのひのまつの	12
ねのみなかれて	612
ねのみなきつつ	572
ねやさむみ	458
ねやのうづみび	577
ねよとのかねも	791

ねをぞたてつる 640
ねをぞなきぬる 853
ねをもしのばじ 738
ねをもたつらん 465
ねをやたつらん 195
ねをやなくらん 575

【の】

のきちかき 365
のきのあやめの 238
のきのこけ 831
のきのしたくさ 415
のきのしのぶの 227
のきのたちばな
たまぬくやどの—— 250
むかししらする—— 253
のきのたまみづ 248
のきのむめがえ 66
のきばのくさの 406
のきばのくりも 942
のきばのつらら 63
のきばのむめに 38
のきばのをぎに 359
のきばのをぎの 363
のこるおもかげ 255
のこるかな 26
のこるしらゆき
あさひがくれに—— 63
ひばらがしたに—— 62
のこるとは 61
のこるみどりに 167
のこるらし 410
のこるらん 569
のこるをきくの 518
のぢのたまがは 275
のどけきはるの 54
のなかにおくる 907
のなかのまつに 816
のはらのくさの 505
のはらのすすき 347
のべごとに
——おのれとなびく 331
——たれにみせんと 329
のべにきて 355
のべにしほるる 408
のべのくさばや 869
のべのしのはら 351
のべのしらつゆ 291
のべのそとばに 974
のべのちとせの 13
のべのはぎはら 323
のべのみちしば 522
のべはみな 402
のべみれば 348
のべもへだてず 543
のもせのくさも 309
のもやまも
——あきみしいろは 516
——みにそふつゆや 446

【は】

はかずにきみの 994
はかなきつゆの 409
はかなきほどは 971
はかなきゆめに 676
はかなさは 970
はかなしな 229
はかなしや 728
はがひのしもや 570
はぎがはなずり
うつろひはつる—— 868
かぜにたまらぬ—— 328
ぬれてうつろふ—— 378
はぎのしらつゆ
つらぬきかくる—— 329
——よをさむみ 325
はぎのふるえぞ 44
はしたかの
——しらふをそへて 583
——とかへるやまの 850
はしばしら 890
はしりゐの 884
はしるごとくに 884
はたおるむしの 462
はちすのうへの 273
はちすのたちは 272
はつあきの
——たつたのやまの 310
——ゆふかげぐさの 413
はつうのはなの 204
はつかにも 750
はつかのつきの 750
はつかりがねの 369
はつかりの
——いやとほざかる 688
——なみだをたまに 375
はつかりのこゑ
あしたのはらの—— 371
かずもしられぬ—— 400
はつごゑは 43
はつしぐれ 481
はつせがはらの
——しろたへに 1000
——わたしもり 865
はつせのひばら 416
はつせのや 440
はつせのやまも 6
はつねののべに 15
はつはるつぐる 20
はつゆきしろし 527

はづれども 673
はつわかくさの 27
はつをばな 346
はてなきそらに 660
はてはまた
——こほりにけりな 741
——たがならはしと 744
——たのむこころの 773
——わすれんのちの 629
はてもなし 621
はなかつみ 332
はなかとぞおもふ 3
はなこそはるの 98
はなさかぬ 21
はなさきにけり 95
はなすすき
——あけなばあきの 500
——いかなるかたに 751
——くさのたもとの 341
——ほのかにだにも 611
はなぞまたるる 60
はなたちばなに 255
はなたちばなの 252
はなちるさとは 251
はなとつきとの 599
はなにさくころ 179
はなにそめこし 202
はなになくなる 116

はなのいろかと 104
はなのいろかも 194
はなのいろに
——おのれひとりと 184
——さくらをわきて 94
——たのむのかりも 147
——なべてなりゆく 815
はなのかれはも 935
はなのさかりを 127
はなのしらくも 137
はなのしらゆき
かづらきやまの—— 109
——みちもなし 111
はなのためとも 124
はなのためとや 128
はなのたもとの 334
はなのなだてと 479
はなのちしほに 66
はなのにしきの 99
はなののすすき 345
はなのはみねども 130
はなのふくかぜの 125
はなもこそちれ
かりのはかぜに—— 145
みちふみまどふ—— 49
はなもたまらぬ 189
はなもちりけり 254
はなもみましを 168

はなももみぢの 593
はなももみぢも 811
はなゆゑに 155
はなよりのちに 199
はなよりのちは 169
はなをばをしむ 115
はなをみるかな 91
はなをみるにも 108
はねうちかはす 148
はまちどり
——あれゆくなみの 557
——かたぶくかたの 567
はまなのはしを 892
はまのまさごに
——すむつるは 844
——ちよをよみつつ 992
はままつの 604
はまひさぎ 1001
はやくうきよも 858
はやくもすぐる 353
はやまがみねの 268
はやましげやま 848
はやまのいほの 928
はらひもあへず 542
はらふらん 772
はらへばあわと 671
はりまぢの 878
はりまなる 898

はるあきの 811
はるあきも 850
はるがすみ
——かすみていにし 370
——けふやころもに 10
はるかぜぞふく
あをねがみねに—— 833
かたみのこさぬ—— 186
きしのやなぎを—— 79
こずゑあらはに—— 81
たまぬきとめぬ—— 75
ながめもあへず—— 105
のこるみどりに—— 167
みだれてもろき—— 99
わかなつむのに—— 46
はるかぜに 181
はるかぜの 73
はるかぜや 109
はるかにいづる 899
はるきても 151
はるきぬと
——こずゑばかりは 62
——こゑめづらしき 15
——なみだばかりや 36
はるくることを 16
はるくれど 63
はるくれば 141
はるこまのこゑ 139

はるさめぞふる
いろそめそへて―― 134
たまぬきちらす―― 131
みどりもふかく―― 136
はるさめに
――おなじみどりも 132
――しほるるにはの 188
――ぬれていろこき 180
――まづいそがるる 130
はるさめの
――そらふきはらふ 137
――ふるののくさの 138
はるさめのそら 135
はるぞかなしき 194
はるぞのこれる 77
はるたちぬらし 5
はるたつと
――ききつるからの 3
――けさはいはまの 2
――なほうちきらし 9
はるたつのべに 4
はるとだに 86
はるとやはみる 169
はるながら 173
はるにあふ 158
はるのあめかな 133
はるのいろとは 174
はるのいろなる 183
はるのいろを 208
はるのうぐひす 39
はるのかりがね
おのがねにかる―― 146
そらにきえぬる―― 152
たがためかへる―― 150
はるのきて
――はぎのふるえぞ 44
――まどほにかすむ 51
はるのくれかな 197
はるのたの 159
はるののに
――とむるわかなは 45
――みちふみまどふ 49
――もゆるわらびの 88
はるののの 24
はるのはつはな 92
はるのひの
――かげののわらび 85
――ひかりもながし 84
はるのひも 193
はるのやまざと 59
はるのよのつき 117
はるのわかれの 195
はるはいつしか 60
はるはきえつつ 25
はるはきにけり
さかえますべき―― 809
よそにへだつる―― 23
はるはきぬらし 29
はるはたつらん 8
はるはまた
――こしぢにしたふ 142
――さらにきにけり 55
はるばるきぬる 893
はるばると 900
はるふかき 170
はるもきぬらん 18
はるやきぬらん 7
はるやしるらん 28
はるやたつらん
はつせのやまも―― 6
――ふりつもる 1
はるやときはの 37
はるやまぢかき 540
はるやわすれぬ 83
はるよりつらき 202
はるよりのちも 56
はるをあすとや 596
はるをへて 119
はるをまつ 597
はれせぬくもの 241
はれせぬままに 246
はれゆくくもの 281
はをしげみ 820

【ひ】

ひかりそへても 270
ひかりにて 922
ひかりまで 197
ひかりもながし 84
ひきひきは 159
ひくしめなはの 231
ひくべきはるも 13
ひくまのに 324
ひぐらしの 467
ひこぼしの 315
ひさかたの
――あまつくもゐの 477
――あまてるつきの 997
――あまとぶかりの 373
――くもゐのかりも 368
――そらものどかに 989
――つきのかつらの 866
ひとえだに 186
ひとこそしらね 691
ひとこぬやどに 455
ひとこぬやまの 119
ひとしれぬ
――したのみだれや 734
――にほのしたみち 741
ひとすぢに

――つれなしとこそ 672
――なにかうらみん 211
――ならぬこころも 647
――よるかたもなく 618
――わかれぬものは 966
ひとすぢのこす 834
ひとすまで 430
ひとだのめなる 927
ひとつにて 152
ひとつばし 895
ひとつまつ 814
ひととせに 317
ひととはぬ 269
ひととひけりと 929
ひとなきとこの 772
ひとなみなみに 982
ひとにかたらん 771
ひとにしらする 652
ひとにしらせん 766
ひとにしらるる 359
ひとにしられじ 609
ひとにしられず 162
ひとにしられぬ 228
ひとにとはるな 605
ひとになれつつ 941
ひとにはえこそ 872
ひとのうきよか 969
ひとのうきよに 973

ひとのこころの
――あらしふくよは 875
――かはりはてなば 632
――なさけありせば 716
――はなをみるにも 108
ひとのこころは
――いかがせん 646
うすくなりゆく―― 665
――やまかぜに 731
ひとのこころや 958
ひとのためさへ 740
ひとのためとは 701
ひとのなだてに 771
ひとのみは 978
ひとのよの 971
ひとへばかりに 545
ひとむらは 506
ひとめさへ 629
ひとめとまでは 625
ひとめもはるも 541
ひともいるなる 856
ひともしぐるる 494
ひともはらはぬ 78
ひともまちみず 933
ひとやなからん 864
ひとやみるらん
しらずがほにも―― 988
ひととひけりと―― 929

ひとやりならぬ 925
ひとよあかしつ 914
ひとよだに
――かくてはふべき 919
――ならはぬうらの 905
――みじかきころに 229
ひとよにあきや 497
ひとよにきゐる 41
ひとよねぬ 915
ひとよのふしも 921
ひとよふる 543
ひとよやどかす 864
ひとりいろづく 291
ひとりくだくる 447
ひとりこがれて 642
ひとりすみえて 157
ひとりすむらん 276
ひとりつれなき 815
ひとりのみ
――あかせるよはの 725
――なみだかたしく 790
ひとりもりける 878
ひとりやいろの 325
ひとりやしかの 385
ひとりやつきの 429
ひとりやはるの 200
ひとをばえしも 718
ひとをみるめは 655

ひなのながぢの 900
ひばらがしたに 62
ひばらのゆきの 536
ひばらもいまだ 6
ひびきつつ 940
ひまこそなけれ 248
ひまたえて 227
ひまなきこひは 678
ひまもなく 761
ひむろやま 283
ひむろやまかな 282
ひめこまつ 14
ひもゆふかげの 290
ひらけんはなは 998
ひらのたかねの 134
ひるまだに 397
ひろさはや 136
ひをすごしつつ 285
ひをへつつ 524
ひをへてまさる
――のべのそとばに 974
――やまのあらしに 916

【ふ】

ふかきいりえに 642
ふかきよの
――あけやしぬらん 870

―たけだがはらの 807
ふかくもはるを 201
ふかずはもとの 168
ふきかへす 305
ふきこほる 527
ふきさそふ 509
ふきしくのべの 339
ふきそめて 359
ふきつよる 480
ふきなして 892
ふきむすぶ 364
ふくあきかぜを 455
ふくかぜに
―かざさぬそでも 127
―なほみだれそふ 32
―ほむけやきえぬ 342
―みだれてなびく 351
ふくかぜの 933
ふくかぜを 947
ふくとても 425
ふくともみえぬ 227
ふけぬといそぐ 412
ふけぬらん 577
ふけゆくまでの 154
ふけゆくやまの 274
ふしうしとても 824
ふしごとに 993
ふじのしばやま 25

ふじのたかねの
―いかならん 535
―けぶりだに 713
―しろたへに 849
―ゆきもわかれじ 435
ふじのやま
―なほときしらぬ 61
―はれせぬくもの 241
ふしみのさとは 821
ふしみのをだの 945
ふすかとすれば
―あくるよの 963
―あけぬなり 276
ふすぶるかびの 267
ふたみがた 439
ふちぞかなしき 693
ふぢのしたかげ 193
ふぢのはつはな 175
ふぢのはな
―いつよりひとの 172
―しひてかたみに 180
―なほかけとめよ 178
―よろづよかけて 177
ふぢばかま
―あきはわすれぬ 354
―いくのをかぜも 358
―わきてもいかで 356
―わすれがたみに 357

ふぢばかまかな 355
ふなでして 312
ふなをかやまの 970
ふねとめし 901
ふねとめて 906
ふねもさはらず 436
ふねもやいとど 550
ふはのせきやま 886
ふみしだき 139
ふみわけて 385
ふゆかはの 572
ふゆがれの
―しののをすすき 46
―ましばふみわけ 586
ふゆがれは 524
ふゆきては
―このはがくれも 565
―しもがれはつる 552
―なにはのあしび 547
ふゆくれば
―かりばのましば 584
―とがりのましば 587
ふゆさむみ
―かげみしみづの 564
―たづぞなくなる 841
―たなかのいほの 950
ふゆぞさびしき 546
ふゆぞひさしき 56

ふゆのいけみづ 741
ふゆのかりびと 582
ふゆのさびしさ 588
ふゆのしらゆき 551
ふゆのそらかな
うらがれはつる― 505
こほりにとづる― 573
ふゆのやまびと 529
ふゆのゆふぐれ 548
ふゆのよの
―つきをやしたふ 567
―にはびのかげは 579
ふゆのよは 560
ふゆはきにけり
あきもとまらぬ― 502
―かたやまの 503
しぐれもあへず― 501
みどりまじらぬ― 571
ゆきをかさねて― 531
ふゆやきぬらん 504
ふらぬよの 673
ふりいでて 481
ふりうづむ 588
ふりかくしつる 491
ふりかくしてし 55
ふりかくすらん 539
ふりすさむ
―おとをこのはに 510

――ゆきげのくもの 566
ふりつみし
――こずゑのゆきも 65
――まつのしらゆき 19
ふりつめて 538
ふりつもる
――ゆきだにきえぬ 60
――ゆきまぞかすむ 1
ふりにけり 818
ふりにしにはの 531
ふりぬとも 622
ふりはつる 836
ふりはてて
――けたよりゆかん 889
――ともこそみえね 811
――なにをかたみに 887
ふりはへて
――すずかのせきに 883
――とはぬひとさへ 537
――はるたつのべに 4
ふりまさるらん
　はがひのしもや―― 570
　みゆきははるや―― 100
ふりみふらずみ 504
ふるさとかけて 120
ふるさとに 918
ふるさとの
――かすがのをのの 172

――しがのうらわの 814
――しのぶにまじる 831
――のきのしのぶの 227
ふるさとは
――すみけんひとの 255
――たがそでふれし 253
ふるさとも 219
ふるさとを 169
ふるしらゆきを 590
ふるすはくもに 58
ふるすをなにに 64
ふるともしらぬ 133
ふるねにさける 417
ふるのたかはし 894
ふるののくさの 138
ふるままに
――あらそひかぬる 487
――はらひもあへず 543
ふるやなぎ 83
ふるやののきの 958
ふるゆきに
――うだのとだちは 582
――ひばらもいまだ 6
ふるゆきは
――えだにもはにも 529
――くものあなたに 540
――すみやくけぶり 591
ふるゆきも 592

ふればかつ 533
ふれるしらゆき
　かきねもたわに―― 208
　すゑのはらに―― 586
　ひとへばかりに―― 545

【へ】

へだつらん
――うづもれはつる 30
――きえねどうすき 57
――こえゆくやまの 917
へだてなりける 856
へだてにひしぐ 827
へだてはつらん 753
へだてはてたる 406
へだてはてつつ 690
へだてはててや 208

【ほ】

ほかにこころは 986
ほかにはこひを 610
ほかまでも 444
ほさでいくよか 879
ほしあへぬ 395
ほしかとぞみる 477
ほしもせず 617

ほしわぶる
――うきはうつつの 694
――つゆよりかげや 422
ほすはわがみの 742
ほたるばかりの 256
ほつえもよほす 38
ほととぎす
――いづれかさきに 214
――おのがさかりの 221
――かみなびやまの 249
――したくさかけて 225
――それかあらぬか 219
――ただひとこゑの 212
――なくやさつきの
　さなへとるなり 945
――なくやさつきの
　みたやもり 230
――なほたちかへり 251
――なみだやつゆに 226
――はなたちばなの 252
――まだいでやらぬ 213
――まちしさつきの 217
――まつひとからに 211
――まつもやなつを 223
――みやこにたれか 220
――ゆくかたしらぬ 222
――ゆめうつつとも 224
ほととぎすかな

いざよひあかす――　215
つれなさまさる――　216
ほどとほくとも　734
ほどなきよをや　693
ほどもなく　923
ほどをかたらん　122
ほどをしるかな　295
ほなはつくらん　903
ほにいづる　347
ほにいでずとも　345
ほにいでぬそでの　608
ほにいでんあきの　296
ほのかにだにも　611
ほのかにて　579
ほのぼのと　18
ほむけのつゆぞ　396
ほむけやきえぬ　342
ほりあけて　944

【ま】

まがきのきくに　495
まがきのきくは　474
まがきのしもの　518
まがきのたけの　823
まがきのをぎの　364
まかせてぞみる　78
まかせてん　104

まがひしまつの　102
まがへつつ　510
まがへても
――たえぬはふじの　612
――みだれてしるく　259
まきのとに　197
まきのとを　215
まきもくの　29
まぎれけん　794
まぎれぬものは　620
まくずかはらの　305
まくらながるる　726
まくらにしても　914
まくらのしたも　797
まくらより　610
まけはてて　697
まさごぢに　558
まさるそでかな　680
まさるらん　232
ましばのいほの　538
ましばのかきの　678
ましばのかれは　43
ましばふみわけ　586
まじりつつ　89
まじりても　631
まじるほたるの　257
ますかがみ　712
まそでにかけて　322

またいつはりに　791
まだいでやらぬ　213
またおきすつる　907
まだきしぐれの　372
まだきならはす　350
まださかぬ　38
まだしきほどの　212
またではいかが　425
またでやきえん　924
またでやねなん　215
またぬゆふべも　648
まだみぬくもの　444
まだみぬひとに　122
またもあふみの　684
またもむすばぬ　967
またるるかたの　739
またれこし　91
またれていづる　278
またれぬほどの　42
まちえても　314
まちこしのべに　44
まちしさくらの　92
まちしさつきの　217
まちしゆふべの　787
まちてきくらん　142
まちなるる　654
まちもせず　541
まちわぶる　101

まづいそがるる　130
まつがえの　532
まつがきの　43
まつかげの　533
まつがねの　762
まづかはるらん　325
まつしまや　729
まつぞさびしき　817
まづたちならす　90
まつちやま　333
まつとせしまの　671
まつとはしるや　213
まつとはなくて　780
まづなびきける　396
まつにすむつる　842
まつにはいろの　512
まつにやかかる　173
まつのうきねの　732
まつのこずゑも　483
まつのしぐれぞ　513
まつのしらゆき
――いつのまに　19
きえねどうすき――　57
まつのはに
――いかにせよとか　274
――うつるやつきの　420
まつのみどりの　179
まつのむらだち　30

まつのゆふかぜ 812
まつひとからに 211
まつひとは
——いくよつれなく 656
——おもひもよらぬ 471
——こじまのさきの 181
まつふくかぜに 384
まつふくかぜの
——さむきよに 910
——さむければ 555
まづふくかたに 619
まつべきくれと 743
まつほのうらに 724
まづみえそむる 764
まつむしのこゑ 76
まつもやなつを 464
まづやぬくらん 223
まつゆくするも 375
まどあけて 984
まどのむめがえ 937
まどほにかすむ 65
まどろまばこそ 51
まどろむほどの 715
まなくしぐれの 677
まなくときなく 487
まねくはかぜの 109
まねくもしらぬ 347

——あさぎりのそら 404
——ふゆのゆふぐれ 548
まののかやはら 734
まはぎはら 321
ままのいりえの 735
まれにこそみめ 595
まれにのみ 628
まろきばし 985

【み】

みえねども 493
みかきのたけの 819
みがくしらたま 271
みがくれて 239
みかさのやまは 423
みかさはとらじ 871
みかさやま 979
みぎはにさける 166
みぎはにたたる 545
みぎはのあしの
——ゆきのしたをれ 550
——よものしもがれ 569
みぎはのほたる 262
みぎははそよぐ 547
みぎはやとほく 563
みぎはをこえて 839
みくまのの 23

みこそをしけれ 727
みこもりに 752
みざりしときを 709
みしおもかげに 672
みじかきころに 750
みじかきよよの 229
みじかよに 792
みじかよの
——いりぬるつきの 286
——ふけゆくやまの 274
——ゆめばかりなる 968
みじかよは 277
みしひとの 720
みしひとは 788
みしふるさとの 922
みしまのや 585
みしままに 768
みしものを 908
みしゆめの 967
みしをばゆめと 694
みそぎがは 292
みそぎする 295
みそぎをすぐる 293
みたやもり 230
みたらしや 581
みだれそめけん 788
みだれつつ

——あしまのかぜに 262
——あられぞおつる 522
——ひかりそへても 270
みだれてしるく 259
みだれてぞおもふ 752
みだれてなびく 351
みだれてぬける 323
みだれてむすぶ 349
みだれてもろき 99
みだれてわぶる 352
みだればこひの 613
みちいそぐらん 805
みちくるしほに 792
みちしばのつゆ 664
みちたえて 573
みちだにもなし 889
みちとせに 998
みちとなるらん 895
みちながら 925
みちのくの 885
みちのさわらび 87
みちのべに 83
みちのべの 517
みちはなけれど 55
みちふみそむる 59
みちふみまどふ 49
みちふみまよふ 529
みちみえぬまで 536

みちもなく　531
みちもなし　111
みちもまどはず
――あきやゆくらん　491
なきゆくかりの――　149
みちもまどふと　191
みちやたどらん　50
みちゆきぶりは　148
みちわけいづる　58
みちわけがたき　541
みつしほに　641
みづぞすくなき　563
みづたまる　139
みづとりの　569
みづのしがらみ　82
みづのしらたま　971
みづのにごれる　234
みづのふるあと　944
みつのみまきの　141
みづまさりつつ　242
みづまでたまる　551
みづやすくなき　160
みつるかな
――いづれをあだの　964
――なごえのはまに　920
みつるつきかげ　906
みつるよの　676
みづをあさみ　156

みてもしのばめ
まどろまばこそ――　715
わすれぱこそは――　677
みてゆかん　901
みとはしらずや　975
みどりいろこく　831
みどりだに　135
みどりのいとの　131
みどりまじらぬ　571
みどりもふかく　136
みなといりの　550
みにしみそむる　306
みにしるころの　617
みにしるものを　721
みにそふつゆや　446
みにちかく　457
みにやしむらん　559
みぬむかしのみ　956
みぬをうつつに　962
みねとぶかりの　372
みねにおふる　213
みねにもをにも　979
みねのあさぎり　400
みねのあらしに　509
みねのあらしは　882
みねのしひしば　850
みねのしらくも
こえゆくやまの――　917

まづたちならす――　90
みねのしらゆき
いくへあらちの――　534
なほときしらぬ――　61
みねのまつかぜ　306
みねのむらくも　526
みねのもみぢの　506
みねのもみぢば
あらそひかぬる――　487
ちりもさだめぬ――　499
にほひそめたる――　485
みねのやまでら　935
みねまではへる　757
みねよりおつる　693
みのかずならぬ　627
みのしろごろも　9
みのとがは　649
みのほどは　720
みのほどを　981
みはかげろふの　711
みはこがるとも　606
みはすぐすらん　985
みほのうらべに　34
みほのうらわに　903
みむろのこのは　484
みむろやま
――いのるこころも　657
――いろそめのこす　854

――しぐれぬさきの　350
みやぎのの
――このしたつゆに　871
――もとあらのこはぎ　326
――もとあらのはぎの　663
みやぎのや　868
みやこならまし　702
みやこにいまや　43
みやこにかはる　912
みやこにたれか　220
みやこはやまに　908
みやこまで　175
みやこもしらぬ　332
みやこをとほく　917
みやこをとほみ　911
みやまには
――あられみだれて　521
――かすみばかりや　57
――ゆきだにきえじ　64
みやまのたにや　855
みやまのまつの　542
みやまはくもに　93
みゆきははるや　100
みゆるあさがほ　410
みゆるつきかな　157
みよしのの
――たままつがえぞ　815
――みやまはくもに　93

——やましたかぜに 448
——やましたみづも 246
——やまのあなたに 852
——やまのみゆきに 5
——やまやこのよの 856
——をのへのさくら 120
みよしののやま 96
みよぞみえける 158
みるかひもなき 747
みるからに 960
みるばかり 733
みるべきに 499
みるべきはなは 37
みるめなぎさの 708
みるめにあける 776
みわたせば 407
みわのさき 615
みわのやまもと 836
みをいかにせん 986
みをいたづらに 624
みをうきくさの 760
みをうぐひすの 195
みをおかん 875
みをおくやまの 835
みをかへて 766
みをこがす 702
みをしれば 765
みをつくし 735

みをもたどらず 779
みをやうらみぬ 121
みをやつくさん
かひなきこひに—— 636
なぎたるそらに—— 661

【む】

むかししらする 253
むかしとまでは 913
むかしなりけり 790
むかしなりけれ 40
むかしにて 654
むかしのあとに 893
むかしのいろを 166
むかしのはるぞ 70
むかしもいまの 190
むかしやしのぶ 252
むかしやとほく 894
むかしをしのぶ 954
むかひのみねの 781
むかひのをかの 991
むぐらのやどに 429
むぐらのやどの 395
むぐらふの 307
むさしのに 418
むさしのの 873
むさしのや

——くさのゆかりの 162
——たがやどしむる 909
——なべてくさばの 330
——はつわかくさの 27
——みやこはやまに 908
むしのこゑかな
あきまちかぬる—— 297
おのれうらむる—— 721
むしのなくらん 463
むしのねに 459
むしのねも 438
むしのわぶれば 460
むしやわぶらん 466
むしろだの 843
むすこけの 829
むすぶいほりの 937
むすぶらし 393
むすぼほれ 816
むつだのよどの 77
むなしくつゆに 437
むねわけにちる 379
むばたまの
——ゆめよりほかの 959
むまれこぬみを 965
——よはのさごろも 124
むめのはな
——いろをもかをも 74
——うたてたもとに 72

——たちよるばかり 73
——とがむばかりの 67
——にほひをわきて 69
——むかしのはるぞ 70
——をられぬみづの 71
むらさきの
——いろのふかさを 600
——ねずりのころも 609
むらさめに
——うつろひはつる 868
——やがてこずゑの 398
むらさめの
——くもやはれぬる 405
——しづくもなほや 250
むらしぐれ 502
むろのしほぢの 898

【め】

めぐりゆく 512
めにかけて 886
めにさやかなる 303
めにみぬしかの 380

【も】

もえかわたらん 736
もえやらで 45

もえわたる　711
もしほくむ　434
もしはほたれつつ　797
もずなきて　348
もちづきのこま
　あふさかこゆる——　411
　ふけぬといそぐ——　412
もつひともなし　860
もとあらのこはぎ　326
もとあらのはぎの　663
もとのこころに　83
もとのしづくは　978
もとのたにがは　938
もとゆくかはの　160
ものとさだめん　964
ものとしるとも　823
ものならじ　192
ものなれや　12
もののふの　428
もみぢにあける　480
もみぢのにしき　486
もみぢのはしも　376
もみぢのやまの　490
もみぢばに
　——まだきならはす　350
　——みちもまどはず　491
　——ゆきをかさねて　531
もみぢばの
　——いろこきいるる　789
　——ちりなんやまの　489
　——やしほのころも　488
もみぢばは　504
もみぢばを　977
もみぢもはなも　813
ももかへり　998
もゆるさわらび
　わがすみかとや——　89
　わがをりがほに——　86
もゆるもしらぬ　85
もゆるわがみを　778
もゆるわらびの　88
もらすはつねを　211
もりくるあきの　441
もりこしみづに　562
もりてやつゆの　373
もりのうぐひす　37
もりのしたくさ
　——いたづらに
　　あまねきかげは　279
　——いたづらに
　　ひとこそしらね　691
　——ひまもなく　761
もるみづの　930
もろこしぶねの　902

【や】

やかたをの　585
やがてこずゑの　398
やがてたちそふ　16
やがてなみだに　675
やくしほけぶり　652
やくしほの　764
やこゑなく　659
やしほのころも
　——あめにそめつつ　488
　——ふりぬとも　622
やすかはの　684
やすきときなく　684
やすのかはらに　312
やそうぢがはの　890
やそうぢびとの　580
やそうぢびとも　54
やそしまかけて　7
やたののの　534
やちよをかけて　210
やちよをこむる　993
やつはしの
　——みぎはにさける　166
　——むかしのあとに　893
やどかるいほの　921
やどこそなけれ　910
やどさじとても　434
やどしつる　803
やどにさけども　70
やどのかやりび
　くるればむせぶ——　265
　——しばくべて　269
やどのくれたけ　826
やどのけぶりの　33
やどのすみれぞ　164
やどのふぢなみ　174
やどやたえなん　243
やどりかな　409
やどりそめたる　413
やどるつきかげ　437
やどをばつきに　442
やなぎがえだの　75
やなぎかげ
　——こずゑあらはに　81
　——みどりもふかく　136
やなぎはら　308
やなぐひぐさの　428
やののかみやま
　——くれなゐに　485
　——しかぞなくなる　387
やへしげりゆく　307
やへたちかくす　27
やほかゆく　992
やまかげの　538

やまかぜに
——ちりかふはなの 198
——よわきわがみの 950
——わかるるみねの 731
やまかぜも 168
やまがつの
——あさのさごろも 454
——かきほのはなの 777
——しづがかきねに 206
——つづりさせてふ 468
——へだてにひしぐ 827
やまがはのみづ 473
やまぎはの 933
やまざくら
——いざさはかぜに 104
——おちてもみづの 114
——かすみのそでを 145
——かへるやはるの 191
——ちらでもはるの 192
——ちりにしままの 169
——としにまれなる 110
——はなのためとや 128
——ひとのこころの 108
——まだみぬひとに 122
やまさくらどの 103
やまざとに 20
やまざとの
——けふめづらしき 528
——さかひになびく 828
——しづがささやに 264
——しばのまろやは 943
——たけのすがきの 824
——にはのうのはな 205
——はなのしらゆき 111
——ひもゆふかげの 290
やまざとは 932
やまざとを 98
やましたかぜに 448
やましたみづも 246
やまだにたてる 951
やまだにぬるる 235
やまだのあぜの 156
やまだのたごの 233
やまだのみづや 232
やまとにはあらぬ 479
やまどりのをの 433
やまになくなり 155
やまのあなたに 852
やまのあらしに 916
やまのおくかな
おくりともなふ—— 922
ねざめがちなる—— 940
やまのこのはの 501
やまのしたくさ
——くちはてて 520
——ふみわけて 385
わづかにたまる—— 526
やまのしらゆき 3
やまのたにがは 247
やまのはうすき 398
やまのはこゆる 688
やまのはに
——かげめづらしく 304
——つれなさまさる 216
——はるはいつしか 60
——またでやきえん 924
——みやこをとほみ 911
やまのはの
——いさよふほどに 277
——はなふくかぜの 125
やまのはのくも 425
やまのはのつき 413
やまのべの 242
やまのべのいほ 453
やまのみゆきに 5
やまのわさだの 267
やまのをちかた 153
やまはいでつる 214
やまびとの 87
やまふかく 941
やまぶきのはな
しほるるにはの—— 188
ちらばちらなん—— 181
とまらぬはるの—— 182
やまぶきを 183
やまほととぎす 173
やまみづの 607
やまやこのよの 856
やみにまどはん 968
やみのうつつの 692
やむときもなく 451
ややかげうすき 802
ややしもさむき 450
やりみづに 938
やるかたもなき 852

【ゆ】

ゆきかとみれば 206
ゆきかふくれの 313
ゆきかふみちの 753
ゆきかへり 775
ゆききえば 53
ゆききならでは 939
ゆききのたにの 87
ゆききのをかの 299
ゆききゆる 134
ゆききをしのべ 92
ゆきくれて 921
ゆきげのくもの 566
ゆきげのみづに 129
ゆきぞちりかふ 120

ゆきぞふりける 205
ゆきだにきえじ 64
ゆきだにきえぬ 60
ゆきてはかへる 664
ゆきとぢて 588
ゆきとぢにけり 535
ゆきとふるまに 113
ゆきとみゆらん 342
ゆきとやかぜに 112
ゆきにこもりて 593
ゆきにまがへる 69
ゆきのけしきに 541
ゆきのさびしさ 538
ゆきのしたつゆ 32
ゆきのしたをれ
みぎはのあしの―― 550
みやまのまつの―― 542
ゆきのたまみづ 59
ゆきはふりつつ
いつともわかず―― 849
たかもましろに―― 585
つちにつくまで―― 532
なほうちきらし―― 9
ゆきまぞかすむ 1
ゆきまより 86
ゆきもけぬらし 241
ゆきももりこず 533
ゆきもわかれじ 435

ゆきやけぬらん 4
ゆきよりほかの 563
ゆきよりもろき 66
ゆきをかさねて 531
ゆくあきの 452
ゆくかたしらぬ 222
ゆくかたみせぬ 194
ゆくかりを 143
ゆくしぐれかな 510
ゆくすゑは
――かすみもくもも 152
――さだめぬなみを 902
ゆくすゑも 470
ゆくせなりける 80
ゆくせにうかぶ 976
ゆくせのなみの 858
ゆくせもはやく 292
ゆくつきひかな 884
ゆくとしも 360
ゆくへしらずも 198
ゆくほたるかな 259
ゆくもかへるも 927
ゆくらんあきも 499
ゆたのたゆたに 714
ゆつきがしたの 440
ゆふかげぐさの
――あきのつゆ 318
――しらつゆに 413

ゆふかけわたす 810
ゆふがすみ 23
ゆふかぜに
――そでまでおつる 366
――ひとよやどかす 864
ゆふぐれしるき 822
ゆふぐれぞなき 630
ゆふぐれの 362
ゆふぐれのこゑ 219
ゆふぐれのそら
あきになりゆく―― 414
まちしさつきの―― 217
ゆふぐれは
――あらぬかとだに 779
――いくへかすみの 30
――いつまでひとに 794
――おもひもしらじ 768
――くさきのほかの 394
――なみだもつゆも 352
ゆふぐれもうし 796
ゆふぐれもがな 723
ゆふけぶりかな
すみけるしるき―― 264
なにはたちぬる―― 745
ゆふしぐれ 489
ゆふしぐれかな 509
ゆふだちの 281
ゆふづくひ

――うつろひはつる 490
――さすやをかべの 223
――しぐれぬさきも 310
――むかひのをかの 991
――をぐらのやまは 492
ゆふづくひかな 350
ゆふづくよ 793
ゆふつけどりぞ 116
ゆふつけどりの
――こゑよりも 634
――わかれより 740
ゆふなみちどり 555
ゆふひかげ
――くるるくさばの 289
――さすやみやまの 496
ゆふひさす 947
ゆふひにまがふ 74
ゆふべかな 724
ゆふべのそらは 654
ゆふべやわきて 341
ゆふまぐれ
――あきかぜちかし 263
――あきくるかたの 304
――くだけぬなみも 523
――しばしもたえぬ 970
――ふすぶるかびの 267
ゆふやみのそら
ありかしらする―― 73

はつうのはなの―― 204
ゆめうつつとも 224
ゆめこそゆめの 961
ゆめさめて 946
ゆめぞのこれる 365
ゆめだにも 696
ゆめとだに 962
ゆめにありけれ 961
ゆめにうつつを 964
ゆめにだに 677
ゆめにみてまし 706
ゆめのはかなさ 965
ゆめのみじかさ 963
ゆめのよを 121
ゆめばかりだに 726
ゆめばかりなる
――このよだに 968
などあふことの―― 748
ゆめむすぶ 861
ゆめもさめつつ 386
ゆめやゆめ 966
ゆめよりほかの 959
ゆめをだに
――とほさざりけり 882
――まどろまばこそ 715

【よ】

よさむなるらん 438
よさむのかぜに 468
よしさらば
――こぬみのはまの 738
――わすらるるみは 771
よしとだに 872
よしのがは 129
よしのがはかな 183
よしののおくに 107
よしののかはの 860
よしののやまに 540
よすがらそでに 803
よするしらなみ 920
よせかへり 904
よせくるなみや 525
よせくるままに 31
よそげにはるの 196
よそならじ 971
よそならず 795
よそなるくもに 95
よそにかききし 602
よそにぞみまし 72
よそにのみ 1002
よそにはきかぬ 787
よそにへだつる 23
よそのもみぢを 426
よどぐるま 807
よどのかはぎり 806
よとはしれども
あだなるひとの―― 962
おもへばやすき―― 835
かぜもふきあへぬ―― 115
よにしらぬ 857
よにふれば 988
よのうきよりは 934
よのけしきかな 348
よのなかは
――うきふししげき 823
――ころもかすがの 862
――なにごとをして 983
よのなかを
――しばしぞしのぶ 874
――ひとなみなみに 982
よのならひこそ 974
よのほどに 503
よのまにかはる 302
よのまのかぜの
――さむければ 451
――なごりとて 527
よのまのつゆの 397
よはかさねつつ 461
よはにきくらん 556
よはになくらん 385
よはのさごろも 965
よはのしらつゆ 327
よはのとこかな 960
よはのねざめに 954
よはのやまかぜ 457
よひのままなる 707
よひよひに 837
よぶこどり
――たつきもしらぬ 153
――ふけゆくまでの 154
――われまちがほに 155
よもぎがしまも 996
よもぎがすゑは 239
よものうらなみ 990
よものくさきの 361
よものくさばの
――あきのつゆ 666
――あきのゆふぐれ 390
よものくさばも
――むすぼほれ 816
――むらさめに 868
よものしもがれ 569
よものはるかぜ 93
よものもみぢば 481
よやさむからし 452
よやふけぬらん
――あまのがは 314
――やまのべのいほ 453

よよりもあだに 106
よりこばきみを 763
よるおくつゆや 460
よるかたもなく 618
よるぞすずしき 292
よるとまたまし 635
よるなみの
――おきつしまもり 719
――おとをこずゑに 892
よるべきかたの 982
よるべすずしき 293
よるもねられず 775
よるやかなしき 462
よるよるは
――おのれもこほる 576
――たまちるばかり 260
よろしがは 862
よろづよかけて
――かみやまもらん 177
――たづぞなくなる 843
よろづよしるき 820
よろづよたえず 880
よろづよのかず 995
よろづよを 819
よわきわがみの 950
よわければ 544
よわたるかぜの 559
よわたるつきの 433
よわたるつきは 848
よわるひかげも 410
よわるらん 390
よをうぐひすの 826
よをうみわたる 897
よをかさね 431
よをさむみ
――はつかりがねの 369
――ひとりやいろの 325
よをすぐるかな 950
よをたのむかな 804
よをへてこほる 283
よをやすぎなん 828
よをやすぎまし 827
よをやつくさん 685
よをやわたらん 642
よをわたるかな 891

【わ】

わがいほは 78
わがかねごとの 779
わがきみの
――ためしにひかん 12
――ちよにちとせを 842
わがきみは 992
わがきみを 880
わかくさに
――あれゆくこまの 141
――さてしもつゆぞ 705
わかくさの 140
わがこひは
――あさけのかぜに 661
――かぜにまかする 660
――なにはをとめが 662
わがころもでと 719
わがころもでも 47
わがすみかとや 89
わがそでの
――なみだにかげは 637
――なみだのかはに 655
わがそでは 614
わがために 459
わかなつみつつ 50
わかなつみてん 53
わかなつむ 47
わかなつむのに 46
わかなつむらし 54
わかなはや 49
わがなみだかな 722
わかなをぞつむ 48
わかぬそらゆく 427
わかぬひとこゑ 224
わかのうらに 839
わがふむやまの 929
わがまたしのぶ 768
わかまつの 994
わがみかな 859
わがみこそ 714
わがみなるらん 983
わがみにかはる 759
わがみにしめて 340
わがみにつもる 597
わがみにもにぬ 986
わがみのとがに 646
わがみのほかに 598
わがみのほどを 988
わがみひとつの 654
わがみをも 786
わがものがほに 126
わがものからの 749
わがものと 289
わがやどの
――いささむらたけ 822
――のきのしたくさ 415
――のきばのくさの 406
わかるるほどは 925
わかるるみねの 731
わかれかな
――あふをかぎりと 689
――はなにそめこし 202
わかれしはるを 209
わかれぢの 927
わかれぬものは 966

わかれはなの 192
わかれやはする 512
わかれより 740
わがをりがほに 86
わきかへり 651
わきだにもせじ 119
わきていづらん 64
わきてしるらん 223
わきてなど 363
わきてはたびに 461
わきてもいかで 356
わきてもいはじ
――いははしの 888
――このよならずや 159
わきてもふかじ 331
わきもせん 16
わけつるかたに 896
わけてしほるる 913
わけゆくそでの 346
わしのみやまの 857
わするる
――うきはものかは 699
――ことはうきみに 770
わすらるるみは 771
わすられし 735
わすられて 648
わすられば 774
わするとて 718

わするべき 630
わするるとがも 782
わするるときぞ 786
わすれがたみに 357
わすれかねぬる 786
わすれしままの 647
わすれじよ 906
わすれずつきの 417
わすれずとても 645
わすれてねなん 445
わすれてをしき 599
わすれなば 783
わすればこそは 677
わすれやしぬる 967
わすれやはする
かけてもひとを―― 737
――やまがつの 777
わすれやはせん 921
わすれゆく 767
わすれんとおもふ 722
わすれんのちの 629
わたしもり 865
わたつうみと 797
わたつうみの
――しらぬなみまに 996
――なみさへきりに 399
――よものうらなみ 990
わたつうみや
――いろなきなみの 28
――おきつなみまの 698
――かすまぬそらも 8
わたのはら 7
わたりはつべき 888
わたるうらかぜ 549
わたるくもゐは 568
わたるこがらし 584
わたるまつかぜ 892
わたるゆふかぜ 343
わづかにたまる 526
わびしらに 853
われくだけても 827
われさへかはる 785
われぞあけぬと 634
われだにしのぶ 955
われとせぬ 938
われとのみ 128
われながら 724
われひとり 645
われひとりとや 948
われまちがほに 155
われゆゑに 605

【ゐ】

ゐなのささはら 910
ゐるくもに 423
ゐるさぎの 79

【ゑ】

ゑぐつむさはの 52
ゑじまのつきを 901

【を】

をかのかるかや 353
をかべにたてる 420
をかべのをだに 519
をぎのうはかぜ 367
をぎのはに 296
をぎのはの 366
をぎのはよりぞ 361
をぎのはわたる 365
をぎのやけはら
――かすむひに 24
そでのみぬるる―― 45
をぐらのやまは 492
をぐらやまかな 494
をざさがつゆも 497
をざさはら 299
をしかもの 574
をしからず 771
をじまのあまの 729
をしみこし 593

をしみしとしは　41
をしみしはなの　196
をしみても　594
をしむはつごゑ　213
をしめども
――あきはこよひと　494
――けふやかぎりの　193
をしめばもろき　104
をだえなりけり　658
をだちかき　946
をだのかりほの
――つゆのうへに　431
――とまをあらみ　952
をだのなはしろ　160
をだのわかくさ　139
をちかたびとの　806
をちのすゑのの　81
をちのやまもと　511
をとめごが
――そでふきとめぬ　568
――そでふるやまの　10
をののあさぢの　466
をののくさぶし　382
をののさとびと　590
をののしばふの　165
をののすみがま　588
をのへにほふ　93
をのへのさくら
――かぜふけば　120
――さきしより　102
をのへのはなの　113
をばながすゑに　348
をばながすゑも　867
をばながすゑや　377
をばながもとに　517
をばなふきこす　340
をみなへし
――いくよなよなを　338
――いはでもぬるる　335
――おきゆくつゆの　337
――おのがなにこそ　336
――こころとなびく　339
――はなのたもとの　334
――みやこもしらぬ　332
をみなへしかな
あきをわすれぬ――　333
おのれとなびく――　331
をやまだに
――いつしかあきの　236
――ひくしめなはの　231
をやまだの　52
をられぬみづの　71
をりしもあれ　88
をりつるのきの　67
をりてかざさん
いつよりひとの――　172
おもひしままに――　472
をりはやつさじ　122
をりふしの　599
をりもわすれず　207
をれぬばかりに　323
をれふすあしを　551
ををよわみ　131